藍小說44

肉體竊賊

安・萊絲＝著

冷杉＝譯

肉體竊賊

目次

《吸血鬼編年史——肉體竊賊》簡介

冷杉

洋洋灑灑三十六萬字的美國恐怖小說女作家安・萊絲的《吸血鬼編年史——肉體竊賊》一書終於譯畢了。

掩卷長思，感到台灣時報出版公司選擇出版這套「吸血鬼編年史」還是很有文學眼光和水準的。你看，這些年來，美國出版的暢銷小說中，凡帶有「恐怖」二字的，又有幾本具有純文學上的恆久價值呢？無非是打打殺殺，緊扣心弦，鮮血淋淋，懸念叢生，光怪陸離，讓人非一口氣讀完不可罷了。

可這本書不是這樣。它的構架使我想起一座宏偉、壯麗而又充滿神秘色彩的哥德式大教堂。它頗有點文學小百科的意味：左拉式的自然主義細膩描寫，喬伊斯式的意識流，佛洛伊德式的探夢，唯美主義的濃郁寫景，女性特有的抒情，和安・萊絲特有的性心理感受……加上一點荒誕離奇的情節、神秘主義的理念和些許神經質的痴人說夢及絮絮叨叨。

看來六歲小女兒的夭折給女作家帶來的心理創傷實在深重。它大概引發了安・萊絲多年來始終揮之不去又不得其解的對生命本質的質疑和思考，無一不是帶著隱痛和苦澀的淚水。女兒雖早早告別了人世，但在鬼域裏卻得到永存。安・萊絲顯然是在認認眞眞地寫作；她似乎是用寫作來撫平創傷並安慰和平衡自己，同時把美感和對生命本質的探索帶給讀者去品味和揣摩。

情節並不複雜，展開也較慢：頗具人性的吸血鬼黎斯特有幸遇上了最好的人（大衛、葛麗卿）和最壞的人（詹姆斯）。詹姆斯造孽竟造到了黎斯特的頭上，用計謀盜走了他的萬能鬼體並到處興風作浪。在所有同類都拒不幫助黎斯特並棄他而去的危境下，還是大衛幫助他收復了「失地」，消滅了壞人詹姆斯，並使好人——七十四歲的大衛——獲得了好報：返老還童，獲得新生，最終還從必死進入了永恆。

本書帶有作者較強的心理自傳性和自省性，安・萊絲並不想以單純寫篇可怖離奇的鬼怪故事來取悅和消遣讀者，而是借助吸血鬼這個形象來寄託她對早逝女兒的哀思，並表達她對生命本源及存在方式（人還是鬼？）的探究和思索，以及對一切物（包括性感）的體驗和品悟。

我贊同美國書評界對安・萊絲比較一致的評介：她會在文學上名垂史冊。

親愛的讀者，當你走得太快時，不妨慢下腳步，換種心情來重新審視和品味周圍熟悉的一切；當你吃著速食時，別忘了品嘗豐盛的酒席；當你時髦趕過了頭時，不妨回過頭去復古一把。

在這方面，安・萊絲可以當你的導遊和招待生。

駛向拜占庭❶

威廉・巴特勒・葉慈

1❷

那不是老年人的國度。青年人
在相互的懷抱中，鳥兒在樹上，
——那些垂死的一代代——在歌吟，
鮭魚如陣陣瀑布，鯖魚遍布海洋，
魚、獸、或鳥，一夏都讚頌不停，
讚著一切的降生，養育，以及死亡。
沈溺於感官享受的音樂，完全疏忽
那永保青春精神的紀念物。

2❸

一個老年人只是廢物，
一件破外衣掛在拐杖上，

除非靈魂的掌聲和歌聲傳出，
讚美它那件破破爛爛的衣裳，
任何歌唱的學派，都在研讀
紀念碑上記載的自身輝煌，
因此我遠渡重洋，來到
拜占庭這座神聖的城堡。

3 [4]

智者們，站在上帝的神火中，
就像牆上的鑲金馬賽克雕飾，
從聖火中走出來吧，旋轉當空，
成爲教我靈魂歌唱的導師，
把我的心燒盡：執迷情愛，
附在垂死的野獸身上，奄奄待斃，
它不知道自己是什麼；
將我收進那件永恆不朽的工藝精品。

4

❺

一旦逾越自然，我再也不想
從任何自然物體塑造我的形體，
除非是希臘金匠鑄造的那樣，
用鍍金或鍛金所鑄造的身影，
來使那個欲睡的皇帝神情清爽，
或者就鑲在那金樹枝上歌吟，
唱著過去、現在或未來的事情，
讓拜占庭的王公和貴婦聆聽。❻

吸血鬼黎斯特的自述

吸血鬼黎斯特在此。我有個故事要講給你們聽，那是我的親身經歷。

故事發生在一九九〇年的邁阿密，其實我就想從這兒講起。但是把我之前做過的一些夢講給你們聽也頂重要，因爲這些夢也算是這個故事的一部分。現在我要講述一個長有女人靈魂和天使臉孔的小吸血鬼的夢，以及我的凡人朋友大衞．泰柏特的一個夢。

此外，還要講一些我在法國度過的凡人童年時代的夢，冬天的雪花，我父親坐落在阿芙根郡的荒涼破舊城堡，我出門捕獵一群騷擾小村莊的狼群的經過。

夢可以同事件一樣眞實。至少對我來講是這樣的。

當這些夢開始，我的心情十分沈重：我是個在地球上到處漫遊的飄泊吸血鬼，有時過於蓬頭垢面、風塵僕僕，任何人都不會多瞧我一眼。縱使你長著一頭豐厚優美的金髮、敏銳的碧眼，穿著漂亮帥氣的服裝，具有迷人的微笑，擁有身高六英呎的勻稱身材，雖說已活了兩百年，看上去只像個二十歲的凡人小伙子……，但這些又有什麼用呢？不過，我還是個很理智的男人，是個十八世紀之子；實際上我是在那個世紀生活，然後才降生於黑暗。

但是，隨著二十世紀八〇年代行將結束，我已經改變甚多，從過去初出茅廬、冒冒失失的小吸血鬼成長爲一個成熟的吸血鬼，永遠告別過去只穿古典式黑斗篷和布魯塞爾式鞋帶、掛著手杖、戴著白手套，像個紳士在煤氣燈下舞蹈的時代。

由於歷經磨難和成功，接受許多吸血鬼前輩的血液，我已被造就成一個幽靈般的神祇，擁有令自己都困惑、有時甚至恐懼的強大威力。我的威力大得連我自己都悲哀，雖然我並不明白爲什麼。

譬如説，我能隨心所欲地飛向高空，乘著晚風飛越千山萬水，輕鬆得如同精靈。我能用意念或意志力驅動、影響或摧毀物質，僅憑意願就能縱火。我還能用超自然之聲呼喚遠在萬里之外的其他鬼神，也能毫不費力地讀取吸血鬼和人類的心思。

你也許會想：這倒不錯。可我厭惡這些。毫無疑問，我爲喪失了原來的自己感到哀傷——我曾是凡人頑童；曾是吸血鬼新手，並一度決心在遇到困境時學壞。

但你要明白，我可不是個實用主義者。我有敏鋭和冷靜的良知，本可以是個好漢。也許有時候我確實很善良，但我一向是個行動派。悲傷是浪費時間；害怕也沒用。行動才能使你在我一介紹完畢就切入正題。

記住，開端總是很艱難，並且多數虛假。開端總是趕在最好或最壞的時光出現——是嗎？到底是在何時!?幸福的家庭也並非都一樣；連托爾斯泰也肯定意識到了這點❼。我無法僥倖逃過「在一開始」或「從前，他們在中午把我扔下乾草車」這類的開場白，不然我會用別的方式開始。相信我，我總能爲所欲爲，幹了壞事而不被發覺。正如納布可夫❽透過漢姆伯特·漢姆伯特之口説的：「你總能指望從一個殺人犯那兒獲得一種奇特的散文風格。」難道「奇特」就不能意味著「試驗性」嗎？我當然清楚我很性感、健康、富有和朝氣蓬勃——許多評論家都這樣説我。

唉，我只好以自己的方式開始。我答應你們，假如這在用詞上不矛盾，咱們這就開始。

眼下我得先説明，在這次冒險開始之前，我也在爲其他我所熟悉和熱愛的吸血鬼感到傷心，因爲他們早就離開我們在二十世紀晚期的最後一次聚會，各奔東西。你若以爲我們還想聚會一次，那就太傻了。他們已經一個接一個地從時空消失，這是不可避免的。

吸血鬼雖然急需同類陪伴，但並不眞正喜歡同類的其他成員。

出於這種急需我才創造了我的吸血鬼伴侶，如路易斯，他成爲我照料的對象，並充當我在十九世紀的可愛伴侶。我還在他無意的協助下創造了紅顏薄命的小吸血鬼克勞蒂亞。在這些二十世紀後期的漫漫長夜裏，我經常孤獨地流浪，其間路易斯是我唯一共處的吸血鬼。他也是我們當中最具人性、最不像鬼神的一位。

我經常光顧他在紐奧爾良居民區一塊野地的陋室。你們將看到，我又要去那裡了。路易斯將出現在這個故事裏。

關鍵是，你們在本書裡將很少見到其他吸血鬼出現。是的，幾乎沒有他們的事。

克勞蒂亞除外。我越來越頻繁地夢見克勞蒂亞，讓我說兩句克勞蒂亞吧。她已在一百多年前被毀滅了，可我現在仍時時感到她的存在，好像她就在我的屋角活動。

一七九四年我從一個垂死的孤兒創造了這個鮮活的小吸血鬼，但六十年之後她卻奮起反抗我。她當時說：「爸，我要讓你永遠躺在你的棺材裏。」

那時我的確是在一口棺材裏睡覺。那是一段特定的歷史時期，有過一次可怕的謀殺未遂，牽扯進許多凡人犧牲品，用毒藥作誘餌把他們毒死，混淆我的視聽，再用匕首刺進我慘白的皮肉，最後趁天沒亮，把我那似乎斷了氣的身體拋到離紐奧爾良不遠的沼澤地，那雜草叢生的骯髒沼水裏。

唔，這一招淹不死我。沒有什麼方法能保證把我這個不死者殺死。太陽曬也罷，火燒也罷……都不靈。你得用一種總體滅絕的方法。畢竟我們是在談論黎斯特這個吸血鬼，這可不是鬧著玩的。

克勞蒂亞因爲這次罪行而遭殃，事後被一幫吸血鬼邪惡地密謀處死。這幫吸血鬼在巴黎市中心惡名昭彰的吸血鬼劇院裏滋生蔓延。當年我從這麼小的孩子身上造出吸血鬼就已經違反戒規，僅憑這點，那幫巴黎怪物就可以把她置於死地。不過，她也破壞他們的戒律——企圖毀滅她的創造者，這讓他們找到合理的藉口，把她推進強烈的日照，讓陽光把她燒成灰。

依我看，這樣處死人實在太殘忍，因爲那些把你推出去的吸血鬼必須馬上躲進棺材裏去，甚至無法當場目擊強烈的日光實施殘忍的判決。可他們就是用這種方法處死這個嬌小細嫩的生命；她是我在新大陸的西班牙殖民地上、一間搖搖欲墜的陋室裏找到的衣不蔽體骯髒棄兒，並用我的魔血所創造，成爲我的朋友、學生、情人、繆斯、打獵的同伴。她是我的女兒。

假如你讀過《夜訪吸血鬼》，你就會了解這一切。它是路易斯對我們在一起的那段時光的描述。路易斯在此書中講述了他對我們的這個小女孩的愛，以及他對毀滅她的那些吸血鬼的復仇。

假如你讀過我寫的那些自傳體的小說，如《吸血鬼黎斯特》和《天譴者的女王》，那你對我會有全面性的了解。你會了解我們的歷史，它的那點價值——(歷史從來沒有太大價值)，成千上萬年前我們如何形成，以及我們如何繁衍：當我們想把哪些凡人領上魔鬼之路，同我們一道前行，我們就小心地把我們的「魔血」❾灌輸給他們，從而把他們造就成吸血鬼。

當然你不必非得讀過那些書，不讀它們你也能讀懂這本。你在本書中也不會見到擁擠在《天譴者的女王》裏的衆多人物。西方文明不會因爲你不讀這本書而動搖片刻。本書中沒有來自遠古時代的啓示和先哲，向我們吐露眞理及千古之謎、提供給我們恍然大悟的答案；這種答案事實上並不存在，從來也沒存在過。

這種事我以前全都做盡。

本書講的是一個當代的故事，是「吸血鬼編年史」中的一卷，請你不要搞錯。但它又是講述現代吸血鬼生活的第一卷，因爲它從一開始就採納了生存的極端荒謬性，帶領我們深入它的主角——猜猜是誰？——的靈魂深處，窺探他的內心世界對他驚人發現的反應。

讀讀這段傳奇吧，我將隨著你一頁頁翻下去，都提供給你所有你想了解我們的事蹟。值得一提的是，書中的許多事情都正在發生！我說過我是個行動者，是吸血鬼中的詹姆斯．龐德（「007」），被稱爲「魔鬼王子」和「最該下地獄的生物」，被各種類型的魑魅魍魎稱爲「你這個妖怪」。

這些不會死的傢伙還在我周圍徘徊，有我們當中最老的瑪赫特和瑪凱，首代血族的凱曼、艾力克、桑提諾，潘朵拉及被我們稱爲「千年之子」的吸血鬼。阿曼德仍時常出現，他是那個可愛的吸血鬼老頭兒，已經五百歲了，卻還是像個少年，曾統治過吸血鬼劇院。在此之前還有過一次吸血鬼的妖魔聚會；這些吸血鬼住在巴黎聖嬰公墓底下。我希望阿曼德永遠伴我左右。

還有卡布瑞。我的這位凡人母親和吸血鬼女兒無疑將會在千囍年結束之前的某個夜晚出現。如果我夠幸運，屆時將與她重逢。

至於我的良師益友、那個保存族群歷史機密的老馬瑞斯，仍和我們在一起，並將永遠不離開我們。在這個故事開始之前，他不時跑來罵我或求我：我何時才能停止濫殺無辜、省得我的劣跡在報紙「曝光」?!我能不能停止對凡人朋友大衛．泰柏特裝神弄鬼，不再以我們的血作爲「黑色禮物」⑩來引誘他呢？我們最好別再製造新生代，難道我不明白這點嗎？

規章制度，清規戒律，繁文縟節！他們總是開口閉口要我循規蹈距，而我卻特別喜歡打破戒律，就像凡人們喜歡在祝酒、碰杯後把玻璃杯扔在壁爐磚上摔碎。

關於別的吸血鬼就說到這裏。問題在於：這從頭到尾都是一部關於我自己的書。

現在讓我談談那些夢，它們在我流浪的過程中一直糾纏著我。

關於克勞蒂亞的夢尤其讓我驅之不去。每次天亮前我剛闔上眼睛，必然看見她在我身邊，聽到她低聲而急促的耳語。有時候我會恍然覺得自己倒退好幾百年，回到那所擺著一排排小病床的殖民地小醫院——這個小孤兒就躺在這裏奄奄一息。

我好像看到那位傷心的老醫師，他大腹便便，搖擺不止，托起這孩子的幼小身體。還有那哭聲。誰在哭泣？不是克勞蒂亞。醫生把她託付給我時，她是睡著的；醫生以爲我是她的父親。她在我夢裏的模樣眞美。當時她有這麼美嗎？當然。

「你們這對沒事幹的瞎眼父母，就像惡夢般的神話故事中的兩個猙獰妖怪，把我從人類的手中奪走！」

關於大衛．泰柏特的夢，只在我腦子裏出現過一次。

大衛在夢裏很年輕，他正行走於一片紅樹林裏。他不是那個已成爲我朋友的七十四歲男人，不是那個很有耐心、一次次拒絕我要求輸給他「黑血」的凡人學者，不是那個把溫暖脆弱的手堅決放在我冰涼的身體，以表示我們之間信任和友情的慈祥男人。

不，這是許多年前年輕時的大衛．泰柏特，那時他的心跳還不是很急促。但是他仍然處在危險中。

老虎，老虎綠熒熒的眼睛。

這是他的聲音嗎，在我耳旁說著這句話？它是我的聲音？

鑽出帶條紋和斑點的光流，它過來了，那桔黃和黑色相交的斑紋就像光和影，使它幾乎難以辨認。我看見它的大腦袋，柔軟的口鼻部，白色、密密麻麻的長鬍鬚。再看看它的黃眼睛，瞇成一縫，射出愚笨而殘暴的凶光。大衛，看它的利齒！你難道看不見它的利齒嗎?!

可他就像個好奇的孩子，看著它伸出粉紅的大舌頭舔他的喉嚨，舔他戴在脖子上的細金鏈。它難道要吃這條項鏈？天哪，大衞！瞧它白晃晃的牙齒。

我的聲音爲什麼在喉嚨裏憋住了？難道我不在那片紅樹林裏嗎？我拚命想動彈，可是全身顫抖。從我緊閉的嘴唇裏擠出沈悶的呻吟，每一聲都壓迫身上的每一根纖維。大衞，當心！

隨後我看見他單腿跪下，把一桿閃亮的長槍頂在自己的肩胛骨。那頭大老虎仍在數碼開外，正在向他逼近，向他猛撲過來，被他一槍擊中，掉在地上。又是一槍，把它打翻過去。它的黃眼睛冒著凶光，兩爪交叉，用最後一口氣刨著鬆軟的泥土。

我醒來了。

這個夢意味著什麼？是不是我的凡人朋友有了危險？或僅僅是他的生物時鐘停擺？對一位七十四歲的老人來說，死亡隨時可能到來。

我什麼時候想到大衞時，沒有同時想到死亡呢？

大衞，你在哪兒？

哦嗬，我聞到一個英國人身上的血味。

「我想讓你求我把『黑色禮物』送給你，」我倆初次見面時，我這樣對他說：「我不一定把它給你，但我想讓你求我。」

他從來沒求過。他也絕不會求我這個。現在我愛上他。在做了這個夢之後不久就見到他。我不得不這樣。可我忘不了這個夢，它不止一次在我白天熟睡時進入腦海裏；此時的我渾身冰涼，無能爲力，周圍黑暗籠罩。

好了，你們現在也知道這些夢。

不過請你們再想像一下法國冬天的雪，堆積在城堡的牆邊，一個年輕的人類男子睡在他的乾草床，牆上映著火光，他的獵狗臥在他身旁。這已成爲我那已喪失的人生縮影，比任何我對坐落在巴黎林蔭大街旁的劇院回憶都來得眞實。在法國大革命之前，我曾在這劇院裏當過一名快樂的年輕演員。

現在我們眞的要開始了。讓咱們翻過這一頁，好嗎？

❶拜占庭即現在的伊斯坦堡，曾是東羅馬帝國和東正教的中心，對葉慈來說，拜占庭是個內涵十分豐富的象徵。它象徵著藝術、永恆、精神與物質的統一，是一個超脫了人間無常變化的地方。

❷第一節主要寫青年達不到這種境界，他們太沈溺於「感官享受」，「鮭魚」和「鯖魚」的意象都是指魚的繁殖，因此與青年相連，但一切都要走向死亡，忽視了「永保青春的精神」。

❸第二節寫老年人因爲精神和肉體都退化了，也難進入這種境界，只有當靈魂「儘管它的衣衫破爛」（指肉體的衰頹）依然「唱得響亮」（指寄托於永恆的藝術品），才能來到「拜占庭這座神聖的城堡」。這時葉慈已六十多歲了，所以最後兩行寫出了葉慈的嚮往（其實葉慈沒去過拜占庭）。

❹這大約指的是拜占庭的哈吉·蘇非爾教堂的牆上的鑲金馬賽克的「智者」形象。「旋轉」是葉慈最愛用的詞之一，這裏的意思是要智者從牆上旋轉下來，把他自己的心燒盡，幫助他進入他們的境界。

❺在這一節裏，葉慈是說他一旦擺脫束縛，就再不使它附於任何自然物體。葉慈對這一節下注：「我在什麼地方讀到過，在拜占庭的王宮裏有一株金銀做成的樹，樹上有著人工製成、會唱歌的鳥。」詩用這個意象表明，詩人想在這種拜占庭的藝術中獲得永生。

❻此處參照裘小龍先生的譯文（四川文藝出版社，一九八六年成都出版之《抒情詩人葉慈詩選》）。譯者在此向裘小龍先生深表謝意。

❼托爾斯泰名言：「幸福的家庭都是相似的，不幸的家庭各有各的不幸。」

❽Vladimir Vladimirovich Nabokov（一八九九—一九七七），俄裔美國小說家，代表作有《絕望》、《羅莉塔》等。

❾也稱爲陰間血。

❿又作陰間禮物。

卷一

肉體竊賊的故事

1

邁阿密——吸血鬼的城市，這是日落時分的南海濱。在草木茂盛、溫暖無冬的這一年冬天，它清潔、繁榮，燈火通明。從平靜的海面上吹來柔和的海風，吹拂過乳黃色沙灘的黑色邊緣，給在寬闊平緩的人行道上快活玩耍的一群群凡人兒童帶來涼爽。

在車輛急促而柔和的喧囂和鼎沸的人聲，行進著熙來攘往的人群。穿著入時的小伙子豪邁地展示著練就的肌肉，小姐們也爲自己的曲線和中性的現代肢體深感自豪。

曾是老年人暫住地的老式灰泥旅館已被修葺一新，塗滿猶如彩色粉筆的漂亮顏色，霓虹燈以雅緻的手寫體炫耀著新的店名。在餐館的露天門廊鋪著白桌布的餐桌上，點點燭光晃動搖曳。瓦藍錚亮的大型美國轎車沿著林蔭大道驅散人群，緩緩前行，司機和乘客都注視著眼花撩亂的人流，懶洋洋的行人不時把交通堵塞。

遙遠的地平線上，大團白雲如同群山，聳立在星光閃爍的無垠蒼穹。呵，蔚藍天色和慵懶的南國碧空總讓我嘆爲觀止，心曠神怡。

朝北望去，邁阿密新海灘上座座高樓拔地而起，蔚爲壯觀。南面和西面，市中心的鋼樑摩天大廈鱗次櫛比，沸騰的高架快速路縱橫交錯，繁忙的港口船來輪往。許多小遊艇飛速行駛在市內網狀運河波光粼粼的水面。

在珊瑚角的安靜整潔的花園，無數盞電燈把雜亂漂亮的紅瓦屋頂小別墅照得通亮，一汪汪游泳池水泛著綠松石般的波光。幽靈們在巴爾提摩漆黑的大廳裏漫步。粗大的美洲紅樹甩開古老的枝幹，把寬闊清潔的街道給遮掩起來。

在椰林區，來自不同國家的購物者擠滿豪華飯店和時髦商業街。一對對情侶在各自的玻璃牆公寓的陽台上親熱，眾多側影探頭向寧靜的海灣。汽車在熱鬧的公路上川流不息，穿過婆娑起舞的棕櫚樹和婀娜多姿的鴛鴦樹，駛過一座座前面有花式鐵柵欄大門、披掛著紅色和紫色葉子花的混凝土宅第。

這一切就是邁阿密，一座水城，高速城，熱帶花卉城，風光旖旎之城。我定期離開我的紐奧爾良家鄉，最常造訪的地方就是邁阿密。在它人口稠密的大街區裏，居住著許多不同種族、不同膚色的男男女女。在這裏你可以聽到意第緒語，希伯萊語，西班牙各語言，海地的方言土語，拉丁美洲的方言土語，以及這個國家最南方和最北方的方言。然而，在邁阿密表面繁榮的背後，卻存在著威脅、絕望和貪婪；這裏有大都會的那種深沉而平穩的脈動——那種折磨人的能量釋放和永無休止的冒險。

邁阿密永遠沒有黑暗的時候，它永遠靜不下來。

對本吸血鬼來說，邁阿密是一座極好的城市；它總會把某個凡人殺手交給我，雖然總是某個古怪、邪惡的宵小。我只需消耗他的記憶庫，吮吸他的血，他就會向我坦白交待一打謀殺罪。

可是今夜我要追捕的卻是個大獵物，是熬過「大齋節」❶的飢餓之後，遲來的復活節盛宴。這次我要追捕的是人類中一名出色的「常勝將軍」，他那可惡的犯罪伎倆在凡間執法機構的電腦檔案裏存有數十頁之多的紀錄。他是個隱姓埋名的神奇人物，滿懷敬畏的報界給他起了個閃光的綽號：「後街扼殺者。」

我渴望獵捕這樣的殺手！

我眞慶幸這樣有名的殺手現身在我最喜歡的城市。幸好他在那些後街六次作案所殺害的，都是些大批湧到這個溫暖宜人地方度過晚年的病弱老人。嘿，我本想橫跨大陸去收拾他，沒想到他卻在這兒等著我哩。足有二十位犯罪學家詳細編纂他的犯罪史（全都被我透過紐奧爾良家中的電腦輕易弄到手）。不僅如此，我還在裏面偷偷補充幾條關鍵的資料：他的姓名和凡間住址，對像我這樣有讀心術的不朽者來說，這是雕蟲小技。我透過他做的血腥夢魘找到他。而今夜，我就要愉快地以一記陰險無情的擁吻結束他輝煌的犯罪生涯，無需作任何道德上的解釋。

呵，邁阿密，你是上演這齣耶穌受難小品劇的最佳地點。

我總是順著回紐奧爾良的原路來到邁阿密。目前我是在野蠻人花園的繁華角落裏狩獵的唯一吸血鬼；正如你所見到，其他的飲血者早就拋棄了這個是非之地，只因爲它們互相不能容忍，而我也不能忍受它們。

這樣更好，把邁阿密交給我一個「人」看管。

坐落在海洋大道的公園中心飯店是一所小巧玲瓏的漂亮旅館，我現在就站在我的套房窗前，不時用順風耳掃描周圍的客房，監聽那些有錢的遊客享受這份難得的與世隔絕——距離繁華大街僅咫尺之遙的淸靜與隱蔽；它是我此時的香榭麗舍大街，我的維內托大道。

我將狙殺的對象已經準備好，從他間歇和片斷的夢幻世界進入實際的謀殺領域。哦，該更衣去迎擊我夢寐以求的對象。

從亂七八糟一大堆新打開的紙箱、手提箱和皮箱中間（我通常是這樣），我挑選一身天鵝絨的灰色套裝。我一直愛穿這套服裝，尤其是它的布料很厚，略帶光澤。我得承認，在這樣熱的夜晚穿它不太合適。不過，我感覺冷熱的方式與人類不同。那件上衣很瘦，有窄窄的翻領，頗像緊腰的騎裝上衣，說得更準確些，像那種古雅的老式男上衣❷。我們不朽者永遠喜歡穿老式的服裝，那使我們回想起我們人類生涯。有時，你僅憑一個吸血鬼的服裝，就能判定他的眞實年齡。

對我而言，著裝還有個質地的問題。十八世紀的衣料光彩照人！我受不了衣服沒有一點光澤。而這件漂亮的上衣配上簡樸的緊身絲絨褲就十分適合我。至於那條白絲綢襯衫，料子軟得可以把它在手裏攥成一個球。對我這堅不可摧卻又非常敏感的皮膚，除此之外還需要穿別的什麼貼身內衣嗎？接下來是我的靴子。嘿，它們是我近來穿過的漂亮鞋子之一；因爲極少接觸大地，所以鞋底完好如初。

我通常把濃密發亮的金髮披散成齊肩的髮浪。在凡人眼裏，我看上去像什麼呢？我眞的不知道。我總是戴副墨鏡遮住我的碧眼，惟恐眼波會隨時勾去衆人魂魄（眞讓我煩惱）。在我那雙纖細雪白、容易洩露祕密的明亮指甲上，我通常戴著柔軟的灰色皮革手套。

哦，給我的皮膚來一點油性的棕褐色僞裝。我把這種溶劑均勻地塗在顴骨，脖子和胸膛等暴露在外的部位。

我在鏡子前端詳著這件「成品」，它充滿著不可抵禦的魅力。怪不得在我短暫的搖滾歌手生涯中，引起過這麼大的轟動。作爲吸血鬼，我也一直所向披靡，大獲成功。謝天謝地，我在空中漫遊時並沒有變成隱身者；作爲一個雲端之上漂泊的流浪者，我輕飄得猶如風中塵埃。每當我想到這裏，就忍不住想哭。

捕捉大獵物總是把我帶回現實。跟蹤他，守候他，在他即將殺害下一個目標的緊急關頭抓住他，然後像你一樣，一點點令他痛苦地打擊他的罪惡，同時透過他那齷齪靈魂的鏡頭，窺見他以前所有的犧牲品……

請你不要誤解，我這麼做不是出自什麼高尚的動機。我並不相信把凡間弱者救出魔掌眞能拯救我的靈魂；我殺的人太多了——除非你相信義行的威力無窮；可我不清楚自己是不是相信它。我只知道我相信一點：一樁謀殺的罪惡無窮；而我的罪惡感就像我的美貌一樣永恆。我不能得到寬恕，因爲沒人能饒恕我的所作所爲。

儘管如此，我還是樂於把無辜的人從他們不幸的命運中解救出來。我還喜歡收編我的凶手，因爲他們是我的兄弟，我們是同類。況且，他們爲什麼不該死在我的懷抱裏、而偏要交給某個寬大爲懷、從不傷害任何人的可憐凡人呢？我有我的遊戲規則，我按照我制訂的規則遊戲。我還暗下決心，這次我不會橫屍遍野，我會努力照別人一貫命令我的那樣行事。不過……我還是喜歡把死屍丟給當局去處理。我喜歡在回到紐奧爾良之後打開電腦，閱讀驗屍報告的全文。

突然，一輛警車緩緩從樓下駛過，打斷了我的思緒。裏面的警察正在談論我的殺手，說他很快就要再次行凶，說他的星座已經各就各位，月亮也已升到合適的高度。攻擊很可能一如既往，將要發生在海濱的一條小街。問題在於：他是誰？怎樣制止他？

七點鐘了。數字鐘上的螢光符號顯示七點，我自然也知道時間。我閉上雙眼，把頭稍微歪向一側，彷彿在醞釀情緒，準備全面施展我特別討厭的魔力。首先是我的聽力再次加強，就像扳動一部現代科學儀器的開關。頓時，世間的嗡嗡嘈雜變成地獄般的大合唱：充滿著嘎嘎大笑和嚎啕大哭，充斥著謊言，痛苦的呻吟和胡亂的哀求。我捂住耳朵，彷彿這樣就能制止這一切。最後，我關閉了這個功能。

漸漸地，我又看見人們的頭腦中冒出無數模糊和重疊的思維意象，就像億萬隻鳥兒搖曳著翅膀飛上天空。**快給我那個殺手，把他的形象給我！**

他出現了，在一間陰暗的小屋子裏，和我這間大相徑庭，但距離這裏只有兩個街區。他剛從床上爬起來，廉價的衣衫皺巴巴的，粗糙的臉孔流著油汗，伸出一隻神經質的粗手去掏襯衣口袋裏的香煙，然後又把它垂下——忘了把煙放在哪兒了。他是個胖子，臉上的五官沒有稜角，目光充滿呆呆的憂慮，或是淡淡的懊悔。

他並沒想到穿得體面點去赴他渴望已久的「筵席」。現在他剛醒來，不堪噩夢重負的心臟狂跳不已，使他幾乎垮掉。他使勁晃動全身，油膩膩的蓬鬆頭髮遮住傾斜的前額，兩眼活像兩粒黑玻璃球。

我在房間的陰影裏一動不動地靜靜站著，繼續跟蹤此人。只見他走下通向後門的樓梯，走出房子，來到柯林斯林蔭道絢麗的燈光下，路過布滿塵灰的商店櫥窗和凹陷的廣告牌，向前走去，朝著他渴求的那個未經挑選卻又在所難免的目標走去。

那位幸運的太太是誰？在城裏的這同一個沉悶的地區，她穿過傍晚稀疏而情緒低落的人群，正在盲目但執著地朝這個可怕的人走過去。她手裏提著的棕色紙袋裏是不是裝著一盒牛奶和一棵萵苣？她若是看見躲在角落裏的凶手，會拔腿就跑嗎？她會十分懷念自己蓋在海邊的老家嗎？也許她曾經很心滿意足地住在那裏，可是卻讓建築師和裝飾商們把她趕離海邊，住到那些布滿裂縫、牆紙剝落的旅店。

……

這位齷齪的死亡天使在最終發現她後，又會怎麼想呢？她會不會使他想起自己小時候神話中的那位潑婦，將他打得失去知覺、恍若升入潛意識中的噩夢神殿？還是我們想得過多？

我是說，有這樣一類殺手，他們根本不把幻象與現實聯繫起來，無論記住什麼，過幾天準忘。但不管怎麼說，有一點是肯定的，他們的受害者不值得把命丟在他們手裏，這些殺手都很值得讓我會晤。

唔，我要在他伺機對她下手之前掏出他害人的心臟，他得把他的一切都交給我，乃至生命。

我緩緩走下樓梯，穿過華麗典雅、布滿藝術品，富有雜誌封面魅力的門廳。能像個凡人那樣行走，推開一扇扇門，並溜躂到室外，這種感覺眞好。我挾在晚間散步的人群當中，沿著人行道朝北走去，兩眼自然地掃過那些重新修繕過的旅館及附屬的小咖啡屋。

等我走到街拐角時，人群稠密起來。在一間花稍的露天餐館前面，幾架巨型電視攝影機把鏡頭聚焦在一長條被大型白色路燈照得刺眼的人行道。數輛大卡車阻礙了交通，一排排小轎車緩緩停下來。攝影機周圍稀稀疏疏地聚攏了一些孩子和老人，並不顯得特別好奇，因爲在南海灘這一帶，架起攝影機拍電視片和影片是司空見慣。

我避開燈光走，生怕它們照在我那特別容易反光的臉龐。我要是像那些皮膚給曬得黝黑、半裸的身軀穿著破棉布衫、散發著昂貴防曬油氣味的人類就好了。我從人群中擠過去，走過街拐角，再次尋覓我的獵物，只見他正在飛快地走著，心中充滿著幻覺，使他幾乎控制不住自己拖拉且凌亂的步伐。

時間刻不容緩。

我蹭蹭幾步，竄上低矮的房頂。微風稍大了一點，也柔和了些。喧嘩的人聲、單調而自然的無線電聲和風聲全都變得輕柔。

在寂靜中，我透過那些路過他的人的冷漠目光捕獲他的形象；在寂靜中，我看見他的幻想再次由萎縮的手腳以及皺縮面頰和胸膛組成。橫亙在幻想和現實之間的那層薄膜正在崩裂。

我跳在柯林斯大街旁的人行道上，動作快得好像從地裏冒出來一樣。可是沒有人注意到我，我就像諺語中的那顆樹，倒在杳無人跡的森林裏。

我邁著輕鬆的步伐，很快就追上那個也許是滿懷殺機的年輕男子。我擠身穿過一群群擋住道路的不良少年，跟著我的獵物走進一家涼爽的大雜貨店的玻璃大門。哈，裏面眞是琳瑯滿目、五花八門——這個屋頂低矮的大「洞穴」裏擺滿了你能想像得到的各類包裝好的保鮮食品，還有洗手間的衛生用品和裝飾品等等，其中百分之九十在我出生的那個世紀根本不存在。

我講的是諸如面紙、眼藥水、塑膠扁平髮夾、毡製粗頭筆、用於塗抹人體各部位的各種霜膏、五顏六色的洗滌劑、化妝品及染髮液之類的東西，其中有些顏色以前從沒見過，也就叫不出名來。假設路易十六打開一個裝滿這些花花綠綠的現代產品的塑料口袋，他會作何反應？當他看見那些聚苯乙烯泡沫塑膠製的咖啡杯、玻璃紙包裝的巧克力餅乾或永不斷水的自來水筆時，他會作何感想？

連我自己也沒有完全習慣這些東西，即使我已經親眼目睹了工業革命的進步達兩個世紀之久。這樣的雜貨店能讓我連續幾個小時流連忘返。有時候我會在沃爾超市逛得入迷而忘乎所以。

可是這次不同了；我還盯著一個獵物呢，對不對？所以，還是有空再光顧《時代周刊》和《時尚雜誌》、袖珍電腦翻譯器、和連游泳時都能向你不斷報時的手錶吧。

他爲何來到這個地方呢？那些拖兒帶女的年輕古巴夫婦顯然不會引起他的興趣。不過，他還是漫無目的地在狹窄而擁擠的通道裏閒逛，並不在意周圍成百上千張黑黝黝的胸膛和說得飛快的西班牙語。在他用赤紅雙眼掃視著一排排擺得滿滿的貨架時，只有我一個人在注視著他。

上帝啊，這個人眞是齷齪不堪，一切體面和正派都由於他的瘋狂而喪失殆盡，他那稜角分明的臉龐和脖頸汗津津地沾著一層細細的泥巴。我會喜歡這樣的人嗎？見鬼，不管怎樣，他也是一袋血。憑什麼我要把機遇推掉？我不能再殺害兒童，對不對？我也不能再光顧海濱區的娼妓。完了，還要安慰自己，說沒什麼了不起的，誰讓她們坑害平底船上的船員。我正在受到自己良心的譴責，對不對？一旦你成了不死的神，反倒要經歷一個眞正漫長而可恥的死亡過程。嘿，瞧這個骯髒、發出惡臭、行動笨拙的殺手，連囚犯都吃得比他好。

當我再次像切開一個甜瓜那樣探視他的心靈時，我嚇到了。他居然不清楚自己是誰！他從來沒有審視過自己！他沒有按邏輯順序記住自己的人生階段，也無法眞實地坦白自己所犯下的謀殺（因爲想不起來）。他甚至不知道他今天晚上就要殺人！連我都比他更了解他自己！

哎，毫無疑問，我錯抽了一張最糟糕的牌。哦，上帝呵，這眞令我傷心！這個星光閃爍的世界裏明明充斥著更壞更狡猾的野獸，我卻偏要獵捕這一隻，眞不知道自己是怎麼想的？我可眞想哭。

可就在這時，刺激的場面出現了。那人早就發現了那個老太太，瞅見了她赤裸、布滿折皺的雙臂、微微駝起的後背和菘藍色短褲下的顫抖的瘦腿。剛才穿過明亮的日光燈光，她正悠閒地行走，享受著周圍人群的喧嘩和活動。她的臉一半掩埋在遮陽帽的綠色塑膠帽檐下，頭髮用黑色髮夾纏在小腦袋後面。

她挎著一個小籃子，裏面裝著一塑膠瓶子的桔子汁和一雙軟得被她捲成一個小球的拖鞋。這會兒，她又驚喜地從貨架上取下一本平裝小說；她以前讀過這本小說，並且一直念念不忘，夢想著再次讀到它，就像再度造訪老朋友那樣。小說名叫《成長在布魯克林的一棵樹》。是的，我也很喜歡讀它。

他著魔似地跟在她後面，距離近得使她一定感覺到他的鼻息吹到自己的頸脖。他的目光呆滯而愚蠢，盯著她緩緩地朝收銀台走去，並從短外套下垂的衣領抽出幾張髒兮兮的鈔票。

他們走出店門。他像一隻跟著交尾期母狗的公狗，邁著沉重的步伐，無精打采地慢慢跟在後面。她則緩緩地走在前面，手裏提著一個沉甸甸的灰色購物袋，步履艱難地繞過那些在街上徘徊的、吵鬧而厚臉皮的不良青少年。她正在自言自語嗎？好像是。我並沒有觀察她，雖然這個小老太太越走越快。我觀察的是那個跟在她後面的畜牲；那傢伙只盯著她身上的某個部位，好像根本不能把她當成整體來看。

他一邊跟蹤她，一邊在腦海裏閃現著一張張蒼白而憔悴的臉，他渴望趴在老人的肉體上；急欲用手捂住一位老人的嘴。

她終於走到她住的那棟矮小而破舊的公寓；和這片以骯髒和破落爲特點的城區的所有建築一樣，它也似乎是用碎裂的石灰岩搭建，四周長滿短粗的扇狀葉片的棕櫚樹。見她到家，他也好整以暇地猛地停住腳步，靜靜地看著她走進狹窄而呈斜坡的庭院，蹬上布滿塵土的綠色水泥台階。在她打開門鎖時，他注意看了一眼她的門牌號碼。他邁著沉重的腳步走過去，然後頹然靠在牆壁上，開始專心致志地幻想殺害她的情景，在一間空蕩蕩除了一片光和色之外毫無特點的臥室裏。

咳，瞧他那副歪頭斜腦、懶洋洋靠在牆上的樣子，像被人捅了一刀似的。絲毫引不起我的興趣，不如現在就把他幹掉！

然而時間卻一分一秒過去，夜色褪盡黃昏的炎熱。星光的閃爍越來越明亮。微風徐徐吹拂。

我和他都在等待。

透過她的眼睛，我看到她的起居室，彷彿我眞能看透牆壁和地板。她的起居室雖然隨便擺滿了舊家具，但還是很整潔。這些家具都是膠合板做的，樣子笨頭笨腦的很醜陋，對她也沒有什麼用，不過它們都被用一種她喜歡的香味油刷得錚亮。氖光燈的光線透過滌綸窗帘照到窗外，和下面院子裏的景色一樣慘白而呆板。不過她有幾盞精心布置的小枱燈，流瀉出令她感到舒服的光線。她需要的正是這一小片溫馨。

她端坐在一張槭木製的搖椅上，搖椅用難看的方格布包裹著。一個瘦小端莊的老太太，手裏捧著那本翻開的平裝小說。再次同弗朗西・諾蘭一起，這是多麼愜意的事情。現在她穿著一件剛從衣櫃裏取出的帶花棉布睡袍，幾乎遮不住她細瘦的膝蓋。她還穿著一雙藍色的小拖鞋，如同一雙襪子套在那畸形的小腳上。她把一頭長長的灰白頭髮編成一根粗而美麗的大辮子。

在她面前的黑白小電視機的螢幕上，已經去世的電影明星正在無聲地爭論。瓊・芳登認定卡萊・葛倫想謀害她。從他臉上的表情判斷，我認爲她說的確有道理。我很納悶：卡萊・葛倫這人看上去像是完全由木頭做成的，居然還會有人相信他？

她用不著去聽他們講話；據她自己認眞計算，這部影片她已經看過大約十三遍。而這本小說她捧在手裏讀才讀過兩遍，所以她才饒有興致地重讀這些她還沒背下來的段落。

從樓下陰影幢幢的院子裏，我可以辨出她那清靜寬容的本性，寧靜淡泊，遠離塵囂，超脫於周圍明顯的低格調。她屈指可數的幾樣寶貝可以裝在一個櫥櫃裏運走。對她來說，那本書和那部開啓的黑白電視機比她所有的其他東西都重要；她很淸楚它們是她的精神支柱。除此之外，她連自己的那些實用而無格調的衣服是什麼顏色都漠不關心。

我那流浪漢殺手正處在半癱瘓狀態，他的腦海裏一團混沌，理不清剪還亂。

我悄悄繞到這座灰泥粉刷的小樓後面，找到通向她家廚房門的台階。在我的意念驅使下，門鎖一下子就鬆開。接著門就打開，好像我碰了它，實際上我並沒有動它。

我一聲不響地溜進這間鋪著亞麻布地板的小廚房。從白色的小爐灶裏冒出來的煤氣臭味讓我噁心。從黏糊糊的陶瓷皀盒裏散發出的香皀味也很難聞。不過屋裏的擺設立刻影響到我——幾件中國藍和白色的珍貴瓷盤整齊地擺在一起，煞是美觀；還有幾本翻舊的烹飪書。她的餐桌潔淨無瑕，上面鋪著明亮的大黃桌布。一株蠟似的綠色常春藤生長在一個注滿清水的圓缸裏，水波把一汪顫動的光輪投射在低矮的天花板上。

然而，最讓我感動的，還是她對待死亡無所畏懼的安詳神態；這是我在僵硬地站在門前、用手指把門輕輕推上時所見到的。只見她仍然一邊讀著貝蒂•史密斯的小說，一邊偶然看一眼閃爍的螢幕。她根本沒有起碼的警覺，注意不到臨近的街上有個瘋狂的妖怪正在打她的主意，也覺察不到在她的廚房裏正有個不朽者在遊蕩。

那個殺手完全沉迷在自己的幻覺，以致於對身邊的過路人視而不見，連徘徊的警車和熟悉他的那些警察對他投來的懷疑恫嚇目光也不放在眼裏。他甚至不清楚自己今天夜裏會再行凶，連自己是誰也糊裏糊塗。

一條細細的口水順著他那鬍子雜生的下巴淌下來。對他來講，一切都不是眞實存在的——他白天的生活不是，他怕被人發現的擔憂也不眞實；只有這些幻覺生產的、流遍他沉重軀體和笨拙四肢、電擊般的感覺才是眞實的。他的左手突然抽搐起來，喉嚨左邊也哽噎了。

我討厭這個傢伙！我不想喝他的血。他是個不入流的殺手。我渴望喝的是她的鮮血。

瞧她靜靜獨處的樣子，陷入沉思默想，那麼不起眼，那麼知足，全神貫注於閱讀那本她已十分熟悉的小說。她的思緒彷彿飛回到最初讀這本書的年代，地點是在紐約市、列克星頓大街上一處人群擁擠的冰菓室。那時她還是名穿著入時的年輕女秘書，穿著紅色的羊毛裙和白色的褶邊襯衫，袖口上飾有珍珠鈕扣。那時她在一座石頭蓋的辦公大樓上班。那棟大廈漂亮極了，電梯裝有華麗的黃銅梯門，大廳鋪著深黃色的大理石地磚。

我想把雙唇壓迫在她對往事的回憶，想使她回憶起自己的高跟鞋曾在大理石地磚上咔嗒、咔嗒地踏過，並想起自己當年姣好的形像：一面把純絲長筒襪套在光潤柔軟的小腿上，一面小心不要讓自己塗著指甲油的修長指甲把絲襪劃破。我凝視片刻她的紅髮，似乎看見了她曾戴過的那頂奢華黃色寬邊禮帽，款式其實很醜，但仍充滿魅力。

這才是值得我飲的鮮血！我感到十分飢渴，程度是我在近數十年的生命中十分罕見的。這次大齋節的禁食來的眞不是時候，幾乎超出我能忍耐的限度。哦，上帝，我眞想把她吸個痛快！

從樓下的街道上，一聲輕輕的嗽喉聲從那愚蠢而笨拙的殺手嘴裏傳來。所有湧入我吸血鬼耳朵的雜音洪流中，惟獨這一聲最有穿透力，清晰可辨。

終於，這混蛋東倒西歪地離開牆壁，先是側了一會兒身，好像要在地上爬似的，接著晃悠悠地朝我們踱來，走進小院子，邁上台階。

難道我會讓他嚇著她嗎？這樣好像不妥。他就在我的掌握中，不是嗎？但我還是讓他把一根小金屬條插進她門把手上的圓孔裏，讓他把門鎖強行打開。那鎖鏈也從朽木中脫落。

他邁進屋裏，冷冷地盯住她。她嚇壞了，身子縮進搖椅中，那本書從她膝蓋上滑落到地上。

哈，可就在這時，他一眼看見了站在廚房走廊裏的我——一個影子般的年輕男子，穿著灰色的天鵝絨套裝，墨鏡推到額頂上。我也像他那樣面無表情地盯著他。他有沒有看見我那紫羅蘭色的眼睛、雪白如去光象牙的皮膚、狀如一團無聲爆炸的白光的頭髮？抑或我只是擋在他和他罪惡目的之間的一個障礙、大煞他的風景？

緊接著，他奪路而逃，跑下台階。那個老太太尖叫著跑過去，「砰」地一聲把木頭大門關上。

我跑出去追他，不在乎腳是不是觸到地面，故意讓他在拐過街角時看到我站在路燈下作猶豫狀。我們若即若離地兜了半個街區的圈子，然後我才朝他直奔過去，在常人看來像是一陣風，不值得注意。接著我突然在他身邊站住，聽著他痛苦地呻吟一聲拔腿又跑。

就這樣，我們做著這個「遊戲」又繞了幾個街區。他先跑，然後停下來，卻猛地發現我就在他的身後。他渾身大汗淋漓，薄薄的化纖襯衫很快就浸透汗水，貼在光滑無毛的胸膛上。

最後，他總算跑回那家廉價旅館，重重地踩著樓梯，朝自己住的破房間跑去。等他跑回最高一層的那個小房間，我已經在裏面等著他。不等他喊出聲來，我就把他摟住。他的髒頭髮散發出惡臭，直衝我的鼻孔撲來，還夾雜著淡淡的化學織物襯衫上的汗酸味。不過現在我也不在乎。他很粗壯，在我的懷抱裏熱乎乎的，活像隻多汁的閹雞，胸膛頂著我劇烈起伏。他血液的氣味充斥我的大腦。我聽見他的血抖動著流過左右心室、瓣膜和被壓迫得難受的脈管。在他眼底下的那塊柔軟發紅的肉上，我舔到血液。

他的心臟怦怦狂跳，幾乎要破裂，我得特別小心，別把他擠扁了。我用牙齒咬住他脖子上的那塊潮濕而堅韌的皮膚。唔，滋味不錯，我的兄弟，我可憐而困惑的兄弟。不過，這鮮血是多麼充沛而味美呵。

噴泉鑿開了；他的生命化爲排水管。所有那些老頭兒老太太都是在血流裏漂浮的屍體；隨著他在我的懷抱裏慢慢癱軟下來，他們也在這血流翻騰打滾，互相碰撞。他不開玩笑，輕易得逞，既不耍花招，也沒有預謀。這傢伙一直粗野得像隻蜥蜴，一隻接一隻地呑食著蒼蠅。上帝呵，了解這點就如同了解巨型爬蟲統治地球的那個時代，且長達一百萬年之久，只有它們的腥黃眼睛注視著打雷下雨，日升月落。

不在乎。我放他一馬，讓他跌跌撞撞一聲不吭地從我懷抱裏掙脫。我沐浴在他那哺乳動物的血泊。還不錯。我閉上雙眼，讓這蜿蜒的熱流穿過我的腸子，或流經我強壯雪白肉身的任何腔道。我醉醺醺地看著他連滾帶爬地穿過房間。他眞是笨得出奇。我輕而易舉地從凌亂和撕破的報紙堆中、從打翻的咖啡杯下把他揪回來；冷咖啡潑在灰褐色的地毯上。

我揪著他的脖子把他拖回來，他那雙茫然的公牛眼向上翻著白眼。接著，他胡亂踢我，這個專殺老弱病殘的惡棍，鞋子蹭著我的下頦。我再次把他舉到飢餓的嘴邊，十指穿過他的頭髮，並感到他的身體僵硬起來，彷彿我的指尖在毒藥裏浸泡過。

他的鮮血再次注入我的大腦。我感到它使我臉頰的微血管痲酥，彷彿像觸了電。它甚至「突突」跳著，流入我的指尖，還使我覺得一股熱辣的暖流自上而下貫穿脊柱。一口口的鮮血注入我的身體。這個血氣方剛的漢子呀。然後我又把他放開，等他跌跌撞撞地剛要跑開時，我又追上去把他揪住，拖回房間，讓他面朝著我，然後一把甩出去，再讓他滿地掙扎。

他現在衝著我說著什麼：本該是一種語言，可又不是。他衝我連踢帶打，可是他的眼睛已經看不清。直到這時，他才感到了一種悲憤的尊嚴，雖已視線不清，但怒容滿面。我好像在幫那些古老的傳奇、石膏塑像和不知叫什麼名字的聖人的回憶錄添枝加葉，增加新的篇章。他的爪子撓著我的鞋面。我又把他提起來，再次撕開他的喉嚨。可這次他的傷口已經過大。他完了。

死亡降臨，像一個拳頭捅進他的胃腸。有一陣兒我覺得噁心，接著鮮血的熱氣、充沛和光亮的外表，帶著他最後的一絲氣息湧遍我的全身。

我一頭倒在他骯髒的床上，不知道躺了多久。

我凝視著低矮的天花板。直到屋裏的酸臭和霉爛味夾雜著屍體的腐臭讓我受不了，才從床上爬起來，搖搖晃晃地走出去，模樣肯定像他剛才那樣笨拙。我讓自己像凡人那樣輕鬆自然地走著，像他們那樣滿臉怒氣，一言不發。我不想讓自己像個幽魂，虛無飄緲，長著翅膀，晝伏夜出。我想當人類，感覺像個人，讓他的鮮血流遍我的全身。

可這還不夠，還差得遠！

我全部的希望都在哪裏？那些筆直粗壯的矮棕櫚樹的扇狀葉片拍打著樓房的灰墁牆壁。

「哦，你回來了。」她對我說。

她的嗓音低沉穩重，沒有顫抖。她正站在那把花格布繃面、兩只槭木扶手已經破舊的醜陋搖椅前，透過一副銀絲邊眼鏡盯著我，手裏還抓著那本平裝小說。她的嘴巴很小，沒有造型的圓狀，露出一點黃牙，難看得和她那堅定無畏、個性十足的深沉語調形成鮮明對比。

她衝我微笑！這時她到底在想什麼？她爲什麼不祈禱上帝保佑？

「我知道你會回來。」她說，說完她摘下眼鏡。她的目光炯炯。她瞧見什麼？我哪裏使她這麼好奇？像我這樣呼風喚雨、無所不能的魔鬼居然被她瞅得無地自容，差點哭起來。「是的，我知道，」她補充道。

「是麼？你怎麼知道的？」我邊囁嚅著邊朝她走過去；這間普通的小屋使我感到溫馨和愜意。

我伸出細長得可怕蒼白得不像人的手指──但卻有勁得足以把她腦袋擰掉──觸摸她瘦小的喉嚨。我聞到一股鮮奶油的氣味，要不就是雜貨店的另一種氣味。

「對，」她輕鬆而肯定地說。「我一直都清楚這點。」

「那就吻我吧，愛我吧。」

她的身體眞熱，雙肩眞瘦小；人老珠黃，這最後的枯萎煞是壯觀；花雖已凋謝，仍充盈著淸香。淡藍色的靜脈在她鬆弛的皮下蜿蜒曲張。在她闔上雙眼時，眼瞼的線條很美。頭皮向上蔓延，包住她的頭蓋骨。

「帶我去天堂，」她說。聲音發自內心。

「不行；但願我有這個能力，可是我不行，」我衝她的耳朵愉快地低語。

我用雙臂把她接住，用鼻子拱著她灰白色的柔軟髮窩。我感到她把枯葉般的手指貼在我的臉上，令我有點不寒而慄。她也在微微顫抖。哦，這個溫和、枯萎的小老太太，這個只剩下思想和意志的造物，僅包著一層鬆脆軀殼的微弱殘火！她只夠「喝一小口」，再沒別的了。

可是等我明白這點時已經太晚了；頭一股鮮血已經流在我的舌頭上了。我正在吸乾她。顯然，我吸血的呻吟使她警覺起來，但緊接著她就什麼也聽不見了……一旦吸血開始，他們就什麼也聽不清。

原諒我吧。

哦，親愛的！

我倆摟著慢慢倒在地毯上，像一對情侶倒在一叢枯萎而多節的花朵。我看到那本小說也落在身旁，看見封面上的那幅畫，可這好像不是眞實的。我小心翼翼地摟著她，生怕把她擠碎。可是我只是個空殼。死神正在她頭上迅速降臨，好像她自己正在一條寬闊的走廊裏朝我走來，在某個極其特殊和十分重要的地方，啊，對了，就是在紐約那座鋪著深黃大理石地磚的樓裏；連在這兒你都能聽見熙來攘往的車流，以及在樓下的大廳裏、樓梯口的門「砰」地關上的悶響。

「晚安，親愛的，」她耳語道。

我聽見了她的話嗎？她怎麼還能講話？

我愛你。

「是的，親愛的，我也愛你。」

她站在走廊裏。秀髮火紅筆直，在肩頭上打著美麗的捲兒。她正在微笑，她的高跟鞋一直在大理石地面上踏出尖銳而誘人的聲音。不過現在她的周圍只有沉寂，雖然羊毛裙褶仍在擺動；她正帶著一種怪怪的聰明表情看著我，舉起一把獅子鼻頭狀的黑色小手槍瞄準我。

你到底想幹什麼？

她死了。那聲槍響震得我的耳朵好一陣兒，除了嗡嗡聲什麼也聽不見。我躺在地板上，茫然地盯著頭上的天花板，鼻子聞到紐約一條走廊裏的火藥味。

但是這裏是邁阿密。她的鐘錶正擺在桌子上滴嗒滴嗒走著。從燒得過熱的電視機裏傳來卡萊・葛倫又尖又細的聲音，告訴瓊・芳登他愛她，使她感到十分幸福。原先她一直以爲卡萊・葛倫想要殺了她。

我也一直這麼以爲。

南海灘。我又來到郊區沿公路的霓虹燈商業區。只是這一次我離開熙攘的人行道，走過沙灘，向大海踱去。

我不斷走著，直到附近見不到一個人爲止；連海灘的流浪者和夜泳者也見不到一個。只有沙灘，白天的人群留下的所有腳印都已被海水沖刷乾淨；灰濛濛的夜間大海，不斷把它無盡的浪濤一層層拋向堅忍的海岸。天空是那麼緲遠，充滿疾走的雲塊和遙遠而不顯眼的群星。

我做了什麼？我殺害了她，殺害他的犧牲品，掐滅那個我本該救助的人類的希望之光。我又回到她那裏，和她一起躺下，並抓住了她，她打出的無形一槍爲時已晚。

我又滿足了自己對血的渴望。

事後，我把她放在她那張整潔的小床，蓋上灰暗的尼龍被，把她的胳膊交叉抱在胸前，爲她闔上雙眼。

親愛的上帝，請幫助我。我那些無名的聖徒在何方？那些長著羽翼、要把我送入地獄的天使又在何方？待他們眞正降臨時，他們是否是你見到的最後一件美好事物？當你沉淪火海裏之後，你還能跟著他們一道升天嗎？你還能指望最後瞥見他們那金色的小號、和他們那映照上帝容光的上仰臉孔嗎？

對於天堂我又了解多少呢？

我久久佇立在海邊，凝望雲塊飄移的無垠夜空，再將目光移回那些新建旅店的閃亮燈光和來回閃現的車頭燈。

一個孤獨的凡人站在遠遠的路邊，朝我這個方向眺望。也許他根本沒注意到我——一個渺小的身影，站在大海的岸邊。也許他只是像我這樣眺望大海，彷彿海濱充滿奇蹟，彷彿海水能沖刷洗淨我們的靈魂。

地球上曾經全是海洋；大雨曾連續下降一億年！可是現在宇宙卻爬滿了魑魅魍魎。

那個孤獨的凡人仍站在那邊，朝這邊張望。我逐漸意識到，他的目光越過空曠如洗的沙灘和稀薄的夜色，正凝聚在我的身上。是的，他在看著我。

我不假思索地也看著他，只因爲我不想轉身。接著一種古怪的感覺傳遍我的全身，一種我以前從未有過的感覺。它開始出現時我感到有點暈眩，接著一種微微刺痛的震顫傳遍我的軀幹和四肢。我覺得四肢越繃越緊，一點一滴地壓迫體內的物質。這種感覺如此強烈，我彷彿要被從我自己的軀體內被擠出去。我很吃驚，可又從中嘗到一點快感；這對我這麼一個鐵石心腸、麻木不仁的怪物來說尤其難得，這是種勢不可擋的興奮，像是吸血時的亢奮，雖然完全不像吸血那樣發自本能。並且，在我剛一開始分析它，我就意識到它已經消失。

我渾身戰慄。我曾經設想過這種場面嗎？我仍然盯著遠方的那個人類；這個可憐的人也緊盯著我，卻一點也不知道我是誰，是幹什麼的？

一絲微笑掛在他年輕的臉龐，脆弱而布滿驚詫。我慢慢想起來曾經見過這張臉，並進一步吃驚地發現，他臉上流露出也認識我以及那種古怪的期盼神情。突然，他舉起右手衝我揮舞。

莫名其妙。

不過我認出了這個凡人。更確切地說，我見過他不止一次。過了一會兒，記憶才鮮明地回到我的腦海。一次是在威尼斯，當我在聖馬可廣場上徘徊時；另一次是幾個月後，我在香港的夜市附近。這兩次我都特別留意過他，只因爲他也特別留意我。沒錯，那兒站立著，同一個高大健壯的身體，同樣濃密的褐色鬈髮。

簡直不可能。還是很可能？因爲他就站在那兒！

他再次打著問候的手勢，然後笨手笨腳地快步朝我跑來，邁著笨拙的步子距離我越來越近。我則站在原地，吃驚但不動聲色地看著他。

我掃描他的大腦。毫無想法，根本沒有開動。只有他的笑臉隨著他跑近，反射星光的海水逐漸清晰起來，他的恐懼連同鮮血的氣味一同鑽進我的鼻孔。是的，他很害怕，但又異常興奮。他突然看上去很誘人——又一個犧牲品，將要投入我的懷抱。

他灰褐色的大眼睛目光炯炯，雪白的牙齒泛著寒光。

他跑到距離我三呎遠的地方停下來，心怦怦劇跳，伸出一隻顫抖的汗手，要把一個鼓鼓而緺巴巴的信封交給我。

我仍然不動聲色地盯著他，既不露出被他得罪的傲慢，也不對他竟有膽量在這兒找到我的壯舉表示讚賞。我只是餓得恨不得把他一把揪起來，不假思索地吸他的血。我瞪著他，就要失去理智。我只看見了血。

他好像很明白這一點，也確實感到不對頭，就警覺起來，惡狠狠地瞪了我一眼，把那厚信封扔在我的腳下，站在鬆鬆的沙灘上突然向後一跳，轉身就跑。動作猛得差點摔倒，腿快得好像連身體也跟不上。

我的饑渴消退一點。我也許仍沒恢復理智，但卻在猶豫，而這就出現考慮的餘地。這個緊張兮兮的傢伙到底是誰？

我又試著窺探他的心思。什麼也沒有，眞奇怪。不過也有這種凡人，即便絲毫沒有意識到有人可能會窺探他們的心靈，他們也能把自己自然地僞裝起來，叫你摸不透。

他拚命地奔跑，樣子笨拙可笑，離我越來越遠，最後消失在一條漆黑的小街。

時間一分一秒地過去。

我現在再也嗅不到他的踪跡了，除了那個他丟在我腳邊的厚信封。

這一切到底意味著什麼？毫無疑問，他很清楚我是誰。我們在威尼斯和香港的兩度相遇並非巧合。他突如其來的恐懼——且不說別的——就說明這一點。不過我還是要稱讚他的勇氣。設想一下，跟蹤我這樣一個可怕的魔鬼，得需要拿出多大的勇氣才行。

難道他是個狂熱的崇拜者，趕來敲這神殿的大門，乞求我是否能出於憐憫或獎賞他的勇敢，賜給他一點「黑血」？這念頭使我突然憤怒且傷心，但我又很快不在乎。

我撿起那個信封，見上面是空白的，而且沒黏上。裏面有一篇印刷體的短篇小說，顯然是從一本平裝書上裁剪下來的。

這是厚厚一疊書頁，左上角用訂書機訂上。沒有任何留言。小說的作者是個可愛的傢伙，我很熟悉，名叫H・P・拉夫克拉夫特，專擅超自然和死亡題材。其實我也讀過這篇小說，並一直記得它的標題：《門前石階上的東西》。這標題曾讓我大笑。

「門前石階上的東西」？現在我又忍俊不住。沒錯，我記得這篇小說，寫得很機智，很有趣。可是這個陌生的凡人爲什麼要把這樣一篇小說送給我呢？荒唐可笑。我突然又生起氣來，或者說是氣怨交加。

我不經意地把這包東西胡亂塞進上衣口袋，沉思起來。是的，那傢伙肯定是失蹤了。我甚至分不清他和別人的區別。

唉，他要是明天夜裏再來誘惑我就好了：那時我的靈魂也許不會這麼厭倦疲勞，也許會比現在更在乎他一點，這樣起碼會把事情的來龍去脈搞懂。

可是眼下距離他匆匆來去好像已經逝去百億年。夜空曠得只剩下遠方大都市刺耳的叫囂和近處海濤灰濛的喧嘩。連雲層也逐漸稀薄乃至消失。蒼穹浩瀚寂寥。

我遙望頭頂上冷峻明亮的群星，聽任低吼的濤聲在我四周哀鳴。我最後看了一眼邁阿密——這座我十分鍾愛的城市——的萬家燈火，悲痛欲絕。

然後，我騰空而起，簡單得猶如心想事成，迅速得沒有凡人能夠看見。就這樣，我「呼呼」地穿雲破霧，越飛越高，直至這座宛如章魚爬的大城市化爲遙遠的一團星雲，最終從視線裏漸漸消失。

高空的風不分季節，一逕寒冷刺骨。我體內的血液被它包圍，彷彿原先的熱流根本就不曾存在。不久我的臉和雙手就罩上一層冰套，我像是被凍成冰棍。接著，這層冰套又移到我薄薄的衣服裏面，裹住我全身的皮膚。

但它並沒有讓我覺得疼；或者說它並沒有讓我覺得太疼，只是乾乾地裹著我，倒也不算太難受。我只是覺得淒涼、憂鬱，一切值得活下去的東西都沒有了——熊熊燃燒的壁爐火燄，親人的愛撫、熱吻和拌嘴，還有愛情、渴望和鮮血。

哦，那些規勸可憐的人們說，如果不流血供奉、宇宙就會不復存在的阿茲特克❸衆神肯定都是些貪婪的吸血鬼。想像你自己就主持著這樣一座祭壇，手指打著榧子招喚人們一個個地過來，然後把他們充滿鮮血的心臟壓在你的嘴上，像吃一串串葡萄似地吮吸裏面的鮮血！

我乘著這股冷風翻滾遨翔，忽而下降，忽而上升，有時展臂迂迴，有時併攏直飛。此刻我像個仰泳者仰躺前進，再次凝視盲目而冷漠的繁星。

我僅憑著意念向東飛行。倫敦上空雖然仍籠罩著夜幕，但鐘錶已指向黎明的時辰。已經到了倫敦。應該向我的凡人朋友大衛・泰柏特道別了。

自從我們上次在阿姆斯特丹見面後，時間已過去數個月。我當時很粗暴地離他而去，對此及對打擾了他而深感羞愧。從此我一直監視著他，但沒有直接找他麻煩。現在我清楚無論情緒多壞，我也要去找他。毫無疑問他也想讓我去。這是件適宜和體面的事，應該去做。

有一刻我還想到了我親愛的路易斯。他大概正在紐奧爾良沼澤深處、那所搖搖晃晃的小房子裏，一如既往在月光下讀書，或遇到陰天無月夜時在晃動的燭光下破卷。不過向路易斯告別可能已經太遲……如果說我們當中有誰最能善解人意，那就是路易斯。至少我是這麼想的。很可能實際情況正好相反……

我飛向倫敦。

---

❶大齋節，復活節前爲期四十天的齋戒及懺悔，以紀念耶穌在荒野禁食。

❷雙排扣，前後擺長至膝部。

❸Aztec，墨西哥的印第安人，有高度的文明。

2

倫敦郊外的泰拉瑪斯卡總部。深宅大院裏，古樹參天，寂寥無聲。厚厚的白雪蓋滿傾斜的屋頂和寬闊的草坪。一座漂亮的四層樓建築，布滿豎框鉛製的窗戶，幾座煙囪不斷把濃煙吐入夜空。

這個地方有數間深色木窗格的圖書室和起居間，臥室都有格子鑲板的天花板和厚厚的法國勃艮第地毯。餐廳安靜得像修士會的餐室，成員都是虔誠的修士和修女，會讀心術，看手相算命，預卜你的未來，並能準確測算出你的過去。

是巫師嗎？嗯，也許其中有幾位是。不過他們大多數都是學者，奉獻畢生來研究神祕之事。其中有幾位更博學，有幾位更執著和鑽研。譬如，在這所宅院裏，就有幾位成員專門研究吸血鬼和狼人；其實在別的總部裏——阿姆斯特丹、羅馬，或坐落在路易斯安那州沼澤深處——也有這樣的人才。他們能感受到凡人潛在的致命心靈念力（如遙控放火或致人於死），同鬼怪說話並收聽到它們的回答；他們曾同無形的存在體搏鬥，戰勝或輸掉。

一千多年來，這種研究組織一直存在至今。事實上它的歷史更悠久，但是它的起源卻一直神祕莫測，更準確地說，是大衛不想向我解釋。

那麼泰拉瑪斯卡是從哪兒弄到錢呢？在它的地窖裏貯藏著大量金銀財寶。它在歐洲各大銀行的投資極富傳奇色彩。它在英國所有城市都擁有房地產；就算它不擁有別的，僅這一項就足夠維持它的生存。況且它還擁有各類古典珍寶、繪畫、雕塑、掛毯、家具古董，各種飾物。它們的取得方式都和各類神祕學的案例有關，而這些是不能以金錢的價值來計算，因爲它們的歷史和學術價值遠遠超過人類所能做的任何評估。

單是它的圖書館的價值就等於一筆巨款，無論用哪國貨幣計算都是如此。館內珍藏著各種文字的手稿，有些來自數百年前燒毀的那座著名的亞歷山大圖書館；還有些來自殉道的卡特里派教徒❶的圖書館，其文化現已消亡。此外還有古埃及的文獻，讓考古學家瞟一眼都會樂得開殺戒。還有由幾個已知的超自然物種人士撰寫的文稿，其中包括吸血鬼物種。檔案室裏還有我寫的一些信件和文稿。

這些寶貝沒有一件引起過我的興趣。從來沒有。有時候，我想開個玩笑，想過破門而入，從地窖裏偷回幾件曾屬於我熱愛的聖物。我知道這些學者搜集不少我扔掉的東西，比如在上世紀末我從巴黎住所裏扔掉的物品，以及我從花園區街道旁的老房子裏丟棄的書籍和擺設。我曾在那所老房子的地下沉睡過幾十年，完全不在乎那些在上面腐朽的地板上走來走去的人。天曉得這些學者還從時間那長滿利齒的嘴裏搶救了多少「遺產」。

不過我已不再關心這些事情。他們搶救了什麼，就讓他們留著好了。

我所關心的是大衞，也就是那位泰拉瑪斯卡的會長。他曾經是我的朋友，直到很久前的那個夜晚，當我穿過那扇四層樓高的窗子、粗魯而衝動地離開他的私宅爲止。

他當時十分勇敢沉著。我很喜歡他的樣子，個頭高大，臉上長有許多深刻的皺紋，鉛灰色的頭髮。那時我就懷疑年輕男人是否能擁有這種美。不過他最吸引我的地方還在於他了解我，知道我是什麼。

我吸收你加入我們怎麼樣？你知道我能辦到……

他絕不會動搖自己的信念。他當時這麼回答：「哪怕讓我去死我也不接受。」但是我的存在還是讓他著迷；雖然從初次見面起他就把自己的思維掩飾得很好，讓我看不透，可是這點他卻掩飾不住。

確實，他的心靈成爲一個封鎖的保險櫃。我只對他那喜悅慈祥的面容和溫柔有教養的嗓音——連魔鬼同他講話都會變得彬彬有禮起來——印象深刻。

現在，我踏著英國隆冬的秋雪，於凌晨到達總部，朝著大衛那熟悉的窗子走去，卻發現他的屋子熄了燈，裏面沒人。

我想起了和他最近的一次見面。難道他又去了阿姆斯特丹？

上次找他我去得很突然，所以能在他那幫聰明的巫師發覺我在窺探他的活動並迅速採取行動——他們的這一手很有效——之前找到他。

似乎某項重大的使命又驅使大衛去了荷蘭。

荷蘭的總部比倫敦郊外的這所還要古老，其地窖的門只有這位總會長才能打開。大衛必須找到林布蘭❷的一幅肖像畫（這是該組織擁有的最珍貴的財富之一），把它複製下來，然後把複製品送給他的密友阿倫・萊特納。後者在進行一項重大的超自然調查中需要它，該項調查正在美國展開。

我曾經跟踪大衛到過阿姆斯特丹，並在那裏監視過他；不過我一直告誡自己不要騷擾他，就像我以前多次做過的那樣，跟而不擾。

現在讓我將那段往事講給你聽。

他在夜晚輕鬆地散步，我一面遠遠地跟著他，一面掩飾我的沉思，熟練得不亞於他一貫遮掩他的沉思。他沿著辛格爾林蔭道漫步，一邊走一邊不時停下腳步欣賞那些狹窄而古老的荷蘭民宅。這些住宅都有很高的階梯山牆，明亮的窗子沒有拉上窗簾，好像故意讓過路人看著開心。他那高高的身材在榆樹下留下醒目的輪廓。

我差不多馬上就覺出他產生變化。他仍像往常那樣帶著手杖，雖然他顯然還用不著它。他把它扛在肩上，像以前那樣用手指輕彈。他一面散步一面沉思，神情顯然憂鬱而不滿。時間一小時一小時地流逝，而他就這樣無目的地漫遊，彷彿光陰對他來講一點也不重要。

我不久就清楚地看見，大衛正在回憶往事。我時不時地窺見他年輕時在熱帶地區的某個鮮明的形象，甚至窺見一片翠綠的叢林，與這個天寒地凍的北國城市截然不同。我自己還沒有夢見過這種老虎。我不明白它意味著什麼。

他的回憶斷斷續續、支離破碎。眞氣人。大衛把自己的思維活動埋在心底的技能眞高超。

他還是向前走，有時候好像被人趕著。我也一直跟著他；奇怪，看著他在距我幾個街區的前方走著，我心裏感到安適。

要不是自行車老是「颼颼」地從他身旁駛過，還眞看不出來他已經是個老人。那些自行車總是嚇他一跳。他具有老年人那種動作不協調的恐懼，怕被撞倒受傷，所以總是忿忿地瞧著那些騎過去的年輕人，然後又陷入深思。

等他一定得返回總部，天差不多已經亮了。看來每天白天的大部分時間他一定是在睡覺。

一天晚上，當我追上他的時候，他又正在散步，而且還是好像沒有目的地。他更像是在阿姆斯特丹的許多鋪滿卵石的窄小街道上閒逛。他似乎很喜歡這樣，如同我知道他也喜歡威尼斯；這不難理解，因爲這兩座城市儘管有很大差異，卻也有相同的魅力——霧氣濃郁，色調陰鬱。威尼斯是座天主教城市，充滿可愛的腐化和墮落；阿姆斯特丹則是座基督教城市，因此非常整潔且有效率，使我滿意得不時微笑。

翌日夜晚，他又獨自散步，一邊小聲吹著口哨，一邊輕快地走了一程又一程。我不久就明白：他在故意繞開總部。的確，他好像是在躲避一切。所以，當他的一位老朋友——也是個英國人，也是這個組織的一名成員——偶然在萊德塞大街的一家書店巧遇他並同他寒暄，他起初顯得極不自然。

英國人在討論和斷定這類事情時非常有禮貌。不過這也正是我要把它和卓越的外交技巧區分開來之處。大衛正在怠忽自己作爲總會長的職守。他把所有的時光都消磨在外面。在英國時，他越來越常回自己在考茨沃爾茲的祖居。

他怎麼了？

對於對方提出的各種建議和暗示，大衛只是不屑一顧地聳聳肩，好像他對這種交流沒什麼興趣。他含糊其辭地發表點了意見，彷彿是說泰拉瑪斯卡即使一百年沒有總會長也能管理好自己，因爲它紀律嚴明，恪守傳統，而且成員都具有獻身精神，克盡職守。說完，他踱進那家書店瀏覽，買了一本平裝的歌德《浮士德》英譯本，然後，他又獨自在一家印尼小餐館裏吃飯，把《浮士德》在自己眼前攤開，一邊吃著辛辣的美餐，一邊瀏覽書頁。

在他忙著舞刀弄叉，我回到那家書店，也買了一本同樣的書。這眞是一本奇書！

我可不敢說讀懂它，也不明白大衛爲什麼要讀它。理由也許很明顯，我也許會立即拋棄這個念頭，但這本書確實把我嚇壞了。

不過我還是挺愛讀它，尤其是結尾浮士德升天那段。我認爲在更古老的傳奇裏不會發生這種事情。浮士德總是下地獄的。我把它歸到歌德的浪漫主義的樂觀態度以及他寫這個結尾時已是耄耋之年。耄耋老人寫的作品總是特別有力量，特別有趣，發人深省，引人沉思；這很可能是由於特別具有創作耐力的人在眞正進入老年之前，總要淘汰太多其他藝術家的緣故。

就在這凌晨時刻，在大衛消失在總部之後，我獨自一人在這座城市裏漫遊。因爲阿姆斯特丹是他生命的一部分，他對這個城市很熟悉，所以我也想了解它。

我穿過龐大的帝國博物館，追尋我一向熱愛的林布蘭繪畫。我像賊一樣溜進約登布雷大街的林布蘭故居；現在它成爲一座小型紀念館，白天開放，讓大衆前來拜謁。我還在城裏許多狹窄的巷子裏穿行，感受它們古色古香的韻味。阿姆斯特丹是座令人興奮的城市，擠滿來自新近一體化歐洲各國的年輕人，是一座不夜城。

要不是爲了尋找大衛，我恐怕絕不會來到這裏。這座城市從沒引起過我的遐想。而現在我卻發現它特別愜意，過夜生活的人那麼多，是個讓吸血鬼大顯身手的好地方。不過我想見的當然還是大衛。我覺得至少我得同他寒暄幾句才能離開。

終於，在我到達一個星期之後，我在空蕩蕩的帝國博物館找到大衛。當時太陽剛下沉，他坐在一張長椅，面對著林布蘭的一幅傳世的肖像畫：〈布商行會的會員〉。

難道大衛知道我曾來過這裏？不可能。但他分明坐在我眼前。

一名警衛正在和大衛告別。從他和大衛的交談中可以明顯看出，他那個受人尊敬的組織——都是些因循守舊頑固不化的神秘學學者——對所居住的各個城市的藝術收藏都貢獻良多。所以這些博物館便對該組織成員前來欣賞他們的收藏大開方便之門，而一般民衆在此時都不得入內。

想想看，我卻只好像個低級竊賊似地偷偷闖進這些藝術殿堂！

當我朝他走過去時，屋頂的大理石展廳已是鴉雀無聲。他仍坐在那張長長的木製椅子上，右手無力而隨意地拿著那本《浮士德》，現在它已被翻舊了，夾滿書籤。

他正目不轉睛地盯著那幅油畫。畫面上，幾個體面的荷蘭人聚攏在一張餐桌旁，大概正在談生意，同時眼睛卻從黑色大禮帽的寬帽簷底下平靜地凝視著觀畫者。但這還不是此畫的全部效果。那幾張臉全都細膩而優美，充滿智慧、修養和近乎天使般的耐心。確實，這些男人與其說是普通人，不如說更像天使。

他們好像保守著一個很大的祕密，假如人類全都了解了這個祕密，大概地球上就不會再有戰爭、罪惡和惡意。這樣的人怎麼成了十七世紀阿姆斯特丹布商行會的會員呢？但是這樣我就扯遠了……

我悄悄走出陰影，慢慢朝他走過去。他猛然看見我，嚇了一跳。我在他旁邊坐下。

我的打扮像個流浪漢，因爲我在阿姆斯特丹沒有去找像樣的住所，我的頭髮也被風吹得亂蓬蓬。

我筆直地坐了很長時間，一言不發，用一個類似人類嘆氣的意念敞開心扉，讓他知道我十分關心他的健康和幸福，並已經盡了最大努力不去打擾他。

他的心臟跳得很快，面部表情在我扭頭去看他時一下子變得寬厚、熱情起來。

他伸出右手抓住我的右臂，說：「像以往那樣，見到你我很高興，太高興了。」

「不過，我曾傷害過你。這我明白。」我不想告訴他我是如何跟踪他的，也不想說我偷聽了他和他同仁的對話，亦不願多講我的親眼所見。

我發誓不再用我的老問題去折磨他。可是當我注視他時，還是看到死亡，尤其是他睿智和快樂的神情及眼裏閃爍的活力更使我想置他於死地。

他意味深長、若有所思地注視了我一會兒，然後撤回右手，目光又移回到那幅畫上去。

「世上有哪個吸血鬼長著這樣的臉？」他指著畫布上那些正朝下盯著我們的男人，問我。「我指的是藏在這些面孔後面的智慧和理解力。我指的是某種比那些喝人血的超自然生物更代表永恆的東西。」

「吸血鬼長著這樣的臉？」我回答。「大衛，你這麼說不公平。人也不會有這樣的臉，從來沒有過。你去瞧瞧林布蘭的任何一幅畫吧。相信他畫中的人物實際存在是很荒唐的；相信任何林布蘭時代的阿姆斯特丹充滿這樣的人，任何男人或女人只要進過他的家門就是天使，這就更荒唐。不，你在這些面孔裏看到的是林布蘭他自己，而林布蘭當然是永恆的。」

他微笑了，說：「你說的不對。而且我看出你周身發散出絕望的孤獨感。你難道看不出來嗎，我不能接受你的禮物，否則你會怎麼想我呢？你還渴望我陪伴你嗎？而我是不是也需要你呢？」

他最後兩句話我幾乎沒聽見。我仍然凝視那幅畫，凝視那些確實像天使的男人。我心中感到憤怒，不願在此逗留了，我發誓不再攻擊他，他卻捍衛自己反對我。唉，我眞不該來。

繼續監視他，可是不在這兒糾纏了。我再次迅速溜走。

他見我要溜，氣得火冒三丈。我聽見他的聲音響起在空蕩蕩的大廳裏。

「你就這樣走眞不公平！你這樣做太粗魯了！你難道沒有自尊嗎？連自尊都沒有了，還談得上禮貌嗎？」突然他打住了，因爲他瞧不見我了，我就像突然消失了一樣，空曠冷清的博物館大展廳裏只有他獨自一個人在對自己大喊大叫。

我感到害羞，可是同時又氣惱得不願再回去找他。我也不知道爲什麼。我哪點得罪了這個人！馬瑞斯要是知道了這事，準會罵死我。

我在阿姆斯特丹裏流浪好幾個小時，偷去幾張我最愛用的羊皮書寫紙和一支永遠流出黑墨水的自動金筆，然後來到老紅燈區，找了一家吵吵鬧鬧邪惡泛濫的小酒館，置身在那些濃妝艷抹的妓女和吸毒的流浪青年中，給大衛寫一封信。只要我旁邊擺著一大杯啤酒，就不會有人留意和打擾我。

我「刷刷刷」地寫了一句又一句，也不知道自己都寫些什麼，只明白我要告訴他，我對我的舉止粗魯感到歉疚，說我剛才在注視林布蘭肖像畫裏的男人時心靈受到震撼。下面就是我匆匆忙忙寫下的雜感：

你說得對．我這樣無禮地離開你確實教人瞧不起。更糟的是這是懦夫行爲。我向你保證，下次再見到你時，我一定讓你把你想說的都說完。

我自己有一套對林布蘭的看法。我曾經在世界各地花費極多時間來研究他的繪畫——在阿姆斯特丹，芝加哥，紐約，在任何有他繪畫的地方。正如我對你講過的那樣，雖然林布蘭的繪畫使我們相信許多靈魂高尚的人確實存在過，我卻堅信他們不過是子虛烏有。

這就是我的理論。當你了解它時請切記，它包容所有的相關因素。而這種包容性在「科學」一詞具備其現代含義之前，一直是衡量理論是否高雅的標準。

我相信，林布蘭在年輕時把自己的靈魂出賣給魔鬼。這次交易很簡單。撒旦答應讓林布蘭成爲當時最著名的畫家，還把大批凡人送給林布蘭畫肖像。他還送給林布蘭財富，在阿姆斯特丹給他建造一所漂亮的房子，讓他先娶了妻子又有了情婦……之所以這樣慷慨，是因爲撒旦堅信他最終會擁有林布蘭的靈魂。

可是和魔鬼相遇卻改變了林布蘭。他在目睹了無可辯駁的惡的證據之後，發現自己整日思索「什麼是善？」這個問題。他在他描繪對象的臉上努力尋找其內在的崇高性，並且驚奇地發現，即使在最卑微的人身上，他也能看見高尚的明聖火花。

他的畫技如此高超，使他不僅能發現這種善，而且能把它描繪出來，他能讓自己對善的認識和信仰彌漫整個畫面。請注意，他並沒從撒旦那兒學到任何畫技：技法從一開始就是他自己的。

隨著一幅幅肖像的完成，他越來越深刻地理解了人類的美好和善良。他理解了每顆心靈都容納有同情和智慧。隨著他不斷畫下去，他的技法也日臻完美；對無限事物的瞬間捕獲和把握變得越來越微妙；畫中人物也愈加特別，有個性；畫作也一幅比一幅更壯麗、寧靜和崇高。

終於，林布蘭畫的臉不再是有血有肉的人臉，而成爲精神化的面部表情，成爲男人或女人體內精神的面部表現；肖像成了那個人在他或她最善良時刻的幻像，成了該人神聖化的象徵。

所以，〈布商行會的會員〉中的商人們看起來才像上帝聖徒中那些最年老最智慧的聖徒。不過，這種精神深度和透在林布蘭的自畫像中還是多有表現。你當然清楚，他給我們留下了一百二十二幅自畫像。

你知道他爲什麼畫了這麼多自畫像嗎？是他向上帝發出的個人請求，呼籲上帝關注他這個人的進步，因爲他經由對同類的密切觀察，已經接受了宗教的徹底改造。「這些畫就是我的顯聖，」林布蘭對上帝如是說。到林布蘭快壽終正寢時，魔鬼撒旦對他起了疑心。他不想讓自己的寵兒的創作如此輝煌，充滿熱情和善良的繪畫作品。他始終認爲荷蘭人是講究實際因而也就是世俗的民族。可這些油畫卻充斥著華麗的衣著服飾和昂貴的生活用品，閃耀著無可辯駁的事實：人類和宇宙間的任何其他生物完全不同，是肉體與永恆精神的巧妙結合。

是呵，林布蘭強忍著魔鬼對他的咒罵和誹謗。他失去在約登布雷大街的漂亮寓所，失去了情婦，最後甚至連兒子也失去了。但他還是一個勁兒地畫，沒有絲毫痛苦和墮落的傾向；他繼續在作品中注入著愛和善良。最後他終於躺在床上面對死亡。魔鬼撒旦在他周圍快活地走來走去，神氣活現，隨時準備扯下林布蘭的靈魂，捏在它罪惡的手指之間。但就在這時，天使和聖徒們大聲祈求上帝來干預此事。

「在整個世界上，難道還有誰比他更了解善嗎？」他們用手指著垂死的林布蘭問。「難道還有誰比這位畫家表現了更多的善嗎？如果我們想了解人類高尚的一面，我們就去看他的肖像畫。」

於是上帝就打破了林布蘭與魔鬼簽定的契約。祂收取林布蘭的靈魂。而最近剛從完全相同的情形丟掉浮士德靈魂的魔鬼則氣得發瘋。

於是，他企圖讓林布蘭的生平變得沒沒無聞。他要讓林布蘭的所有個人財產和紀錄都被時光的巨流所吞沒。這就是我們對林布蘭的眞實生活以及他的性格、個性幾乎一無所知的原因。

然而撒旦左右不了這些油畫的命運。他雖然做了嘗試，卻沒有使人們把這些畫燒掉，或拋棄，或丟在一邊置之不理、而去推崇新潮、現代的畫家。相反，奇妙的事情在不知不覺中發生了：林布蘭成了有史以來最受愛戴和崇拜的畫家；他成了有史以來最偉大的畫家。

這就是我對林布蘭和他畫的那些臉的看法。

假如我是凡人，我就會寫一部關於林布蘭和這個主題的長篇小說。可惜我不是凡人，我無法藉由藝術或偉大的作品來拯救自己的靈魂。我是個類似魔鬼的怪物，只有一點不同：我熱愛林布蘭的繪畫！

但我還是一看到它們就心痛欲裂。看到你坐在博物館裏，我的心都碎了。你說的很對，世上沒有哪個吸血鬼臉長得像〈布商行會的會員〉中的聖徒。

所以我在博物館要那麼無禮地離開你。我可不是出於魔鬼的狂怒，而只是出於悲哀。我再次向你保證，等下一次咱們再見面時，我一定讓你把想說的話都說完。

我在這封信的底端草草寫下我的巴黎經紀人的編號和通信地址；過去我給大衛寫信時總這麼寫，儘管他從來沒有回過信。

然後我繼續我的各地朝聖，重訪世界各大博物館中的林布蘭藏畫。我在旅行中沒有遇到任何挫折能動搖我對林布蘭的善的信念。這次朝聖證明是懺悔性質的，因爲我堅持我對林布蘭的推斷。不過我再次下決心，絕不再找大衛的麻煩。

接著我就做了這個夢，**老虎，老虎**……，大衛處在危險中。我在路易斯的小木屋裏我專屬的睡椅上猛地驚醒，彷彿被一隻警告的手搖醒。

在英國，黑夜快要過去。我得趕快。可是當我最後找到大衛時，他卻正在考茨沃爾茲的一個古雅的鄉村小酒館裏飲酒。只有一條狹窄難走的小道通往這裏。

這就是他的家鄉，離他祖先的莊園不遠。我迅速查看了一下周圍的環境——是個只有一條街的小地方，有幾座十六世紀的建築，一些店鋪和這家生意取決於遊客多少的小酒店；大衛自己出資修繕這座小酒店，並越來常來光顧這裏，以逃避倫敦的生活。

是個特別怪異的小地方！

大衛卻一邊狂飲他最愛喝的麥芽蘇格蘭威士忌，一邊在餐巾紙上塗抹著畫魔鬼的形象。是彈詩琴的惡魔梅菲斯特嗎？還是長著犄角的撒旦在月光下舞蹈？一定是他的低落情緒被遠在千里之外的我覺察到，更確切地說，是他的垂頭喪氣引起那些監視者的關注，而我捕獲只是這些人眼中的他。

我渴望同他交談，但又不敢。我本來會在這小酒館裏攪個天翻地覆，可是當我見到那位擔著心的老店主和他手下那兩個一言不發的大塊頭伙計一直保持戒備、抽著難聞的菸斗注視著這個派頭十足的本地貴人——他正醉得像位領主——我就沒這麼做。

我在附近站了一個小時，透過酒館的小窗戶朝裏張望。然後我就走開了。

這已是往事了。現在，在過去了不知多久之後，大雪揚揚灑灑地在倫敦飄落，靜靜地蓋在泰拉瑪斯卡總部高高的門上。我又在尋找他了，心灰意懶，覺得我在這個世界上必須要見的就只有他一個。我掃瞄了一遍院內所有成員的心靈，睡著、醒著的都算在內。我喚醒他們。我聽到他們紛紛醒來，好像都從床上爬起來擰亮了電燈。

幸虧我已在他們把我關在門外之前，得到了我想要的東西。

大衛已經去了考茨沃爾茲的那座祖先的莊園，大概就在那個有家怪怪小酒館的小村莊附近。

唔，我能找到他，對不對？我要去那兒找他。

隨著我飛近地面，雪越下越大。我既寒冷又生氣，喝過血的記憶全都消失。

別的夢境又回到我的腦海；它們在寒冷的冬天總是這樣。這些夢都和我凡人的童年時代下的可怕的大雪有關，同我父親城堡裏的那些冰凍的石頭房間和生起的一小堆火有關。我恍惚見到我那幾條兩耳下垂的大猛犬躺在我身邊的乾草堆裏打鼾，把我弄得既暖和又舒服。

這些狗在我最後一次獵狼時都給殺死了。

我極不情願回憶這段往事，然而回憶它卻又使我感到親切：聞著那一小堆火淡淡的氣味，那幾條凶猛的大狗同我嘻戲打鬧。我活躍極了，高興極了——而那次獵狼根本就不曾發生過。我也從來沒去過巴黎，從沒勾引過那強大而瘋狂的梅格能。那間石頭小屋瀰漫著狗的好聞氣味，我可以睡在它們身旁，既舒適又安全。

終於，我在山裏接近了一座伊莉莎白式的小宅第。這是一座非常優美的石頭建築，頗陡的斜屋頂、很窄的山牆和嵌入甚深的厚玻璃窗，規模比總部小得多，但就其自身來講仍很壯麗、宏偉。

只有一組窗戶是亮著燈的，等我走近後，我發現裏面是間圖書室，大衛正坐在一堆熊熊燃燒的爐火旁邊。他手裏捧著那本熟悉的皮革裝訂的筆記本，另一隻手握著一隻鋼筆正在上面飛快地寫著。他根本沒有覺察到有人正在監視自己。他不時地參考另一本皮革裝訂的本子，就擺在身旁的桌子上。我一眼就看出這是部基督教的聖經，是那種小字體、兩欄排印的聖經，書頁鑲著金邊，裏面有緞帶當書籤。

我稍微費了點勁，看出大衛正在讀、並在作筆記的是〈創世紀〉。他的那本《浮士德》也擺在一旁。他究竟爲什麼對這些東西感興趣？

屋內的四壁都排滿圖書。一盞孤燈把光線灑在大衛的肩頭。在北國，這樣的圖書室還有許多——溫暖誘人，灑滿光線的低矮天花板，又大又舒適的舊皮革沙發椅。

不過，他也有與衆不同之處，就是收藏著生活在他方的生命遺物，以及他對那些難忘歲月的珍貴回憶。

一隻斑斕的梅花豹頭部標本掛在閃光的壁爐上方。在遠遠的右面牆壁上也掛著一個碩大漆黑的水牛頭標本。還有許多青銅的印度小雕像，分散擺放在書架和桌子上。在壁爐邊、門廊前和窗前的褐色大地毯上，還鋪著幾塊像珠寶似的印度小地毯。

在房間的正中央，他那隻孟加拉虎的火紅色大虎皮四肢伸展地趴在地毯上。虎頭經過仔細的處理，兩隻玻璃眼球和那些巨大的爪子都是我曾在睡夢中恐怖而鮮明地見過。

大衛突然將目光完全投注在最後這件獵獲物上，凝視良久，才不情願地把目光移開，又埋頭去寫。我試圖窺探他的心思。一無所獲。我瞎操心做什麼呢？連美洲紅樹林裏閃著幽光、像老虎這樣的猛獸都遭獵殺的場面在他腦子裏也沒有出現。然而他再次去看那張虎皮，然後忘記寫作，陷入深思。

當然，僅僅這樣看著他，我就感到很安慰；我向來如此。我瞅見在陰影裏掛著許多鑲著鏡框的照片，有大衛年輕時的照片，其中許多是他站在一座有深迴廊和高屋頂的漂亮平房前照的，顯然是在印度。此外還有他父母的照片。有他同他獵殺的野獸在一起的照片。這是不是說明我的夢呢？

我不顧大雪落滿我的四周，蓋住我的頭髮、肩、頭、甚至我鬆鬆抱在胸前的胳膊。就這樣佇立著看著他。最後我終於活動起來。再有一個小時天就亮了。

我繞到房子後面，找到一扇後門，用意念打開門栓，走進屋頂低矮、溫暖舒適的小客廳。這裏的木材已經腐朽，浸透了油漆或油。我用雙手勾住門樑，向門外望去。只見在晨曦中，有一大片橡樹林灑滿陽光，只有我的周圍是陰影。我聞到壁爐火的烟味從遠處飄來。

我意識到大衛就站在走廊的盡頭，用手招呼我過去。可是我身上的什麼變化引起他的警覺。哦，對了，我身上蓋滿了雪，還薄薄地結了一層冰。

我和他一道走進圖書室，我在他對面的一張椅子裏坐下。他讓我坐著，自己出去了一下。我只好盯著爐火，感覺它把我身上的那層薄冰溶化。我在想我爲什麼而來，怎樣才能把它說淸楚。我的兩手像雪一樣白。

當他又出現在門口時，他給我拿來了一條冒著熱氣的大毛巾。我接過毛巾，擦了擦臉、頭髮和雙手。眞舒服。

「謝謝。」我說。

「你看起來像尊雕像。」他說。

「是的，我現在看起來確實像。而且還要繼續這樣下去。」

「你這是什麼意思？」他在我對面坐下。「解釋一下。」

「我就要去一個荒涼的地方。我已想好一個方法結束我的生命。這可是一點都不簡單。」

「你爲什麼要這麼做呢？」

「我再也不想活了。那個地方很簡單。我期盼死的方式和你不一樣。和你不一樣。今天夜裏我——」我頓住了。我又看見了那位老太太躺在她整潔的床上，穿著她那件帶花兒的睡袍，蓋著那條絲綸被。接著我又看見那個長著褐髮的古怪的男人盯著我；也就是那個在海灘上找到我、並把一本小說手稿交給我的人。這份稿子我仍然塞在上衣口袋裏。

沒有意思。不管你是誰，你來遲了。

何必解釋呢？

我又突然看見克勞蒂亞，彷彿她正站在另一片土地上，凝視著我，期待我看見她。我們的頭腦眞聰明，能產生如此栩栩如生的形象。她彷彿就站在大衛書桌旁邊的陰暗處。就是那個把長長尖刀插進我胸膛的克勞蒂亞。「父親，我要把您永遠擺在您的棺材裏。」可我卻始終能看見她，不是嗎？我一次又一次地夢見克勞蒂亞……

「你別這麼做。」傳來大衛的聲音。

「是時候了，大衛。」我邊囁嚅著，邊恍惚地想，馬瑞斯不知有多失望呢。

大衛聽見我了麼？我的聲音也許太輕了。從壁爐那兒傳來微弱的劈啪聲；也許是一點火引子燒塌了，或是大木塊裏仍然潮濕的樹液被烤得嗞嗞作響。我又看見了我的童年時代家裏的那間陰冷的臥室，並突然覺得我用胳膊摟住那些既可愛又懶惰的大狗中的一條。眼看著一隻狼咬死一條狗眞慘烈！

我本來也該那樣死去。連最優秀的獵手也不能殺死一群狼。也許這是宇宙普遍性的錯誤。看來我是該死，如果說這樣的生命延續確實存在，那我就是因爲做得過份而招來魔鬼的關注。吸血鬼梅格能在把我擄到他的巢穴時，就十分疼愛地說我是個「狼煞星」。

大衛又仰靠在沙發椅裏，心不在焉地把一隻腳放在壁爐圍欄上，兩腿凝視著火焰。他沮喪至極，甚至有點發狂，雖然藏而不露。

「這不是很痛苦嗎？」他看著我問。

有一會兒我不知道他指的是什麼。然後我才想起來。

我苦笑了一聲。

「我來是向你告別的，並想知道你是不是眞的主意已定。不知爲什麼，我覺得應該告訴你我要走了，並告訴你這將是你最後一次機會。實際上這樣做很光明正大。你明白我的話嗎？還是覺得這不過是我找的另一個藉口？其實都無所謂。」

「就像你故事中的梅格能，」他說。「你可以先立繼承人，然後赴湯蹈火。」

「這可不僅僅是個故事，」我回答，我不想爭論，可是話說出來卻很衝，令我吃驚。「哦，也是，也許確實像個故事。我眞的搞不明白了。」

「你為什麼要毀滅自己呢？」他的語調裏充滿絕望。

我把這個人眞是傷得不輕。

我看著那張趴著的大虎皮：斑爛的黑色條紋，橙色的皮毛。

「這是頭食人虎，對吧？」我問。

他猶豫著，好像沒有完全聽懂這個問題似的。接著他像猛悟似地點點頭，說：「是的。」他瞥了一眼虎皮，又把目光移向我。「我不想讓你毀滅自己。看在上帝份上，考慮一下吧。別這麼做。什麼時間不行，偏在今天夜裏？」

他讓我哭笑不得。「今夜天氣很好，很適於去死，」我回答。「是的，我要走了。」這時我突然感到一陣狂喜，因為我意識到這正是我的心願！而不是想入非非。假如眞是異想天開，我是絕不會跟他講的。「我想出了一個辦法。我要在太陽升起之前飛得盡可能高。我不可能找到任何棲身之處；那兒的沙漠非常荒涼。」

我將死在火裏。不會冷的，就像當年我在那座山上被狼群包圍，而是像克勞蒂亞那樣死於烈燄。

「別，你別這麼做，」他勸我；態度多麼誠懇，循循善誘，苦口婆心。可是無效。

「你想要些血嗎？」我問。「用不了多久。幾乎沒有疼痛。我堅信別人不會傷害你。我將把你變得十分強壯，就算他們想害你，也得花很長很長時間。」

這情形又特別像梅格能：他讓我成了孤兒，事先沒有什麼警告，致使阿曼德及其古老的同夥可以跟踪我，詛咒我，並想方設法結束我新生的性命。而梅格能卻明知我會戰勝。

「黎斯特，我不要血。但我要你留在這兒。你瞧，只給我幾個晚上的時間就行，黎斯特，看在老朋友的份上，現在請不要離開我。你難道就不能給我這幾個小時嗎？然後你若眞想那麼幹，我也不阻攔了。」

「為什麼？」

他看上去愁眉苦臉。過了一會兒才說：「讓我勸說你，讓我使你回心轉意。」

「你很年輕的時候殺了這頭老虎，對不對？在印度。」我掃視了一下其他獵物，又說：「我曾夢見過這隻老虎。」

他不置可否。他顯得困惑不安。

「我傷害了你，」我說。「我讓你深深陷入對青年時代的回憶。我讓你意識到時光的流逝，而你以前並沒有太意識到這點。」

他的臉上發生了某種變化。我的這些話傷了他的心。可他卻搖了搖頭。

「大衛，在我走之前從我身上取點血！」我突然絕望地對他小聲說。「你剩下不到一年的時間了。我一走近你就能聽出來！我能聽出你的心臟很弱。」

「我的朋友，這你就不懂了，」他耐心地說。「待在我這兒吧。我會把這老虎的事、把在印度的那些歲月全都告訴你。後來我又去非洲打獵，還去過南美的亞馬遜河。經歷過很多冒險；那時我可不像現在這樣是個迂腐的學者……」

「這我知道，」我微笑著說。以前他可從沒這樣對我說過話，從沒主動提出過這麼多。「太晚了，大衛，」我說。我又見到了那個夢。我見到那條細細的金項鏈圍在大衛的脖子上。那老虎是衝著這條項鏈來的嗎？這講不通。剩下的只有危機感。

我盯著這張獸皮。他的臉透出純粹的惡毒。

「捕殺這頭老虎很好玩嗎？」我問。

他猶豫著，然後硬著頭皮回答。「這是隻吃人虎。牠吃小孩。是的，我認爲很好玩。」

我輕輕笑了。「哈，那麼我和這老虎就有了共同點。現在克勞蒂亞正在等我。」

「你並不相信我說的，對吧？」

「不信。如果我信的話，我就會怕死了。」我又看到生動鮮明的克勞蒂亞……是印在小小瓷器上的一幅橢圓形的袖珍肖像畫，克勞蒂亞金髮碧眼。雖然畫是橢圓形的，色彩是故意美化的，她的表情卻透出銳氣和眞摯。我曾經擁有過這樣一個金屬小盒嗎？因爲它肯定就是珍藏畫像的地方。一個掛在項鏈下面的金屬寶物小盒。我渾身打了個冷顫。我想起了她的頭髮的髮質。我再次恍惚覺得她離我很近。如果我轉過身去，我也許會看見她就站在我身邊的陰影，手搭在我坐的椅背上。我便扭頭去看。什麼也沒有。如果我再不離開這裏，我會發瘋的。

「黎斯特！」大衛急切地叫我。他正在端詳我，拼命想再說些什麼勸阻我。我指著我的外衣問：「你的衣袋裏是什麼？是你寫的筆記嗎？你是想把它交給我嗎？現在就讓我讀讀。」

「噢，這個嘛，是篇奇怪的小說，」我說。「諾，你拿著吧。我把它遺贈給你了。把它擺在圖書室裏合適，或許把它插在那個書架上吧。」

我掏出那一小疊折疊的書頁，瞥了幾眼。「是的，我讀過了。挺有趣的。」我把它扔進他的懷裏。「一個凡人傻瓜把它交給我的，這可憐的笨蛋知道我是誰，竟還有膽量把它扔在我的腳下。」

「把它給我講清楚，」大衛說著把這疊書頁展開。「你爲什麼把它隨身帶著？我的天——是拉夫克拉夫特。」他輕輕搖著頭。

「我剛解釋過了，」我說。「別費嘴舌了，大衛，我決心已定，勸也沒用。我要走了。再說，這小說其實什麼也沒說明。這可憐的蠢蛋……」

他的眼裏閃著如此奇怪的光芒。他衝過沙灘朝我跑過來的樣子看起來怎麼這麼彆扭？還有他那笨拙的驚慌失措的跑掉，也是令人費解。他的舉止表明他對這事的重視！嗨，可他還是愚不可及。我才不管它呢，我知道我不會介意。我淸楚我想幹什麼。

「黎斯特，留在這兒吧！」大衛又說了，「你答應過我，說下次咱們再見面時，你會讓我把想說的都說完。你在寫給我的信裏怎麼說的。你不會忘了吧？你不能言而無信。」

「唔，可我這次不得不食言，大衛。而且你必須得原諒我這次走。也許天堂和地獄都不存在，那我只好在陰間再見你了。」

「可若是兩者都存在呢？那該怎麼辦？」

「你的聖經讀得太多了。現在讀讀拉夫克拉夫特的這篇小說吧。」我又輕輕笑了兩聲，指著他手裏攥著的書頁。「對你的心裏平靜更有好處。還有，看在上帝份上，遠離《浮士德》吧。你難道眞以爲天使最終會來把咱們帶走嗎？唔，也許不會領走我，會領走你吧？」

「你別走。」他說；聲音柔柔的，充滿哀求，讓我喘不過氣來。

可是我已經走了。

我聽見他在我身後遠遠地叫我：

「黎斯特，我需要你。你是我唯一的朋友。」

這兩句話眞悲戚！我想說我很抱歉，對這一切深感歉疚。可現在說爲時已晚。再說，他也一定知道我的心情。在漆黑寒冷的夜裏，我展翅飛翔，扶搖直上，穿過飄落的大雪。對於一切生命我都已完全不能容忍，不論其恐怖，還是其輝煌，一概如此。腳下那座小房子看起來很溫暖，燈光灑在銀色的大地上，煙囪噴吐著縷縷繚繞的藍煙。

我彷彿又見到大衛在阿姆斯特丹踽踽獨行，爾後林布蘭畫中人物的臉出現在我的腦海，隨後又見到大衛在圖書室爐火映照下的面孔。他看上去像林布蘭畫中的人物；自從我認識他以後，我就一直有這樣的感覺。而我們又像什麼呢？——自打「黑血」流進我們的血管之後，我們就永遠凝固成了現在這副模樣。克勞蒂亞幾十年來一直保持著清純的小女孩模樣，就像畫在小瓷器上的那幅微型肖像。而我則像米開朗基羅的一尊雕像，被雪染白得像大理石，並且一樣冰冷。

我知道我會言而有信。

不過你知道這裏面有一個特大謊言。我其實不相信太陽能把我殺死。但我還是要再好好地嘗試一次。

---

❶ Cathars，也叫「清潔派教徒」，中世紀歐洲的一個基督教異端教派成員，強調持守「清潔」，主張苦修。

❷ Rembrandt（一六〇六—一六六九），荷蘭畫家。

3

戈壁大沙漠。

億萬年前，在人類所謂的「蜥蜴時代」，巨蜥成千上萬地在地球的這一神祕地區死去。沒人知道它們爲什麼來到這裏；它們因爲什麼滅亡。那時這裏難道是熱帶叢林和濕熱沼澤地區嗎？我們不知道。如今在這一地區，我們只能見到一望無際的大沙漠和無數的古生物化石，彷彿在向人類斷斷續續地講述那些每走一步都令地球顫動的巨大爬蟲類演變史。

因此，戈壁大沙漠是一座巨大的墳場，也很適合我來此面對太陽。我在沙子上躺了很久，一邊等著太陽升起，一邊最後一次進行思索。

我的方法是扶搖直上，升至大氣層的極限，也就是直奔太陽而去。然後，等我失去知覺，我就會在炎熱中打滾著栽下來，身體從高拔的空中掉在地上，就會給摔得粉碎。就算我掉在鬆軟的沙土裏身體仍是完整的，並憑藉其自身邪性的意志力在沙土裏拚命刨沙想鑽出來，但終因太高和太熱，又怎麼可能挖透深深的沙子鑽出來呢？

再說，如果太陽的光線今天特別強，我光著身子，在高空中就會給烤焦，不等掉在硬梆梆的地面上可能就已經是一具死屍。

正如古人所說，主意都是當時好。那時沒有什麼能夠阻止得了我。不過我還是奇怪，是不是別的同類也都知道我想幹的事；他們是否根本不在乎我想幹什麼。我當然沒有向他們發出永訣通知；也沒有隨便留下我要自取滅亡的訊息。

終於，日升的巨大溫暖灑滿大沙漠。我爬起來跪在地上，剝光身上的衣服，開始向上直飛，雙眼已經因爲這微弱的曙光而炯炯發亮。

我扶搖直上，驅使自己大大超越身體所能飛抵的高度極限，然後開始自由自在地翺翔。空氣愈加稀薄，令我終於喘不過氣來。我使出渾身力氣才能保持住高度。

隨後，太陽升起，放射出萬丈光芒，遣散出巨大熱能，亮光亮得人頭暈目眩；隨著這壯景充滿我的視野，耳畔也彷彿響起了「隆隆」的巨大轟鳴。我看見黃色和桔紅色的火光吞噬一切。我直視著這火球，感覺就像雙眼裏澆進沸水。我覺得自己張開嘴，彷佛要把這神聖的火球一口吞掉！太陽突然成爲我的所有物。我在注視它；我在伸手去搆它。隨後這陽光就像熔化的鉛水似地淹沒我，使我渾身癱軟，疼痛得難以忍受，耳朵裏灌滿我自己的嚎哭。儘管如此，我仍不把目光挪開，我仍拒絕墜落。

蒼天，我就是這樣公然反抗你！一切言辭和思想都突然消失。我正在光的海洋裏扭曲翻捲。隨著黑暗和冰冷升起把我吞沒——不是別的，而是我失去了知覺——我意識到自己開始墜落。

「嘶嘶」流過我耳際的聲響是空氣高速流動的聲音，彷佛別人的聲音正在呼喚我。透過這恐怖而嘈雜的嘶鳴，我聽到一個孩子的聲音清楚地傳來。

接著就什麼也聽不見了……

我在做夢嗎？

我和這孩子等待在一個狹小的地方，是所瀰漫著疾病和死亡氣息的醫院，我正指著那張病床，那個孩子頭枕著枕頭，瘦小，蒼白，奄奄一息。

響起一陣尖厲的笑聲。我聞到了一盞油燈燈芯熄滅時的氣味。

「黎斯特。」她叫我。她細小的嗓音多麼甜美。

我試圖給她講我父親的城堡，講大雪紛紛揚揚地飄落，講我的猛犬在那裏等我。那裏是我一直想去的地方。我彷彿突然聽見了牠們——這些兩耳下垂的高大猛犬——那低沉而連續的吠叫在大雪覆蓋的山坡上迴響，我幾乎能望見城堡那高聳的塔尖。

可接著她卻說：

「先別講。」

我醒來時又已是夜幕降臨，我正躺在大沙漠裏。那些被風吹綴的沙丘把一層細沙散布在我的四肢上。我感到全身疼痛，連我的髮根處都疼。我疼得連動都不想動一下。

一連數小時我躺在這兒，不時發出微弱的呻吟。我區分不出是哪兒在疼。我哪怕稍稍挪動一下四肢，沙子就會像細小玻璃碴那樣刺痛我的後背、小腿和腳踝。

我想起了所有我本會衝著他們大呼「救命」的人。可是我沒有喊「救命」。我只是慢慢意識到，假如我再在這裏待下去，太陽還會再次升起，我還會被它再捉住燒烤一次，而我可能還不會死。

然而我得待下去。現在只有最差勁的膽小鬼才會去找遮蔭處。

我目前要做的，是趁著星光端詳我的雙手，以了解我並沒有要死去。不錯，我是被灼傷，我的皮膚被灼成棕色，曬出皺紋，而且疼得錐心刺骨。可是我離死還差得遠呢。

之後，我感到太陽又升起來。隨著這巨大的桔紅色光團普照全球，我泣不成聲。我的後背首先感到疼痛。接著，頭部也灼痛難忍，像要爆炸似的。同時，我的雙眼也被這火球灼痛、刺傷。當記憶和思想再次消失的時候，我瘋了，完完全全地瘋了。

夜幕再次降臨，我又醒來。我感到嘴裏有沙子；趁我劇痛的時候，沙子掩埋了我。在這種瘋狂壯志下，我顯然已把自己活埋。

我一連幾個小時埋在沙子裏不動，只覺得這種疼痛是任何生命都忍受不了的。

最後，我發出像動物般的嗚咽，掙扎著爬出沙子，站了起來，一舉一動都引起並且加劇我的疼痛。然後，我飛了起來，開始慢慢朝西飛向夜空。

我的力量沒有削弱，只是身體表面受到嚴重的傷害。

晚風比沙子要輕柔得多，不過它也有它的害處：像爪子一般撓著我全身灼傷的皮膚，並且揪著我燙紅的髮根。它還刺痛我灼紅的眼皮並刮疼我燒焦的雙膝。

我輕鬆地飛行了好幾個小時，再次朝大衛的住處飛去。當我在陰冷潮濕的雪夜裏下降時，我不時感到極大的輕鬆和寬慰。

此時正好是英國的破曉時分。

我再次從後門溜進他的房子，每走一步都像經歷酷刑的煉獄。我像瞎貓碰死耗子似地找到了圖書室，不顧疼痛跪在地板上，然後癱倒在鋪著虎皮的地毯上。

我把頭靠在虎頭旁，把面頰頂住它張開的大爪。多麼緊密的優質虎皮！我伸展雙臂，放在它的雙腿上，感覺它那光滑又堅硬的利爪就在我的手腕下。疼痛一陣陣傳遍我的全身。這虎皮摸上去像絲綢般光潤，整個房間在其陰影籠罩下冷颼颼的，屋裏靜悄悄的，在朦朧的微光下我彷彿看見印度的紅樹林，看見黝黑的胸膛，聽見遙遠的喊聲。還有一刻，我十分清晰地見到年輕時的大衛，如同我在夢裏見到他一樣。

這個充滿活力的年輕男子眞是上帝創造的奇蹟。他血氣方剛，肌肉強健，具備生命體的一切成就：明亮的眼睛，跳動有力的心臟，兩隻修長的手各有五根強勁的手指。

我還看見自己在世時行走在舊時代的巴黎街頭，身穿那件紅色的絲絨斗篷，上面鑲著狼毛邊（是我在故鄉阿芙根郡獵殺的狼），從沒夢想到陰影裏還埋伏著怪物，它們躲在暗處窺測你，而且反因爲你年輕就愛上你；這些怪物本來能要你的命，只因爲你曾殺死過整整一群狼，使得他們愛上你……

大衛，這個獵人！穿著長腰帶的卡其布獵裝，扛著那支上好的獵槍。

漸漸地，我意識到疼痛已經減輕。瞧你這個九命怪貓黎斯特，這位神，連傷口癒合都是神速。疼痛就像是植遍我全身的一道絢麗光輝。我想像自己正在給這整個房間帶來一片溫暖的光。

我嗅到了凡人的氣味。一名僕人走進屋裏，又急忙出去了。可憐的老傢伙。我帶著睡意設想他剛看到的情景：一個皮膚黝黑的裸體男人，長著一頭亂篷篷的金髮，在黑暗的屋子裏躺在大衛捕獲的老虎皮。我想著想著，忍俊不住。

突然，我聞到大衛的氣味，同時又聽到凡人血管裏那低沉而熟悉的血涓流時的轟鳴。血！我太渴望血了。我燒焦的皮膚需要血，我燃燒的眼睛也需要血。

一條軟軟的棉絨毯子蓋在我的身上，很輕，很涼爽。接著是一連串窸窣的聲音。大衛正在把沉重的天鵝絨窗簾嚴實地拉上；而整整一個冬天他都沒有這樣做過。他把窗幔拉得十分仔細，保證一絲光線都透不過去。

「黎斯特，」他輕輕說。「讓我帶你去地窖吧，你在那兒待著很安全。」

「沒關係的，大衛。我是不是可以待在這間屋裏？」

「當然，當然可以。」話語裏充滿關心。

「謝謝你，大衛。」我說完又睡了。大雪吹進城堡裏我房間的窗戶，但隨後就全都改變了。我又見到醫院裏的那張小病床，那孩子躺在病床上。感謝上帝：那護士不在場，而是去制止一名正在哭喊的病人。哎呀，那哭聲聽上去恐怖極了。我極討厭這種哭聲。我想跑到……哪兒去呢？當然是法國的家，在隆冬。

這次那盞油燈不是熄滅，而是燃亮的。

「我說過還不到時候。」她的連衫裙雪白無瑕，瞧呵，她的珍珠鈕扣多麼小巧玲瓏！她的頭上繫著一條多麼漂亮的玫瑰圖案的飾帶！

「爲什麼？」我問她。

「你說什麼呢？」大衛問我。

「我在跟克勞蒂亞說話。」我解釋。她正坐在那張小尖頭的扶手椅上，雙腿伸得筆直，腳趾併攏，對著天花板。她的拖鞋是緞面的嗎？我抓住她的腳踝親吻。當我仰頭看去時，我看見她正在仰頭大笑，我看見她的下頷和眼睫毛在抖動。多麼暢快淋漓的大笑。

「外面還有別人，」大衛說。

儘管睜眼去看屋裏昏暗的形狀很難受，我還是睜開了眼睛。太陽快出來了。我感到那老虎的爪子就在我的手指下面。瞧這珍貴的動物。大衛站在窗前，正透過兩塊窗幔之間的縫隙向外面張望。

「就在那兒，」他接著說。「他們來看你是不是平安無事。」

想像一下吧。「他們是誰？」我聽不見他們的聲音，也不想聽。是馬瑞斯嗎？很顯然不是那些太古的不朽者。那些人憑什麼在乎這樣一樁小事？

「我也不知道，」他回答。「可是他們就在這兒。」

「你清楚那個古老的故事，」我耳語道。「不理他們，他們就會走的。」不管怎麼說，太陽快升起來了。他們只好走。他們肯定不會傷害你的，大衛。

「這我知道。」

「如果不讓我窺測你的心事，你也別窺測我的，」我說。

「別生氣。沒人會進這個屋子來打攪你的。」

「沒錯，即使在休息時我也是很危險的……」我還想說更多的話來進一步警告他，可我接著就意識到他是個不需要這種警告的凡人。泰拉瑪斯卡。研究超自然的學者。他知道。

「現在去睡吧。」他說。我對這句話感到好笑。太陽出來後我還能幹什麼？就算它正照在我的臉上，我又能怎麼辦？然而他的語氣十分堅決和肯定。

想想看，在古時候我總是抱著那口棺材。有時候，我會一點點地把它擦淨，直到木頭揩得露出光澤。接著，我就把蓋子上的那個小小的十字架也擦亮，一邊擦一邊笑話我自己，笑話我自己那麼精心地把上帝之子耶穌基督遭到殺戮的扭曲軀體揩淨。我很喜歡棺材上的緞子鑲邊，也喜歡它的形狀以及在黎明時起死回生的升天。但僅此而已……太陽眞的升起來了。是英格蘭隆冬時節的太陽。我能眞切地感受到它，並突然對它懼怕起來。我能感受到陽光偷偷爬過屋外的土地，堂而皇之地登上窗櫺。但是黑暗仍占據著天鵝絨窗簾的這邊。

我看見一撮小火苗從那盞油燈上竄起。它使我害怕，就因爲我疼痛難忍，而它是火。她那圓潤的小手指放在那枚金色的鑰匙上，這有那枚戒指，那枚我送給她的在一圈珍珠中鑲著一粒小鑽石的戒指。還有那個掛在項鏈下的小寶物盒。我是否該問問她這金屬小盒現在怎麼樣了？

克勞蒂亞，是不是有過一個金製的小寶物盒……？

那火苗越捻越高。又聞到那股氣味。她那雙微微攥著的手。在皇家大街的那座樓房長長的走廊裏，到處能聞到煤油的氣味。哦，那層破舊的裱牆紙，那些漂亮的手工家俱，路易斯坐在寫字枱前寫作，黑墨水散發出刺鼻的怪味，羽毛管筆發出枯燥的沙沙聲……

她的小手正在撫摸我的臉頰，柔柔的冰涼的小手……還有那種別人撫摸我時傳遍全身的麻颼颼的舒適感覺，**我們的皮膚**。

「爲什麼會有人想要我活著呢？」我問。至少這是我開始問的一個問題……然後，我掉入黑暗中。

4

黎明到來。我還是疼痛難忍。我一動也不想動。我胸脯和兩腿上的皮膚在發緊和刺癢，這只能使我更難受。

連血液都在渴望，它在憤怒地狂奔，可是房子裏僕人們的血味都不能使我動心。我知道大衛就在這裏，可我沒有找他說話。我想，假如我試著同他講話，那我非痛苦得哭起來不可。

我睡著，並清楚我做了夢，可等我一睜開眼睛就把做的夢全忘記。我會在夢裏又見到那盞油燈，光線仍使我感到恐懼。她的聲音也是如此。

有一次，我在醒來時正同她在黑暗中聊天。「爲什麼不是別人而偏偏是你？爲什麼是你出現在我的夢中？你那鮮血淋淋的刀在哪兒？」

我感謝拂曉的到來。有時候我故意緊閉嘴唇，以免疼得大叫起來。

等我第二天半夜醒來時，疼痛已不是那麼劇烈了。我周身難受，也許就是凡人所說的刺痛。不過劇痛顯然已經消失了。我直挺挺地躺在虎皮上，屋子冷得有點不舒服。

石頭壁爐裏堆滿劈柴，在破舊的拱頂下面堆放在靠後的地方，靠著燻黑的磚牆。火引子就擺在那兒，旁邊還有點揉縐的報紙。一切都是現成的。看來有人在我睡覺時來過，並走到距離我很近的地方。但願我沒有伸胳膊伸腿（有時我們在昏睡中會這樣），省得把這可憐的傢伙挽住，嚇死他。

我闔上雙眼傾聽動靜。大雪落在屋頂上，雪片打著滾掉進煙囪，我又睜開眼睛，看見柴堆上留下點點晶瑩的雪花。

接著我集中意念，感到能量像條又大又細的舌頭從體內迸發出來，並觸動火引子，使之馬上「砰」地一聲燃成朵朵跳動的火苗。柴堆那結著厚痂的表面開始變熱隨即起泡，火燃起來了。

隨著爐火越燒越旺，我突然感到臉上和額頭上生出一陣劇痛。眞有意思。我先爬起來跪著，然後站起來。屋裏只有我一個。我盯著擺在大衛椅子旁邊的那盞黃銅枱燈，我用一點無聲的意念驅動它打開。

椅子上放著幾件衣服，兩條又厚又軟、黑色法蘭絨面料的新短褲，一件白色的棉布襯衫和一條挺沒型的舊羊毛上衣。這些衣服都有點大。是大衛曾經穿過的衣服。連那雙毛邊的拖鞋都有點大。可是我想穿上衣服。屋裏還有幾件不顯眼的棉布內衣，是二十世紀人人都穿的那種，還有一把梳子我可以梳頭。

我不緊不慢地做著一切，只是在把衣服穿在身上時感到陣陣疼痛。我梳頭時頭皮也感到刺痛。最後我只好使勁搖頭，把頭髮裏的沙子和塵土全都抖掉，讓它們「刷刷」地落到厚地毯上，並且暫時從視線裏消失。穿上拖鞋是件很美的事。可是我現在需要一面鏡子。

我在門廳裏找到了一面鑲著沉重鍍金木框的暗色舊鏡子。從敞開門的圖書室裏射來光線，足夠讓我在鏡子裏審視自己。

有一刻，我簡直不相信自己看到的一切。我渾身的皮膚還是光滑如初，像以前那樣潔淨無瑕，只是完全改變了顏色，成了琥珀色，和鏡框的顏色一模一樣，而且不像以前那樣有光澤，就像一個在熱帶海域度過了奢侈長假的凡人皮膚差不多。

我的眉毛和眼睫毛油亮發光，和那些金髮碧眼但被太陽曬黑的人一樣。我臉上的那幾道由「黑色天賦」留給我的線條比以前顯得更深。我指的是我左右嘴角旁的兩個小酒窩——這是我生前微笑太多的結果；也指我眼角上幾條細皺紋和橫跨額頭的一、兩道淺溝。我已經很久沒有見到它們了，所以看到它們重新出現在我臉上，我很高興。

我的雙手更加受罪。它們比我的臉還黑，看上去很像人手，帶著許多條小皺痕，使我馬上想到凡人的手上就有許多條精緻的折縫。

我的手指甲仍舊閃著可能會嚇著人類的幽光，不過在它們上面塗點煙灰加以遮掩是很簡單的事情。當然，我的眼睛是另外一碼事。它們從來沒有像現在這樣明亮閃著彩虹般的光芒。不過我需要一副茶色眼鏡戴在那兒。由於已經沒有發光的雪白皮膚加以遮掩，所以也就沒必要再戴更具掩飾作用的墨鏡了。

衆神哦，凝視我自己在鏡子裏的倒影是多麼奇妙呵！我看上去差不多就是個人了！和人差不多了！我能感覺到全身被灼傷的肌膚發出陣陣隱痛，可是我喜歡這種感覺，因爲它好像正在提醒我具有人的形狀，以及做人的侷限。

我本該大喊大叫；可我沒有，卻做起了禱告。求神保佑，讓這個樣子持續下去。如若不行，我就再經受一次太陽的洗禮。

可這時我突然想起，我原本是要毀滅自己的，而決非改善我的面容，好使我在人群中走得更從容、更自如。不對，我原本是應該死的。假設戈壁的太陽沒有把我曬成人樣……假設那漫長的一天我都躺在陽光下而不是埋在沙子裏，然後再接受第二天的日曬……那會怎麼樣呢？這樣一想，我的心情就變得沉重了。

啊——我想——你這個膽小鬼，你本該想個辦法待在沙面之上接受第二天的日曬！不過話說回來，你能辦到嗎？

「唔，感謝上帝，你倒底還是選擇回來。」

我轉身看見大衛從門廳裏走過來。他剛剛回到家裏，沉重的黑大衣上還掛著雪花，連腳上的皮靴也沒來得及換。

他猛地停住腳步，從頭到腳打量著我，盡力想把站在暗處的我看個透。「嘿，這些衣服挺適合你，」他說。「天哪，你看起來像個白人海灘流浪者，像個衝浪運動員，像個永遠生活在海濱勝地的青少年。」

我微笑著。

我想他是很大膽地伸出手來，抓住我的手，把我領進圖書室。此時這裏的爐火已經在熊熊燃燒。他再次端詳我。

「身上不疼啦？」他試探著問我。

「還有感覺，不過還不完全是我們所說的疼痛。我要出去一會兒。哦，你別擔心。我一會兒就回來。我渴了。我得去找獵物。」

他一聽，臉刷地一下變白了，但還沒慘白到我能看見他臉上血色或眼裏所有毛細血管的地步。

「那麼，你是怎麼想的？」我問他。「要我放棄吸血嗎？」

「不，當然不。」

「那就跟著我去看看吧？」

他什麼也沒說，但我看出他被我嚇壞了。

「你應該牢記我是幹什麼的，」我說。「你幫助我就等於在幫助魔鬼。」我指了指他買的那本仍躺在桌子上的《浮士德》。那本拉夫克拉夫特寫的小說也放在上面。嗯，我很滿意。

「那你也用不著非得殺生不可，對不對？」他很嚴肅地說。

這問題問得眞傻。

我哼了一聲表示蔑視。「我喜歡殺生，」我說。我指了指那張虎皮。「我是獵手，就像你以前一樣。我覺得打獵很有趣。」

他注視我良久，一臉困惑和驚奇。然後，他慢慢點頭，像是接受了這個事實。但實際上他還沒有接受這個事實。

「我出去時你可以吃晚飯，」我建議。「我看得出你也餓了。我能聞見這房子裏什麼地方正在燉肉。我打算在回來之前吃我的晚餐，這你應該知道。」

「你這麼堅持要我理解**你**嗎?」他問。「還要我不要多愁善感、是非分明。」

「沒錯。」我咧開嘴巴,向他露出我的利齒。它們其實很小,根本無法同他自願與之爲伍的豹牙和虎牙相提並論。不過我的這副怪相總是把凡人嚇壞。不僅嚇壞,而且嚇得半死。我想,它是向人類的同意識深處中與勇敢或經驗老道無關的本能傳送預警信號,觸發人的某種原始防衛反應。

他臉色蒼白,呆呆地站著,楞楞地瞅著我。過了一會兒,人情味和表情才逐漸回到他的臉上。

「那好吧,」他說。「我在這兒等你回來。如果你不回來,我會大發脾氣!從此不再理你。我發誓。若眞是這樣,你今天晚上就從我眼前消失,我絕不會再答應你一次。我將把你的不辭而別視爲對友情與好客的極大污辱。你明白嗎?」

「好吧,好吧!」我聳聳肩回答;雖然心裏爲他這麼需要我待在這裏而感動,但表面上我裝得若無其事。以前我確實一直沒像現在這樣心裏有譜,所以一直對他表現得粗魯無禮。「我會回來的。不過,我很想知道——」

「知道什麼?」

「你爲什麼不怕死?」

「你不是也不怕死麼?」

我沒有回答。我又看見了太陽,這輪大火球正在鋪天蓋地。我渾身顫慄。接著我又看見了夢中的那盞油燈。

「你說呀,」他追問。

「我怕死,」我說完又使勁點了點頭。「我所有的幻覺都正在被粉碎。」

「你有幻覺嗎?」他問,表情很純眞。

「我當然有。我的幻覺之一是:其實誰也不能故意拒絕『黑色天賦』……」

「黎斯特，我得提醒你：你自己就拒絕過它。」

「大衛，我那時還是個孩子。我是被迫拒絕的。我出於本能抵抗了它。可是這和明知故犯毫無關係。」

「別低估你自己。我認爲即使你當時完全明白，你也會拒絕的。」

「現在咱們在談論你的幻覺，」我說。「我餓了。別阻止我，不然我殺了你。」

「我信不過你。你最好回來。」

「我會的。這一次我會信守我在信裏許下的諾言。你可以把你想說的都說出來。」

我在倫敦的幾條暗街裏巡獵。我正在查林十字架車站附近遊蕩，尋覓某個小兇手；這種人只會小打小鬧，成不了大氣候，讓我感到乏味，但畢竟還能塡滿我的牙縫。但是結果並不完全像我預料的那樣。

有一個老太太，穿著髒兮兮的破衣爛衫，拖著腳步行走在街道上。她凍得渾身發抖，看上去像個瘋子，可以肯定不等天亮就會死去。她像是從被人鎖起來的一個地方的後門偷偷溜出來，並且對天大聲發誓，絕不會再被人抓回去。

我們倆馬上就成了火熱的情人！她有一個我喜歡的名字，還有許多溫馨的回憶，我們倆就在這貧民區裏跳起舞來，我把她久久地摟在懷裏。如同當今西方國家的許多乞丐一樣，她的營養也很好（因爲食品非常豐富）。所以我便慢慢地吸吮，細細地品嘗，享受鮮血流遍我被灼傷的全身皮膚的感覺。

等吸完血後，我才意識到我正在很敏銳地耐受著嚴寒。我對氣溫的起伏變化敏感多了。眞有意思。

寒風像鞭子似地抽打著我，使我憎惡。也許我身上眞的有什麼地方給燒壞了。我不清楚。我感到腳上又濕又涼，雙手凍得要命，只好把它們塞進衣袋。我又想起去年冬天我在法國家中過冬的情景，想起提供我一張草床並讓幾條狗陪我作伴的那位年輕凡人鄉紳。驟然地，世界上所有的鮮血好像都不夠了。到了反覆吸血的時候了。

這些人都是被社會拋棄的人。他們各自從垃圾和硬紙板搭成的破棚子裏出動，鑽進冰冷的黑夜找食物，並注定要在散發出惡臭的汗水、糞尿和黏痰中呻吟與進食。不過他們的血畢竟還是人血。

當鐘錶敲響十下時，我仍感到饑渴。獵物仍然遍地都是，但我已經厭煩了打獵，況且肚子也基本上塡飽了。

我又走了許多街區，來到時髦奢華的倫敦西區，溜進一家打烊的小服裝店。店裏擺滿精製、新潮的男仕時裝。哈，最流行的時裝眞多，都是現成的。我按照自己的口味把自己包裝起來：灰色的粗呢長褲，有腰帶的外衣，厚厚的白色羊毛衫，甚至戴上一副淡綠色帶精緻金框的變色眼鏡。然後，我走出服裝店，回到寒冷的風雪之夜，哼著小曲，並像我過去常與克勞蒂亞做的那樣，在路燈下跳了一小段踢踏舞。

就在這時，「啪啦」一聲，一個面相兇狠的英俊小伙子朝我撲了過來。他嘴裏噴著酒氣，穿著合身的破衣爛衫，手裏握著一把尖刀，一副對我謀財害命的架勢，雖然我身無分文。哼，我自己就是個可憐的賊，剛剛偷了一家高級愛爾蘭服飾店。不過此人又讓我興致高升，我把他一下子緊緊摟住，「咔嚓」一聲壓折這混蛋的肋骨，把他吸乾得像是夏天閣樓裏的一隻死老鼠。他驚奇而又迷酥地癱倒下去，臨死前還痛苦地用手抓了一把我的頭髮。

他的衣袋裏還眞有點錢。我運氣眞好。我把這筆錢放進服飾店，算是爲這些我偷的服裝付了賬。雖然我具有超自然力，但我的算術不太好，經過我的計算，這些錢居然超出我偷的衣服的價値。我把它全都給了店老闆，又寫了一張感謝的字條，當然是不署名的。完了，我用心靈感應術把店門鎖緊又擰了幾下，然後走掉了。

5

當我到達泰柏特莊園時，時鐘敲響午夜十二點。我的感覺是好像從沒見過這個地方。現在我有時間在這雪中迷宮裏漫遊，並仔細欣賞剛修剪過的灌木叢的布局，同時想像春暖花開後這花園將是什麼樣子。這古老的地方眞優美。然後我把目光轉向那些緊湊而漆黑的小房間，像是專門建築來抵禦英國的寒冬，還有那些鉛製豎框的小窗戶。其中許多現在都亮著燈，在這漆黑的雪夜顯得格外誘人。

大衛顯然吃完了晚飯，兩個傭人（一個老頭子，一個老太太）仍在樓下的厨房裏忙著。與此同時，主人在二樓的臥室裏換完衣服。

我看著他在睡衣褲外面又套上了一件長長的黑色睡衣，它帶著黑色的絲絨翻領和腰帶，使他看上去很像一個牧師。但是它的圖案又過於華麗，尤其是在脖領處又掖進去一條白色的絲綢圍巾，所以又怎麼看怎麼不像是一件敎士的黑色長袍。

之後，他邁著步子走下樓來。

我從走廊盡頭我最喜歡的那扇門溜進來，然後來到圖書室他的身旁，他正彎下腰去捅壁爐火。

「啊，你果眞回來了，」他邊說邊盡力掩飾喜悅的心情。「謝天謝地，只是你來去都是那麼悄然無聲！」

「是啊，挺討厭的，對不對？」我看了幾眼放在桌子上的聖經，那册《浮士德》和那本拉夫克拉夫特寫的短篇小說；這本短篇小說雖然仍用訂書針裝訂著，但已被展平了。桌上還擺著大衛愛喝的那瓶細頸蘇格蘭威士忌酒和一只很漂亮的厚底水晶酒杯。

我盯著那篇短篇小說，那個神情焦慮的年輕男人的記憶又回到我的腦海裏。他走路的方式眞古怪，居然在三個明顯不同的地方找到我，一想到這我就有點不寒而慄，我很可能再也見不著他了。再說……，不過我還有時間對付這個凡人害蟲。我目前想的是大衛，還有今夜我倆要傾心交談的甜蜜感覺。

「你從哪兒弄到這些漂亮衣服的？」大衛問。他的目光上下慢慢打量著我，久久不挪開，好像沒有注意到我正留意他的書。

「哦，從一家小店裏搞到的。我從來不偷獵物的衣服。再說，我太喜歡吸下層階級的血，這些人穿得都很糟糕，拿他們的衣服也沒用。」

我在他對面的、現在已屬於我的椅子上坐下。它有富於彈性的軟皮革和「吱扭吱扭」響、但坐上去很舒服的彈簧，有高高的翼狀椅背和寬闊而結實的扶手。他自己的椅子無法與這把相比，但也相當不錯，只是更有點破舊和起縐而已。

他站在爐火前，仍然打量著我。然後他也坐下了。他從水晶細頸酒瓶裏取出玻璃瓶塞，給自己的酒杯斟滿，然後舉起來向我致敬。

爾後他深飲一口，微微縮一下脖子，顯然這種烈酒灼熱他的喉嚨。

突然，那種特殊的感覺又鮮明地回到我的身上。我回憶起當年在法國家裏穀倉的閣樓裏喝白蘭地酒的情形，甚至想起我扮的是哪種鬼臉，我的凡人朋友和情人尼克從我手裏貪婪地搶走酒瓶的細節。

「我看你又恢復常態，」大衛突然熱情地說，一邊凝視著我一邊稍稍放低嗓門。他仰靠在椅背上，把酒杯放在他椅子右邊的扶手上。他看上去十分威嚴，雖然比我見到他的任何時候都放鬆得多。他的頭髮又厚又鬈，此時已變成一團深灰色的漂亮陰影。

「我看起來像嗎?」我問。

「你眼睛裏又出現那種淘氣的光采,」他低聲回答,兩眼仍熱切注視著我。「你的嘴唇上掛著一絲微笑,在你說話時也不會有片刻消失。而你的皮膚有了很大的變化。但願你不覺得疼痛。你不疼,對吧?」

我作了一個不在乎的手勢。我能聽見他的心跳。比在阿姆斯特丹時跳得稍微微弱一點,而且時不時有心律不整。

「你的皮膚就像這樣還能黑多久?」他問。

「也許還要許多年;好像是一位古人這樣對我說的。我不是在《天譴者的女王》中寫過這個問題嗎?」我想到馬瑞斯:他不知會如何生我的氣呢。他肯定很不贊成我的所作所爲。

「是瑪赫特,你那位古時候的紅髮朋友,」大衛說。「在你的書中,她宣稱曾幹過同樣的事,只是爲了弄黑她的皮膚。」

「眞有勇氣,」我咕噥著。「而你卻不相信她確有其人,是不是?儘管我現在就面對面同你坐在一起。」

「哦,我相信她的確存在。我當然相信。我相信你寫的一切。但是我認識你!請告訴我:在沙漠中到底發生了什麼事?當時你眞的認爲你將會死去嗎?」

「大衛,你可以冷不防地問我這個問題。」我嘆了口氣。「唔,我不敢說我眞的認爲我會死。我當時很可能在玩弄我的慣用伎倆。我向上帝發誓不對別人撒謊,但我卻對自己撒了謊。現在我認爲我不會死了,至少不會死於我自己發明的所有死法。」

他深深地嘆了口氣。

「所以說**你**怎麼會不怕死呢,大衛,我並不想用這個老問題來折磨你。可是我確實無法設想。你確確實實不怕死,我就是無法理解這是爲什麼。因爲你當然是**會**死的。」

他是不是正在懷疑我？所以他沒有馬上回答我的問題。然而我的話還是引起他極大的興趣，這我能看出來。我幾乎能聽見他的大腦在高速運轉，雖然我當然無法聽懂他的思想。

「大衛，你爲何要玩浮士德這套把戲？難道我是梅菲斯特嗎？」我問，「你是浮士德嗎？」

他搖頭。「我也許是浮士德，」他喝了一口蘇格蘭威士忌，終於又開口說，「可是很顯然你並不是魔鬼。」他又嘆了一口氣。

「可是我爲你掃除了障礙，不是嗎？這點我在阿姆斯特丹就清楚了。你是除非萬不得已才待在泰拉瑪斯卡。我並不是在把你逼瘋，但是我一直在起著很壞的影響，不是嗎？」

他又沒有馬上回答我的問題。他正用他那雙又大又凸出的黑眼睛盯著我，並顯然在全方位地考慮這個問題。他臉上深深的皺紋——額頭上的淺溝、眼角旁的細線和嘴周圍的褶子——突出了他這種和藹與開朗的表情。此人身上沒有絲毫的酸臭味，但在樂觀開朗的外表下卻隱藏著陰鬱和不幸，而且夾雜著貫穿他漫長一生的深刻憂慮。

「黎斯特，這種局面遲早會出現，」他終於開口說。「我不再當個好會長是有原因的。這種局面遲早會出現，對此我有相當把握。」

「解釋給我聽聽。我還以爲你一直是這個教派的核心，它是你的全部生命呢。」

他搖了搖頭。「對泰拉瑪斯卡來說，我始終是這個職位的不適宜候選人。我已經提過我在印度度過青年時代。我本可以就那樣生活下去的。我不是個世俗意義上的學者，從來不是。不管怎麼說，我在這場遊戲中就像是個浮士德。我老了，可是還沒有揭開宇宙中的秘密。絲毫沒有，我年輕時還以爲揭開了呢。當我第一次看見……一個幻像時，當我第一次認識一位女巫時，當我第一次聽到一個精靈的聲音時，當我第一次召喚一名精靈並讓他按我的旨意辦事時，我眞以爲自己已揭開宇宙的秘密！但實際上根本沒有。那根本算不了什麼。這些都是地球上的或世俗的東西……

世俗的秘密。也是我無論怎樣努力也揭不開的秘密。」

他頓了一下，好像想再說些什麼，專門強調某一點，可是接著他只是舉起酒杯，心不在焉地喝著，這次沒有扮鬼臉，因爲那顯然只是今晚喝第一口酒時的反應。他盯著酒杯，用細頸酒瓶再把它斟滿。

我恨自己不能讀懂他的心思，捕捉不到絲毫他的忽明忽暗，或隱或現的絃外之音。

「知道我爲什麼成爲泰拉瑪斯卡的一員嗎？」他問。「和做學問毫無關係。我從沒想過自己會給局限在這個地方整天翻文件，把檔案輸入電腦，向全球發傳眞。和這些根本無關。我來這兒先是開始了另一次狩獵探險，不妨說是一條新戰線，就是到遙遠的巴西。我就是在那兒發現神秘學，在里約熱內盧的那些狹小彎曲的街道上。其中每部分都好像和我當年捕獵老虎一樣刺激和危險。正是這種危險吸引了我。至於我爲什麼總是離危險很遠，這我也不清楚。」

我沒有答覆，但心裏明白，他認識我本身明擺著就是一種危險。他一定是很喜歡這種危險。我曾以爲對於危險他抱著一種學者的天眞，可現在看來不是這麼回事。

「是的，」他馬上說，邊微笑邊睁大了眼睛。「正是這樣，儘管我確實認爲你不會傷害我。」

「別欺騙自己，」我猛然說。「你要知道你確實在自欺欺人。你在犯下那條古老的罪行。你堅信你所見到的東西。可是我和你所見到的不一樣。」

「怎麼會呢？」

「哈，你過來瞧瞧。我看上去像個天使，但我不是。自然界的那些古老法則包含許多像我這樣的怪物。我們美麗得像花斑蛇和斑紋虎，而實際上我們確是無情的殺手。你確實在讓眼睛欺騙你。但是我不想和你爭論。把你的故事講給我聽。你在里約熱內盧做了什麼？我很想知道。」

我說這些話時心裏湧上來一陣酸楚。我想說，假如我無法把你當成我的吸血鬼同伴，那就讓我把你當凡人來了解吧。這想法使我感到一陣輕微但明顯的興奮；現在我倆就坐在一起，同以往一樣。

「好吧，」他說，「你已說明了來意，我也贊同，多年前在你正在演唱會場我接近了你，你朝我走過來時我第一次面對你——這些對我都是危險的誘惑。你還用你的建議來引誘我，這同樣很危險，因爲正如你我都淸楚的那樣，我只是個人。」

我仰靠在椅背上，有點洋洋自得，翹起一條腿，把腳後跟兒踩進那張舊椅子的皮革椅面。「我喜歡人們有點怕我，」我聳聳肩說，「不過你要講給我聽在里約熱內盧的經歷。」

「在那兒我直接面對衆神的宗教，」他說。「崁多布雷。你知道這個詞嗎？」

我又微微聳了一下肩。「聽說過一兩次，」我回答。「我得去那兒一次，也許不久就去。」我的腦海裏閃現出南美洲的那些大城市，她的熱帶雨林和亞馬遜河流域。是的，我很渴望這樣一次冒險，而驅使我深入戈壁沙漠的絕望情緒似乎已經是很遙遠的事了。我很高興自己仍然活著，並且悄悄地拒絕羞愧。

「呵，我要是能再見到里約熱內盧就好了，」他像是自言自語地輕輕說。「當然，它現在同過去不一樣了。現在是個摩天大樓林立、豪華飯店櫛比的世界。不過我還是很想再見到那彎曲的海岸，那圓錐形糖塊山，還有立在科爾可瓦多之上的耶穌基督雕像。我不信地球上還有比它更令人眼花撩亂的地區。我怎麼會白白荒廢了許多年而沒有再去一趟里約熱內盧呢？」

「你爲什麼不能想去就去呢？」我問他。我突然對他產生強烈的愛憐，想保護他。「倫敦的那些同僚當然不能阻止你去。再說你又是他們的老闆。」

他非常仁慈寬厚地笑了。「是的，他們阻止不了我。」他說。「全看我自己是不是有精力，既指心理上的，也指體力上的。不過這樣就扯太遠了。我原想告訴你在里約發生了什麼的，也許這才是正題吧；我也不知道。」

「你想去巴西，財務上總是不成問題的吧？」

「哦，是的，錢從來都不成問題。我父親在錢的問題上非常精明。所以就從來用不著我太操心。」

「你要是沒錢我會給你的。」

他衝我十分溫和而寬容地微笑一下。「我現在老了，」他說，「很孤獨，而且像所有稍具智慧的人那樣傻里傻氣。不過我不窮，謝天謝地。」

「那麼你在巴西遇到了什麼事？開始是怎樣的？」

他欲言又止。

「你真想待在我這兒，聽我講我想說的話嗎？」

「對，」我馬上回答。「請講吧。」我覺得我在這個世界上別無所求。我心中沒有任何打算和野心，不企求任何別的東西，只想和他在一起待在這兒。要求如此簡單，連我也感到震驚。

但他還是太情願相信我。隨後他起了微妙的變化，像是放鬆下來，也許是屈服。

他終於開始講述。

「那是在二次世界大戰結束之後，」他說。「當時我兒時的印度已不復存在。此外我嚮往去新的地方，於是就和朋友們去亞馬遜河流域的熱帶叢林裏打獵。對那一地區的展望使我入迷，寢食不安。我們追踪著巨大的南美洲虎——」他說著用手指了指屋角架子上的一具斑紋虎標本，在此之前我居然沒有注意到它。「那時我特別想追獵這隻老虎。」

「看來你做到了。」

「不是馬上就做到的，」他嘲笑了一聲說。「我們決定先在里約熱內盧度過一段熱鬧而奢侈的假期，花兩周的時間漫遊科帕卡巴納海灘和所有的殖民地舊址——修道院，教堂等等——然後再去打獵，你要明白，那時的市中心可和現在的不一樣，是一團擁擠的狹窄小街道和許多奇妙的古老建築！我太渴望到那裏去，就是爲了領略這種異國風情！我們英國人就是爲了這才進入熱帶地區的，我們只好遠離本國的一切禮儀和傳統，並融入某種貌似野蠻的文化，而這種文化，是我們不可能改造或眞正搞懂的。」

他的整個舉止都隨著他講話而改變了，他逐漸變得更加咄咄逼人、充滿活力，兩眼炯炯有神，語句帶著淸脆鏗鏘的英式語調更加滔滔不絕地湧出，我是那樣地喜歡英國發音。

「唔，那座城市本身就已經是讓所有人始料不及，然而比起人民的魅力，就又根本算不上什麼，巴西人和我見過的所有人都不像。比如，他們特別美麗，雖然人人都同意這一點，可是卻沒有人知道這是爲什麼。你別笑，我可是很嚴肅的，」他見我在笑，就這樣說。「也許是葡萄牙人和非洲人混血，再和印第安人混血的結果。我眞的說不淸。事實是，巴西人特別地迷人，而且具有極其性感的嗓音。嘿，你很可能愛上他們的嗓音，你會迷戀得想去吻他們的嗓音，音樂，還有拉丁舞，這些就是他們的語言。」

「那你應該一直待在那裏。」

「噢，不行！」他說完迅速又喝了一口蘇格蘭威士忌。「好，接著說。我在頭一個星期就對這個男孩卡洛斯產生強烈的愛情——不妨這麼說。我被他徹底征服了。我倆在皇宮旅館我的套房裏，一連幾天幾夜除了喝酒就是做愛。眞是下流極了。」

「那你的朋友們就乾等著你？」

「沒有，而是約法三章：若不馬上跟我們走，就把你扔下不管。如果卡洛斯能跟著我們一道那就太好了。」他用右手打了一個手勢。「哎，這些先生當然一個個全都老奸巨滑。」

「那是當然。」

「可是決定帶著卡洛斯一起走，後來證明是犯了大錯。他母親是個坎多布雷女祭司，但我當時對此一點概念也沒有。她不想讓她的兒子進入亞馬遜河的熱帶叢林。她想讓他上學。於是她就派精靈盯上了我。」

他停住了，打量著我，大概想探測一下我的反應。

「那一定特別有趣，」我說。

「這些精靈躲在暗處不停地跟我搗蛋。它們取走我正睡在上面的床，並把我像倒垃圾一樣倒掉！它們亂擰淋浴室裏的水龍頭，差點把我燙傷。它們還在我的茶杯裏撒尿。整整七天之後，我覺得我快要瘋了。我由最初的氣惱和懷疑發展到害怕和恐怖。盤子會在我面前突然飛走，鈴聲會在我的耳際響起，酒瓶會無緣無故從架子上跌落摔碎。無論我走到哪兒，都能看見蒙面人在盯著我。」

「你知不知道是那女人幹的？」

「一開始不知道。可是後來卡洛斯終於憋不住了，向我坦白了一切。他母親只有見我離開了才會撤回咒語。那好，我當天晚上就走了。

「我回到倫敦，精疲力盡，精神不正常。但這也不行，那些精靈跟踪而來。同樣的怪事在泰柏特莊園也開始發生。門窗砰砰地突然開關，家俱莫名其妙地移動，鐘錶在樓下僕人的餐具室裏時刻響個不停。所有人都要發瘋了。我母親——她多少是個唯靈論者——總是往全倫敦的各個巫師那兒跑。她把泰拉瑪斯卡的人請到家裏來。我向他們講述了一切，他們就向我解釋開了坎多布雷和招魂論。」

「他們驅除了這些妖怪嗎？」

「沒有。不過，我待在泰拉瑪斯卡的圖書館裏一個星期，認眞研究，又深入拜訪了幾位曾去過里約熱內盧的同僚，我自己也能把這些精靈控制住了。大家都很吃驚。之後，我又決定回到巴西去，這更是把他們嚇了一大跳。他們警告我說，那個女祭司的魔法力強得足夠殺死我。

「『我要的正是這個，』我對他們說。『我自己也很需要那種魔法。我要去拜她爲師。她要把這些教給我。』他們都求我不要去。我告訴他們回來後我會給他們寫一份書面報告，你不難理解我的心情。我已經看見了這些無形實體的活動機制。我已能感到它們在接觸我。我已見過這些精靈在空中飛速掠過。我認爲廣大的無形體的世界正在向我敞開大門。我必須去那兒。嘿，任何人都不能阻止我去那兒。我決心已定。」

「對，我能理解，」我說，「這和捕獵大野獸一樣刺激。」

「一點不錯。」他搖著頭說：「那時我就是這樣堅定。我以爲連二次大戰都沒有要了我的命，那就沒有什麼能殺害我了。」他突然恍惚一陣，陷入回憶，忘掉了我的存在。

「你面對那個女人了嗎？」

他點點頭，

「不但面對了，而且打動了她，接著賄賂她，數額大得超出她最離奇的夢想。我對她說，我想當你的徒弟。我跪在地上發誓，我想向你學習，不徹底揭開這個秘密，不把能學的都學到手，就絕不離開。」他呵呵笑了兩聲。「我不敢說這個女人以前一定見過業餘的人類學者，反正我估計我大概可以算作一個人類學者。不管怎麼說，反正我在里約熱內盧待了一年。你儘管相信我，那是我一生中最輝煌的一年。最後我終於離開，因爲我清楚再不走的話，就永遠走不開了。大衛・泰柏特這個英國人就不復存在了。」

「你學會怎樣召喚精靈了麼？」

他點點頭。接著又陷入了回憶，腦海裏閃著我看不見的影像。他煩躁不安，略顯悲傷。「我把它都寫下來了，」他最後說，「全在總部的檔案裏。多少年來，有許許多多人讀過我的這段故事。」

「從沒試過把它發表嗎？」

「不能發表。它是泰拉瑪斯卡的一部份。我們從不對外發表。」

「你擔心你浪費了你的生命，對嗎？」

「不，我不擔心，眞的……儘管我剛才講的也是眞話，我並沒有揭開宇宙的秘密。我甚至沒有超過我在巴西取得的成就。對，後來倒是也有過一些驚人的發現。我記得我讀到那些關於吸血鬼的卷宗的頭一個夜晚，當時我是多麼難以置信呵！後來便有了那些奇妙的時刻：我下到地窖裏去取證據。可到頭來就像坎多布雷一樣，我只深入到此就爲止了。」

「相信我，我能了解你。大衛，這個世界本身就意味著永遠是個謎。即使存在著某種答案，也不是你我就能找到的，對此我堅信不疑。」

「我想你說得對。」他悲哀地說。

「而且我認爲你比較怕死，雖然你不承認。你一直在對我採取頑固而強硬的態度，一種道德說教的態度，這我並不責怪你。也許你眞的歲數夠大並且有智慧到認爲你確實不想成爲我們中的一員。但也別再談死的問題，好像談死就能給你答案。我覺得死是可怕的。你一下子就停止了，從此不再有生命，也不再有機會了解任何事情了。」

「不，這點我不同意，黎斯特，」他說。「我就是無法贊同。」他把目光移向那隻老虎，然後說：「有人造成了它這種可怕的對稱性或勻稱美，黎斯特。有人不得不這樣做。老虎和羔羊……這種食物鏈不可能自發地產生。」

我搖搖頭說：「大衛，用於創作那首古老的詩歌的智慧比用於創造這個世界的智慧還多。你聽起來像個聖公會成員。可是我淸楚你在講什麼。我自己也在時時想這個問題。其實簡單得發傻。必須存在某種東西放之四海而皆準，能解釋所有這一切。必須有這麼一種東西！因爲缺失的部分太多了。這問題你想得越多，無神論者們的言論聽上去就越像是宗教狂的言論。但我認爲這是一種誤會的錯覺。完全是過程，而沒有終極。」

「缺失的部分？當然，黎斯特！設想我製造了一個機器人，是我自己的完美拷貝。設想我把全球所有的百科全書知識都教給了他——這你知道，把它都編好程式輸入他的計算機大腦。可是他遲早還會跑來問我：『大衛，它的其餘部分在哪兒？解釋和答案在哪兒！這一切是怎麼發生的？你爲啥把解釋省略掉，使我不明白爲什麼最初曾有過「砰」的一聲巨響，然後一切就運作起來了？究竟發生了什麼，使礦物質和其它懶惰的化合物突然就進化成了組織細胞？化石紀錄中的那個巨大斷裂又如何解釋？』」

我愉快地笑起來。

「那我只好打斷這可憐的傢伙的提問，」他接著說，「說這是沒有答案，無法解釋的。說我並沒有什麼缺失的部分。」

「大衛，誰也不缺什麼缺失的環節。誰也不會缺少哪一環的。」

「別那麼肯定。」

「那這也就是你的希望所在嘍？所以你就讀聖經啦？你無法揭示神秘學意義的宇宙秘密，所以現在又回到上帝那兒去了，對嗎？」

「上帝就是神秘學研究中的宇宙秘密。」大衛說，他的神情若有所思，幾乎是沉思默想，臉部非常放鬆，顯得年輕了。他正凝視手中的玻璃杯子，大概喜歡看光線聚集在水晶裏的樣子。我也不知道。我只好等著他開口。

「我想答案可能就在〈創世紀〉裏。」他終於開口說。「我確實這麼認爲。」

「大衛，你讓我感到吃驚。談到缺失的殘片。〈創世紀〉倒是一堆片斷的集合。」

「沒錯，可是這些說明問題的片斷留傳給了我們，黎斯特。上帝按照他自己的形像和外觀創造了人。我以爲這就是解開疑團的鑰匙。誰也不知道它的眞正含義是什麼。希伯萊人並不認爲上帝是個人。」

「怎麼能說這就是解開疑團的鑰匙呢?」

「上帝是一種創造力,黎斯特。我們也都是如此。祂對亞當說:『增生並且繁殖。』而這正是第一批有機細胞做的事情,增加和繁殖。不光是改變形狀,而且複製自己。上帝是一種創造力。祂藉由細胞分裂從自身裏創造整個宇宙。所以魔鬼們才這樣嫉妒他,我說的是那些壞天使。他們並不是具有創造力的造物,因爲他們沒有身體,沒有細胞;他們只是靈魂。我認爲他們不僅嫉妒而且懷疑——上帝怎麼會在亞當身上又製造了一台那麼像他自己的創造機器,祂是不是犯了錯誤?我是說,這些壞天使很可能覺得物質宇宙及其所有正在繁殖複製的細胞實在是太壞了,不過是一些能增加和繁殖的會思想會走路的東西。他們很可能對這整個試驗極爲憤怒。這就是他們的罪。」

「你是說上帝不完全是個靈體。」

「對。上帝有一個身體。一向都有。細胞分裂生命的秘密寓於上帝體內。所有生命細胞都有一小部分上帝的靈魂在其體內。這就是使得生命在最初產生,並把生命與非生命區分開來的那個缺失的部分或環節。它和你們吸血鬼的起源或產生一模一樣。你告訴我們,阿曼——一個惡的實體——的靈魂注入到所有吸血鬼的身體內……那好,人類也以同樣的方式分享上帝的靈魂。」

「我的天,大衛,你快要發瘋了。我們可是個變種。」

「是的,可是你們也在我們的宇宙中存在,你們的變異也反映出我們的變異。再說,別人也提出同一個理論。上帝是火,我們都是小小的火焰;當我們死後,這些小小的火焰就回到上帝的火中去。可是重要的是,一定要認識到上帝本人就是靈與肉的結合!絕對是這樣。

「西方文明一直建立在一種反問的基礎之上。但我眞誠地相信,我們在日常行爲方面既知道也尊重眞理。只有當我們談論宗教時，我們才說上帝純粹是個神，過去是，將來也永遠是個神，而肉體是邪惡的東西。其實眞理就在〈創世紀〉裏，全在那裏面。黎斯特，我來告訴你最初啓動生命的那聲巨響是什麼吧。就是當上帝的細胞開始分裂的那一刻。」

「大衛，這可眞是一個有趣的理論。是不是讓上帝大吃一驚？」

「沒有，倒是天使們大爲驚愕。我可沒開玩笑。我來告訴你其中迷信的那部分，即上帝是完美無缺的這種宗教信仰。其實祂顯然不是這樣。」

「眞安慰人，」我說。「什麼都解釋清了。」

「你在笑話我，我不責怪你。不過你說得很對。它解釋一切。上帝也犯過許多錯誤。犯過許許多多錯誤。上帝自己對此最清楚！我估計天使們曾試圖警告過祂。所以他們就成了魔鬼，因爲他試圖警告過上帝。上帝是愛。不過我不敢肯定上帝絕頂英明。」

我努力忍住不笑出聲來，可是無法完全做到。「大衛，如果你堅持你的觀點，定遭天打雷轟。」

「胡說。上帝也要我們把眞相說明。」

「不對。這點我不能接受。」

「那你能接受其他嘍？」他說著又咯咯笑了兩聲。「不，但我沒有開玩笑。宗教在其不合邏輯的結論方面是很原始的。想像一下完美的上帝居然會允許魔鬼撒旦出現並生存。不，這簡直是荒誕不經。

「聖經的全部不足就在於它提出上帝完美的概念。這表明了早期的學者缺乏想像力，也造成了許多有關善與惡的神學問題無法得到解答，而多少世紀以來人們一直在這些問題上糾纏不清。然而上帝是好的，特別好。上帝就是愛。但是任何創造力都不完美。這是很明確的。」

「可是魔鬼呢？關於他有沒有任何新的見解？」

他看了我一會兒，顯得有點不耐煩。「你太玩世不恭了，」他嘟噥著。

「不，我不是玩世不恭，」我說。「而是誠心想知道。我當然對魔鬼有特殊興趣。我談到他的次數要大大超過我談論上帝。我眞想像不出凡人爲什麼都那麼熱愛魔鬼，我是說，他們爲什麼都對他那麼津津樂道。可是他們確實喜歡惡的概念。」

「那是因爲他們不信仰他，」大衞回答。「是因爲一個徹底邪惡的魔鬼比一個完美的上帝還沒有意義。想像一下，撒旦從來不學習、不了解情況，死腦筋不變通，這樣的撒旦誰會信仰？這樣一個魔鬼的形象對我們的才智是個侮辱。」

「那麼你的躲在謊言後面的眞理又是什麼呢？」

「他並不是完全不能改過自新。他只是上帝計劃中的一部分。他是個得到允許去誘惑和折磨人類的精靈。他非難人類，非難這整個試驗。瞧，這就是我眼中撒旦沉淪的實質。魔王撒旦認爲這個概念不會靈驗，可是，黎斯特，那個答案卻領會到上帝是物質！上帝是肉體化的，上帝是細胞分裂的主宰，而魔王撒旦厭惡讓這種細胞分裂過度地泛濫下去。」

他再度陷入令人發瘋的沉默，兩眼瞪大，閃著驚異的光芒。良久，他才說：

「關於魔王撒旦，我還有個理論。」

「講給我聽聽。」

「有不止一個魔王撒旦，所有被任命爲王的魔鬼都不太喜歡這份差事。」這句話他幾乎是自言自語。他煩躁不安，好像想說更多卻說不出來。

我放聲大笑。

「這我能聽懂，」我說。「誰會喜歡當魔王這個差事呢？而且你想，他不可能打贏。尤其考慮到，魔王在天地初始的時候是位天使，而且應該很聰明。」

「正是如此。」他用手指著我說。「你關於林布蘭的那篇小故事。撒旦如果有腦子的話，本該承認林布蘭的天才。」

「還有浮士德的善良。」

「哦，是的，你見過我在阿姆斯特丹閱讀《浮士德》，對吧？結果你自己也買了一本。」

「你怎麼知道的？」

「書店老闆在第二天下午告訴我的。他說在我離開後不久，一個奇怪的金髮法國年輕男人走進書店，買了一本同樣的書，然後站在街上一動不動地讀了半個小時。那店主從沒見過這麼白的皮膚。這當然是你。」

我搖搖頭，笑著說：「我是幹這類傻事。眞奇怪：居然沒有哪個科學家包抄網路把我捉住拿去研究。」

「朋友，這可不是開玩笑。幾天晚上以前你在邁阿密就很不愼重。兩名被害人的血全被吸乾了。」

他的話馬上使我感到困惑不解，一時說不出話來，然後我才爲消息這麼快就傳到了大西洋此岸而吃驚。我又感到習慣性的絕望。

「稀奇古怪的謀殺總能成爲各國報紙的標題新聞，」他解釋。「再說，泰拉瑪斯卡修道院也收到各類怪事的報告。我們在世界各地的城市都有人給我們寄剪報，爲我們的檔案室寄來各類超自然的奇聞怪事的報導。『吸血殺手在邁阿密兩度出擊』——就是幾家消息來源寄來的新聞標題。」

「但他們並不眞的相信這是吸血鬼幹的，這你也清楚。」

「是的，可是你總是這麼幹，他們可能慢慢也就相信了。你以前當搖滾樂歌手的時候，不就是希望發生這樣的事嗎？你希望他們總盯著你。這並非不可思議。瞧你把這些殺人犯折騰的，他們的屍體被你丟下一大串。」

這消息的確讓我感到吃驚。我爲了獵殺那些殺人兇手，曾不停地往返於各大洲之間。我從沒想過會有人把這些非常零散的死亡事件聯繫起來看待，當然馬瑞斯除外。

「你怎麼看待這事？」

「我告訴過你了。這樣的新聞總是寄到我們手中，什麼惡魔般的行爲，吸血鬼行爲，巫毒教巫術，魔法，目睹狼人等等；它們擺滿我的辦公桌。其中大部分該扔進廢紙簍。但其中有價值的東西我一眼就能看出來。你殺人的報導很容易找出來。」

「你跟蹤這些殺人狂已經有一段時間了。你把他們的屍體隨便丟在公共場合。你把最後這一名扔在旅館裏，他死了才一個小時之後就被人發現了。至於那個老太太，你同樣太粗心大意！她兒子第二天就發現她。驗屍官在兩人身上都沒有找到傷口。你成了邁阿密不具名的風雲人物，比那個死在旅館裏的人還要惡名昭彰得多。」

「我才不在乎呢。」我生氣地說。其實我很在乎。我對我自己的粗心大意感到後悔，可又沒做什麼來補救。唔，這種局面一定要改變。今天晚上，我幹得是不是漂亮一些？爲這樣的小事情求原諒未免太糗了。

大衞正在仔細地盯著我。如果說他有什麼主要的特點，那就是他的機警。「你可能被抓住，」他說。「這並不是不可能的事。」

我輕蔑地一笑，對他的話嗤之以鼻。

「他們可能把你鎖在實驗室裏，把你關在以太空時代的玻璃製成的籠子裏進行研究。」

「這不可能。不過這想法很有趣。」

「我早就知道！你希望這事發生。」

我聳聳肩。「也許會好玩一時。不過你瞧，這是完全不可能的事情。我當搖滾歌手時唯一一次公演的那天夜裏，所有稀奇古怪的事情都發生了。事後凡人世界只是掃蕩一下，就合上了卷宗不了了之。至於說邁阿密的那個老太太，那只是個可怕的不幸。本來眞不該發生的——」我頓住了。今夜死在倫敦的這些人又怎麼說呢？

「可是你喜歡殺人，」他說。「你說過那樣很好玩。」

我猛地覺得十分痛苦，眞想馬上離開。但我答應過不離開的。我只好坐在原地，盯著爐火，想著戈壁大沙漠，那些巨型蜥蜴的遺骨，以及陽光普照大地的過程。我想起了克勞蒂亞。我聞到了油燈的燈芯。

「對不起，我並不想對你這麼殘忍，」他說。

「唔，爲什麼不呢？對付殘忍，我想不出比這更好的辦法了。再說，我對你也不總是這麼溫和。」

「你到底想要什麼？什麼是你非要不可的？」

我想起了馬瑞斯和路易斯，兩人都問過我這個問題許多次。

「怎麼才能彌補我的過失？」我問。「我原想結束這個兇手的生命。我的兄弟，他是個吃人的老虎。我埋伏在那兒等著他。但是那個老太太——她只是一個森林中迷途的孩子。可是這有什麼關係？」我想到了今天夜裏早些時候被我奪去生命的那些不幸的人。我在倫敦的後街暗巷裏進行了一場屠殺。「但願我能記住這沒什麼大不了的，」我說。「我原想救她。但是面對我所有暴行，發一次憐憫又有什麼用？如果上帝或魔鬼存在的話，我早該被罰下地獄了。好了，現在你何不接著談你的宗教話題？很奇怪，我發現談論上帝或魔王撒旦特別讓我感到安慰。多給我講講撒旦吧。他肯定靈活多變，又聰明機靈。他一定多情善感。他怎麼會保持一成不變呢？」

「正是這樣。你知道〈約伯書〉裏是怎麼說的嗎？」

「提醒我一下。」

「好。撒旦在天上，和上帝在一起。上帝問，你到哪兒去了？撒旦回答，周遊世界去了！這是一段寒暄。接著他們開始就約伯的話題爭論起來。撒旦認爲約伯的善良完全是以他的財富爲基礎的。於是上帝同意讓撒旦折磨約伯。這是我們擁有的最接近當時實際情況的景像。上帝不是對一切都了解。魔王撒旦是他的一位好朋友。而這一切都是一場試驗。並且那位撒旦與今天世人心目中的這個撒旦很不相同。」

「你談論這些觀點的樣子就好像它們是眞理似的……」

「我認爲它們是眞實情況，」他說著聲音逐漸降低，又陷入了沉思。接著他又提高了嗓門，說：「我想告訴你一件事。其實我早就應該將此事坦白了。從某種意義上講，我其他人一樣很迷信，我也信教。因爲所有這一切都是以各種幻像或顯聖爲基礎的，即影響一個人理性的那種宗教上的啓示。你明白的。」

「不，我不明白。我做夢，但是沒有啓示，」我說。「請你解釋。」

他又陷入沉思，眼睛盯著火焰。

「別把我忘了，」我輕聲提醒他。

「啊，好的。我在想怎樣把它說清楚。你知道，我現在仍是個坎多布雷祭司。我是說我能召喚無形的神力：什麼害蟲精靈啦，星際流浪者啦，不管你稱它什麼都行……捉弄人的鬼啦，纏住人的小怪物啦。這就意味著，我一定是一直具有看見神靈的潛在能力。」

「是的，我想是這樣。」

「嘿，有一次我確實看見了什麼東西，很難解釋的怪事，那是在我去巴西以前。」

「講講看。」

「在去巴西前，我對這些玩意是抱持懷疑態度的。事實上，這種事太讓我心煩，太難以言喻，所以我在去里約熱內盧時已經不把它放在心上了。可是現在，我又對它耿耿於懷。想讓我不想它也不行，所以我才又捧起了聖經，好像從裏面我能找到智慧。」

「這是怎麼回事？」

「這事發生在大戰前的巴黎。我和我母親住在那兒。有一天我去左岸的一家咖啡館，現在我連是哪家咖啡館也記不清了，只記得那是個和煦的春日，像許多歌曲唱的那樣，是待在巴黎的最好時光。我喝著啤酒，讀著英國報紙，並突然意識到我正在偷聽一段對話。」他又分了神。「眞希望我知道出了什麼事，」他小聲嘀咕。

他俯身向前，用右手抓起火鉗，捅了捅劈柴，一片火星濺到焦黑的磚壁上。

我眞想把他拉回到座位上，但我耐心等著。終於，他又開口。

「我說過，我坐在那個咖啡館裏。」

「對。」

「我突然意識到自己在偷聽一段奇怪的對話……既不是英語也不是法語……慢慢地我才明白它什麼語言也不是，可我卻完全能聽懂。我放下報紙，開始專心聽。這對話持續下去，像是兩個人在辯論。突然，我搞不清楚這些聲音是不是任何旁人也能聽到。我不敢肯定別人是不是也能聽到這些談話！我抬起頭來，慢慢扭過頭去看。

「它們在那兒……兩個存在體，坐在桌旁交談，乍看之下再正常不過了——兩個男人在交談。我又低頭去看報紙，可是這種游泳般的感覺控制了我。我只好強迫自己定神，先盯住報紙，然後又盯住桌面，讓這種神游停止。咖啡館裏的噪音像巨大的交響樂團捲土重來，可我卻只想扭過頭去看那兩個不像人的個體。」

「我又轉過頭去強迫自己聚精會神地去看，去聽，去感受，去意識。它倆仍坐在那兒，很顯然是幻象。它們與周圍的一切不是用同一種材料構成。你明白我的意思嗎？我可以把它拆成幾部分說明。比如說，它們不是被照亮我們的那種光線照亮，它們好像是在某個光線來自於另一種光源的領域裏存在。」

「就像林布蘭畫裏的那種光線。」

「對，可以這麼說。它們的衣著和面孔比人類的更光滑。嘿，整個幻象具有與咱們完全不同的質地或結構，而且這種結構在它的一切細節裏都是統一的。」

「它們看見你了嗎？」

「沒有。我是說，它們沒有看我，或承認我。它們只是對視，接著聊天。於是我馬上又拾起那條線索。這是上帝正在對魔鬼撒旦講話，告訴他必須繼續做這工作。而撒旦不想再幹了。他解釋說他的任期已經過去。別人都出過的事情正在發生在他身上。上帝說他能理解，不過撒旦應該明白自己有多重要，他不能對自己的職責逃避了事，事情沒那麼簡單，上帝需要他，要求他堅強。而這一切都在友好的氣氛中進行。」

「它們看上去像什麼？」

「這是最難講清楚的。我也不知道，當時我看到了兩個模糊的形狀，高高大大，肯定是男的，或者說假設是男人的體型，神情愉快，一點也不怪，確實沒有什麼特殊之處。我沒有漏掉它們的特色——頭髮的顏色，面部的五官之類。這兩個形體看來相當完整，可當我事後敍述這件事時，我卻記不起任何細節！我認爲這個幻象在出現當時並不那麼完整。我覺得我當時對它還挺滿意，可是完整的感覺卻是攙雜了別的因素而產生。」

「什麼因素？」

「當然是內容和含義了。」

「它們從沒看到你，從不知道你也在場。」

「我的孩子，它們必須知道我在場。它們一定知道，它們一定是爲了我好才這麼做的！不然怎麼解釋只有我才被允許見到此情此景？」

「我怎麼知道，大衛？也許它們並不想讓你看見。也許是有些人能看到，有些人見不到。也許是這另一種結構，意即咖啡館裏其他一切的正常結構出現了一點裂縫。」

「這是有可能的。但我覺得實際上不是這樣。我覺得我是被有意安排見到此景的，有什麼東西故意讓它對我產生影響。可怕就可怕在這裏，黎斯特。但它的影響並不很大。」

「你沒有因爲它而改變生活。」

「哦，沒有，絲毫沒有。你瞧，兩年後我甚至還懷疑是否眞見過它。隨著我一次次把它告訴別人，隨著一次次同別人辯論，讓別人說我——『大衛，你已經發瘋了』——它在我心裏變得越來越模糊和不肯定。我從沒對它做過什麼。」

「可是你又能對它怎麼樣呢？任何人對任何啓示或顯靈除了老老實實地承受之外，還能做什麼呢？大衛，你肯定把這次幻影的事告訴過你在泰拉瑪斯卡裏的兄弟姐妹。」

「是的，我告訴過他們。不過那是很久以後的事，是我從巴西回來以後，把我長長的回憶錄存檔的時候——這是一名好會員應該做的。我把它從頭到尾如實告訴他們。」

「他們怎麼說？」

「黎斯特，你要知道，泰拉瑪斯卡對任何事情都不太發表意見。這是人們必須要面對的事實。『我們關注著一切這方面的事情。』說實話，這並不是一個太受其他成員歡迎的幻象。在巴西你大談精靈，你會有一大群聽眾。可是基督教的上帝及其魔鬼撒旦呢？恐怕就不是太……大概泰拉瑪斯卡修道院和其他任何機構一樣，多少受偏見甚至時尚的影響。聽著我的敍述，他們只是揚揚眉毛而已。此外我想不起還有什麼反應。這倒也是：當你與見過狼人，被吸血鬼勾引過，和巫術搏鬥過，同幽靈交談過的先生們談論幻影時，你還能指望他們說什麼呢？」

「不過上帝和撒旦可是非同小可，」我笑著說。「大衛，也許別的成員很羨慕你，而你還意識不到呢。」
「沒有，他們沒把這回事太當眞，」他邊說邊笑了一聲，算是承認我的幽默。「坦白說，我很驚訝你把它當眞了。」
他突然興奮地站起來，穿過房間朝窗口走去，用手猛地拉開窗簾，向外面的風雪夜使勁張望。
「大衛，這些東西想讓你做什麼？」
「我不知道，」他十分沮喪地說。「這正是我的苦惱所在。我已七十四歲了，可是我還不知道。我被蒙在鼓裏死去。如果沒有啓發，就讓它沒有好了。這本身就是答案了，不管我是不是有意識知道。」
「請你回來坐下吧。你說話時我喜歡看你的臉。」
他幾乎是機械地服從了我，坐下來伸手去搆那個空酒杯子，目光又移向爐火。
「黎斯特，你到底怎麼看？說心裏話好嗎？到底有沒有上帝和魔王？我說眞的，你信仰什麼？」
我考慮了很長時間才回答如下：
「我認爲上帝確實存在；我不想這麼說，可我相信。而且某種形態的魔王也很可能存在。我承認，這正如我們所說的那樣，是個環節或部分缺失的問題，你在那家巴黎咖啡館裏可能確實見到了上帝和他的撒旦。但這只是他們要弄的令人發瘋鬼把戲的一部分，我們絕不可能完全搞淸楚。關於他們的行爲你想得到一個可信的解釋嗎？他們爲什麼讓你看到他們一點？這是因爲他們想把你捲入某種宗教的響應！他們以這種方式同我們嬉戲。他們拋出幻象、奇觀和點點滴滴神聖的啓示。我們就充滿狂熱到處去找教堂。其實這全是他們遊戲的一部分，是他們持續下去、永無休止對話的一部分。你明白嗎？我認爲你對他們的認識——一個不完美的上帝和一個正在學習的撒旦——同所有別人的理解一樣好。我認爲你已經抓住了實質。」
他緊盯著我，沒有回答。

「是的，」我接著說。「我們不該去知道答案。並沒有指定我們去了解靈魂是不是通過輪迴、從一個肉體轉移到另一個肉體。我們沒必要知道是上帝還是眞主還是耶和華還是溼婆，耶穌創造了世界。上帝就像播撒啓示那樣播撒疑問，讓你根本忙不過來。我們全都是他眼裏的傻瓜。」

他還是不作回答。

「大衛，離開泰拉瑪斯卡吧，」我說。「趁年齡還不算太大，去巴西吧。回到印度去吧。去看看那些你想去的地方。」

「是啊，我想我應該這麼做，」他輕聲說。「他們很可能替我來操這份心。那些元老已經開會討論過大衛的問題以及他最近多次離開總部的事件。他們會讓我退休；當然少不了一筆可觀的養老金。」

「他們知道你見過我嗎？」

「哦，知道。麻煩就出在這裏。那些元老一直禁止接觸。這的確很有意思，因爲他們自己也拚命想見到你。你來泰拉瑪斯卡的時候他們當然知道。」

「這我淸楚，」我說。「你說他們禁止接觸，這是什麼意思？」

「哦，這只是慣常的忠告，」他回答，眼睛仍盯著燃燒的木柴。「中世紀的那一套，基於一條古訓：『你們不該鼓勵這個造物，不該參與或延長交談；如果他堅持造訪，揮之不去，你們就盡最大努力把他誘到人多的地方。眾所周知，這些怪物在被凡人包圍時不敢攻擊。你們絕不要、絕不要企圖向這個造物探聽秘密，片刻也不要相信他顯露的感情是眞的，因爲這些怪物極善掩飾自己，而且不知何故，能把凡人逼瘋。這種情況已多次發生在和吸血鬼有過接觸的資深調查者和不幸的普通人身上。警告你們：要把你們見到或會見過吸血鬼的所有詳情及時向元老報告。』」

「你眞的把它完全背下來了？」

「這條古訓是我自己寫的，」他呵呵笑了幾聲說。「這些年來我把它交給了許多同事。」

「他們知道我現在在這兒嗎？」

「當然不知道。我早就不再向他們會報咱們的見面。」他又陷入沉思，然後問：「你尋找上帝麼？」

「當然不，」我回答。「我想像不出比這更浪費時間的事了，雖然我有幾百年的時間可浪費。這樣的查詢會要我的命。現在我期望在我周圍的世界裏尋找眞理，藏在物質世界和美學境界的眞理，能讓我完全擁抱的眞理。我關心你的幻影，是因爲你見過它，並對我談論，而我又愛你的緣故，如此而已。」

他頹然倒在坐椅子裏，眼睛又盯住了屋子遠處的陰影。

「沒關係的，大衞。反正你總得死，我也很可能會死。」

他的微笑又溫和起來，彷彿除非把這話當成笑話，否則不能接受似的。

沉默良久，其間他又倒了一點蘇格蘭威士忌，更加緩慢地喝著，他一點也沒有醉。我看出他是故意這樣喝。當年我是凡人時，我喝酒總是爲了喝醉。但那時我十分年輕，再說不管有沒有城堡都很窮，而且喝的多是劣酒。

「你追尋上帝，」他肯定地說。

「我才不呢。你太武斷了，你很清楚，我可不是你在這兒見到的那個小男孩。」

「哈，你提醒了我，你說得很對。可是你決不能容忍邪惡。如果說你在你的書裏有一半講的是眞話，那就清楚地說明你從一開始就厭惡邪惡。你願意不惜一切代價弄清上帝對你的要求，並按他的要求去做。」

「你已經老糊塗了。快立遺囑吧。」

「噢，你眞惡毒，」他開心地笑著說。

我剛要對他再說點別的，就突然失神，腦子裏有點什麼事在牽扯我，是聲音。在漫天大雪中，一輛汽車慢慢行駛在狹窄的道路上，駛過遙遠的村莊。

我掃視著，什麼也沒發現，只有大雪紛紛，還有那輛汽車一點點地向前開，這個時候開車在鄉下走，那司機眞夠可憐的。時間是凌晨四點。

「太晚了，」我說。「我得走了，雖然你一直對我這麼好，可我不想再在這兒過夜。這不關有沒有人知道的事。我只是希望……」

「我能理解，我什麼時候再見到你？」

「也許比你希望的早，」我回答。「大衛，告訴我：那天夜裏我離開這兒以前，一心只想在戈壁灘把自己燒成灰，你當時爲啥說我是你唯一的朋友？」

「你就是嘛。」

我倆坐著對視，沉默了一會兒。

「你也是我唯一的朋友，大衛。」我說。

「你要去哪兒？」

「不知道。也許回倫敦。我回大西洋彼岸時會告訴你的。這樣可以嗎？」

「好，一定要告訴我。千萬……千萬別以爲我不想見到你，千萬別再拋下我。」

「假如我覺得我對你有用的話，假如我覺得你離開這個組織並再出門旅行對你有好處的話……」

「哦，正是這樣。我不再屬於泰拉瑪斯卡了。我甚至不敢肯定我還會信任它、或相信它的理想。」

我還想說點什麼——譬如告訴他我多麼愛他，在他的屋頂下找到了安全，他保護了我，這些我永遠不會忘記，我會按照他對我的希望爲他去做一切，等等。

可現在看來說這些已沒有必要了。不知道他信不信，也不知有什麼用。我仍然堅信讓他見我沒什麼好處。而且這個世界留給他這一生的東西也不多了。

「這我都清楚，」他平靜地說，又沖著我仁慈地笑笑。

「大衛，」我說，「你在巴西冒險的報告。你這兒有沒有副本？能不能讓我看看這個報告？」

他站起來，朝最靠近他書桌的玻璃門書架走去。他掃視了半天裏面的大量材料，然後從書架上搬下來兩個皮革大文件夾。

「這就是我在巴西的生活，後來我在叢林裏寫下的東西，用一台破舊的手提打字機在帳篷裏的一張桌子上，在我回英國之前。當然我也追蹤了那隻美洲虎；我必須捕獲它。但這次打獵同我在里約熱內盧的經歷比較起來，根本算不了什麼。知道嗎，這可是一次轉折點。我相信寫作這份報告是我重新變成英國人、疏遠坎多布雷人，疏遠我和他們在一起生活的一次拚命的嘗試。我爲泰拉瑪斯卡寫的報告就是以這份材料爲基礎寫的。」

我充滿感激地從他手裏接過它。

「還有這個，」他說著舉起另一個文件夾。「這是我在印度和非洲探險的一份總結。」

「這些我也想看看。」

「主要是些過去的狩獵故事。我寫它時還年輕。全是些舞刀弄槍的打獵！是戰前的事。」

我也接過第二個文件夾，然後像個紳士似地緩緩站起來。

「我把這一夜的時間都聊過去了，」他突然說。「我太不禮貌了。也許你還有話要講。」

「不，一點也沒有。這正是我所期待的。」我伸出一隻手讓他握住。他的手觸到我燒傷的皮膚，那感覺很奇妙。

「黎斯特，」他說，「那篇短篇小說……拉夫克拉夫特寫的。你是把它拿回去，還是放在我這兒保存？」

「啊，那篇小說，說來可眞有趣——我是說我得到它的過程。」

我從他手裏接過那篇小說，塞進我的外衣口袋。也許我會把它再讀一遍。我的好奇心又回來了，伴著一種恐懼的疑心。威尼斯，香港，邁阿密。那個奇怪的凡人怎麼在這三個地方都找到我，而且設法知道我也找到他！

「能給我講講嗎？」大衛輕聲問。

「等以後有時間我再講給你聽，」我說。心裏想：特別是等我再見到那小子之後。他究竟是怎麼搞的？

我彬彬有禮地走出房間，在關上這座房子的側門時還故意弄出一點聲音。

＊

我到達倫敦時天已將近破曉。許多夜以來我第一次爲我的強大威力而感到高興，爲它帶給我的安全感深感自豪。我不需要棺材和陰暗的角落藏身，只需要一個完全隔絕陽光的房間。一家有著厚重窗幔的豪華旅館將提供給我安寧和舒適。

我花了點時間在一盞枱燈的溫暖光線下坐好，開始以極其愉快的心情閱讀我期待已久的大衛巴西冒險記。

由於我的粗心大意和不顧後果，我已經差不多身無分文，於是我用我的三寸不爛之舌說服了「克拉里奇」這家久負盛名的倫敦老旅店的職員，讓他們接受了我的信用卡的帳號（雖然我根本沒有信用卡來證實這個賬號），並憑借我的簽名——「席巴斯汀·梅爾默思」我最愛用的化名之一——就把我安排在一個可愛的高層套房，裏面擺滿迷人的安娜女王時期的家具，我所希望的各類方便應有盡有。

我在門外掛出那個客氣的印刷字的小牌，「請勿打擾」，並通知櫃台在日落後才能敲我的房門。然後我把所有的房門都從裏面鎖上。

其實我沒有時間讀書。晨光從深灰色的天幕後面鑽出來，雪仍以巨大的片狀洋洋灑灑地從天空飄落下來。我拉上所有的窗簾，除了一塊——這樣我好觀察天空。然後我佇立窗前，望著旅館的前面，等待日光升起的奇觀，並仍有點害怕它的烈焰，連皮膚上的灼傷都由於這恐懼而更痛了一點。

大衛掛在我的心上；自從離開他後，我一刻都沒停止想我們的那次對話。我時刻聽到他的聲音，並努力想像他在那家咖啡館裏若隱若現見到上帝和撒旦的幻景。不過我對這一切的立場既簡單又可預見。我認為大衛是產生特別能寬心的幻覺。不久他就會離開我。死神會把他收去。而我所擁有的一切將是這些講述他一生的手稿。我無法強迫自己相信，他在死後還會知道更多的事情。

然而這一切確實讓我很吃驚，包括這次談話中出現的轉折，他的活力以及他說的那些古怪的事情。

我看著鉛灰色的天空和堆積在樓下人行道上的秋雪，想著這些事情，感到心曠神怡。可是就在這時，我突然感到一陣暈眩，實際上是一陣暈頭轉向，彷彿要睡著似的。其實這感覺倒很舒服，像是一陣輕微的震顫，伴隨著輕飄飄，彷彿我真的飛出了物質世界，進入了我的夢幻。隨後，我在邁阿密曾瞬間感受過的那種沉重感又回來了——四肢發緊，全身向內壓迫我，把我擠扁，使我收縮，使我這副瞬間嚇人的樣子被迫一下子竄到我的頭頂！

為什麼會這樣？我一如以前在那片孤獨黑暗的佛羅里達海灘上曾感受過的那樣不寒而慄。接著這種感覺又立刻消失了。我恢復了常態，略感惱怒。

難道我這漂亮如神一般的身體出了毛病？不可能。我不需要那些老傢伙來向我保證這樣一個事實。當我拿不定主意是把它忘了還是把它當回事，還是自己把它誘導開時，敲門聲把我從專注的思考帶回現實。

眞氣人。

「先生，這是給您的信，一位先生要求我把它交到您手裏。」

肯定是搞錯了，不過我還是打開了房門。

那小伙子遞給我一個信封，又厚又沉。有一會兒我只能瞪著它發愣。我衣袋裏還有一張一鎊的鈔票，是早些時候我從那小偷那兒搶來的。我把它塞給這小伙子，又把門鎖上。

這信封同我在邁阿密收到的那個一模一樣，就是那個凡人瘋子穿過沙灘朝我跑過來交給我的那個信封。我不寒而慄！當時我的目光剛落在這傢伙身上時，就曾體驗過這種古怪的感覺。噢，這簡直不可能……

我撕開信封。我的雙手突然顫抖起來，這又是一篇印刷好的短篇小說，同第一篇一樣是從一本書上裁剪下來的，並同上篇一樣在左上角用訂書針釘上！

我驚訝得目瞪口呆！這傢伙怎麼居然跟蹤我跟到這兒來了？誰也不知道我在這兒！連大衛也不知道！哦，有一個信用卡的號碼……可是天哪，即便這方法行得通，任何凡人憑藉它尋找我也得用好幾個鐘頭，而實際上這方法也行不通。

此外，那種奇怪的震顫感和我體內的壓迫感，是否也和這件事有關？

可是來不及考慮這一切了。天快亮了！

這種局面的危險性馬上就顯露出來了。怎麼我以前沒有看出來？這傢伙肯定有某種辦法知道我在哪兒，即使我白天藏身的地點他也找得到！我必須得離開這些房間。眞氣人！

我氣得發抖，強迫自己瀏覽這篇小說。它只有幾頁。標題是《木乃伊的眼睛》，作者是羅伯特·布勞克。一篇睿智的短篇小說，可它對我來說有什麼含義？我想到了那篇拉夫克拉夫特的小說，比這篇要長得多，而且完全不同。這一切到底說明了什麼？這種貌似荒唐更把我氣得發瘋。

可是沒有時間再多想了。我收好大衛的手稿，離開房間，從一個防火的緊急出口衝出去，跑上了樓頂。我在夜空裏四處張望，找不著這個小混蛋！算他走運。不然我肯定當場掐死他。當關係到保衛我白天棲身的巢穴時，我幾乎沒有耐心和克制力。

我直上雲宵，用最大速度飛行許多英哩。最後我降落在倫敦以北很遠很遠的一片白雪皚皚的樹林裏，並像我以前多次做過的那樣，在凍得硬梆梆的地上挖了自己的墳墓。

我氣壞了，只好這麼做。一種正義的憤怒。我心想，我要宰了這狗娘養的，無論他是誰。他怎麼敢大模大樣地走近我，當面把這些故事塞給我！對，我就這麼辦，一抓住他就要他的命。

可就在這時那種睏意和痲木感又上來了，很快我就沉睡過去……

我又做起了夢，夢裏見到她點燃了油燈並說：「哈，你見到火焰再也不怕了……。」

「你在取笑我，」我難過地說。我一直在哭。

「啊，可是，黎斯特，你確實能很快從來自宇宙的陣陣絕望中恢復過來。你曾在倫敦的街燈下面跳舞。眞的！」

我想爭辯，可是我正在哭泣，說不出話來……

在最後喪失意識之前，我看見那個凡人站在威尼斯聖馬可教堂的拱門下面，這是我第一次注意到他的地方。我見到他褐色的眼睛和光滑而年輕的嘴。

你想要什麼？我問。

哈，但這就是你想要的，他好像這麼回答。

6

等我醒來時，我已經不太生那小惡魔的氣了。事實上，我感到相當入迷。就在這時太陽下沉，該我佔上風了。我決定做一個小小的試驗。我去了巴黎，一個人迅速而悄悄地飛越海峽。

現在讓我談點題外話，只是爲了講淸這些年來，我一直完全避免去巴黎。所以我對二十世紀的巴黎一無所知。原因很顯然，我在過去的歲月裏在巴黎受的罪實在太多了。而且我本能地不去看在拉雪茲公墓四周拔地而起的現代化建築，以及在電燈通明的土伊勒里花園裏旋轉的阜式轉輪。不過內心裏我一直渴望回到巴黎。我怎麼能不回去呢？

這個小試驗給我勇氣和極好的藉口。它轉移我在觀察中不可避免出現的苦惱，因爲我現在有了一個目標。在我剛到巴黎的那陣子，我意識到自己的選擇非常正確，因爲這裏不是別的地方，而是巴黎；當我行走在熱鬧漂亮的林蔭大道上，不可避免地經過吸血鬼劇院曾經所在的那個地方，我感到特別幸福。

的確，少數幾家舊時的劇院一直存留到今天，仍舊富麗堂皇地矗立在四周林立的現代建築之中，並吸引著各自的觀衆。

當我漫步在燈光通明的香榭麗舍大街上，看著滿街跑的小汽車和密密麻麻的行人，我意識到巴黎並不像威尼斯那樣是座博物館之城。它現在與過去兩百年一樣充滿生機和活力。畢竟它是首都。一個日新月異、花樣不斷翻新的地方。

我詫異於喬治・龐畢度中心赤裸裸的輝煌；它從名聞遐邇的巴黎聖母院教堂的飛行扶垛旁赫然而起。哦，我眞高興自己來到巴黎。

可是我還有任務，不是麼？

不管是凡人還是不朽者，反正我沒把我的巴黎之行告訴任何人。我沒有給我的巴黎律師打電話，雖然這樣會很不方便。我還是沿襲老方法，在黑暗的後街裏從兩個特別討厭但很有錢的罪犯手裏搶到一大筆錢。

接著我朝秋雪覆蓋的旺多姆廣場走去，那些在我那個時代就有的宮殿現在仍然佇立著。我用「凡・欽德加頓男爵」這個化名把自己安置在麗晶酒店的一個豪華房間。

在這裏一連兩個晚上，我都沒出去逛，而是躲在堪與瑪麗・安東尼特的凡爾賽宮相媲美的奢侈和高品味的房間。的確，看著周圍奢華的巴黎裝飾、華麗的路易十六風格坐椅和牆上那些漂亮的凹凸裝飾鑲板，我的眼淚奪眶而出。啊，巴黎。除了巴黎，還有那裏的木頭鍍上金後看上去仍這麼美呢！

我趴在帶掛毯的五人執政內閣時期的長沙發上，馬上開始讀大衛的手稿，中間偶然出去在安靜的客廳和臥室裏踱步，或者打開一扇道地的法國窗戶（帶著用金銀或寶石鑲飾的橢圓形手把），觀賞旅館後花園，那麼莊嚴肅穆安靜。

大衛的遊記深深吸引我。很快我就覺得自己離他如此之近。

很顯然，大衛在年輕時完全是個行動者，而且只涉獵有關行動的書籍。他那時的最大樂趣全在打獵方面。年僅十歲就獵殺了他的第一隻獵物。他對射殺那些孟加拉猛虎的描述充溢著追捕本身和冒盡風險的激動和興奮。他總是盡量靠近野獸後才開槍，不止一次他差點命喪於猛獸的攻擊。

他曾熱愛過非洲和印度，在那個沒人想到大象面臨滅絕危險的年代捕獵過大象。他也遭到過野公牛的無數次攻擊，然後才用槍把它們擊倒。在賽利堅提平原捕獵獅子時，他也招致過類似的危險。

確實，他曾經偏離大道，專門在陡峭崎嶇的山路上徒步旅行，在水流湍急的河裏游泳，把手扶在鱷魚粗糙的皮層，面對毒蛇以克服自己長期形成的恐懼……他很愛在露天睡覺，靠著油燈或蠟燭光線潦草地寫日記，只吃他捕殺的野獸的肉，儘管這種肉也很少；自己一個人把獸皮剝下來，沒有幫手。

他的描述能力不算太強。他不耐煩推敲詞句，年輕時尤其如此。然而你從他的回憶錄裏還是能感受到熱帶的炎熱；聽到蚊蟲的嗡嗡聲。簡直不可思議，這樣一個人居然會享受泰柏特莊園冬季的溫暖舒適和他的組織總部裏的奢侈環境，乃至現在居然對它上了癮。

不過許多英國紳士都曾作出過這樣的選擇，並曾做過自以爲對自己的成份和年齡合適的事情。

至於他在巴西的冒險，不妨由另一個人執筆來寫也行。文筆同樣鬆散，詞彙同樣貧乏和簡單，同樣充滿冒險的渴求，不過內容轉向超自然的神秘現像；一個睿智和理性得多的人冒出來。確實，連詞彙本身也有所改變，包括許多煩人的葡萄牙語和非洲詞彙，以表達大衛當時實在不知如何說才好的一些概念和身體感覺。

冒險的性質也變了：經歷一連串同巴西女祭司及精靈的原始而恐怖的遭遇之後，大衛的大腦發展出一種強大的心靈感應力。他的身體變成了這種超自然力的工具或宿體，從而爲日後他這名研究神秘學的學者嶄露頭角，鋪平道路。

在他的巴西回憶錄裏也有許多關於物質世界的描寫。講述了這個國家有許多坎多布雷教的信徒聚會的小木屋，他們在天主教聖徒和坎多布雷諸神的塑像前點燃蠟燭。還講述他們的鼓和舞蹈；還有這幫信徒不可避免地出神入定，不自覺地成爲精靈的宿主，並呈現出某個神祇的屬性和特徵，永遠具有念符咒的魅惑力。

但是重點卻完全放在虛幻的東西上面，放在對內心力量的感知和這種力量與外部力量的搏鬥。這個愛冒險的年輕人曾完全在物質世界裏尋找眞理——野獸的氣味，叢林裏的小徑、獵槍的射擊、獵物的栽倒……但在這裏，他已經消失了。

等到大衛離開里約熱內盧時，他已經成爲另外一個人，雖然他的敍述經過後來的壓縮和潤色•並且顯然經過編輯，但它仍然包括大量就地寫下的日記。毫無疑問，按照世俗的話語，他曾經處在發瘋的邊緣。他再也看不到他到處都可見到的街道、建築和人群；他只見到了源自他者的精靈、神祇和無形的力量，以及各類人身對所有這些怪物有意無意的精神抵抗。的確，假如他不曾深入過亞馬遜河的熱帶叢林，假如他不曾強迫過自己再次成爲英國獵人的話，他或許會永遠從他的世界裏迷失。

一連數個月，他都是個憔悴的「病人」，從捲起的袖口和骯髒的褲管裏露出被陽光曬黑的肢體，浪迹在里約熱內盧，尋覓越來越強烈的精神體驗，完全隔絕與本國同胞的接觸，無論他們多麼纏著他要與他來往。然後，他又穿上正規的卡其布獵裝，扛起大號獵槍，備足最好的英國野營食品，出發去恢復自己的獵人本性，並打死那隻美洲斑斕猛虎，再親自用小刀剝下牠的獸皮，剖開牠的胸膛。

靈與肉！

這麼多年來，他沒有再回到里約熱內盧去。這並非那麼不可思議，因爲假如他眞的回去，也許就不會再離開那兒。

不過很顯然，當個崁多布雷信徒的生活對他來說還不夠。英雄總是尋求冒險，但是危險本身無法完全吞沒他們。了解了他的這些經歷，更加深我對他的熱愛；一想到從此後他竟然在泰拉瑪斯卡聊度一生，我就深感悲哀。這種日子似乎配不上他，或者說它並不能使他眞正開心，雖然他堅持說他需要這種日子，這似乎完全是個錯誤。

當然，加深了對他的了解也使我更加對他充滿渴求。我又想到，在我黑暗的超自然青年時代，我曾爲我自己找過幾個可能眞正作我伴侶的對象——比如卡布瑞，但她不需要我；尼古拉斯瘋了；路易斯，他因爲我把他誘入不死的王國而無法原諒我，儘管這是他自己提出來的。

只有克勞蒂亞是個例外——我那勇猛無畏的小克勞蒂亞，我打獵的伴侶，胡亂吸血的殺手，卓越的吸血鬼。正是出乎她超群的誘惑力，使她最終轉而反對她的製造者。對，她始終是唯一眞正像我的吸血鬼。怪不得她現在老在我的腦海裏縈繞，也許這就是原因。

肯定這與我熱愛大衛有著某種聯繫。但我以前並沒有看出來。我眞是很愛他；當克勞蒂亞轉而反對我，不再當我的伴侶之後，我感到特別、特別空虛。

這些手稿也爲我充分說明另外一點。大衛正是拒絕「黑色天賦」的那個人，而且頑強地拒絕到底，這個人眞是無所畏懼。他雖不喜歡死，但也不怕。他從沒怕過死。

但我來巴黎並不只是爲了讀他的回憶錄。我心中還有一個目的。我離開旅館的這種天賜而永恆的與世隔絕狀態，開始在巴黎緩慢而公開地漫遊。

我在馬德蘭大街買了幾件漂亮的衣服，包括一件深藍色雙排扣的山羊絨外衣。隨後我在左岸消磨了幾個小時，逛了那些漂亮誘人的咖啡館，邊逛邊想著大衛講的上帝和魔王撒旦的故事，並且納悶他是否眞的見到他們。當然，巴黎是上帝同撒旦會晤的絕佳地點，可是……

我在巴黎地下鐵裏遊蕩了一會，觀察別的乘客，試圖找出巴黎人有什麼與衆不同之處。難道是他們的機警，他們的勁頭嗎？是他們避免同別人目光對視的方式嗎？我說不出來。不過他們和美國人很不一樣，這我到處都能看到。我意識到我理解了他們。我喜歡他們。

巴黎是個太富有的城市，有無數昂貴的皮大衣，珠寶和其他奢侈品，使我目不暇給，眼花撩亂。顯得比美國的城市還富有。它在我那個時代好像也不比現在遜色，有那麼多的玻璃馬車和戴著白色假髮的紳士淑女。不過那時窮人也到處都是，甚至就躺在大街上奄奄一息。而現在我只見到富人，有時還能看到整座城市幾百輛汽車和無數石頭房屋，旅館和住宅多得難以置信。

當然我也在狩獵。我在進餐。

翌日凌晨，我站在龐畢度中心的最高一層樓上，仰望著和我那可愛的紐奧爾良一樣的紫色天空，遠眺著這座四通八達，燈火通明的大都市從睡夢中醒來。我凝視著遠方的艾菲爾鐵塔從神聖的夜色中拔地而起。

哦，巴黎，我知道我會回你的懷抱，而且在不久之後。在不遠的將來的某個夜晚，我會在我一向熱愛的聖路易島上爲自己搭一個巢。讓福煦大街兩旁的那些高大建築見鬼去吧。我會在那兒找到我曾經和卡布瑞共同搞出「黑色魔法」的那座建築，母親領導兒子，使親生之子把她變成他魔界的女兒，凡人的一生已將她釋放，彷彿它只是被我抓住手腕的一隻手。

我將把路易斯也帶回來；路易斯在失去克勞蒂亞之前那麼熱愛這座城市。是的，必須引導他重新熱愛巴黎。同時，我還要慢慢走到和平咖啡館，它就在拿破崙三世統治時期那悲劇的一年裏、路易斯和克勞蒂亞曾住過的那家大旅館內。我要坐在裏面，要一杯葡萄酒，不去碰它，然後強迫自己冷靜地思考這一切，並採取對策。

唔，在沙漠裏經過那次煉獄般的考驗，我更加強壯。我作好出事的準備……

……終於，在這天凌晨，當我變得有點憂鬱，並爲那些搖搖欲墜的在一七八〇年代蓋的老建築傷感時，當晨霧籠罩在半封凍的塞納河上，我在離斯德島那座橋很近的岸邊石壁遠眺時，我看見要找的那個人。

首先是那種感覺又出現。這一次我馬上就把它識別出來，並隨著它的發生仔細感受：先是那輕微的暈頭轉向感，這我忍住了，沒有失去控制。然後是陣陣輕微而舒服的震顫。接著是全身一陣緊似一陣的收縮——手指、腳趾，四肢，軀幹無一例外。對，就好像我的全身在嚴格保持其比例的同時，變得越來越小，什麼東西迫使我脫出正在縮小的軀殼！就在我快要支持不住、馬上要被擠出身體時，我的頭腦淸醒了，這種感覺也隨之消失。

我前兩次出現的正是這種感覺。我站在橋邊，思考著這件事，努力把細節記住。

這時我看見一輛疾駛的小汽車在河的對岸猛地刹住，那個人——褐色頭髮的年輕人——從車裏面鑽了出來。他邊像以前那樣笨拙，試探性地站直腰，用他那對痴迷而發亮的眼睛盯住了我。

他沒有讓自己的小驕車的馬達熄火。我像上次那樣又感到他的恐懼。顯然他知道我已經發現了他，這是毫無疑問。我已經在這兒看了兩個小時的風景，等著他發現我，我想他也意識到了這一點。

最後，他終於鼓足勇氣，走過橋來。我對面馬上出現一個穿著長大衣的英俊男子，脖子上圍著一條白圍巾，半走半跑，在距離我幾英尺遠的地方站住了。而我仍站在原地，臂肘倚在欄杆上，冷冷地盯著他。他又猛地把另一個信封遞給我。我一把抓住他的手。

「別著急，狄・賴柯特先生！」他絕望地小聲說。上流社會說的英國口音，很像大衛的口音，法語的音節說得非常道地。手被我抓住，他嚇得差點死過去。

「你到底是誰？」我問他。

「我有個建議給您！您要是不聽那才傻呢。是您特別想要的東西。相信我，這個世界上再不會有別人能把它給您了！」

我鬆開了他的手，他向後一跳，差點來個後滾翻，連忙伸手去抓石頭的欄杆。這個人的姿態怎麼啦？他身材魁梧，可移動起來卻好像是個瘦弱、拘謹的人。我無法想像這是怎麼回事。

「現在就把你的建議講清楚！」我說。我能聽見他的心臟在他寬闊的胸膛裏停跳了一下。

「不行，」他說。「但是不久我們就能談了。」彬彬有禮，很有修養的聲音。

就他那雙賊亮的褐色大眼睛和光滑年輕的臉龐來說，他的聲調未免過於謹慎和有教養了。難道他是從溫室裏培養出來的花朵，雖然長得高高大大，但在長輩的溺愛下弱不禁風，從沒見過一個同齡人嗎？

「別著急！」他又急得大喊，然後轉身就跑，跌跌撞撞，首尾難顧，最後，他硬是讓自己高大笨重的軀體鑽進那輛小驕車，在冰凍的秋雪裏一溜煙似地開走了。

眞的，他消失在聖日耳曼區的速度太快了，我擔心他會死於交通事故。

我低頭看這個信封。大概又是一篇該死的小說。我氣得把它撕開，有點後悔不該放他走，可又有點喜歡玩這個小遊戲，甚至有點嘲笑自己，笑自己對他機智得能把我找出來硬是束手無策，氣得乾著急。

我一看，是最近上映的一部電影的錄影帶，叫《反之亦如此》。這倒底是怎麼回事？我把它翻過來細看廣告。是部喜劇片。

我回到旅館。還有一個包裹在等著我呢。又是一部錄影帶，題目是《全部的我》。塑膠盒背面的廣告再次說明它是什麼內容。

我回到自己的房間。沒有錄影機！連大名鼎鼎的麗晶飯店也沒有。雖然時近破曉，我還是接通大衛的電話。

「你能不能來巴黎？我把一切都爲你安排好。晚飯時見面，明天晚上八點在樓下的餐廳見。」

然後我撥通了我的凡人代理人，把他從床上叫醒，並指示他把大衛的車票、高級轎車、套房及一切他需要的東西都安排好。要爲大衛準備現金；要有鮮花；要有冰凍香檳酒。完了，我便出去找一個安全的地方睡覺。

一個小時之後，當我站在一座廢棄老房子的黑暗潮濕地下室時，我想那個凡人小混蛋現在還能不能找到我？他是不是知道我白天睡覺的地方？他會不會像三流電影裏的某個蹩腳的吸血鬼獵手，一點也不顧神秘氣氛，而把陽光放進來，照在我的身上呢？

我在地下室下面又挖了一個深洞。任何凡人也不可能找到我。即使我睡著了，假如他敢來，我也能在睡夢中把他扼死。

「你認爲這一切意味著什麼？」我問大衛。餐廳裝飾得很雅緻，只坐滿了一半。我坐在燭光裏，身著黑色的用餐套和熟絲襯衫，兩臂交叉抱在胸前，很喜歡面前只擺著淡紫色的酒杯、把我眼睛遮住的場面。我能清楚地看見那些綉帷門帘和窗外昏暗的花園。

大衛貪婪地吃著。來到巴黎他十分高興。他很喜歡自己能夠鳥瞰多姆廣場的旅館套房，裏面有絲絨地毯和鍍金家具。他還在羅浮宮博物館裏泡了一個下午。

「唔，看來你知道嘍？」他反問。

「我也不敢肯定，」我說。「我當然看過一些一般的小說，可這些小說完全不同了。」

「怎麼呢？」

「嗯，你瞧，在拉夫克拉夫特的小說裏，那個凶惡的女人阿森娜特同她丈夫交換了身體。她的靈魂套著她丈夫的男性軀體在城裏到處遊逛，與此同時他卻穿著她的身體待在家裏，旣難過又困惑。我原以爲這是荒誕可笑的事。是作家富於想像力的胡謅。我還記得阿森娜特其實也不是阿森娜特，而是她的父親——他也同女人互換了身體。所有的這些使拉夫克拉夫特具有自己獨特的風格，即擅長寫討厭的庫多魯邪神之類的題材。」

「這也許同此事無關。那個埃及故事怎麼說的？」

「同上一篇完全不同。腐朽的死屍仍然擁有生命，你知道的……」

「對。可故事情節是——」

「嗯——這具木乃伊的靈魂設法佔有一位考古學家的身體，而可憐的考古學家卻換上木乃伊的朽乾身體——」

「對呀！」

「天哪，我明白你要說什麼了，那電影《反之亦如此》也是，講的是一個男孩的靈魂和一個男人的靈魂互換肉體的事情！結果一切都顛三倒四了，直到他們又把身體換回來爲止。還有那個電影《全部的我》也是講靈魂交換身體的。你太正確了。四篇小說講的是一碼事。」

「正是這樣。」

「天哪，大衛。這下全淸楚了。不知爲什麼我以前沒看出來。不過……」

「這個人正試圖要你相信，他很了解這種換身術。他在引誘你，向你暗示這種事是可以辦到的。」

「上帝呵，當然了。這就全明白了：他移動的方式，他的走路跑步，舉手投足。」

「什麼？」

我坐在那兒目瞪口呆，先沒回答，而是回憶那小子的一舉一動，盡我的記憶所能，從不同角度回想他的形像和舉止。是的，在威尼斯時，他活動起來就顯得特別笨手笨腳。

「大衛，他能置換肉體。」

「黎斯特，別太匆忙做出這樣一個大膽的結論！他也許自認爲能做到。他也許想試一試。他也許正完全生活在一個幻想的世界——」

「不對。他向我提出了建議，大衛，他的建議正是我想聽到的！他能夠同別人交換身體！」

「黎斯特，你可別相信——」

「大衛，這正是他不對勁的地方！自從我在邁阿密海灘上見到他之後，就一直在想這個問題。那不是他的身體！所以他才無法使用其肌肉組織和其……其身高。所以他跑的時候才老要摔倒，他控制不了那兩條又長又有氣力的腿。上帝呵，那個人穿著別人身體。還有他的聲音：大衛，我跟你講過他的聲音。它不是年輕男人的聲音。啊，全明白了！知道我是怎麼想的？我認爲他有意選中那副身體，因爲我會注意到它。我再告訴你點別的，他已經在我身上試過這套換身把戲，但沒成功。」

我說不下去了；這種可能性太讓我吃驚了。

「他在你身上試過啦！怎麼回事？」

我向他描述了那種特殊的感覺——那種顫抖，那種收縮，那種我正被擠出自己軀體的感覺。

對我說的話他沒有回答。可我能看出我的話對他產生的影響。他一動不動地坐著，瞇著眼睛，右手半握拳，無力地搭在他的碟子旁邊。

「這是對我的襲擊，對不對？他竟想把我擠出我自己的身體！這樣他好鑽進去。當然他這是休想。可他爲什麼敢冒生命危險做這種企圖冒犯我呢？」

「他眞的想要你的命嗎？」大衛問我。

「沒有；他只是讓我更好奇了，非常非常好奇！」

「這下你就有答案啦。我想他十分了解你。」

「什麼？」我聽到了他的話，但卻一時回答不上來。我又分神去回憶那種感覺。「那種感覺特別強烈。哦，你難道看不出他的企圖嗎？他在暗示我同他交換身體。他要把那個英俊年輕的凡人身體給我。」

「是的，」大衛冷冷地說。「我想你說得對。」

「他幹嘛還待在那副軀體裏呢？」我說。「很顯然地待在裏頭很不舒服。他想換身體。他在說他能換身體！所以他才冒這個風險。他肯定淸楚我要他的小命易如反掌，掐死他像掐死個臭蟲那麼容易。我甚至不喜歡他，我是說他的舉止。可他穿的身體眞棒。沒錯，就是這麼回事。他會換身術，大衛，他知道怎樣換身。」

「趕快懸崖勒馬！你可不能做這種試驗。」

「什麼？爲什麼不行？你是說這種事不可能嗎？在你的所有檔案裏沒有這方面的紀錄嗎？大衛，我知道那個人就換了身。他無法迫使我換身。但他和另一個凡人交換了身體。這我清楚。」

「黎斯特，當這種事發生時我們稱之爲『占有』。這是種精神上的偶然現象！一個死人的靈魂接管一個活人的軀體；一個精神占有一個肉身；要讓它離開只有好言相勸。活的人不會有意到處亂跑去幹這種事，或和別人商量好幹。對，我是認爲這種事不可能。我認爲我們確實沒有這方面的案例！我是說……」他不說了，顯然在遲疑。

「你有這方面的例子，這你清楚，」我說，「你一定有。」

「黎斯特，這是很危險的，這一類的試驗都太危險。」

「你瞧，既然這種事能偶然發生，它也必然能有意發生。死人的靈魂能辦到，爲什麼活人的靈魂辦不到？我知道我在我的身體外面遊蕩意味著什麼。你也知道。你是在巴西學到的。你很詳細地描述過它。許許多多人都知道。嘿，它是古代宗教的一部分。一個人的靈魂能返回另一個人的軀體並且守住它，同時那個人的靈魂也拚命要把自己的身體奪回來，但是徒勞——這樣的事並非不可思議。」

「多麼可怕的想法。」

我再次向他解釋了那種感覺和它強大的威力。「大衛，有可能那身體是他偷來的！」

「噢，那可太好了。」

我又記起了那種收縮的感覺，那種我正在被通過我的頭頂從我身子裏擠出去的可怕而又舒服的快感。它的威力多強大喲！是呵，他都能讓我產生這種感覺，肯定更能叫凡人靈魂出竅，無法守舍，尤其是當那凡人對所發生的事還毫無察覺的時候。

「你要冷靜，黎斯特，」大衛有點厭惡地說。他把他的大叉子放在剩下一半菜的盤子上。「你要好好想一想。這樣的換身體也許只能實現幾分鐘。可是你設想一下，鑽進一個新軀體裏，住在裏面，夜以繼日地發揮功能，這滋味能好受麼？好受不了。這將意味著，無論你是醒著還是睡著，你都在發揮身體功能。你的談吐內容和方式都將完全不同，並且顯然很危險。你不能做這個試驗。它要是靈驗怎麼辦？」

「要的就是它靈。如果靈了，我就能進入那個身體。」我停頓了一下。我興奮得話都快說不出來了。但我還是說了！「大衛，這樣我就能當個凡人了。」

我的氣都快喘不上來了。片刻的沉默，我倆盯著對方。他眼睛裏的恐懼目光絲毫沒有讓我的興奮平靜下來。

「我會學會怎樣使用那個身體，」我放低聲音說。「我將學會如何使用那些肌肉和那兩條長腿。啊，是的，他之所以選中那個身體，是因爲他知道我會考慮它的，很有可能的——」

「黎斯特，你可不能迷戀這個！他在同你做交易，換身體！你可不能讓這個可疑的人得到你的身體！這想法太離奇了。你待在那個身體裏也就夠了！」

我吃驚得說不出話來。

「你看呵，」他勸說，努力想把我拉回他那一邊。「請原諒我說話的語氣像個總會長，不過這事你可千萬不能做！首先，他先前是從哪兒弄到那個身體的？他是不是偷來的？顯然不會有哪個英俊的小伙子樂意把自己的身體交給他而又不起疑心！這傢伙很邪惡，你必須承認這點。你不能把自己那麼有威力的身體交給他。」

他的話我都聽到了，而且很了解他，可我就是不能接受。「大衛，你也想想吧，」我說，我知道自己異常興奮語無倫次。「大衛，我能當個凡人啦。」

「你能不能清醒一點聽我說！這可不是喜劇小說裏的開玩笑，或拉夫克拉夫特式的歌德式浪漫傳奇。」他用餐巾抹抹嘴角，生氣地呑下一大口葡萄酒，然後把手從餐桌那邊伸過來，抓住我的手腕。

我本該讓他把我的手抬起來抓住，可我沒有屈服，所以他馬上意識到，他要想把我的手腕從餐桌上挪開一點，將比搬動一座花崗岩雕像還難。

「這就對了，要的就是你的勁兒！」他宣布。「你可不能拿這個開玩笑。這一招很靈，你拿它冒險不得。而且這混蛋——甭管他是誰——將會占有你的力量。」

我搖搖頭，「我明白你說的意思。可是大衛，你也要好好想一想。我一定要與他交談！我一定要找到他，搞清這事是不是眞靈。他本人並不重要。重要的這個過程。它眞能實現嗎？」

「黎斯特，我求你了。別再往前走一步了。你又要鑄成一個可怕的大錯！」

「你這是什麼意思？」要眞想仔細考慮他的話可太難了。這個詭計多端的壞蛋現在在哪兒？我想起了他的眼睛，假若不是他從中往外看的話，這該是一對多麼漂亮的眼睛呵。是的，拿這副軀體做這個試驗眞好！他到底從哪兒弄到的？我得查清楚。

「大衛，現在我要告辭了。」

「不，你不能走！就待在這兒，否則我就求上帝幫助我，我要派一大群怪物跟著你，把我在里約熱內盧打過交道的所有骯髒的小精靈都叫出來！現在你聽我說。」

我哈哈笑起來。「別這麼大嗓門。」我說。「不然咱們得給扔出麗晶酒店。」

「那好，我們作筆交易吧。我回倫敦打開電腦，把我們檔案裏的所有換身術的案例都調出來看。天曉得我們會找到什麼？黎斯特，也許他待在那身體裏，而這身體正在敗壞變質呢，他是旣脫不出來，也阻止不了它的腐爛，這你沒有想到嗎？」

我搖著頭。「它沒在腐爛。不然我會聞到臭味。那副身體一點問題沒有。」

「只是他把它從它合法的主人那兒偷來，而那被趕走的可憐的魂兒也正待在他的身體裏踉踉蹌蹌東倒西歪。這是一幅什麼情景，咱們可是一點線索也沒有。」

「冷靜點，大衛。你還是回倫敦敲鍵盤，像你說的那樣。我要去找這個小混蛋。我要聽聽他究竟想說什麼。別擔心！我每走一步都會同你商量。但是如果是我決定的——」

「你不能決定！除非跟我談過。」

「好吧。」

「你能發誓嗎？」

「以我作爲一個嗜血成性殺手的榮譽擔保，一定。」

「我需要你紐奧爾良的電話號碼。」

我瞪了他一會兒。「好吧。以前我從沒這麼做過。這次除外。」我把我在法國區最高那層房間的電話號碼給了他。

「你可把它寫下來嗎？」

「我記住了。」

「那就再見了！」

我從桌旁站起，興奮得努力像個人那樣移動。哈，像個人那樣移動。試想一下，待在一個人體裏！像人那樣見天日，眞正看著太陽，蔚藍的天空上有個小火球！「嘿，我差點忘了，大衛，這裏的全部費用都已經付淸。給我的經紀人打電話。他會安排你的機票……」

「這我才不關心呢，黎斯特，聽我說，咱們現在再約個時間談談這事！你竟敢當著我的面消失，我決不會——」

我站在那兒衝他微笑。我看得出我把他迷住了。他肯定不會威脅說再也不理我了。眞可笑。「鑄成大錯，」我說著忍不住地笑。「是的，我確實老鑄成大錯，不是嗎？」

「他們將拿你怎麼辦——那些人？心愛的馬瑞斯，那些老傢伙，如果你幹了這樣一件蠢事？」

「他們也許會讓你吃驚，大衛。也許他們也都想再做人呢。也許我們中的任何一個都想做人。這又是一次機會？」

我想到路易斯在紐奧爾良他的家中。親愛的上帝，我把這些都告訴路易斯，他會作何感想？

大衛嘟噥了兩句什麼，又氣又不耐煩，可他的臉上掛滿愛和關心。

我朝他略一飛吻，走了。

*

一小時後，我意識到我是找不著這個狡猾的魔鬼了。就算他在巴黎，他也是藏起來了，讓我一點也見不到他的蹤影。從別人的腦海裏，我也找不著他的形象。

但這並不意味著他不在巴黎。傳心術要麼百分之百命中，要麼百分之百脫靶。巴黎是個龐大的城市，擠滿來自世界各地的人。

最終我只好返回旅館，發現大衛已經結帳走人，把他所有的電話號碼等都留給我，讓我給他打電話，發傳眞或寫電子郵件。

「請你明天晚上同我聯絡，」他給我留言。「那時我將有消息告訴你。」

我上樓準備回家的行李。我迫不及待地要再見到這個瘋狂的凡人。還有路易斯——我得把這一切都告訴路易斯。當然他不會相信這種可能性，他的第一句話將會是「這不可能」。但他一定會理解這種誘惑。是的，他會的。

我有一會兒沒待在這個房間裏，當時我在考慮有什麼東西我需要隨身帶走。啊，對了，大衞的手稿。就在這時，我看到床頭櫃上擺放著一個平平的信封。它半靠在一個大花瓶上。上面用結實的男性筆體寫著「凡・欽德加頓男爵收」的字樣。

一見到它我就知道這是那個人寫的便條。裏面的內容是用手寫的，仍是那種結實、刻得很深的字體：

別著急。也別聽你那從泰拉瑪斯卡總部來的傻朋友的胡言亂語。明天夜裏我將在紐奧爾良同你見面。別讓我失望。在傑克遜廣場。到時我們將約好做一點我們自己的煉金術。我認爲你現在明白什麼東西處在危險中。

你誠摯的，拉格朗・詹姆斯

「拉格朗・詹姆斯。」我大聲嘀咕著這個姓名。拉格朗・詹姆斯，我不喜歡這個名字。這名字眞像他。

我撥通了門房的電話。

「這種剛發明不久的圖文傳眞系統，」我用法語說，「你們這兒有沒有？請告訴我怎麼使用。」

我計畫用電話線把這張便條用傳眞機從旅館的辦公室發往大衞在倫敦的傳眞機。這樣，大衞不僅馬上掌握了情報，而且還擁有了手跡，物超所值。

我馬上安排此事，收拾好手稿，拿著拉格朗・詹姆斯的便條在服務台那兒停了一下，讓服務員把它傳眞出去，再把它收回來，然後直奔巴黎聖母院，用一個祈禱向巴黎告別。

我瘋了，完全瘋了。這樣的幸福我什麼時候有過！我站在黑暗的大敎堂裏（時間已晚，它已經關門了），想起許多許多年前我第一次來到這兒的情景。那時在教堂的門前還沒有這個大廣場，只有那個小小的沙灘廣場帶著些歪歪扭扭的建築圍在教堂周圍。那時的巴黎也沒有像現在這樣寬闊的林蔭大道，只有一些寬寬的泥濘街道，我們那時就覺得已經很壯觀。

我還想起了那時的晴空，想起了挨餓的滋味——想吃麵包和肉的眞正挨餓的滋味，還想喝好酒喝得一醉方休。我又想起了我的凡人朋友尼古拉斯，我曾是那麼愛他，當時我們住的小閣樓眞冷呵。那時尼克和我爭論的樣子和現在我同大衛爭論的樣子一樣！對，沒錯。

自那以來，我這漫長的壯麗生涯就一直像場惡夢，一場充斥著巨人、妖怪、猙獰可怖的面具套在怪物臉上的大惡夢，在永恆的黑暗裏一直威脅著我。我渾身顫抖，我在哭泣。我想當人，想再當人。我大聲呼喊要做人。

這時一陣突然的暗笑把我驚醒。是在黑暗中一個孩子的聲音，一個小女孩。

我轉過身去。我差不多敢肯定能看見她——一個灰色的小身影從遠處的一排座位跑向一個側面的聖壇，隨後便消失了。她的腳步聲幾乎聽不見。不過這肯定是幻覺。沒有氣味，沒有實體，只有幻影。

可我還是大喊一聲：「克勞蒂亞！」

我的聲音化爲嘶啞的回聲傳回我的耳朵。那邊沒人，當然。

我想起了大衛的話：「你又要鑄成可怕的大錯！」

是的，我已經犯過大錯了。這我怎麼能否認得了！很恐怖很可怕的錯誤。我最近做過的夢境又映現在我腦子裏，可它並沒深化，而是淺淺地留在那兒，只是我同她在一起的瞬間淡影，有一盞油燈，她衝我笑。

我又想起對她處以死刑的情景——那口磚牆的通風井，那漸漸逼近的太陽，她顯得那麼渺小；接著戈壁沙漠上那難以忘懷的痛苦同這段回憶攙在一起，使我再也不能忍受。我這才意識到我已把雙臂緊緊地抱在胸前，在不住地顫抖，我的身體僵硬得發直，好像正在遭電擊折磨。哎，她肯定沒受過這樣的罪。對像她這樣嬌小溫柔的「人」來說，死肯定只是一瞬間的事。瞬間化成灰燼……

這太痛苦了，我想回憶的並不是這樣的時光；無論我以前曾在和平咖啡館逗留過多久，也無論我以爲我已經變得多麼堅強，我都不願回憶那一時刻。當我天真無邪、充滿生機站在吸血鬼劇院前面，那時的巴黎才是我的巴黎。

我在黑暗裏又多待了一會兒，只是注視著我頭頂上的那些分岔的大拱頂。這眞是一座莊嚴而宏偉的大教堂，儘管它的對面現在全是吱啦作響、噗哧排氣的小轎車。它像是一片石頭構成的森林。

就像我對大衛那樣，我對它也做了一個飛吻，隨後我轉身踏上回家的漫長旅途。

7

紐奧爾良。

我在晚上很早就到達了這裏，因爲我是逆著地球的自轉在作時光倒流的飛行。這裏的天氣冷颼颼的，但不算太嚴寒，雖然一次強冷空氣正朝南方壓過來。天空萬里無雲，滿天閃爍著小而亮的星星。

我立即奔赴我在法國區中的那個頂層公寓。這個公寓雖然迷人，卻一點也不高，在一棟四層樓的頂層，早在南北戰爭前就蓋起來了，是觀賞密西西比河及其兩座美麗的姊妹橋的絕佳地點。窗子打開時，還能飄進世界咖啡館熱鬧非凡的噪音，以及傑克遜廣場周圍繁忙的商場及街道的熙熙聲音。

拉格朗·詹姆斯先生要我明天夜裏才同他見面。雖然對這次見面我很迫不及待，但我還是發現這樣安排很好，因爲我想馬上去找一趟路易斯。

但是首先我沖了一個熱水澡，享受了一下凡人們的舒適，然後穿上一套黑色天鵝絨的新西裝，很整潔簡單的那種，頗像我在邁阿密穿過的服裝。我還穿上了一雙黑色的新皮靴。儘管很疲倦——假如我現在仍在歐洲，我本該正在地下睡覺呢——我還是出門了，像一個凡人那樣步行穿過城市。

不知爲什麼，我在路過皇家大街，我、克勞蒂亞和路易斯曾經居住過的舊址，我拐了一下彎。事實上我過去經常這樣做，不到走了一半路的時候決不會想起它來。

我們過去的聚會地點就是樓上的那個漂亮的公寓房間，我們在裏面住了五十多年。很顯然，當我爲我犯下的大錯自責或者受到他人譴責時，應該考慮到這個因素。路易斯和克勞蒂亞都是我製造出來的，而且我承認是爲了自己而造。不過，在克勞蒂亞認定我應該以生命爲我的創造付出代價之前，我們的生活還是很輝煌愜意。

那時，這些房間都佈滿了當時所能提供的一切豪華擺設。我們有一輛四輪大馬車，有好幾匹馬在旁邊的馬廐裏，有幾名僕人住在樓背面的院子。但是這些老式的磚樓現在已經很陳舊了，無人問津，房間近來一直無人租住，也許幽靈除外，樓下的店鋪也租給了一個書商。此人從不屑於撣掉櫥窗裏或書架上的書上面的灰塵。他不時會給我採辦來一些書，比如史學家傑弗利·伯頓·拉塞爾寫的論邪惡本質的著作，米爾西亞·埃利亞德的精彩的哲學論著，以及我愛讀的古典小說。

那位老人現在就待在店裏讀書呢。透過玻璃窗我注視了他好幾分鐘。紐奧爾良的法裔居民和美國其他地方的人眞不一樣。對這位頭髮花白的老人來說，經濟效益根本算不上什麼。

我後退兩步，仰頭看那些生鐵欄杆。我又想起了那些煩心的舊夢——那盞油燈，她的聲音。她爲什麼現在這麼無情地糾纏著我？這是前所未有的。

當我閉上眼睛時，我又聽見了她對我說話的聲音，但她話語的實質卻已經消失。我發現自己再次追憶她的生與死。

我第一次見到她時她正在路易斯的懷抱裏。現在那個小陋屋已經蕩然無存，它曾是一座傳播瘟疫的房子，只有吸血鬼才會進去。連賊都不敢把她死去母親脖子上的那條金項鏈偷走。路易斯竟然選了一個小孩子當獵物，連他自己對此也羞愧難當。不過我當時了解他。事後他們把她送去搶救的那所老醫院也已蹤跡全無了。我當時懷抱那個暖和的凡人包袱走過的那條街道狹窄而泥濘，路易斯在後面跟著我跑，哀求我，告訴他我想幹什麼。

一股寒風猛地把我吹醒。

我能聽見從一個街區開外的波旁大街上的酒館裏傳來刺耳而單調的音樂。人們在大教堂前散步，附近有個女人在大笑。黑暗中有輛小汽車在猛按喇叭。一部現代電話機發出細小的電子脈衝。

在書店裏，那位老人在撥弄收音機，扭動旋鈕，從迪克西蘭爵士樂❶到古典音樂，最後到一個哀悼的人聲，和著一位英國作曲家的音樂在吟唱詩歌……

我爲何跑到這座老樓來？它木訥而蒼涼地立在這裏，像塊墓碑，上面的日期和字跡都已陳舊斑駁。最後，我再也不想耽擱。

剛剛在巴黎發生的事情一直使我處在極度的興奮狀態，我要去住宅區找路易斯，把這一切向他和盤托出。我再次選擇走路。我要感受土地，用雙腳測量它的距離。

在我那個時代，也就是十八世紀末，紐奧爾良的住宅區其實還不存在。那時它還是間上游的鄉村，有許多農園，道路狹窄難走，路面只由疏浚挖來的貝殼鋪成。

到了十九世紀後期，在我們的小窩被搗毀之後，我創傷累累，心都碎了，跑到巴黎去找克勞蒂亞和路易斯。這時住宅區才連同它周圍的小鎮隨著紐奧爾良這座大都市一同崛起，許多維多利亞風格的漂亮木房才蓋起來。

這些華麗的木製建築中有一些非常龐大，每一部分都以其雜亂無章的方式，與花園區裏的那些南北戰爭以前的復興希臘風格房屋一樣宏偉。它們總使我想起那些古希臘的神殿，或法國區裏的那些壯觀宅邸。

不過，住宅區裏的大量隔板小木屋與其大房子一樣，仍舊保留著古樸的鄉村風格。高大的橡樹和木蘭樹到處可見，高高地俯視著成片的小屋頂。許多街道都沒有人行道，沿街的路溝不過是挖一條小槽，而且裏面長滿野花，不顧冬天的寒冷，非常茂盛。

連那幾條小小的商業街——不時突然冒出全是店鋪的一堆建築——也不會使人聯想到法裔居民區裏的那些石頭

面臉和舊大陸的古色古香，倒頗像美國鄉村小鎮上的那些怪怪的「大街」。

這地方非常適合晚上散步；你能聽見鳥兒的歌唱——這是在老城區所絕對聽不到的。黃昏的暮色透過參天大樹的繁茂枝葉，照在沿河曲曲彎彎的貨棧的屋頂上，久久不褪。你偶然可以碰上幾座豪華宅第，有不規則的遊廊和俗艷的裝璜，還可見到帶崗樓和山牆、以及暗道的房子。有大大的木頭鞦韆吊在剛刷好漆的木圍欄後面，有白色的尖樁籬笆牆。在整潔的草地上有寬寬的林蔭小道。

那些小屋變化多端，形態各異：有些按照時尚精心漆成鮮艷的顏色；有些雖然受到忽視，但仍很漂亮，帶著浮木的那種灰灰的調子，很可愛。在這個熱帶地區，房屋很容易形成這種局面。

你會在街上時時發現青草繁茂生長的路段，使你幾乎不相信你仍在一座城市裏。野紫茉莉花和藍白花丹將標明房地產歸屬的籬笆牆都遮沒。橡樹枝彎得很低，行人只好低下頭通過。即使在隆冬臘月，紐奧爾良也是鬱鬱葱葱。霜凍連山茶花都打不死，至多傷到它們。圍欄和牆壁上爬滿黃色的野生卡羅萊納素馨和紫色的葉子花。

路易斯就是在這樣一片綠葉濃蔭之中，在一長排高大的木蘭樹後面，建立自己的秘密巢穴。

在生鏽的鐵門後面，那座維多利亞風格的老房子無人居住，它的黃色油漆幾乎全都剝落。路易斯只是偶然手裏拿著蠟燭到裏面去轉轉。他的眞正住所是後院的一座小屋，它被一大片亂七八糟糾纏在一起的粉紅色皇冠花遮蓋得密實。屋裏堆滿書籍和他多年收集的零散物品。小屋的窗戶很隱蔽，從街上幾乎看不到。其實，是不是眞有人知道這小屋的存在都值得懷疑。由於高高的磚牆、濃密的老樹和屋子四周亂長的夾竹桃，連鄰居也看不見它。高高的野草中沒有通向小屋的小徑。

我接近了他，只見這幾間陋室的門窗全都敞開，他坐在書桌旁，只藉著一枝燭光在讀書。

我窺視他良久。我很喜歡這樣窺視他。他去「打獵」時我常常跟蹤他，只是爲了看他進食。現代世界對路易斯來說根本沒有意義。他就像個幽靈似地無聲無息在街上漫遊，慢慢接近那些想死或似乎想死的人。（我不敢肯定人們是不是眞的歡迎死神降臨。）他吸血時既細心又迅速，沒有痛苦。他吸血時肯定也要對方的命。他不知道怎樣饒恕犧牲品。他從不像我這樣在多少個夜晚只是「小飲一場」，他控制不住自己。只要我不是餓極了，我總是吸一點就罷手。

他總是穿著老式的服裝。和我們當中的許多人一樣，他也找來與他凡人時代的款式相似服裝來穿。他喜歡穿寬寬大大、緊袖子、長袖口的襯衫和牛仔褲。當他穿外衣時（很少見），他挑選的同我一樣，一般是長長的騎士外套，完全折邊的那種。

我有時把這些服裝作爲禮物給他帶來，好讓他不致於把他那兩件「戰利品」穿爛。我迷上了替他收拾屋子，把圖畫照片掛在牆上，把屋裏擺得時髦漂亮些，迫使他過那種十分奢侈的生活。

我認爲他希望我照顧他，雖然他口頭上不承認。他過著沒有電、沒有暖氣的生活，穿得亂七八糟到處流浪，還謊稱完全心滿意足。

這座小屋有幾扇窗子沒有玻璃，而且他只是偶然才把那老式的固定百葉窗拉下來栓住。他好像不在乎雨水會打進來弄濕他擁有的物品，因爲，它們其實也不眞是他的寶貝，只不過是到處亂堆的破爛而已。

不過我又想到，他還是需要我來幫他改變一下這種局面。他經常跑到我位於在鬧市區、既熱又十分明亮的住所，次數頻繁得讓我吃驚。在我家，他會一連幾個小時盯著我的超大彩色電視螢幕目不轉睛。有時他還把他自己的光碟或錄影帶拿到我這兒來看。《與狼共舞》就是他反覆觀賞的一部影片。《美女與野獸》，尚・考克托寫的一部法國影片也讓他極其賞心悅目。此外還有《死者》，是約翰・哈斯頓根據詹姆斯・喬依斯的小說改編的一部電影。但請您搞明白，這個片子同我們吸血鬼毫無關係，它講的只是本世紀初愛爾蘭的一群普通人在聖誕夜聚在一起大吃大喝的事。

還有其它許多影片他都愛看。他的這些造訪都是不請自來，而且全都待得不太久。他經常爲我「沉迷於」這種「超級物質享受」而扼腕痛惜，並對我的絲絨枕頭、鋪著厚地毯的拼花地板，以及華麗的大理石浴缸不屑一顧。他會轉身回到他那可憐的、長滿爬藤的陋屋。

今夜，他仍清高而孤傲地坐在落滿塵土的桌旁，白臉頰上蹭了一塊墨水跡，全神貫注地讀著一本厚厚的、最近剛由一位英國小說家寫的狄更斯傳。他慢慢翻著書頁，閱讀的速度不比大多數凡人快。的確，在我們所有的倖存者當中，他是最接近人性的。而且他決定保持這種狀態。

有許多次我主動提出把我更強大的血液給他一部分。但每次他都拒絕。戈壁大漠上的毒日頭要是照在他身上，早就把他燒成灰。他的感官十分細膩敏感，並且同吸血鬼無差異，但畢竟同一個「千年之子」的感官還不一樣。他施展讀心術總是不太成功，看不出別人在想什麼。他迷惑凡人、使其出神入定時總是出差錯。

當然我也讀不出他的心思，因爲是我造就了他；而新生兒與製作者的想法總是相互隔絕。爲什麼？我們誰也不清楚。我猜想我倆對對方的感覺和渴望非常了解，但把它放大了反倒會使清晰的影像變模糊。理論上是這樣。也許有一天人們會把我們捉到實驗室裏研究，我們也許會透過牢房的厚玻璃牆，一邊聽他們向我們問個不停，並從我們的血管裏採血樣，一邊向他們討活人的血吸。不過，哼！這一套對用一個意念就能把人燒成灰的黎斯特來說，還行得通嗎？

路易斯沒有聽見我在他小屋外的深草裏的動靜。

我溜進他的房間。一條長長的影子一閃之後，我已經坐在他對面、我最愛坐的那張紅天鵝絨法式高背扶手椅。很久以前我把它運來，給我自己坐。這時他抬起頭來。

「啊，是你！」他馬上說，並把書使勁闔上。

他的臉天生英俊而削瘦，雖然顯得很有力量，但卻纖細而精緻；見到我，它變得通紅。他不久前剛吸過血，我卻漏掉目標。有一刻我完全被這張臉陶醉了。

然而，見他被人血的緩慢搏動激活到這種地步，我心裏還是癢癢得不是滋味。我也能嗅到這股血味，它奇妙地使我覺得我離他很近。他的美貌總是使我瘋狂。我想，當我不和他在一起的時候，我在心中把他理想化了，可當我又見到他時，我還是爲他所傾倒。

我剛到路易斯安那州時，最初就是他的美貌將我吸引到他那兒；那時路易斯安那州還是個蠻荒、無法無天的殖民地，他還是個桀傲不馴、酗酒成性、在酒館裏打架鬥毆賭博，胡作非爲，最後導致自己命喪黃泉的傻瓜。嗯，他自以爲他想要得到的，或多或少他算是得到了。

有一陣子，我不明白他盯著我看時臉上爲什麼露出恐懼的表情，也不懂他爲什麼猛地站起來，朝我走過來並彎腰伸手摸我的臉。然後我才想起，是我這張被陽光灼焦的皮膚。

「你又幹什麼了？」他小聲問。他跪在地上抬頭看我，把一隻手輕輕搭在我肩上。多可愛的親密行爲，但我並不想認可。我仍坐在椅子裏不動聲色。

「沒什麼，」我說，「過去的事了。我跑到一個大沙漠裏，我想看看究竟會出什麼事……」

「你想看看究竟會出什麼事？」他站起來，後退一步，瞪著我。「你想毀滅自己，對不對？」

「不全是，」我回答。「我在陽光下躺了一整天。第二天早上，不知怎麼，我已經在沙子上挖了個坑鑽進去了。」

他凝視我良久，好像氣得要發作似的。然後他才回到自己的書桌，一反平時的優雅「嘭」地一聲猛然坐下，雙手握住放在閤上的書上，兇惡而憤怒地看著我。

「你爲什麼這麼幹？」

「路易斯，我有更要緊的事告訴你，」我說。「別想那些事了吧。」我作了個別管我的臉的手勢。「出了件很特別的事。我得把整個過程告訴你。」我站起身來，因為我控制不住自己。我開始在屋裏來回踱步，注意別把到處亂堆的那些「垃圾」踢翻，並深為那點微弱的燭光感到氣惱，並非因為我看不清東西，而是因為它太微弱、太局部，我喜歡燈火通明。

我對他講述一切——我如何先在威尼斯和香港、後在邁阿密見到拉格朗・詹姆斯這個怪物，他又是如何在倫敦找到並通知我，並像我預料的那樣跟著我到了巴黎。現在我倆明天夜裏就要在廣場附近碰頭。我還向路易斯講了那些短篇小說及其含義，我講了那個小伙子本人奇怪的地方，講說他並不在自己的身體內，以及我相信他能實現交換身體的事。

「你是發瘋了。」路易斯說。

「別急著下結論。」我提醒他。

「你對我引用那白痴的話嗎？消滅他，要了他的小命。可以的話今天夜裏就找到他，把他幹掉。」

「路易斯，看在上帝份上……」

「黎斯特，這混蛋能隨心所欲地找到你嗎？也就是說他知道你藏在哪兒。現在你把他引到這兒來了。他也知道我住在哪兒。他是能想像得到的最危險的敵人！我的上帝，你為啥到處去招惹敵人？噢，現在世上沒人能摧毀你了，連『千年之子』聯合起來也辦不到，連戈壁上正午的大太陽也曬不死你——所以你就招來一個威力比你大的死敵，對不對？一個能在光天化日之下行走的凡人。一個在你沒有自覺或決心的情況下能完全駕馭你的人。不行，你要消滅他。他太危險了。我要是看見他，就把他弄死。」

「路易斯，這人能給我一個人的身體。你到底有沒有在聽我說？」

「什麼人的身體！黎斯特，你光憑占領一個人體是不會變成人的！你活著的時候就不是人！你天生就是個怪物，這你明白。你怎麼能這樣欺騙自己呢？」

「你再說下去我就要哭了。」

「哭？我就喜歡看你哭。我在你的書裏讀過許多關於你哭個不停的描寫，但我從沒親眼見過你哭呢。」

「啊，這說明你是個十足的騙子，」我憤怒地說。「你在你那可憐的回憶錄某一章裏描寫過我的哭泣，而這一章你我都清楚根本就是虛構的！」

「黎斯特，把這傢伙殺了！你簡直是瘋了，居然讓他離你這麼近對你說話。」

我的腦子裏全亂了。我一屁股又坐進椅子裏，茫然地瞪著天空發愣。門外，夜空好像在帶著輕柔舒緩的節奏呼吸，濕冷的空氣裏飄來一點點皇冠花的香氣。從路易斯的臉上和他交叉放在書桌上的雙手上，好像傳過來一股股微弱的白熱。他用默不作聲來掩飾自己，我猜想他是在等待我回答。爲什麼這樣？我也不知道。

「沒想到你會這麼認爲，」我垂頭喪氣地說。「我還以爲你會來一通長篇大論充滿哲理的評論呢，就像你在你的回憶錄裏寫的那樣。可你看這是怎麼回事？」

他一言不發地坐著，目不轉睛地盯著我！沉思般的綠眼睛閃亮了一下，他好像被什麼東西深深地折磨著，好像我的話刺痛了他。但顯然不是我對他的文章的辱罵所致；我對他寫的東西總是漫罵加抨擊。那只是開玩笑；嗯，半開玩笑的性質。

我不知該說——或做——什麼好。他正在折磨我的神經。等他又開口時，他的聲音很輕柔。

「其實你並不眞的想做人，」他說。「你才不信那一套呢，對吧？」

「不，我信！」我回答，並對我聲音裏的誠懇感到很不好意思。「你怎麼會不相信呢？」我站起來，又在房間裏踱步。我先在這小屋裏繞一圈，然後踏進雜草叢生的花園，邊走邊用手撥開擋住路的粗大堅韌爬藤。我心亂如麻，對他再也不知說什麼好。

我在想我的凡人歲月，盡量避免把它編成神話，可是徒然；我無法把那些回憶從腦子裏抹去——最後一次獵狼，我的那些狗在雪地裏奄奄一息。巴黎。林蔭大道旁的那座劇院。沒有完成！**其實你並不想當人**。他怎麼能說出這樣的話呢？

我出去在花園裏待了好像很久很久。但最後不管是好是壞，我還是回到了屋裏。我發現他還坐在桌旁，以那種十分悲哀、幾乎心痛欲裂的表情看著我。

「你瞧，」我說，「世上只有兩件事我相信——一是任何凡人在眞正了解『黑色禮物』爲何之後都不可能拒絕它。你別跟我講大衞・泰柏特拒絕了我這件事；大衞不是個一般人。二是我相信，如果可能的話，我們全都能再變成人。這些就是我的信條。別的沒有了。」

他不耐煩地打了個手勢表示接受，然後仰靠在椅子裏。椅子的木頭在他的體重下發出輕輕的咯吱聲，他沒精打彩地抬起右手，用手指梳理著他那頭蓬鬆的黑髮，完全沒意識到這一簡單的手勢很誘人。

這場面使我驀然想起我把血輸給他的那個夜晚，想起他直到最後一刻還同我爭辯說我不能這麼做，但最後還是讓步。我事先已經全都跟他解釋過，當時他還是那個喝得醉醺醺、發著燒的年輕農場主人，躺在病床上，床柱上全是玫瑰花形的樹痕。但這樣的事怎麼能解釋得清！那時他那麼堅定地要追隨我，那麼肯定地認爲凡人的一生對他已經毫無意義——當時他那麼痛苦，那麼年輕，心急如焚！

他那時知道什麼？他讀過密爾頓的詩嗎？聽過莫札特的奏鳴曲嗎？馬卡斯・奧理略❷這個名字對他來說算得了什麼？他很可能以爲這是個黑奴的花稍名字呢。嘿，瞧這些佩帶輕劍和珍珠柄手槍的農莊主人，多麼野蠻無知、狂妄自大！他們崇尚放縱無節制；回顧起來，我會在這方面滿足他們。

可現在他已經遠離了那個時代，不是麼？成了《夜訪吸血鬼》及其他荒謬書名的作者！我盡量讓自己平靜下來。我太愛他了，所以要耐心，要等著他再開口。是我用肉血塑造了他，使他成爲我的超自然折磨者，難道不對麼？

「要再變成人沒那麼簡單，」他說，把我從回憶中驚醒，又回到這間佈滿塵土的小屋。他故意把嗓音放溫柔，幾乎帶著安慰和懇求。「沒這麼簡單。你不可能同一個凡人交換身體。老實說，我覺得這根本不可能，就算能實現——」他頓住不說。

我沒插話。我想說，要是能實現呢？要是我能再次明白活著意味著什麼呢？

「那你的身體怎麼辦？」他帶著懇求問我，很藝術地控制著自己的憤怒。「你當然不能把你所有的威力都拱手交給這個怪物，這個男巫。別人告訴我，他們甚至測不出你的威力有多大。嘿，不行！這念頭太離奇。跟我講講，他是怎麼找到你的蹤跡的！這才是最關鍵的。」

「這是最次要的，」我回答。「很顯然，如果他能轉換身體，他也必能離開自己的身體。他能作爲幽靈遊蕩很久，尋找、並發現我。他處在這種狀態時，我對他來說一定很顯眼。所以，這沒有什麼稀奇，你明白？」

「這我知道，」他說。「我讀過也聽說過這樣的事。我認爲你找到一個眞正危險的怪物。這比咱們的現狀更糟糕。」

「爲什麼？」

「這意味著又一次有人想拚命尋求長生不死，透過交換身體！你以爲這個凡人——不管他是誰——打算穿著這個或任何別的凡人的身體長大，並聽任自己老死嗎?!」

我得承認我聽懂他的意思，便告訴他那人的嗓音，他尖銳的英國口音與其中的文化韻味，以及它聽起來好像不像年輕人的聲音。

他嚇得打顫，說：「他很可能是泰拉瑪斯卡的人。他很可能在那兒了解了你的情況。」

「他只要買本平裝的小說就能了解我。」

「是的；可是你**別信**他，黎斯特，別信他講的是眞話。」

我告訴他我把這事對大衛講了。如果這人是泰拉瑪斯卡的，那大衛會知道的。不過我自己不相信那人是。那些學究不可能做出這樣的事。這個人身上有股邪性，而泰拉瑪斯卡的人健康得無以復加。再說，這也沒什麼大不了的，我自己去找他談談，把一切搞清楚就行。

他又陷入思考，表情哀傷。瞧他這副樣子，我也感到難過。我想抓住他的肩膀使勁搖晃他，可這樣只會令他發怒。

「我很愛你。」他輕聲說。

我很吃驚。

「你總是執著地想辦法要成功，」他繼續說。「你從不放棄。可是這事沒辦法成功。你和我，我們倆都處在水深火熱裏。唯一值得慶幸的是這不是眞的地獄。」

「不，我不信，」我說。「你瞧，無論是你說還是大衛說什麼都無關緊要。我要親自去同拉格朗・詹姆斯談。我要搞淸這到底是怎麼回事！誰也阻止不了我。」

「哈，原來大衛・泰柏特也警告過你不要去找他了。」

「別在我的朋友裏找同盟！」

「黎斯特，假如這個人接近我，使我相信我有危險了，我就會消滅他。明白嗎？」

「我當然明白。他不會接近你的。他選中了我，而且有道理。」

「他盯上你，是因爲你粗心大意，浮誇而自負。呵，我這麼說可不是要傷害你。眞的。你渴望引人注意，被人接近和理解，並想調皮搗蛋，把一切攪亂，再看天是否眞會塌下來，上帝是否眞會下凡揪著你的頭髮把你抓走。但你要明白，上帝是不存在的。你自己也可以當上帝。」

「你和大衛都是這種腔調，都勸我別去，儘管他聲稱見過上帝，而你不信上帝存在。」

「大衛見過上帝？」他充滿敬畏地問。

「不是眞見過，」我作了個藐視的手勢咕噥著。「可你們倆人都罵我。馬瑞斯也是這麼罵我。」

「唔，當然，你招來一片責罵聲。你總是這樣惹惱一些人，使他們反撲過來，把刀直捅你的心臟。」

他指的是克勞蒂亞，但他受不了說出她的姓名。我知道若是我說出她的名來就會傷害他，就像當面詛咒他一樣。我本想說，那是你在裏頭插了一手！我製造她的時候你也在場，她舉起刀時你在場！

「我再也不想聽了！」我說。「你就待在這個地球上乏味地唱一輩子、我這也不行那也不可的陳腔濫調吧。哼，我可不是上帝。也不是來自地獄的魔王，雖然我有時冒充是。我也不是奸滑狡詐的伊阿古❸。我並不施毒計搞陰謀害人。也不會壓抑我的好奇心和我的精神。沒錯，我想知道這個人是不是眞能換身。我想知道會出什麼事。我不會放棄。」

「然後你最終會高奏勝利的凱歌，雖然無勝利可言。」

「嘿，會有的。一定會勝利的。」

「不會。我們學得越多，就越明白勝利不存在。難道咱們就不能順其自然，隨遇而安，做我們該忍受的事，其餘別無所求嗎？」

「這是我聽過的對自然下的最可鄙定義。請認眞觀察一下自然吧——不是詩歌裏的，而是外面現實世界中的自然。你在自然界裏看見什麼?是什麼創造了這些在潮濕地板下爬行的蜘蛛?是什麼創造了這些長著斑爛翅膀、看起來像長在暗處大毒花的蛾?還有海中的鯊魚，它爲什麼要存在?」我湊近他，把雙手擺在他的書桌上，直視著他的臉。「我還滿以爲你會明白這一切呢。另外，我可不是天生就是怪物!我生下來是個凡人小孩，和你一樣。比你還強壯!活下去的意志比你還強!你剛才說那種話眞狠心……。」

「這我知道。我說錯了。你有時把我嚇壞了，我只好對你胡亂攻擊。這很愚蠢。見到你我很高興，雖然我害怕承認這點。你有可能眞的把你自己在沙漠裏毀了，我一想到這就不寒而慄!我現在離開你眞沒法活下去!你剛才讓我感到生氣!你怎麼不嘲笑我了?你以前幹過的。」

我站起身來，背對著他。我看著窗外的雜草在江風的吹拂下瑟瑟搖擺，皇冠草的捲鬚垂掛下來，遮擋住打開的屋門。

「我沒笑你，」我說。「但是我打算繼續幹下去，這事沒必要對你撒謊。上帝呵，你看見沒有?假如我只在凡人身體裏待五分鐘，我說不定會學會什麼呢!」

「好吧，」他絕望地說。「我希望你會發現這個人用一大堆謊言勾引了你，他想要的其實是『黑血』，並希望你送他下地獄。我還要再警告你一次，我如果見到他，假如他威脅到我，我就殺了他。我沒有你的力量，我只依靠我的偷襲和匿名:正如你總說的那樣，我的『小小回憶錄』距離本世紀的世界實在太遙遠，所以誰也不會相信它寫的是事實。」

「路易斯，我不會讓他傷害你。」我說。我扭頭朝他狡黠地眨眨眼。「我絕不會讓任何人傷害你的。」說完我就走了。

當然，這是對他的譴責，他也感覺到了它的分量；我先滿意地看到這點，然後才又轉身走掉。克勞蒂亞奮起攻擊我的那天夜裏，他也在場，一個無可奈何的目擊者，嚇壞了。但並不想介入，連我喊他的名字也不聽。

他曾扛著我的「死去的身體」（這是他認爲的）並把它扔進沼澤地。哼，這個天眞的嫩小子，還以爲輕而易舉就把我甩掉了呢。

但現在爲啥還想它呢？不管他是有意還是無意，那時他畢竟愛過我，我也從沒有過絲毫懷疑——我也愛他，愛那個憤怒而可憐的孩子。

他爲我感到悲哀，我也會給他同樣多的報答。不過他是很會替別人傷心的！他愁眉苦臉，就像別人穿衣服那樣家常便飯；傷心就像燭光那樣使他滿意；淚水對他來說像珍珠那樣，說來就來。

哼，這一套把戲對我來說一點不靈。

我回到我的頂層住宅，把我所有的漂亮電燈都點亮，盡情搞了幾個小時的「高級物質享受」，在超大螢幕上看了無數捲錄影帶，然後躺在柔軟的長沙發上睡了一會兒，這才出門去「打獵」。

我厭倦了沒完沒了的遊蕩。我也渴了。

這裏遠離法國民區的萬家燈火，也遠離鬧市區那些永遠燈火通明的高樓大廈。在那些我剛形容過的田園般街道和市中心那些淒涼破舊的磚樓和瓦房，紐奧爾良的黑夜很快就會降臨。

我穿過那些寂寥空曠的商業區，路過一座座關門的工廠、倉庫和灰白的盒式小房屋，遊蕩到河邊的一個神奇的地方。這地方除了對我有吸引力之外，恐怕無人會問津。

這是塊靠近碼頭的空地，在快車道的巨大懸臂下伸展開來。快車道通向河上的那兩座高高的姊妹橋。自從我第一次見到這兩座橋，我就把它們叫作「迪克西門大橋」。

我得承認，官方給這兩座橋起了另外不怎麼好聽的名字。但是我幾乎不在乎什麼官方不官方。對我來說，這兩座橋將永遠叫「迪克西門大橋」。我回到家以後，總是不等很久就散步到它們旁邊欣賞。觀賞它們的那幾千個亮閃閃的小燈泡。

我明白它們不像布魯克林大橋那樣是精美的藝術傑作（布魯克林大橋激發過詩人哈特・克雷恩的靈感，寫出讚頌該橋的詩篇❹）。它們也沒有舊金山的金門大橋的那種宏偉肅穆。

但它們畢竟是橋，而橋都是優美和激發人遐想。而且，當它們都被照得通亮時（就像這兩座橋現在這樣），它們的許多彎樑和大樑就呈現出一種神秘的壯麗景像。

讓我在這裏再補充一點：同樣的燈光奇觀也出現在南國半夜漆黑的鄉村，那裏有巨大的煉油廠和電力站，燈光使它們從漆黑的平原上拔地而起，出奇地壯麗。此外，它們都有噴雲吐霧的煙囪和永遠燃燒的天然氣火焰，更給它們增添光彩。埃菲爾鐵塔現在也不僅僅是一副鐵架子，而是成爲耀眼迷人的燈光雕塑。

但現在我們講的是紐奧爾良。我蹓躂到這塊河邊的空地，這邊是一堆黑黝黝的單調房屋，那邊是一排廢棄的倉庫，北邊是一個很大的廢物堆放場，堆滿廢機器之類，鐵鏈圍牆上也難免長滿茂密的開滿美麗小花的爬藤。

哎，這裏眞是思考問題的場地，也是絕望自殺的場地。我喜歡來到這裏，踩著濕軟荒涼的泥土，置身又高又密的荒草，有時踩到滿地的碎玻璃，聆聽著密西西比河低沉的脈動（雖然見不到它），凝視著遙遠鬧市區的玫瑰色燈火。

這塊荒涼可怖、周圍是別緻的老房子的大空地，才好像是現代世界的精華所在。在空曠而危險的道路上，偶爾才有一、兩輛汽車疾駛而過。

我還要指出，這一地區雖然道路黑暗危險，但本身並不是很黑。高速公路橋上的路燈平穩均勻地灑下來一片明亮燈光，橋下的幾盞路燈也大放光采，營造出一塊固定而又好像無源頭的現代都市陰影。

這地方令你撲向它的懷抱，對不對？你難道不是很渴望在這兒的泥土上徘徊尋覓一番嗎？

嚴格地說，站在這裏有一種神聖而傷感的感覺：你看，一個微不足道的身影站在廣袤的天地裏，遠處傳來大城市的低沉噪音和工業區嚇人的機器轟鳴，偶然也有大卡車隆隆地從頭頂上駛過……這些都使你心中震顫。

從這兒到一座用木板釘上的租屋有一小段距離，在佈滿垃圾的陋室裏我找到兩個罪犯，他們昏熱的腦子因吸毒而麻木發呆。我伏在他們身上安靜而緩慢地吸血，使其失去知覺但還活著。

完事後我又回到那片寂寥的空地，雙手插在衣袋裏漫遊，踢著地上的罐頭盒，在高速公路的橋下轉了半天圈子，然後跳上橋走出去，朝著較近的那座「迪克西門」橋的北翼走去。

我的密西西比河多麼深沉而黑暗。橋上的空氣總是那麼新鮮涼爽。儘管城市上空懸著一層陰沉的霧氣，但我仍能望見滿天清冽的群星。

我在橋上躑躅許久，思索了路易斯和大衛對我說的一切，但仍十分渴望明天半夜與這個奇怪的拉格朗・詹姆斯見面。

終於我也厭倦了這條大河。我掃視城區，尋找那個瘋子般的凡人特務，但找不到他。我又掃視郊外的居民區，仍見不到他的蹤影。但我還是放心不下。

夜一分一秒地過去，我踏上返回路易斯家的歸途。他家還是那樣漆黑荒涼。我在那些狹窄的小街上遊走，或多或少還在尋找這個凡人特務，並保持警惕。路易斯待在他的秘密巢穴的那口棺材裏——每天破曉之前他都躲進那裏去——顯然還是安全的。

然後我又步行返回那片空地，一邊哼著小曲，一邊想著這兩座「迪克西門」橋上的燈光如何把我帶回十九世紀的那些漂亮汽船，它們看上去都像巨大的結婚蛋糕，上面插著蠟燭飛快駛過。這難道是個前後不一致的隱喻嗎？這我不管。我的腦海裏只響起了汽船上的音樂。

我又試著去設想下一個世紀，設想它將帶給我們什麼形態，並像每個世紀都必然有的那樣，將如何以新的暴力來混淆美和醜。我觀察著高速公路橋巨大的懸臂和美觀的鋼筋混凝土橋拱，看到它們如雕塑般光滑優雅，結構簡單而怪異，似無色的草葉柔和地彎曲。

終於有火車開過來，遠遠地沿著鋼軌轟嚨轟嚨地從那些倉庫前駛過，拖著一長串乏味骯髒的車廂，打破夜的寧靜，駭人聽聞，用它尖厲的哨叫深深震蕩我那過於人性化的心靈。

在火車最後一陣「轟嚨啊唧」漸漸隱去之後，夜又歸於平靜，空虛再度籠罩。橋上沒有汽車駛過，寬寬的河面上悄悄地漫起一層厚霧，遮住隱去的星斗。

我又泣不成聲。我想起了路易斯，想起他的忠告。但我還能怎麼辦呢？我從不知退縮。我絕不半途而廢。假如那個喪氣的拉格朗·詹姆斯明天晚上不來，我定會搜遍世界找他。我不想再和大衛談什麼了，我不想再聽他的勸告；我不想聽。我知道自己會把這件事幹到底。

我不住地盯著「迪克西門」橋看。我無法把它們閃爍的壯麗燈火趕出我的腦海。我想去看一座閃有燭光的教堂——有許許多多閃動跳躍的小燭光，同我在巴黎聖母院教堂裏見到的一樣。煙氣像禱告一樣從燈芯裏升起。

還有一個小時太陽才升起。時間足夠。我慢慢朝鬧市街區走去。

聖路易天主教堂徹夜上鎖，但這些鎖對我來說形同虛設。

我站在教堂正面，站在黑暗的門廳裏，盯著聖母雕像下面正在燃燒的蠟燭。虔誠的教徒在點燃這些蠟燭之前把捐獻投入黃銅的硬幣箱。他們把這稱爲「祭典燭」。

過去我常在黃昏時坐在廣場上，傾聽這些教徒來來去去。我喜歡蠟油的味道；我喜歡這座黑暗的小教堂，一個多世紀以來似乎根本沒有發生什麼變化。我深深吸一口氣，把手伸向衣袋，掏出兩張折皺的美鈔，塞進黃銅箱口。

我舉起那根長長的蠟燭芯，把它湊近一個小火焰點燃，然後用它點燃一根新的蠟燭，看著這捧小火舌竄成桔紅色，變得明亮。

我心想，這眞是奇蹟。一個小火苗就能造出那麼多別的火焰；星星之火就能燎原。嘿，我用這麼一個簡單的動作就增加宇宙的光亮度，對不對？

這樣一個奇蹟永遠解釋不清。所謂魔王和上帝在一家巴黎咖啡館裏一起聊天的事根本就不存在。不過，大衞的瘋狂理論在我做白日夢想起時還是給我帶來慰藉。「增生並增殖」，這是偉大的上帝耶和華說的——從亞當和夏娃的肉身增殖出許多孩子，正像從兩朵小小的火焰增殖出一場大火一樣……

突然傳來一個聲音，尖厲而又清晰，像有人走路故意發出腳步聲那樣，響徹整個教堂。我嚇了一跳，僵直地站在那裏；沒想到這裏還有別人。嗣後我記起了巴黎聖母院教堂，也聽到有女孩的腳步從石頭地面上傳來。驀地一陣恐懼攫住我。莫不是她也在這兒？如果我仔細搜尋角落，這次我準會看到她，也許她仍戴著戶外軟帽，鬈髮被風吹散亂，兩手塞在一副羊毛的露指長手套。她會用她大大的眼睛仰視著我。金色的秀髮，美麗的鳳眼。

那個響聲再次傳來。我討厭這種恐懼！

我慢慢轉過身來，見到路易斯的身影從陰影裏冒出來。毫無疑問是路易斯，只有他一個人。燭光逐漸暴露出他那平靜而略顯憔悴的臉。

他穿著一件破舊的外衣，髒兮兮的襯衫衣領敞開著。他看上去有點冷。他慢慢走過來，一隻手牢牢地抓住我的肩膀。

「可怕的災難又要降臨到你的頭上，」他警告我，燭光幽幽地映現在他深綠色的眼底。「你就要獨自去對付它。這我清楚。」

「我會打贏的，」我勉強笑著回答；見到他我有點興奮。接著我聳聳肩。「這點你現在才明白呀？我一直都很清楚。」

但我很吃驚他居然在這裏找到我，而且他竟敢在天快亮時出來。此刻我仍在為我所有瘋狂的想像而顫抖不已——她來了，像在我的夢境中那樣出現，而且我一直想弄明白原因。

突然我又為他擔起心來；他好像太脆弱，皮膚蒼白無血色，雙手長而纖細。但我仍能感到他有一股衝勁，那種愛思考、從不衝動的力量，此種生命全方位考慮問題，講話愼重。他們從不拿自己與即將升起的太陽開玩笑。

他猛地鬆開我，後退幾步，悄悄溜出大門。我在後面追他，忘了把教堂的門鎖上。我想這是不可原諒的錯誤，因為教堂的安寧絕不該受到破壞，所以我看著他穿過寒冷昏暗的晨霧，沿著廣場對面「蓬塔巴」公寓大樓旁邊的人行道走掉。

他輕鬆地邁著大步，姿勢優雅地匆匆走去。晨曦出來了，灰白而致命，為下垂屋簷下的商店櫥窗抹上一層暗淡單調的色澤。我也許還能忍受半個小時。他卻不能。

我想起我還不清楚他的棺材藏在哪兒，不知他還要走多遠才能到達它。對此我一無所知。

他在走到離河最近的那個街拐角之前，轉過身來瞧我。他朝我揮揮手。這一姿勢裏包含的感情遠比他說的所有話都豐富。我轉身鎖上教堂的大門。

❶迪克西蘭爵士樂，源於美國南部各州，以紐奧爾良爲代表。

❷Marcus Aurelius（一二一—一八〇），古羅馬皇帝（一六一—一八〇）。

❸Iago，莎士比亞悲劇《奧賽羅》中的反面人物，施毒計使奧賽羅因嫉妒和猜疑將無辜的妻子殺死。

❹Hart Crane（一八九九—一九三二），美國詩人，作品《橋》的部分靈感來自布魯克林大橋，並於一九三〇年贏得年度詩作獎。

8

第二天晚上，我直奔傑克遜廣場。

從北方吹來的強冷空氣終於刮到紐奧爾良，帶來陣陣凜冽的寒風。這種天氣在冬季隨時可能發生，不過也有不發生的時候。我先到頂樓住宅穿上一件厚羊毛大衣，並像從前那樣，對於新曬黑的皮膚上又有寒冷的感覺感到很快活。

少數觀光客不顧天冷颳風，仍出門光顧那些在天主教堂附近營業的咖啡館和麵包店。晚上照舊是車水馬龍，熙熙攘攘。那間老字號的世界咖啡館雖然門窗緊閉，但裏面照舊擠滿人群。

我一眼就看到他。運氣眞好。

他們又把廣場周圍的出入口用鐵鏈鎖上(現在在傍晚時他們總是這麼做)，眞是討厭透頂。所以他站在廣場外面，面對著教堂，神情焦急地四處張望。

我有機會觀察他一會兒，他才意識到我也到來。他的個頭比我稍高，有六呎二吋吧。他的身材非常魁梧，就像我以前見到的。關於他的年齡我的猜測沒錯。這身體不可能超過二十五歲。他穿著十分昂貴的衣服：毛邊的風雨衣剪裁得非常合身，圍著一條厚厚的鮮紅色開斯米圍巾。

他發現我時，渾身顫抖一下，看來是焦急加上狂喜所致。那種嚇人的燦爛微笑又出現在他臉上。當我緩緩地學著凡人那樣朝他走過去，他的兩眼牢牢地盯著我，竭力掩飾自己的恐懼。

「啊，狄・賴柯特先生，你看上去眞像個天使，」他喘著氣囁嚅。「你的曬黑的皮膚眞漂亮。多麼可愛的美化呵。

原諒我以前沒這麼說過。」

「你來啦，詹姆斯先生，」我揚起眉毛說。「你的建議是什麼？我不喜歡你。快給我說。」

「別這麼粗魯，狄・賴柯特先生，」他說。「得罪我可眞是要犯大錯誤，眞的。」沒錯，這聲音同大衞的聲音一模一樣。很可能是同一年代。無疑也有點印度的味道。

「你想的一點不錯，」他說。「我也在印度待了多年。還在澳大利亞和非洲住過。」

「哈，你能輕而易舉讀懂我的思想。」我說。

「不，不像你以爲的那麼容易，現在很可能完全讀不懂。」

「如果你不告訴我你是怎麼跟蹤我以及你的打算，我就殺了你。」我說。

「你很清楚我的打算。」他說著小聲笑起來，聲音沉悶而焦慮。他用眼睛盯著我，然後又把目光挪開。「我透過那些小說把我的打算告訴你，但在這寒風裏我也說不清。這裏比喬治城還糟糕，我現在就住在那兒。我一直在希望避開這種氣候。你爲什麼在這種時間把我拽到倫敦和巴黎？」接著又是一陣神經質的乾笑。很顯然，他同我四目相對的時間不超過一分鐘，他的目光就得挪開，彷彿我是盞探照燈。「倫敦冷得不得了。我討厭寒冷。但這裏是熱帶，不是麼？啊，你沉浸在關於冬雪的傷感夢幻。」

最後一句話把我嚇了一跳，掩飾都來不及。有一會兒我氣得說不出話來，然後才恢復鎭靜。

「來吧，到那家咖啡館。」我邊說邊指著廣場對面的那家歷史悠久的「法國市場」。我沿著人行道在前面領頭。我太好奇和興奮，不想再說廢話。

這家咖啡館吵吵嚷嚷，但很暖和。我領著他來到離門最遠的一個角落的一張桌旁，爲我倆各點了一杯聞名的牛奶咖啡，然後筆直地坐著一言不發。黏糊糊的小餐桌有點讓我分神，但更讓我著迷的還是他的神經質：他哆哆嗦嗦地解下鮮紅色的圍巾，又把它繫上，然後脫掉高級皮手套，把它們塞進衣袋，但旋踵又把它們掏出來，戴上其中一只，把另一只擺在桌子上，但馬上又把它抓起來，也戴上了。

這人身上肯定有什麼地方特別不對勁。好端端一副性感迷人的男體卻包覆他那邪門、神經質的靈魂，以及陣陣玩世不恭的奸笑。儘管如此，我的目光還是無法從他身上移開。我也是帶著某種邪性，樂於觀察他的一舉一動。我想他也清楚這點。

藏在這張英俊無瑕的臉龐後是一種挑撥性的智慧。他使我意識到自己越來越不能容忍眞正年輕的人。

突然咖啡被擺在我們面前，我用赤裸的雙手捂住熱騰騰的杯子，讓熱氣直撲我的臉。他睜大清澈明亮的褐色大眼睛盯著我，好像被迷住的不是我而是他；他現在在用穩固而鎮靜的目光盯著我，想使我的目光無法轉移，但難以辦到。我無法不欣賞他那俊俏的嘴，漂亮的眼睫毛，潔白無疵的牙齒。

「你到底是怎麼回事？」我問他。

「你知道是怎麼回事。你已經領會到了。我不喜歡這個身體，狄・賴柯特先生。知道嗎，一個肉體竊賊有了一些小煩惱。」

「你就是個偷取身體的賊嗎？」

「是的，一個一流的竊體賊。這你在願意見我時就心知肚明，對吧？你得原諒我有時動作笨拙。我這一生基本上是個瘦弱的人。從沒有過特別健康的時候。」他嘆了口氣，年輕的面容露出悲傷。

「不過那都是過去的事了，」他突然又說，顯得很不舒服。「咱們開門見山吧：我出於對你巨大的超自然智慧和豐富經歷的尊重——」

「別取笑我，你這個小雜種！」我咬牙切齒地說。「如果你敢耍我，當心我一點點把你撕碎。我說過我不喜歡你。

你的這個賊的頭銜我也不喜歡。」

這番話封住他的嘴。他完全冷靜下來。也許他十分生氣，也許是嚇呆了。我想這下他反倒不那麼害怕了，而是變得憤怒而冷靜。

「好吧，」他輕聲說，那種慌亂和激動消失了，顯得很冷靜。「我想與你交換身體。我想用你的身體一個星期。我負責讓你進入我這個身體。他很年輕，十分健康。你顯然喜歡他的容貌。你願意的話我可以給你出具各類健康證明。這副軀體在我占據之前剛受過嚴格檢測和徹底檢查；你說我是偷也罷。他非常強壯，這你一看便知。他顯然十分強壯，健康得不得了——」

「你怎麼交換？」

「我們一道來做，狄・賴柯特先生，」他十分客氣地說，聲調變得越來越文雅殷勤。「當我與您這樣的怪物打交道時，偷身體這一套就失靈了。」

「可是你試過了，對不對？」

他琢磨我一會兒，不知該如何回答好。「嗯，現在你也沒必要責備我，是吧？」他懇求地說。「正如同我也不必譴責你吸血一樣。」他說「吸血」一詞時笑了。「我其實只是想引起你的注意，這並不容易。」他好像在斟酌字句，顯得非常誠懇。「再說，合作總是在同一層次下進行的，無論這層次多麼隱蔽。」

「是的，」我說。「但是實際操作起來是怎麼回事——別嫌我這個術語用得太生硬。我是說我們究竟怎麼合作？說得具體些。我不相信這事能實現。」

「哦，那就試試看，當然能辦到，」他親切地提議，好像是個有耐心的教師。他簡直就是大衛的化身，只不過缺乏大衛的活力。「我還能有別的什麼辦法占據這個身體呢？」他邊說下去邊作了個說明的手勢。「我們將在一個合適的地點碰頭。然後各自脫離自己的身體，具體怎麼做你很清楚，因爲你在你的作品中已經十分雄辯地敍述過；然後我們就互相占據對方的身體。其實眞的不難，只要有十足的勇氣和堅定的意志。」他舉起杯子，手顫抖得厲害，吞下一口熱咖啡。「對你來說，這次試驗就需要勇氣，別無其他。」

「那什麼東西把我固定在新身體內呢？」

「狄·賴柯特先生，裏面沒有任何東西把你推出去。你要明白，這同附身完全不一樣。附身是一場戰鬥。但當你鑽進這個身體後，你不會遇到絲毫來自內部的抵抗。你可以一直待在裏面，直到自願脫離爲止。」

「這太離奇了！」我惱火地說。「我知道關於這個題目，人們寫了許多文章，可是好像總說不明白……」

「我來試試把它講明白，」他放低聲音，幾乎是討好地說。「這兒涉及了科學，只是這種科學目前還沒有被科學界充分整理出來。我們所擁有的資料只是詩人和神秘現象探險者的回憶錄，幾乎無法剖析這些現象的實質。」

「正是這樣。如你指出的那樣，我也做過這種事——靈魂離體漫遊。但我不清楚會發生什麼。你脫離身體後身體爲什麼不會死？這我就不明白？」

「這是因爲靈魂和大腦一樣，有好幾部分。你肯定知道有些嬰兒可以在沒有小腦的情況下出生，只要它還有所謂的『腦幹』，身體就能活下去。」

「可怕的想法。」

「相信我：這種事無時不刻不在發生。意外事故的受害者，大腦受到無法修復的損傷，仍然能呼吸，甚至在瞌睡中打呵欠，就是因爲他們的小腦仍在運作。」

「所以你能占領這樣的身體？」

「噢，不不，我需要一個健康的大腦，好完全占領；我絕對要求所有細胞都工作良好，並能同我入侵的**心靈**契合。請注意我的用詞：大腦不等於心靈。不過我們現在談的並不是對身體的占領，而是比占領微妙得多的東西。請容我講下去。」

「請吧。」

「正如我說的那樣，靈魂與大腦一樣，不只有一個部分。其中較大的部分掌管人格、個性、意識之類的，是彈性、鬆動、活躍、漫遊的那部分；但除此之外，還有一個較小的殘餘靈魂留下來保持不動。它負責使軀體空殼保持生命狀態，否則空殼軀體就意識著死亡。」

「我明白了。你的意思是說：殘留的靈魂激活腦幹。」

「是的。當你脫離自己的身體之後，你把殘餘的靈魂留在那裏。等你鑽進這個身體時，你也會在這兒找到別人留下的殘餘靈魂。當我占據別人的身體時，我找到的就是這種較低級的『留魂』。而這留魂會熱切而自動地與任何較高級的『遊魂』契合；留魂想擁抱任何遊魂，沒有遊魂，留魂就感到不完整。」

「死亡發生時就意味著兩部分魂魄都離開了，對嗎？」

「正是這樣。留魂和遊魂猛烈地撤出身體，一起走掉，身體就成爲一個沒生命的軀殼，當然就開始腐爛。」他等待一下，似乎還是很誠懇而耐心地觀察著我，然後又說：「相信我，實際死亡的力量要大得多。我提議我們要共同做的這件事一點危險也沒有。」

「但既然這個小留魂這麼有接受能力，那我何不使出渾身解數，把某個凡人的遊魂直接從他的身體裏拽出來，然後自己鑽進去呢？」

「不行。這是因爲較大較高級的遊魂會嘗試收復失地，找回自己的原體。即便搞不懂這一過程的原理，它也會反覆嘗試。靈魂是很想附上肉體的。就算留魂歡迎入侵的遊魂，它裏面的某種東西還是樂於辨認並重新接納自己的

『原配』。如果發生爭執的話，它還是會選擇原配。此外，即便是特別糊塗（迷走）的靈魂也能作出強有力的嘗試，去收回其凡人的原軀體。」

我什麼也沒說。雖然我很懷疑他的說法，並提醒自己保持警惕，但我還是認爲他說的有邏輯性。

「占領其他軀體總是一個血腥搏鬥的過程，」他重申。「請看那些邪惡的精靈鬼魂之類的例子吧。它們最終總是被趕出去，即便勝利者從沒意識到發生了什麼。每當祭司之類的人手舉香火、聖水等器物驅魔時，他實際上是在號召留魂奮起，驅逐入侵者並收回自己的原配遊魂。」

「但若是雙方合作，兩廂情願，兩個遊魂就各易新主，各得其所嘍？」

「一點不錯。相信我，如果你認爲你能不靠我的幫助就跳進一個人體，那你就試試好了，到時你就會明白我說的話了。只要在人體裏我說的血腥搏鬥還在激烈進行，你就休想實際享用感受凡人的五官。」

他的舉止變得更謹愼和詭秘。「狄・賴柯特先生，請你再看看這副身子，」他假裝溫和地說。「它可以屬於你，完全眞正地屬於你。」他的停頓似乎突然變得與他的話一樣刻板。「一年前你在威尼斯首次見到它。從那時到現在，它一直是一名闖入者的容器，其間沒有變更。現在它將扮演你的容器。」

「你是從哪兒搞到它的？」

「我說過是偷的，」他說。「它以前的主人死了。」

「你得說具體點。」

「噢，是嗎？我非得這樣嗎？我極不願意使自己受到牽連。」

「詹姆斯先生，我可不是個凡人法官。我是個吸血鬼。說我能聽懂的話。」

他輕輕地嘲笑一聲。「這身體經過精心挑選，」他說。「它的前任主人沒有留下留魂。哦，從組織和肌體上講，它完好無損，絕對沒有問題。我講過，他受過徹底的檢測。他早就成爲極佳的實驗室動物，安安靜靜的。他一動不動，一言不發。他的理性已被毫無希望地粉碎，雖然腦細胞仍在按習慣非常健康地生長和運作，我是分階段完成身體轉換的。把他從他的身體裏弄出來很簡單，但把他的靈魂誘進我的老年身體、並使它留在裏面，讓我下了一番功夫。」

「你的老年身體現在在哪兒？」

「狄・賴柯特先生，他的遊魂絕不會再來敲你門的，這我能保證。」

「我想看看你原來身體的照片。」

「爲什麼？」

「因爲它能告訴我你的一些情況，也許比你講的更多。我要求你。看不到你過去的照片我就不繼續幹下去。」

「你不幹了？」他仍保持彬彬有禮的微笑。「我要是起來就走呢？」

「那我就馬上殺了你這副極棒的新身體。這個咖啡館裏不會有人注意到的。他們會以爲你喝醉了，跌倒在我的懷抱裏。這種事我經常做，習以爲常。」

他沉默了，但我能看出他心思在激烈地鬥爭。接著我意識到他在盡情享受著這一切。他像一個專職演員，沉浸於自己扮演的最富挑戰性的角色。

他朝我微笑，帶著極大的誘惑性。隨後，他輕輕摘下右手手套，從衣袋裏掏出一件小東西放在我的手心。這是一張舊照片，上面有一個削瘦憔悴的男人，長著一頭濃密鬈曲的白髮。我估計他有五十來歲。他穿著一件白色制服，繫著一個小小的黑色蝴蝶領結。

他長得很漂亮，外表比大衛要纖細多了，但他與大衛一樣，也是一副英國紳士派頭，微笑得也很開心。他好像斜倚在一條船的甲板邊上。沒錯，是一條船。

「你早就知道我會向你要求看照片，對吧？」

「遲早會的。」他回答。

「什麼時候照的？」

「這無關緊要。你憑什麼想知道這個？」他露出一點惱怒的神情，但馬上又把它掩飾住。「是十年前照的，」他把聲音放低一點說。「這張行嗎？」

「這也就是說……你現在有六十多歲？」

「這話題就到此爲止了，」他說著，非常開心而親切地微笑一下。

「這一切你是怎麼學會的？爲什麼沒有別人來把這套把戲弄得更完美？」

他冷淡地上下打量我一會兒，我想他的鎮靜大概就要崩潰。接著他又恢復彬彬有禮的態度。「許多人都做過這事，」他說，聲調顯得很有信心。「你的朋友大衛·泰柏特本該跟你談過這事。可他不願意告訴你。他跟泰拉瑪斯卡的所有男巫一樣，都在撒謊。這些人太過守誠。他們以爲能控制人們；他們運用自己的學識實施控制。」

「你怎麼知道他們的情況？」

「我過去是他們那個組織的成員，」他說著眼裏閃著狡黠的目光，又咧開嘴微笑。「他們把我開除了，控告我運用我的能力損人利己。你施展你的能力不爲自己爲什麼？你說是不是，狄·賴柯特先生？」

這樣看來，路易斯是對的。我沒作聲。我想掃描他的心態但沒結果。相反，他的肉體存在卻對我產生強大的吸引；從他肉身裏發散出的熱能，從他血液中飄逸出來的香氣，都使我陶醉。且不論他的靈魂如何齷齪，他現在的身體是充滿活力而引人入勝的。不過我討厭這種感覺，因爲它使我想現在就把他殺了。

「我是通過泰拉瑪斯卡這個組織了解你的情況，」他又裝出剛才自信的樣子。「我當然也熟悉你的小說。我把它們全都讀過。所以我才用短篇小說來同你聯絡。但我是在泰拉瑪斯卡的檔案中才發現你寫的小說根本就不是虛構。」

我一言不發，但很憤怒：路易斯猜得沒錯。

「那好，」我過了一會兒說。「對你說的大腦分裂和靈魂分裂這一套我全都理解，可是萬一我們在交換了身體以後，你不想把我的身體還給我，而我又無力把它收回，那怎麼辦？怎樣才能防止你利用我的身體幹壞事。」

對此他考慮了好長時間，然後才緩緩地回答：「我這兒有一大筆賄賂。」

「啊？」

「在我重新占有這個身體之後，有一個一千萬美元的銀行賬戶等待著我。」他又把手伸進上衣口袋，掏出一張小小的塑膠卡片，上面印有一張他的新面孔的小照片。還有一個清晰的指紋、他的姓名拉格朗•詹姆斯，和一個華盛頓的地址。

「你完全可以處置它。只有長有這張臉和這個指紋的人才能擁有這一大筆財富。你不會認爲我僞造這麼一大筆錢吧，再說，我也不想永久占有你的身體。其實你也不想永遠擁有它，不是嗎？關於你的痛苦、焦慮、你那持久和過分渲染的天譴等等題材，你難道不是已經寫得夠多嗎？是的，我只想擁有你的身體幾天。外面還有好多身體等著我去占領呢，多種多樣的冒險。」

我仔細看著這張小卡片。

「一千萬美元，」我說。「這可是大價錢。」

「你也知道，這對你來說算不了什麼。你在各個國際銀行裏以你五花八門的化名貯存數十億美元。像你這樣威力無比的怪物能攫取全世界的財富。你我都清楚，只有二流卡通片裏的那些俗氣吸血鬼才永遠飄泊，過著食不裹腹的日子。」

他用一塊亞麻布手絹很講究地捂住自己的嘴，然後吞下一大口咖啡。

「我被你在《天譴者的女王》一書中對吸血鬼阿曼德的描寫深深迷住。」他說。「他用自己的強大威力獲取財富，建立了自己的偉大事業『夜之島』——多可愛的名字。我看得連氣都喘不過。」他微笑，接著講下去，聲調還是那樣親切溫和。「雖然如你我所知，你那神秘的伙伴早就放棄了『夜之島』並從電腦紀錄中消失（至少我是這樣確定的），但你要知道，我並沒花多少力氣就用文件證明並解釋你宣稱的東西。」

我什麼也沒說。

「再說，從我所能提出的價格來看，一千萬可以考慮成交。還有誰提出過給你這麼多錢呢？目前除了我，沒有任何人有這個能力或願意這麼破財。」

「要是我過了這星期還不想把身體換回來怎麼辦？」我問他。「要是我永遠想當人類怎麼辦？」

「那太好了，我完全不成問題，」他大方地說。「那我就能隨心所欲地扔掉你的身體。會有很多人從我這兒接管它。」他充滿敬意和羨慕地衝我微笑。

「你要用我的身體幹什麼？」

「享受它。享受它的力量，它的威力！我已經擁有過人體所能提供的一切——青春，美麗，活力。我甚至在一個女人的體內待過。當然，我絕不推薦這種作法。我現在想要你所能提供的東西。」他眯縫起眼睛，把頭歪向一邊。

「假如這一帶有肉體化的天使活動，那我倒想接近其中一個。」

「泰拉瑪斯卡沒有關於天使的記載嗎？」

他猶豫一下，然後勉強「嘿嘿」地笑了幾聲。「賴柯特先生，天使純屬精靈，」他說。「而我們現在在談肉體，對吧？我很耽於肉體之樂。吸血鬼就是有肉體的怪物，對不對？它們靠吸血維生。」他說到「血」這個字時，眼裏又閃閃發亮。

「你的慾求物是什麼？」我問。「我在說眞的。你渴求的東西是什麼？不可能是金錢。你用錢幹什麼？你用它買什麼？你有沒有這方面的經驗？」

「對，我想你問到重點了。這方面的經驗我倒沒有。不過我顯然是個肉慾主義者，說好聽點，是個享樂主義者。你如果非要了解事實，我就講，反正咱倆之間沒必要撒謊——我是個道地的賊。任何東西我只有廉價把它弄到手、或把它騙到手、或乾脆把它偷來才能好好享用。這就是我無中生有的辦法，它使我活得像個上帝！」

他停下不說了，好像他被自己的話感動得喘不過氣來。他的目光炯炯，接著低頭看那杯半滿的咖啡，臉上露出對自己才會心的微笑。

「你一定明白我的話，對吧？」他問。「這身衣服是我偷的，」他接著說。「我在喬治城家中的一切都是偷的，——每一件家具，每一幅畫，每一件小擺設都是偷的。連房子本身也是偷的，我是憑坑矇拐騙、設圈套把它弄到手。人們管這叫『詐騙』對吧？就是這麼回事，」他又自豪地微笑。我很吃驚他竟是如此坦率。「我所有的錢都是偷的。我在喬治城開的車也是偷的。我在全世界追蹤你用的機票也是偷的。」

我沒回答。他這人眞怪，我既對他著迷又厭惡他——煩就煩他的溫文爾雅和假裝坦誠。他在演戲，但演得近乎完美。接著就是他那張頗具魅力的臉，隨著每次他受到啓發它都好像更生動、更富於表情，更柔順。我的興趣上升。我得了解更多他的情況。

「你是如何做到跟著我到處亂跑的？你怎麼知道我在哪兒？」

「老實跟你說吧：兩個方法。第一個很明顯。我能短期離開我的身體，在這期間我能跨越大距離搜尋你。可這樣的無身體旅行我一點都不喜歡。而且找到你當然也不容易。你總是先長時間藏起來，然後再惹人注目地招搖過街；當然，你僞裝得很好，讓人看不出來你是個吸血鬼。經常是我發現你後，等再把我的身體帶到這個地點時，你已經走了。」

「還有一個辦法，也很神奇，就是利用電腦。你使用許多化名。我已設法發現了其中四個。透過電腦我常常沒那麼快速度追上你，但我可以研究你的路線。等你按原路折回時，我就知道在哪兒堵住你。」

我一言不發，對他如此津津樂道這些事情再次感到吃驚。

「我喜歡你對城市的鑒賞力，」他說。「我喜歡你對住旅館的品味，比如你選中了羅馬的『哈斯勒』，巴黎的『麗晶』，紐約的『斯坦霍普』。當然還有邁阿密那座可愛的小旅館『中央公園』。嘿，你別這麼疑神疑鬼。透過電腦系統追蹤人沒什麼大不了的。譬如買通職員向你出示一張信用卡收據啦，或者嚇唬銀行雇員，讓他們講出不該講的事情啦，等等，這些都沒什麼難的。要點小詭計往往就能把事情辦妥。你用不著非得當個超自然殺手就能辦到這些事。根本用不著。」

十

「你也利用電腦系統偷竊嗎？」

「可能的話就利用，」他的嘴角抽搐了一下，說。「我利用各種方式偷。對此我絲毫沒有什麼好誇耀的。不過我利用什麼手段都無法把一千萬美元偷出來。假如我有這個本事的話，我現在就不會在這兒待著了，對不對？我還沒有那麼聰明。我曾兩次被抓住過，蹲過監獄。我就是在那裏鍛鍊好脫離身體遊蕩的本事，反正也沒有別的辦法。」

他苦笑著，無奈又辛辣。

「你把這些告訴我幹嘛？」

「因爲你的朋友大衛・泰柏特也要把這些告訴你。也因爲我覺得咱倆應該互相理解。我已經厭倦了冒險。你的身體是個大目標，我放棄一千萬美元交換它。」

「你是怎麼想的？」我問他。「這一切聽起來眞卑鄙，眞庸俗。」

「一千萬美元庸俗嗎？」

「是的。你已經用一具老身體換了一個新的。你又年輕了！下一步，如果我同意，連我的身體和我的威力也要成爲你的。但在你眼裏錢才是最重要的。你要的其實只是錢，沒別的。」

「我兩個都要！」他生氣而無禮地說。「這兩者很相似。」他又努力使自己恢復了鎭靜。「你沒有意識到這點，是因爲你已經同時獲得了你的財富和力量，」他說。「你同時獲取了長生不死和一大堆金銀珠寶。那本小說怎麼寫的？你走出梅格能的高塔，成爲永生不死者，並擁有一筆鉅款。難道那本小說在撒謊嗎？你可是實實在在地存在著，這很明顯。可我並不了解你的那些事情。不過你應該明白我說的意思。你自己也是個賊。」

我頓時感到一股憤怒。他突然變得比我和他剛就座時那付神經兮兮的神態更令人倒胃口。

「我不是賊。」我平靜地說。

「不，你是，」他居然很同情地回答。「你總是從你的犧牲品那偷東西。這你很淸楚。」

「不，我從不偷……除非……迫不得已。」

「你以你的方式偷。我認爲你就是賊。」他把臉湊近我，眼裏又露出光，帶著安撫的腔調緩緩地接著說：「你偷血來喝；這你有什麼可說的？」

「你和泰拉瑪斯卡之間出了什麼事？」我話題一轉，問他。

「我說過了，」他回答。「泰拉瑪斯卡把我開除了。他們指控我利用聰明才智獲取情報幹見不得人的事，還指控我欺騙和行竊。你在泰拉瑪斯卡的那幫朋友十分愚蠢、缺乏遠見。他們完全低估我。他們本該重視我才對。他們本該研究研究我，並求我把我的特長教給他們。」

「但他們不但不如此，還整我。六個月的遣散費。一點施捨。他們還拒絕了我的最後請求，不讓我坐『伊麗莎白女王二世』遊船的頭等艙去美國。他們本來可以答應如此簡單的事情。我給他們揭示過那麼多東西，他們欠我的太多了。他們本該滿足我的要求。」他嘆了口氣，瞥了我一眼，又低頭看他的杯子。「在這世界上，像這樣的小事往往是很重要的。」

我沒回答，又低頭看那張照片，看那個站在船甲板上的人。我不敢斷定他是不是注意到了這個。他正在掃視燈紅酒綠、熱鬧非凡的咖啡館，兩眼掃過牆壁、天花板，偶然掃過顧客，卻視而不見。

「我試圖和他們討價還價，」他又說，嗓音同剛才一樣柔和而有分寸。「想讓他們還給我幾樣東西並回答我幾個問題。但他們連聽都不聽！錢對他們來說根本不算什麼，就像對你一樣。他們卑鄙得對我的請求根本不予考慮，他們只給了我一張經濟艙的飛機票和一張半年工資的支票。只有半年的工資！唉，我對所有這些波折煩透了！」

「你憑什麼認爲你能透過鬥智戰勝他們？」

「我還眞的鬥過了他們，」他笑著回答，眼裏閃光。「他們對他們的財產目錄不是很在意。他們根本不清楚我偷過他們多少件小寶物。他們永遠都猜不出來。當然你才是眞正的大盜，你的存在本身就是個秘密。啊，找到那個裝滿寶物的小地窖眞是很幸運。你要明白，你過去擁有的東西我一件也沒拿，什麼你在紐奧爾良穿過、發了霉的斗篷大衣啦，上面有你花稍簽名的羊皮紙文稿啦……嘿，還有個小飾物盒哩，裏面有張微型畫像，畫的是那個該死的小女孩——」

「你說話注意點。」我小聲警告他。

他不吭聲了。「對不起，我無意冒犯你。」

「什麼小飾物盒？」我問他。他能聽見我突然加快的心跳嗎？我努力克制自己，使自己平靜下來，不讓臉再次泛紅。

他回答時溫順得不得了。「是一個項鏈上的金飾品盒，裏面有張橢圓形的小畫。噢，我可沒有偷它。我發誓。我把它放回原處。你可以問你的朋友泰柏特。它還在地窖裏放著呢。」

我等了一會兒，讓心跳恢復平穩，把關於那個小飾物盒的映像從腦子裏驅逐。然後才說：「問題是，泰拉瑪斯卡的人抓住了你，並把你趕出去了。」

「你用不著老是這樣侮辱我，」他低聲下氣地說。「咱們完全可以避開任何不愉快就成交。我很抱歉提到那個小盒，我不是故意的。」

「我願意考慮你的建議，」我說。

「那你可就錯了。」

「爲什麼？」

「給它一個機會！馬上行動。現在就實施。請記住，假如你傷害我，你就永遠失去這個機會。我是取得這種經歷的唯一途徑。好好利用我，不然你就永遠嘗不到做人的滋味。」他湊近我，近得我能感覺到他的鼻息。「不聽我的，你就休想嘗到在光天化日下行走的滋味、享受眞正的美食，也休想同一個女人或男人作愛。」

「我想要你現在就離開這兒。滾出這個城市並永遠別回來。等我準備好後，我就按照這個地址到喬治城去找你。這次交換不能長達一個星期。無論怎樣第一次交換也不能這樣長。這太過份。」

「兩天怎麼樣？」

我沒回答。

「一天怎麼樣？」他問。「等你願意，咱們再安排更長時間，如何？」

「一天，」我重覆著，聲音聽起來連我都覺得陌生。「就二十四小時……第一次。」

「二天一夜，」他平靜地說。「我提議在這星期三，太陽一下山就幹。然後再在星期五天破曉前作第二次交換。」

我沒回答。

「你可以用今天晚上和明天晚上作準備，」他哄著我說。「交換身體後，你可以有整個星期三夜晚和星期四一整天。當然你也有星期四夜晚，直到……星期五日昇前兩小時爲止，行嗎？這樣安排夠好的了。」

他緊盯著我，觀察我的反應，接著語氣變得更焦急：「還有，隨身帶上你的一本護照。哪本都行。我想要一本護照，一張信用卡。我口袋裏要有錢，超過那一千萬美元。你明白嗎？」

我沒回答。

「你清楚這樣安排很好。」

我還是不作回答。

「相信我，我說的全是眞話。不信你去問泰柏特。我本來不是你現在見到的這副英俊模樣。而這副身體此時此刻正等著你來享用呢。」

我一言不發。

「星期三來找我吧，」他說。「你一定不會後悔的。」他頓了一下，變得更加和藹可親。「瞧，我覺得我了解你，」他又說，聲音變成了耳語。「我知道你需要什麼！想得到什麼卻又不去取，這是可怕的。嘿，然而又明知得到它只是舉手之勞。」

我慢慢抬起頭來直視他的眼睛。他那張英俊的臉很平靜，毫無表情，那雙眼睛似乎很神奇，目光既虛弱又銳利。

皮膚本身好像很有彈性，摸起來一定很像綢緞。他的聲音又傳過來，是一種不高不低、充滿誘惑的聲音，話語裏帶著悲愁。

「這種事只有你和我才能做，」他說。「從某種意義上說，它是個只有你我才能理解的奇蹟。」

這張寧靜而又漂亮的臉突然變得猙獰起來。連他的聲音也由柔和流暢變得怪異起來，充滿感情甚至愛慕，甚至愛情。

我有股衝動，想一把扼住這混蛋的喉嚨。我想使勁搖晃他，直至他失去鎮靜和佯裝出來的多情。但我並沒有眞渴望這麼做。我被他的眼睛和聲音迷住。我聽任自己被他迷住，就像剛見到他時、我被他健美的身軀迷住一樣。我有一刻覺得，這是由於這傢伙太脆弱太愚蠢，而我又太強大的緣故，但這顯然是自欺欺人。其實我想做這件事！我想與他交換身體！

過了許久，他才把目光挪開，又掃視起咖啡館來，難道他在耐心等我？在他那聰明的默許和縱容、以及完全封閉起來的靈魂深處，到底藏著什麼動機？這傢伙居然能偷取身體！能在另一個人的肉體裏生活。

他慢慢從衣袋裏掏出一隻鋼筆，撕開一張餐巾紙，在上面寫下一家銀行的名字和地址，把它交給我。我接過來，裝進我的口袋。我什麼也不說。

「在我們交換之前，我把我的護照給你，」他邊說邊打量著我。「當然是我眞實面孔的那本。我將在我家把你安排得舒舒服服。我想你的口袋裏將會有錢。你總會有錢的。你將發現在我家待著非常舒適。你會喜歡上喬治城的。」他說的話就像溫柔的手指，在輕輕叩打我的手背，雖然惱人卻也有點讓人心癢。「那是個非常文明的地區，是個老區。當然現在那兒在下雪。這你知道，那兒很冷。假如你確實不想在寒冷的氣候下交換的話——」

「我才不在乎下不下雪呢。」我嘟噥著說。

「是呵，當然。唔，我一定會給你留下許多冬裝。」他還是用那種讓步的口吻說。

「這些細節都不礙事，」我說。他居然以為我會在乎這些細節，眞傻。我能感到自己的心在怦怦急跳。

「哦，這我可不淸楚，」他說。「當你成了人類，你可能會發現，你對許許多多小事都在乎起來。」

我心想，你才在乎呢。我唯一在乎的是穿上那個身體，並且生活下去。我的腦海裏出現了那年冬天在阿芙根郡下的那場雪。我彷彿看見陽光灑在群山上……我看見那個村裏教堂的小牧師，哆哆嗦嗦地站在大堂裏，向我抱怨狼群在夜裏竄進村子。當然我要獵殺這些狼。這是我的職責。

我才不在乎他有沒有讀到我的這些念頭呢。

「嘿，難道你不想品嘗美味佳餚嗎？不想喝好酒嗎？不想愛個女人或男人嗎？當然，你也將需要金錢和舒適的生活環境。」

我沒回答。我又看見了陽光照在雪地上。我把目光逐漸轉移到他臉上。我覺得，他用這種新方式勸我顯得莫名其妙地文雅，特別像大衞。

他剛要接著談他的奢侈條件，我就打了個手勢讓他住嘴。

「好吧，」我說。「星期三你會見到我的。天黑後一個小時行嗎？對了，我得警告你：這筆一千萬美元的鉅款，只在星期五上午對你有效兩個小時。你得本人親自露面來要回它才行。」說著我輕輕碰碰他的肩膀。「當然，必須是這個人。」

「那是當然。我期待著要回我的錢。」

「而且你得需要一個暗號來完成這次交易。而且，只有當你如約交還我的身體時，才能從我這兒知道這個暗號。」

「不，不要暗號。現款的移交在銀行於星期三下午關門之前必須完成並且不可更改。我在下星期五必須要做的是在一名經紀人面前露面，如果你堅持的話就讓他留下我的指印，然後由他簽字，把這筆錢移交給我。」

我沉默，考慮起來。

「朋友，不管怎麼說，」他說，「萬一你要是不喜歡在那天就停止當人類怎麼辦？萬一你要是覺得你還沒有撈夠這筆錢的本怎麼辦？」

「我會撈夠這筆錢的本。」我嘀咕著，與其對他說，不如對自己說。

「不，不要你的暗號，」他耐心地堅持己見。

我打量著他。他衝我微笑，顯得很天眞，很年輕。我的天，這副身體的青春活力一定對他很有意義。它怎麼居然引不起他的興趣，哪怕只有一陣子也好？也許剛開始時，他還以爲自己已經獲得想要的一切吧。

「還沒有！」他的話突然脫口而出。

我忍俊不禁，笑出聲來。

「讓我告訴你點關於青春的秘密吧，」他突然冷漠地說。「蕭伯納說過，青春都浪費在年輕人的身上。你還記著這句聰明得受到過分稱讚的評語吧？」

「記得。」

「哼，不對。年輕人都知道青春是非常艱難和可怕的東西。他們的青春都浪費在別人身上，眞是可怕之極。年輕人沒有權威，受不到尊重。」

「你眞是瘋了，」我說。「我認爲你沒有充分利用偷來的東西。這種純粹的青春活力——體力，耐久力——怎麼會引不起你的興奮？無論你走到哪兒，你都沉浸於注視你的人們目光，見到你自己的健美，這難道不值得你自豪嗎？」

他搖著頭不以爲然。「這些都是讓你享受的東西，」他說。「這個身體的年輕是依照你原本的年輕才年輕起來。

你才會對它的青春活力什麼的感到激動不已。你才會在那些親切目光的注視下感到自豪。」他停下不說了，喝下最後一口咖啡，瞪著杯底發楞。

「不要暗號。」他懇切地說。

「好吧。」

「啊，太好了。」他臉上頓時掛滿驚喜的微笑。「記住，我提出讓你享用一個星期。是你決定只交換一整天的。也許你在嘗到甜頭後才想長期交換吧。」

「也許吧，」我說。他英俊健美的外形和他那雙現在戴上手套的溫暖的大手，又使我魂不守舍起來。

「再交換一次又得使你破一筆財。」他笑容滿臉，樂得很，一邊整理著大衣翻領裏面的圍巾。

「那是當然，」我說。

「錢對你來說算不上什麼，對嗎？」他若有所思地問。

「視它如糞土。」我心想：它對你這麼重要，眞可憐。

「那好，恐怕我現在得走了，你好作準備。我將按計劃在星期三同你見面。」

「先別溜，」我低聲說，同時稍微傾過身子，舉起一隻手撫摸他的臉龐。

我的動作顯然嚇他一跳；他呆若木雞，也似一頭林中野獸在以前從沒出過危險的地方突然感到危險那樣。但他的表情還是那樣鎮靜，任憑我把手指擺在他那刮得光滑的臉上。

然後我把手指慢慢向下移動，感覺著他那結實的顎骨。接著我把手放在他的脖頸上。刮鬍刀也在這裏經過，留下一片微黑的刮痕。這裏的皮膚很結實，肌肉很發達；隨著我看著他的汗水從額頭上滲出，從他皮膚裏也散發出一股清香的青春氣味；奇怪的是，他的嘴唇仍能咧出十分優雅的微笑。

「你顯然還是享受過年輕。」我小聲說。

他微笑著，似乎他很淸楚這種微笑十分燦爛而誘人。

「我也做年輕人的夢，」他回答。「而他們總是夢想長大變老，更有錢，更智慧，更強壯，你說呢？」

我呵呵一笑。

「星期三晚上我準到，」他仍裝出十分眞誠的樣子。「你可以放心。來吧。我向你保證這事準會發生。」他探過身來耳語道：「你將住進這副身體！」接著他又十分迷人而討好地微笑一下。「你看著吧。」

「我要你馬上離開紐奧爾良。」

「好的好的，馬上，」他說。他二話不說站起身來，後退一步離開我，又立刻掩飾自己突如其來的恐懼。「我已經準備好機票，」他說。「我才不喜歡你這個加勒比海的臭海港呢。」他笑了一下表示歉意，笑得很瀟灑。接著他像個正在訓斥學生的老師那樣又開講：「等你到喬治城後咱們再接著談。這段時間你可別盯梢我。否則我馬上會知道。我對發現這類事情很在行。連泰拉瑪斯卡的人都對我的能力感到吃驚。他們眞應該把我留下來！他們應該對我研究一番！」他停住了。

「無論如何我都要盯住你，」我模仿他的低調和謹愼的語氣說。「我不在乎你知道不知道。」

他又笑了，笑聲低沉、壓抑而不滿。隨後他朝我點點頭，大步朝門口走去。他又成了那個行動楞頭楞腦笨拙的人，興奮得發瘋。唉，眞可惜，那副身子要是換一個靈魂，準會敏捷得像頭豹子。

我在人行道上又追上他，把他嚇了一跳，嚇得他差點靈魂出竅，雖然他的意志也夠強大的。我倆幾乎面對面相撞。

「你想用我的身體幹嘛？」我問。「我是說，除了每天早晨躲避陽光——就像你是個螢火蟲或蛞蝓那樣——之外，你還想幹什麼?」

「你說呢?」他再次裝成迷人而坦誠的英國紳士模樣,反問我。「我想喝人血。」他瞪大眼睛,探過頭來。「我想在吸血的同時殺生。這才是目的,是吧?你從人類身上偷來的不只是血,還有生命。我從沒從任何人身上偷過如此寶貴的東西。」他朝我心照不宣地一笑。「我是偷了身體,但沒有偷血和生命。」

我放他走了,像他剛才猛地閃開我一樣猛地閃開他。我的心在劇烈地跳;我在盯著他,盯著他那英俊、貌似無辜的臉,能感到一股電流傳遍我的全身。

他還在微笑,說:「你是個優秀的賊,你的每一次呼吸都是在偷!啊,是的,我一定要擁有你的身體。我必須有這種經歷。搞到泰拉瑪斯卡的吸血鬼檔案已經是個成功,但我還要擁有你的身體,並在裏面偷人的血!哈,這將超過我所有的輝煌成就!你才是最終的賊。」

「快從我這兒滾開。」我小聲喝斥。

「哦,別著急,別那麼挑剔,」他說。「別人對你以牙還牙時你也生氣。你太傲慢,黎斯特・狄・賴柯特。你已找到了第歐根尼正在尋找的東西:一個誠實的男人!」他又咧開嘴微笑了一下,緊接著是一串低沉而壓抑的咯咯笑,好像忍俊不禁。「星期三見。你一定要早來。我想盡可能多利用那天夜晚。」

他轉身急匆匆地跑上街道,拚命招手叫計程車,然後不顧交通繁忙,強行朝一輛剛爲別人停下來的計程車跑過去,一頭鑽進去就不出來了。隨後爆發了一場小口角,但他馬上就佔了上風,當著對方的面「砰」地關上車門,計程車一溜煙開走了。我看見他透過骯髒的車窗朝我擠眼、揮手。接著他和那車都消失了。

我腦子裏亂成一團,站在那兒走不動。今夜寒冷刺骨,但街上仍很熱鬧,各種聲音交織在一起十分嘈雜:過路遊客的喊聲,車輛經過廣場時減速的剎車聲……我沉默著,毫無目的地觀賞著街景,試著把它想像成光天化日之下的樣子，想像它的上面是一片藍得耀眼的晴空。

然後，我慢慢把上衣領子翻上來裏住脖子。

我走了幾個小時，耳朶裏總是響著那動人而彬彬有禮的話語。

你從他們那兒偷的不只是血，還有他們的性命。我從沒從任何人那兒偷過如此寶貴的東西。我是偷過身體，但沒偷過鮮血和生命。

我不可能面對路易斯，也忍受不了與大衛再商量一下的念頭。假如馬瑞斯聽說了，我不等動手就會完蛋。天曉得馬瑞斯會怎麼整我；他甚至不能容忍我有這樣非份的想法；而且他老奸巨滑經驗豐富，一下子就能辨明這是眞事還是虛構。天哪，難道他自己就從沒想過幹這種事嗎？

最後我回到我的住所，打開電燈癱倒在柔軟的天鵝絨沙發上，面對茶色的玻璃牆，向下眺望城市。

請記住，如果你傷害了我，你將永遠喪失這個機會……好好利用我吧，否則你永遠嘗不到做人的滋味……你將永遠嘗不到在光天化日之下行走，享受眞正的美味佳餚，同女人或男人作愛的滋味。

我思考著靈魂從肉體裏脫出這種超自然的神力。我並不喜歡這種神力，而且它也不是自然而然發生在我身上的。這種所謂的靈魂投射或外化，這種魂不附體的單獨漫遊……的確，這種東西我只用過屈指可數的幾次。即使在戈壁沙漠遭到這麼大的罪，我也沒有企圖脫離我的肉身，也沒有被迫脫離過，甚至連想也沒想過這樣一種可能性。

確實，讓我同我的身體脫離，我的靈魂到處遊蕩，囿於地球，無法找到通向天堂或地獄的大門——這想法對我來說絕對可怕。而且這樣的遊盪使離體的靈魂不能隨心所欲地通過死亡之門，這是我第一次試驗這種小伎倆時心裏就很明白的事。可是這次不同：我要鑽進一個凡人的體內，住在裏面，像一個凡人那樣行走、感受、視物……哦，我無法抑制自己的興奮。這種渴望正成爲一種純粹的痛苦。

交換身體之後，你將擁有整個星期三夜晚和星期四一整天。星期四一整天，一整天……

最後，我在天亮之前給我在紐約的代理人打電話。此人對我在巴黎的代理人一無所知。他只知道我有兩個名字。而我在許多地方從沒用過其中的任何一個。拉格朗・詹姆斯很可能不知道我的這些身份及其各個源頭。這似乎是追蹤他的最簡便方法。

「交給你一項很複雜的工作。必須馬上去做。」

「是，先生，遵命。」

「好。這是在哥倫比亞特區的一家銀行的名稱和地址。你把它寫下來……」

9

第二天晚上，我把過戶這一千萬美元所必需的全部文件都準備好了，然後用郵政快遞把它們連同拉格朗·詹姆斯貼有照片的身份證，以及我手寫的一份指示寄往華盛頓的那家銀行。我用「萊斯坦·戈利高爾」這個化名簽字；出於各種考慮，用這個名字處理這件事的全數過程最合適。

我說過，我的紐約代理人還知道我有另一個化名。我和他同意。這另一個化名在這次交易中不出現，而且一旦我需要與我的代理人聯絡，那麼這個化名及幾個新的暗語就能授權他只用口頭方式就可辦理金錢過戶或轉帳事宜。

至於「萊斯坦·戈利高爾」這個化名，一待這一千萬美元由詹姆斯先生擁有之後，它馬上就會從紀錄上完全消失。戈利高爾先生剩下的全部財產現在已被轉移到我的另一個化名之下，它是「斯坦福·魏爾德」；因爲現在起作用的是它。

我的所有代理人都已習慣了這種奇怪的下令方式，即打一個電話我就能轉移資金，改變身份，或授權他們隨時往世界各地給我匯款。不過我現已加緊了對此系統的控制。我向他們發出古怪並拗口的暗語。一句話，我盡量提高圍繞我身份的保險系數，並盡可能紮實地規定過戶這一千萬美元的條款。

到了星期三正午，這筆錢就會轉入華盛頓這家銀行的一個信用賬戶，只有拉格朗·詹姆斯先生才有權從中提款，而權利期限只規定下星期五的十點至十二點之間。詹姆斯先生將用相貌同他的照片吻合和指紋、簽名一致的方法證實自己的身份，然後這筆錢才能存入他的賬戶。中午十二點一過，整個這筆交易就徹底作廢，這筆款項隨即送回紐約。詹姆斯先生將在星期三下午最後一刻被出示所有這些條款，並保證，如果一切指示都按規定執行了，這次過戶就絕不能更改。

依我看，這樣安排算是斬釘截鐵，改不了了。但我並不像詹姆斯先生認爲的那樣是個賊，而是君子。我清楚他才是賊，所以仔細反覆檢查這筆交易的所有細節，以防他鑽漏洞占了上風。

但事到如今我爲何還欺騙自己，說我不想進行這次試驗；我分明很想做這事。

這時，我房間裏的電話已經響了一遍又一遍；是大衛拚老命要找到我。我卻坐在暗處考慮這些事情，拒不接電話，並被電話鈴聲攪得心煩，最後索性把插頭拔了。

我要做的事肯定讓人可恥。這個壞蛋一定會利用我的身體去幹最邪惡殘忍的勾當，但我難道只是爲了當人類就任他惡搞嗎？這樣的事我對任何熟人講都不可能講得清。

每當我想到這些熟人中任何一個在發現事實眞相之後的反應，我都不寒而慄，並趕緊不去想它。但願他們在這充滿敵對的大千世界裏忙著自己的事情，無暇來關注我。

考慮拉格朗的建議使我的感覺要好得多，它使我興奮不已。詹姆斯先生對金錢的看法當然不錯。一千萬美元對我來說根本不算什麼。幾百年來我已經搞到一大筆錢，並且還在利用各種即興方法使之滾雪球，搞到現在連我也弄不清我到底有多少錢。

儘管我理解這世界對一個凡人來講有多難，但我還是想不通錢爲什麼對詹姆斯那麼重要。畢竟我倆處理的是有關魔力、超自然神力、破壞性的精神現象之事，這與金錢有何關係？但這小雜種想要的顯然還是金錢。這小子雖然憤世嫉俗，冷嘲熱諷，可還是沒有看破錢，這樣也好。

假如他眞是野心勃勃，那他可能很危險，但他不是。

而我**需要**那副人體，我的需要就到此爲止。

剩下的充其量不過是使之合理化。在隨後的數小時裏，我想了許多理由爲我要做的事辯護。

例如，我問自己：我犧牲自己的強大身體眞是那麼讓人瞧不起嗎？那小偷連自己的人體也使用不好。在咖啡桌旁他扮演完美的紳士形像只有半個小時，剛一站起來就笨手笨腳，彆扭難看，溫文爾雅一掃而去。他絕不可能使用得了我的身體力量。也無法使用我的心靈遙感和念動力，不管他吹噓自己有多麼精神化。他也許能使用傳心術，可當涉及迷惑別人或用符咒鎭住別人，我懷疑他根本使用不了我的本事。我不信他能飛快地移動。他的行動仍將笨重遲緩，飛行對他來講很可能根本行不通。弄不好他甚至會深陷窘境難以自拔。

是的，幸虧他是個心胸狹窄的可憐的小陰謀家。這當然比一個暴跳如雷橫衝直撞的鬼神要好。而我呢，我該怎麼辦？

喬治城的那所房子，那輛車，這些東西毫無意義！我對他講的是實話。我只想像人那樣生活！當然我也需要一些錢吃喝，但是在光天化日下看東西不花一分錢。的確，這種經歷不需要一點物質享受或奢侈。我僅想再有當凡人的精神和肉體體驗。我覺得自己同那可憐的肉體竊賊全然不一樣！

不過我還存著一個疑問。要是一千萬美元仍不足以讓這人帶著我的身體回來見我怎麼辦，或許我該把這數額再加一倍。對於這樣小心眼的人，兩千萬的鉅款應該是有巨大誘惑力。過去的經驗告訴我，把人所提供服務要的價再提高一倍往往很有效，這樣能使他們對你忠誠得連他們自己也意想不到。

於是我又給紐約打電話，把那筆錢加倍。我的代理人自然以爲我發瘋了。我們使用新暗語確認這筆交易的權威性。然後我才掛上電話。

現在該和大衛通電話了，不然就去喬治城。我已經答應過大衛事事都同他商量。我靜靜地坐著，等著電話鈴響。鈴果眞響了，我抓起話筒。

「謝天謝地你還在這兒。」

「什麼事兒?」我問。

「我馬上就認出了拉格朗·詹姆斯這個姓名。你一點也不錯，此人確實沒在他自己的身體裏!你正與之打交道的這個人六十七歲。他在印度出生，在倫敦長大，五次入獄。歐洲的每家執法機構都知道他是個賊。美國人管這叫『騙子』。他還是個有威力的巫師，一個陰惡的魔法師，是我們所知的最有手腕術士之一。」

「他告訴過我這些。他要手腕混進了你的組織。」

「是的。這是我們所犯的最大的錯誤之一。不過，黎斯特，這個人甚至能勾引聖母瑪利亞，能從鮮活的上帝衣袋裏偷走懷錶。不過在幾個月之內他就能讓他自己垮台。我現在要告訴你的正是這點。現在你聽好了。這種陰險巫師或魔法師總是自食其惡果!憑他的天賦他本可以欺騙我們一輩子;但他沒這麼做，反而設法詐騙其他成員，還從地窖裏偷走東西!」

「他跟我講過。這種身體交換是怎麼回事?這裏有疑點嗎?」

「根據你所見到的形容一下這個人。」

我照辦了，特別強調了他身體的高度和強壯。有光澤的厚髮，皮膚光滑得非同尋常，像綢緞一樣，特別英俊。

「唔，我現在就在看著這個人的照片。」

「請解釋。」

「他因精神不正常犯罪而在倫敦一所醫院裏短期治療。母親是英國印度的混血，這大概能解釋你所形容的他那出奇的美貌，我在這兒也看得很清楚。他父親是倫敦的出租汽車司機，死在監獄裏。這傢伙本人在倫敦的一家修車行裏工作，擅長修理極高級的轎車。他也販賣毒品當做副業，如此他也能買得起這種轎車。某一夜他殺害了他的全家——妻子，兩個孩子，內弟和母親，然後向警方自首。在他血液裏發現濃度極高的迷幻藥，還有大量酒精。他經常向鄰近青少年販賣的正是這種毒品。」

「感官錯亂，但大腦正常。」

「正是這樣。正如權威人士判斷的那樣，是毒品引起的暴怒造成行凶殺人。事發後他本人對此隻字不提，並一直對任何刺激無動於衷，直到住院三周後為止。這時他神秘地逃走，在病房裏留下一名護士的屍體。你猜猜這名護士是誰？」

「詹姆斯。」

「正是。通過驗屍和查指紋證明他是凶手，國際刑警組織和蘇格蘭場也證實了這點。詹姆斯在事發之前用假名在醫院幹了一個月，無疑是等待這樣一個身體！」

「然後他愉快地謀殺他自己的身體。這狗娘養的幹得出這種事情。」

「唔，這是具很病弱的身體，準確說很快就會死於癌症。屍體解剖表明，他即使活著也不會活過半年。黎斯特，據我們所知，詹姆斯很可能和這次犯罪直接有關，好把那年輕人的身體掌握在自己手中。即使他不偷這個身體，他也會偷另外一個情況類似的身體。而且，他在把自己原本的病體弄死之後，這身體也就連同詹姆斯的整個犯罪記錄進入墳墓。」

「大衛，那他為什麼把自己的眞名告訴了我？他為啥告訴我他曾是泰拉瑪斯卡修道院的人？」

「這樣我就能證實他說的不是假話，黎斯特。他做的每件事都是精心策劃好。你不明白這傢伙有多聰明。他想讓你明白他是個說到做到的人，同時那個年輕身體的原主人也完全無法干預。」

「可是，大衛，這件事我還是有些弄不明白。那個年輕人的靈魂在那老體中死了嗎？他為啥不想法……逃走？」

「黎斯特，那可憐的東西也許根本不清楚有這種可能性。毫無疑問是詹姆斯一手實施那次交換。我這兒還有一堆證詞，都是組織其他成員提供的，講的都是詹姆斯這傢伙把他們擠出他們的身體、並短期占有這些身體的經過。」

「你體驗過的那些感覺——震顫、收縮、擠壓——他們也都報告說有過。但我們在這兒談的都是泰拉瑪斯卡那些受過教育的成員。而那個汽車行的機械師沒受過什麼教育，在這些事情上談不上訓練有素。

「他全部的超自然體驗只有和吸毒沾上邊。天曉得他吸毒後還會有什麼胡思亂想。詹姆斯自始至終都在與一個精神受到嚴重刺激的人打交道。」

「搞不好這一切都是精心策劃好的騙局呢，」我說。「把你所知的詹姆斯這個人向我描述一下。」

「瘦長，病怏怏的，十分活躍的眼睛，厚厚的白髮。長相不壞。我想起來了，他的嗓音動聽。」

「就是他。」

「黎斯特，你從巴黎傳眞給我的那張便條也證明正是詹姆斯寫的，字跡署名都是他的。你難道沒意識到他是透過組織了解你的嗎？這才是最讓我頭疼的事：他找到我們的檔案。」

「他說過這個。」

「他打進組織，沒法接近這些機密。他鑽進電腦系統。不知道他發現了什麼東西。他還忍不住偷了一個成員的一塊銀腕錶，還從地窖裏偷了一條鑽石項鍊。他殘酷地耍弄別人。他偷遍他們的房間。你再也不能與這個人有任何牽連了！毫無意義。」

「大衛，你現在聽起來像在訓話。」

「黎斯特，咱們在談身體交換這個問題呢！也就是說，你要把你的身體連同它的所有威力都置於這個人的控制之下。」

「這我淸楚。」

「你別這麼幹。讓我給你提個大膽的建議。你說過你喜歡殺生，果眞如此，何不盡快殺了這個討厭的人？」

「大衛，你這麼說傷了我的自尊心。我很震驚。」

「別說廢話了。不然就晚了。你難道不明白這個聰明絕頂的人，正在這場小遊戲中利用你的衝動和不理智嗎？他選中你交換身體就像他選中倫敦的那個可憐的機械師。他研究過你的好衝動、好奇和膽大包天的特點。而且他也能斷定你不會聽我的任向警告。」

「有意思。」

「大聲說；我聽不見你。」

「你還想告訴我什麼？」

「你還需要什麼!?」

「我想搞明白這事。」

「爲什麼？」

「大衛，關於那可憐的染上了毒癮的機械師，你說的我都聽明白了，不過有一點我還是不明白；他的靈魂在詹姆斯給自己患癌症的身體的頭部致命一擊時，爲什麼沒有逃離呢？」

「黎斯特，你自己都說了，這一擊是打在頭上。因爲那靈魂已經同新大腦纏在一起難解難分。它根本沒時間搞淸情況或動員意志來逃離新軀體。連詹姆斯這樣精明的魔法師，假如，你趁他的靈魂不備猛地打傷他的腦組織，它也同樣來不及逃脫，就會跟著肉體的死亡一齊從這個世界上消失。你如果決定結束這可怕怪物的生命，你就一定要對他突然襲擊，像砸爛一隻生雞蛋那樣猛地敲碎他的頭蓋骨。」

我哈哈笑了。「大衛，我還從沒見過你這麼生氣呢。」

「這是因爲我了解你，我知道你想和他交換。但你千萬別這麼幹！」

「再回答我幾個問題。我想好好考慮一下。」

「不。」

「是臨死前的體驗，大衛。你知道，那些遭受心臟病突發的可憐靈魂能夠透過一條管道上升，見到一線光明，然後便起死回生。它們這是出了什麼事？」

「你的猜測和我的想到一塊兒去了。」

「我才不信你呢。」我向他講述詹姆斯關於腦幹和留下來那半靈魂的論述，接著問：「在人的這些臨死前的體驗，是不是有一小部分靈魂留下來？」

「也許吧，或許是這些人確實遭遇了死亡，他們實際上確實死了，但他們的靈魂卻完整地被送回去了。我也不清楚。」

「但無論怎樣，你都不會單靠脫離你的身體就死，對不對？設想在戈壁沙漠中，假使我的靈魂出竅脫離肉體，我就不可能找到途徑了，對不對？升天或入地的門路就不會在那兒了。它只爲完整的靈魂打開。」

「是的，據我所知，是這樣。」他頓住了。過了一會兒才說：「你爲什麼問我這個？難道你還夢想死嗎？我才不信呢，你是那樣渴望生活。」

「我已經死了兩百年了，大衛。那鬼魂是怎麼回事？那些只能在地面上遊蕩的精靈？」

「它們沒有升天或入地的途徑，即使它洞開也罷。要不就是它們拒絕通過它。喂，咱們可以在將來找個夜晚把這一切讀個透，比如說在里約熱內盧的小巷裏邊走邊聊，或隨你的便。現在要緊的是，你必須向我發誓不再同這個巫師來往；如果你不想聽我的話立刻把他殺了，至少也要同他斷絕聯繫。」

「你爲什麼這麼怕他？」

「黎斯特，你得明白這傢伙十分陰險毒辣，危害極大。你不能把自己的身體交給他！可你偏不聽。瞧，如果你眞那麼想擁有一陣子凡人身體，我會拚命反對的，因爲這太駭人聽聞，太不自然！哪怕把它給我也比給這個瘋子要強！求你來趟倫敦怎麼樣？讓我勸阻你吧。你難道不是欠我很多嗎？」

「大衛，他在入會之前你不是調查過他嗎？他是個什麼樣的人，我是說他怎麼會變成這樣一種巫師的呢？」

「他僞造紀錄，假冒身份欺騙我們，老謀深算的程度你都想像不到。他擅長這類造假。而且他堪稱電腦天才。他跑了之後我們才眞正調查他。」

「是嗎？他到底是怎麼回事？」

「他家裏很有錢，屬於商人階層。但在戰前破產。他母親是著名的巫師，顯然合法，並且很敬業，收取一點服務費。倫敦沒有人不知道她的。我還記得有人談起過她，那時我還遠沒對這類事情發生興趣呢。泰拉瑪斯卡不止一次宣布過她是眞正的合法的巫師，不是假冒的。但她拒絕別人研究她。她很脆弱，十分愛自己唯一的兒子。」

「是拉格朗？」

「對。她死於癌症。十分痛苦。她唯一的女兒是一名裁縫，現仍在倫敦的一家婚紗店裏工作，是份很精美細緻的工作。她對她這位麻煩重重的弟弟的死深感悲痛，但又爲他去世鬆口氣。今天早上我還同她談過話。她說母親的去世使她弟弟從很年輕時就崩潰了。」

「可以理解。」我說。

「他父親幾乎爲居納爾海運公司幹了一輩子，在他生命的最後幾年作爲一等艙的一名乘務員，在伊麗莎白二世女王號上工作。他爲自己出色的工作記錄深感自豪。幾年前，詹姆斯憑藉父親的關係也受雇在這條船上工作，但很快就盜竊一名乘客的四百英鎊現金，鬧出大醜聞，丟盡他父親的臉。當爸的爲此同兒子脫離了關係，後來被居納爾公司恢復原職，但很快就死了。事出後他再也沒同兒子說過話。」

「哦，那張在船上照的相片。」我說。

「什麼？」

「你把他開除以後，他曾想坐那同一條船回美國……當然是坐頭等艙。」

「他把這也告訴你了！這有可能。我本人並不親自過問這些細節。」

「這不重要。你接著講。他是怎麼搞上神秘學研究的？」

「他的教育程度很高，在牛津大學待過幾年，儘管他時時生活得很貧困。母親死以前他就開始涉足巫術。直到本世紀五〇年代他才在巴黎獨自幹起來，不久就在那兒贏得一大批追隨者，接著便開始用最生硬赤裸的方式蒙騙顧客，結果進了監獄。」

「後來在奧斯陸，他也出了類似的事。他在打了幾年零工——包括當苦力——之後，辦了一所唯靈論（或招魂術）教堂。把一名寡婦一生的積蓄都詐取，結果被開除。他跑到維也納，先在一座一流飯店裏當招待，幾星期後就當上富人的巫師。幹了不久就匆匆告別，差點被逮捕。在米蘭，他詐騙一幫老貴族大量錢財後才被發現，只好趁夜幕離開這座城市，他的下一站是柏林，他在那兒被捕，但用花言巧語使自己脫身，又回到倫敦，並在倫敦再次入獄。」

「大起大落。」我想起他說過的話。

「他總是這樣。一會兒從苦力上升爲富翁，過著極其奢侈的生活，一擲千金買高級服裝、轎車，乘噴射客機到處旅行；一會兒又一落千丈，因爲小罪行、背信棄義和出賣等而徹底垮台。他打不破這種循環，最終還是下去。」

「好像是這樣。」

「黎斯特，這傢伙有一點特別愚蠢。他能說八種語言，能入侵任何電腦網絡，還能長時間占據別人的身體來掠奪他們保險櫃裏的錢財。順便一提，他對保險櫃特別入迷！但他總是以害人開始，以害己告終；耍了別人，自己戴手銬！他從我們地窖裏偷的東西幾乎不可能賣掉，最後只好拿到黑市上廉價處理。他眞有點是個十足的大傻瓜。」

我啞然失笑：「大衛，他的偷盜只是表象。實際上這傢伙既衝動、強迫又癡心、入迷。就像小孩子做遊戲。所以總不能保住偷來的東西。他開心的是偷的過程，而不是結果。」

「可是，黎斯特，這可是場無休止的破壞遊戲。」

「這我清楚，大衛。謝謝你提供的這些情況。我很快會給你打電話。」

「等等，你別掛上，我不讓你掛。你難道還沒意識到──」

「我當然意識到了。」

「黎斯特，在神秘學研究界有個說法，叫『同聲相應，同氣相求』。知道它什麼意思嗎？」

「我對神秘學一竅不通，你不知道嗎？那是你的領域，又不是我的。」

「現在沒時間說風涼話。」

「對不起。它是什麼意思？」

「當魔法師出於卑鄙、自私的目的施展魔法時，總是搬起石頭砸自己的腳。」

「你現在又談起迷信來了。」

「我談的是一條與魔術一樣古老的原則。」

「他可不是魔術師，大衛，他不過是一個有一定可測知性與有局限性精神力量的怪物。他能占據別人的身體。

據我們所知，他就實施過一次換身術。」

「這是一回事！用自己的巫術想害別人，結果到頭來害了自己。」

「大衛，我可以現身說法地證明你的概念不對。但接著你就會對我解釋因果報應的原理，而我就會慢慢打瞌睡。」

「詹姆斯是最高超的邪惡巫師！他已經靠犧牲另一個人戰勝過一次死亡。得制止他。」

「你怎麼從不想法制止我呢，大衛？你有過機會呀。在泰柏特莊園時我就在你掌心中。你本來可以找到辦法。」

「休想用你的冷嘲熱諷阻止我勸你！」

「我很喜歡你，大衛。我會很快與你聯繫。」我剛要放下電話，忽又想起了什麼。「大衛，我還想了解點情況。」

「什麼事？」他為我沒把電話掛上鬆了口氣。

「我們的那些古董都在你手裏，在你的地窖裏嗎？」

「對。」他覺得不自在。提起這事讓他好像有點難為情。

「一個金屬小盒，」我說，「裏面有克勞蒂亞的小畫像。你見過嗎？」

「我想我見過，」他說：「在你第一次找我之後，我檢查過地窖的藏貨清單。我想是有一個金屬飾物小盒。我可以肯定。我早該把這告訴你，對吧？」

「不用。沒事。是不是女人項鍊上掛著的那種金屬小盒？」

「對。你想讓我找找它嗎？我找到了當然會還給你。」

「不，現在別找。也許過一陣再找吧。再見，大衛。不久我會找你的。」

我掛上電話，並從牆上拔掉電話插頭。看來那兒是有個女人的小飾品盒。但這玩意是為誰而製造的呢？我為啥總在夢裏見到它呢？克勞蒂亞不會把自己的畫像放在小飾物盒裏隨身攜帶。否則我一定對它會有印象。我一想像這東西或回憶它時，心中就充滿了說不出的悲傷和恐懼，彷彿來到一個黑暗的地方，一個死氣沉沉又殺氣騰騰的地方。而且我還聽見了大笑聲，就像我回憶往事常能聽見笑聲那樣。但這次我聽到的不是克勞蒂亞的笑聲，而是我自己的。我有種超凡的青春和前途無量的感覺。換句話說，我想起自己還是個青年吸血鬼的舊日時光，在十八世紀，命運對我實施打擊之前。

唔，我爲什麼操心這個該死的金屬小盒呢？也許我是在詹姆斯追蹤我時，從他腦中摘取這個形象吧。它對他來說只是個誘捕我的工具而已。而事實上我對這個小盒連見也沒見過。他若是用一件別的曾屬於我的小玩意來誘惑我，效果會比這好。

不，這樣解釋未免也太簡單了。克勞蒂亞的形像畢竟很生動。在詹姆斯走進我的冒險之前我就在夢中反覆見到過她。我突然生起氣來。眼下我還有別的事情要考慮，不是嗎？克勞蒂亞，你先靠邊站吧。親愛的，請拿著你的小寶貝盒走吧。

我長時間地坐在暗處不出聲，聽著鐘錶在壁爐架上啪噠啪噠走，從街上偶然也傳來汽車的噪音。

我想考慮一下大衛對我的勸告。我努力去考慮。可我滿腦子想的還是……詹姆斯肯定能辦到。他在照片上是個白髮老人，而且他在倫敦的那所醫院裏確實與那機械師交換身體。這事能辦成！

我的腦海裏仍不時閃出那個小金屬盒，我看見那幅精緻的克勞蒂亞微型油畫肖像，但是我沒有動感情，沒有悲傷，也不生氣。

眼下我的心全都繫在詹姆斯身上。詹姆斯能給我人的身體！他沒撒謊。我能在那個人體裏居住和呼吸嘍！那天早晨當太陽從喬治城上空升起時，我就能用人眼目睹這一景觀了。

凌晨一點鐘，我趕到喬治城。鵝毛大雪下了一整夜，街道上蓋著一層厚厚的積雪，晶瑩剔透，美不勝收。家家戶戶門前都築起了一道雪牆，連黑色的花枝形鐵欄杆和深深的窗枱上都落滿白雪。

城鎮本身也很整潔迷人：優雅的聯邦式木製建築具有十八世紀的整齊線條和對秩序及均衡的崇尙，雖然其中許多是在十九世紀上半葉建造，我沿著荒涼的M大街走了很長時間，兩旁有許多商業設施，然後穿過附近大學靜悄悄的校園，再穿過山邊的那幾條霓虹燈閃爍的街道。

拉格朗・詹姆斯住的房子也是座特別精緻的建築，就是蓋在路邊的紅磚小樓。它有條漂亮的中心門廊和一個很重的黃銅門環。還有兩盞閃著歡快火苗的煤氣燈。老式的厚重窗板裝飾著窗子，在大門上方還有一個可愛的扇形氣窗。

窗戶都很乾淨，儘管窗枱上落滿雪。我可以看到裏面明亮整潔的房間。屋裏很雅緻：昂貴的白色皮革家具極具現代的簡樸，牆上掛著許多幅繪畫，有畢卡索的，德・庫寧的，強斯的，沃霍爾的。在這些數百萬美元一幅的名畫之間還掛著幾幅鑲著貴重畫框的大照片，上面都是現代輪船。挨著牆邊擺著幾個玻璃框，裏面是這樣巨輪的大型模型。地板上塗著一層眞漆，閃閃發亮。到處鋪著東方風格的幾何圖形小塊深色地毯，在那些玻璃桌子上和柚木櫥櫃裏陳列擺放的裝飾品，幾乎是清一色的中國文物。

精美華貴，極富個性，這就是此地的特點。在我看來，凡人的住宅都是這樣——就像一連串原始的舞台道具。眞難以想像我能當個凡人並住在這樣一間房子，哪怕只待一會兒我都會受不了。

確實，這些小房間擦得太亮了，簡直不可能讓人居住。廚房裏擺滿亮閃閃的銅罐，還有玻璃的黑色容器，櫥櫃沒有明顯的把手打開。還有鮮紅色的陶瓷碟子。

雖然是凌晨，詹姆斯卻哪兒也找不著。

我潛進房子。

臥室在二樓，有一塊低矮的現代風格床鋪，只是一個木頭框架裏擺一個床墊，上面鋪著一條色彩鮮艷幾何圖案的被子，還有好幾個白色枕頭，與整個樓內的風格一樣素雅。衣櫃裏塞滿昂貴的服裝，那個中式衣櫥的抽屜裏也是如此。一個手工雕鏤的小床頭櫃裏也塞滿衣服。

別的房間也都空無一人，但哪兒都沒有受到冷落的跡象。我也沒有見到電腦在這兒。他肯定把它們放在別處。

在一個房間裏，我藏起一大筆錢，可以作爲我這一段時間的開銷。我把它藏在沒有生火的壁爐的煙囪裏。

我還把一部分錢藏在一間不用的浴室裏，藏在牆上一面鏡子的後面。

這些都是些簡單的預防措施。我實在無法設想當個人會是怎樣一番情景。我可能會覺得特別無奈和無助。我也不知道。

作完這些小小的安排，我便上了屋頂。我能看見詹姆斯在山腳下剛剛從M大街那兒拐過來，胳膊下挾著一包東西。他一定又出去偷盜，因爲凌晨這會兒不會有哪家店鋪開門。他開始爬坡。我見不到他了。

可這時又一個來客出現，悄悄地一點聲音也不出。是條大狗，也不知從哪兒突然就冒出來。牠又轉身跑回小巷，並朝後院跑去。

牠剛一接近我就聞到了牠的氣味，但當時還看不到牠。所以我才翻過房頂來到房子背面。我期待牠這時會狂吠起來。因爲現在牠應該嗅到了我的氣味，並本能地意識到我不是人，所以開始本能地發出狂吠和嚎叫，以向主人報警。

幾百年來，狗朝我狂吠得已經夠多了，儘管有時牠們並不叫。有時候我能迷惑住牠們，讓牠們乖乖地聽我調遣。

但我還是害怕它們那種出於本能的排斥，總是讓我心慌。

這條狗就沒有叫，也沒有任何顯示牠發現我的跡象，牠只是專注地盯著房子的後門，以及從門窗裏射出的一塊塊奶黃色燈光投映在深深的積雪。

我有好機會靜悄悄不受干擾地觀察牠，牠是我見過的最漂亮的狗之一。

牠長滿又厚又長的毛，毛色金黃；有些地方是灰色，上面再蓋著一層更長的黑毛，形成花紋。牠的整體形狀像狼，但比狼大得多，而且一點沒有狼的那種狡猾和詭秘。相反，牠雄糾糾地端坐在雪地上，一動不動地盯著家門。再細看，我發覺牠很像一條碩大的德國牧羊犬，長著典型的黑色狗嘴巴和機警的臉。

眞的，當我靠近房頂的邊緣，而牠終於抬頭看我時，我發現自己被從牠黑亮杏核形眼睛裏閃出的智慧目光迷住。

牠還是一聲不吭，似乎很通人性。但這就能解釋牠的緘默嗎？我一點也沒有吸引牠的注意，也沒有引誘或迷惑牠的心。沒有。牠對我一點也沒表示出本能的反感。

我從房頂上跳下來，落在牠面前的雪地上，牠只是用牠神秘而富有表現力的眼睛繼續看著我。是呵，牠個頭太大，太鎮靜也太自信了，致使我一邊看著牠一邊愉快地笑了。我禁不住伸手去撫摸牠耳朵之間的茸毛。

牠把頭歪向一邊，繼續瞧著我，我發現牠這個姿勢特別可愛。接著更讓我吃驚的事發生：牠竟然抬起巨大的前爪撫摸我的外衣。牠的骨骼又大又重，使我想起多年前我養的那些耳朵下垂、身體高大的猛犬，牠也具有牠們行動起來時的那種緩慢而端莊的優雅。我伸出雙臂抱住牠，撫愛牠強健高大的身體。牠也直立起身子，把兩隻大爪子搭在我的肩膀上，伸出粉紅色的大舌頭來回舔我的臉。

此舉讓我感到特別高興，我感動得要哭，接著又格格笑起來。我用鼻子拱牠，抱著牠，撫摸牠，嗅牠乾淨而毛茸茸的身上香味，吻遍牠黑色的嘴巴和鼻頭，然後與牠的目光對視。

哦，當童話中的那個小紅帽看見那頭狼穿著她外婆的睡衣、戴著她的睡帽時，見到的大概就是這個場面，這可眞是太有趣了，這狗黑乎乎的臉上的表情眞是豐富而非凡。

「你怎麼不認識我呢？」我問牠。當牠又雄糾糾地坐回到地上並溫順地仰頭看著我時，我突然覺得這條狗是個預兆。

不，「預兆」還不是個貼切的詞。這個禮物並不是任何人送來的。牠只不過使我更淸楚我要幹什麼，我爲什麼要做它，以及我眞的不在乎將會遇到什麼風險。

我站在這條狗旁邊，愛撫牠，任憑時間過去。這是個小花園，雪又下起來了，在我們周圍漸漸堆積，我的身上也感到越來越冷。樹木在靜悄悄的大雪中顯得又禿又黑。不管是花還是草，在大雪的掩埋下都看不見了。不過，幾尊黑黝黝的水泥雕像和一片又尖又密的灌木叢，現在只剩下光禿禿的枝枒。上面覆蓋著雪，仍爲整個花園打上一個明顯的長方形印記。

我和那狗又玩了大約三分鐘，我的手才觸到了掛在它脖套鏈上的那塊銀質圓盤，我把它撈起來，湊到光亮下看。上面寫著「莫約」。啊，我知道這個詞。莫約。它和巫毒敎，符咒有關。莫約是一道好的符咒，防身符咒。我贊成把它當成狗的名字。事實上這個名字眞好。當我叫它「莫約」時，它激動起來，又用它那熱情的大爪子慢慢地摸我。

「你是叫『莫約』嗎？」我問牠。「這名字眞美。」我又吻吻牠，感覺著牠那涼涼的濕濕的黏鼻頭。圓盤上還寫著什麼，是這所房子的地址。

突然這條狗直挺起來，牠緩慢而優雅地從坐姿轉換成警惕的立姿。詹姆斯來了。我聽見他腳踩雪地發出的吱吱聲，還聽見他把鑰匙插進前門鑽孔裏的聲響。我感到他猛地意識到我距離他很近。

這條狗發出一聲低沉的嚎叫，然後慢慢朝房子的後門走去。從那兒傳來木製地板在沉重的腳步下發出的咯吱咯吱響聲。

狗又憤怒地叫起來，詹姆斯打開房門，用他那銳利而瘋狂的目光盯住我，衝我微笑一下，接著把一個挺重的東西朝狗猛扔過去，被牠輕鬆地躲開。

「很高興見到你！但你來早了，」他說。

我沒回答他。這條狗正在凶狠地朝他狂吠，使他不得不再去注意牠，氣得發瘋。

「把牠扔了！」他狂怒地說。「宰了牠！」

「你在對我說嗎？」我冷冷地問他。我把手放在狗的腦袋上，輕輕摩挲牠，親切地叫牠安靜下來。牠挨近我，用牠的大腰身蹭著我，然後坐在我旁邊。

詹姆斯注視著這一切，既緊張又氣得發抖。他猛地把脖領揪起來擋住寒風，然後在胸前抱起雙臂。風裹著雪吹了他一身，就像白色的麵粉，黏滿他褐色的眉毛和頭髮。

「這狗屬於這座房子，對吧？」我冷冰冰地問。「屬於你偷來的這座房子。」

他先帶著明顯的仇恨瞪著我，然後衝我綻開邪惡的奸笑。我眞希望他能回到英國紳士的模樣和舉止上去。那樣的話我會感覺輕鬆許多。我突然覺得同他打交道眞卑鄙。不知道索爾是不是也發現「恩朵女巫」特別低級。不過我要的是他的身體；啊，那副身體多麼棒啊。

即使他窮凶極惡盯著那條狗的醜態，也無法完全醜化這副身體的美。

「看來你把這條狗也一塊兒偷來。」我說。

「我要甩掉牠。」他邊嘟囔邊輕蔑而凶惡地瞪著牠。「還有你，你到底怎麼決定的？我才不無休止地等著你下決心呢。你還沒給我明確答覆。現在我就要你答覆。」

「明天上午去你的銀行吧，」我說。「天黑後我將和你見面。不過我還有一個條件。」

「什麼？！」他咬牙切齒地問。

「餵狗。給牠點肉吃。」

說完我迅速離開，快得連他都沒覺察。我又回頭瞅一眼，看見莫約透過漆黑的雪夜正在凝視著我。我微笑著心想，雖然我動作很快，這條狗還是看見我走了。我最後聽到的聲音是詹姆斯一邊「砰」地把後門關上，一邊毫不顧忌地開罵。

一小時後，我躺在黑暗中等待日出，同時又想起我在法國度過的青年時代，想起那些狗臥在我的身邊，想起我帶著那兩條大猛犬最後一次騎馬出去打獵，它們踩著厚厚的秋雪慢慢踩出一條小路。

我還想起那張吸血鬼的臉在巴黎的黑暗中盯著我，十分尊敬地稱我為「狼煞星」，然後才把利齒咬進我的脖子。

莫約，一個預兆。

於是我們跑進混亂的人群，拔出一個閃亮的小東西，湊近它，認定它有含義，世界是善的，我們並不邪惡，到頭來我們全都會回家。

明天夜裏，假如那混蛋在撒謊，我就撕開他的胸膛，掏出他跳動的心臟，把牠餵給那條美麗的大狗吃。

無論發生什麼，我都要收留這條狗。

我真這麼做了。

在我接著講這個故事之前，讓我再說說這條狗。牠在本書裏不會再做什麼了。

牠不會搶救落水兒童，不會衝進著火的建築叫醒面臨危險的熟睡居民。牠沒有讓邪惡的魔身附身，牠不是一條吸血鬼狗。牠之所以出現在我的敘述，只因爲我在喬治城的那所住宅後面的雪地中發現它，而且我愛牠，牠也從一見到我起就不知何故愛上我。這一切都是那麼眞實，超越我所信仰的那些盲目而無情的法則——人類所謂的「自然法則」，我的「蠻荒花園法則」。莫約喜歡我的力量，我喜歡它的美麗。此外，再也沒有別的什麼了。

10

我說：「你是怎樣把他推出他的身體的？又是如何迫使他鑽進你的身體的？我想了解這方面的細節。」

星期三終於來到。太陽下山後，時間快過半個小時。當我出現在後門台階上，我把他嚇了一跳。

現在我倆正坐在乾淨整潔的白色廚房裏。奇怪的是，雖然裏面正在進行神秘的人鬼會談，房間裏卻並沒有神秘的氣氛。只有一盞電燈從漂亮的黃銅燈罩發出柔和的紫光，灑在我倆相對而坐的桌子，給這場面營造一種虛假的舒適氣氛。

雪還在下。房子下面的爐子持續發出低沉的轟鳴。我把那條狗也領進屋來，這使房主人十分惱怒。我安慰它好一會兒，它才安靜地趴下來，像頭古埃及的獅身人面像，仰頭看著我們，兩條前腿直直地伸在前面的打蠟地板上。詹姆斯不時瞥它兩眼，顯得很不自在。這情有可原；這條狗看上去好像心中有鬼，而這鬼又心中有數。

詹姆斯現在看上去比他在紐奧爾良時放鬆得多。他又成了那個英國紳士，使他穿著的這副高大年輕身體盡顯風采。他穿著一件灰毛衣，緊繃在他寬闊的胸膛上，很性感。下身穿著一條黑褲子。

他的手指上戴著幾枚銀戒指。手腕上戴著一塊廉價手錶。我不記得上次他有這些東西。他眨著眼睛端詳著我；這總比他那些目光炯炯的嚇人奸笑好受得多。我無法把目光從他身上挪開，從這副也許不久就會屬於我的身體上挪開。

我當然能聞到這身體上流動的血味，並引發我體內的某種壓抑的低級衝動。我越端詳他，就越好奇喝這血並帶著它到處亂走是什麼滋味。他會逃離這個身體，並讓我穿著這個能呼吸的軀殼嗎？頓時我看著他的眼睛，心想這是個魔法師，胸中湧起一股罕見的我不熟悉的興奮，徹底取代普通的饑餓感。但我還是不敢相信他能辦到。心想今天晚上或許就在一頓美餐中結束，不會再有別的。

我問他問題，要他澄清：「你是怎麼找到這個身體的？你是如何讓他的靈魂鑽進你的身體？」

「我那時一直在尋找這樣一個樣品——一個精神完全垮掉、意志力和理智全無、但四肢和大腦健全的男人。傳心術在這類事中能發揮很大作用，因爲只有它能抵達仍埋藏在他體內的殘餘智力。我只好從最深層的潛意識角度來說服他，說我是來幫助他，說我知道他是個好人，說我是站在他一邊的。等我一到達那個殘留智力的內核，我就很容易盜竊他的記憶，並操縱他一步步地服從我的指揮。」他略微聳聳肩接著說：「這可憐的傢伙。他的反應完全是迷信。我覺得到最後他以爲我是他的守護天使。」

「所以你就誘他出自己的身體？」

「對。靠一連串古怪和矯揉造作的暗示；這正是我所做的事。通靈術再次成爲我強大的助手。要想用這種辦法操縱別人，自己首先得特別精神化。最初他的靈魂可能只上升一到兩英尺，接著就『砰』地落回自己的肉體。這與其說是失心，不如說是條件反射。但是我很有耐心。等我最後終於誘出他的靈魂幾秒鐘，我就完全可以跳進他的肉體，進去後我馬上集中全部力量，把他的靈魂推入我原來的身體。」

「你幹得很漂亮。」

「咳，我們都是靈與肉的結合嘛，這你知道。」他淡淡一笑。「但現在談這些有什麼用？你知道如何脫出自己的身體。這對你來講並不難做到。」

「我也許會讓你吃驚。他進入你的身體後出了什麼事？他意識到出事嗎？」

「一點也沒有。你得明白這個人的精神已經殘廢。而且他是個無知的傻瓜。」

「而且你根本不給他喘息的時間，對嗎？你殺害了他。」

「狄・賴柯特先生，我給他的那一下是拯救他！像他這樣精神錯亂的人留在原來的身體裏多可惜！他無論住在什麼身體裏病都不會好了。他把他全家都給殺了，包括小床裏的嬰兒。」

「你也參與了。」

「你把我看得太壞了！根本不是這麼回事。我當時正在各醫院裏尋找這樣一個樣品。我相信我會找到這樣的人。可你問這些問題又有什麼用？難道大衛・泰柏特沒告訴你，在泰拉瑪斯卡的檔案裏有無數身體交換的紀錄嗎？」

大衛並沒告訴我這個。但我幾乎不該責備他。

「難道他們都殺人嗎？」我問。

「沒有。有些是作了交易兩廂情願，像你我就是這樣。」

「我不知道。你和我這一對搭配起來很怪。」

「是的，但你得承認是一對很好的搭配。我給你的是一副很好的身體，」他邊說邊用手指拍自己寬闊的胸膛。「當然不如你的身體那麼美，但是也很不錯！而且正是你所需要的。至於你的身體，我還能再說什麼呢？我希望你別聽大衛・泰柏特說的關於我的話。他犯過那麼多可悲的錯誤。」

「你這是什麼意思？」

「他是那個可憐組織的忠實走狗，」他誠懇地說。「他們完全控制他。假如我最終有機會與他說話，他定會明白我所提出的理論的意義所在，他沒告訴你他在里約熱內盧的胡作非爲嗎？是的，他是個非凡的人，一個我本該結識的人。不過我可以告訴你，他是個孤家寡人。」

「怎樣才能防止你在咱們剛一交換身體後你就對我下毒手？你對這個人就是這麼幹的：他才滲入你的老朽身

體，就給他的腦袋迅猛一擊。」

「哈，這麼說你是跟泰柏特談過，」他不慌不忙地說。「還是你自己做過這方面的調查？其實，兩千萬美元將阻止我殺你。我需要這副身體去銀行支取，還記得嗎？你把這筆款項增加了一倍，這可眞是太好了。不過我還是把這場交易定價爲一千萬。嘿，聽，狄・賴柯特先生，你可是解放了我。到了本星期五，在基督被釘在十字架上的那一時刻，我就再也用不著去偷了。」

他啜一口熱茶。無論他表面多麼平靜，心裏還是漸漸焦急起來。我胸中又湧起那種熟悉的心虛感——**萬一他眞辦到該怎麼辦？**

「哦，我眞能辦到，」他又是那樣誠懇而鄭重地說。「還有別的理由使我不會傷害你。咱們現在可以說說。」

「一定要說清。」

「嗯，假如我發起攻擊，你完全可以逃脫這個凡人身體。我已經講淸你一定要與我合作。」

「要是你幹得很快呢？」

「別鑽牛角尖了。我不會傷害你的，否則你的朋友們就會知道。只要你黎斯特還在這兒，穿著個健康的人體，你的伙伴們就不會考慮摧毀你這個超自然的身體，即便它是由我控制也罷。現在他們不會對你這麼做，是不是？可是一旦我殺了你——比如趁你脫離之前一拳揍扁你的臉什麼的……上帝知道，這種可能性存在；我自己就淸楚地意識到了它，這我不隱瞞你——你的伙伴們遲早會發現我是個冒名者，然後就迅速除掉我。嘿，他們很可能馬上就感覺到你死掉——假如你眞死的話。你說是不是？」

「我也不知道。不過他們最終會發現的。」

「當然！」

「所以你鑽進我的身體後一定要遠離他們，千萬別靠近紐奧爾良，別去找任何吸血鬼，連最弱的也別找。你必須運用你的自我掩護本領，你得……」

「那是當然。全盤計劃我都考慮過了，請你放心。假如我眞要燒掉你那美麗的路易斯，別的吸血鬼馬上就會知道，對不對？這樣的話，我自己很可能就會成爲漆黑夜裏熊熊燃燒的下一根火炬。」

我沒有回答，只感到憤怒像一股涼水流遍我的全身，驅散我的全部期待和勇氣。可我還是想要這人體！我想要它，而且它垂手可得！

「別再讓他的胡說八道煩擾你了，」他懇求我。他的舉止太像大衛・泰柏特。也許是裝出來的。也許他拿大衛當榜樣。不過我倒覺得他倆更像同一文化孕育的產物，外加某種連大衛也不具備的舌燦蓮花。「我其實並不是個凶手，」他突然嚴肅地說。「是占有欲支配著這一切。我想要舒適、美麗在我周圍，享盡一切奢侈豪華，隨心所欲，想去哪兒就去哪兒。」

「你需要使用說明嗎？」

「什麼？」

「如何使用我的身體。」

「你已經告訴我使用說明了，我的孩子。我讀過你寫的書。」他衝我燦然一笑，略一低頭後又抬眼瞄我一下，彷彿女人勾引人上床。「我還讀過泰拉瑪斯卡檔案室裏的所有有關文件。」

「什麼文件？」

「哦，詳細描述吸血鬼生理的文件——你們的局限性等等。你自己也應該看看。也許你會感到好笑。開頭幾章是在中世紀寫的，充滿離奇幻想胡言亂語，連亞里斯多德看到也會氣哭。不過後來的檔案就寫得科學和準確多了。」

我不喜歡與他討論這些。我不喜歡任何正在發生的事。我眞想現在就結束它。接著我就突然明白，我就要過這一關。我很淸楚這點。

我莫名其妙地鎭靜下來。是的，在幾分鐘之後我們就要交換身體了。而且肯定換得成。我覺得我失去臉色，皮膚也微微變涼；我仍能感到上次在大沙漠裏被陽光嚴重灼傷的隱痛。

我想他可能看不出這些變化，包括我的表情變得嚴峻起來；因爲他還在嘮叨。

「本世紀七〇年代在《夜訪吸血鬼》出版之後寫的觀察實錄最爲有趣。其次就是你最近受到你的吸血鬼物種史（這是我說的，裏面充滿曲折和幻想）的啓發而寫的那些章節。我現在對你的身體瞭如指掌，也許比你自己還了解。你知道泰拉瑪斯卡的人想要你什麼嗎？想要你身體組織的樣品，想要你吸血鬼的細胞樣品！絕不讓他們搞到你的樣品才是明智之舉。其實你一直同泰柏特打得過於火熱。也許他已經在你在他家睡覺時剪下過你的手指甲或一綹頭髮呢。」

一綹頭髮。在那金屬小飾物盒裏不是已經有一綹金髮了嗎？這肯定是吸血鬼的毛髮！是克勞蒂亞的頭髮。我不寒而慄，封閉自己並把他排除在外。幾百年前，曾有過一個可怕的夜晚，當時卡布瑞，我的凡人母親和新生兒，曾經剪掉過她的吸血鬼頭髮。經過漫長的一天，她躺在棺材裏，頭髮又全都長出來。我不想回憶她發現後發出的尖叫，那些光潤的秀髮再次長長、厚厚地披落在她的肩頭之下。我不想回憶她，或聽她對我現在要做的事可能發表什麼意見。自從我第一次見到她後時間已過去許多年。再見到她也許又要過幾個世紀。

我又抬起頭來注視詹姆斯，只見他坐在那兒滿懷期待，努力裝出有耐心的樣子，臉龐在暖暖的燈光下泛著紅光。

「忘了泰拉瑪斯卡吧，」我恨恨地說。「你穿著這副身體爲什麼這麼彆扭？笨拙極了。你只有坐在椅子上把一切交給你的嗓音和面部時，感覺才好一些。」

「很有洞察力，」他說，還是那麼彬彬有禮。

「算不上。這很明顯。」

「這身體太大了，」他鎭靜地解釋。「它肌肉太發達，太……像運動員了。但它對你很合適。」

他頓住了，看著茶杯若有所思，然後又抬頭看我，兩眼睜著大大的，顯得很無辜。

「黎斯特，來吧，」他說。「咱們爲什麼還光說不練浪費時間呢？我進入你的身體後可不想同皇家芭蕾舞團一起跳舞。我只想享受整個過程，體驗這段經歷，試驗一下，透過你的眼睛看世界。」他瞥了一眼手錶。「好吧，我敬你一杯，來，給你鼓勵，不過從長遠來看這可是害自己的，對不？哦，對了，還有護照。你弄到了嗎？你記得我向你要過你的護照吧。希望你沒忘。當然我也爲你準備了我的護照。我擔心你哪兒也去不了，由於這場暴風雪——」

我把我的護照放在他面前的桌上。他把手伸進自己的毛衣，把自己的護照也從襯衣口袋裏掏出來放在我的手裏。

我檢查著他的護照。是僞造的美國護照。連兩年前簽署的日期也是假的。拉格朗·詹姆斯，二十六歲。照片正確。照得很好。還有在喬治城的地址。

他也在檢查我的美國護照。也是假的。

「哈，你的皮膚好黑！這護照是你專門準備好的……一定是昨天夜裏。」

我不想回答他。

「你眞聰明，」他說，「照片也照得很好。」他端詳著它。「克萊倫斯·奧德博蒂❶。你怎麼取這麼一個怪名字？」

「一個私下開的小玩笑。這有什麼關係？你只在今天夜裏和明天夜裏用一下。」我聳聳肩。

「對。很對。」

「我期待你星期五早晨三點和四點之間回到這裏。」

「很好。」他把我的護照塞進他的衣袋，然後尖聲大笑。然後他用眼睛盯著我，眼裏流露出愉快的目光。說：

「準備好了嗎？」

「還沒有。」我從衣袋裏又掏出一個錢包，把它打開，把裏面的鈔票抽出大約一半交給他。

「哦，對，一點現金，你考慮得眞周到，」他說。「我高興得把這些重要的細節都忘了。眞是不可原諒。你很有紳士風度。」

他接過鈔票，還沒等塞進衣袋便又大笑起來。他把它們放在桌子上，微笑著。

我把手壓在那個錢包上說：「我們完成交換後，剩下的歸我。我相信用我給你的這些錢你會活得很舒服。你的小偷本性該不會引誘你把剩下的全都撈走吧？」

「我會盡力規規矩矩，」他誠懇地說。「好啦！你想讓我換衣服嗎？我專門爲你偷來了這些衣服。」

「很漂亮。」

「也許我應該把尿撒乾淨？還是由你來撒？」

「我來吧。」

他點點頭。「我餓了。我以爲你會喜歡我這樣。沿這條街下去有家很棒的餐館，叫『保羅』。有美味的烤麵條加乾酪起司。下大雪你也能走著去。」

「太好了。我現在不餓。我想這樣做會好過些。你提到過一輛汽車。它在哪兒？」

「啊，對了，汽車。在外面，前門台階的左側。紅色的敞篷汽車。我想你會喜歡它。這是車鑰匙。不過開起來要小心……」

「小心什麼？」

「嗯，當然是雪。你也許根本開不動。」

「感謝你的提醒。」

「我不想讓你傷著。假如你不能如約在星期五回到這兒來，我就要損失兩千萬美元。駕駛執照——上面的照片是對的——就放在起居室的書桌裏。還有什麼事？」

「你穿的衣服，」我說。「我忘了給你帶來了，只有我穿的這身。」

「噢，這我早在紐約你的旅館周圍打探消息時就想到了。我有我自己的衣櫥，這你不用擔心。我很喜歡那身黑色的天鵝絨套裝。你確實穿得很漂亮。你從來都注重穿著，對不對？不過，你是從穿著奢華的時代過來，這個時代在你看來一定很沉悶。這些鈕扣是古代的嗎？啊，好的，我會有空欣賞的。」

「你打算去哪兒？」

「當然是我想去的地方嘍。你慌了嗎？」

「沒有。」

「知道怎麼開那車嗎？」

「知道。即使不知道我也能當場學會。」

「眞的？你眞以爲鑽進這身體後還有你原來的超自然智慧？我懷疑。我不敢肯定你還會有。這個凡人大腦中的神經元小突觸可不會啓動那麼快。」

「我對神經元一無所知。」我說。

「那好。咱們開始吧。」他說。

「好，現在就來吧。」我的心臟在我體內緊緊地縮成一個小團，同時他的舉止馬上變成極具權威性，儼然像個指揮官。

「你聽好了，」他說。「我要你上升，脫出你的身體，但要等我說完再開始。你要向上移動。你以前這麼做過。等你升到天花板並俯視這張桌旁的我們兩個，你要集中精力努力鑽進我這個軀體。你千萬不要想別的事情。千萬別讓恐懼干擾你集中精力。一定別好奇這個過程是怎麼回事。你想降臨這個身體，你想同它們每一個組織細胞徹底和自發地結合。一邊做一邊想像這情景！想像你自己已經進去。」

「好的，我按你說的辦。」

「我跟你講過，這裏面有種無形的東西，某種由原來的主人遺留下來的東西，這東西渴望同你的靈魂合一，以求再次完整。」

我點點頭。他接著講。

「你也許會感受到各種不舒服的感覺。這身體對你來說會覺得很緊，你鑽進去時會感到很壓迫。但不要動搖，想像你的靈魂入侵兩隻手的每一個手指，兩隻腳的每一個腳趾。通過他的雙眼視物。這是很重要的，因爲眼睛是大腦的一部分。當你透過它們看世界時，你就是住在那大腦裏。現在你不要再放鬆，你要堅信它。你一旦進去了，再出來就得費好大的勁。」

「你我在交換時，我能看見你靈魂的形態嗎？」

「不能，你看不見。不是做不到，而是代價太高；你的一大部分精力會被你的眼下目標分導出去。你不想看別的，只想看這副身體；你想進入它並想經由它呼吸和走動，經由它視物，對不對？」

「對。」

「現在，你將會讓一件事嚇壞，就是你將見到你自己的身體變得軟塌塌的毫無生機，或是最終將會讓我入侵。

不要被這嚇壞。對此你必須抱著信任和謙卑的心態。當我說我會取得這項成就而又不會傷及你的身體時，你一定要相信我。事成後我會立即離開你，好讓你心情放鬆不會想起我們所做的事情。直到星期五上午爲止，你不會再見到我。我將不再對你說話，因爲我的嗓音從你的嘴裏說出來會使你很難受，使你發瘋。你明白嗎？」

「你會發出怎樣的嗓音？我又會發出怎樣的嗓音？」

他又低頭看手錶，完了又看著我，說：「會有不同的。音箱的尺寸不同嘛。比如說這個人吧，他就讓我的嗓音變得有點低沉，這是我通常不具備的。不過，你當然還會保留你過去說話的節奏、語調和方式。只是音色變了。對，是音色。」

我警惕地注視他良久。

「我應該相信這事能辦到——這是不是很重要？」

「不，」他燦爛地一笑。「這可不是一次降靈會。你無需帶著信仰煽風點火，頂禮膜拜。過一會兒你就會看到了。現在你還有什麼不明白的？」他朝前探過身來，神情嚴肅。

那條狗突然低聲嚎叫起來。

我伸手撫摸牠，要牠安靜下來。

「來吧！」詹姆斯厲聲說，但聲音馬上降低到耳語。「現在你脫出你的身體！」

我仰靠在座椅裏，又打手勢讓狗安靜。接著我集中意念，令自己上升、上升，並感到全身都震動起來。隨即我驚奇地意識到自己的確在上升，我無形的靈魂輕飄飄的，自由自在地懸浮，我的男性軀體仍然可見，手舞足蹈地就在白色的天花板下面。我確實在向下俯視，並看見了驚人的奇景：我自己的身體仍然坐在下面的椅子裏！哦，多麼自豪的感覺呵，彷彿我能在刹那間走遍全球！彷彿我不再需要這副軀體，彷彿我與它的聯繫打我出生起就是一場騙局。

詹姆斯的肉體則在微微地打盹兒，他的手指在白色的桌面上移動。我可不能分心。我只要交換身體！

「下去，下去，鑽進那副身體！」我大聲說，但聽不到一點聲音。隨後我一言不發強迫自己急速下墜，並同那副新肉體融合。

我的耳朵裏發出嚨嚨巨響，緊接著一陣壓迫感傳遍全「身」，彷彿我的全「身」正在被擠進一條又窄又滑的管道。難受極了！我要自由。但我能感到自己正在充滿那副身體的四肢，它的肌膚沉重而刺癢地把我包住，它的面部也像面具那樣扣住我的臉，給我的感覺同身體一樣。

我連自己正在幹什麼都沒意識到，只想拚命睜開眼睛。然後我才意識到自己正在活動這副凡人肉體的眼皮：啊，眞的，我正在眨他的眼，透過這雙凡人的眼看著這個燈光昏暗的房間，看見我原來的身體正坐在我的對面，看見我原來的那雙藍眼睛透過紫色的玻璃杯也正在盯著我，也看見我原來身體的曬黑皮膚。

我覺得自己快要窒息了。我想擺脫這一切！但它打中了我：我鑽進去了！我穿上他的身體了！交換身體完成了。我避免不了地喘了一口又長又粗又沉重的氣，一邊活動著這副嚇人的身體，然後我用「我的」手拍了拍「我的」胸膛，被它的厚度嚇了一跳。我還聽到了沉甸甸的血流「刷刷」響著流過「我的」心臟。

「上帝呵，我進去了，」我一邊大喊，一邊拚命擺脫包圍我的黑暗和那層妨礙，我把坐在對面的那副偉岸的軀體看得更清楚的迷霧。這軀體——我原來的身體——正在躍動著挺立起來。

我原來的身體一下子挺直，雙臂好像受到驚嚇似地猛然張開，一雙手捅破了頭頂上的電燈，擊碎燈泡，身下的椅子也吱扭吱扭地把地板磨響。那條狗撲到他的腳邊，發出凶惡而低沉的狂吠。

「別叫，莫約，安靜點，寶貝，」我聽見自己通過這肉體的又粗又緊喉嚨在大聲說話。我仍在一片黑暗中努力看清東西，但又做不到。接著我意識到確實是「我的」手抓住了狗的脖套，並在牠向我那吸血鬼身體發起攻擊之前把它猛拽回來；那吸血鬼也詫異地低頭瞪著這條狗，一對藍眼睛目光銳利，大大的，茫然的。

「啊，對了，宰了牠！」從我那超凡的嘴裏傳出詹姆斯的怒吼，音量大得驚人。

我趕緊用雙手捂住耳朵。那狗一次又一次地向他猛撲，都被我拽住脖套揪了回來，鎖鏈把我的手指都勒疼了。我對它有這麼大的勁，而我自己穿著人體又這麼虛弱感到驚愕。天啊，我得讓這個人體發揮功能！這不過是條狗，而我是個健壯的男人！

「別動，莫約！」我一面求它，一面無可奈何地任它把我拖下座椅並拖跪在地上，令我尷尬卻無能爲力。我衝詹姆斯吼道：「你從這兒滾出去！」我的膝蓋疼痛難忍。我的聲音聽上去軟弱而愚蠢。「快滾！」我又大叫。

那個原來是我的怪物從我身邊匆忙走過，雙臂僵硬地擺動著，身體不自然地撞開後門，碰碎了窗玻璃，放進來一股寒風，那狗還在狂叫，我快要控制不住牠。

「滾！」我又大叫一聲，楞楞地看著那怪物直通通地一邊撞碎窗格木條和剩下的玻璃，一邊走出後門！踏上門廊的木台階，消失在風雪交加的夜裏。

我又最後看了他一眼，只見他懸浮在後門台階上方的半空中，像個駭人的幽靈，風撲著雪片圍著他旋轉，他的四肢現在能協調活動，使他看上去好像在看不見的大海裏游泳。他的藍眼睛還是瞪得大大的無神，彷彿他還無法控制眼周圍的超自然肌肉，使兩眼現出表情來似的。它們目前只能熠熠發光，像兩顆寶石。他的嘴——我原來的嘴——大張著，呈現傻笑狀。

隨後他便消失了。

我喘不過氣來。隨著寒風吹遍每個角落，屋裏變得像冰窖。風吹得那些擺在花稍架子上的銅壺銅罐發出聲響，吹得餐廳的門直動。而那狗卻突然安靜下來了。

我這才意識到我正坐在它旁邊的地板上，右手正摟著它的脖子，左臂則挽著它那毛茸茸的胸脯。我每呼吸一次都感到疼痛。雪花吹進我的雙眼，我瞇眼斜視著它們。就這樣我被誘進這個陌生的人體，像鉛一樣死沉，像亞痲布墊一樣堅硬。冷風吹痛我的臉和雙手。

「上帝呵，」我對著莫約柔軟的粉色內耳輕聲說，「它果眞發生了。我成了一個凡人。」

---

❶ Oddbody，「古怪的身體」之意。

11

「好吧，」我愚蠢地說；並再次對我這雖然低沉、但卻虛弱而克制的新嗓音感到吃驚。「既然已經開始了，你就忍著點吧。」這想法居然使我笑起來。

最糟糕的是這呼呼吹的冷風。我的牙齒凍得打顫。我的新皮膚上的刺痛感和我當吸血鬼時的痛感完全不一樣。我得修理一下這扇後門，但又不知道從哪兒下手。

這扇破門還剩下什麼東西？我也看不清。我就像透過一層毒氣看東西。我慢慢從地上爬起來，並馬上意識到我的身高增加，同時感到頭重腳輕，行走不穩。

屋裏的每一絲熱氣都給吹沒了。我真切地聽到整座房子隨著寒風的湧入，都在嘎吱嘎吱作響。我小心翼翼地走出門，來到門廊上。天寒地凍。我的雙腳一滑，使我向右側歪倒，我趕緊向後靠在門框上。我嚇得直冒冷汗，但還是設法用這些顫抖的大手指抓住了潮濕的木門框，才沒讓自己摔下台階去。我再次努力透過黑暗四下張望，但仍然什麼也看不清。

「你要鎮靜。」我對自己說。我意識到我的手指在出汗，同時也逐漸凍麻木；我的雙腳也凍得又麻又疼。「這裏畢竟沒有人工光，而且你又是透過凡人的肉眼視物。現在得理智地想辦法對付這一切！」於是我謹慎地邁步走回室內，又差點摔倒。

朦朧中，我能看見莫約的輪廓坐在地上。牠注視著我，喘著氣，一隻黑洞洞的眼睛裏反射著一點微光。我輕輕對牠說道：「是我，莫約，你還認得我嗎？是我呀！」

我輕輕揉搓它兩耳之間的絨毛。我伸手去搆桌子，然後笨拙地坐在椅子上，再次吃驚地感到我的新肉體那麼厚，那麼笨重。我用手捂住嘴，心想：你這笨蛋，這事眞正發生了。毫無疑問。眞是個可愛的奇蹟。你實際上已經擺脫你超凡的身體！你成了一個人。一個男人。你用不著恐慌。設想自己成了英雄並爲此驕傲！眼下要處理一些實際問題。風雪正在朝你身上吹。你這凡人肉身正在結冰。現在你必須去關注這些事！

但我只是把眼睛睜得更大，瞪著雪花堆積在白色桌面上的一些閃亮的碎晶體，期待著這一景觀會愈變愈清晰，但事實卻相反。

這是潑灑了的茶水，對不對？還有打碎的玻璃杯。小心，別把你的手指頭割破了，傷口癒合不了！莫約湊近我，毛茸茸暖烘烘的大身子貼著我打顫的腿。可是這感覺爲啥那麼遙遠，好像我穿了好幾層法蘭絨？爲什麼我聞不見它那奇妙的乾淨的毛髮香味？唔，看來我的感覺有局限，比較遲鈍，這應該預料得到。

好了，現在去照照鏡子，看看這個奇蹟。把這個房間關好吧。

「我的寶貝，來吧，」我對那狗說。於是我倆走出廚房來到餐廳。每走一步我都覺得遲緩笨拙，搖搖晃晃。我用十分不好使的手指摸索著關上屋門。風被斷然擋在門外，繞道從裏鑽，但是門頂住了。

我轉過身，搖晃兩下，又站穩了。用不著太費勁就能掌握竅門，太好了！我穩穩站住，低頭看我的腳，對它們那麼大很吃驚。然後又看我的手，也很大。但不那麼難看，對，不難看。別害怕！手錶戴著眞不舒服，但我需要。好吧，手錶留著。但這幾枚戒指呢？我用不著。戴在手上癢癢，我想把它們取下來，但取不下來！我的上帝。

好了，打住吧。因爲不能把這些戒指從手上取下來，你會氣瘋的。但這很愚蠢。先慢慢來。你知道有個玩意兒叫肥皂，先用它打濕你的手，這兩隻黑色凍僵的大手，然後就能把戒指取下來。

我在胸前交叉抱起雙臂，把我的雙手插進胸口處取暖。我詫異地發現襯衫已被汗水濕透；這種黏滑的人類汗水一點也不同於吸血鬼的汗水。接著，我不顧胸脯的那種沉重壓迫的感覺，慢慢地吸進去一大口氣，忍著呼吸這一動作本身帶來的痛楚，強迫自己觀察這個房間。

現在不是嚇得尖叫的時候。還是好好看看這個房間吧。

它很昏暗。在一個遠遠的角落裏有一盞地板燈點著，另外，在壁爐架上也有一盞小小的燈亮著。儘管如此，屋裏還是很昏暗。我的感覺是我正在水底下，而這水渾濁不清，好像倒進墨水。

這很正常，很像凡人的樣子。他們就是這樣看的。這一切看上去多麼殘酷，多麼局部，絲毫沒有房間裏的那種開闊的空間，可以讓吸血鬼活動自如。

這裏眞是昏天黑地。閃著光的漆黑的椅子，桌子幾乎看不見，昏暗的黃色光線照進屋角，牆頂部的石膏裝飾模型消失在照不透的陰影裏。廳堂裏既黑暗又空曠，十分恐怖。

任何東西都有可能藏在陰影裏，比如老鼠什麼的。大門裏可能還有一個人。我低頭看看莫約，驚奇地發現它看上去也是模糊一團，像是罩著一層非同尋常的神秘色彩。所有東西在這樣的昏暗裏都會喪失輪廓。完全不可能測知它們的尺寸和質地。

哈，可是在壁爐架上方，掛著一面鏡子。

我朝它走過去，但我笨重的四肢和害怕摔跤使我深感煩惱。我需要時時低頭看我的雙腳。我挪到鏡子跟前，把它下面的那盞小枱燈挪開，然後端詳自己的臉。

哦，是的，我現在裏著那張臉。它看上去和以前大不相同。那種緊繃感消失了，原先眼裏冒出的那種極端神經質的目光也不見了。一個年輕男人在鏡子裏凝視著我，看上去惴惴不安。

我抬起手去摸那張嘴、眉毛和前額。那個前額比我的略高一點。接著又去摸他柔軟的頭髮。這張臉很討人喜歡，比我先前意識到的還可愛得多，方方正正的，沒有一絲深皺紋，五官比例十分勻稱，兩眼表情豐富。但我不喜歡它們流露出的恐懼目光。一點也不喜歡。我想見到另一種表情，想從內部操縱五官，使之表現出我的驚訝。但這不易辦到。而且我也沒把握自己是否眞的感到驚訝。唉，我從這張臉上看不到絲毫來自內心的反應。

我慢慢張開嘴說話。我說的是法語，說我是穿著這副身體的黎斯特·狄·賴柯特，說我一切都好。這次試驗成功了！我一開始就能用它講話，那邪惡的詹姆斯確實滾蛋了，一切都開始發揮功能！現在那雙眼睛裏開始表露我自己的嚴厲；而當我微笑時，我終於見到幾秒鐘我自己的頑皮。但很快這次微笑就消隱了，我看上去又是一片驚詫和茫然。

我轉身去看那條狗，牠就在我的身邊，抬頭看著我，一如既往，顯得十分知足。

「你怎麼知道是我在這兒？」我問，「而不是詹姆斯？」

牠把頭歪向一邊，一隻耳朵擺了擺。

「那好，」我說。「讓怯懦和瘋狂都見鬼去吧。咱們走！」我邁步朝漆黑的門廳走去。突然，我的右腿在我身下出現了錯位，我摔倒下去。我忙用左手支撐住地板，才沒有重重地倒在地上，但我的頭部猛地磕在大理石壁爐上，我的肘部也同時撞在大理石的爐邊，引起一陣劇痛。只聽「嘩啦」一陣響，那些壁爐用具全都掉下來砸在我身上。不過這還不算什麼。要命的是我碰傷肘部的麻筋，那麻嗖嗖的痛感就像股野火竄遍我的手臂。

我翻過身來臉朝下趴著，一動不動地等著疼痛過去。這時我才意識到我的頭部被那一下撞在大理石上而被磕得突突直跳。我伸手去摸，感到頭髮上一片濕漉漉的。是血！

哦，太美了。路易斯見此一定特別開心。我爬起來，感到疼痛轉移到額頭後面的右側，就像一個重物從腦後墜到前額。我連忙抓住壁爐架穩住自己。

是那些花稍的小地毯中的一塊，在我前頭翹起來絆倒我。兇手！我把它一腳踢開，轉身小心翼翼地走進門廳。可是我去哪兒好呢？我要幹什麼呢？突然間我有了答案。我的膀胱裝滿，摔倒後就更難受。我要去小便。

浴室在這兒的什麼地方？我找到門廳的電燈開關，打開了頭頂上的枝形吊燈。我仰頭看了好一會兒，那些小燈泡——足有二十個——這才認識到我原先想的不對；其實這兒的光線充足得很，只不過我沒有打開這座房子裏的每一盞燈。

我著手去辦這事，走遍了起居室、小圖書室、後門廳。但是這裏的光線一次又一次地令我失望，我的昏暗感覺還是揮之不去。總是視物不清，這使我迷惘，並有些警覺起來。

終於，我小心地把一樓繞一圈，然後慢慢爬上樓梯，時刻警惕別讓自己失去平衡或絆倒，並對自己的雙腿隱隱作痛十分惱怒；這兩條腿也太長了罷。

我回頭朝下看一眼樓梯，嚇壞了，對自己說：這裏是你最容易掉下去摔死的地方。

我轉過拐角，走進狹窄的小浴室，迅速找到電燈開關。我得撒尿，憋不住了，兩百多年來我都沒做過這事。

我解開我的時髦褲子的拉鍊，掏出我的傢伙，頓時被它的尺寸和軟綿綿的樣子嚇壞了。當然，尺寸是很標準的。誰不想讓自己的器官大些呢？而且它還動過包皮手術，所以磨擦起來不難受。但它的軟塌塌挺讓我反感，使我不願摸這東西。我只好提醒自己，這東西碰巧是我的。有意思！

那麼從它裏面散發出來的氣味呢？從它周圍的毛裏逸出的氣味呢？也是你的了，寶貝！現在，讓它工作吧。

我閉上眼睛，胡亂施壓，勁也許過大了，一大股難聞的尿從那玩意兒裏滋了出來，完全撒在馬桶外面，濺得白色的座圈上到處都是尿。

討厭。我後退一步，調整目標，著迷地看著尿撒滿便桶，看著尿液表面浮起泡末，臊味也越來越大，讓我噁心得再也受不了了。膀胱終於排空。我把這疲軟而討厭的東西塞回褲子，把拉鍊繫上，把馬桶蓋兒「砰」地蓋上。我擰動板手，讓水沖走尿，但沒管濺在座圈兒和地板上的尿。

我想深呼吸一下，但在我周圍全是這討厭的臊味。我舉起雙手，才看清我的指頭上也全是尿。我立即打開洗手池的水龍頭，抓起香皂就搓。我一遍遍地搓手，但保證不了能把手洗淨。這身皮膚比我那超自然的皮膚更多孔；它眞髒。這時我開始剝掉那幾枚難看的銀戒指。

即使泡在香皂沫裏，這些戒指也取不下來。我想了想。對了，那混蛋在紐奧爾良就一直戴著它們。很可能他也沒法兒把它們取下來。所以我現在就只好戴著它們！你就是再沒耐心也沒辦法，除非你能找到一個珠寶匠，他能用個小鋸子或小鉗子或別的什麼工具把它們取下來。這麼一想，我就焦急萬分，全身肌肉都一緊一鬆地痙攣起來，好疼。只好命令自己打住。

我把手洗了一遍又一遍，眞可笑。完了，我扯下一塊毛巾把手擦乾。這毛巾也是那麼吸水，眞討厭。這些指甲縫裏全是泥！上帝呵，這蠢蛋怎麼不知道把自己的手洗乾淨？

然後，我走到浴室的盡頭，照牆上的鏡子，見它裏面映出一個令人討厭的形像。一大片濕的尿跡沾在我褲子的前面。我把那傢伙塞回去時它竟然還沒有乾！

嗯，在舊時代，我可從沒爲這類事情傷過心，對吧？可那時，我還是個只在夏天才洗澡，或偶然才想起跳進山泉的骯髒鄉紳。

所以，我褲子上的這片尿跡算不了什麼！我走出浴室，走過耐心等待的莫約，我在它頭上拍了一下，然後來到主臥室，打開衣櫃的門，找出一條更好的褲子，是灰色毛料的，馬上脫掉鞋，把它換上。

現在我該做什麼？唔，找點東西吃。這時我才覺得餓了！沒錯，這正是我一直覺得難受的根源所在（除了憋尿之外）：當然，外加自從換了身體後我就一直有的沉重感。

我要吃。但誰知你在吃的時候會出什麼事？你得再去那間浴室或別的什麼浴室，把你消化的食物再拉出來。這念頭讓我差點嘔吐。

其實有一陣兒，我已經噁心到一想起人類排泄物從我身體裏排出就想嘔吐的地步。我筆直地坐在一張現代矮床的床邊，竭力控制自己的情緒。

我告誡自己，這些都是做人的最基本的方面，一定不能讓它們取代那些更大的方面。再說，你現在表現得像個十足的膽小鬼，而絕非你聲稱要當的那位黑色英雄。現在你要明白，你並不眞正相信你目前是位世界英雄。但很久以前你曾決定必須像個英雄那樣生活，並一定要戰勝面臨的一切困難，只因爲它們是你必經的磨難。

好吧，這就算是一次小小的不光彩的磨難吧。我必須馬上停止膽小怯懦。我得做爲一個人吃喝、玩味、感覺、目睹……這些就是這次考驗的內容！不過，這算是一次什麼考驗呢？嗯。

我總算又爬起來，試著把步子邁得更大一點，好適應這兩條新腿。我又回到衣櫃那兒，驚奇地發現裏面其實沒有多少衣服。只有兩三條羊絨褲子，兩件很輕便的呢絨夾克衫，都是新的；還有幾件襯衫擱在架子上，大概有三件吧。

啊。別的東西怎麼樣呢？我打開了寫字檯的最上面一個抽屜。空的，所有的抽屜都是空蕩蕩的。那張小床頭櫃也是空的。

這是什麼意思？他是把這些衣服都隨身帶走呢，還是把它們托運到他去過的某個地方？但他爲什麼這樣做？這些衣服不會適合他的新身體，而他也說過，已經照顧到我的穿衣問題。我很不安。**難道這意味著他不打算回來嗎？**

這可太荒唐了。他不會白扔這兩千萬美元。而我作爲一個凡人，也不能把寶貴的時間浪費在爲這樣一件事情操心！

我走下那段危險的樓梯，莫約輕輕地跟在我身旁。我現在能不費力地控制我的新身體，雖然它還是那麼笨重且不舒服。我打開門廳裏的衣櫃，裏面只掛著一件舊外衣和一雙高腰膠鞋。沒別的了。

我又來到起居室的書桌前。他告訴過我可以在這裏找到他的駕駛執照。我慢慢打開最上面的抽屜。是空的。所有抽屜都是空的。只有一個裏面有幾份文件，好像與這所房子有關，可是哪兒都沒有出現拉格朗•詹姆斯這個名字。我努力讀懂這些文件的含義，可是上面的官方術語使我不知所云。過去，每當我用我吸血鬼的眼睛閱讀，我總是能馬上就看懂其中的含義。

我回想起詹姆斯說過的關於神經元突觸的話。是的，我的思維比他遲鈍。我向來讀每個字都很困難。但這又有什麼關係？沒有駕駛執照又怎麼樣？我需要的是錢。對，是錢。我把錢放在桌子上。天哪，它可能給吹到院子裏去。

我馬上回到廚房。它現在冷得凍手，餐桌、爐灶和那些掛著的銅壺銅罐上，都結上一層薄薄的白霜。那個錢包在餐桌上不見。那串在餐桌上的車鑰匙也不見了。那盞電燈當然也被打破了。

我在黑暗中跪下，開始用手四處摸索地板。我摸到那本護照。可是地上沒有錢包，也沒有鑰匙。只有電燈泡爆炸後滿地的碎玻璃碴，不斷扎著我的手，還劃破了兩處。我的兩手上冒出了血珠。沒有血香氣，沒有眞正的血味。我不顧這些仍努力去看。還是看不到錢包。我又來到室外的台階，這次格外小心不讓自己滑倒。沒有錢包。院裏雪深沒膝，黑不嚨咚，什麼也看不清。

找也是白搭，對不對？那錢包和鑰匙都很沉，根本吹不走。是他把它們拿走了！甚至有可能他又潛回來，拿走了它們！這個卑鄙的小混蛋。當我想到他是穿著我的身體、我那強大輝煌的超凡身體來幹這事，我差點氣昏過去。

也好，你又不是事先沒有料到。他的本性就是偷，這不奇怪。但你這會兒卻凍得發抖。回餐廳去，把門關上。

我慢慢往回走，邊走邊等著莫約；這條狗好像根本不怕冰天雪地，慢騰騰地不願意回屋。剛才我忘了關門，所以現在餐廳裏也成爲冰窖。我這才意識到，整個房子都由於我的這趟廚房之旅而溫度下降，便趕緊朝樓上走。我得記著把門都關上。

我走進那些不用的房間的第一間；先前我就是在這把一部分錢藏在煙囪裏。我伸手去搆放在裏面的那個信封。沒有了，只摸到一張紙條。我火冒三丈，把它取出來，過了好一會兒才想起打開電燈看上面寫的字：

你眞傻得出奇，竟以爲像我這樣有本事的人不會發現你的小貯藏。我用不著當個吸血鬼就能發現地上和牆上有一小片濕跡；它說明了問題。祝你冒險愉快。星期五再見。好自爲之！

拉格朗·詹姆斯

我氣得半天動彈不得。我怒不可遏，兩手攥拳。「你這個卑鄙的惡棍！」我用這可憐、沉重、遲鈍而尖利的嗓音說。

我走進浴室。自然，藏在鏡子後面的第二筆錢也不見了。只有另一張字條：

不遇困難挫折的人生是沒有的。你必須認識到，我無法抵禦這些小發現的誘惑。這就像在一個酒鬼周圍擺滿好酒。星期五我再見你。走在結冰的人行道上可要小心。我可不希望你摔斷一條腿。

我怒不可遏地一拳捅碎鏡子！還好，算你詹姆斯走運，沒有在牆上打出一個大洞來（若是讓吸血鬼黎斯特來捅這一拳的話），而只是落滿一地碎玻璃。這麼多年來我第一次這麼倒霉！

我轉身走下樓梯，回到廚房，這次把門在我身後撞上，然後打開冰箱的門。裏面空空如也！什麼也沒有！

哼，這個魔鬼，看我以後怎麼治你！他怎麼能想得出帶著這些東西逃走？他是不是以爲我不能給他這兩千萬美元，然後還要他的命？他到底是怎麼想的……

？？？

這一切眞是那麼不可思議嗎？他是不是眞的不回來了？他當然不會回來了。

我又回到餐廳。在那玻璃門的櫃子裏再也見不到銀具和瓷器了。而昨天夜裏裏面還是琳瑯滿目。我來到門廳，牆上那些繪畫也不見了。我檢查了起居室。畢卡索、強斯、德・庫寧和沃霍爾的畫都沒了。一掃而光。連那些輪船的大照片也沒了。

那些中國雕塑不見了。書架上也空了一半。地毯掛毯也大都如此。只有幾塊還在，包括餐廳裏那條差點要了我的命！還有在樓梯口的那塊。

這所房子裏所有有價値的東西都不見了！嘿，一半以上的家具都失蹤了！這個小混蛋果眞不打算回來了！這可絕不是他說的計劃。

我在靠近大門的扶手椅裏坐下。一直忠心耿耿跟著我的莫約利用這空閒時間，在我腳邊伸懶腰。我把手插進它的絨毛撫弄它，理順它。這狗在這裏眞給我帶來莫大安慰。

詹姆斯這麼幹眞是愚蠢。他難道沒想到我會求援？

唔，給他們打電話求援——這念頭太噁心了。不難想像馬瑞斯會怎麼唸我（假如我告訴他的話）。他很可能已經知道了，說不定此刻正氣得直搖頭呢。至於那些老傢伙，我更是不敢設想他們會怎樣罵我。我希望這次交換身體最好能掩人耳目偷偷進行。我從一開始就意識到捅出去不好。

幸虧詹姆斯並不了解，別的同類知道我搞了這次試驗會很生我的氣。他不可能了解這點。他也不了解他現在擁有的吸血鬼身體也有其局限性。

咳，剛才的想法太幼稚。偷了我的錢，洗劫了這所房子，這就是詹姆斯對惡作劇的理解，不多也不少。他不可能把那些衣服和錢留下來給我用；他那當賊的小心眼兒不允許他這樣做。他必須搞點小惡作劇，要點小聰明，如此而已。他當然還是打算回來要他那兩千萬美元。而且他還指望我會把這試驗繼續進行下去呢；因爲我把他視爲是唯一能成功做到換身的人，所以不會傷害他。他很清楚這點。

對，這就是他的王牌——我不會傷害這個能實現換身的凡人。尤其是我還想繼續這個試驗。

還想當人！我想苦笑：我苦笑了，笑聲既古怪又陌生。我緊閉雙眼，呆呆地坐了一會兒，討厭黏在胸前背後的汗水，討厭腹部和頭部的疼痛，厭惡手腳的腫脹和沉重感。等我再次睜開眼，我所見到的還是這片模糊的邊角和蒼白的色彩……

還要換嗎？噢，算了吧！控制一下自己吧，黎斯特。你把自己的牙齒都咬疼了！你都咬著自己的舌頭了！你把嘴都咬出血來了！而這血嚐起來像是水和鹽的混合，不過是水和鹽攙在一起！看在上帝的份上，適可而止吧。懸崖勒馬！

靜靜地坐了好一會兒，我站起來，開始仔細地尋找電話。

整座房子沒有一具電話。

好極了。

我眞傻，沒有爲整個這次冒險作好周密的安排。我太迷戀那些巨大的精神層面，根本沒爲自己做好實際的物質準備。我應該在威拉德飯店預訂一個套房，並在那兒的保險櫃裏放一筆錢。我也應該安排一輛汽車。

那輛汽車。他說的那輛汽車？

我來到門廳的衣櫃，取出那件大衣，見它上面有個地方開了線（所以他才沒把它賣掉吧）。我把它穿上，見衣袋裏沒有手套也無可奈何，從後門走出去，沒忘記仔細把餐廳的門關好。我問莫約是想跟著我還是想待在家。牠當然想和我一塊走。

小路上的秋雪約有一英呎深。我只好走出我的道兒。等走到街上時，我發現雪更深。

自然見不到那輛紅色的保時捷轎車。不僅在前門台階的左側沒有，連整個這個街區都見不到它的蹤影。確定這點之後，我來到街拐角，轉一個彎後又回來。我的雙腳凍僵了，雙手也一樣，臉皮也凍得發疼。

好吧，我只好步行出發了。至少得等我找到一個公用電話爲止。風把我身上的雪花吹走，這是個福音；但我還是不知道去哪裏好。

至於莫約，它顯得特別喜歡這樣的天氣，在前面穩穩地踩出一條雪路，雪花不斷從它那長毛絨的灰色「外衣」上滾落，留下些許晶瑩剔透的小雪片在上面閃閃發亮。我想，我應該和這條狗交換身體。但轉念一想，莫約穿著我的吸血鬼身體成什麼樣子？笑不笑話？我又是一陣大笑發作，笑著笑著，笑得在原地打轉兒，然後嘎然而止，因爲我眞的要凍死了。

不過這一切眞是太有趣了。我畢竟又成爲人類，我死後一直夢想的唯一心願終於實現了；我從人的骨髓裏恨透死亡後的不朽！我感到胃裏一陣翻江倒海般的饑餓。接著又是一陣折騰，我只能稱之爲「饑餓痙攣」。

「保羅餐廳，我得找到保羅餐廳，但我怎麼才能買到食物？我沒有錢，但我需要吃飯，是不是？沒有食物我活不了。不吃飯我就會越來越虛弱。」

當我來到通向威斯康辛林蔭大道的街角，我見到小山下燈火通明，人來人往。這條街道已經掃除了積雪，而且交通繁忙。路燈下，人來人往熙熙攘攘。當然這一切還是那麼氣人地朦朧。

我加快腳步，不顧它們現在已經凍僵了；你知道這並不矛盾，尤其是在雪裏走的時候。最後我終於見到一家咖啡館明亮的櫥窗。叫「馬提尼」。好了，忘了「保羅」吧，「馬提尼」也行。一輛車在門前停下來，一對漂亮的年輕情侶鑽出車後門，匆匆朝門口走去，鑽進咖啡館。我慢慢地踱向門口，見裏面有一位俏麗的小姐站在高高的木製櫃台，正爲這對戀人拿來兩份菜單，然後把他們領進裏面的陰暗處。我掃視了一眼那些蠟燭和格子花紋的桌布。然後才突然意識到，鼻子裏那股難聞的味道是燒焦奶酪味。

作爲吸血鬼我不會喜歡這種氣味，一點也不會喜歡；但也不會像現在這樣如此令我感到噁心。作爲吸血鬼，這氣味畢竟和我毫無關係。可現在它卻與我的饑餓聯繫起來；這氣味似乎在牽動我喉嚨裏的肌肉。事實上，它好像突然竄入我的腸胃，迫使我感到噁心，而已不僅僅是股難聞的氣味。

奇怪。不過得注意這些小事。這才是活著。

那位漂亮的小姐已經回來，正在低頭看攤在木頭櫃台上的報紙，並拾起她的鋼筆作記號。我看著她蒼白的側面。她有一頭長長的黑色鬈髮！皮膚很蒼白。眞希望能看得更清楚。我努力去聞她的氣味，但聞不到。我只能聞到奶酪燒糊的氣味。

我打開大門，不顧迎面撲來的那股臭味，穿過人群。在那小姐面前站住。咖啡館裏的溫暖氣息連同那些怪味道頓時包圍住我。她十分年輕，五官小巧玲瓏，削瘦，細長的黑眼睛。她的嘴很大，精緻地塗滿口紅，脖頸長而優美。她的體型是二十世紀的——黑色的連衣裙裏面全是骨頭。

「小姐，」我故意加重我的法語腔調，說，「我很餓，外面又這麼冷。我能在這做點事掙口飯吃麼？我可以擦地板、洗盤子，幹什麼都行。」

她茫然地瞪了我一會兒，然後退了一步，把波浪形的頭髮往後一甩，眼皮往上一翻，又盯住我，冷冷地說：「出去。」她的嗓音聽起來又細又平。其實當然不是這樣，只不過我這凡人的耳朵聽起來是這樣罷了。凡吸血鬼能聽出的共振我現在都聽不出了。

「能給我一片麵包吃嗎？」我問她。「只要一片。」食物的味道雖然很差，但還是誘惑著我。我已經記不得食物是什麼味道，也不記得它們的質地和營養都是什麼，但眼下我的人性佔了上風；我急需食物。

「我要叫警察了，」她說，聲音有些顫抖；「你要還不走我就叫。」

我嘗試審視她的心理活動。一無所獲。我又斜視四周幽黑的環境，想審視其他人的心態。還是一無所獲。穿著這副人體使我喪失這種能力。這不可能！我又審視她。什麼也沒有，她的心思一點也看不出來。看不出她是什麼類型的人；什麼本能、直覺、第六感……一概看不出。

「那好，」我說著衝她盡可能溫和地微笑，也不管這笑容看上去怎樣，效果如何。「你一點也沒有良心，我希望你下地獄燒死。上帝有眼，我不值得你再這樣對待我。」我轉身就要走，但她碰碰我的袖子。

「你要知道，」她由於生氣和窘迫而聲音略微顫抖，「你不能跑到這兒來指望別人給你吃的。」她蒼白的雙頰泛起紅暈。我聞不到她的血味，但我能嗅到一股麝香似的香水味，半是人味、半是商業氣味。我猛然看見兩顆小小的乳頭從她連衣裙上突出來。眞奇異。我再次嘗試讀她的心思。我告誡自己我一定能行，因爲這是我天生的本領。可是還是徒勞。

「我說過我要做事賺吃的，」我邊申辯邊克制自己不去瞄她的胸脯。「你讓我幹什麼都行。瞧，我向你道歉。我不想讓你在地獄裏燒死。那麼說太可怕了。我目前不過是倒了點楣，發生一些不走運的事。瞧，那是我的狗。我拿什麼來餵它呢？」

「是那條狗呀！」她透過櫥窗玻璃，看到了鄭重地坐在雪地裏的莫約。「你在開玩笑吧？」她說。她的聲音眞尖。毫無特點。我聽到的那麼多聲音都具有同一種音質：尖細的金屬般的音質。

「這是我的狗，」我有點憤怒地說。「我很愛它。」

她哈哈大笑。「那條狗每天半夜都來這兒的廚房後門撿吃的！」

「哦，是嗎？太好了。我們倆總算有一個有吃的。小姐，聽到這我眞高興。也許我也應該去廚房後門。也許這狗會給我剩下點吃的。」

她冷冷地假笑兩聲。她打量我，饒有興趣地看著我的臉和我的裝束。我在她眼裏到底像什麼？我不知道。我這件黑大衣並不便宜，但也沒風格。我這頭褐色頭髮上落滿了雪。

她自己也有一種瘦長、或說苗條的性感。細長的鼻子，纖細的眼睛。優美的骨骼。

「那好，」她說，「在櫃台那邊坐下吧。我讓他們給你拿點吃的來。你想吃什麼？」

「什麼都行。我無所謂。謝謝你的好意。」

「沒關係，坐下吧。」她打開門朝莫約喊道：「到後邊找吃的去。」她邊說邊打了一個手勢。

莫約還是一動不動地坐在原地，很有耐心地像一座毛絨絨的小山。我走出咖啡館，迎著凜冽的寒風叫牠到廚房的後門。我指了一下側面的一條小路，牠看我好半天，才爬起來慢騰騰地朝小路走去，消失了。

我回到裏面，再次慶幸自己脫離了寒冷，雖然我的鞋裏全是融化的雪水。我朝咖啡館深處的暗影走去，在一個我沒看見的木頭凳子上絆了一下，差點摔倒，接著我自己坐在這凳子上。在那木頭櫃檯上已經騰出了一塊地方，上面鋪了一塊藍色的布墊，擺好了一副沉甸甸的鋼製刀叉。奶酪的氣味令我窒息，還有燒洋葱，咖哩和奶油的氣味。全讓我作嘔。

我坐在這張凳子上特別不舒服。它堅硬的圓邊勒進我的腿。我再次為自己在黑暗中視物不清感到煩惱。這家餐館好像很深，還有好幾個屋子排成一長排，但我硬是看不到頭。我能聽到嚇人的噪音，比如大鍋碰在金屬上的砰砰聲，讓我的耳朵有點受不了；也許是我討厭這種聲音的緣故。

那個年輕女人又出現了，一邊放下一大杯紅葡萄酒，一邊迷人地微笑著。這酒味酸酸的，細聞起來也很噁心。我謝了她，端起酒杯，喝了一大口葡萄酒，在嘴裏含了一會兒，然後嚥下去。我的嗓子馬上噎住。我不明白出了什麼事，不知是我嚥錯了，還是這酒燒著我的喉嚨，還是別的什麼原因。我只知道自己在劇烈咳嗽，忙從叉子旁邊抓起一塊餐巾紙捂住嘴。有點酒被嗆進了我的鼻腔。至於味道，淡淡的略帶酸味。我感到十分沮喪。

我閉上眼睛，用左手把住腦袋，這隻手則握住那張餐巾紙，攥成了拳頭。

「嘿，再試試，」她說。我睜開眼睛，見她正用一只大玻璃瓶再次斟滿我的酒杯。

「好的，」我說。「謝謝。」我渴得要命。事實上，這酒的味道加深我的口渴。不過這一次我謹慎些，不能吞得那麼猛。我又舉起酒杯，啜了一小口，試著品味它，雖然它似乎沒什麼東西值得品味，然後才慢慢把它嚥下去，保證它走的是食道。好薄的味道，與大口大口美滋滋地吸血完全不同。我得掌握喝酒的要領。我把杯裏剩下的酒喝完，然後拾起那酒瓶又斟滿，又喝掉了。

有一陣子我只感到垂頭喪氣。接著我逐漸感到有點噁心起來。我想，飯就要來了。哈，飯來了——大概是一罐棒形麵包吧。

我抽出一根，仔細聞了聞，確定它是麵包後就很快把它啃掉了。我始終感到有點像吃沙子。像我在戈壁上吃進嘴裏的沙子。

「凡人怎麼吃這玩意兒?」我問她。

「比你吃得慢,」這漂亮女人咯咯笑了兩聲。「你難道不是凡人嗎?你從哪個星球上來?」

「金星維納斯,」我又衝著她微笑。「那顆表示愛情的行星。」

她毫無顧忌地上下打量我,削瘦蒼白的小臉頰上又泛起一點紅暈。「嗯,你就待在這兒等我下班吧,好麼?你送我回家好了。」

「我一定送你回家,」我說。隨即我意識到這意味著什麼,馬上神奇地不安起來。也許我能與這女人睡覺。啊,對,就她而言極有這種可能性。我的目光又向下溜到那兩個小乳頭,它們那麼誘人地突挺在黑絲綢的連衫裙上。對,與她睡;她的頸項多麼白皙而光滑。

那傢伙在我兩腿之間騷動起來。喔,什麼東西起作用了。但這種變硬和膨脹的感覺眞奇妙,它只局限在一個地方,而且方式又那麼古怪,使我徹底地意亂神迷。以前我對血的需要從不只局限在某個部位。我茫然地凝視前方,連一盤義大利細麵加肉腸端到我面前時,我都沒低頭看一眼。熱騰騰的香氣直撲我的鼻孔,有乳酪、烤肉和油脂。下去,我命令我那傢伙。現在還不是時候。

最後我總算把目光移向盤子。饑餓使我的肚子裏翻江倒海,彷彿有人雙手攥著我的腸子向外排擠。我還記得這種感覺嗎?天知道,我在我的凡人一生中嘗夠挨餓的滋味。饑餓伴著我走完一生。不過這段記憶好像很遙遠,無足輕重。我慢慢拿起叉子——在我那個時代我從沒用過叉子,因爲還沒有;我們那時只有勺子和刀子——把那排齒尖伸進亂糟糟稀溜溜的麵條,絞起一撮放進嘴裏。

我已經意識到它一定很燙,但已來不及了;我的動作太慢。我的舌頭被燙得要命,叉子也掉在桌上。我眞是蠢透了，這也許是我的第十五個愚蠢舉動吧。我得怎麼做才能比較理智、耐心而又冷靜地處理這些事情呢？

我又在那張不舒服的凳子上坐下，盡可能不慌不忙，不在地板上磕絆。然後思索起來。

我得嘗試操作這個充滿不尋常的弱點和感覺的新身體；比如說，這雙腳凍得又僵又疼，還濕漉漉地站在穿堂風裏。我在犯一些雖說可理解但仍愚不可及的錯誤。我眞該穿上高統皮靴。應該在來這裏之前找一個電話，給我在巴黎的代理人掛電話。我不該像我當吸血鬼時，思維和行爲都這麼固執——只因爲我現在不是了。

本來嘛，我要還是吸血鬼的話，像這樣燙的飯菜根本不會燙壞我的皮膚。只可惜我現在沒有吸血鬼的身體。所以我才要穿上長統靴呢。想想吧！

可是，這種體驗與我的期待相距甚遠。哎，天哪，當我以爲我就要享受人生時，我現在卻在大談三思而行！我滿以爲我做人後會沉溺於感官享受，迷戀回憶，迷戀新奇的發現；卻沒想到我現在只能考慮如何退縮！

事實上，我曾展望過歡樂，一連串的歡樂——吃呀，喝呀，先同女人睡，再同男人睡等等。但迄今爲止我所體驗的一切都談不上任何一點樂趣。

唔，我應該對這種尷尬的局面負責。我能改變這種局面。我用餐巾紙揩揩嘴巴：這種人造纖維做得眞粗糙，吸水性比一塊油布好不了多少。然後我舉起玻璃酒杯再次喝盡。胸口湧上來一陣噁心。我的喉嚨發緊，接著有點醉意，我的上帝，三杯酒下肚我就醉了嗎？

我再次舉起叉子。這黏糊糊的麵條現在比較涼，我叉起一團塞進嘴裏。我又差點噎住！我的喉嚨不由自主地閉合，好像要阻止這團「漿糊」窒息我的呼吸。我只好停下，通過鼻孔緩慢呼吸，告誡自己這不是毒藥，我也不是吸血鬼了。然後，我才小心地咀嚼這團麵條，注意別咬著自己的舌頭。

可是我剛才已經咬過自己的舌頭，現在那塊腫痛的舌面開始折磨我。疼痛在我的嘴裏蔓延，我對它的敏感遠勝過食物的香味。儘管如此，我還是接著嚼這麵條，並開始回味它的無味，它的又酸又鹹，它的嚇人的黏稠……不過我還是把它吞掉，感覺喉頭又是一陣發緊，隨後一個硬團緩緩降到胸部。

假設路易斯正在經歷這事，假設我現在還當我的吸血鬼，坐在他的對面注視著他，我恐怕就會指責他所做的一切，並心想：你會厭惡他的膽小怕事，縮手縮腳，厭惡他不珍惜這次難得的體驗，厭惡他缺乏遠見。

於是我又舉起叉子。我嚼著另一口麵條，把它吞下去。唔，還是有點味道的。它完全不同於辛辣香甜的血味，它的味道溫和得多，顆粒狀得多，而且更黏稠。好，再來一口。你會慢慢喜歡它的。再說，這也不一定就是多好的食物。來吧，再來一口。

「嘿，慢點兒。」那漂亮女人說。她正依偎著我，可我卻不能透過外衣感受她那柔體的溫暖。我轉過身來再次凝視她的眼睛，吃驚地發現她黑色的睫毛鬈曲而修長，她的嘴微笑時很美。「小心噎著。」

「知道。我太餓了，」我說。「我知道這很不禮貌，不過你還是聽我說：你這兒有沒有不像這玩意兒這麼黏答答一團的東西？硬點的東西，比如說肉？」

她笑了，說：「你這人太古怪了。你到底是從哪兒來的？」

「法國，鄉下，」我回答。

「那好，我再給你拿點別的吃。」

她剛一走開，我又喝了一杯葡萄酒。我真的有些昏昏然了，但也感到暖和，很舒服。我還想突然大笑。我知道自己起碼醉了一半。

我決定觀察一下屋裏別的顧客。眞奇怪，我居然聞不到他們的氣味，讀不到他們的心思。我甚至無法聽見他們的聲音，只能聽到許多喧嚷和噪音。更奇怪的是：待在這裏我感到既冷又熱，我的頭在過熱的空氣裏感到暈眩，而我的腳卻在貼近地面的穿堂風裏凍僵。

那年輕女人把一碟肉擺在我面前，她叫它「小牛肉」。我抓起一小片放進嘴裏。她有些驚訝；我應該使用刀和叉的。我嚼著，發現它同細實心麵條一樣沒有味道；不過好一點。好像更乾淨點。我貪婪地大口嚼著。

「謝謝，你對我眞好，」我說。「你眞可愛。我對我剛才說話太粗魯深感抱歉，眞的。」

她似乎被我的話迷住了。其實我多少有些演戲。我在假冒紳士，實際上我不是。

她離開我，去找一對正要離去的情侶收賬。我又回到我的第一頓飯——像沙子和漿糊，外加幾塊鹹鹹的「皮革」的第一頓飯。我啞然失笑。再來點葡萄酒；怎麼像喝水似的沒味？不過挺有效。

她把盤子端走之後，又給我拿來一瓶酒。我坐在那個木凳子，穿著我的濕襪子和鞋，又凍又不舒服，一邊使勁想看清暗處的人和物，一邊喝酒。一個小時過去了，我越喝越醉。這時她準備下班回家。

我此時的感覺一點也不比剛開始時舒服。我剛從凳子上站起來，就覺得自己快邁不動步子，只好低頭看看它們是不是還在那兒。

這位漂亮小姐覺得這一切特別有趣，我可不這麼認爲。她攙扶著我沿著白雪皚皚的人行道走，一邊招呼著莫約，只把它簡稱爲「狗狗」，但語氣十分尊敬和親切。她還教我放心，說她住的地方「離這兒不遠，只有幾步路」。這一切只有一個好處：由於有了她，寒冷不再使我那麼煩惱。

我的確已經掌握不好平衡，兩腿像鉛一樣沉。連最明亮的東西我都看不清。我的頭很疼。我覺得自己隨時會摔倒。擔心跌倒成爲我的一大恐懼。

幸虧我們很快就到她家。她領我走上一段鋪著地毯的狹窄樓梯。爬這段樓梯使我筋疲力盡，心慌氣短，大汗淋漓。我幾乎什麼都看不見了！我快要瘋了。我聽見她把鑰匙插進門裏。

一股新的惡臭迎面撲來，鑽進我的鼻孔。這間可憎的公寓小套房看上去簡直就是一座由紙板和膠合板搭成的小倉庫，四面牆上貼滿花花綠綠、沒有區別的印刷海報和招貼畫。但這股怪味是從哪兒來的？我突然意識到，它來自她在家裏養的幾隻貓，它們隨時可以在一個泥罐裏屙屎撒尿。我看見這個泥罐盛滿貓的排泄物，就擺在一間敞開門的小浴室的地板。我心想，這下可完了；我要熏死了！我呆呆地站著，努力不讓自己嘔吐出來。我的胃裏又是一陣絞痛，這次可不是饑餓所致；我感覺皮帶把肚子都勒疼。

我的肚子越來越疼。我明白自己得履行和貓同樣的職責。確實，我得馬上解大便，不然就當眾出醜。而我只好進那個擺著貓屎尿罐的房間。我的心提到喉頭處。

「你怎麼啦？」她問。「哪兒不舒服？」

「我能用一下這個房間嗎？」我用手指著打開的門說。

「當然，」她回答。「去吧。」

過了十分鐘，也許更長，我從裏面出來了。我對排泄的簡單過程——臭味，排便的感覺，大便的樣子——厭惡得半天都說不出話。好在它結束了，拉完了。現在只有醉意還留在我身上，還有剛才伸手搆燈繩卻沒搆到，用勁擰門把手——用我這烏七抹黑的大手——卻滑脫的醜態。

我找到臥室，很暖和，擠滿了平庸的現代家俱。原料是廉價的層壓板，毫無風格可言。

現在那年輕女人已經脫得一絲不掛，正坐在床沿邊上。我不顧附近一盞亮著的檯燈造成她的扭曲身影，竭力睜大眼睛想把她看個透徹。但她的臉還是一團難看的陰影，她的皮膚看上去灰黃。床上的霉腐味包圍著她的胴體。

我對她的總體結論是，她像現代女人時興的那樣瘦得出奇，所有的肋骨都在奶白色的皮膚上顯露出來。她的乳房異常地小巧，鑲嵌著兩顆精緻的粉色小乳頭。她的胯部幾乎不突出。她就像個幻影，但她仍坐在床上微笑，彷彿這一切沒什麼不正常，任憑一頭鬈曲的秀髮長長地披散在她的光背上，還用一隻軟軟的纖手遮住黑黑的小陰部。

好了，她是再明顯不過地表示！最壯麗的人生體驗就要來臨。但是我對她還一點感覺也沒有呢。毫無感覺。我微笑著，也開始脫衣。先剝掉大衣，馬上感覺冷。她爲啥不冷呢？接著我脫去毛衣，我自己的汗酸味馬上撲鼻而來，令我大爲驚駭。天哪，我以前也像現在這樣嗎？我的這個身子以前看起來滿乾淨呀！

她好像並不在意這個。我暗自慶幸。接著我脫去襯衫、鞋襪和長褲。我的兩腳還是冰涼的。確實，我赤裸裸的，凍得發抖。我也不知道這種局面我喜不喜歡。我猛然在掛在她梳妝台上方的鏡子裏看到自己，這才意識到我的器官根本就是軟塌塌的，還沒睡醒呢。

她對此仍不感到吃驚。

「過來，」她招呼我。「坐在這兒。」

我服從了。我渾身發抖。接著咳嗽開了。第一聲咳嗽是個噴嚏，猛地打出來，把我嚇了一跳。隨後一串咳嗽難以控制地接踵而來。最後那個如此劇烈，使我的肋部一圈都感到疼痛。

「對不起，」我向她道歉。

「我喜歡你的法語腔調。」她低語著，伸手撫摸我的頭髮，故意讓她的長指甲輕輕劃過我的面頰。

唔，這感覺很不錯。我低頭去吻她的脖頸。這感覺也挺好。雖不如接近一個目標那樣激動人心，但也挺不錯。我努力回憶兩百年前，我是村裏追逐姑娘的老手時的往事，那時好像總有農民站在城堡大門口詛咒我，衝我揮拳頭，警告我若是和他女兒搞出小孩，非教我吃不了兜著走！那時追女孩兒好像特別有趣，那些姑娘眞是可愛。

「怎麼啦？」她問我。

「沒什麼。」我回答。我又吻她的喉嚨。我能聞到她的身上也有汗味，讓我反感。但爲什麼呢？這些汗水若讓我在當吸血鬼時聞起來，就一點也不會刺鼻和反感。但是穿著人體它就和人裏的髒東西產生聯繫。我覺得自己無法抵禦這些汗水；它們好像不是人的排泄物，而成了某種能入侵我的身體、使我生病的東西。比如，她脖子上的汗水現在就沾在我的嘴唇。我知道這是她的汗，我嘗得出來，因此很想躲開她。

不過，這想法太離奇。畢竟她是個人，我也成了人。感謝上帝，這種現狀不會維持過星期五。但我有權利感謝上帝麼？

她的小奶頭磨蹭著我的胸脯，暖暖的，像兩顆小瘤子，後面的肉球溫潤柔軟。我伸出手臂，挽住她的小光背。

「你身上很燙，一定發燒了。」她對我耳語。她像我吻她那樣也吻了我的脖子。

「沒有，我沒事，」我說。是否說對了？我心裏也沒底。對自己作出正確判斷很難。

她突然用手觸摸我的器官。我先是一機靈，緊接著興奮起來。我感到這傢伙增長，粗壯起來。感覺完全集中在這一帶，我覺得很刺激。我注視著她的雙乳，又看著她雙腿之間的小片三角形軟毛。我的器官更堅挺了。對，我想起來了；我的眼睛同它緊密相連，現在所有別的東西都無關緊要了。我眼裏只有她。我要把她按倒在床上。

「哇！」她小聲驚呼。「你的傢伙可眞嚇人！」

「是嗎？」我低頭看自己。那嚇人的東西增長了一倍，現在似乎同我身上的任何部分都不成比例了。「是的，你說得對。我本該想到這點，好讓詹姆斯處理一下。」

「誰是詹姆斯？」

「沒事。」我搪塞道。我把她的臉扭過來面對我，然後親吻她濕潤的小嘴，通過她的薄嘴唇，感覺她的兩排牙齒。她張開嘴容納我的舌頭。雖然她嘴裏的味很難聞，但接觸起來的感覺還不錯。沒關係。但這時我想到了鮮血。我想喝她的血。

我從前的那種接近目標，即將用牙尖刺破皮膚，並讓鮮血滋遍舌頭的興奮緊張心情到哪兒去了？不過，幹這種事可沒那麼容易和毀人。這是發生在兩腿之間的事，更像一陣顫慄；我敢說實際上就是一陣顫慄。僅僅想到鮮血就激發我的情緒，於是我把她粗魯地推倒在床上。我只想完成此事；只要完成，別的都無所謂。

「等等。」她說。

「等什麼？」我趴在她身上吻她，舌頭更加深深地探進她的嘴裏。沒有血。眞沒味道。我的陰莖從她溫暖的大腿之間滑進去，這時我就差點射精，但火候還不夠。

「我要你等等！」她尖叫，臉脹得通紅。「你不戴保險套可不行。」

「你說什麼廢話？」我嘟噥著。我明白她說的意思，但這時已經不管用了。我把一隻手伸下去，撫摸那毛茸茸的開口，接著是那水汪汪、黏糊糊的裂縫，摸起來那麼小巧玲瓏。

她朝我尖叫，要我下去，並用手掌跟使勁推我。我突然覺得她怒氣沖沖、臉脹得通紅的樣子十分可愛。當她用膝蓋頂我時，我順勢向下朝她使勁推進，然後拱起腰，對準了，把那傢伙貫進她的身體，頓時感到她那甜蜜而暖熱的陰道緊緊裹住我的器官，使我大口喘氣。

「停下！別幹了！我叫你停止！」她尖叫。

但我等不及了。她怎麼會覺得現在是討論戴不戴套的時候？在這樣狂亂的時刻，我怎麼也不能理解。隨後，我感到一陣意亂神迷，眼前一黑，達到了高潮。精液從陰莖裏噴湧而出！

這一刻像是永恆；隨即便結束了，彷彿從未開始過。我筋疲力盡倒在她的身上，渾身大汗淋漓，並對黏糊糊的這東西和她恐怖的尖叫感到煩惱。

最後我滾下來，平躺在床上。我頭疼，感到屋裏的怪味加重，其中有股酸臭味來自床本身，以及軟塌塌、成塊狀的床墊；還有那些貓屎尿的臊臭味。

她跳下床，氣得發瘋。她哭喊著，渾身顫抖，從椅子上抄起一塊毛毯裹住身子，然後衝我大叫：「滾，滾出去！滾！」

「你到底怎麼了？」我問。

她罵出一連串現代詛咒。「你這乞丐，要飯的，白痴，神經病，瘋子！」等等。她說我會把病傳染給她。她說出一串病名。還說我會讓她懷孕。我是個畜牲，小偷，惡棍，笨蛋！我得立即從這裏滾蛋。我怎麼竟敢這樣對待她？快滾，不然她馬上叫警察。

一陣睏意襲上來。我竭力想把她看清，雖然屋裏很暗，接著一陣前所未有的噁心湧上心頭。我拚命控制住自己，憑著一股決心才沒有當場嘔吐在那裏。

最後，我坐起來，然後下床站在地上。我低頭看著她站在那兒哭泣並衝我大喊大叫。我突然覺得她很可憐，覺得我確實傷害了她。她的臉上還眞的腫起了一塊，很難看。

漸漸我才明白發生了什麼。原來她想讓我使用某種保護膜；我實際上是強迫了她。這次她一點也沒有樂趣，只有恐懼。我達到高潮時又看了她幾眼，見她在抵抗我。我意識到，她見我那麼享受同她搏鬥，一定覺得完全不可思議；對我如此喜歡她發怒和抗議、如此享受對她的征服，她肯定百思不得其解。但出於某種庸俗可鄙的心理，我覺得我卻能理解。

這次體驗似乎搞得一團糟。它使我沮喪之極。快感本身根本算不上什麼！這種局面我再也不能忍受了！假如我現在能找到詹姆斯，我一定會再給他一筆錢，就要他馬上把我的身體還給我。去找詹姆斯……我居然把找電話的事全忘了。

「聽我說，親愛的，」我說。「我很抱歉。不知怎麼一切全搞亂了。我知道我錯了。對不起。」

她揮起手想給我一巴掌，被我很容易地捉住手腕，並強迫她放下手，把她弄疼了一點。

「出去，」她再次趕我。「不出去我就叫警察。」

「我明白你說的話。這是最後一次了，我眞笨拙。我太糟糕了。」

「你比糟糕還蹩腳！」她粗聲粗氣地說。

這次她眞的摑了我一巴掌。我躲閃不及。摑得之重令我吃驚。火辣辣的。我摸著挨了她摑的那邊臉頰。還眞有點疼。我又羞又惱，這是受到侮辱的疼痛。

「滾！」她又尖叫。

我穿上衣服，但這麼做像搬磚頭一樣困難。我羞愧難當：沒想到做一個微小的動作或說一句話都如此笨拙和難受，使我恨不得只想找個地縫鑽進去。

我總算把扣子都扣好，把拉鍊都拉上，並且又把那雙潮濕的襪子和那雙單鞋穿在腳上。我準備走了。

她正坐在床上啜泣，單薄的雙肩在抽動，柔軟的脊樑骨從她白白的後背上凸現出來，厚厚的波浪形長髮一簇簇從她捂在胸前的毛毯外面披散下來。她看上去眞脆弱，醜陋得可憐，又讓我反感。

我嘗試著以眞正的黎斯特的眼光來看她，但我做不到。她顯得十分平凡，毫無價值，連點味兒也沒有。我有點害怕了：我童年時代的那個村莊是不是也是這樣？我努力回憶那些已死去幾百年的村姑，但我想不起她們的面容了。我只記得那時的歡樂、淘氣和生機勃勃的行動，使我暫時忘記生活中的挫折和絕望。

而那些往事在此刻又意味著什麼？爲什麼這次體驗這麼不愉快，顯得毫無意義？假如我是原來的我，我本會覺得她很迷人，就像隻昆蟲般地迷人；哪怕她的小房間也會顯得富有情調，即使是那些最糟糕、最沒味道的細節也不例外！我會對所有可憐的凡人住處都產生一種憐愛。但眼下這是怎麼了！

而她，這個可憐的生靈，也會在我眼中很美，只因爲她是個活物！只要我吸她的血一個小時，我就不會受到她的玷污。事實上，和她在一起我感到齷齪，對她殘忍我也覺得卑鄙。我理解她爲什麼害怕染上病！我也覺得受到了傳染！但我的遠見卓識又跑到哪兒去了？

「我十分抱歉，」我又說。「你得相信我。我並不想這樣。我也不知道我需要什麼。」

「你瘋了。」她痛苦地說，沒有抬頭看我。

「過不久我晚上會來看你，我會給你帶來禮物，一個你眞正需要的漂亮東西。我把它送給你，你也許會原諒我。」

她沒有回答。

「告訴我，你眞正想要什麼？錢不算數。你得不到的東西，最想要什麼？」

她抬起頭來，繃著臉，臉上又紅又腫，弄得挺髒。接著，她用手背抹了抹鼻子。

「你知道我想要什麼，」她說，聲音嘶啞難聽，低沉得幾乎分不出男女了。

「我不知道。告訴我。」

她的臉十分難看，嗓音十分陌生，使我害怕。早些時候喝的酒仍使我昏昏沉沉，不過我的腦子還很清醒。這情形倒挺有意思：這個身體醉了，我卻沒事。

「你到底是誰？」她問。她現在看起來十分強硬。「你不是個一般人，對不對……你很特別……」她的聲音慢慢聽不見了。

「對你說你也不會相信的。」

她把頭更加使勁地扭過來，仔細察看我，彷彿擔心厄運會突然降臨到她頭上。她自己會猜出來的。我也想像不出她有什麼複雜的心理活動。我只知道自己覺得她可憐，而且不喜歡她。我不喜歡這間又髒又亂、灰泥天花板低矮的房間，還有那張齷齪的床，那張醜陋焦黃的地毯，昏暗的燈光，以及在隔壁房間裏散發臭氣的貓屎尿罐。

「我會記住你。」我可憐巴巴但卻和善地說。「我會使你吃驚的。我會回來，給你帶來奇妙的東西，這東西你自己一輩子也得不到。好像來自另一個世界的禮物。不過現在，我要離開你了。」

「好吧，」她說，「你趕緊走。」

我轉身走掉了。我想到了外面的寒冷，想到莫約正在走廊裏等我，想到那所住宅，它的後門殘缺不全，快要從鉛鏈上掉落。而且裏面沒錢，也沒有電話。

哦，電話。

她有一具電話。我見到它擺在梳妝檯上。

當我轉身朝梳妝檯走過去時，她又朝我尖叫，並抓起什麼東西朝我猛打過來。我想是隻鞋吧。它打中我的肩膀，但不疼。我抓起聽筒，敲了兩下「0」打長途，然後撥我紐約代理人的號碼，要對方付款。

電話鈴一遍遍地響，但沒人接。連他的機器也沒打開。眞奇怪，眞不方便。

我在鏡子裏能看見她，僵直地坐著，一言不發，憤怒地注視著我。那條毯子裏在她身上，像一件柔滑的現代連衣裙，從頭到腳，她都是這樣可憐。

我又給巴黎打電話。電話鈴又一遍遍地響了半天，才傳來那個熟悉的聲音——我的代理人是從睡夢中給吵醒的。我用法語很快地告訴他我在喬治城，我急需兩萬——不，最好寄來三萬——美元。我現在就急需這筆錢。

他向我解釋巴黎現在太陽剛升起。他得等到銀行開門，到時他會馬上把錢電匯給我。等錢匯到我手中時喬治城可能是正午。我記住要去取錢的那家代辦處的名字，並懇請他迅速辦理，不要失誤。現在很緊急，我身無分文。我有要事要辦。他說一切很快就會辦妥，讓我放心。我放下電話。

那女人還在盯著我，我猜她聽不懂電話的內容。她不能講法語。

「我不會忘記你的。」我說。「請你原諒我，我得走了。我招來的麻煩已經夠多了。」

她沒有回答。我注視她的目光，想最後一次窺透它：她爲啥如此粗俗和乏味，我先前的優越地位哪兒去了！那時整個生活對我都是那樣美好，天下萬物不過是一個輝煌主題的無數變奏。那時連詹姆斯都有一種恐怖的猙獰的美，活像隻南卡羅來納州的大臭蟲或蒼蠅。

「再見，親愛的。」我說。「我眞的很抱歉。」

我發現莫約坐在門外耐心等我。我匆匆走過牠，打了個榧子讓牠跟著我，我們走下樓梯，走進寒冷漆黑的夜。

儘管寒風一股股吹進廚房並鑽進餐廳的門，這所房子的其他房間還算相當暖和。從地板上的黃銅小格柵裏吹來股股暖氣。詹姆斯還好，總算沒把暖氣關上。不過他打算這兩千萬美元一到手就離開這個地方。剩下的房租不會再有人付。

我走上樓梯，穿過主臥室，來到浴間。這裏滿不錯，新的白瓷磚，乾淨的鏡子，寬敞的淋浴分隔間，還帶著磨砂玻璃門。我試了試洗澡水。又熱又猛。熱度足夠。我脫光那身又潮又有味道的衣褲，把髒襪子放在暖氣的鐵格柵上，把毛衣整齊地疊好（因爲我只有這一件），然後在熱水下面站了好長一段時間。

我把頭仰靠在瓷磚牆上，弄不好我站著就會睡著。但我沒打盹，而是哭泣起來。接著又自然而然地咳嗽起來。我感到胸口燒心，鼻腔也在上火。

最後我走出隔間，甩掉浴巾，又站在鏡前注視這副身體。它身上沒有一處疤痕或瑕疵，兩條手臂很有勁，但肌肉適度，胸脯也是這樣。兩條腿形狀優美。臉龐的確英俊，黝黑的皮膚幾乎完美，雖然最早穿著它的那個小伙子已經完全消失，就像我自己的臉。這張臉是張典型的男性面孔——長方形，有點剛硬，但很美、很英俊，大概主要歸因那雙大眼睛。還有點粗糙，鬍子長出來了，得刮臉了。討厭。

「眞的，本來應該很精彩，」我大聲說。「你已經擁有了一副完美的二十六歲男體。但到目前爲止你像是做了一場惡夢。你接二連三地犯下愚蠢的錯誤。你爲什麼不能面對這次挑戰？你的意志和力量跑到哪裏去了？」

我感到全身發冷。莫約已經跑到床腳的地板上睡覺。我也要睡一覺。像個凡人那樣睡覺，等我醒來時，陽光將照進這個房間。哪怕是陰天，也會一片光明。畢竟是白天，你將看到白天的世界；這些年來你一直渴望見到的，不就是白天的世界？把這一切無底的爭鬥、瑣事和懼怕都忘掉吧。

但是，一陣可怕的疑慮接著又襲上我的心頭：難道我的凡人生活除了無休止的勾心鬥角、囿於瑣事和擔驚受怕之外，就別的什麼都沒有了嗎？難道大多數的凡人都是這樣生活的嗎？這難道就是許多當代作家、詩人想要表達的主題嗎？「我們都愚蠢地爲了偏見而忙，在忙碌中虛度一生。」難道這一切都是可悲的老生常談嗎？

我深感震動，試圖再次說服自己，我的所作所爲非比尋常。但這有什麼用呢？待在這副遲鈍的人體裏太可怕了！喪失我的超自然力太可怕了。瞧瞧這世界吧，它齷齪而邋遢，支離破碎而禍事橫生。我甚至連它的大半也看不到。這算什麼世界？

不過，還有明天！天吶，難道是又一番可悲的老生常談！我開始大笑，接著又是一陣咳嗽。這次疼痛出現在我的咽喉裏，而且很劇烈，我的眼裏流出淚水。最好睡一覺，休息一下，準備迎接我這寶貴的一天。

我擰滅檯燈，把床上的被子扯翻過來。謝天謝地它還算乾淨。我把頭枕在枕頭上，把身體綣縮起來，膝蓋頂著胸，把棉被拉到下巴上，睡覺。我隱約覺得，如果這房子燒起來，我會被燒死。假如爐子的鐵格柵裏漏煤氣，我就會給熏死。也可能有人會鑽進敞開的後門把我殺死。確實，各種災禍都有可能發生。但是我有莫約陪著，不是嗎？再說我也太累了。

幾個小時後，我醒了。

我劇烈咳嗽，冷得發抖。我需要手帕，但只找到了一盒紙巾，湊合著用，就用它們連連地擤鼻涕。好不容易又能呼吸了，我也累得昏昏沉沉，筋疲力盡。雖然我穩穩地躺在床上，卻覺得我在漂蕩沉浮。

不過是凡人常有的感冒，讓我自己挨凍的後果。這樣雖然做事不便，但也是一種經歷，我必須有的經歷。

等我下次醒來時，見這條狗正站在床邊，不時舔我的臉。我伸手去摸它毛茸茸的鼻子，並笑話它，但又招來一陣咳嗽，嗓子疼，這才明白我已經咳了好一陣子。

外面的光線十分明亮。出奇地明亮。感謝上帝，這昏暗的世界終於出現一盞明燈。我坐起來，頭暈得半天弄不明白我看見了什麼。

窗櫺上外面的天空湛藍，陽光灑在打過蠟的地板上，整個世界在一片光明，顯得無比輝煌。光禿禿的樹枝上掛滿晶瑩的雪花，對面的房頂上也覆蓋著白雪。我的房間裏也被映照得一片雪白，從鏡子裏也折射過來光亮，梳妝台上的水晶玻璃剔透閃亮，連浴室門上的黃銅把手也熠熠生輝。

「我的上帝！莫約，你快看！」我一邊喃喃說著一邊掀開被子，衝向窗口把它猛地全推開。寒風撲面而來，但這已無所謂了。我仰望碧空，仰望西行的白雲，俯視鄰居庭院裏那片茂密而優美的高大松樹。

我突然不可遏制地放聲痛哭，並再次痛苦地咳嗽不止。

「這眞是奇蹟。」我咕噥著。莫約也高興地擁著我，發出尖尖的小聲呻吟。這些凡間的痛苦和煩惱都不算什麼。此情此景才是來自天上、兩百年來總算實現的希望。

12

離開這所住宅，走進燦爛的陽光沒多久，我就感到這次體驗眞是値得；我遇到的所有艱難困苦都沒有白費。現在，無論凡間多冷，我的感冒多重，身體多虛弱，都阻止不了我沐浴著清晨的陽光在戶外嬉戲。

身體上的完全虛弱使我煩惱不已，處處出醜，比如領著莫約在雪地上跋涉僵硬得像塊石頭；怎樣努力也跳不了多高，使出吃奶的勁才推開肉鋪的店門，我的感冒越來越嚴重……但這些我都不在乎。

莫約狼呑虎嚥地吃完早飯後（向肉店老板討來的殘羹剩飯），我倆就出去到處享受溫暖的陽光。眼看陽光灑在窗戶和潮濕的人行道，灑在閃亮的琺琅質汽車，灑在雪已融化、水面如鏡的水窪裏，灑在商店櫥窗的厚玻璃上，灑在成千上萬高高興興匆忙去上班的行人……我陶醉了。

白天的人們和夜裏的人們眞不一樣。他們顯然在光天化日下感到安全，毫不設防地邊走邊聊，處理眾多日常事務，比在夜裏辦公精力更充沛。

哦，參觀街景的感覺眞好；母親領著興高采烈的孩子行色匆匆，挑撿水果裝進她們的購物籃；笨重吵鬧的送貨卡車停在泥濘的街旁，身強力壯的搬運工把成桶成箱的貨物拖進店鋪的後門；還有一些人在鏟雪、清掃窗子；咖啡館裏人滿爲患，心情放鬆的人們開心地進食大量咖啡和美味的煎炸食品，邊吃邊瀏覽早報，或爲即將來臨的惡劣天氣發愁，或討論當天的工作。看著一群群學童穿著清爽的校服，迎著刺骨的寒風在灑滿陽光的校園裏做遊戲，更使我心曠神怡。

一股樂觀進取的動力把所有人都連繫在一起；你能感到它從在大學校園裏穿梭的學生身上煥發出來，也能從在溫暖的飯館裏聚餐吃午飯的人們身上感受到它。

這些人像花兒對陽光開放那樣敞開自己，不斷加快自己的步伐和說話速度。當我感到暖烘烘的陽光照射在臉上和手上，我也像鮮花那樣敞開自己的胸懷。我能感到自己的這副凡人體內起了化學反應；儘管頭昏腦脹、手腳發麻腫痛，我卻感到心情舒暢。

我不顧越來越嚴重的咳嗽和讓我深感煩惱的模糊視力，領著莫約沿著吵鬧的M大街一直走到這個國家的首都華盛頓，先在那些大理石的紀念堂和紀念碑，那些雄偉壯觀的政府大樓和官邸周圍轉了一大圈，然後穿過內有成千上萬個相同小墓碑的肅穆阿靈頓公墓，來到南北戰爭南方聯邦大將軍羅伯特・李的官邸舊址，一座漂亮但布滿塵土的小樓。

此時我已經神志不清。很可能是我的身體不適加上精神愉快，使我處在一種既昏昏欲睡又極度興奮的狀態，頗似一個醉鬼或吸毒者。我也不太清楚。我只知道我很高興，很愉快，原來白天的世界和夜晚的世界不一樣。

和我一樣，許多遊客冒著風雪前來參觀這些著名景點。我默默地陶醉在他們的熱情裏，知道他們也同我一樣，深受華府的這些開闊壯觀的景色感染。他們和我一樣，望著頭頂上無際的藍天，瞻仰著這些象徵人類成就的壯麗的石頭紀念堂，心中充滿喜悅，並感到昇華。

「我是他們其中的一員！」我突然意識到這點——而不是到處追殺弟弟的該隱❶。我恍惚地環顧四周；沒錯，我是你們其中的一員！

我站在阿靈頓公墓的山上，久久眺望著這座城市，冷得渾身發抖，甚至爲眼前的壯景失聲痛哭一會兒。它秩序井然，整齊規矩，典型體現了偉大理性時代的原則。但願路易斯在這裏，大衛也在這裏；但想到他們一定不贊成我這樣做，我感到傷心。

但是，這才是我所見到的眞實的地球呵！這才是脫胎於陽光和溫暖、充滿活力的地球，即便它被冬天皚皚的白雪所覆蓋！

最後我緩緩走下山來，莫約一會兒跑在我前頭，一會兒繞回來走在我旁邊。然後我沿著結冰的波多馬克河岸散步，驚喜地看著冰和融雪折射陽光。就連觀看雪融化都很有趣。

下午某個時候，我又來到雄偉的傑斐遜紀念堂，這是座仿古希臘神殿風格的大理石建築，優雅而寬敞，四面牆壁上刻著十分莊重感人的文字。當我意識到，我在這寶貴的幾小時裏竟然對這裏所表達的人類情感產生共鳴，我的心狂跳不已。確實，此時此刻我已經同周圍的人群融爲一體，和任何人沒有任何區別。

但這麼說並不屬實，對不對？在我內心裏，在我不滅的記憶，在我難以復位的個別靈魂，我感到深深的負疚：你還是殺手黎斯特，你仍是夜裏覓食的吸血鬼黎斯特。我想起路易斯的警告：「你只憑侵占一個人體是當不了人的！」我又看到了他臉上流露出恐慌和悲傷的神情。

但是上帝，假設吸血鬼黎斯特從沒存在過，假設他只是人類的文學虛構，只是人類杜撰出來的形象，那該多好！但眼下我分明就住在人的身體裏，並借助人的器官呼吸。所以這只是個美麗的幻想！

我在紀念堂的石階上站了很久，低頭致哀，寒風撕扯著我的衣服。一位好心的女士對我說我生病了，必須扣上外衣鈕扣。我凝視著她的目光，意識到她只是看到一個年輕男子站在她面前。所以她既沒害怕也沒昏頭。我並不感到餓，所以不想要她的命，這樣才能更好享受我的時光。瞧這可憐而又可愛的造物，淡藍色的眼睛，淡黃色的頭髮！我不禁猛地抓起她皺巴巴的小手親吻，並用法文告訴她我愛她，並注視著她那又窄又憔悴的臉上綻滿微笑。她在我眼裏眞是可愛，和所有我以吸血鬼之眼凝視過的人一樣可愛。

所有昨夜的骯髒齷齪都在這陽光燦爛的一天中抹去。我認爲這次冒險的最大目標已經實現。

可是我周圍的隆冬氣候顯示出不祥的徵兆。雖然藍天使人開心，大伙兒還是在議論即將到來的暴風雨。商店早早就關門，街道又會無法通行，機場已經關閉。過路人提醒我別忘了儲備蠟燭，因爲這座城市可能停電。一位把厚厚的羊絨頭套拉到下顎的老先生責備我怎麼不戴帽子。一個年輕女人對我說，我看上去生病了，應該趕快回家。

我回答，感冒而已。要是現在有他們所說的止嗽糖漿什麼的就太好了。拉格朗·詹姆斯在收回這副身體後知道該怎麼辦。他也許會不太高興，但他會用到手的兩千萬美元來安慰自己。再說，我還有幾個小時的時間來吃藥和休息。

眼下，我卻急得沒空去考慮這樣一樁小事。我已在這些雞毛蒜皮的小事上浪費太多時間。再說，解決日常生活中的小難題的機構很多，可以隨時向它們求援。

而且，我一直沒有考慮到時間。我的匯款肯定到了代辦處，等著我去取。我瞥了一眼商店櫥窗裏的鐘錶。兩點半。我手腕上的那只廉價的大手錶也指著這個鐘點。嘿，我只有約十三個小時的時間。

我只能在這具可怕的身體裏再待十三個小時，儘管頭暈眼花，四肢酸痛！我的愉快頓時消失了，取而代之的是一陣不寒而慄。不行，這一天過得眞好，可不能讓膽怯給毀掉！我馬上把這種不良感覺趕走。

我想起幾行零散的詩句……還不時隱約地回憶起我是凡人的最後冬天：在我父親的房子的大廳裏，我蹲伏在壁爐旁邊，拚命搓著雙手在微弱的爐火前取暖。不過，眼下我沉浸在眼前的歡樂，和我兒時的愛衝動、愛算計和調皮搗蛋格格不入。我周圍正在發生的一切始終讓我入迷，使我一連幾個小時沒有產生別的念頭。

這眞是太不尋常了。我愉快地想，我肯定會把這簡單的一天永遠留在記憶裏。

我步行返回喬治城。這看來簡直是不可能辦到的奇蹟。在我離開傑斐遜紀念堂之前，天空就開始烏雲密布，很快就變成鉛灰色，陽光也像液體那樣逐漸乾涸。

但我也喜歡這些陰鬱的天氣現象。看著焦急的凡人或忙著鎖上店門，或提著大包小包頂著風往家裏趕、無數汽車打開耀眼的前燈，在逐漸暗下來的黑暗中左奔右突、忙得不亦樂乎，我感到陶醉。

我意識到今天不會出現黃昏。唉，眞傷心。我當吸血鬼時經常觀賞黃昏的景色。所以有什麼好抱怨的？不過有一會兒，我還是爲自己不幸趕上天氣變臉從而浪費寶貴的時間而懊惱。但是話說回來，出於我也說不清的理由，這倒也正是我想看到的東西。這惡劣的冬天頗似我童年時的嚴冬。和當年在巴黎梅格能把我扛進他的巢穴時的那個冬天一樣嚴酷。我知足了。我很滿意。

等我趕到銀行代辦處時，儘管我清楚自己病得很重、發燒得厲害，急需找個地方吃飯休息，但見到我的匯款到達，這是高興得不得了。工作人員已經用我的一個巴黎化名「利奧耐爾・波特爾」爲我印出一張新的信用卡，並準備好一本旅行支票。我把這些東西連同三萬美金一古腦兒地塞進衣袋，讓那職員看得目瞪口呆。

「當心有人會搶你！」他隔著櫃台把頭湊近小聲提醒我。他還說什麼趁銀行還沒關門、快去那兒把錢存起來之類的話，但我沒聽清楚。他還說我應該去趟急診室，趁暴風雪還沒來。許多人感冒了都去那兒，看來它是每年冬天的流行病。

爲了簡單起見，我連說「好，好」，實際上我一點也不想把剩下的這點凡人時間花在讓醫生擺弄。再說這也沒必要。我所需要的就是熱騰騰的食物，燙燙的飲料，外加旅館裏一張安靜柔軟的床。然後我就能把這副身體以說得過去的還給詹姆斯，並且乾淨俐落地跳回我自己的身體。

但首先我得換身衣服。現在只有三點十五分，我還有十二個小時，而這身骯髒可憐的破衣爛衫再也讓我受不了了！

我趕到有名的商業街「喬治城林蔭大道」，人們閃躲避寒流正忙著收拾打烊。我設法說服一家時裝店老板，在裏面迅速讓不耐煩的店員爲我拿了一堆我認爲需要的衣服。當我把那張塑膠小卡片遞給他時，我感到一陣暈眩。有趣的是，現在他的不耐煩全部消失了，還一個勁兒地向我推銷一堆降價的圍巾和領帶。我簡直搞不懂他對我說什麼。啊，好的，一件件地計價吧。我們會在明天凌晨三點鐘把這一切都交給詹姆斯先生；詹姆斯先生就喜歡不花錢白占便宜。好吧，就再來一件毛衣吧，這有那條圍巾；不買白不買。

我正要提著大包小包走出店門，又一陣暈眩襲上頭來。我感到眼前一黑，腿一軟差點先跪在地上，繼而昏倒。一位可愛的小姐跑過來幫我。「你看起來要暈倒了！」我渾身冒虛汗。雖然這裏很暖和，我卻冷得發抖。

我向她解釋，我需要叫計程車，可是找不到一輛。此時M大街上人已經很稀少，而且又下起了雪。

我在幾個街區之外找到了一家漂亮的紅磚旅館，有個很浪漫的名字叫「四季」。我連忙揮手向那好心的漂亮小姐告別，同時低著頭頂著寒風朝這家旅館跑去。我欣喜地想，在四季旅館裏我會感到溫暖和安全；我喜歡大聲吟誦這意味深長的名字。我可以在這裏用餐，用不著再回到那所可怕的住宅，就在這兒等著交換身體的時候到來。

當我終於跑進這家旅館的門廳，我發現它比我預想的還好，便花費一大筆錢，除保證我自己舒適外，還要求他們把莫約也弄得乾淨舒適。我要的套房寬敞豪華，幾扇落地大窗俯瞰波多馬克河，地上鋪著一大片淡色的地毯，幾間浴室可讓古羅馬皇帝來洗澡，電視機和冰箱擺在漂亮的木櫥裏，還有別的許多新奇的擺設和裝置。

我馬上爲我自己和莫約訂了一頓豐盛的晚餐，然後我打開小吧枱，裏面塞滿美酒、糖果和其它美味小食品。我取出一瓶最好的蘇格蘭威士忌。味道絕對噁心！大衛怎麼會喝這破玩意兒？巧克力的味道還不錯。眞他媽的香！我把一整塊又吞吃了，然後打電話，叫餐廳把他們這兒所有的巧克力飯後甜食都加進我剛才預訂的晚餐。

大衛。我得給大衛打電話。但我好像無力從沙發裏爬起來走到寫字台前去打電話。而且我想考慮並作決定的事情也太多。身體不舒服眞該死，這算是什麼體驗！我甚至習慣這兩隻巨手吊在它們應有位置以下的一英吋——它們太長了，再瞧這身黝黑的皮膚，毛孔眞粗。可別睡著了。不然多浪費時間……

門鈴把我猛然吵醒了。我剛才睡著了。整整睡了半個小時。我掙扎著站起來，每走一步都好像在搬磚，好不容易才爲那名客房服務員打開房門。這人是個迷人的中年婦女，長著一頭淺黃色的頭髮，推著一輛蓋著亞麻桌布的小餐車，裏面擺滿食品，徐徐走進套房的客廳。

我先把一塊浴巾鋪在地上當狗的桌布，然後把牛排餵給莫約吃。它趴在地上開始大吃大嚼。只有很大的狗才趴著吃東西；這副吃相使它看上去更嚇人，很像一隻大獅子懶洋洋地啃著被無助地壓在它那大爪子下的基督徒。

我端起一碗熱湯就喝，但嘗不出什麼味道；這也難怪，感冒這麼重，當然嘗不出來。葡萄酒眞不錯，比昨晚喝的普通酒好多了。雖然和鮮血相比味道仍顯平淡，但我還是一口氣喝了兩杯。等我剛要大吃這裏的人所稱的「意大利通心粉」時，我偶然抬頭，這才意識到，那位女服務生仍站在那兒，煩燥不安。

「您生病了，」她說，「病得很重。」

「別瞎說，親愛的，」我說。「我只是感冒了，人類常患的感冒，僅此而已。」我把手伸進襯衣兜裏摸那疊鈔票，遞給她幾張二十美元，然後請她走。她很不情願。

「您咳嗽得很厲害，」她說。「我想您確實生病了。您是不是在戶外待了很長時間？」

我凝視著她，見她這麼關心我，我的心一下子軟了，感到我隨時會發傻地哭出來。我本想警告她我是個怪物，這個身體只是偷來的而已。她眞慈祥，顯然一貫關心別人。

「咱們都是一家人，」我對她說，「人類是個大家庭，我們得互相關心，對吧？」我猜想這下子她得被我這番糊里糊塗說出來的傷心話嚇壞，並馬上走掉。但她沒有。

「是的，我們都是一家人，」她贊同。「趁天氣更壞之前，我給您找個大夫來。」

「不用了，親愛的，你現在走吧，」我說。

她焦急地最後瞅了我一眼，出去了。

我吃完那盤怪味的奶酪醬汁麵條後（仍是鹹而無味），開始考慮她說的是不是有道理。於是走進浴室摶亮電燈。鏡子裏的這個男人看起來確實嚇人：兩眼通紅，全身發抖，原本黝黑的皮膚即使沒有完全變蒼白，也已變得焦黃。

我伸手摸前額，但這又有什麼用？我當然不能因患感冒而死。但是這時我也沒了底。我想起那女服務生臉上的表情，想起街上那些對我說話的人的關心。又猛烈地咳嗽一陣。

我得採取措施了。但有什麼措施呢？要是醫生給我開藥效強的鎮靜藥讓我遲鈍了回不了那所房子怎麼辦？倘若他們開的藥影響我集中意念，讓我回不了我的身體，那該怎麼辦？上帝，我連脫出這副人體都還沒有嘗試過呢；我原來當吸血鬼時，這是我很拿手的技巧。

不過現在我也不想嘗試了；萬一我回不來怎麼辦？那豈不成了遊魂！不行，還是等詹姆斯回來後再做這種試驗吧，別去找那些拿著針頭的醫生！

門鈴又響了。是那個好心腸的女服務生。這次她拿來一袋藥品，幾瓶大紅大綠的液體，幾瓶藥片。「你真該叫個醫生來，」她邊說邊把這些藥一字擺在大理石的梳妝枱上。「您想讓我們請個醫生來麼？」

「當然不想。」我邊說邊把更多的小費給她，並伸手把她引導出房門。她說等一等。我能讓她把剛吃完飯的這條狗牽出去嗎？

啊，可以，這主意太好了。我又把幾張鈔票塞進她的手裏。我叫莫約跟著她走，並按她的吩咐做。她好像很喜歡莫約，對它小聲說著甜言蜜語，把它哄得很開心。

我又回到浴室，盯著她拿來的這些藥水瓶。我很懷疑這些藥，但又一想不能把病成這樣的身體還給詹姆斯；這樣太不禮貌。倘若詹姆斯不想要它怎麼辦？不，不太可能。他會把那兩千萬美元連同這咳嗽加感冒的病體一併收走。

於是我喝了一大口難喝的綠色藥水，好不容易才忍住沒吐出來，然後艱難地走回起居室，癱坐在寫字枱前。

這有疊旅館供應的信箋和一支很好用的原子筆，出水又好寫起來又滑。我開始在信紙上書寫，發現用這些大手指寫字眞困難，但硬著頭皮寫下去，匆匆地把我的見聞感想詳細記下來。

我雖然睏得抬不起頭來，病得呼吸都很困難，但我還是堅持寫下去，直寫到紙都用光，連我也看不懂自己潦草的字跡。我把這些信紙塞進一個信封，用舌頭舔濕把信口封上，在信封上寫上我的紐奧爾良寓所地址，我本人收，然後把信塞進襯衫口袋，在毛衣裏面，這樣就不會丟掉。

然後我躺在地板上。現在我得睡了。我一定要睡很久，也許會把我剩下的凡人時間用盡，但也沒辦法，因為我實在沒力氣再幹什麼。

但是我睡得並不深。我發的燒太高，而且提心吊膽。我恍惚看見那和善的女招待把莫約領回來了，還又對我說一遍我生病了。

我記得一名夜間女值班招待也來過一趟，好像埋怨了我半天。我記得莫約趴在我身邊，暖烘烘的身體緊貼著我，我也拚命靠近它取暖，聞著它光滑的毛髮散發出的香味，儘管這香味若讓我穿著自己的身體聞起來，根本算不上什麼。有一陣子我恍惚覺得我又回到舊時代的法蘭西。

但是，這些對昔日的回憶總是讓這次做人的體驗打斷。我不時睜開眼睛，看見點燃的枱燈周圍罩著一輪光暈，看著漆黑的窗戶映出室內的家具擺設，還幻想我能聽見窗外落雪的聲音。

有一次我還爬起來，朝著浴室走去，把頭重重地磕在門框上，噗通跪在地上。我的天，凡人怎受得了這些！我怎麼居然也挺過來了？眞疼！像液體在皮下浸漫開來。

但還有更糟的考驗在前頭等著我。絕望的情緒迫使我想使用馬桶，生理上也需要，而且事後還要小心地擦淨自己。眞噁心！還要洗手。我一遍遍反覆洗手，邊洗邊噁心得發抖！當我發現這副人體的臉上已經長滿又粗又密的落腮鬍子，我哈哈大笑。怎麼我的嘴唇上、下巴上、乃至衣領處的脖子上，都長滿一層黑乎乎的垢殼？我看上去像個瘋子，一個乞丐。但我又無法刮鬍子，沒有刀片。即使有，我也會割破自己的喉嚨。

瞧這件襯衫多髒。我忘了穿上我剛買來的任何一件衣服，不過現在換衣服是不是晚了？我懵懵懂懂地瞟了一眼手錶，嚇了一跳，已經兩點了。天哪，快到換回身體的時間了。

「莫約，來。」我招呼那狗。然後不乘電梯，我倆朝樓梯下跑；我住在二樓，所以沒費什麼勁就下來了。我們悄悄穿過安靜空曠的門廳，消失在夜色裏。

到處都是很深的秋雪。街道顯然已經通不了車，有好幾次我都跪倒在雪地上，兩臂深深地插進雪裏。每逢這時，莫約就舔我的臉，好像想給我點溫暖。但我百折不撓，掙扎著往上坡走，不顧我的情緒和身體都已很糟。最後我總算拐過街角，看見那所房子熟悉的燈光。

那間黑暗的廚房現在落滿厚厚一層雪花。看起來走過去好像很容易，其實不然：經過一夜的暴風雪，雪花下面的地板上結了一層冰，走起來很滑。

不過我還是設法平安到達起居室，一屁股坐在地板上，渾身打顫。這時我才意識到自己忘了穿大衣，衣兜裏還塞滿了我所有的錢。現在我只剩下幾張鈔票裝在襯衣口袋裏。甚至全都忘在旅館裏了。不過沒關係。那肉體竊賊詹姆斯很快就要到這兒。我將收回自己的身體，連同我的全部威力！然後我就能平安無事的返回紐奧爾良的家，並甜蜜地回憶並思索這次經歷。到時我的病和寒冷全都不復存在，疼痛和傷感也都煙消雲散，我又成爲吸血鬼黎斯特，遨翔在樓頂上空，伸出雙手去擁抱遙遠的星空。

這地方和那旅館比起來很冷，我翻過身去窺探那個小壁爐，並試著用意念點燃裏頭的木柴。沒用。這時我才想起我還沒成爲黎斯特呢，不禁啞然失笑。不過詹姆斯不久就到。

「莫約，我再也忍受不了這個身體。」我小聲說。那條狗坐在前窗跟前，邊望著外面的夜空邊喘氣，鼻息噴在陰暗的玻璃上，結成一層薄霜。

我努力不讓自己睡著，可是很難辦到。我越感到冷，就越想睡。這時，一個可怕的念頭攫住我：倘若我在約定的那個時刻脫不出這副身體來怎麼辦？如果說我連火也點不著，連別人的心思也讀不透，連……那我還能換回去嗎？

我半夢半醒，恍恍惚惚，嘗試施展通靈術。我讓自己的心靈幾乎沉降到夢的邊緣。我感到那種在靈魂出竅之前常有的預警，一種低沉、令你陶醉的微微顫動。然而任何不尋常的事都沒發生。我又試一遍，暗示自己：「上升。」我試著想像自己虛無飄渺無定形的靈魂正脫出肉體，並無拘無束地升至天花板。沒用。不妨再試試生出羽翼。徒勞。我太累了，太疼痛了。事實上，我被禁錮在這些沒有希望的肢體，囿於這個疼痛的胸腔無法擺脫，連喘口氣都很困難。

好在詹姆斯很快就來。這個魔法師深諳換身術。對，這個急欲得到兩千萬美元的詹姆斯一定會指導換身的整個過程。

等我再次睜開眼睛，天已太亮。

我猛地坐直，瞪著前方。一點沒錯。太陽高高掛在空中，透過前窗灑進萬仞光芒，照亮光潔的地板。我能聽見屋外繁忙的交通。

「我的上帝。」我用英語小聲驚呼，因爲「Mon Dieu」（法語「我的主」）此時無法同英語「我的上帝」同義。

「我的上帝，我的上帝呵！」

我頹然躺下，胸膛劇烈起伏，驚得瞠目結舌，半天理不出個頭緒，也拿不準態度，也不知我的感受到底是狂怒還是極度恐懼。然後我才慢慢抬起手腕看錶。是上午十一點四十七分。

還有不到一刻鐘，這筆受託存放在鬧市那家銀行裏的兩千萬美元鉅款，就將再次轉到我的化名「萊斯坦・戈利高爾」名下。拉格朗・詹姆斯把這個化名安在這副身體上，自己卻顯然沒有如約在天破曉前返回這座住宅，換回自己的身體；而且由於已經喪失這筆鉅款，所以他很可能再也不會回來。

「哦，上帝，幫幫我吧，」我大喊，一口痰馬上堵住我的喉嚨，連續咳嗽使我胸部深處感到刺痛。「我早就知道他不會回來，」我囁嚅道。「我早就知道。」我眞傻，我是個十足的大傻瓜。

我想，我眞是個可憐蟲；那個肉體竊賊眞卑鄙；他媽的，他絕不會得逞的！他怎麼竟敢耍弄我，他怎麼敢騙我！而他丟給我的這副身體，這副我唯一可以用來追蹤他的身體，已經病得很厲害、很厲害了。

等我踉踉蹌蹌地來到街上時，已經是中午十二點整。但這又有什麼關係？我已記不得那家銀行的名稱和地點。再說我也找不出個好理由去那兒。那兩千萬美元再過四十五秒鐘就要轉到我的名下，而且到底我再要回這錢又有什麼意義？我拖著這堆打顫的骨肉去哪兒也不合適呀！

難道去那家旅館要回我的那點錢和衣服嗎？

還是去醫院開點我急需的藥？

還是去紐奧爾良找路易斯；路易斯一定得幫幫我；也許只有路易斯能幫我。沒有他的幫助，我到哪兒去找那個卑鄙陰險、自尋死路的肉體竊賊呢？可是，我找到路易斯後他會怎麼說呢？他知道我幹的傻事後會作出什麼判斷呢？

我要摔倒了。我失去平衡。我伸手去抓鐵欄杆。但已經晚了。一個男人朝我跑過來。

我的頭磕在台階上，「轟」地一聲，後腦勺劇痛。我閉上眼睛緊咬牙關，沒有喊出聲來。隨後我又睜開眼睛，看見一片寧靜的藍天。

「叫一輛救護車來。」那男人吩咐身邊的另一個男人。我只看見幾個黑色、沒特徵的身影，映襯在耀眼的藍天下。

「不！」我扯開嗓門喊，但聲音出來後只是沙啞的小聲。「我要去紐奧爾良！」接著我飛快地動嘴想解釋那旅館、錢和衣服的事，並請求他把我扶起來並幫我叫來一輛計程車。我得立即離開喬治城去紐奧爾良。

然後我靜靜地躺在雪地上，覺得頭頂上的天空眞可愛，薄薄的白雲飛速掠過天空。連這些圍著我的身影，這些悄悄地小聲議論我——我聽不見他們在說什麼——的人都是這麼可愛。還有莫約，汪汪狂吠的莫約。我想說話，但說不出話來，無法告訴它一切都會好的，一切都會平安無事。

一個小姑娘湊過來。我能看見她的頭髮，她的蓬鬆的小衣袖和一條綢帶迎風飄舞。她像別人一樣低著頭瞧我，她的臉上全是陰影，她身後的天空耀眼得可怕。

「我的上帝，克勞蒂亞，那是陽光，快避開它！」我大叫。

「先生，你安靜地躺著吧，他們這就來救你。」

「躺著別動，年輕人。」

她在哪裏？她去哪兒了？我閉上眼睛，傾聽她的鞋跟踏在人行道上，發出「咔嗒咔嗒」的聲音。那是她的笑聲嗎？

救護車。氧氣面罩。針……我明白了。

我要死在這副身體裏，事情就是這麼簡單！像幾億凡人一樣，我要死了。啊，這就全都明白；所以那肉體竊賊才來找我；那死亡天使看出我太自負，愛自欺欺人，就投其所好欺騙了我。現在我就要見上帝了。

可是我不想死！

「上帝，求求您，我不想這麼死，不想死在這個身體裏！」我緊閉眼睛小聲說。「我不想現在就死。求您啦，我不想死！別讓我死。我哭了，心痛欲裂，很害怕。哦，這身體難道還不完美嗎？上帝呵，把更完美的形狀展現在我眼前吧——我這個充滿渴望的怪物之所以去大戈壁，可不是爲了尋求來自天上的火，而是爲了滿足自尊，滿足自尊，滿足自尊！」

我的雙眼緊閉。我能感到淚水順著面頰流下來。「請您別讓我死，別讓我死。別在現在，別像這樣死去，別死在這個身體裏！救救我！」

一隻小手摸我的手，使勁想擠進我的手心，終於辦到了，緊緊讓我握著。溫柔的小手，軟軟的，很小。你知道這是誰的手，我想，你知道的，但你太害怕睜眼去看它。

假如她在場，那你就眞的要死了。我不能睜開眼睛。我太害怕了。我渾身顫抖，痛哭流淚，緊握她的小手，肯定把她攥疼了，可我就是不敢睜眼。

路易斯，她在這兒。她來找我了。救救我，路易斯。我不敢看她。我不能看她。我不能鬆開她的手！路易斯，你在哪兒？是不是這在地下沉睡？在你那荒草叢生、無人問津的花園深處，冬天的殘陽照著野花……你在沉睡，直到又一個黑夜降臨。

「馬瑞斯，幫我一把。潘朵拉，你在哪兒？快來救我。凱曼，快來救我。阿曼德，現在咱倆之間沒有仇了。我需要你！潔曦，別讓我死去。」

哦，這就是在救護車的警笛的聲中，一個魔鬼低沉而哀傷的祈求。別睜開眼睛。別看她，不然你就完了。

克勞蒂亞，你會在最後時刻呼喊過救命嗎？你害怕嗎？你也見過光線如同地獄之火灑滿天空嗎？抑或它是那偉大而美麗的陽光，用愛照亮著整個世界？

我們一道站在墓地，在那個瀰漫著花香的溫暖夜晚，天上灑滿點點星光和紫色的柔和夜光。對，夜其實也是多彩的。瞧她，閃亮的皮膚，嘴唇上青紫色的血腫，她眼窩周圍的黑暈？她正舉著她的花束，是黃白兩色的菊花。我永遠忘不了它的芳香。

「我母親就葬在這兒嗎？」

「我也不知道，小寶貝兒。我甚至從來不知道她的姓名。」我發現她時，她已經全身腐爛、發出惡臭，螞蟻爬滿她的眼窩和她張開的嘴。

「你應該查出她叫什麼。你應該替我辦這件事。我想知道她葬在哪裏，」她對我說。

「親愛的，那是五十年前的事情。恨我吧，恨我只想著大事。恨我吧，因爲你現在沒有長眠在她身邊。倘若果眞如此，她會讓你暖和嗎？血是熱的，小寶貝。跟我來吧，咱們喝血去，你我都知道怎樣去做。咱倆可以一起飲血，直到世界末日。」

「啊，你給一切都找到了答案。」她說。她的微笑多冷漠呵。你在這些陰影當中幾乎能窺見她女人的特質：蔑視兒時天眞可愛的永久印記，作女人難免的想吻、想抱、想愛的衝動，她都沒有。

「咱們就是死神，親愛的，死才是最終的答案。」我把她攬進懷裏，感到她依偎著我。我吻她，吻她吸血鬼的皮膚。「死後就沒有問題了。」

她用手撫摸我的前額。

救護車在飛馳，彷彿那警笛聲在追逐它，驅動它。她的手在觸摸我的眉毛。**我才不睜眼看你呢！**

噢，請救救我……，這個魔鬼一邊憂愁地向他的同類求救，一邊朝著地獄墜落，越墜越深。

❶ Cain，聖經中亞當與夏娃之長子，殺其弟亞伯。

13

「是的，我清楚咱們在哪兒。你們從一開始就一直想把我送到這所小醫院。」它現在看起來眞凄涼，白灰牆十分粗糙，破舊的木石葉窗，窄小的病床都是以木材的下腳料拼釘。可是她就躺在床上，對不對？我認得這個護士，還有那個胖胖的老醫生，我還見到你躺在床上——那就是你，小巧玲瓏，長著鬈髮，躺在毯子上，路易斯也在這兒……

好吧，我爲什麼躺在這兒？我知道這是個夢。不是死。死神並不特別關照凡人。

「你肯定嗎？」她問。她坐在一張直背椅子上，金髮盤成一個髻，用一根藍綢帶繫著，小腳上穿著一雙藍色的緞面拖鞋。這就是說她躺在床上；不，坐在椅子上，我的法國小洋娃娃，我的美人兒，長著高高、圓圓的小腳背和形狀奇美的小手。

「你也一樣，和我們在一起，躺在華盛頓哥倫比亞特區一所醫院急診室的病床上。你很清楚自己快要病死了，對不？」

「體溫嚴重過低，很可能是肺炎。可是我們怎麼知道他得了什麼傳染病？給他打抗生素。我們現在已無法給這個人輸氧。假如我們把他轉到大學醫院去，他也會死在那兒的門廳。」

「請別讓我死去——我眞害怕。」

「我們在這兒陪著你，我們在照顧你。能告訴我你的姓名嗎？我們能通知你的什麼家人？」

「去罷，告訴他們你的廬山眞面目，」她說著發出銀鈴般的笑聲，聲音總是那麼細嫩甜美。我能感覺到她那柔潤的小嘴唇，眞想看看它們。過去我總是戲謔地把我的一根手指壓在她的下唇，同時吻她的眉毛和光滑的額頭。

「別自作聰明啦！」我小聲說。「再說，躺在這兒的我算是什麼呢？」

「反正與你的意願相反，不是個人。任何東西都不能把你變成人。」

「那好，我給你五分鐘時間。你爲什麼把我送到這兒來？你想讓我說什麼——讓我說我對自己的所作所爲感到抱歉？讓我說我要帶你逃離那張病床並把你造就成一個吸血鬼？好吧，你想知道事實嗎——病人臨死前披露的事實？我不知道我是不是。我很遺憾你受了這麼多苦。我很遺憾任何人都得受苦。但我不敢說我對那個小花招感到抱歉。」

「你難道一點不怕就像這樣成爲孤家寡人？」

「假如事實還不能救我，那就沒什麼能救我了。」我眞討厭周圍的病院氣氛，討厭所有這些凡人身體，在灰色斜紋布的棉被下面發著高燒，出著汗。這所幾百年前蓋的小醫院整個兒一片骯髒破舊、毫無希望。

「我地獄的父親，『黎斯特』是你的名字。」

「那你呢？在『吸血鬼劇場』，陽光把你燒死在氣井裏之後，你下地獄了嗎？」

大笑。尖尖的、純純的大笑，像一堆閃亮的銀幣從一個錢袋裏抖落。

「我永遠區分不出來！」

「我現在知道這是一個夢。這一切從一開始就是一場夢，爲什麼會有人從死境那兒回來說這些瑣碎無聊的事情？」

「黎斯特，這樣的事隨時在發生。你別這麼情緒激動。我要你現在留意。看看這些小病床，看看這些生病的孩子。」

「我帶你離開過這兒。」我說。

「對，就像梅格能帶你離開你的生命，並把某些妖性和邪惡的東西傳給你。你把我造就成一個殺害我兄弟姐妹的凶手。我所有的罪惡就是從那時——你伸手把我從那張床上撿起來——犯下的；那一刻是我的罪惡之源。」

「不，你不能把這一切都歸罪於我。我不承認。難道說父親是他孩子犯罪的根源嗎？那好，就算這是事實，那又怎麼樣？誰在這兒見證？你沒看見嗎，這就是問題所在。沒人作證。」

「那麼，我們殺人，這對不對？」

「克勞蒂亞，我給予你生命。雖然不是永恆，但畢竟是生命。即使是我們的生命，也總比死亡好。」

「你眞會撒謊，黎斯特。你說『即使是我們的生命』。而事實上，你認爲我們受詛咒的生命**比**生命本身**要好**。別不承認，瞧瞧你穿著人體躺在這兒的樣子。瞧你多麼仇恨它。」

「對，我確實承認。但現在我們還是聽聽你發自內心的話吧，我的小美人，我的小女妖。難道你眞的情願選擇死在那張小床上、而非接受我給你的生命？來，告訴我實話。還是這種情況就像凡人的法庭，法官和律師都能撒謊，而站在被告席上的人都必須講實話？」

她若有所思地瞧著我，一隻圓潤的手擺弄著睡衣鑲花邊的下擺。當她垂下目光時，光線微妙地照在她的雙頰上，照在她暗色的小嘴。瞧這可愛的造物，吸血鬼洋娃娃。

「那時我哪裏知道什麼選擇？」她目視前方說，眼睛又大又亮。「你幹那件骯髒的事時我還沒有長大，還不懂事。哦，對了，爸爸，有一件事我總想知道：你喜不喜歡讓我吸你手腕的血？」

「這無所謂。」我小聲說。我把目光從她那兒移開，盯著毯子下那個垂死的流浪者。我見那護士穿著一身破爛的大褂，頭髮用髮夾夾在腦後，無精打采地從一張病床走到另一張病床。「凡人的孩子都是大人享樂時懷上的。」我說。但我不知道她是不是在聽。我不想看她。「我不能撒謊。有沒有法官或陪審團都無所謂。我……」

「別說話，我已經給你注射了一針合劑，對你有好處。你的燒已經退了。我們正在治你的肺炎。」

「請救救我，別讓我死。一切都還沒有了結，而且太奇怪了。假如有地獄的話我一定下，但我認爲沒有地獄。有的話也像你們這所醫院，不同之處僅在於它躺滿生病的垂死的兒童。但我認爲那兒只有死亡。」

「一所躺滿孩子的醫院？」

「嘿，瞧她衝你微笑的樣子，瞧她用手摸你前額的樣子。黎斯特，女人都愛你。哪怕你穿著那個身體，她也愛你。瞧她，脈脈含情的樣子。」

「她憑什麼不關心我？她是護士，對不對？我是個要死的人。她憑什麼不？」

「再說這個要死的人又是個美男子。我早該明白，要是給你的不是這副美男身體，你就不會與他交換。你眞是個愛虛榮、好面子的東西！看那張臉，比你自己的臉漂亮。」

「我才沒那麼嚴重呢！」

她十分狡黠地衝我微笑，秀臉在陰暗、沉悶的屋裏容光煥發。

「別擔心，我陪你。我坐在這兒陪你，直到你好點了爲止。」

「我見過太多的人死去。是我造成他們的死亡。生命離開身體的過程十分簡單，就這麼悄悄溜走了。」

「你在說瘋話呢。」

「不，我在告訴你事實，這你很清楚。我不敢說我活著還能改過自新。我覺得這不可能。但我還是怕死怕得要命。別鬆開我的手。」

「黎斯特，我們爲什麼在這兒？」

是路易斯嗎？

我抬頭看。看到他站在這所又小又破的醫院門前，神情迷惘，有點蓬頭垢面。自從我那天夜裏造就他之後，他就一直是這副樣子——不再是那個盲目衝動的凡人青年，而成為目光鎮靜的黑暗紳士，具有聖徒般的耐心。

「把我扶起來，」我說，「我得把她從那張小床上拉走。」

他伸出手，但還是不知所措的樣子。難道他不是這罪惡的同謀嗎？不，當然不是，因為他永遠在出錯和受苦，甚至一邊犯罪一邊贖罪，我才是魔鬼。只有我才能把她從這小床上拉走。

現在該對醫生說謊。「那邊那個孩子是我的孩子。」

醫生鬆了口氣，他很高興自己又少掉一個負擔。

「領她走吧，先生，謝謝您啦。」他看著我把幾枚金幣丟在床上，充滿感激。我當然會這麼做。我不會不幫助他們。「好，謝謝您。上帝保佑您。」

我肯定上帝會的。上帝總是保佑人。我也保佑上帝。

「現在睡吧。只要一有病房空出來，我們就把你搬進去，這樣你會更舒服些。」

「這兒為什麼有這麼多病人？請別離開我。」

「不會；我陪著你。我就坐在這兒。」

八點鐘。我躺在活動輪椅鋪上，手臂上打著點滴，那塑膠口袋液體反射著光線，顯得十分美麗。我能很清楚地看見鐘錶。我慢慢把頭轉過來。

有個女人在這兒。她現在穿著黑色的外衣，白色的長筒襪和又厚又軟的白色皮鞋，上下形成鮮明對比。她的頭髮在腦後盤成一個厚厚的髮髻。她正在看書，她有一張寬闊的臉，一身結實的骨架，白皙的皮膚，淡褐色的大眼睛。她的眉毛是黑色的，描得很美，抬頭看我時，表情很討我喜歡。她慢慢把書闔上，衝我微笑。

「你好點了。」她說。嗓音圓潤柔和。她的眼下有一點發藍的眼影。
「是麼？」嘈雜聲煩擾著我的聽覺。這裏人太多了。幾扇門一會兒開一會兒關。
她站起來，穿過走廊走過來，伸手抓住我的手。
「哦，是的，好多了。」
「那我不會死了？」
「不會。」她回答。但她也不敢肯定。她是不是有意讓我看見她不肯定的神情？
「別讓我死在這個身體裏。」我用舌頭舔濕嘴唇說。它們太乾燥了！上帝，我眞仇恨這個身體，恨它胸膛的起伏，甚至恨從我嘴裏吐出的聲音。我的眼底疼痛難忍。
「那你又能走了。」她說著微笑得更開心。
「坐在我身邊。」
「好。我說過我不會離開。我就和你待在這兒。」
「若你幫助我就是幫助魔鬼。」我耳語。
「你以前對我講過這話。」她說。
「想聽聽整個故事嗎？」
「你只有平靜地慢慢講，我才聽。」
「你的臉眞可愛。你叫什麼名字？」
「葛麗卿。」
「你是修女，對不對？」

「你怎麼知道？」

「我看得出來。比如看你的手，還有這枚小巧的結婚銀戒指，還有你臉上的某種光輝——那些信教者特有的光輝。還有你正和我待在一起這個事實；葛麗卿，當別人都勸你走時，你卻留了下來。我一見到修女就立刻知道她們是修女。因爲我是魔鬼，所以我見到明聖時能辨別出來。」

她的眼裏閃爍著淚花嗎？

「你在開我的玩笑，」她親切地說。「我的衣袋上有個小標誌，說明我是個修女，對吧？我是瑪格麗特姊妹。」

「我沒看見它，葛麗卿。我並不想惹你生氣流淚。」

「你的病好多了。我想你會徹底好的。」

「葛麗卿，我是魔鬼。哦，不是撒旦，不是晨星、六翼的墮天使。不過很壞，肯定是頭等惡魔。」

「你在說夢話。是發燒弄的。」

「這難道不是很好嗎？昨天我還站在雪裏使勁想像這件事呢——我的邪惡一生不過是凡人的一場夢。葛麗卿，我沒這樣的運氣。這個魔鬼需要你。這個魔鬼在哭泣，他想讓你握住他的手。你不懼怕這個魔鬼吧？」

「如果他請求憐憫我就不怕。你現在睡吧。他們要來給你打針了。我不走，就待在這兒。我把椅子拿到你的床邊，這樣你好握住我的手。」

「黎斯特，你在幹啥？」

我倆現在正待在旅館套間裏，這裏比那所臭氣沖天的醫院要好得多。無論何時我都要住豪華的旅館套房，而不是臭醫院，而且路易斯又喝過她的血，這可憐無助的路易斯。

「克勞蒂亞，克勞蒂亞，你聽我說。你過來，克勞蒂亞……你病了。你聽見我說嗎？要想病好，你就得照我說

的去做。」我咬破自己的手腕，等血出來後，我把它塗在她的嘴唇上。「就這樣，親愛的，我還要……」

「喝點這東西吧。」她把手枕在我的脖子後面。哎喲，我一抬頭眞疼。

「這東西喝起來淡而無味。一點也不像血。」

她的眼瞼沉重而柔滑地蓋在向下看的雙眼。她像是畢卡索畫筆下的一名希臘婦女，顯得很質樸，大骨架，既細膩又粗壯。曾有人吻過她修女的嘴唇嗎？

「來這兒的人都會死的，對嗎？所以走廊裏才擠滿人。我聽到病人在哭。是傳染病，對嗎？」

「情況是很糟。」她說，她處女般的雙唇幾乎一動也不動。「但你不會有事。因爲我在這兒。」

路易斯十分生氣。

「可是你爲什麼要這樣，黎斯特？」

因爲她很美，因爲她要死了，因爲我想看看它是不是靈光。因爲誰都不想要她，而她就在這兒，我把她攬起來，摟在我的懷裏。因爲這是我能取得的某項成就，就像教堂裏的那盞小燭火能點燃另一盞燭火，而自己仍能保持點燃——這就是我的創造方式，我唯一的方式，你沒看見嗎？傾刻間就有了我們兩個，緊接著我們就成爲三個。

他傷心極了，穿著他的黑色長斗篷站在那兒，然而他還是止不住看她，看她塗過粉的雪白雙頰，她的纖細手腕，想像一下，一個小吸血鬼！我們其中的一員。

「我明白了。」

誰在說話？我吃了一驚；這不是路易斯的聲音，而是大衛。大衛拿著他的聖經站在附近。路易斯慢慢抬起頭看。他不認識大衛。

「當我們憑空創造出什麼東西時，我們是否接近了上帝？當我們假裝就是那小燭火並點燃別的燭火，我們是否

接近祂？」

大衛搖搖頭。「一個可悲的錯誤。」

「那整個世界也就是一個可悲的錯誤。她是我們的女兒——」

「我才不是你的女兒呢。我是我媽的女兒。」

「不，親愛的，你不再是她的女兒了，」我抬頭看大衛。「你，請回答我。」

「你爲什麼把你的所作所爲提升到這麼高的目標呢？」他問我，不過語氣充滿同情和慈祥。路易斯仍然恐懼地盯著她，盯著她雪白的小腳丫。

「然後我就決定這麼做，我不在乎他拿我的身體幹什麼，只要他能把我放進這副人體二十四小時，使我能看陽光，能感覺凡人感覺的一切、了解和體驗他們的弱點和痛苦。」我邊說邊握緊她的手。

她點點頭，又摸摸我的前額，用她堅定溫暖的手指量我的脈博。

「……所以我決定這麼做了，有什麼了不起？唉，現在我知道我做錯了，錯就錯在不該讓他帶走我的全部威力。但是你能想像，現在你也看見了，我不會死在這副身體裏。別人甚至不會知道我出過什麼事。他們要是知道了，準會來……」

「是別的吸血鬼，」她嘟噥道。

「對。」接著我向她說明他們的情況，講了我很久以前尋找他們的經過：那時還以爲只要我知道了事情的來龍去脈，這個秘密就會拆穿……我一個勁兒地向她嘮叨，解釋我們這些魔鬼，我們是何許鬼也，解釋我幾百年來的漫長跋涉，然後我受到搖滾樂的誘惑：它對我來說是最佳舞台。我還講了我的渴望，講了大衛，講了上帝和撒旦在巴黎咖啡館裏的會晤，講了大衛手捧聖經坐在壁爐前，敍說上帝並不完美。我的眼睛時睜時閉。她始終握著我的手。

醫院裏病人進進出出。醫生們爭論不休。一個女人在哭喊。外面天又亮了。這是門打開時我看見的。一股冷風猛烈地吹過走廊。「咱們怎麼給這麼多病人洗澡呀？」一個護士問。「那個女的應該隔離。叫醫生來。告訴他有個腦膜炎病人躺在地板上。」

「又是白天了，是不？你一定很累了，和我待了整整一個下午和晚上。我很害怕，但我知道你得走了。」又一群病人進了醫院。那個醫生走過來對她說，他們得把所有病床都調個頭，讓病人的頭對著牆。醫生說她應該回去了，幾名新護士剛開始值班。她應該休息。

我在喊嗎？那枚小針尖扎疼了我的肩膀，我的喉嚨乾得冒煙，嘴唇也乾裂。

「我們甚至無法正式收治這些病人。」

「葛麗卿，你能聽見我說話麼？」我問。「你能聽懂我說什麼嗎？」

「這問題你已經問過我許多次，」她說。「每次我都回答我能聽見，我能聽明白。我在聽你說呢。我不會離開你的。」

「親愛的葛麗卿姊妹，你眞好。」

「我想帶你離開這裏回家。」

「你說什麼？」

「到我家去。你現在好多了，你的燒退下去了，你要是還待在這兒……」她一臉茫然。她又把杯子放在我的唇邊，讓我喝了幾口。

「我懂了。好吧，請帶我走吧。」我想坐直。「我怕待在這裏。」

「再等一會兒，」她哄我又在病床上躺下。隨後揭下貼在我手臂上的膠帶，拔出那枚惡毒的小針頭。上帝，我想小便！這些討厭的生理需要怎麼沒完沒了？凡人到底是怎麼回事？拉屎，撒尿，吃喝，周而復始，年復一年！這難道配享受陽光嗎？還不如死了好，我得小便。但我受不了再用那個瓶子，雖然它這麼不起眼。

「你爲什麼不怕我？」我問，「難道你不覺得我是瘋子嗎？」

「你是吸血鬼時才害人，」她乾脆地說。「你在你自己的身體內才害人，不對嗎？」

「對，」我說。「很對，不過你很像克勞蒂亞，也是無所畏懼。」

「你把她當傻瓜來擺弄，」克勞蒂亞說。「你會把她也傷害到。」

「胡說，她才不信呢，」我說。我坐在那家小旅館休息室的長沙發上，掃視著這個花稍的小屋子。看到裏面擺著精緻的鍍金老傢俱，我覺得像是回到家。是十八世紀，我的世紀的。那是個流浪者和理智者並存的時代。是屬於我的一個近乎完美的世紀。

錦緞。點針繡的花卉。鍍金的劍加上樓下街道上醉鬼的笑聲。

大衛站在窗前，向外眺望這座殖民城市低矮的房頂。他曾在這個世紀生活過嗎？

「從來沒有！」他驚恐地說。「每個表面都是經過手工雕琢，每個尺寸都是不規則的。那些造物對自然界的把握十分脆弱，好像他們能很容易地返回自然界。」

「你走吧，大衛，」路易斯說，「這裏不屬於你。我們得留下來。我們也毫無辦法。」

「這有點聳人聽聞，」克勞蒂亞說。「眞的。」她穿著那件髒兮兮的醫院病號服。唔，我很快就把這改變。我要爲了她而去搶劫花飾禮品店。我要爲她買盡綾羅綢緞、小巧的銀手鐲和珍珠戒指。

我伸出手摟住她。「啊，聽到有人講出實情可眞好，」我說。「多美麗的頭髮，它永遠都會如此美麗。」

我又試著坐起來，但好像不可能。他們穿過走廊正匆忙把一個急診病號推進來，病床兩邊各站著一名護士，有人撞了一下這張輪床，我感到一陣震顫。隨即安靜下來，那個大掛鐘的指針一下下猛跳。躺在我旁邊的那個男人呻吟著，並來回扭頭。他眼上蒙著一大塊白綳帶。他的嘴巴看上去光禿禿的。

「我們得把這些人隔離。」一個聲音說。

「現在走吧，我把你領回家去。」

莫約呢？莫約怎麼樣了？他們是不是來過、把牠領走了？這是個人類監禁狗的時代，就因爲牠們是狗。我得把這向她講清。她正試著攙扶我，把一條手臂摟住我的肩頭。莫約正在那所住宅裏狂吠。他是不是中了圈套？

「但它傷不著你，大衛。」我說。

路易斯很傷心。「現在城裏正流行瘟疫。」

「你說得對，」他說。「可是還有別的東西……」

克勞蒂亞大笑。「你知道，她愛上了你。」

「你早該死於這場瘟疫。」我說。

「也許我還不到時候。」

「你相信我們還有時間嗎？」

「不，我不信。」她說。「也許把一切都歸罪於你更容易一些。你知道，我從來都是是非不分。」

「你還來得及學。」我說。

「你也是，而且時間還比我多得多。」

「謝天謝地，你帶我走，」我小聲說。我站起來了，「我真害怕，」我說。「就是一般人類的害怕。」

「又給醫院減輕一個負擔，」克勞蒂亞咯咯笑著說。她的小腳輕快地蹦過椅子邊。她又穿上那身綉著花邊的連

衫裙。這是個改進。

「美麗的葛麗卿，」我說。「我這麼說時，你的臉頰上浮起紅暈。」

她微笑著把我的左臂搭在她的肩膀上，她的右臂則一直摟著我的腰。「我會照顧好你，」她在我的耳邊說，「我家離這兒不遠。」

我背對著她的小汽車，迎著寒風，站在路旁，舉著我那發出惡臭的小弟弟撒尿，邊撒邊看著一股黃流冒著熱氣澆在溶化的秋雪上。「我的天，」我說。「這兒感覺也挺不錯的！人類到底是什麼？他們居然從這種可怕的事中也能體會出快樂！」

14

有一陣子我開始處於時睡時醒的狀態，朦朧覺得我們坐在一輛小轎車裏，莫約也和我們在一起，對著我的耳朵喘氣。我們正駛過樹林茂盛、白雪皚皚的丘陵地帶。我身上裏著毯子，汽車的高速行進使我感到噁心欲吐。我也在哆嗦。我幾乎不記得我們回到那座住宅並找到耐心等待我的莫約的經過。我隱約意識到，若是這輛汽油驅動的汽車和別的車輛碰撞，我肯定會給煙燻死。看來眞的出了壞事，我胸上的疼痛就是證明。那個肉體竊賊耍了我。

葛麗卿的雙眼冷靜地注視著前方蜿蜒的道路。斑駁的陽光在她飄滿細細髮絲的腦袋周圍，形成一圈朦朧美麗的光暈。這些髮絲都是從她厚厚的大髮髻裏散落下來的，她的兩鬢處也飄落著幾縷光滑柔軟的鬈髮。這位修女很美。我不由自主地看著她，直眨著眼睛。

可是這位修女爲什麼對我這麼好？就因爲她是修女？

我們四周很寂靜。叢林中的小丘上蓋著一些小別墅。那些小山溝裏也有小房子，彼此挨得很近，也許這一帶是個富人聚集的郊區，遍布富人住的木頭小別墅。這些人有時更想住在這裏，而不願住城裏那些前世紀風格的華麗住宅。

我們最後駛上一條汽車道，通向這些私宅中的一座。道路兩旁是一排枝葉光禿禿的樹木，我們最後在一座灰瓦屋頂的小木房前輕輕停住，顯然是給外人或客人住的，不遠處才是主樓。

幾個房間都很溫暖舒適。我想馬上躺在一張乾淨的床上，但是我身上太髒，就堅持請求主人讓我洗一下這個討厭的身體。葛麗卿堅決反對，說我病得太厲害，現在不能洗澡。但我就是不聽。我找到浴室後就不出來。

接著，我倚著瓷磚又睡著了，葛麗卿幫我把浴缸灌滿水。蒸氣的味道挺好聞。我能看見莫約臥在那張床邊，像尊狼一般的獅身人面像，正透過敞開的屋門看著我。她會覺得牠看起來像頭魔鬼嗎？

我覺得頭暈眼花，虛弱得厲害。但我還在向葛麗卿喋喋不休，想向她講清我為何陷入這樣尷尬的境地，還說我要去紐奧爾良找路易斯，好讓他給我輸入那種威力強大的血液。

我用英語低聲向她講述許多事情，只有在找不到恰當的詞時我才使用法語。我談論我那個時代的法國，談論我後來生活過的紐奧爾良，那片荒涼的法國小殖民地，講述那個時代的奇妙之處，講述我當了一陣子搖滾明星的經過；因為我想：我雖然是罪惡的象徵，但不是不能做好事。

我想要她聽明白我到底是誰，以及發生了什麼事，生怕我死在她的懷裏之後沒人會知道這一切。這是否就是人的感受和體驗呢？

哎，可是那些吸血鬼，他們明明知道這一切，但是誰也不來幫我一把。

我把這些也全都對她講了。我形容了那些老古董，以及他們的反對。還有什麼我忘了告訴她嗎？但她一定聽明白了，這位敏銳的修女，我當搖滾歌手時特別想做好事。

「這是魔鬼能做點好事的唯一途徑，」我說。「就是在舞台上表演以揭露邪惡。即在他幹壞事時讓人相信他在幹好事，不過這等於是在上帝身上找妖怪，對不對？魔鬼只是上帝神聖計劃中的一個部分。」

她似乎在十分專注地聽我講這些胡話。不過，當她回答說撒旦並非上帝計畫中的一部分，我並未感到吃驚，她的聲音低沉，充滿謙卑，邊說邊替我脫掉那身酸臭的衣服。我覺得她一點也不想說話，可還是努力安慰我。她說，魔王撒旦是天使中最有威力的一位，而且他出於傲慢拒絕上帝。邪惡不可能是上帝計畫的一部分。

當我問她是否了解所有反對這種說法的論點、說它十分荒謬，整個基督教都不符合邏輯時，她平靜地回答說這無所謂。重要的是行善。這才是一切。其實很簡單。

「啊，是的，這說明你聽懂了。」

「完全懂。」她說。

但我清楚她沒有聽懂。

「你對我眞好。」我說完趁她幫我下到熱水裏時，在她臉上輕輕吻了一下。

我向後仰靠在浴缸壁上，看著她給我洗澡，同時感覺很舒服。熱水浸泡著我的胸膛，柔軟的海綿摩挲著我的皮膚，大概比我迄今所忍受過的任何磨擦都舒服。不過，人的身體感覺起來眞長！我的雙臂怎麼長得出奇？我腦子裏出現了一部老影片裏的一個形像，是弗蘭肯斯坦❶創造的怪物在笨重地走路，揮舞著兩尺彷彿不屬於它手臂末端的手掌。我覺得我就是那頭怪物。其實，倘若說我當人覺得自己完全像個怪物，這話才是完全說到重點上。

我好像對此說點什麼。她警告我閉嘴不要胡說。她說我的身體既強壯又優美，而且一點也沒有不自然。她的表情很憂慮。我覺得有點不好意思，乖乖地讓她洗我的頭髮和臉。她解釋說，這種工作是一個護士每天都要做的。

她說她把畢生精力都用在出國傳教和照顧病人上，去的地方全是那麼骯髒、條件惡劣，連華盛頓這家擁擠的小醫院與之相比都頓成天堂。

我注視著她的目光掃視過我的全身，接著看見她的面頰上泛起紅暈。她帶著羞澀和不解看著我的身體。一臉的清純和無辜。

我暗自發笑，但擔心她會被自己的性慾感覺弄得不好意思。假使她發現這副身體特別誘惑人，那可眞是對我們倆都開了殘酷的玩笑。看來她一定發現了，這使我的人血沸騰起來，連發燒和疲勞都暫時忘卻。唉，這副人體總是那麼躁動不安，充滿性慾。

當她用手巾擦乾我的全身時，我幾乎站不直。但我咬緊牙關挺住。我吻著她的頭頂，她抬起頭來看我，顯得有點痴迷和困惑。我想再吻她一次，但我沒有力氣。她很仔細地擦乾我的頭髮，揩乾我的臉時也很輕柔。很久很久已經沒有誰這麼觸摸過我了。我對她說「我愛你」，就因爲她對我這麼好。

「我特別恨這個身體。待在裏面像是下地獄。」

「眞有這麼糟？」她問。「做人不好麼？」

「你用不著笑我，」我說。「我知道你不相信我告訴你的這些事。」

「唔。不過我們的幻想就像我們的夢一樣。」她皺著眉頭嚴肅地說，「那是有含義的。」

驀地，我注意到了我映在藥品櫃上的鏡子裏的身影——這個羯色皮膚的高個子男人長著一頭厚厚的褐髮，旁邊是這個大骨骼、細皮嫩肉的女人。我嚇呆了，心臟差點停止跳動。

「我的上帝，幫幫我吧。」我囁嚅道。我想要回我的身體。我想哭。

她催我快回到床上躺下。屋裏暖暖的很舒服，她開始爲我刮臉，眞好！我討厭臉上長著硬毛的感覺。我告訴她我曾像所有人類男人那樣把臉刮得光滑。我死後並給造就成了吸血鬼之後，就像所有吸血鬼那樣一成不變。我們變得越來越蒼白，同時越來越強壯，我們的臉則越變越光滑。但是我們的頭髮永遠保持同樣的長度，指甲鬍子什麼的也是這樣。我沒有什麼再長的東西。

「這種轉變很痛苦麼？」她問。

「因爲我得搏鬥，所以很痛苦。我不想讓這種事發生。當時我眞的不知道我正在起什麼變化。好像有某個中世紀的怪物路過這裏抓住我，並把我從那個文明的城市拖走。你應該記住，那時的巴黎是個非常文明的地方。而你現在要是到那兒神遊一番，你會發現它野蠻得難以形容。唉！但那時的巴黎對一個來自破舊城堡的鄉紳來說，眞是充滿新奇和刺激，那麼多劇院，歌劇院，還有那些宮廷舞會。你想像不出有多豪華。但不久就發生了這場悲劇，一個惡鬼從黑暗裏鑽出來，把我抓到他住的塔上。把我變成鬼的過程叫『黑色詭計』，它本身倒不會讓你感到痛苦，而是讓你狂喜。等你再睜開眼睛，全人類在你眼裏都變得那麼美，這是你在轉變前從沒意識到的。」

我穿上她給我找來的一件乾淨的衣衫，然後鑽進被窩，讓她把被角掖進我的下巴。我感到飄飄然。這眞是自我變成凡人以來體驗過的最愉快感覺之一，像酒醉似的。她摸了摸我的脈搏和額頭。我能看出她的害怕，但我不願意相信。

我告訴她，我作爲邪惡之物的眞正痛苦來自於我能體會到什麼是明聖，而且尊重它。我的良知從未泯滅過。可是我的一生——包括凡人童年——都被要求昧著良心去獲取有價值和有刺激性的東西。

「這又從何說起？」她問。

我就告訴她，我在很年輕時就領著一幫演員犯上、不服從命令，然後率眾逃跑。我還犯過私通罪，和演歌團裏的一名年輕的有夫之婦私通。但就是這段日子——既在村裏的戲台上表演又和那女人偷情——使我感到活得特別有價值！「你瞧，」我說，「這些還只是我是個活著的凡人時犯的，是個男孩子的小罪過！在我死了以後，我在這世界每走一步便都是在犯罪，但在我每次生死關頭，我都遇到性感美麗的女人。」

我問她：這是怎麼回事？在我把克勞蒂亞變成小吸血鬼、把我母親卡布瑞變成吸血鬼美人之後，我便又去尋找刺激！我抵禦不了它的誘惑。在這樣的時刻，我根本不顧及什麼犯罪不犯罪。

我又講了許多往事，包括大衛和他在咖啡館裏見到上帝與撒旦會晤，大衛認爲上帝不完美，上帝也在無時無刻學習新東西；大衛書看得太多，以致慢慢瞧不起自己的工作並要求離職。不過我淸楚，這些事我在醫院她握著我的手時，我都對她講述過。

她有時會停止對枕頭、藥片、水杯這類瑣事的嘮叨，然後專注地看著我。她的臉很安詳，表情很專注，濃密的黑睫毛覆蓋淡色的眼睛，柔軟的大嘴唇漾著和善的笑意。

「我知道你很好心，」我說。「我很喜歡你的善良。但我還要把『黑血』輸給你，把你也變成不死者……讓你同我一道進入永恆，只因爲我看你太神秘了，而且很強。」

我的周圍一片寂靜，但我耳中卻「隆隆」作響，眼睛像是蒙上一層面紗。我呆呆地看著她舉起一根注射器，朝空中擠出一點銀白色的藥液，然後把針頭扎進我的皮膚，這點燒灼的感覺一點也不刺痛，算不上什麼。

她遞給我一大杯桔子汁，我貪婪地喝著。唔，味道不錯，像血一樣濃厚，就是太甜，感覺怪怪的就像直視陽光。

「我把這類東西都快忘了，我說。」味道眞好，比葡萄酒好喝。我以前應該喝一些。要是我沒嘗過它就回去，那可太遺憾了。我重新躺下，仰望成斜坡的低矮天花板上的幾根光禿禿的椽子。這小屋乾淨又漂亮，雪白雪白的。陳設很簡樸。這是她的「修女庵」。小窗外面，雪在悄悄地下。我數了數，共有十二個小窗格。

我迷迷糊糊時睡時醒，隱約記得她曾想讓我喝下一碗湯，但我喝不下。我渾身發抖，惟恐那些夢會再回來。我不想再在夢裏見到克勞蒂亞。小屋裏的光線刺痛我的眼睛。我對她講說克勞蒂亞老在夢裏纏住我，還有那所小醫院。

「住滿了兒童，」她說。她以前好像沒下過這種評論。她看上去十分困惑。她在輕聲敍述自己傳教的經歷……向孩子們傳教，在委內瑞拉和秘魯的熱帶叢林裏。

「你別再說了。」她說。

我知道我把她嚇壞了。我又輕飄飄起來，忽明忽暗，感到一塊涼手巾敷在我的額頭上，並對這種失重的感覺感到好笑。我告訴她，我在我原來的身體裏能夠飛行。我還對她講述我在戈壁大沙漠裏朝著太陽直飛的事。

我時時猛地睁開眼睛，吃驚地發現我還躺在床上，躺在她的白色小屋裏。

在刺眼的光線裏，我見到墻上掛著一個十字架，上面吊著正在流血的耶穌。還有一尊聖母瑪麗亞的雕像擺在一個小書架上，是人人熟悉的一個形像，「美聖三女神的女調解人」，頭低著，雙手攤開，那邊那位是額頭上正流血的聖瑪格麗塔嗎？哦，全都是古老的信仰，但想想看，他們都活在這個女人的心裏。

我斜著眼，想看清她書架上的那些大書名，什麼阿奎那❷啦，馬利丹❸啦，德日進❹啦等等。光讀懂這些五花八門的天主教哲人大名就夠把我累死了。但我還是看了看別的書名，心裏懷著激動和不安。此外還有關於熱帶病、兒科病、兒童心理學等方面的書籍。我還看見一張帶框的照片掛在靠近十字架的牆上，是一群蒙面紗穿教服的修女的合影，大概是在一個儀式上。我看不出她是否也在裏面，反正用這兩隻昏花的凡人之眼我看不出來。那些修女都穿著藍色短袍，戴著藍色和白色的面紗。

她握著我的手。我又對她說我得去紐奧爾良。我得活著見到我的朋友路易斯，他能幫我找回我的身體。我向她形容路易斯，講了他離群索居，與世隔絕，住在一座昏暗的小房子，在他雜草叢生的花園後面。我解釋說他很虛弱，但他能把吸血鬼的血液輸給我，這樣我就又成了吸血鬼，並能追擊那個肉體竊賊，找回我自己的身體。我還告訴她路易斯很有人性，雖不能給我太多的吸血鬼神威，但只要我有一點超自然力，就能找到那個肉體竊賊。

「所以說，只要路易斯把『黑血』給我，」我說，「這副身體就會死亡。你在救它，它都要死了。」我哭了。我意識到我在說法語。但她好像聽懂，因爲她用法語告訴我我得休息，我處在半昏迷狀態。

「我陪著你，」她用法語一字一句小心地說。「我會保護你。」她的溫暖柔軟的手捂在我手上。還溫情地把我前額上的一縷頭髮理到耳後去。

黑暗降臨這座小屋。

火在小壁爐裏熊熊燃燒，葛麗卿躺在我身邊。她已穿上一條法蘭絨的長睡衣，又厚又白。她的頭髮披散著，摟抱著渾身發抖的我。我喜歡她的頭髮貼著我手臂的感覺。我也小心地貼著她，生怕碰傷了她。她一次次地用一塊涼手巾抹淨我的臉。她強迫我喝桔子汁或冷水。夜越來越深，我的恐懼也越來越厲害。

「我不會讓你病死。」她在我的耳邊小聲說。但是我感覺到了她那掩飾不住的擔心。睡意又襲上來了，但小屋保持著它的形狀、顏色和光線。我又開始呼喚別的吸血鬼，請求馬瑞斯幫助我。我想到了一些可怕的事！恍然覺得他們全在這裏，像許多白色的小塑像，同那聖母瑪麗亞和聖瑪格麗塔在一起，袖手旁觀，拒不幫助我。

天快破曉時，我聽到了聲音。一位醫生來到，是個疲勞的年輕男人，膚色灰黃，兩眼發紅。一根針管再次扎進我的胳膊。我大口喝著端給我的冰水。我聽不懂這醫生的低語，他也無意讓我聽懂。不過那些聲音漸趨平靜，而且讓人放心。我聽到了幾個字眼兒，什麼「流行病」，「寒流」，「不堪忍受的惡劣環境」。

等屋門關上後，我求她快點過來。「讓我靠著你跳動的心臟，」她挨著我躺下後我對她耳語道。挨著她的感覺眞好，她柔軟豐腴的肢體，沉甸甸的乳房貼著我的胸脯，光滑的腿貼著我的腿。我是不是病得太厲害，連害怕也不知道了？

「睡覺吧，」她說。「別擔心了。」濃濃的睏意終於襲上來，濃得像外面的夜，深得像外面的雪。

「你不覺得你該懺悔了嗎？」克勞蒂亞問。「你要淸楚你的處境岌岌可危。」她正坐在我的腿上，凝視著我，兩手摟住我的肩膀，昂著的小臉距離我的臉很近。

我的心在收縮，疼得像要爆炸，但這裏沒有刀子，只有這兩隻勾住我脖子的小手。擠碎的玫瑰花香味從她顫動的髮梢沁出來。

「不。我不能懺悔，」我對她說。我的聲音顫抖著。「哦，上帝，你到底要我做什麼？」

「你並不後悔！你從來不內疚！快說。講出實情！你該受我把那把刀捅進你的心臟。你知道實情，早就知道！」

「不！」

我盯著她那張包在秀髮的小臉，心痛欲裂。我把她抱起來，放在我面前的一張座椅裏，然後跪在她腳邊。

「克勞蒂亞，聽我說。這一切不是我發動的。我並沒有創造世界！這種罪惡從來都存在。它埋伏在暗處，趁我不備抓住我，並把我併入它，成爲它的一部分，使我只能按照我的生理需要行事。請不要笑話我，別扭頭不理我。不是我造的孽！我現在這樣不是我自己造成的！」

她瞪著我，惶然不知所措，隨後她豐滿的小嘴綻出迷人的微笑。

「這樣並非全是苦惱，」我緊緊抓著她的雙肩說。「它不是下地獄。對我說它不是❺。對我來說這裏也有快樂。難道作惡也能快樂嗎？天哪，我眞不明白。」

「你雖然不理解，但仍照幹不誤，對不對？」

「是的，而且我不感到內疚。我不。我會站在屋頂上對著蒼天大喊我不內疚。克勞蒂亞，我還會幹的！」我長嘆了一口氣。我重複著剛說的話，聲音越來越大。**「我還會這麼幹的！」**

屋裏鴉雀無聲。

她還保持著平靜。她生氣了嗎？吃驚了嗎？看著她面無表情，我無法測知。

「唉，父親，你眞邪惡，」她輕柔地說。「你怎麼這麼固執己見？」

大衛從窗口那兒轉過身來。他站在她肩膀後面，居高臨下看著跪在地上的我。

「我是我這一物種的精英，」我說。「我是個完美的吸血鬼。你看著我就等於看著吸血鬼黎斯特。誰也贏不過你眼前的這個鬼——誰也超不過！」我慢慢站起來。「我不會隨著時間流逝而成爲傻瓜，也不會成爲被千年歲月磨硬的神祇。我不是披著黑斗篷的魔術師，也不是滿腹悲涼的流浪者。我還有良心，我能區分是非。我知道自己該做什麼，並且去做，我是吸血鬼黎斯特。這就是給你的答覆。你看著瞧吧。」

黎明，雪地上天色明亮。葛麗卿依偎著我，還在睡。

我坐起來，伸手去拿那杯水。她沒被吵醒。水沒有味，但很涼。

這時她睜開雙眼，猛地坐起來，一頭深色金髮披散在她乾淨和灑滿晨光的臉上。

我吻了她溫熱的臉頰，感到她的手指勾住我的脖子，然後又拂過我的前額。

「你把我帶到這兒來，」我說，嗓音嘶啞顫抖。然後我又躺回枕頭上，覺得雙頰上又流滿淚水！我閉上雙眼，嘴裏嘟噥著「再見，克勞蒂亞。」同時希望葛麗卿不要聽見。

等我再次睜開眼時，她正給我端來一大碗肉湯。我咕咕喝下，覺得味道還不錯。有幾個切開的蘋果和桔子擺在盤子裏，顏色鮮艷。我狼吞虎嚥地嚼著它們，驚奇地發現蘋果很脆，桔子嚼起來纖維豐富。接著又端來一種烈酒加蜂蜜和酸檸檬，這東西我很愛喝，她連忙又去爲我調製。

我再次感覺她眞像畢卡索畫的希臘婦女，大個頭，白皙，深褐色眉毛，淡綠色眼睛，使她的臉看上去清純而堅毅。她並不年輕，但在我看來反倒更有成熟之美。

當我問她我好點沒時，她點點頭說我好多了，表情忘我而熱烈。

她看起來好像永遠在沉思默想。她一直注視著我，好像我讓她困惑不解。然後，她慢慢俯下身來，把嘴唇壓在我的嘴上。興奮像一股電流傳遍我的全身。

但我又睡著了。

這次沒有做夢。

彷彿我一直是個人類，從來都穿著這張人皮，而且，嘿，眞感謝這張柔軟乾淨的床。

下午到了。樹林那邊是片片藍天。

我入迷地看著她把壁爐點著。看著火光映在她光潤的赤腳。莫約的灰鬃毛上蓋著薄薄一層雪末，兩爪抱著一個盤子，正不急不徐地安靜吃東西，並時不時抬頭看看我。

由於發燒，我這副沉甸甸的人體仍在微微顫抖。但是畢竟燒退多了，也不那麼難受，原先的渾身哆嗦完全消失。唉，她爲什麼對我做這一切？憑什麼？而我又能爲她做什麼呢？現在我再也不怕死了。但我一想到前景——必須抓住那肉體竊賊——就感到恐懼。若再多待一夜，我恐怕就要怕得不能離開這兒。

我倆又摟抱在一起沉睡，聽任外面的光線變暗，唯一的聲響是莫約的喘氣。壁爐裏的那小堆火在熊熊燃燒。屋裏濕暖安靜。整個世界都好像溫暖安靜。雪又下起來了；不久，溫柔而又無情的夜幕降臨。

我注視著她睡夢中的臉，想起了我在她的眼裏看過的那種溫柔又痴迷的目光，胸中頓生一股保護她的慾望。連她的聲音都染上一層深深的悲哀。她通體都透出深刻的看破紅塵和與世無爭。我心想，無論發生什麼，我都不離開她，直至我設法報答她爲止。我也很喜歡她，我喜歡深蟄在她內心的憂鬱，她的隱忍和自我貶抑，她語音和動作的單純，以及她目光中的坦誠和率直。

等我又醒來時，見那醫生又過來。還是那個小伙子，還是皮膚灰黃，一臉倦容，雖然比上次稍有精神些。他的白袍很乾淨，是新洗過的。他把一個冰涼的金屬小玩意放在我胸脯上，顯然是在聽我的心、肺和其他鬧哄哄的內臟器官，來獲取一點有價值的信息。他的手上戴著滑溜溜難看的塑膠手套。他正在對葛麗卿低聲說話，彷彿我不在場似的，談的都是醫院裏接踵而來的麻煩。

葛麗卿穿著一身簡單的藍色連衣裙，頗似修女的裝束，只是比較短。裏面她穿的是黑色的長筒襪。她的頭髮雖亂但很美，直直的，很乾淨，使我想起德國童話裏被公主編織成金束的乾草。

我又回憶起我母親卡布瑞，想起我把她變成吸血鬼後的那段怪誕、噩夢般的歲月。那時她剪掉她的金頭髮，可在一夜之間，頭髮趁她在地窖裏昏睡時又長滿她的腦袋。當她發現時差點嚇瘋了。我記得她不斷尖叫，半天才被我哄好。我也不知我爲何想到這個，大概是因爲我很喜歡這個女人的頭髮。她一點也不像卡布瑞，絲毫不像。

醫生總算結束對我的聽診、叩診和問診，躲到一邊與葛麗卿商量。我暗暗咒罵我的凡人耳朵；什麼都聽不見。但我明白我快要好了。當醫生又回到我床邊、對我說我沒事、再休息幾天就好，我平靜地告訴他，是葛麗卿的精心護理治好我的病。

他使勁點點頭，嘟噥了一陣我聽不懂的廢話，便告辭走了。他的汽車發出輕微的吱扭聲，駛離大門前的汽車道。我覺得頭腦清醒，渾身舒暢，眞想大聲喊叫。但我沒發瘋，反倒喝了更多味美的桔子汁，然後又陷入沉思……和回憶。

「我得離開你一小會兒，」葛麗卿說，「我得出去買食物。」

「好的，我會付你錢。」我說。我把手放在她的手腕上。儘管我的聲音還很虛弱和沙啞，但我還是告訴她那家旅館的事，說我的錢連同上衣都還放在那兒。那筆錢足夠支付她對我的照顧和我在這兒的食宿，必須把它取回來，鑰匙一定放在我的衣服口袋裏。

她把我的衣服掛在衣架上。現在她果眞在襯衣口袋裏找到鑰匙。

「怎麼樣?」我笑著說。「我跟你講的全是實話。」

她也笑了，臉上洋溢著溫暖。她說她這就去一趟那旅館，替我把錢取回來。我得安靜地躺在床上。把錢到處亂丟不好，即便放在豪華旅館裏也罷。

我還想回答她，但已睏得不行。沒多久，透過那扇小窗子，我看見她走過雪地，朝她的小汽車走去。我看著她鑽進汽車。她的體格眞強壯，四肢豐腴，但白皙柔軟的皮膚使她瞧上去可愛誘人。即使片刻離開她，我都特別害怕。當我再次睜開眼睛，她已回來了，胳膊肘挎著我的大衣站在屋裏。她說，你的錢眞多。她把它們全都拿回來了。她從沒見過那麼多錢，一疊一疊的，她說我眞神秘。這些錢足有兩萬八千美元，她沒把我在那家旅館的開銷算在內。那兒的人一直很擔心我。他們只看見我衝進雪夜。他們讓她簽了一張我在那兒所有開銷的收條。她把這張紙條交給我，好像它很重要。她把我的其他隨身物品也帶來，包括我剛買的大包小包衣服。

我想感謝她，但想不起說什麼好，等我追回我的身體後再回來向她道謝吧。

她收拾好這堆衣服後，又做了一頓肉湯和黃牛油麵包的便餐。我們找來一瓶葡萄酒，一起吃了起來。她沒想到我能喝這麼多酒，大大超過她允許的程度。我得承認，這頓黃油麵包加紅酒的晚餐是我至今吃過的最美味的人類餐飲。我告訴她這點，並請她讓我再喝點酒，因爲醉醺醺的感覺特別舒服。

「你爲什麼把我帶到這兒來?」我問她。

她坐在床沿上，看著爐火，玩弄自己的頭髮，避免看我，又把醫院擁擠、傳染病流行的理由解釋一遍。

「不對。你爲啥這樣做?還有別的原因。」

「因爲你和我認識的所有人都不一樣，」她說。「你讓我想起了我以前讀過的一個故事，講的是一位天使穿著人身被迫降臨人間的事。」

我的心一緊，馬上想起拉格朗·詹姆斯說過我看起來像天使。我想到自己的強大身體還在他的控制下飄零世界呢。可恨哪。

她瞧著我，嘆了口氣，一臉茫然。

「等這一切結束後，我將穿著我原來的身體回來看你，我說。」我會向你暴露眞相。在最後知道我並沒騙你，也許對你挺有意義。而且你又這麼強壯，我想這個事實不會讓你受到傷害。

「什麼事實？」

於是我向她解釋，當我們吸血鬼向凡人暴露眞相時，常常把他們逼瘋——雖然我們是非自然的怪物，但對上帝或魔鬼的存在卻一無所知。總體來看，我們就像不帶啓示的宗教幻像，是一種神秘體驗，但不帶眞理核心。

她顯然十分著迷。眼裏露出神秘的目光。她請我解釋，我在我原本的身體裏是什麼樣。

我還是向她講述我在二十歲時被變成吸血鬼的過程。在那之前我是個高個子青年，金髮碧眼。我再次敍述我在戈壁沙漠裏被太陽燒傷皮膚的經歷。我擔心那個肉體竊賊有意扣留我的身體爲自己撈取好處，此時他很可能躲在什麼地方，遠離他的同類，正試圖完美地運用我的威力。

她又請我向她解釋我如何飛行。

「與其說飛，不如說更像飄浮，只是隨心所欲地上升，靠意念推著自己朝這個或那個方向飄浮。完全沒有重力或地心引力，這點和自然造物的飛行很不一樣。說來很恐怖，是我們所有威力中最可怕的一種，比其他威力給我們自身造成的傷害都大，因爲它使我們意志消沉，充滿絕望。它是我們不是人類的最終證明。我們都擔心搞不好哪天夜裏會飛離地球，再也回不來。」

我想到那肉體竊賊正在使用這種威力。我見他使用過。

「我也不明白我怎麼這麼愚蠢，意讓他拿走了我這麼強大的身體，」我說。「我太想當人了，結果頭腦發熱幹了蠢事。」

她只是凝視著我。雙手放在腿上握在一起，一雙栗色的大眼睛專注而平靜地盯著我。

「你信仰上帝嗎？」我指著牆上的十字架問她。「你的書架上有這麼多天主教哲人的著作，這些你都相信嗎？」

她考慮好久，才說：「我信仰的方式和你問的不一樣。」

我笑著問：「那又是怎樣？」

「自從我能記事以來，我的一生就成了奉獻和自我犧牲。這才是我所信仰的。我堅信我必須竭盡全力去減輕別人的苦難。我能做的只有這些，而這也是一項偉大的事業。這同你能飛一樣，也是一項巨大的威力。」

我聽得十分入迷。我不認爲一名護士的工作和威力有什麼聯繫，但我完全能理解她。

「試圖了解上帝，」她說，「可以被解釋成是犯了傲慢之罪，或是缺乏想像力。而我們一見到苦難就全能明白這是苦難。我們都清楚什麼是疾病、饑餓、貧困。我要減輕這些苦難。這才是我信仰的基石。但若要我誠實回答你的問題——對，我是信仰天主和耶穌基督。你也信仰。」

「不，我不信，」我說。

「你發燒的時候信。那時你談論上帝和撒旦的觀點，是我在別人那兒從未聽過的。」

「我談的只是些乏味的神學爭論。」我說。

「不對。你談到它們的枝節問題。」

「你這麼認爲？」

「對。你見到明聖就明白。你說過你能分清善惡，我也能，我奉獻畢生行善。」

我嘆了口氣。「是的，這我見到了，」我說。「你若是把我丟在醫院，我會病死嗎？」

「也許會，」她說。「我確實不知道。」

僅僅看著她我就感到特別愉快。她的臉盤很大，少有稜角，也不是貴族的優雅氣質，但她美的地方很多。歲月待她也一定公平。雖然關照別人多年，但她不顯疲勞和憔悴。

我感到她身上有一種柔和的沉思誘惑力，一種連她自己也不相信或加以培養的性感。

「請你再給我講一遍，」她說。「你談到你當過搖滾樂歌手，因爲你想行善，對嗎？你想憑藉惡的形像來行善嗎？這方面你再多講點。」

我說好，就把組織那個小樂隊「夜間撒旦」並把它培養成專業樂隊的經過講述一遍。我告訴她我失敗了；我們吸血鬼內部出現了爭鬥，我自己被搶走，整個樂隊散了；表面看沒發生什麼事，用凡人世界的理性無法解釋，我被迫回到逍遙自在、事不關己的隱居狀態。

「地球上沒有我們的位置，」我說。「也許曾有過，我也不知道。我們存在這個事實本身就不合理。獵人們把狼趕出這個世界。我那時認爲，要是暴露我們的存在，獵人也會把我們逐出這個世界。但並非如此。我的短暫生涯就是一連串夢幻。沒人信仰我們。這是命中注定。也許我們注定會死於絕望，逐漸從這個世界上消失，無聲無息地滅絕。」

「但是我不服氣。我受不了沒沒無聞，無所事事，靠殺人取樂耗費生命，眼看著周圍全是人類創造的成就而我加入不了他們，卻只能當孤獨的該隱，不，我受不了這樣。要知道，這個已經且正在創造的凡人世界也是我的。它根本不是那個偉大的自然界。如果它眞是自然界，那我作爲一個不死者的命運也許就不該像現在這麼壞。這世界完全是凡人成就的堆砌。什麼林布蘭的畫啦，雪中華盛頓的紀念堂啦，那些大教堂啦……而我們卻被永遠割斷同這些成就的聯繫，而且他們這樣做還滿有道理。但我們這些吸血鬼還是整天眼巴巴地看著它們呀。」

「但你爲什麼和一個凡人交換身體呢？」她問。

「是爲了有一天能再次走在光天化日之下。是爲了能像人那樣思維、感覺和呼吸。也許還爲了檢驗某個信仰。」

「什麼信仰？」

「我們吸血鬼都想再做人，我們後悔放棄了做人，我們以不死來喪失我們人的靈魂，這代價不值得——就是這個信仰。但現在我明白我錯了。」

我突然又想起克勞蒂亞。我想起我發燒時做的夢。我心情格外沉重。過了一會兒，我才暗暗鼓起勇氣說下去：「現在我還是寧願當吸血鬼。我不喜歡當必死的人。我不喜歡虛弱、生病、脆弱、疼痛。這些太可怕了，只要一找到那個賊，我就立刻把身體要回來。」

聽了我的話，她似乎有點吃驚。「哪怕你回到自己的身體後你得殺人，得喝人血，得恨這樣並恨自己，你也在所不惜嗎？」

「我不恨這些，也不恨自己。你難道看不出嗎？這是矛盾的。我從來不恨自己。」

「你告訴過我你是邪惡，你說過我幫你就是在幫魔鬼。如果你不恨你做的那些事，你就不會說這些話。」

我沒回答，過了一會兒才說：「我最大的罪過一直是我做吸血鬼活得很舒服。但我始終有罪惡感。我在良心上總是憎惡自己，但我過得很愉快。我很強大，我是個具有強大意志和激情的怪物。你瞧，這正是我的謎辛所在——明知當吸血鬼是一種罪惡，爲何還這麼享受它？唉，說來這種事自古有之。人類去打仗時就是這樣矛盾。但他們安慰自己，說自己是爲正義的事業而戰。於是他們體驗殺人的興奮和樂趣，彷彿他們只是些野獸。但這些『野獸』心裏明白是怎麼回事。豺狼也明白：它們淸楚把獵物撕成碎片很刺激。這我也淸楚。」

她半天不說話，好像陷入沉思。我伸手去摸她的手。

「來，躺下睡覺吧，」我說。「還躺在我身邊。我不會傷害你。我沒這能力。我病得太重。」我笑了一聲，又說：「你眞美。我絕不想傷害你。我只想靠著你。後半夜又要到，我希望你和我一起躺在這兒。」

「你說的都是眞話，對麼？」

「當然。」

「你知不知道你像個孩子？你特別單純。像聖人一樣單純。」

我笑了。「親愛的葛麗卿，你眞是把我誤解得很深。不過也許你是對的。假如我信仰上帝，信仰救世，那我想我應該當個聖人。」

她又想了半天，然後低聲告訴我，一個月前她剛剛請了假，暫離在國外的使命回國。她離開法屬圭亞那，回喬治城上大學，課餘志願來那所醫院當護士。「知道我請假的眞正原因嗎？」她問我。

「不知道，告訴我。」

「我想認識個男人。想得到一個男人的服務。一次就行，我想了解那事。我已經四十歲了，但從未了解過一個男人，你剛才談到在良心上你特別厭惡自己。我則特別厭惡我還是個處女——是在貞操上很完美的那種。無論信仰什麼，這好像都是懦夫的行爲。」

「這我理解，」我說。「不過，出國行善顯然和保持貞操毫不相干。」

「不對，它們有聯繫，」她反駁。「因爲只有專心地致志排除雜念才能從事艱苦的工作，而且只嫁給耶穌。」

我承認她言之有理。「但是，假如自我壓抑成爲工作的障礙，那就最好獲得一個男人的愛，你說呢？」

「我也是這麼想的，」她說。「對，體驗一下，然後回到爲上帝的工作。」

「完全正確。」

她充滿憧憬地緩緩說：「我一直在尋找這個男人，目前也在找。」

「所以你才把我帶到這兒來。」

「也許吧，」她說。「天曉得，過去我對所有男人都怕。但現在我並不怕你。」她盯著我，神情似乎對自己剛說的話感到吃驚。

「過來，躺下睡吧。咱們還有時間，讓我的病好，並讓你徹底想明白你到底需要什麼。我並不想強迫你做任何傷害你的事。」

「為什麼？假如你是魔鬼，怎麼還能說出這樣善良的話？」

「我說過，這就是我的神秘所在，或者是答案。兩者必居其一，來吧，躺在我身旁。」

我閉上眼睛，覺得她爬進我的被窩，她熱烈的身體擠壓著我，一條手臂搭在我的胸膛上。

「知道嗎，」我說，「當人這方面的感覺還不錯。」

我昏昏欲睡時聽見她小聲說：

「我想，你請你的假也是有原因。這原因也許你自己也不清楚。」

「你肯定還是不相信我，」我嘟囔著，話含混不清。伸出手臂把她挽住、把她的頭掖進我的頸窩的感覺眞好。

我親吻著她的頭髮，喜歡它們鬆軟且彈性地磨蹭我的嘴唇。

「你來到人間有個秘密原因，」她說，「也就是你鑽進一個男人身體。和耶穌這麼做具有相同的道理。」

「是什麼？」

「贖罪。」她說。

「哦，是的，爲了得到拯救。這難道不好嗎?」

我還想說點什麼，但這種事連想都已不可能，我睏得要命，很快就進入夢鄉，淸楚這次連克勞蒂亞也不會來了。也許這根本就不是夢，而是一段回憶。我和大衛一道參觀帝國博物館裏的那幅林布蘭大作。得到拯救。多好的想法，多可愛、多奢侈、不可能的想法，發現一個凡人女性在世界上嚴肅的想著這樣一件事是多麼美好。克勞蒂亞不會再嘲笑我了，因爲克勞蒂亞已經死去。

❶英國女作家雪萊夫人(Mary W. Shelley)於一八一八年所著同名小說的主角，是一個創造怪物而自己被它毀滅的醫學研究者。

❷Aquinas，中世紀意大利神學家。

❸Maritain，法國哲學家。

❹Teilhard de Chardin，法國古生物學家。

❺指當吸血鬼。

15

清晨，太陽還沒升起。過去在這段時間，我會常常陷入沉思，並睏倦地仰望變化的天色。

我慢慢地洗澡，很仔細。小浴室裏光線昏暗，周圍蒸氣瀰漫。我的頭腦清醒，心情愉快，彷彿病情緩解本身就是一件樂事。我慢慢刮臉，直至光潤平整。然後，我翻遍鏡子後面的那個小櫥窗，找到了我需要的東西——幾隻小小的保險套，能保證她安全地避孕，不會懷上我的孩子，不會讓我這個身體給她種上某顆孽種，免得在渾然不知中給她造成傷害。

這些小玩意兒眞奇怪，這些保險套。我眞想把它們扔了，但還是決心不再重犯過去犯的錯誤。

我悄悄關上那扇小鏡門。這時我才看見上面貼了一張電報紙，一張長方形的黃紙，上面印著淡淡的字跡：

葛麗卿，回來吧，我們需要你。別問問題。我們等著你。

發電報的日期很近，就在幾天以前。地點是委內瑞拉的卡拉卡斯。

我躡手躡腳走到床邊，把保險套放在小櫃上備好，然後又躺在她身邊，開始吻她睡夢中的軟唇。

我又慢慢吻她的臉蛋，吻她眼下的地方。我想用嘴唇感觸她的睫毛，想感觸她的頸項。不是要殺她。而是要吻她。不是爲了占有，而是爲了讓雙方都沒損失的短暫肉體交合，帶給我們如同痛苦般劇烈的歡愉。

在我的觸摸下，她慢慢地醒來。

「相信我，」我耳語。「我不會傷害你。」

「哦，但我要你弄痛我，」她在我耳邊說。

我輕輕剝掉她的法蘭絨睡衣。她躺著仰視著我。她的雙乳如同她的全身一樣白皙，乳暈不大，粉粉的，乳頭堅挺。她的小腹平滑，髖部擴展。一撮可愛的深褐色陰毛夾在兩條大腿根部，映著從窗外透進來的晨光。我彎下腰去親吻這片柔毛。我親吻她的大腿，用手撥開它們，直到那片溫暖的嫩肉暴露在我眼前。我的器官勃起，作好準備。我窺視那個隱秘的地方，它是雙層的、拘謹的、深粉色的，也罩著一層輕薄的面紗。一股猛烈的熱流流經我的全身，我的器官更堅挺。這感覺眞強烈，我本會強迫她。

可是不行，這次不行。

我移上去，又躺在她身旁，把她的臉轉向我，接受她的熱吻，還有緩慢笨拙的撫摸。我感到她的腿緊壓著我的腿，她的雙手撫摸我，插進我溫暖的腋窩，磨挲這個男體黑濃又潮濕的體毛。目前它還是我的身體，迎候著她。這強健的胸膛也是我的，接受著她愛的撫摸。我的臂膀也在接受她的親吻，彷彿是對其發達肌肉的禮讚。

我的激情稍退，只爲更洶湧地高漲；暫時銷聲匿跡，然後捲土重來。

我沒動飲血的念頭，沒動耗盡她體內生命之火的念頭；換上另一個時間場合，這念頭就是可怕的災難。此時此刻，都只有溫柔纏綿，她溫軟肉體的馨香。任何對她的傷害，任何對她這個普通女人的神秘性的破壞，任何毀掉她對我的信任和渴求的舉動，以及任何觸發她對我已有的深深恐懼的行爲，在此時的我看來都是大逆不道。

我任憑一隻手向下滑向那個小門戶。這次交合若再片面和短促，那就令我太遺憾和傷心。

此時，當我的手指輕輕探索她那處女的秘密通道時，她全身都顫抖著。抵著我的乳房好像腫脹起來，熱吻我的嘴唇也變硬了，像花瓣那樣張開。

可是懷孕的危險：她還擔心這個嗎？激情澎湃的她好像不在乎這些，完全聽任我的擺布。但我強迫自己停下，把一只小套子取出，戴在那個器官上。她的眼睛始終盯著我，一副被動順從的樣子，彷彿不再有自己的意志。

她需要的正是這種順從，這也是她對自己的要求。我又俯身去吻她。她濕潤起來，做好準備接納我。我再也控制不住自己，爬上她的身體；它現在繃得緊緊的。那條可愛的小通道溫暖柔軟濕滑。隨著我的節奏加快，我看見血湧上她的面孔。我低頭去舔她的乳頭，然後再找她的嘴唇。等她最後一次呻吟時。它很像痛苦的呻吟。我再次感到神秘——這種事竟然可以如此完美而徹底地完成，並在很短的時間之內。顯得這短暫的片刻如此寶貴。

難道這就是男女交合？難道我倆在這喧鬧的寂靜中合而爲一？

我可不覺得這是合而爲一。相反，我倒認爲它是最猛烈的男女分離：兩個相對的生物狂熱而笨拙地投入對方的懷抱，既信任又威脅，一方的感受對另一方來說神秘又深不可測，既甜蜜又短暫，激情伴著孤獨的失落。

而且她現在看起來空前的脆弱；雙眼緊閉，頭扭進一側的枕頭，乳房平平地又再起伏波動。這形象很容易激發暴力，容易在男人心中激起最放肆的施虐心。

爲什麼是這樣？

我不想讓任何別的凡人再觸摸她！

我也不想讓她自己的罪惡感折磨她。我不要讓她感到後悔，也不讓人的任何邪念靠近她。

只有在此時我才又想起「黑色禮物」，而不是克勞蒂亞；我想起我在把我母親卡布瑞造就成吸血鬼時的那種甜蜜的悸動。卡布瑞從此義無反顧，勇往直前，從不回首久遠的往事。她信心十足，渾身是勁，開始她的漫遊，雖然置身這錯綜複雜的大千世界，但一刻也不受凡間痛苦煩惱的干擾。

可是誰敢說「黑血」又會送給人的靈魂什麼呢？而這名善良貞節的婦女，這名信仰古代冷酷無情的神祕女人，沉醉在殉教道者的血泊中，痴迷於成千聖徒遭受的苦難，她是絕對不會追求「黑血」或接受它，這點她與大衛一樣。

但是她在了解我對她說的都是眞的之前，這樣的問題又有何意義呢？我若是從此不能對她證明這些話的眞實性呢？倘若我從此不再擁有「黑血」、無法再把它給任何凡人、我也永遠無法擺脫這副凡體，那又怎麼辦呢？我靜靜躺著，看著陽光灑滿房間，看它灑在她書架上方受難於十字架上的耶穌基督身體，看它又落在那垂頭默想的聖母。

我與她緊偎著，又進入夢鄉。

16

正午。我穿著一身乾淨的新衣服。它們是我在那災難性的流浪最後一天買的，是柔軟的長袖白色套頭衫和流行的褪色藍工裝褲。

我倆在劈啪作響的壁爐火前擺上一頓「野餐」。地毯上鋪一塊白布，我倆坐在上面共進遲到的早餐，莫約則在廚房地板上以牠的方式大吃大嚼牠的早餐。又是法式黃油麵包、桔子汁、煮雞蛋，切成大塊的水果。我大口吃著，不顧她警告我病還沒完全好。我已經基本上痊癒。連她的數字小體溫表都這麼說。

我應該出發去紐奧爾良。如果機場開放，我大概入夜時就會到那兒，但我現在還不想離開她。我向她要了點葡萄酒。我想與她聊天，我想了解她，我也害怕離開她，害怕她不在身邊的孤獨。坐飛機旅行使我心裏感到恐懼。再說，我也喜歡與她作伴。……

她正在滔滔不絕講她的傳教生活，說她從一開始就十分喜歡這項活動。她先在秘魯待了幾年，然後到中美洲北部的尤卡坦半島。她最近一次使命是到法屬圭亞那的叢林地帶，那裏全是原始的印第安人部落。具體地點是聖瑪格麗特·瑪麗，是距離聖洛朗鎭不遠的一個地方，乘機動船沿著馬羅尼河逆流而上，行走六個小時就到。她和其他修女修整那裏的水泥小教堂、白牆壁的小型學校校舍和醫院。她還經常做些傳教之外的善事，直接到村民中去幫助他們。她說她很熱愛這項工作。

她向我展示一大堆照片，都是些長方形的小彩照，上面有傳教團住的粗糙的小房子，有她和其她修女住的房間，有主持彌撒的牧師的房子。相片上的修女沒有一個戴面紗或佩載宗教飾物；她們全都穿卡其布或白棉布服裝，頭髮都披散著，她說她們都是眞正做事的姊妹。這些相片中也有她本人，神采奕奕、喜氣洋洋，毫無現在的沉思默想和鬱鬱寡歡。在一張近鏡頭照裏，她被一群紅臉龐的印第安人簇擁著站在中間，背景是一座奇形怪狀的小建築，牆壁上有一些花稍的雕刻裝飾。在另一張照片，她正在給一位像鬼魂般的老翁打針，對方坐在一張塗得花花綠綠的直背靠椅上。

她說多少世紀以來，這些熱帶叢林村莊裏的生活一直沒有改變。這些人早在法國和西班牙人踏上南美洲的土地之前就世代居住在這裏。很難讓他們相信護士、醫生和牧師。她本人倒不在乎這些土著是否聽懂她們的佈道和祈禱。她在乎的是預防接種和受感染傷口的消毒。她在乎的是把斷手斷腿定好位，好讓傷員不致於終生殘廢。

所以，他們當然希望她回去。他們已經做到很理解她的這次請假。他們需要她。她的工作在等著她去做。她給我看我已經看過的那份電報，釘在浴室鏡子上方的牆上。

「你想念他們，這很顯然。」我說。

我正在觀察她，想見到內疚的神色顯現在她臉上，以表示她對我倆剛做過的那事感到後悔。但她並沒做這樣的表示。她對那封電報好像也沒感到有什麼不安。

「我當然要回去，」她說。「這聽起來也許荒唐，但剛開始時我也很不願離開。可是貞操這個問題——它早已成爲毀滅我的陰影，纏上我，讓我擺脫不了。」

我當然理解她。她睜大眼睛平靜地看著我。

「現在你也知道了，」我說，「是否與男人睡覺眞的不是一件重要的事。是不是？」

「也許吧。」她淡淡微笑了一下說。她顯得眞怪，坐在毛毯上，兩腿拘謹地併攏歪靠向一邊，頭髮披散，在這房間裏看上去比在她的所有照片裏都更像披著面紗的修女。

「它是何時纏上你的?」我問。

「你認爲這很重要嗎?」她反問。「即使我講了,你也不會誇獎我的故事。」

「但我想知道。」我說。

她在芝加哥的布里奇波特區長大,父母分別是信仰天主教的教師和會計師,她很小就展現出很有彈鋼琴的天賦。爲此全家人犧牲一切,給她請個著名的鋼琴教師。

「你知道,這是自我犧牲,」她又微微笑了一下說,「從一開始就是。不同的是,那時是音樂,而現在是醫護。」

但即使在那時,她也是個篤信宗教的孩子,整天讀聖徒傳,幻想當個聖人,長大後到國外去傳教和工作。那位神秘的聖羅絲•德•利瑪尤其讓她著迷。聖馬丁•德•波雷斯——他更多是在全球範圍內工作——也是如此。還有聖麗塔。她希望有一天能去救治痲瘋病人,能找到一種充滿激情和英雄主義工作的人生。她還是個小女孩時,就在她家房子的後面蓋一座小禮拜堂。她常在裏面,跪在十字架前,一跪就是好幾個小時,盼望耶穌的傷口(聖傷痕)會在她的手腳裏展開。

「我對這些聖經故事非常當眞,」她說。「對我來說,聖徒都確有其人。當英雄的可能對我來說眞的存在。」

「英雄主義。」我重複這個詞。不過這是我對它的理解,與她的大相徑庭。但我沒打斷她的敍述。

「後來,彈鋼琴似乎和我的精神世界衝突起來。我想犧牲一切幫助別人,這就意味著放棄鋼琴;首先是放棄鋼琴。」

我聽了這很傷心。我覺得她並不常講自己的往事,所以她講的時候聲音非常壓抑。

「可是你彈琴時給別人帶來快樂,這又怎麼講呢?」我問。「這不也是很有意義的事麼?」

「現在我可以說確是這樣,」她說,聲音更加低沉,艱難地緩緩說出。「但那時呢?我也沒把握。我那時覺得自己大概不是彈琴的料。我不想表演，雖然我不介意讓人聽見。」她看著我，臉有點紅。「要是我躲在教堂樓廂或布幕後面彈琴，我也許就不害怕。」

「我懂，」我說。「是有許多人都像你這樣害羞。」

「可是你不害羞，對吧？」

我搖搖頭。

她解釋說，讓她穿著白花邊裙當衆演奏特別難受。爲了取悅她父母和老師，她只好這麼做。參加各種比賽簡直是折磨。但她差不多每次都奪冠。等她到十六歲時，她的彈琴已經成爲全家人的事業。

「那音樂本身呢，你喜歡嗎？」

她想了一會兒，說：「音樂讓我非常入迷。當我一個人彈琴時……沒有人在旁邊看著我，這時我完全陶醉在音樂裏，就像吃了迷幻藥一樣，音樂簡直可以說是……情慾的。旋律有時讓我沉醉不醒。它們不斷在我的腦海響起。我彈琴時忘記了時間。現在我聽音樂時還總是振奮或陶醉。你在我這兒見不到收音機或錄音機。現在我連這些東西都不敢放在身邊。」

「但你爲什麼排斥自己的這種需要呢？」我看著周圍。房間裏也沒有鋼琴。

她不在乎地搖搖頭，說：「你沒看出音樂的效果對我太強烈了嗎？一聽音樂我就把別的事都忘記。這樣我就做不成事了。也就是說，中斷日常生活。」

「果眞如此嗎，葛麗卿？」我問。「對我們這樣的人來說，如此強烈的情緒體驗本身就是生活！我們追求狂喜。在這樣的時刻，我們……我們超然物外，擺脫所有苦惱、卑微和勾心鬥角而昇華。我當年活著時就是這樣過的，現在也是這樣。音樂！」

她思考著我的話，表情平靜而放鬆。當她再開口時，聲調平靜而堅定。

「我要的還不止這些，」她說。「我需要更有建設性的東西，看得見摸得著。換句話說，當別人都在忍飢挨餓生病受苦時，我可不能享受這種快樂。」

「可是世界總會包括這些苦難。而人們照樣需要音樂，葛麗卿；他們像需要護理和食物那樣需要音樂。」

「我不知道是否贊同你。其實我敢說我不能苟同。我必須奉獻畢生來減輕別人的苦難。其實我以前與別人也爭論過許多次這些問題。」

「哈，結果放棄音樂選擇了護理，」我說。「這對我來說難以理解。當然護理也很好。」我難過和困惑得說不下去。「你是怎樣做出選樣的？」我又問。「你家裏人沒有阻止你嗎？」

她又解釋開了：她十六歲時，母親病倒了，一連數月無法確定病因。她母親是貧血，持續發燒，最後顯然快支撐不住了。各種檢驗都做過，醫生們也無法解釋。大家都覺得她母親要死了。一時間家裏的氣氛非常沉重和悲傷。

「我祈禱天主讓奇蹟發生，」她說。「我發誓，天主若能讓我媽病好，我寧可這輩子再也不碰一下鋼琴。我發誓一得到允許就進修道院，好把畢生貢獻給護理病人和垂死者的事業。」

「那你媽媽痊癒啦？」

「對。不到一個月她就徹底好了。她現在還健在。她退休了，但在孩子們放學後輔導他們，在芝加哥一個黑人居住區的一所靠街的房子。從此她就再也沒有生過病。」

「所以你就信守諾言嘍？」

她點點頭。「我十七歲就進了傳教修女團，然後他們送我上大學。」

「你也信守再也不摸鋼琴的誓言？」

她又點點頭。她臉上絲毫沒有後悔，也不急切想讓我理解或贊同她。事實上，我知道她看出我很遺憾和悲傷，這倒反使她有點可憐我。

「你在修道院裏快活嗎？」

「哦，是的，」她略微聳聳肩回答。「你難道看不出來？像我這樣的人過不了普通人的生活。我一定要做點艱難的差事。我一定得冒險。我之所以進這個教派，就是因爲他們的傳教活動是在南美洲最偏遠危險的地區進行。我無法形容自己多麼熱愛那些熱帶叢林！」她的聲音變得低沉而急促。「對我來說，它們還不夠熱烈危險。有時候我們全都勞累過度疲憊不堪，因爲醫院擠滿病人，生病的孩子們只好在戶外的窩棚裏臨時搭床住下，或躺在吊床上。我忙壞了！沒辦法形容。連停下來擦把汗洗洗手喝杯水的功夫都沒有。那時我就想：我是活著的，我在這裏忙有意義的事情。」

她又微笑了。我說：「這也是一種刺激，與彈奏音樂截然不同。我明白兩者的根本區別。」

這使我想起大衞對我講他年輕時生活的話。他也在冒險中尋求刺激。不同的是，她在完全自我奉獻中獲得快感，而他在巴西研究神秘現象中得到冒險的刺激，她追求的是把健康帶給成千上萬貧困的民衆這種嚴酷的挑戰。這使我深感不安。

「當然這裏面也有虛榮心，」她說。「虛榮心一向是我的敵人。所以我才對我的……我的貞操問題深感苦惱。我爲我的淸白感到自豪。可是，你也看到，連像我這樣回到美國本身也是個冒險。我一下飛機就感到恐懼，因爲我意識到我置身在喬治城，假如我願意，誰也無法阻止我和一個男人在一起。我想我是出於恐懼才出來到醫院找事做的。天主曉得，自由也不是那麼簡單的事。」

「這我能理解，」我說。「可是你家對你發誓放棄音樂作何反應？」

「當時他們不知道。我沒告訴他們。後來我說我要響應主的召喚。我不屈服，爲此家裏也爭吵不斷。畢竟，爲了我能上得起鋼琴課，我兄弟姐妹都穿著舊衣服。他們反對，這並不奇怪。即使在虔誠的天主教家庭裏，女兒出家當修女也不會總受到家長舉雙手贊成。」

「他們對你的才華夭折感到難過。」我平靜地說。

「是的，他們很惋惜。」她稍微揚揚眉毛說。她顯得多麼坦然呵，這些話說得一點也不冷酷和勉強。「可是我眼裏另有一番景像，遠比一個少女在音樂會舞台上從琴凳上站起來，接受別人獻花來得重要。過了很久我才把我的決定告訴他們。」

「幾年之後嗎？」

她點點頭。「他們了解我。他們也看見了奇蹟發生，他們能有什麼辦法？我對他們說，我比所有我認識的進修道院的女孩都幸運。我從天主那兒獲得清楚的昭示。祂爲我們大家解決所有的矛盾衝突。」

「你也相信這？」

「對，我信，」她說。「不過從某種意義上說，是不是眞的這並不重要。如果大家都信，你也應該信。」

「爲什麼？」

「因爲你也讀到宗教眞理和宗教觀念，而且你也淸楚它們重要，即便它們只是些比喩也罷，這就是你在昏迷時我從你嘴裏聽到的。」

我嘆了口氣，「難道你再也不想彈鋼琴了？難道你再也不想找個空蕩蕩的禮堂，舞台上有架鋼琴，你坐下來就彈嗎？」

「我當然想。但我不能這麼做，也不會這麼做。」她的微笑很甜美。

「葛麗卿，從某方面來講你的故事可以說是個悲劇，」我說。「怎麼，作為篤信天主教的一個好女孩，你居然不能看到你的音樂才華正是天主賦予的麼？你看不到這天賦不應被荒廢嗎？」

「我知道這是主給予我的，但你沒看見嗎！在路上有個岔口；只有犧牲鋼琴才使我得到天主的機會，以一種特殊方式為主服務。黎斯特，與具體幫助千百受苦大衆比較，彈鋼琴又算得了什麼呢？」

我搖頭。「我認為音樂同樣重要。」

她想了很久才回答，「琴我是彈不下去了。也許我是利用母親的生病，我也不知道。我只能當個護士吧。沒有什麼別的出路。事實很簡單！面對世界上的災難不去救助，我就無法活下去。當別人受苦受難時，我不能心安理得地追求舒適和快樂。我不知道居然有誰能視若無睹。」

「葛麗卿，你肯定認為單靠你自己不能把這一切都改變。」

「不能。但我能靠我的一生來影響許許多多別人。這才是重要的。」

她的經歷使我很不安，我再也坐不住。我站起來，活動僵硬的四肢，走到窗子前，注視外面的雪景。

她倘若是個可憐的精神殘疾者，或是個極端矛盾衝突、情緒不穩的人，那我可以很容易不去計較。但她說的做的好像都很有理。我發現她幾乎深不可測。

她使我感到陌生，就像許多年前我的人類朋友尼古拉斯那樣。倒不是因為她與他相像，而是因為他的憤世嫉俗、冷嘲熱諷和離經叛道，包含著一種自我克制或自我放棄，使我無法眞正理解。我的尼克充滿明顯的古怪和偏激，但仍從刺痛他人的行為中獲得滿足。

泯滅自我，這才是問題的核心所在。

我轉過身來。她正在注視我。我再次明顯感到，無論我對她說什麼都無關緊要。她並不需要我的理解。從某種角度說，在我這麼漫長的一生中，她是我邂逅的最堅強的人之一。

怪不得只有她才會把我從醫院領回自己家；換一個別的護士，根本不會背上這麼一個負擔。

「葛麗卿，」我問，「你就從來不怕你的生命正在白白浪費嗎？你難道沒想過，即使你離開人世很久之後，疾病肆虐、窮人受苦仍會繼續下去，而你做的一切於大局根本就是毫無意義嗎？」

「黎斯特，」她說，「這個所謂的『大局』才毫無意義。」她兩眼圓睜，目光明澈。「只有從小事做起才是全部意義所在。在我死後，疾病和苦難當然還會繼續下去，但重要的是我已經盡全力。這就是我的成功，我的光榮。這就是我對主的響應，我的『虛榮』。。這就是我所說的英雄主義。」

「可是，親愛的，這種情況只有在做紀錄時才行得通。也就是說，只有上帝批准你的決定，或你的行爲將得到獎賞、至少得到擁護時，你的英雄主義才成立。」

「不對，」她說。接著又字斟句酌地說下去：「怎麼做都是爲主服務。請考慮一下我說的話。我現在說的顯然你覺得很新鮮。或許這還是個宗教秘密呢。」

「怎麼講？」

「有多少個夜晚我都躺在床上睡不著，清醒意識到那個天主也許不存在，我每天在醫院裏見到的那些生病的兒童看來永遠得不到賜福和拯救。我想起那些古老的議題——天主如何能救治得了生病的孩子？杜思妥也夫斯基問過這個問題。法國作家阿爾伯特・卡繆也問過這個問題。我們自己也常問這個問題，但這個問題最終並不重要。」

「上帝也許存在，也許不存在。但苦難卻是實際存在的。它絕對眞實，無論如何否認不了。而這其中就有我的承諾，也是我信仰的核心，即對這種現狀我得做點什麼！」

「可在你去世的時刻，如果沒有天主……」

「那就沒有好了。反正我知道自己已盡我所能，現在可以撒手人寰了。」她聳聳肩說。「我不覺得有什麼不同。」

「所以你對我們倆一起躺在床上不感到內疚。」

她想了一下。「內疚嗎？正相反，我一想起這段經歷就感到幸福。你還不清楚你爲我做了什麼嗎？」她頓了一會兒，眼睛裏慢慢充滿了淚水。「我來這兒就是要見到你，和你在一起。」她的嗓音混濁了。「現在我可以回去繼續傳教了。」

她垂下了頭，慢慢恢復了平靜，目光又變得淸澈了。她昂起頭說：

「當你談起造就那個女孩克勞蒂亞時……當你談起你把你母親卡布瑞帶進你們的吸血鬼世界……你其實是在談到達某種境地。可否把它稱爲『超脫』或『昇華』呢？當我工作直到死在傳教地醫院裏，我也超脫了，我超越懷疑和我內心的某種……某種無奈和陰鬱的東西。也許吧，我也不知道。」

「無奈和陰鬱——對，這就是問題所在，是不是？而音樂並沒有把這些驅走。」

「不，驅走了，但它錯了。」

「爲什麼錯了？彈鋼琴有那麼多好處，怎麼是錯了呢？」

「因爲它使我無法爲別人做足夠的工作，所以錯了。」

「不，演奏給人們帶來歡樂，它娛樂人們。」

「娛樂？」

「對不起，我大概選擇錯誤的表達方式。你在履行天職時完全拋棄了自己。而當你彈琴時，你才找回自我——這你難道不淸楚？你是葛麗卿，獨一無二的葛麗卿！這正是『演奏能手』一詞的含義所在。但你卻要丟棄自己。」

「你說的有理，但音樂不是我服務天主的方式。」

「噢，葛麗卿，你眞是把我嚇壞了！」

「但我不該嚇壞你。我並沒說別的方式就是錯的。如果你用你的音樂造福——你講過你當過短期的搖滾歌手——那音樂就是你能造福的手段。我造福自有我的方法，如此而已。」

「不，你有某種嚴重的自我否定。你渴望愛情就像我夜夜渴望飲血一樣。但你卻在用護理別人來懲罰自己，否認自己的性慾，扼殺自己對音樂的熱愛，拒絕世上所有類似音樂的好事。你確實是個高手，是自我受難的高手。」

「黎斯特，你錯了，」她笑了一下，搖著頭說。「你知道這不是事實。這是你對像我這樣的人的想當然爾，黎斯特，聽我說，如果你對我說的全是實話，那豈不是說，你是按照這個事實特意來見我的嗎？」

「爲什麼呢？」

「過來坐下跟我聊。」

我不明白自己爲什麼猶豫，爲什麼膽怯。但我還是回到壁爐那兒，在她對面盤腿坐下，身體向後仰靠在書架上。

「你沒看到嗎？」她問。「我是代表一條相反的道路，你不曾考慮過的一條路，而這條路或許能給你帶來你求之不得的慰藉。」

「葛麗卿，你根本就不相信我自我介紹時講的全是實話。你無法相信。我也不指望你相信。」

「我當然相信你！每句話我都信。這些事實本身無關緊要。你尋找的東西正是那些聖徒在拋棄常人生活後尋找的東西，是他們在一頭撞入基督行列後尋找的東西。不要介意你不信仰基督，這並不重要。重要的是至今爲止你仍生活在水深火熱，痛苦到發瘋的地步，而我指出的道路會給你提供另一種選擇。」

「你在向我傳教嗎？」我問。

「當然。難道你還沒看淸形勢嗎？你降臨這個人體，你落入我的手中，你給了我我需要的愛。可是我給你什麼呢？我對你意味著什麼呢？」

我剛想說話，她抬起一隻手制止我。

「行啦，別再扯什麼大局不大局了。也別問上帝是不是眞存在了。考慮一下我說的這些。我說這些不僅爲我，也爲你。想想你在作鬼時殺害了多少條性命？而我又在傳教中實際搶救了多少條生命？」

我本想立刻否定這種可能，但轉念一想，我還是一言不發再等等，再考慮一下。

那恐怖的念頭又出現了：我大概找不回來我那具有超自然威力的身體了，我大概要穿著這副人體度過一生了。我若是抓不到那肉體竊賊怎麼辦？我若是無法讓別的吸血鬼幫助我怎麼辦？那樣的話，我說過我想要的死亡就會適時降臨我的頭上。我已從不死掉進必死，從時空無限退居到時空有限。

而且，倘若這是事先設計好的怎麼辦？倘若這是命中注定的怎麼辦？我是否要像葛麗卿那樣，把全部身心貢獻給爲他人服務，以此了卻我的凡人一生呢？設想我跟她一道回到熱帶叢林傳教會怎麼樣？哦，當然不是以她情人的身分去；顯然她注定受不了這樣的事。但我若是作爲她的助手去呢？我若是把我的凡人一生也套進自我犧牲的模式呢？

我再次強迫自己保持沉默，等等看再說。

當然，我這兒還有一手她一無所知——我能給她的神聖使命（或類似使命）添加上一筆巨大的財富。這筆財富雖然大得讓許多人計算不過來，我卻能隨手拈來。我能站在很高的角度看淸它的局限和作用。用這筆錢可使無數村莊豐衣足食，許多醫院塞滿藥品；無數學校堆滿書籍、黑板、收音機和鋼琴。對，鋼琴。哦，這是個多麼悠久的傳奇，多麼古老的夢想。

我憧憬著，還是保持緘默。我彷彿看到我這凡人一生的每一天（有這種可能）都將我這筆財富中的一小部分用於實現這個夢想。這情景就像沙子一點點撒進古代計時器的沙漏窄道。

可不是嗎，此刻，就在我倆坐在這間乾淨小屋裏的同時，東半球就有許多人正在大貧民窟裏忍飢挨餓。非洲也有許多人餓死。全球到處都有窮人死於天災人禍。洪水沖走他們的住房；乾旱奪走他們的食物和希望，一個國家的災難哪怕輕描淡寫，也足以讓人痛心疾首。

不過話又說回來，即使我把擁有的一切都獻給這項事業，到頭來我又能得到什麼？

我又怎能知道現代醫藥用在熱帶村莊裏效果比土方好？我又從何了解將教育帶給當地窮孩子後會給他們帶來幸福？我又如何判斷這一切努力使我犧牲自我值得？我又從哪兒關注得到這一切到底是眞是假！盲從，這才可怕呢。

我才不管呢！對，我會爲任何一個人受難而哭泣；但讓我犧牲一生去爲世上芸芸衆生服務，我可不幹！事實上，這想法讓我害怕，讓我感到恐怖。是最不幸的事。這哪裏叫生活。這與超然正好相反。

我搖頭。我放低嗓音結結巴巴地向她解釋，這種前景對我來說不堪設想。我說：

「幾個世紀前，當我第一次站在巴黎那條林蔭道旁的舞台上時，看著一張張喜氣洋洋的臉，聽著台下的歡呼，我感到我的身心找到歸宿，感到我出生及童年時的每一個企盼都終於開始實現。

「哦，當時還有其他或好或差的演員；有其他歌手，其他小丑，在這前後也有過或將要有其他千百萬的演員。但我們之中的每一個都以其特有的、無雙的演技放射異彩；我們每個人都以其獨一無二的精彩表演贏得觀衆；每個人都有機會在觀衆眼裏戰勝其他演員，獨領風騷。這才是我能眞正理解的唯一成就，一種徹底張揚和宣洩自我、完全實現自我價值的成就。

「是的，你說得對，我本該當個怪人。不過那樣的話，我就應該創立一個教派，或率領一支大軍投入戰場；我就該在那些領域創造出讓全世界嘆爲觀止的奇蹟。我是個即使完全錯了也得勇往直前的造物。葛麗卿，既然上帝給了我一個獨特的靈魂，我就不能將它埋沒。」

我吃驚地發現她仍在衝我微笑，目光充滿溫柔和信任，臉上掛滿驚異的神色。

「你是寧可在地獄稱王，」她小心地問，「也不在天堂服務嘍？」

「哦，不。有可能的話，我寧願把天堂建在地上。但我一定要提高嗓門；我一定要張揚；我一定要追求被你拒絕的那種狂喜，尋覓你避之不及的那種熱烈！對我來說這才是超越！當我創造克勞蒂亞，雖然鑄成大錯，但那是超越。當我創造卡布瑞時，雖然看似邪惡，但那也是超越。這是種一舉成功，威力強大的駭世驚俗舉動，用掉我全部獨一無二的威力和膽量。我說過，她們不會死的；對，你對那些鄉村兒童或許也說過這句話。

「但我說這句話是爲了把她們領進我這個超自然的世界。目的不僅僅是爲了拯救，而且還要把她們創造成我這樣——一個獨一無二的可怕怪物。是爲了把我十分珍視的個性和獨創性賦予她們。我們將活下去，即使處在這種所謂行屍走肉的境地；我們將談情說愛，感受七情六慾，藐視那些裁判我們和毀滅我們的東西。這就是我的超越，或超凡。而自我犧牲和贖罪在這裏沒有容身之地。」

唉，我無法把這層意思清楚地傳達給她，無法用樸實的話使她相信我，這可眞令我沮喪。「你還不明白嗎，我之所以度過這一切不幸頑強活下來，就是因爲我是我：獨一無二的吸血鬼黎斯特。我的力量、意志、百折不撓——這些就是組成我心靈的唯一要素，也是我能眞正認同的品質。這種自我是我力量的源泉。我是吸血鬼黎斯特，而不是別的什麼。連這副凡人身體也休想打敗我。」

看到她點頭、露出完全接受的表情，我很驚訝。

「而你一旦跟我走了，」她輕聲說，「吸血鬼黎斯特就會因其贖罪而死亡，對不對？」

「對。他會在那些繁瑣得不到回報的事務中，逐漸而可怕地死去。整天照看那些源源不斷、無名無臉皮的窮人只會扼殺我的個性，從而毀滅我。」

我突然覺得傷心，說不下去。我感到凡人的那種極度疲勞，心靈上的創傷作用到這副身體上的疲勞。我想起我的夢和我對克勞蒂亞說過的話，而現在我又把它們對葛麗卿說，我對自己的認識也沒像現在這樣清楚。

我曲起雙膝，用雙臂把它們抱住，再把前額靠在上面，低聲說：「我不能跟你去。我不能像你那樣在那種日子中把自己埋沒。我也不願意那樣，太可怕了。我不想這麼活著！我不相信那樣會使我的靈魂得到拯救：我不信那會有什麼意義。」

我感到她的雙手放在我的手臂上，然後她撫摸我的頭髮，把它從我的前額捋到後面去。

「我了解你，」她說，「雖然你錯了。」

我仰臉看她，勉強笑了笑。我拾起一張餐巾紙擦我的鼻子和眼睛。

「我並沒有動搖你的信念，是嗎？」

「對，」她回答。這一次她的微笑變了，變得更溫暖燦爛。「你證實了它是正確的，」她小聲說。「你真是古怪，你我邂逅眞是奇蹟。我差不多相信了你的路對你來說是正確的。還有誰能像你呢？沒有。」

我向後靠在書架上，又喝了一點葡萄酒。壁爐火把它烘暖了，但仍然美味，使我懶散的四肢感到一陣舒服。我又喝幾口，放下酒杯看著她。

「我想問你一個問題，」我說。「請你如實回答我。假如我打贏了，奪回了我的身體，你還想讓我來找你麼？還想讓我向你證實我說的是實話麼？請你想好了再回答。」

「反正我想來找你。眞的。不知對你是不是合適。你的生活近乎完美。我們的一夜情不可能使你轉變信念。我以前說的都對。現在你也知道性的歡樂其實對你並不重要，所以即使不是馬上，不久你也要重返你在叢林裏的工作崗位了。」

「是的，」她說。「不過還有件事你也應該了解。今天早上有一陣我也想過拋棄一切——只要能和你在一起。」

「不，不行，葛麗卿，這不是你。」

「是，是我。我能感到它對我的強烈誘惑，就像以前音樂對我的誘惑那樣。即使現在你對我說『跟我走吧』，我也許也會跟你走。假如你的那個世界眞的存在，我——」她聳聳肩不說，把頭髮甩了一下，然後用手在肩頭把它理順。「貞操的含義就是不愛上誰，」她凝視著我的目光說。「但我有可能愛上你，這我心裏明白。」

她一時語塞，然後才不安地低聲說：「你可能成爲我心中的神，很有可能。」

我先是愕然，隨後頓覺一陣不知羞恥的快慰和心滿意足，一陣哀傷的自豪。我竭力壓抑一種慢慢升起的生理興奮。畢竟她未必很清楚自己在說什麼，她不可能清楚，不過她的聲調和舉止裏卻充滿自信，顯得極有把握。

「我要回去了。」她還是保持這種聲調，語氣充滿確信和謙卑。「幾天之內我就可能出發。不過，要是你打贏了這場戰鬥，奪回了你原來的身體，那麼，看在天主份上，一定要來看我。我想……想知道結局！」

我沒回答她。我太困惑了。我向她道出我的困惑。

「你看呵，等我恢復怪模怪樣回來找你，向你披露我的眞面目，你可能會失望的。」

「怎麼會呢？」

「你一直認爲我是完美之人，又兼備所有我對你講過的神性氣質。你把我看成是某種天賜的瘋子，像神秘主義者那樣用錯誤方式洩漏眞相。但畢竟我不是人。等你明白了這點，你會恨我的。」

「不會，我決不會恨你。只因爲明白你說的全是眞的我就恨你麼？那一定會是個……奇觀。」

「或許是，葛麗卿。不過你要記住我說的。我們是一道沒經過啓示的奇景。是沒有意義的奇蹟。你難道眞想讓它與其它許多奇觀一道並現嗎？」

她沒回答。她在掂量我這番話的份量。我想像不出這話對她意味著什麼。我伸手去握她的手，她沒有拒絕，也輕輕地握住我的手，兩眼依舊目不轉睛地盯著我。

「上帝不存在，對不對，葛麗卿？」

「對，不存在，」她小聲回答。

我既想大哭又想大笑。我仰靠在書架上，暗自發笑，看著她，看著她端莊而鎭靜地坐在地上的樣子，看著她栗色的眼睛映照火光。

「你不知道你對我做了什麼，」她說。「你不知道它對我意味著什麼。現在我作好回去的準備了。」

我點點頭。

「我的美人兒，如果我們再一起上床就沒關係了，對不對？顯然我們應當做這事。」

「是的，我想我們應當做這事。」她回答。

我靜靜地離開她時天差不多黑了。我抓起電話，把長途電話直接打到紐約代理人的小浴室。電話鈴一遍遍響著，又是沒人接。我剛要掛上電話想給我的巴黎代理人打時，紐約那邊有人接聽，並結結巴巴地告訴我，我的紐約代理人已經不在人世。我好不容易才聽明白，他已在幾天之前在他麥迪遜大街的高層辦公室裏人暗殺了。現已證實，暗殺動機是搶劫；他的電腦及所有檔案資料全被盜走。

我驚得目瞪口呆，無法答覆電話線那頭那個友善的聲音。過了好一會兒，我才鎭靜下來，問了幾個問題。

星期三夜裏，大約八點鐘，罪案發生了。不，沒人知道那些檔案被盜的程度有多嚴重。是的，那可憐的人死前很痛苦。

「場面十分可怕，」那聲音說。「假如你在紐約，你不可能不知道這事。城裏所有報紙都報導此事，稱它爲一次吸血鬼謀殺。那人全身的血都被吸乾。」

我掛上電話，一言不發，僵硬地坐了很久。然後我撥通巴黎。我在那兒的代理人等了一會兒才回答我。

他說，感謝上帝，你終於打來電話了。不過他請我證實自己的身份。不行，光說暗語還不夠。我和他過去通話的內容是什麼?啊，是的，是的，沒錯。你接著說：你講下去，他說。我立刻滔滔不絕說一大堆只有我和他才知道的秘密。然後我才聽到他長長舒一口氣，好像終於卸掉一個大包袱。

他說，出了一些很奇怪的事。有個自稱是我的人兩次與他聯繫，顯然是冒名頂替。此人甚至知道我們過去使用過的兩個暗語，還編造一堆謊話說明他爲什麼不知道最新的暗語。與此同時，好幾份電子郵件打來，命令他轉移資金賬戶，但每次密碼都是錯的。但又不全錯。無疑，一切跡象表明，那個肉體竊賊正一步步鑽進我們的通訊系統。

「不過，先生，讓我告訴你一個簡單的情況：此人說的法語同你說的不一樣！我不是罵您，先生，不過我覺得你說的法語太——怎麼說呢?太不尋常。您說些古老的詞兒。語序也與衆不同。我一聽就知道是不是您。」

「這我全明白，」我說。「現在你聽好了：你一定不要再與這個人談話。他能讀懂你的心思。他正在利用傳心術從你那兒弄到暗語和密碼。我們——你和我——這就建立一個系統，現在你就把一筆錢轉到我在紐奧爾良的銀行。但一轉完馬上就把一切都封閉。等我再與你聯絡，我將使用三個老詞。現在我們不明說是哪三個……心照不宣……不過這三個詞都是你以前聽我說過的，你一聽就會明白。」

這樣做當然很冒險。但問題是這個人了解我！我接著對他說，那個賊十分危險，他殘害了我在紐約的代理人，必須採取一切措施保護自己。我會爲這一切掏錢，什麼高級保鏢啦，二十四小時監護啦，他在這方面怎麼做都不算過分。「不久我就會再與你聯絡。記住，三個老詞。你一和我說話就會知道是我。」

我放下電話。我氣得發抖，怒火中燒！媽的，這個魔鬼！他擁有不朽的身體還嫌不夠，還想洗劫神的倉庫。這個小惡魔，妖怪！我蠢得居然沒料到會有這種結局！

「唉，你倒成爲人，」我自言自語。「你成了人類白痴！」咳，想想吧，路易斯在同意幫我之前，一定會把我罵得個狗血淋頭呢！

倘若馬瑞斯知道了就更糟！簡直不敢設想，還是盡快去找路易斯吧。

我得弄到個手提箱，然後去機場。莫約無疑得坐板條箱旅行，而這也得去找。雖然我原想與葛麗卿慢慢分手，但現在看來這不可能了。不過她一定會了解的。

她這位神秘情人的複雜世界正在發生許多奇事。他只好匆忙上路。

17

南下之旅是一場不大不小的惡夢。機場在遭受暴風雪的反覆襲擊後剛剛重新開放，裏面擠滿焦急的人潮，或等待耽擱已久的航班起飛，或趕來迎候親友的到來。

葛麗卿淚流滿面，依依不捨。我也是。她生怕再也見不到我了。而我也不敢太向她保證，我必定會去法屬圭亞那、聖洛朗附近的馬羅尼河上游，到聖瑪格麗特．瑪麗的叢林的傳教團駐地去找她。我把她寫的地址小心裝進口袋，和那些與卡拉卡斯女修道院有關的電話號碼或別的號碼放在一起，如此那裏的修女就會在我找不到路的情況下給我引路。葛麗卿已經預訂當天半夜的航班，盡早趕回駐地。

「無論如何，我必須再見到你！」她說，聲音讓我聽了心都要碎。

「親愛的，我們會重逢的，」我說，「我向你保證。我會找到傳教團。會找到你的。」

我這次飛行就像下地獄。絕大部分時間裏我都昏昏沉沉地半躺著，等著飛機隨時爆炸，我的凡人肉體炸成碎片。喝了大量烈酒和補劑也壯不我的膽；好不容易擺脫一會兒飛行的恐懼，心裏又被面臨的困難攪得不得安寧。譬如說，我那樓頂住宅裏所有的衣服都不合身。此外我習慣於從樓頂上的一個天窗鑽進我的住宅。目前我也沒有打開臨街樓梯口的鑰匙。這鑰匙放在我在拉法葉公墓底下的一個夜間休息地點，是個秘密地窖，以我目前凡人的能力根本不可能到達；因爲它有好幾道緊鎖的門，即使一幫凡人也很難打開。

再說，萬一那肉體竊賊先於我到了紐奧爾良怎麼辦？萬一他已經把我的樓頂套房洗劫一空，搶走所有藏在那兒的錢？不過這不大可能。不可能。但是倘若他偷走了我那不幸的紐約代理人的全部檔案？……唉，煩死我了；還是想想飛機爆炸得好。對，還得去找路易斯。但他不在家怎麼辦？要是他……總之這一類的問題佔據我兩小時飛行的大部分時光。

我們的飛機發出嘎吱嘎吱的響聲和轟鳴，總算笨拙地著陸了。好嚇人！外面下著可怕的傾盆大雨。我喚來莫約，扔掉了它的板條箱，領著它勇敢地鑽進一輛計程車的後門。車衝進毫不減弱的暴雨。這位凡人司機毫無顧忌地耍弄車技，使我和莫約一次又一次狠狠地相撞。

將近午夜，我們總算到達市郊居民區的那些狹窄的林蔭道。豪雨還在平穩下著，路邊鐵欄杆後面的住宅幾乎看不清。等我看見路易斯的那塊昏暗、荒蕪、老樹參天的房地，我便叫司機停下，付錢，抓起手提箱，拎著莫約鑽進暴雨。

天很冷：是的，很冷，但不像喬治城的空氣那樣寒冷刺骨。冰涼的雨水雖然嘩嘩如注，但大木蘭花和常綠櫟樹的濃密樹葉爲冬天的紐奧爾良平添不少樂趣和可愛。但話又說回來，我還從沒用凡人之眼見過路易斯這所大型住宅這麼荒涼破敗的房子呢；看來是路易斯棄之不用、偏偏住在它後面的隱蔽棚屋裏的必然結果。

我站在雨裏，手搭涼棚，眺望了一會兒那些黑暗空洞洞的窗口。眼見沒人住在這個地方，想到我眞是瘋了，大概注定要在這脆弱的人體裏永遠住下去，一股莫名的強烈恐懼襲上心頭。

莫約和我同時跳過那道縷縷的鐵籬笆。我們一起繞過那片圍繞那個破門廊的深草，向後來到那個濕漉漉、雜草叢生的後花園。夜靜得只有刷刷的雨聲，但用我這副凡人之耳聽上去還是很吵。當我終於見到那座藏在一大片綠油油爬藤裏的小屋，我差點流淚。

我輕聲呼喚路易斯的名字。然後等著回應。屋裏沒人答應。的確，這地方腐朽得快要坍塌。我慢慢接近屋門，又小聲喊：「路易斯，是我，黎斯特！」

我小心翼翼地邁進堆滿落滿塵土的雜物的屋內。兩眼一摸黑！好不容易才看淸書桌和上面的白紙，及一根蠟燭和它旁邊的一小盒火柴。

我用打濕的手指顫抖著劃著火柴去點蠟燭。劃了好幾根才劃著，湊過去點燃燈芯。一簇明亮的小火苗照亮了整個房間，映出了我坐的那把紅天鵝絨椅子和其它一些破破爛爛、好久沒用過的東西。

我長長舒一口氣，徹底鬆弛下來。我到這兒啦！我安全了！看來我沒發瘋。這亂得讓人受不了的小屋是我的天地！路易斯會來的，他過一會兒一定會來；他快要出現了。我筋疲力盡，癱倒在椅子裏。我把雙手放在莫約頭上抓撓，撫摸它的耳朶。

「寶貝，我們成功了，」我對它說。「不久我們就會追踪那個魔鬼。我們會想辦法對付他。」我這才意識到我又在發抖，胸口那個老地方又在隱隱作痛。「我的天，可別再犯，」我自言自語。「路易斯，看在上帝份上，你快來吧，快來吧！不管你在哪兒，現在趕緊回來，我需要你。」

我剛要伸手去掏口袋，找出一條葛麗卿硬塞給我的紙手巾（她塞給我許多），就猛然覺得一個身影正好站在我的左側，距離椅子的扶手只有一英吋。同時，一隻非常鬆滑雪白的手正朝我伸過來。莫約猛然跳起來，發出它最凶險的狂吠，準備撲向那個黑影。

我想大聲喊叫，說明我的身份。但不等嘴張開，我便被猛甩到地上。莫約的狂吠震耳欲聾。我覺得一隻皮靴的跟踩在我的喉嚨上，可以說正好踏在我的喉嚨骨上，力量大得幾乎要把它踩碎。

我喊不出聲來，也掙脫不了。那條狗也發出淒厲的嘶叫，隨後便也不作聲了，我聽見它碩大的身體「撲通」摔倒在地板上的悶響。它的一部分重量壓在我的雙腿上。我嚇得拚命掙扎，但無可奈何。我發瘋似地抓撓那隻踩住我的腳，捶打那條有力的腿，同時大口喘氣，喉嚨只能發出斷續而嘶啞的呻吟。

路易斯，我是黎斯特。我穿著一副人體。

那隻腳越踩越重。我像被人呃住了喉嚨，頸骨都要碎了，一個字也吐不出來，無法救自己。在我上方的黑暗裏，我看見了他的臉，那慘白發幽光的肌膚好像根本就不是肌膚，而是別的什麼材料。勻稱的眉骨、顴骨、下顎骨。還有那隻半舉在空中猶豫不決的拳頭，那兩隻深凹的眼睛發出熒熒的綠光，冷冷地向下盯著我。

我使出全身力氣又把那個字喊了一遍，但他什麼時候聽過他受害者的話呢？換上我就會的，但他不會！哦，上帝，救救我！葛麗卿，救救我——我在心裏大叫。

見他好像不再猶豫，那隻腳準備做最後的致命一踩，我連忙把頭使勁往後一擰，絕望地吸足最後一口氣，從被緊壓的嗓子裏嘶啞地喊出最後一個字：「黎斯特！」同時用我右手的拇指指著自己的臉。

這是我能作的最後一個手勢。我感到窒息，眼前發黑，感到一陣被扼住喉嚨的噁心。但就在我昏頭昏腦、全身癱軟、打算徹底放棄抵抗時，脖子上的壓力消失了。我打了一個滾趴下，再用雙手支撐起身子，艱難地一下接一下劇烈咳嗽起來。

「上帝作證，」我喘著粗氣，艱難地一字一頓地喊道，「我是黎斯特。我是待在人體裏的黎斯特！你怎麼不給我機會說話？你難道把所有偶然闖進你小屋的倒楣蛋都殺掉嗎？你這個嗜血成性的笨蛋，怎麼把禮貌好客的古老傳統都丟棄！你爲啥不把家門安裝上鐵欄杆？！」我掙扎著跪起來，頓時作嘔的感覺湧上來，我吐滿一地骯髒的未消化食物，然後躲開它，渾身哆嗦，十分難過，抬頭盯著他。

「你殺了這條狗，對不對？你這個壞蛋！」我朝一動不動的莫約撲過去。不過牠沒死，只是昏迷了，我感到牠的心臟還在緩慢跳動。「噢，謝天謝地，牠還活著，不然我永遠、永遠、永遠不會饒恕你！」

莫約微弱地哼了兩聲，接著左爪動了動，右爪又動了動。我把一隻手放在牠的兩耳之間。對，牠醒過來了。

它沒有受傷。但這一擊對它來講是多麼悲慘的經歷！天下有那麼多地方，但它偏偏在這裏差點送命！我又憤怒起來，怒視著路易斯。

他站在那裏，一動不動，驚訝得說不出話來。除了外面大雨嘩嘩下著，漆黑的冬夜靜悄悄的；但當我怒視他時，這一切好像都傾刻消失。我還從沒用凡人之眼看過他呢。我還從沒仔細端祥過這個蒼白、幽靈般的美麗吸血鬼呢。當凡人們把目光掃視過他時，他們怎麼可能相信他是個人？瞧他那雙手，和那些在陰暗神龕裏的石膏聖徒手掌一樣。那張臉冷冷的毫無表情，兩眼根本不是心靈的窗戶，而是兩顆珍珠般的發光體。

「路易斯，」我說。「發生了最糟糕的事。那人與我交換身體。但他是個肉體竊賊。他偷走我的身體，而且不打算還給我。」

他聽我說著，卻顯得無動於衷。他顯得如此兇惡和痲木不仁，使我不堪忍受而脫口說起飛快的法語來，把我所能想起的所有細節都一吐爲快，只希望他能認出我來。我講出與他在這小屋裏的最後交談，講出與他在那天主教堂門廳裏的短暫碰頭。我回憶他對我的警告：這是我一定不能對那個肉體竊賊講的。我說我對那人的提議實在無法抵禦，便北上同他見面，並接受他的提議。

我講了這麼許多，那張冷酷無情的臉還是沒有動容，像塊怪石。我一下子打住不說。莫約這時正試著站起來，不時發出一、兩聲呻吟。我用右臂摟住它的脖子，依靠著它，使勁喘氣，並安慰它說現在沒事：我們得救了。牠不會再遭到傷害。

路易斯把目光慢慢移到那條狗身上，然後又轉回到我身上。他緊綳的嘴角漸漸地舒緩了一點。接著他伸手拉住我的手，不經我的同意和合作，就把我拉起來。

「眞的是你，黎斯特，」他說，聲音低沉沙啞。

「沒錯，就是我。知道嗎，你差點要了我的命！這樣的小把戲你在地球毀滅之前究竟還要玩幾回？該死的，我需要你的幫助！但你再一次想殺了我！好了，你現在能不能把那些吊在該死的窗子上的窗板都拉下來，再在那可憐的小壁爐裏生一堆火？」

我又「撲通」一下坐在那把紅絨面的扶手椅上，大口喘著氣。這時一陣奇怪的響聲吸引我的注意。我抬頭望去。路易斯沒有動，仍在盯著我，好像我是個怪物。我又低頭看：嘿，原來莫約正在一點點耐心地舔乾淨我吐一地的髒東西。

我開心地笑兩聲，這笑聲差點演變成一陣十足的歇斯底里。

「路易斯，請你快點生火，」我催促他。「我在這個凡人身體裏快要凍僵了。快去！」

「我的天哪！」他小聲驚呼。「瞧你都幹了些什麼！」

18

我的腕錶指著兩點正。在破舊的遮門板外面，雨小多了。我蜷縮在紅絨面的扶手椅裏，烤著磚頭壁爐裏的那小團火，但還是冷得打哆嗦，並且又咳嗽起來。咳得很厲害。但畢竟事過境遷，這種小事已不會讓我再憂慮了。

我已把全部過程向路易斯和盤托出。

憑著某些凡人的那種驚人爽快，我向他講述所有令我困惑不解的可怕經歷，從我與拉格朗•詹姆斯的幾次談話，直到我最後與葛麗卿悽慘的分手。我甚至把我做的夢也告訴他；講了很久以前我與克勞蒂亞在那所小醫院裏的事；講了我們在那個十八世紀的旅館套房的客廳裏進行的談話；講我在愛著葛麗卿的過程中感到的那種可怕孤獨感，因為我清楚她在內心深處堅信我瘋了，所以她才愛我。她把我視為某種天賜的白痴，如此而已。

這些都是過去的事。我不知道到哪兒去找那個肉體竊賊。但我一定要找到他。而我只有再次成為吸血鬼後才能開始我的追踪；只有把我這副高大強壯的人體輸灌超凡的鮮血之後，我才有能力找到他。

雖然僅把路易斯的威力給我仍會比較虛弱，但我將會比目前強大二十倍，說不定還能招來別的吸血鬼的幫助——天曉得到時我是不是會變成像個初出茅廬的小吸血鬼，引得道深者來輔助我。這個身體經過改造後，我定會具有一定的傳心力。我能求到馬瑞斯的幫助；或喚來阿曼德、甚至卡布瑞——我親愛的卡布瑞——來助我一臂之力。因為她已不再是我的徒弟，已經出道；就算她平時不聽我的，但遇到我目前這種情況，她也會答應幫助我。

路易斯始終坐在桌旁，不顧屋裏四處漏風和窗外淅淅瀝瀝的雨聲，一言不發地聽我敍述並觀察著我。當我講到興奮處，站起來像以前那樣來回踱步，他甚至露出痛苦和詫異的表情。

「請別光看到我的愚蠢，」我懇求他。我又向他講一遍我在戈壁沙漠裏受的罪，我與大衛進行的奇怪交談，大衛在巴黎咖啡館見到的奇異景像。「我幹這事時心情很絕望。你淸楚我爲什麼想交換：用不著我再講了。可是現在我必須要把我的身體再換回來。」

我又連續咳嗽起來，並不斷用那些糟糕的小紙巾使勁擤我的鼻尖。

「你想像不出我待在這個身體裏有多麼悲慘，」我說。「現在你就來搭救我吧，使出你渾身的解數來幫我。你上次做是在一百年前，謝天謝地，你的威力還沒有喪失。我準備好了。來吧，用不著專門準備。等我要回了我的身體，我要把那混蛋塞進這個身體，再把他燒成灰。」

他沒有回答。

我站起來，又來回踱步，這次是爲了保暖，還因爲我突然感到十分恐懼。畢竟，我這就要死去，然後再獲得新生，就像兩百多年前發生的那次一樣。不過，不會有痛苦的。不會疼痛的……只有那種可怕的不適感：不過，和我眼下感到的胸痛、或手指腳趾關節的酸疼比較起來，它根本不算什麼。

「路易斯，看在上帝份上，快幹吧，」我說。隨後我打住並看著他。「你怎麼啦？」

他壓低聲音遲疑地回答：

「這我辦不到。」

「什麼！」

我瞪著他，使勁琢磨他這句話的意思，他可能有什麼疑慮，以及我們可能得克服什麼困難。我這才意識到他瘦長的臉上已經發生可怕的變化：剛才的平靜已完全消失，換上了一副可憐但又無奈的神色。我還再次意識到，我審視他和凡人審視他已沒什麼兩樣。一層淡淡的紅暈罩住了他綠色的雙眼。他的全身看上去雖然結實強壯，但卻在發抖。

「黎斯特，這我辦不到，」他又說了一遍，似乎非常誠懇。「我幫不了你！」

「你到底在對我說什麼呀？！」我問他。「是我造就了你。有了我你才活到今天晚上！你說過你愛我。你當然願意幫我。」

我朝他衝過去，雙手重重地拍在桌子上，直視他的目光。

「路易斯，回答我！你說你幫不了我，這是什麼意思？」

「哦，我並不指責你幹的這些事。我並不責怪你。但是你難道看不出發生了什麼事麼？黎斯特，你已經幹了這事。你已獲得新生，又成爲個凡人。」

「路易斯，現在不是感情用事來看待我換身的時候。別把我說過的話再甩給我！是我錯了。」

「不。你沒有錯。」

「路易斯，你到底想告訴我什麼？我們在浪費寶貴的時間。我得去追擊那個混蛋！他偷去我的身體。」

「黎斯特，別的同伴會對付他的。也許他們已經動手了。」

「已經動手了？你是什麼意思，已經動手了？」

「你不覺得他們已經知道發生了什麼嗎？」他既難受又生氣。隨著他講下去，他那柔軟的臉龐上表情變化多端。

「出了這樣嚴重的事他們怎麼可能不知道？」他的口氣好像在懇求我理解他。「你說這個拉格朗·詹姆斯是個魔法師。但是任何魔法師都逃不過我們這些怪物的眼睛，逃不過威力強大的瑪赫特和她妹妹、還有威力無比的凱曼和馬瑞斯，甚至阿曼德的眼睛。況且這又是個十分蹩腳的魔法師，殺害你的凡人經紀人手段這麼血腥、殘忍。」他搖著頭，突然用雙手壓住嘴唇。「黎斯特，他們知道了！他們一定知道了。而且很可能你的身體已被摧毀。」

「他們不會這麼做。」

「怎麼不會?你等於把一台毀滅機器交給這個魔鬼——」

「但他不知道怎樣使用!它只能供凡人使用三十六個小時!路易斯,無論如何,你得先把『黑血』輸一些給我。然後再給我講大道理。你先讓黑色贈禮起作用,我就能找到所有這些問題的答案。不然我們就浪費了寶貴的時間。」

「不,黎斯特。我們沒浪費時間。我的看法就是這樣!那個肉體竊賊和他偷的你的身體,和我們在這兒的談話無關。我們現在談的是你的靈魂在你現在這個身體發生的情況。」

「那好。就按你的說法。現在請你把這個身體變成一個吸血鬼。」

「我變不了。更確切說,我不想。」

我向他撲過去,我控制不住自己。我用雙手揪住他那件髒兮兮黑外衣的領子,使勁想把他從椅子裏拽起來。但他保持一動不動,穩如泰山,平靜地看著我,臉上還是一副悲哀模樣。我無能爲力,氣得只好鬆開他,站在那兒喘氣,努力讓自己亂成一團的腦子冷靜下來。

「你說的不是眞話!」我說,同時又把拳頭重重擂在他面前的書桌上。「你怎麼能不幫我這個忙呢?」

「你想不想讓我以後還愛著你?」他問我,口氣裏又充滿感情,臉上仍然十分痛苦。「不管你多麼苦難深重,怎樣哀求我,在我面前幹出什麼可怕的事,我都不會幫你這個忙。我不幫你,是因爲我無論如何也不想再造出一個同類。你怎麼沒給我帶來大災大難!?你現在倒不受任何可怕災難的困擾!」他搖著頭,難過得好像說不下去,然後接著說:「你現在倒是如願以償了。」

「哦,不,不,你誤解了……」

「不,我沒誤解。要不要我把你推到一面鏡子前看看?」他慢慢從書桌後面站起來,直視著我的眼睛。「要不要我扶你坐下，讓你質問我你講過的那個古老故事？黎斯特，你已經實現我們的夢想！你難道沒看見？你辦到了。你已經獲得再生成了一個凡人。一個強壯健美英俊的人！」

「不，」我說。我搖著頭退後一步，舉起雙手哀求他。「你眞是瘋了。你看你都說了些什麼！我恨這個身體！我恨當個人。路易斯，假如你多少還有點同情心，就把這些誤會丟開，好好聽我說！」

「我在聽你說。我全聽你說了。你怎麼不聽我說呢？黎斯特，你成功了。你擺脫了惡夢。你又獲得了新生。」

「我痛苦極了！」我衝他大喊。「痛苦之極！上帝喲，我怎麼才能使你相信呢？」

「沒關係。是我得使你相信我。你住在這個身體裏怎麼樣？三天還是四天了？你談到種種不適，好像它們會要了你的命；你談到身體上的侷限，好像它們是邪惡和懲罰性的限制。

「可是你這些無休止的抱怨，等於是讓我拒絕你的要求！是你自己的一再請求導致我拒絕你！黎斯特，你爲什麼告訴我大衛・泰柏特和他對上帝及魔王著迷的事？爲什麼把那修女葛麗卿對你講的事全告訴我？爲什麼對我形容你發燒時夢見的那所小醫院？哦，我知道來找你的不是克勞蒂亞。我也不說是上帝派葛麗卿這個女人來攔你的路。但你畢竟愛這個女人。你自己承認你愛她。她在等著你回去呢。她可以指引你順利克服凡人生活中遇到的種種艱辛和困苦——」

「不，路易斯，你把一切都誤解了。我不想讓她來指引我。我不想過這種凡人生活！」

「黎斯特，明明給予你這個機會，你難道看不見嗎？道路已在你腳下鋪平，前途一片光明，你難道看不見嗎？」

「你要是繼續再對我說這種話，我會發瘋的……」

「黎斯特，我們當中又有誰能贖回自己犯下的罪呢？而對這個問題，誰都不如你這樣掛在心上，對不對？」

「不，不對！」我舉起雙臂交叉揮舞，好像要擋開這股洶湧而來、把我逼瘋的思想狂潮。「不對！我講過，你完全搞錯了！這是最糟糕的誤解。」

他轉身離開我。我又向他衝去，無法控制自己。我剛要抓住他的肩膀使勁搖，他卻先我猛一揮手，把我甩開去，撞在椅子上。

我眼冒金星，一隻腳踝撞得生疼，摔倒在椅墊上。我氣得右手握拳，猛擊在左手掌心上。「嘿，你現在先別說教了。」我幾乎要哭了。「先別說那些陳詞濫調，先別高談闊論了。」

「那你就回去找她。」他說。

「你瘋了！」

「你想想看，」他好像沒聽見我說話，背對著我，眼睛盯著遠方的窗戶，聲音低得幾乎聽不見，窗外密密的雨絲映襯著他黑暗暗的身影。「這麼多年來你渴望做人，同時凶惡而毫無悔恨地殺人。現在你終於獲得新生。在那個小小的叢林醫院裏你能挽救許多人的生命，從而一次次贖回你殺人的罪過。你看，那麼棒的守護天使在呵護著你。她們多麼仁慈善良！而你卻跑來求我把你再變成可怕的吸血鬼，還口口聲聲說你見到的那些情況和遭受的罪都很壯觀。」

「我向你袒露心扉，你卻用它來攻擊我！」

「不，我沒有。我是想讓你明白其中的道理。你其實正在求我把你趕回葛麗卿身邊。也許我才是你唯一的守護神？也許只有我才能確定你這種命運？」

「你這個該死的混帳東西！你要是不把黑血給我，我就……」

他轉過身來，臉陰沉得像個魔鬼，漂亮的雙眼圓睜著，露出不自然的凶光。「我就是不給你。現在不給，明天不給，永遠不給。黎斯特，去找她吧。過好這次凡人的一生吧。」

「你怎麼敢爲我選擇這種道路！」我又站了起來，但接著只能低聲下氣地乞求。

「你別再過來了，」他耐著性子說。「否則我會傷著你。我可不想傷著你。」

「咳，你已經殺了我！這正是你幹的事。你以爲我會相信你的謊言！你詛咒我，讓我注定在這腐爛、惡臭、殘廢的人體裏待一輩子，這正是你幹的好事！你以爲我不了解你對我的仇恨，這就是對我創造你的報應！看在上帝份上，你講眞話吧。」

「你講的不對。其實我很愛你。但你現在喪失了耐心，讓身心的痛苦衝昏頭。是你永遠不會饒恕我——假如我剝奪了你的宿命。過一段時間，你就能看出我現在所做的是爲了你好。」

「不，不，請別這樣。」我朝他走過去，但這次不是出於憤怒。我慢慢走近他，把兩手輕輕放在他肩膀上，聞著他衣服上散發出的淡淡的塵土和霉腐味。天哪，我們的皮膚是什麼做的，怎麼能這麼敏感而細膩地吸收光線？還有我們的眼睛。他的目光看起來這麼怪異。

「路易斯，」我求他，「我想讓你帶我走。請答應我的請求。隨你怎麼理解我講的都行。路易斯，帶著我吧。看著我的眼睛。」我抓起他一隻軟冰涼的手，把它放在我的臉上。「你感覺一下我身體裏的血，感覺一下這熱量。你需要我的，這你很清楚。你需要我參與你的力量，一如我很久以前需要你參與我的力量那樣。路易斯，我要當你的徒弟，當你的孩子。請聽我的話。別要我跪下來求你。」

我能感到他起了變化，他的眼裏突然射出那種野獸見到獵物的凶光。不過還有比他的飢渴更強大的東西，這就是他的決心。

「不行，黎斯特，」他低聲道。「我辦不到。就算是我錯你對，你的所有話都沒有言外之意，我也不能這樣做。」

我把他摟在懷裏。唉，冷冰冰的，硬梆梆的，這就是我從人肉裏造出的怪物，我把嘴唇貼在他的面頰上，哆嗦著，我的手指順著他的脖頸輕輕往下滑。

他沒有躲開我。他鼓不起這個勁來。我感到他的胸膛貼著我的胸膛緩緩起伏。

「動手吧，英俊的男孩，」我對他耳語。「把我的熱量收入你的血管，把我以前給你的威力都還給我吧。」我又把嘴唇貼在他冰涼無血色的嘴上。「路易斯，把未來給我，把永恆給我。把我從這苦難的十字架上救走。」

我斜眼看見他抬起一隻手。接著我感到幾個綢緞般光滑的手指觸摸我的面頰。我感到他在磨挲我的脖頸。但緊接著：「不行，黎斯特，我辦不到。」

「你能辦到，你知道你能辦到，」我嘟噥著親吻他的耳朵，忍住快流出來的淚水，哽咽著，用左臂摟住他的腰。「唉，別把我丟下受苦，救救我吧。」

「請你別再求我了，」他難過地說，「求也沒用。我要走了。你不會再見到我了。」

「路易斯！」我緊緊抱住他。「你不能拒絕我。」

「我能，我已經拒絕了。」

我能感到他強硬起來，試著撤身但又不傷害我。我更緊地抱住他，不想撒手。

「你不會再在這裏找到我。但你清楚在哪兒能找到她。她在等你。你難道看不見自己的勝利？又成爲凡人，而且這麼年輕，又這麼英俊。而且你原有的聰明才智及堅強意志無一喪失。」

他堅決而輕鬆地挪開我的臂膀，把我推開，然後雙手握住我的雙手說：

「別了，黎斯特。也許別人會來幫你。等他們覺得你已付出足夠的代價，就會來幫你的。」

我最後大叫一聲，想掙脫我的雙手，就扯住他。我很清楚他想做什麼。

一剎那間，只見黑影一閃，他已經消失了，而我也躺在地板上。

書桌上，那根蠟燭已經翻倒，火也滅掉。只有壁爐裏的一點殘餘火光還照亮著小屋。門上的百葉窗打開著，雨絲不斷飛進來，細細的，靜悄悄的。我明白屋裏只剩下我一個人了。

我向側面翻身，再用雙手撐住不讓身體倒下去。我一邊爬起來，一邊大聲喊他，希望他能聽見我喊，無論他已走去多遠。

「路易斯，幫幫我。我不想像凡人那樣活著並有生有死！路易斯，別丟下我不管！我受不了！我不想這樣！我不想贖罪、靈魂得拯救！」

這些話我不知喊了多少遍。終於，我累得喊不下去；連我自己的耳朵都受不了這種凡人絕望的聲音了。

我坐在地板上，一條腿在身下盤著，一隻手臂支撐在膝蓋上，手指抓著頭髮。莫約早已不安地跑過來，現在趴在我的身邊。我歪著身子，把額頭靠在牠的毛髮裏。

壁爐裏的殘火也已熄滅。窗外，雨聲嘶嘶響著，又下大起來。討厭的風已經停止，雨絲從天空直落下來。

我終於抬起頭來，掃視這塊黑幽幽冷清清的小地方，掃視那些書堆和破舊的雕像，掃視落滿灰塵的雜物堆，還有那小壁爐裏堆積起來、仍在發光的灰燼。我心灰意懶，氣頭已過，幾乎絕望。

我以前有過這種完全失去希望的時候嗎？

我無神而沮喪的目光移向走廊，移向屋外穩穩下著的大雨，移向遠方咄咄逼人的漆黑夜。對，投入它的懷抱，你和莫約都去；莫約當然會喜歡的，如同它喜歡雪。你只好投向夜色。你得脫離這地獄般的小屋，並找個舒服的地方休息。

就去我的那間樓頂住宅吧，我一定能找到辦法進去。一定有辦法。再過幾小時太陽就要出來了，對不對？哦，我的這個城市多可愛，我又要走在它的溫暖陽光下。

看在上帝面上，別再哭哭啼啼了。你需要休息和思考。

但你在走之前，何不先把他的家給燒了？讓那座維多利亞式的大房子孤零零地站著吧。他既然不喜歡住，那就把他的小棚屋燒了吧！

我能感到自己咧嘴微笑，一種情不自禁的邪惡之笑，儘管我的眼底仍充滿淚水。

對，把它燒了！這是他活該。他當然隨身帶走他寫的東西，確實帶走了。但他所有的書籍只好付之一炬了！而這正是他活該倒楣的地方。

我立刻著手收拾起他的幾幅畫——一幅華麗的莫內畫，幾張小型的畢卡索畫，還有一幅中世紀的紅寶石蛋白調色畫；當然全都糟蹋得很厲害。既然我跑出去，跑進那座陳舊、空蕩蕩的維多利亞式房子，把這些畫放在一個黑黑的、好像既安全又乾燥的角落裏。

然後我又跑回那個小屋，抓起那根蠟燭，把它插進那堆火的餘燼裏。立刻那些灰爆出一片橘黃色的小火花，點燃了燭芯。

「哼，你活該倒霉，你這個忘恩負義、該死的狗娘養的賤貨！」我憤怒地把火焰湊向挨牆擺著的那個書堆，仔細把書頁挑起來，以有助於它們燃燒。接著，我又點燃了一件搭在木椅背上的舊外衣；它像稻草似地燃燒起來。接下來是擺在我坐的扶手椅上的幾個紅色絲絨座墊。哈，燒了它，統統燒掉。

我一腳踢散堆在他書桌底下的發霉雜誌，把它們點燃。我一本接一本地燃燒他的書，把它們像揚撒著火的煤球似地，甩向小屋的各個角落。

莫約逐個躲開這些小火堆，最後跑進雨中，保持相當距離，透過打開的房門看這一切。

啊，可這樣燒得還是太慢。對了，路易斯有個抽屜裏全是蠟燭；我怎麼把這忘記，瞧我這該死的凡人記憶！我把抽屜打開，翻出二十來根蠟燭，把它們全都點著，也不管是不是燭芯；然後扔在那把紅絨布面的扶手椅上，造成一堆大火。又把它們扔在一堆堆燒盡的廢物上，再把那些正燒的書甩在潮濕的百葉窗上，再點著東一塊西一塊、掛在破木棍上無人問津的破窗簾。我把那尊破石膏像踢出幾個洞，把燃燒的蠟燭扔進去，燒底下的木板條。我又彎腰把那塊開線的破地毯點著，再把它弄皺，好讓裏頭通風透氣。

數分鐘後，這個地方一片火海，其中數那紅椅子和那書桌燒得最旺。我衝出房子，鑽進大雨，透過破舊的窗格欣賞裏面的大火。

隨著火舌舔到潮濕的窗板，一股濃煙升起來，繚繞著鑽出窗戶，撲向那片濕漉漉的樹林！該死的大雨！但隨著書桌和扶手椅越燒越旺，整座小房子「轟」地一聲竄出數條橘紅色的火舌！窗格被炸飛上天，房頂上炸出一個大洞。

「對，對，燒得好！燒吧！」我大喊。雨水不斷打在我的臉上、眉毛上。我高興得手舞足蹈。莫約朝後退向那座黑沉沉的大房子，低著頭耷拉著尾巴。「燒吧，燒吧，」我大聲宣布。「路易斯，但願我能把你燒死！我會的！唉，要是我知道你白天藏在哪兒就好！」

但即使我在歡喜時，也意識到我正在哭泣。我正在用手背抹去嘴邊的淚水，並喊道：「你怎麼能就這樣丟下我不管？你怎麼敢這樣！我詛咒你。」說完淚水又奪眶而出，我又跪倒在雨地。

我把身子向後仰，雙手握拳伸向空中，一副被打敗的可憐相，仰望著熊熊燃燒的大火。遠處的住宅裏，電燈紛紛打開。我聽見尖細的警笛聲自遠而近。我知道我得開溜。

但我仍然跪在地上。這時莫約突然用它最陰沉、凶惡的吼叫把我從迷亂中喚醒。我這才看見牠已經站在我的身邊，並正用牠濕透的毛髮蹭我的臉，同時盯著那燃燒的房子。

我起身抓住牠的頸圈，剛要撤退，這才猛然覺察牠狂吠的原因。來的不是個幫忙的凡人，而是個不朽的模糊白影，像個幽靈筆直地站在燃燒的房子旁，被烈焰照得通亮。

即使用這雙低能的凡人之眼，我也能看出這是馬瑞斯！我看見他滿臉怒容。我還從沒見過如此憤怒的表情。毫無疑問，這正是他想讓我看到的表情——憤怒之至。

我張開嘴剛想喊，但聲音已經窒息在喉嚨裏。我只能向他伸出雙臂，由衷地向他做出懇求原諒和幫助的動作。莫約又發出凶惡的嚎叫，並隨時準備撲過去。

在我渾身顫抖、無奈觀望的同時，那身影卻慢慢轉過身去，最後憤怒而蔑視地瞧我一眼，消失了。

這時我才驚跳起來，高喊他的名字：「馬瑞斯！」我越喊聲越大：「馬瑞斯，別把我丟下！幫幫我！」我急得直跳，大吼：「馬瑞斯！馬瑞斯！」

但我知道這是徒勞無功。

雨水浸透我的外衣，泡濕了我的鞋襪。我的頭髮又濕又滑。我是否在哭也無關緊要了，因爲雨水已經將淚水沖走。

「你以爲我已被打敗了，」我嘟囔著。有什麼必要向他求援？「你以爲你已經宣判我的命運，好像我已經完了。哼，你以爲事情就這麼簡單。錯！你錯了。我絕不會向你報復，但你會再次見到我。咱們後會有期。」

我點了點頭。

四周都是凡人的叫喊，人們跑來跑去的聲音。一個吵鬧的大傢伙開過來，在遠處一個角落猛地停住，是我讓這些可憐的凡夫俗子忙個不停。

我打個手勢讓莫約跟我走。我倆偷偷溜過仍然焚燒的廢墟，翻過花園的矮牆，穿過雜草叢生的小巷，走了。

*

後來我才意識到，再晚一點我們就很可能被抓住，因爲我只是一名凡人縱火犯，牽著一條凶惡的狗。不過抓住了又怎麼樣？反正我已被路易斯和馬瑞斯拋棄。尤其是馬瑞斯，可能在我之前找到我原來的超自然身體並當場摧毀它。馬瑞斯可能已將我原來的身體摧毀，這樣我只好永遠穿著這身人皮。

哦，我在自己的凡人青年時代是否受過這樣的罪，這我已記不得了。如果我受過，那麼我現在多少還有點安慰。至於我的恐懼，那眞是難以言狀！理智不可能戰勝它。我一遍遍默念著我的希望和脆弱的計劃。

「我得找到那個肉體竊賊。我得找到他。馬瑞斯，你一定要給我時間，就算你不幫我，你也得給我時間自己做。」我在大雨中艱難跋涉，一遍遍念叨著我的計劃，就像作念珠祈禱。

有一兩次我甚至站在一棵不斷滴水的大櫟樹下面，對著黑夜大聲作我的禱告，並希望看見光線透過雨濛濛的夜空向我靠近。

這世界上，還有誰能幫助我？

大衛是我唯一的希望，雖然他要如何幫我我也不能設想。對，去找大衛！但萬一連他也不理我，我怎麼辦呢？

19

太陽升起時，我已坐在了世界咖啡館，並在想我怎樣才能鑽進我的樓頂套房？考慮這個問題才不致使我完全洩氣。難道憂慮、有所用心才是凡人活下去的關鍵？嗯。怎樣才能進入我那豪華的小套房呢？是我親手把那樓頂花園的入口安裝上一道不可逾越的鐵門。是我把那閣樓小屋的門加上一道又一道複雜的鎖。窗戶也安上鐵條，以防止凡人入侵。至於凡人怎麼可能到達窗戶，我卻從來沒考慮過。

啊，好的，我得通過那道鐵門進去。我得對這座樓的其他租戶下一番嘴上功夫——他們全是那金髮法國人黎斯特・狄・賴柯特的租戶，而他待他們一向都很好。我得讓他們相信，我是他們房東的一個法國親戚，是來趁他不在時替他看房子的，所以我得不惜一切代價進去，哪怕用鐵棍撬！用斧子砍！用電鋸鋸！照這個時代的話說，就是用技術工具。總之我得進去。

然後我怎麼辦？抄起一把廚房的菜刀（雖然天曉得我不需要廚房，但裏頭還是有這類東西）割我的凡人喉嚨嗎？不。我要呼叫大衛。現在你在這世界上沒有別人可以依靠。可是，想想大衛不知會怎麼罵我呢！

我必須不斷考慮這類事，否則馬上就會陷入絕望難以自拔。

馬瑞斯和路易斯都把我甩了。在我最困難的時候，他們拒絕幫助我。呃，不錯，我曾嘲笑過馬瑞斯。我曾拒絕過他的智慧，他的陪伴，他的統治。

是啊，這就像凡人常常說的那樣，是我自找的。是我向那個肉體竊賊出讓我的強大威力，從而鑄成這個讓人恥笑的大錯。是的，我再次爲我犯下這樣可怕的錯誤、爲我的魯莽試驗感到愧疚，但是我並沒想過完全不要我的威力並當個局外人呀！這是別的吸血鬼最淸楚；他們肯定明白。但他們這是派馬瑞斯給我判罪，讓我知道我這樣的結果——我被開除了！

可是路易，我英俊的路易斯，他怎麼也敢把我一腳踢開的！我原來一直是爲路易斯而兩肋插刀的！我一直那麼信賴路易斯，指望他在今夜輸血給我、讓我重獲強大威力去追尋那偷體賊的！

哦，上帝，我已不再是他們中的一員，我只是個凡夫俗子，坐在這悶熱的咖啡館裏，喝著咖啡——呵，這咖啡味道不錯——吃著甜點心，再也不幻想恢復我在那黑色王國裏的光榮地位了。

我對他們恨之入骨，我多想向他們復仇！但這一切又怪誰呢？只能怪你黎斯特——現在成了俗人的黎斯特，六呎兩吋高，棕色眼睛，黝黑的皮膚，一頭鬈曲的棕色頭髮，四肢肌肉發達，但另一場嚴重的流行性感冒也會使你生病、虛弱。這個黎斯特還多出一條忠實的大狗莫約。這個黎斯特在苦思如何捉住那個在逃的魔鬼；他不像通常那樣偷走你的靈魂，而是騙走你的肉體，你可能已被摧毀的肉體！眞不堪設想！

理智告訴我，現在籌劃什麼尙爲時過早。再說，我對報復從來沒有太大興趣。報復是那些多少遭到失敗的人操心的事情。而我還沒有給打敗。沒有！考慮取勝遠比籌劃報復有趣得多。

啊，最好想一想那些尙能改變的小事。大衞一定會聽我傾訴，他至少會給予我建議！但除此之外他還能做什麼？兩個凡人豈能跟蹤得了那個該死的魔鬼？唉……

而且莫約也餓了。牠正睁著兩隻聰明的褐色大眼睛仰視著我。咖啡館裏的人都驚奇地看著牠，遠遠地躲著牠，覺得這個毛茸茸長著黑口鼻、拉著粉色耳朵、長著巨大爪子的大傢伙不吉利。眞該餵餵牠了。畢竟那句老話說得對。這條大狗是我唯一的朋友！

他們把撒旦拋下地獄時，他也有條狗嗎？不過我很明白，倘若他有，那狗一定會跟著他下地獄。

「莫約，我該怎麼辦？」我問牠。「一個凡夫俗子怎能擊敗吸血鬼黎斯特？那些吸血鬼元老是不是眞把我那優美的身體燒成灰？這是否就是馬瑞斯趕來的目的——讓我知道一切都已結束？噢，上帝。在那恐怖片裏那巫婆說什麼來著？你怎敢對我這美麗的邪惡下這番毒手？唉，我又發燒了。一切都將順其自然進行下去。**我這就要死了！**」

可是天上的主呀，請你看陽光正靜靜地普照大地、灑滿這些泥濘的街道吧！請你看我這旣襤褸又迷人的紐奧爾良，正沐浴著綺麗的加勒比海風光醒來吧！

「莫約，咱們走。現在該去闖入我的住宅。然後我們就會暖和並好好休息。」

我在那古老的法國市場對面的那家餐館停了一下，給莫約買了一堆骨頭肉。應該夠了。那個好心的女招待給我裝滿滿一袋昨晚的剩飯菜，還熱情地向我保證，這狗一定會特別愛吃。先生您呢？您不想吃點早飯麼？你在這美麗的冬天早晨難道不餓嗎？

「寶貝兒，以後吧。」我把一張大鈔拍在她手裏。我還有錢，這是我的一個安慰。至少我現在認爲我還有錢。在看見到我的電腦並親自追查到那個可惡騙子的行蹤之前，不敢肯定這一點。

在街溝裏，莫約毫無怨言地大嚼著牠的早餐。這就是你的狗。你爲啥不天生就是條狗？

好了，我那閣樓套房到底在哪兒？我只好停住腳步慢慢想，然後拐個彎走出兩個街區，再走回來一點，這才找到它。雖然現在已是天空湛藍，陽光燦爛，我卻越來越冷，因爲我幾乎從未從街上走進這棟樓。

踏進樓裏很容易。杜緬大街上的樓門不難推開，再使勁撞上。不過那道鐵門才是最難對付的。我拖著沉重的腳步慢慢地邁上樓梯。莫約已先我竄了上去，好心地在每一個梯口平台等著我追上。

我總算看見了那道門的鐵欄杆。可愛的陽光從樓頂花園照進樓梯井。碧綠的象耳果搧動著大葉片，嚴寒只凍壞它們的一點邊緣。

可是這把大鎖，我怎樣才能把它弄開呢？我在琢磨著需要什麼工具——一枝小炸彈行不行——時，突然意識到自己在大約五十英呎開外看著那扇門，而且那門竟然是開著的。

「上帝，那混蛋已經來過了！」我嘀咕。「該殺的。莫約，他已經洗劫過我的窩。」

當然這樣也好，說明我還有希望。說明那傢伙還活著，別的吸血鬼還沒有把他除掉？我仍能追殺他！但要如何辦呢？我氣得踢那扇門，頓覺腿腳一陣疼痛。

我抓住門，使勁搖晃，但它牢固得同我當初把它設計的一樣！像路易斯這樣嬌弱的吸血鬼都不可能破門而入，更不要說一個凡人。毫無疑問，路易斯沒有碰過它，而是像我那樣，都是從天而降，從樓頂進入我的住宅。

好了，別想了，還是趕快弄點工具橇門，看看那混蛋把我家裏破壞到什麼程度。

我轉身要走，可就在這時，莫約大叫起來。有人在我的屋裏活動！我看見一個身影映在門廳的牆上。不是那個肉體竊賊，這不可能；那又是誰呢？

這疑問一眨眼便水落石出。大衛出現了！是我可愛的大衛，穿著一身深色的粗呢西裝和大衣，正以典型的好奇和警覺的表情遠遠窺視我。我高興極了；在我這該詛咒的漫長一生裏，從未如此高興見到一個凡人。

我馬上大叫他的名字，接著用法語向他宣布我是黎斯特。請你快打開門。

他沒有立即作出反應。眞的，他從沒像現在這樣看上去那麼威嚴，鎭定，優雅，一副眞正的英國紳士派頭，站在那兒注視著我，削瘦而稜角分明的臉上掛著沉默的詫異。他又注視了一會兒莫約，目光又移到我臉上，然後又盯著那條狗。

「大衛，我是黎斯特，我向你發誓！」我用英語大喊。「我這身體是那機械師的！還記得那張照片吧！是詹姆斯幹的。我被鎖在這副身體裏。我對你講什麼你才相信我呢？大衛，讓我進去吧。」

他還是一動不動。接著，他突然像下定了決心，快步走了過來，走到鐵門前又停下，臉上露出複雜的表情。

我激動得快要暈過去了，用兩手緊緊抓住鐵條，像在監獄裏似的。我直視著他的目光，我們倆首次身高一致。

「大衛，你不知道見到你我有多高興，」我又講起法語。「你是怎麼進去的？我是黎斯特。是我呀。你一定認得出。你聽得出我的聲音。大衛，你一定記得在巴黎那家咖啡館你談論上帝和撒旦！除了我誰還知道那事？」

然而他響應的不是我的嗓音；他在凝視我的眼睛，同時彷彿在傾聽遙遠的聲音。隨後他的態度一下子全變了，臉上明顯露出認出我的表情。

「哦，謝天謝地，」他說完像英國人那樣矜持地嘆了口氣。

他伸手從衣袋裏掏出一個小匣子，迅速從裏面取出一個薄金屬片，把它嵌入鎖頭。我很清楚這是盜賊作案的工具。他把門打開，然後伸出雙手。

我們倆熱烈擁抱了許久，說不出話來。我竭力忍住不讓自己哭出來。只有在這十分莊重的時刻我才實際接觸了這個凡人的身體。這一時刻使我十分動情，幾乎完全丟掉戒備心。我恍然覺得與葛麗卿擁抱時的那種溫暖和陶醉又回來了。我感到安全。這短暫的時刻使我不再覺得那麼孤獨了。

不過，眼下沒空享受這種慰藉。

我勉強抽出身來，再次端詳大衛的帥勁。在我眼裏，他是那麼瀟灑，使我覺得自己彷彿與我穿的這副身體一樣年輕。我太需要他了。

我當初用吸血鬼之眼看到的、他在年齡上的劣勢，現在也看不見了。他臉上深深的皺紋好像成為他偉大個性的外在表現，同他安詳的目光一樣。他身穿得體的裝束站在我面前，看上去活力十足，一根金錶鏈掛在他的粗花呢短外套上閃閃發光，使他整個人看上去十分沉穩、機智而莊重。

「你知道那雜種幹了什麼嗎？」我說。「他欺騙了我，又把我甩了。別的吸血鬼也拋棄了我：路易斯、馬瑞斯。他們不再理我了。我被禁錮在這副身體裏。來吧，我得看看那妖怪是不是洗劫了我的房間。」

我朝我的套房門快步走去，沒聽清他說的那幾句話。大概是他認爲沒有人來過這地方。

他說得沒錯。那傢伙果然沒有來過這地方！一切都按照我原來放的原封未動，連我掛在敞開衣櫃門上的舊絲絨外衣也不例外。我出發前在上面記過筆記的黃色便條紙仍在原地放著。還有那台電腦。對了，我得趕快打開電腦查看他偷去我多少東西。還有我的巴黎代理人；那可憐的人也許仍有生命危險。我得馬上與他聯繫。

但是透過玻璃牆照射進來的光線吸引了我的注意，冬日和煦的陽光灑在黑面的長沙發和扶手椅上，灑在華麗的繡著淡色花邊飾紋和玫瑰花環的波斯地毯上，甚至灑在那幾幅大型現代繪畫上。全是色彩斑斕的抽象畫，是我很久以前專爲這些牆壁而選購。我感到自己爲眼前的景觀顫慄，爲電燈照明無法產生這種效果而驚詫；這是一種特殊的效果，使我心中充滿幸福感。

我還看到在那白色瓷磚的大壁爐裏生著一堆熊熊燃燒的火。無疑是大衛的傑作。從廚房裏飄來咖啡的香味——那是個我住進這裏後許多年都幾乎沒去的地方。

大衛馬上結結巴巴地向我道歉。他急於找到我，甚至來不及正式登記入住這「旅館」。他直接從機場趕來這裏，只出去買了點食品，好在這兒舒舒服服過一夜，隨時準備我來，或接我的電話。

「太妙了，我很高興你做了這一切。」我爲他的英國紳士風度感到有點好笑。我那麼高興見到他，他卻爲自己當了這兒的主人而向我道歉。

我扯掉身上濕透的大衣，坐在電腦前。

「我一會兒就能弄清楚，」我邊說邊敲打進去各種指令。「然後我再把一切都告訴你。不過你爲什麼要來這兒？

你是不是懷疑出事了？」

「我當然感覺到了，」他說。「你難道不淸楚紐約發生了吸血鬼殺人案？只有怪物才能闖進那些辦公室。黎斯特，你爲什麼不呼叫我？你爲什麼不請我幫你？」

「等一下，」我說。螢幕上已經出現了一些字母和數字。我的銀行賬目一切正常。假若那魔鬼闖入這個系統，我就會看見預先設定了程序的入侵信號。當然，我還無法確定他是不是已經對我在歐洲各銀行的存款下了手，這點要等我查閱它們的檔案後才能弄淸楚。該死，我怎麼記不起那些密碼了？而且，我連輸入最簡單的指令都遇到了困難。

「他說的很對。」我咕噥著。「他警告過我，我的思維程序會跟以前不一樣。」我把財務程序轉換成我慣用的文書輸入法「Wordstar」，並迅速打出一封給我巴黎代理人的信，透過數據機發出去，請他馬上通報身分，並提醒他特別注意自己的安全。保持十二萬分警惕。

我仰靠在椅背上，長長呼了一口氣，馬上招來一串咳嗽，並意識到大衛正盯著我，彷彿這場面讓他吃驚得難以復加。眞的，他盯著我看的樣子滿可笑的，接著他又看莫約；那狗正在安靜並有點懶洋洋地掃視著這個地方，還不時瞧瞧我，等著我發令。

我打了個響指讓它過來，使勁摟它一下。大衛困惑地觀察著這一切，好像它是世界上最古怪的舉動。

「天哪，你眞的鑽進了那人的身體，」他吁聲說。「不光在裏頭晃蕩，而且深深扎進細胞。」

「瞧你說的，」我厭惡地說。「這堆爛肉可怕極了。別的吸血鬼也不幫我。我被開除了。」我氣得咬牙切齒。「被開除了！」我憤怒得大叫，不經意驚動了莫約，使它馬上舔起我的臉來。

「當然我這是自做自受，」我把摸著它說。「顯然這是對付我的最簡單的一手。我總是遇到最倒楣的事！最壞的不忠，最無恥的背叛，最卑鄙的拋棄都讓我趕上了！瞧瞧黎斯特這個惡棍。他們現在又把這個惡棍丟下不管，讓其自生自滅。」

「我可是一直在拚命找你，」他說，聲音控制得很低。「你的巴黎代理人發誓說幫不了我。我正要試一試喬治城的那個地址呢。」他指了指桌子上的那本黃色的便條紙。「幸虧你來了。」

「大衛，我最擔心別的吸血鬼已經殺死了詹姆斯，並連同我的身體也一道摧毀，這樣我就只能擁有這個身體。」

「我想不會的，」他鎮靜地回答，聲音很有說服力。「那位借你身體的小子留下很多蛛絲馬跡。不過你還是先把濕衣服換一下。不然會感冒的。」

「你說什麼，蛛絲馬跡？」

「你知道，我們對這類犯罪都保持跟蹤的。還是先換衣服吧。」

「紐約犯罪之後又有新情況了？」我激動地問。我讓他把我哄到壁爐那兒，熱烘烘的爐火馬上讓我舒適起來。我脫掉潮濕的毛衣和襯衫。自然，這些衣櫃裏的衣服全都不適合我。這時我才想起我把昨晚手提箱忘在路易斯的房子。「紐約當時是星期三夜裏，對不對？」

「你穿我的衣服會合身。」大衛馬上把我的思路岔開。他朝牆角的一個大皮箱走過去。

「出了什麼事？你憑什麼認爲是詹姆斯幹的？」

「只能是他，」他說著打開皮箱，取出幾件疊著的衣服，又取出一套同他穿著的很像的粗呢西裝，仍掛在衣架上。他把衣服就近放在一張椅子上。「來，換上這些衣服。不然你會得重病病死的。」

「哦，大衛，」我邊說邊繼續脫衣服。「我已經死裏逃生好幾回了。其實，我還不長的凡人生命一直是在垂死中度過。照顧這個人體讓我厭煩透頂，那些活人怎能忍受得了無止境的吃、喝、拉、撒、睡的循環!?要是再得了發燒、頭疼、咳嗽、流鼻涕什麼的，你就等於是被判了苦刑。而且打針吃藥……我的天！治療這些討厭的病還不如得著它們好呢！我不知中了什麼邪，居然渴望當個人類！你說又有了新的犯罪案件——什麼時候發生的？時間比犯罪地點更重要。」

他又打量起我來，吃驚得目瞪口呆。莫約現在也注意到他了，上下打量著他，並友好地伸出粉紅色的舌頭舔他的一隻手。大衛也愛撫地拍著牠，但目光還是茫然地盯著我。

「大衛，」我邊脫濕襪子邊說。「告訴我，又出了什麼事？你剛才說詹姆斯留下了蛛絲馬跡。」

「太不可思議了，」他驚魂未定地說。「我有一打照片都是這張臉。可現在我居然看見你在這付皮裏頭。噢，我簡直不敢想像。不敢想像。」

「這惡魔最近一次活動是在何時？」

「哦，最近一份報告來自多明尼加共和國。讓我想想，是在兩夜以前。」

「多明尼加共和國！他去那兒幹嘛？」

「我也正想知道呢。在此之前，他在佛羅里達州巴爾哈伯附近出擊過一次。這兩次都是在摩天大樓裏，闖入的方法與紐約那次相同——透過玻璃牆。三次犯罪都把家具砸個粉碎，牆壁保險櫃被連根扯開，票據、金銀、珠寶洗劫一空。一人死在紐約，血被吸乾。兩個婦女在佛羅里達也被吸乾血液，一家人在聖多明哥慘遭殺害，只有父親是用傳統吸血鬼的方式被吸乾血。」

「他無法控制自己的力量。他像個機器人橫衝直撞！」我下了結論。

「我也這麼想。是他的毀滅性和蠻力最初引起我的注意。這傢伙笨拙得難以置信！而且整個行動愚不可及。但我搞不懂他爲什麼選擇這些地點作爲偷盜的目標。」他突然頓住並轉過身去，甚至害羞起來。

我這才意識到我已脫光了所有衣服，正一絲不掛地站在他面前，使他可笑地拘謹起來，臉上甚至浮起了紅暈。

「乾襪子在這兒，」他說。「你怎麼就知道讓雨打濕了衣服亂跑？」他低著頭把襪子遞給我。

「我什麼都不太懂，」我說。「我發現這正是我的缺點。我明白你提及作案地點的含義了。他明明在波士頓或紐約郊區就能搶它個心滿意足，可爲啥還要跑到加勒比海地區去偷去搶？」

「對呀。除非地方的嚴寒使他特別不舒服。但這成其爲理由嗎？」

「不。他沒有那麼敏感。這沒有必然的關係。」

身上乾衣褲感覺眞舒服。而且還合身，雖然因爲樣式老而鬆鬆垮垮。不是那種青年人愛穿的訂做的緊身衣。襯衫用厚厚的絨面呢製成，粗花呢的褲子都是褶皺，不過短外衣穿著既暖和又舒服。

「瞧，我用凡人手指就是繫不上這個結，」我說，「但我爲什麼要穿成這個樣子，大衞？你難道也這樣不修邊幅嗎？上帝，咱倆看上去像是參加葬禮。我幹嘛要在脖子上戴這個套索似的玩意兒？」

「因爲不戴它你穿著西裝看上去就像傻瓜，」他有點心不在焉地回答。「我來幫你繫。」他朝我走過來時臉上又露出了害羞的表情，我明白他受到我這副肉體的強大吸引。我原來的身體使他驚奇；但我現在的身體卻眞正點燃了他的熱情。他的手指在忙著給我打領結。我一邊感受著那點癢癢的小壓力，一邊注視著他，發現我也被他深深吸引住了。

我想起我有許多次想把他摟進我的懷抱，再慢慢把牙齒輕輕嵌進他的脖頸，吸吮他的血。呵，我現在可以抱著他而又不吸他的血——我成爲人類，只能以人類的情慾表現感受我與他的肢體接觸，可以隨便做些親密的手勢和愉快的擁抱；他和我也許都喜歡這樣呢。

這想法使我癱軟下來。我感到我的皮膚表面痲酥酥的。我感到我與他有了關係，恰如我與那不幸被我強迫的年輕女人有了關係，恰如我在冰天雪地的華府與那些遊客（他們是我的同胞兄弟姐妹）有了關係，恰如我與可愛的葛麗卿有了關係。

我畢竟成爲人，並且和他人在一起！這意識強烈得使我突然懼怕起它來，我懼怕它的美妙，也見到這種懼怕本身就是其美妙的一部分。

哦，是啊，現在我和他一樣也是凡人。我活動了一下手指，慢慢挺直後背，聽憑那麻酥酥的感覺演變成強烈的性慾。

大衛猛地掙脫我的懷抱——他有所警覺並毅然打斷了我。然後，他從椅背上拾起那件外套，幫我穿上。

「你得把你的奇遇都告訴我，」他說。「一個小時之內，我們就可以從倫敦那兒獲得新消息，假如這雜種再作案的話。」

我伸出我那軟弱的凡人之手搭在他的肩膀上，把他拉過來，輕輕吻一下他的臉頰，他再次後退。

「少來這些啦，」他像哄小孩似地說。「我只想了解所有情況。你吃過早飯嗎？你需要一塊手帕。這兒有。」

「怎樣獲得從倫敦來的消息？」

「泰拉瑪斯卡會給旅館發來傳眞。現在我們先一起吃點東西。我們有一整天時間可以弄清這個問題。」

「但願他兩夜前沒有死在聖多明哥。」我嘆了口氣說。我心中又籠罩著沉重的絕望。剛才那甜蜜但受挫的性慾抑制下來了。

大衛又從皮箱裏取出一條羊毛長圍巾，把它圍在我的脖子上。

「你現在不能再給倫敦打個電話嗎？」我問。

「太早了點，不過我可以再問一次。」

他找到了長沙發旁邊的那部電話，與大洋彼岸的什麼人迅速交談大約五分鐘。還沒有新的消息。紐約、佛羅里達和聖多明哥的警方互相之間顯然還沒有取得溝通，這是因爲還沒有人把這些犯罪聯繫起來加以考慮。

最後他掛上電話。「他們一收到新情況就會給我住的旅館發傳眞。我們去那兒吧，好嗎？我現在很餓。我在這兒等了一整夜。哦，還有這條漂亮的狗。你拿牠怎麼辦？」

「牠已吃了早飯。牠會很高興待在樓頂的花園裏。你是不是想趕緊離開這裏？我們爲什麼不先上床睡一覺？我不明白。」

「你在說眞的？」

我聳聳肩膀。「當然是眞的！」我已開始陷在這種可能性裏不能自拔——不管三七二十一先同他做愛。這主意眞不錯！

他再次睜大眼睛盯著我，一言不發，色瞇瞇的。

「你要明白，」他終於說，「你這身體眞是個絕對出色的男人體。我是說，你大概不會不清楚你已經扎根在一個——一個非常會迷人的年輕男人體內。」

「我在交換前就仔細欣賞過了，還記得吧？可你爲什麼還不願……」

「你已經和女人做過了，對不對？」

「我希望你不要讀我的心思。這不禮貌。再說，這又有什麼關係？」

「一個你愛的女人。」

「我一向是男女都愛。」

「這是對『愛』一詞的另一種註釋。聽著，現在咱們還不能幹那事。所以你要放規矩些，我必須了解詹姆斯這個怪物的一切。咱們得用很長時間制訂一個計畫。」

「計劃？你眞的以爲能制止他？」

「當然能！」他招呼我過去。

「怎麼制止？」我問。我和他走出門去。

「咱們得觀察那傢伙的舉動。得分析和估計他的弱點和力量。而且別忘了我們是二對一，而且還有個極大的優勢。」

「什麼優勢？」

「黎斯特，快把你凡人腦子裏的所有邪念都趕走，然後跟我來。我餓著肚子沒法思考，而你顯然又根本沒在想正事。」

莫約「啪嗒啪嗒」朝門走來，想跟著我們，但被我制止了。我輕輕吻了一會兒它黑黑的長鼻頭。牠只好趴在潮濕的水泥地上，沉著臉，失望地看著我們走下樓梯。

旅館距我家只有幾個街區遠，而且在藍天下走路也不是不能忍受，雖然颳著刺骨的風。我冷得開不了口講我的經歷，再說這陽光明媚的城市總讓我分心。

那些在陽光下無拘無束、自由自在散步的人們再一次感染了我。儘管天寒地凍，但所有人好像都享受到陽光的恩澤。我注視著這充滿陽光的世界，心頭感到一陣悲哀；因爲，無論這陽光燦爛的世界有多美好，我都不想再待在裏面。

我想：把我超自然的靈視還給我吧；把夜間漆黑的美麗還給我吧；把我超自然的威力和耐力還給我吧，哪怕永遠犧牲掉享受白天的壯麗我也心甘情願。因爲我就是我——吸血鬼黎斯特。

在旅館的服務台，大衛站了一下，向他們交待說，我們要去咖啡廳，如有任何傳眞過來，要馬上交給我們。然後我們走進一個老式大廳，帶有花紋飾的灰泥天花板，白絲綢的帳縵窗簾。我們來到角落裏的一張鋪著白桌布的餐桌旁坐下，要了一頓豐盛的紐奧爾良式早餐，大吃起來，有雞蛋、餅乾、煎肉、肉鹵，還有厚厚的黃油燕麥麵包。

我得承認，從北方旅行到南方，我的飲食情況改善了。現在我很能吃了，已經很少噎住或嗆到，或用牙咬到自己的舌頭。我家鄉的糖漿濃咖啡好得沒話說。烤香蕉蘸糖的飯後甜食也足以讓任何正常人垂涎三尺。但我現在卻對這些美味不太感興趣，也不像剛才那樣特別希望倫敦能有最新消息來，而是很想把我的悲慘經歷向大衛一吐爲快。他則一再向我詢問細節，並常提問題打斷我。所以我對他講的詳細程度大大超過我對路易斯講的，也使我感到更加難過。

我回顧了我與詹姆斯在那住宅裏的天眞的談話，承認我當時沒有對他保持足夠的警惕，以及我當時過於自滿，不信一個凡人能把我騙了。談到這些眞讓我痛苦不堪。

接著我談到我對那女招待可恥的姦污，談論與葛麗卿在一起刻骨銘心的時光，談到不斷夢見克勞蒂亞（全是惡夢），談了與葛麗卿分手去找路易斯，路易斯把我講的完全誤解，硬是按自己的理解歪曲我的話，並拒絕給我我急需的幫助。

當談到我後來已經不再憤怒，只剩下我很熟悉的悲傷和絕望，我更加痛苦。我在腦海裏又見到了路易斯，他不再是我以前的那個溫柔可愛的情人，而是冷酷得像個在魔界法庭上審判我的惡魔使者。

「我明白他爲什麼拒絕幫我，」我沮喪地說，往事不堪回首的樣子。「也許我早該明白。其實，我不相信他會抵制我一輩子。他現在不過是在堅持自己的理想，即我應該去贖罪、拯救自己的靈魂。這正是他要做的；但出於某種原因，他自己又永遠做不到。而且他又永遠無法理解我。絕對無法理解。所以他才在他寫的書裏反覆描述我，雖生動，卻很膚淺。倘若我硬是不去法屬圭亞那的叢林找葛麗卿，他最終還是會向我屈服，雖然我燒掉了他的房子。當然，這也許要花許多時間。我也許會待在這可恨的身體裏許多年！」

「你又發怒了，」大衛說。「冷靜點。你說什麼來著——燒了他的房子？」

「我當時太生氣了！」我忿忿地小聲說。「我的天，哪裏只是生氣！」

我認爲當時我是沮喪和絕望得已經沒了脾氣。我意識到並非如此。但我現在是難過得說不下去了。我又喝了一大口苦咖啡，重新打起精神，接著講述我在燃燒的棚屋旁看見馬瑞斯的情形。馬瑞斯故意讓我看見他。他已經判了我的刑，雖然我並不知道這判決到底是什麼。

絕望再次籠罩我，又讓我難過得沒了脾氣。我呆呆地盯著面前的碟子，然後兩眼無神地掃視這家裝飾華麗但顯得空蕩蕩的咖啡廳。許多餐桌都空著，擺著折疊好的餐巾紙，像一頂頂小帽子。我又眺望遠處半明半暗、靜悄悄的門廳，裏面的一切都像罩在不祥的陰影中。接著我把目光移向大衛，見他雖然還是充滿同情和魅力，但已不是那個我用吸血鬼之眼看時的奇特人物，只是另一個凡人，像我一樣脆弱並掙扎在死亡的邊緣。

我覺得麻木和難過，再也說不出話來。

「聽我說，」大衛開口。「我不信你的馬瑞斯已經消滅了那傢伙。不然他不會在你面前露面。我無法想像這樣一個鬼的思想感情。連你的我都無法想像；我了解你就像了解我最親密的老朋友那樣，但我不信他會這麼幹。他出現是爲了表示他的憤怒，並拒絕幫助你，而這就是他對你的宣判。不過我敢說，他會給你時間讓你找回你的身體，而且你別忘了：無論你怎樣洞察他的表情，你都是透過凡人之眼來看的。」

「這我想過，」我無精打采地說。「說實話，除了相信我的身體仍在他那兒等著我收回之外，我還能怎麼辦呢？」我無奈地聳聳肩。「我不知道怎樣才能放棄。」

他衝我微笑，十分溫暖可愛的微笑。

「你的冒險十分精彩，」他說，「在咱們設法抓住這個很了不起的盜賊之前，請讓我再問你一個問題。而且請你不要發火。我看得出來，你在這副身體裏也如同你在你原來身體裏一樣，都不了解你自己的威力。」

「威力？有什麼威力！這不過是一團神經和筋腱，脆弱、鬆軟、水塌塌、黏糊糊，令人作嘔。別對我講『威力』這個詞啦。」

「胡說！你現在是個年輕高大健壯的美男子，體重足有一百九十磅，身上沒有一點多餘的脂肪！你前面還有五十年的凡人生命要過。看在上帝面上，你要認識到你的優勢。」

「好吧，好吧。我眞棒。當個凡人活著眞幸福！」我小聲說：否則我會大吼起來。「我還能在今天中午十二點半在街上被卡車壓扁呢！大衞，我連這些簡單的考驗都經受不起，你難道還沒看出我瞧不起自己嗎？我仇恨這個身體。我討厭當這個膽小懦弱的怪物！」

我仰靠在椅背上，眼睛瞧著天花板，竭力不讓自己咳嗽或打噴涕，哭起來，右手揮拳猛擊桌面或猛捶身邊的牆壁。「我討厭膽小！」我小聲說。

「這我知道，」他和氣地說。他端詳我好一會兒，然後用餐巾紙揩揩嘴巴，伸手去拿咖啡杯，喝了一口後說：「假設詹姆斯仍穿著你的身體到處亂跑，那你敢絕對肯定你還是想和他換回你原來的身體嗎？也就是說，你確實想再次成爲以前的那個黎斯特嗎？」

我連連苦笑，疲倦地說：「這還有什麼可懷疑的嗎？問題是我怎樣才能實現這次再交換！我是不是會發瘋全都取決於這個。」

「那好吧，我們首先來確定詹姆斯藏在哪兒。咱們先盡全力找到他。除非他眞的死了，否則絕不放棄。」

「你又把問題想得太簡單了！你怎麼才能找到他？」

「噓——別讓人家注意我們，」他像首領似地對我說。「喝點桔子汁，你需要的。我再多要點。」

「我不需要桔子汁，我不需要更多的關照，」我說。「你眞的在暗示咱倆有機會抓住這個魔鬼嗎？」

「黎斯特，我以前跟你講過——要想到從前的你也有改變不了的明顯缺陷。吸血鬼不能在白天到處走動。吸血鬼一遇到白天就幾乎無能為力。就算你有條件反射，可以傷害打擾你休息的人，但除此之外，你就沒有辦法了。遇到白天，吸血鬼只好在一個地方待八至十二小時不動。這就使我們可以利用我們的傳統優勢，尤其是咱們還特別了解這個傢伙。現在咱們需要一個機會來面對他，然後把他弄糊塗，好進行這次交換。」

「不能強迫他嗎？」

「當然能。你能把他打昏，然後鑽回你原來的身體。」

「大衛，我得告訴你一個情況。我在這副人體裏毫無心靈感應力。當年我是凡人少年時就沒有這種意念驅動力。我覺得我無法……從這身體裏上升，乃至脫離。我在喬治城時試過一次。我無法脫出這堆皮肉。」

「黎斯特，這點雕蟲小技誰都會；你當時只不過太害怕了。其實你作吸血鬼時學會的某些本領你現在還有。當然，那些超自然的細胞使你有優勢，但你的吸血鬼靈魂本身也不會失效。很顯然，詹姆斯帶著他的精神力量從一個身體轉移到另一個身體。那你也肯定把你的部分威力帶到了這裏。」

「是呵，我當時嚇壞了，自那以後我就一直害怕再試——擔心我一旦出來了就再也回不去。」

「我來教你如何脫出這副身體。我來教你怎樣向詹姆斯發起協調一致的攻勢，記住，我們是兩個。我和你一道發起進攻。用最簡單的話說，我也有不小的精神威力。我能辦到許多事情。」

「大衛，只要你答應幫助我，我就永遠當你的奴隸。你希望得到什麼我都會不惜一切去弄。我爲你可以上刀山下油鍋，只要我找回我的身體就行。」

他躊躇了一下，好像想開個小玩笑之類，但轉念一想沒這麼做，而是說下去：

「咱們盡快開課吧。不過我越琢磨，越覺得我最好把他出其不意地趕出你的身體。不等他意識到你已在場，我就把它辦光。對，咱們就照著這麼辦，他見到我是不會起疑的。我能輕而易舉地在他面前遮掩我的想法。這你也得學會——隱瞞自己的思想。」

「但他要是認出你怎麼辦？大衛，他知道你是誰，他記得你。他談起過你，怎樣才能防止他一見到你就把你活活燒死呢？」

「和他見面的地點會阻止他下手。他不會冒險在距離自己太近的地方放火。而且我們要確保在一個他根本不敢發威的地方把他誘捕。我們得把他誘入圈套。這就需要動腦筋想辦法。不過首先要設法找到他再說。」

「我們混在人群裏接近他。」

「或是趁著日升、他不敢在他巢穴附近放火的時候。」

「對。」

「現在，根據手頭現有資料，估計一下他的實力。」

他停下來，看著一名侍者用銀盤端著一把漂亮的大咖啡壺翩然而至。高級旅館都有這種咖啡壺。這種銀器和別的銀器不同，上面有一層綠銹，還總有幾處小小的凹痕。我看著濃黑滾熱的咖啡流出小巧的壺嘴。

的確，我們雖然坐在這兒又焦慮又難過，但我還眞是開了眼界，看到不少稀奇古怪的小玩意。看來只要跟著大衛就有希望。

侍者走後，大衛等不及地啜了口新鮮咖啡，然後把手伸進衣袋去掏東西。他把薄薄的一疊紙放在我手上，說：

「這些都是關於這幾起謀殺的剪報，好好讀一讀。有什麼想法馬上告訴我。」

第一篇報導是「吸血鬼在市中心殺人」，把我氣得七竅生煙。我把大衛講述過的毀壞慘狀又看過一遍。那傢伙十分粗笨，毀壞家具的方式十分愚蠢。偷盜的方式更是愚不可及。至於我的紐約代理人，眞可憐，脖子被折斷，全身血液被吸乾。吸血鬼的動作十分笨拙。

「他居然能使用飛行技巧，堪稱奇蹟，」我忿忿地說。「你瞧，他是在第三十層樓破牆而入。」

「但這不等於他能用這種能力飛越長距離。」大衛說。

「但他又是怎樣在一夜之間從紐約跑到巴爾港的呢？更重要的是，他爲什麼要去巴爾港呢？假如他乘的是民用飛機，他爲什麼不去波士頓而去了巴爾港？或去洛杉磯，或去巴黎，去哪兒都行，怎麼偏去巴爾港？你想想看，他若去搶大博物館或大銀行，那利潤該多豐厚。可他卻去聖多明哥，這我就不明白了。就算他掌握了飛行能力，對他來講也不容易。所以，他究竟爲什麼要去那兒？難道只是爲了分散殺人現場，好讓人不把這些個案聯繫起來看嗎？」

「是啊，」大衛說。「如果他眞想保密，他就不會這樣洋洋灑灑地幹。他在橫衝直撞，就像喝醉酒。」

「對。從一開始就給人這種感覺。處在極端亢奮的狀態中。」

「他是不是可能在空中亂飛，想到哪兒就到哪兒？」大衛問。「根本沒有規律？」

我一邊考慮這個問題，一邊慢慢讀其他報導。眞掃興，用人眼讀哪像用吸血鬼眼讀來得那麼迅速，一目十行！是的，笨拙極了，愚蠢極了。人體們被「一個重器」砸扁，毫無疑問是他的拳頭。

「他喜歡砸碎玻璃，對不對？」我說。「他喜歡驚嚇他的受害者。他肯定喜歡看他們恐懼的樣子。他不留下目擊者，他把看似值錢的一切都偷走。其實都不怎麼値錢。我眞恨死他了。不過……我自己也幹過這麼可怕的事。」

我想起我與這壞蛋的談話。我怎麼沒看穿他虛假的紳士風度和舉止！大衛當初對他的描述也出現在我的記憶裏：他的愚蠢，他的自我毀滅……還有他的笨手笨腳！我怎麼能把這忘掉呢？

「不，」我終於說，「我不信他能飛這麼遠的距離。你想像不出這種飛行能力有多可怕。比出竅的靈魂漫遊還可怕二十倍。我們都憎惡飛行。跟你這麼說吧，連風的吼聲都使你感到絕望，感到被拋棄。」

我頓住了。在夢幻裏我們就熟悉這種飛行。也許在我們出生之前，我們就在某個超越地球的天國裏熟悉了這種飛行。我們無法把它想像成地球上的事物，只有我才清楚這種孤獨的「天馬行空」曾如何沉重地傷害過我的肉體且摧殘過我的心靈。

「說下去，黎斯特。我聽著哪。我聽懂了。」

我嘆了一口氣，接著說：「我之所以學會這種技術，只是因爲我被扔在一個無所畏懼的同類的掌心裏。對她而言，飛根本算不了什麼。我們中有的吸血鬼從不使用這種技能。噢，我不相信詹姆斯能掌握飛行。他一定是用其他方法竄來竄去，然後等到獵物唾手可得時才飛一下子。」

「對，只有這樣好像才同證據相吻合。但願咱們知道——」

他突然分了神。一位老年旅館招待出現在走廊的盡頭，慢吞吞地朝我們走來，看上去很慈祥，手裏拿著個大信封。

大衛馬上從口袋裏掏出一張鈔票，捏著它準備好。

「先生，您的傳眞，剛收到。」

「啊，非常感謝。」

大衛把信封撕開。

「哈，有了。途經邁阿密的消息。一座山頂別墅，在庫拉索島上，時間很可能是昨晚天黑不久，直到今晨四點才發現。五個人死了。」

「庫拉索島！到底在哪兒？」

「這就更複雜了。庫拉索是個荷蘭人的島嶼，在加勒比海的很南端。這下眞的是毫無道理了。」

我們一起看這篇報導。從表面看，作案動機又是搶劫。賊從天窗外闖入，搗毀兩個房間。全家人都被殺害。殘忍的程度讓全島陷入極度恐慌。兩具屍體血被吸乾，其中一個是小孩。

「這魔鬼顯然不是只往南走！」

「即使在加勒比海地區，也有特別有趣的地方，」大衛說。「嘿，他忽視了整個中美洲的海岸。來，咱們找張地圖，看看上面的名堂。前廳裏有個旅行社的代理。他一定有地圖。咱們把這些都拿到你的住處去研究。」

那個旅行社代理是個禿頭老頭子，說話輕柔有禮貌，十分殷勤。他連忙從他的桌子裏摸出幾份地圖。庫拉索島嗎？對，他有一、兩本關於那地方的小冊子。就加勒比海地區的海島而言，那地方不算太有意思。

「那人們爲啥還去那兒？」我問。

「唔，人們一般都不去那兒，」他摸著自己的禿頭說。「當然坐巡遊船的人除外。近幾年這些遊船又開始在那兒停泊了。喏，拿著。」他把一張折疊的彩頁印刷品塞在我手裏，上面介紹了一艘叫「海上皇冠號」的小遊船，非常漂亮，專門在這些小島之間穿梭巡遊，在返回駐地之前的最後一站就是庫拉索島。

「遊船嗎？」我盯著這張彩頁嘟噥，隨後目光移到辦公室的牆壁上，上面貼滿各類遊船的大海報。「嘿，他在他喬治城的家裏也貼滿各種船隻的照片，」我說。「這就對了，大衛──他一定藏在一條船上！還記得你以前告訴我的吧：他父親爲一家輪船公司做事，他自己也說過想乘著一艘著名遊船去美國。」

「天啊，」大衛說。「你說得對，紐約，巴爾港……」他看著那個代理人。「那些遊船在巴爾港停嗎？」

「在埃弗格雷茲港停，」那人說。「離巴爾港很近。但沒有幾艘從紐約出發。」

「那聖多明哥呢？」我又問。「它們在那兒停嗎？」

「是的，那是個固定期停船的港口。這些船都隨時改變旅遊路線，你想坐什麼樣的船？」

大衛不加解釋，迅速在地圖上標下犯罪發生的那些地點和時間。

但接著他露出沮喪的神情。

「不對，」他說，「我覺得這不可能。哪艘遊船只用三個夜晚就能從佛羅里達繞一大圈開到庫拉索島呢？」

「嗯，只有一艘能，」那老頭兒說。「事實上，它是本星期三夜裏從紐約出發的。它就是居納爾船舶公司的旗艦『女王伊麗莎白二世號』。」

「這就對了，」我說。「『女王伊麗莎白二世號』。大衛，他跟我提過的就是這般船。你說過，他父親──」

「但我還以爲這條船是作橫越大西洋的航行呢。」他打斷我的話說。

「冬季例外，」那代理人贊同地補充。「三月到來之前它都在加勒比海活動。而且它大概是開得最快的船，在哪兒都一樣。能達到二十八節❶。在這兒，我們現在就看一下它的旅遊路線。」

他又手忙腳亂地翻起辦公桌上的一堆文件來，最後總算找出一本印刷精美的大冊子，把它打開，用右手攤平。

「沒錯，星期三從紐約出發。星期五上午在埃弗格雷茲港停泊，午夜前又出發，直奔庫拉索島，昨天早上五點到那兒。但它並沒在多明尼加共和國停靠，所以在那兒幫不了您。」

「沒關係，反正它經過了多明尼加，」大衛說。「它在第二天夜裏經過了多明尼加共和國！你看地圖。這就對了。瞧這笨蛋，他簡直就是把行程告訴了你，透過他昏頭的喋喋不休！他就躲在『女王伊麗莎白二世號』上。這條船對他父親曾是那麼重要，那老頭就是在它上面過了大半輩子。」

我們一再感謝這位代理人提供了這些地圖和小冊子，然後走出旅館前門叫計程車。

「噢，這是那傢伙一貫的作風！」計程車載著我們朝我的住宅開去。在路上大衛說：「在這瘋子眼裏，一切都具有象徵性。當年他自己就是因爲鬧出醜聞丟了臉而被從『女王伊麗莎白二世號』上開除，我對你講過這些，還記得吧？你說得對，這純粹是一種偏執；這小惡魔自己就說出了線索。」

「沒錯，一點也不錯。當年泰拉瑪斯卡不讓他乘坐『女王伊麗莎白二世號』去美國。爲此他一輩子都在記恨。」

「我討厭他！」大衛咬牙切齒小聲說；在坐計程車的情況下，他說話的激烈程度令我吃驚。

「不過大衛，他這樣做其實不傻，」我說。「而是極端聰明，明白嗎？他在喬治城向我洩露他的意圖，大談此事。我們可以把這看作是他的自毀性的表現。但我認爲他當時並不希望我看透他。說實話，要不是你給我看了其他兇殺的報導，我自己無論如何也不會想到這一層。」

「也許吧。我認爲他是想讓人抓住他。」

「不對。他在東躲西藏，躲著你我和其他吸血鬼。他很聰明呢。咱們對付的是一個兇險的魔法師，能把自己完全隱藏起來，改頭換面。你瞧，他居然躲在一條快速行進的船上，混在一個凡人的小天地中！再瞧瞧這船開的，每天夜裏航行，白天都停泊在港裏。」

「這是你的看法，」大衛說。「我卻認爲他是個白痴！而且一定會讓咱們抓住！你剛才講過你給了他一本護照，對不？」

「上面的名字是克萊倫斯・奧德博蒂。不過他不會用這個名字。」

「這很快就能弄清楚。我猜想他是以正常方式在紐約上的船。體面地登船對他很重要，爲此他會預訂最高級的客艙，並堂而皇之地登上最高層的甲板，接受船員畢恭畢敬的迎接。那些在信號甲板上的客艙都很寬敞。毫無疑問他會給自己的白天隱蔽所準備一個大皮箱。哪個客艙服務員都不會介意的。」

我們又來到我的住所，他掏出點錢付給司機後，我們登上樓梯。

一回到家，我們馬上坐下來，掏出那張彩頁旅行日程表和那些剪報，共同研究了那些兇殺的來龍去脈。

很顯然，那個惡棍是在遊船啓航前幾個小時襲擊我的紐約代理人的。他有足夠的時間趕在夜裏十一點之前登船。在巴爾港附近的那次兇殺是在遊船靠岸前數小時幹的。他顯然是靠飛行解決了那一小段距離，幹完後趕在日升以前返回他的船艙或別的什麼藏身之地。

至於在聖多明哥幹的那次兇殺，是這樣的：他先離船一個小時，然後在它南下途中返回船上。這些短程距離不算什麼，他甚至用不著超自然視力就能看見巨大的「女王伊麗莎白二世號」冒著煙駛過寬闊的海域，在庫拉索幹的兇殺也是在船啓航一會兒後幹的。他很可能滿載掠奪物，不到一個小時就趕上了那艘船。

後來輪船開始北上。它曾在委內瑞拉海岸的拉瓜伊拉靠過岸，就在兩小時以前。倘若他今晚在卡拉卡斯或鄰近地區再次作案，我們肯定就能抓住他。但是我們不打算再等待進一步的證據。

「好了，咱們計畫一下，」我說。「咱們倆敢上這艘船嗎？」

「當然，必須上去。」

「那就得弄到假護照。我們也許要在身後留下一大片混亂。大衛・泰柏特一定不能牽扯進去。我也不能使用他給我的那份護照。唷，我不知道那個護照弄到哪兒去了。也許仍在喬治城他的住宅裏吧。天曉得他為什麼在它上面使用他的原名，大概是想讓我第一次過海關就遇到麻煩吧。」

「一點不錯。在咱們離開紐奧爾良之前，我來負責辦這些文件。現在咱們趕到卡拉卡斯已經來不及了，因為那條船五點鐘就離開。只好明天在格林納達登船。在下午五點之前咱們都有機會。很可能總有客艙空出來。總有人在最後一分鐘取消計畫，有時甚至會趕上有人去世。事實上，在像『女王伊麗莎白二世號』這樣的豪華遊輪上，總是有人去世。詹姆斯肯定了解這點，所以只要他謹慎行事，他就隨時能喝船上人的血。」

「為什麼？嗯『伊麗莎白二世號』上總會死人？」

「有一些老年旅客，」大衛說。「這是遊船生活的一個現實情況。該船有一所很大的急救醫院。這樣大的遊船是一個浮動的世界。不過沒關係，我們的調查人員會把一切都搞清。我這就讓他們著手去辦。從紐奧爾良去格林納達很方便，我們有足夠時間來準備行動。」

「黎斯特，咱們制定一個詳細的計畫。假設在日升前我們遇到這個惡棍。假設我們立刻把它趕回這具凡人身體，並在此之後就任他去。這樣就需要給你找個藏身之處……一個第三客艙，用一個與咱倆毫不相干的假名預訂。」

「對，而且這個客艙要在船的中下部，在較低的一個甲板上。但不是最低，否則會太明顯。最好在中間。」

「可是你能跑那麼快嗎？你能在幾秒鐘之內就跑到下層甲板嗎？」

「沒問題。別擔心這等小事。要一個靠裏面的船艙，這很重要，而且要大得容得下一個大皮箱。唔，其實這皮箱並不關鍵，尤其是只要我事先在門上安把鎖。但找個大皮箱，這是個好主意。」

「啊，我明白了，我全明白了。我明白咱們該怎麼辦了。你就好好休息，喝你的咖啡，沖個澡，想幹什麼幹什麼。我到另一個房間去打幾個必須打的電話，我是給泰拉瑪斯卡打電話，所以你必須迴避。」

「別開玩笑了，」我說。「我想聽聽你打算怎麼辦——」

「你照我說的做。噢，對了，找個人照顧一下那條漂亮的大狗。咱們可不能帶著牠！不然太荒唐。而且這樣有個性的狗你又不能不管。」

他轉身辦他的事去了，把我關在臥室門外，他好一個人去打那些激動人心的電話。

「我剛來了興致，你就躲起來了，」我抱怨。

我趕緊去找莫約，牠正趴在又冷又濕的樓頂花園裏睡覺，好像這樣睡最正常不過了。我領著它下到一樓，找到那個老太太。在我所有的房客中，她是最好說話的一個。我掏出兩百美元請她幫我照看這條溫柔的狗。這個建議我剛一提，她就樂壞了，莫約可以使用樓後面的那個院子；她既需要錢也需要陪伴；我眞是個好小伙子；同我的表哥狄•賴柯特先生一樣漂亮；他待她一直像守護天使一樣，從不要她把她交房租的支票兌現。

我上樓回到家裏，發現大衞還在工作，並且不讓我偷聽。他讓我煮咖啡去，這我當然不會。我只好喝了舊咖啡，然後給巴黎打電話。

我的代理人接了電話。他正在準備向我作我要求的身分匯報。一切正常。那個神秘的肉體竊賊沒有發動進一步的襲擊。最近一次發生在星期五晚上，也許這傢伙已經洗手不幹了。現在，一大筆錢在紐奧爾良的銀行裏正等著我去取呢。

我反覆提醒他要注意安全，並說我不久再打電話給他。

星期五晚上。也就是說詹姆斯在「女王伊麗莎白二世號」離開美國之前進行了他最後一次襲擊。他在海上是無法進行電腦盜竊，而且他顯然無意傷害我的巴黎代理人——只要他仍然滿足於在那艘船上自在逍遙。但只要他願意，他隨時可以離船作案。

我又進入計算機系統，試圖接近萊斯坦·戈利高爾的賬戶。我用的就是這個化名把那兩千萬美元電匯到喬治城銀行的。正如我猜想的那樣，萊斯坦·戈利高爾確有其人，但他實際上一文不名。銀行存款爲零。那電匯到喬治城讓拉格朗·詹姆斯使用的兩千萬美元確已在星期五中午重新落戶在戈利高爾先生的名下，隨後立刻被從他的賬戶中提走。確保這次提款實現的交易合約已在前一天夜裏成立。到星期五下午一點鐘，這筆錢已經通過某條無蹤無影的渠道轉移。全部經過就是這樣，罩在一大堆數碼和銀行術語裏，傻瓜都能看明白。

而且，眼下肯定就有一個傻瓜正注視著這台電腦的螢幕呢。

那個壞蛋曾警告過我，他能透過電腦盜竊。他顯然已從喬治城銀行的職員那裏騙取過資訊，或用傳心術愚弄過他們天眞的心靈，以竊取所需要的數字和密碼。

無論怎樣，反正這傢伙已經把原屬於我的一大筆錢掌握在自己手中。我更仇恨他。我恨他殺了我的紐約代理人，恨他作案時的粗暴凶狠，恨他偷走了辦公室裏的一切，我恨他的卑鄙和狡猾，恨他的野蠻和膽量。

我坐著喝剩咖啡，考慮下一步怎麼辦。

詹姆斯的所作所爲雖然看似愚蠢，但我還是明白他的深層動機是什麼，從一開始我就看出他的偷盜和他內心深處的某種饑渴有聯繫。這艘「女王伊麗莎白二世號」曾是他父親的世界，而他卻因爲偷竊被捉從這個世界裏被趕出去。

是的，被趕走了，和別的吸血鬼把我趕走一樣。因此，他肯定特別渴望帶著他的新威力和新財富重返這個世界。爲此他可能經過特別周密的籌劃，從交換身體之日確定下來之後就開始籌劃。假設我把這個日期定在以後，他也會安排過幾天在另一個港口登船。事實上，他有能力在距離喬治城不遠的地方開始他的旅行，並在船啓錨之前襲擊我的紐約代理人。

我想起他當時坐在喬治城他那昏暗的小廚房裏不斷看手錶的情形。這手錶現在戴在我的手上。

大衛終於從臥室裏出來，手裏拿著筆記本。一切都安排好了。

「在『女王伊麗莎白二世號』上沒有叫克萊倫斯・奧德博蒂的人，但有個神秘的英國年輕男人叫賈森・哈密爾頓，在船從紐約啓航前兩天預訂了船上豪華的『維多利亞女王套艙』。眼下我們只好假定此人就是詹姆斯。在咱們到達格林納達之前會有更多關於他的情況。我們的調查員已經展開了工作。

「我們倆已經預定了駛出格林納達的兩個小套房，同咱們這個神秘的朋友在同一層甲板。咱倆必須在明天船在下午五點啓錨之前隨時準備登船。」

「與我們有關的第一趟航班在三個小時後起飛離開紐奧爾良。我們至少要用其中一個小時從一個先生那兒獲得兩份假護照。此人在幹這類事方面很可靠，並且現在正等著我們去。我這兒有地址。」

「太好了。我手頭有大量現金。」

「很好。我們的一個調查員將在格林納達和咱們碰頭，此人很精明，我已與他共事多年。他已經預訂第三船艙，靠船裏，五號甲板上。他將把幾件小型的先進武器偷運進船上，還有那個我們日後會用上的皮箱。」

「這些武器對那個穿著我原來的身體的人根本沒用。當然日後就能派上……」

「一點不錯，」大衛說。「在換回身體後，我需要一支槍保護自己，防備這個年輕漂亮的人體。」他指指我，接著講：「我的調查員先正式登船，然後再偷偷溜下船，把他的艙室和這些槍留給我們。我們將用新的身分履行通常的上船手續。我已經給我們起好了化名，恐怕一定得這樣做。你可別介意，你是個美國人，叫謝里頓・布萊克伍德。我是個退休的英國外科醫生，叫亞歷山大・斯托克。從事這類使命最好化裝成醫生，你會明白我的意思的。」

「很感謝你沒有用H・P・拉夫克拉夫特這個名字，」我故意誇大地嘆了口氣說。「咱們現在就出發嗎？」

「是的，我已經叫了輛計程車，走之前得準備點熱帶穿的衣服，不然看上去滑稽透頂。得把握時間了。現在你能否用你肌肉發達的手臂幫我拎一下這個手提箱？我會感謝你一輩子。」

「我很失望。」

「失望什麼？」他停下來盯著我，然後像今天早些時候那樣臉紅。「黎斯特，現在沒空幹那種事。」

「大衛，就算咱們成功了，這也可能是咱倆的最後一次機會。」

「那好，」他說，「今天晚上，在格林納達的海灘旅館裏，我們還有很多時間來討論這個問題，當然這要取決於你的星失體投影技術掌握得有多快而定。現在，拿出你青年人的活力和幹勁來，發揮創造性，先幫我提這個箱子，我已是七十四歲的老人了。」

「太好了。但在出發之前我想了解點事？」

「什麼事？」

「你爲什麼要幫助我？」

「噢，這你清楚。」

「不，我不明白。」

他冷靜地盯了我好一會兒，然後說：「我關心你！我才不管你穿著誰的肉體呢。這是事實。不過說眞的，這個可怕的肉體竊賊眞把我嚇壞了。對，把我嚇得魂不附體。」

「他是個傻瓜，總是自取滅亡。這沒錯，但這一次我認爲你是對的。他一點也不想被人抓住，雖然他以前曾被捕入過獄。他正在計畫取得長遠的成功，而且可能不久就會厭煩『女王伊麗莎白二世號』。所以我們必須行動。你來提著箱子。我把它拖上樓梯時差點死過去。

我服從了。

但他充滿感情的話使我悲傷起來，使我想像出一串我們本該在另一個房間裏的那張柔軟大床上做愛的鏡頭。要是這個肉體竊賊已經跳船了怎麼辦？要是他已在今晨被摧毀了怎麼辦？——因爲馬瑞斯注視我的目光裏充滿藐視，所以有這種可能。

「那我們就直接去里約熱內盧，」大衛邊在前面領路邊說。「正好趕上狂歡節。我們能好好度個假。」我們朝那扇鐵門走去。

「非要我活那麼長，還不如讓我死了好！」我說著領頭走下樓梯。「你的麻煩出在你已經習慣當個人，因爲你當人太久了。」

「我兩歲時就習慣了當個人。」他平淡地說。

「我才不信呢。我很有興趣地觀察幾百年兩歲的小孩。他們可不幸了，到處亂跑，摔跟斗，總是大哭大鬧。他們討厭當人！他們已經明白做人是一種骯髒的勾當。」

他暗自笑了，但沒有回答我。也不看我。

我們來到大門時，計程車已經在等候。

---

❶ knot，船隻行進一小時的海里數。

20

若不是我睏得睡了一路，這趟坐飛機旅行肯定又是一場煎熬。當我最後一覺——我夢見自己躺在葛麗卿的懷抱裏——醒來時，已經過去整整一天一夜。其間我實在睏得不行，致使大衛喚醒我在波多黎各換機時，我竟渾然不知自己在哪兒和正在做什麼。因此，當時我只能糊裏糊塗拖著這副笨重的身體，木訥地聽從大衛的命令跟著他走，也就不足爲奇。

這次換機，我們並沒有走出航空終點站。等我們終於在格林納達的那個小機場著陸，迎面撲來的加勒比海暖風和燦爛的黃昏使我感到驚喜和愜意。

整個天地似乎都變了，迎接我們的是柔和飄香裹身的微風。幸好我們在紐奧爾良逛遍了運河街的那家商場，否則那些厚重的粗呢衣褲在這裏根本穿不上。計程車在狹窄凸凹的街道上顚簸行駛，載著我們去一家海濱旅館。路上，茂密的樹林使我著迷；矮籬笆牆後面，高大的木槿正在盛開鮮艷的紅花；優美的椰樹葉遮蓋著坐落在山坡上的許多破破爛爛的小房子。但我更渴望看到的並非這昏暗令人掃興的凡間晚景，而是朝陽照耀下的神奇晨光。

毫無疑問，我在喬治城的嚴寒下所經歷的交換身體絕對是苦不堪言的事情。不過現在回想起來，我倒並不抱怨，因爲那皚皚白雪和葛麗卿溫暖舒適的小屋都很可愛。但是，只有這個加勒比海小島似乎才是眞實的世界，才是眞正適合生命的地方；可令我感嘆的是（我在這些小島上總是發出這樣的感嘆）：它是很美，很溫暖，但又這麼貧窮。

這裏，貧困到處可見——支撐在高蹺上的木房子搖搖欲墜，馬路沿邊上的窮人成群結隊，破舊的汽車「吱吱嘎嘎」地行駛，兩眼所見皆是貧窮和匱乏，使外來的人不禁感到奇怪。不過對本地人來說，他們可能已經適應這樣艱苦的生存環境。這裏的人一輩子也攢不夠足夠的美元離開這裏，哪怕只離開一天也不行。

這裏，傍晚的天空是一片發光的湛藍；地球的這一地區經常如此，比如邁阿密上空就是這樣燦爛。柔軟的白雲在發亮的大海盡頭生成同樣亮麗壯觀的美景。迷人極了，而這裏還只是風光旖旎的加勒比海地區的一小部分。我爲何還要去別的地方漫遊呢？

這旅館實際上就是座布滿塵土久無人住的小客店，灰泥的牆壁，銹跡斑斑的馬口鐵皮屋頂，同周圍無數類似的建築連成一片。這旅館只有少數幾個英國人知道，所以非常安靜。它帶著一個延伸的側翼，裏面都是老式的房間，從窗口可以俯視格蘭昂斯海灘金色的沙灘。面對破舊的冷氣機和狹小擁擠的房間（我倆必須同住一間有兩張單人床的房門），老闆連連道歉。我差點放聲大笑，他則仰望天空，彷彿在默默訴苦：自己的煩惱怎麼永無休止——老闆展示的屋頂吊扇破破爛爛，但還能送來陣陣涼風；遮擋窗戶的白色固定百葉窗也已老朽。家具都用塗上白色的柳條編成。地板上鋪著破舊的貼磚。

這一切使我感到很愜意，尤其是周圍馨香濕暖的空氣使我感到舒服，房子周圍長滿熱帶植物，其中免不了有許多參差歪斜的香蕉樹葉和爬藤。啊，那種爬藤。千萬別住在不能生長這種爬藤的地方，不然會很不舒服。這大概是條原則。

住下後我們馬上換衣服。我把一身粗呢衣褲全剝掉，換上薄棉布的短褲襯衫和一雙白色的網球鞋（全是出發前在紐奧爾良買的）。之後，我決定不對背對著我換衣服的大衛性騷擾，而是出門來到婆娑的椰子樹下，躺在沙灘上享受起來。

今夜同我熟悉的所有夜一樣，都是那麼寧靜而溫柔。我對加勒比海的熱愛，連同痛苦及甜蜜的回憶，重新回到我的心裏。但我渴望用我原來的眼睛觀賞這夜色。我渴望看穿漸濃的夜幕和籠罩周圍山坡的陰影，我嚮往開啓我那超自然的聽力，捕捉風吹熱帶叢林發出的「沙沙」歌吟，並以我吸血鬼的神速登上內陸的群山，去尋覓那些只有吸血鬼黎斯特才能去找的隱秘的山谷和瀑布。

我爲我所有的發現感到深深的悲哀。這種情緒第一次如此強烈地震撼著我，使我快然覺得凡人生命中的所有夢幻都不過是個謊言。並不是那段生命不充滿魔力；並非那次創造不是個奇蹟；也並非這個世界從根本上講不好。而是我這麼順理成章地接受了我的黑暗魔力，致使我無法意識到它所賦予我的優勢地位。過去我未能了解到我的價值。所以我現在想把它要回來。

是的，我沒計算到自己作爲吸血鬼的優勢。凡人的生命對我本來已經夠了！

我仰望冷冰冰的群星——這些如此平庸的衛士。我向那些魔界的鬼神祈禱——但它們根本不聽我說。

我想到葛麗卿。她是否已經重返熱帶雨林、去撫慰那些企盼她的病人？但願我知道她現在在哪兒。

也許她已在一所叢林醫療站裏上班，置身在那些花花綠綠的藥瓶當中，或者肩負能製造奇蹟的藥箱，跋山涉水到鄰近的村莊救死扶傷。我恍若又看見她描述她的使命時臉上露出安詳的笑容。我似乎又感到她溫暖的擁抱，她的體貼使我陶醉，她的小屋使我舒適。我似又看見她的兩隻栗色的大眼睛凝視著我，並聽到她說話時徐緩的呼吸聲。我似又看見窗外飛舞的雪花。

我又看見頭頂上墨藍色的夜空，感到溫柔似水的海風徐徐吹在我的身上。我想起了大衛，現在就和我同在這裏的大衛。

當大衛碰我的手臂時，我正在哭泣。

有一會兒，我無法看清他五官的輪廓。海灘上一團漆黑，濤聲震耳欲聾，使我好像喪失了身體功能。隨後我才意識到這肯定是大衛正站在眼前注視著我，他穿著白色的棉布襯衫和水磨藍的褲子及拖鞋，這身打扮也要作出一副紳士派頭。他正輕聲喚我回到房間裏去。

「傑克來了，」他說。「他是我們的人，從墨西哥城來。我想你該進去見見他。」

我們走進那個破爛小房間。天花板上的吊扇「吱扭吱扭」地轉著，涼風吹進窗子上的百葉。陣陣微弱的噼啪聲從椰子樹那邊傳來，我挺喜歡這種聲音，它隨著晚風此起彼伏。

傑克坐在一張又窄又陷的單人床上，他又高又瘦，穿著卡其布短褲和白色的馬球襯衫，正在抽一根難聞的棕色雪茄。他全身的皮膚黑黝黝的，長著一頭亂糟糟的淡黃色頭髮。他的姿態非常放鬆，但在這隨便的外表下，他其實十分警惕和懷疑，嘴緊閉成一條直線。

我同他握了手，他稍加掩飾地上下打量著我。一雙敏捷而狡黠的眼睛，有點像大衛，但比大衛的小。天曉得他在看什麼。

「唔，槍支彈藥不成問題，」他帶著澳洲人的口音說道。「像這樣的港口沒有金屬探測器。我大約在上午十點鐘上船，把你們的皮箱和武器放在五號甲板你們的船艙，然後在聖喬治的半人馬座咖啡館裏與你們碰頭。希望你很清楚攜帶武器登上『女王伊麗莎白二世號』意味著什麼，大衛。」

「我當然清楚這樣做很危險，」大衛狡猾地笑笑，彬彬有禮地說。「關於我們要找的那個人，你有什麼消息？」

「啊，有的。他叫賈森•哈密爾頓。六英呎高，曬黑的膚色，稍長的金髮，銳利的藍眼。這傢伙很神秘，非常英國化，彬彬有禮。關於他的眞實身分人們都在私下猜測。他給小費出手大方，白天睡覺，船靠岸時顯然不想離船。每天清晨都把小包裹交給服務生，讓他寄走，然後就悶頭在船艙裏睡一天。還沒有發現那個郵箱，不過這是遲早的事。他總得去皇室餐廳吃頓飯吧，盛傳他得了重病，但沒人知道是什麼病。表面上看他非常健康，所以他就更讓人覺得神秘。大家都這麼說：一個身材健美舉止文雅穿著氣派的傢伙。他酷愛玩賭輪盤，和女士們跳舞一跳就是幾個鐘頭。他好像特別喜歡和老太太跳舞。僅這一點就引起人們的猜疑，說他也許不是這麼有錢。花這麼多時間就在船上亂轉而已。」

「好極了。這正是我想了解的情況，」大衛說。「我們的船票呢？」

那人指指放在柳條編的梳妝枱上的一個黑色皮夾子。大衛檢查了一下內容，然後朝他點點頭表示讚賞。

「到現在『女王伊麗莎白二世號』上死了幾個人？」

「哈，這可是個有趣的問題，離開紐約後已經死了六個，多於平常。全是上了歲數的老太太，表面看全是死於心臟病。這就是你想了解的嗎？」

「當然是。」大衛說。

我心想，這就是他所謂的「小飲一口」。

「你現在檢查一下這些武器吧，」傑克說，「好掌握使用方法。」他伸手去搆地上的一個破舊的小旅行袋，就是那種用來藏先進武器的舊帆布包。裏面露出兩件貴重的武器——一把大號的「史密斯／威森」牌左輪手槍，另一把是不比我的手掌大的黑色小型自動手槍。

「好，我很熟悉這個，」大衛說著拿起那把銀色的大手槍，瞄準地板。「沒問題。」他抽出彈夾看看，又把它裝回去。「但願我用不著它。這東西聲音大得很。」

說完他把槍遞給我。

「黎斯特，感覺一下這玩意兒，」他說。「沒時間練習打靶了。我還要求是微力扳機。」

「對呀，」傑克冷冷地看著我說。「所以你要小心。」

「野蠻的小玩意兒。」我說。槍很沉。一種毀滅工具。我轉動彈膛，共有六發子彈。它發出一種怪味。

「兩支槍都是三十八毫米口徑的，」那人略帶輕蔑的口吻說。「都是威力強大的。」他給我看一個小紙板盒。「你有大量彈藥，在這條船上想幹什麼都行。」

「別擔心，傑克，」大衛堅定地說。「一切都會順利進行。謝謝你總是這樣高效率。你可以去島上痛痛快快玩一晚上。中午之前我將在半人馬座咖啡館裏見你。」

這傢伙狐疑地看我一眼，然後點點頭，收拾起兩支槍和那盒子彈，放回帆布包，再次主動向我伸出手，然後再同大衛握手，走了出去。

我等他把屋門關上後，說：

「我覺得他不喜歡我，也許責怪我把你扯進一樁骯髒的犯罪勾當。」

大衛「哼哼」笑了兩聲，說：「比這嚴重得多的場面我都見過。我要是連我的調查員對我們怎麼看都顧忌的話，那我早就退休不幹了。他提供的情況你怎麼看？」

「唔，他在靠那些老太太為生。可能還偷她們的財物。他把偷來的東西打成小包寄回家；包裹很小，不會引起懷疑。至於他怎樣處理那些偷來的大件東西，我們就很難說了。也許扔進了大海。我懷疑他有不止一處郵箱號碼。但這就不關咱們的事了。」

「正確。你去把門鎖上。現在該集中意念施展一點魔法。完了咱們去吃一頓豐盛的晚餐。我必須教會你掩蓋自己的想法。傑克可以輕易讀懂你的心思，就像我這樣。那個肉體竊賊還在距離你兩百英里的海上就能測知你的方位。」

「唔，過去我還是吸血鬼黎斯特時，我是透過意念來起作用的，」我說。「可是現在我一點也不知道如何施展傳心術。」

「和過去一樣。咱們這就練習一下，直到我讀不出來自你的任何一個意象或詞語為止。然後咱們就進行體外漫遊。」他看了看自己的手錶，這動作讓我猛然想起詹姆斯，在那小廚房裏。「把那門栓插上。我可不想讓哪個女傭人冒冒失失地闖進來。」

我照辦了。然後我坐在大衛對面的床上，看著他擺出十分放鬆但又威嚴的神態，挽起襯衫漿白挺括的袖口，露出光滑黝黑的胳膊。他的胸膊上有不少黑色的胸毛，從敞開的襯衫領口裏鬈曲著露了出來，只有一點灰毛攙雜在裏面，就像他在濃密但刮得光光的落腮鬍子裏也攙雜著花白的鬍鬚一樣。我簡直無法相信他已是位七十四歲的老人。

「哦，我抓住它，」他揚了揚眉毛說。「我總能把它完全逮住。現在你聽好我說的話。你必須把這點牢記在心，即你的思想只待在你的內心深處，你並不想把它們同別人交流，既不想用面部表情，也不想用任何手勢和動作。總之，你確實是完全封閉，『刀槍不入』。實在迫不得已，你就產生一個心靈完全封閉的意象。啊，很好，在你年輕英俊的外表後面，你的腦海裏已是一片空白。連你的眼神也幾乎不變化。好極了。現在我要試著讀你的心思。你保持住。」

四十五分鐘之後，我已輕鬆掌握了這種技巧，他讀不出我的心思。但我還是讀不出他的心思，即使他拚命向我開放他的心靈也罷。穿著這副身體，我就是無法具備他所具備的讀心能力，但我們畢竟成功做到遮掩心理活動，邁出關鍵的一步，今晚可以繼續做下一步的事。

「咱們現在準備體外遊蕩吧。」他說。

「這可太難了，」我說。「我想我脫不開這個身體。你已見到了，我就是不具備你的本領。」

「胡說。」他說完稍稍放鬆一點自己的姿勢，把兩條腿盤起坐在椅子上。但無論他做什麼，他都保持一副祖師爺的神態，擺出權威和牧師的尊嚴。一舉一動都是這樣，說起話來尤其明顯。

「躺在那張床上，閉上眼睛。聽好我說的每一句話。」

我照辦了。馬上感到有點睏。他的嗓音輕柔、徐緩，頗似催眠術大師那樣循循善誘，指示我徹底放鬆，並在心裏想像我這身體有一具意念上的複製品。

「我非得想像自己和這副身體在一起嗎？」

「不一定。和哪個身體在一起無所謂。關鍵是你——你的心靈，你的靈魂，你的自我——必須把你自己與你想像中的那個外形聯繫在一起。現在你想像這外形與你合一，接著想像你要升空並鑽出你的身體，你的靈魂要出去！」

一連半個小時，大衛不斷這樣緩緩地指導我，以他特有的架勢反覆給我講課，就像自古以來牧師神父教他們的新會眾那樣。我了解這種古老的方法。不過我也清楚凡人的極端脆弱性，清楚我自己無可奈何的局限性，知道自己既猶豫又膽小。

我們練習了大約四十五分鐘後，我終於陷入那種必不可少的微微搖晃的境界，好似昏昏欲睡。我的身體本身似乎變成這種舒服晃動的感覺，不再具有其他意義！正當我意識到這點，並剛想談及時，我突然覺得自己掙脫了什麼東西並開始上升。

我睜開雙眼，至少我認爲我睜開雙眼。我見到我正在我的身體上空懸浮；事實上，我根本看不見那具有血有肉的身體。「上升！」我大喊，於是我馬上像一個氫氣球那樣輕飄飄地一下子飛到天花板！我可以毫不費力地轉過來俯視下面的房間。

怎麼，我居然穿過吊扇的葉片！它正好處在我「身體」的中間，雖然我毫無感覺。在我下面，躺著我剛才還住在裏面的那副睡著的凡人肉身；這些天來，我一直痛苦而怪異地住在它裏面。它的雙眼閉合，嘴也閉著。

我看見大衛還盤腿坐在他的柳條椅上，右腳腳踝擱在左膝蓋上，兩手放鬆擺在兩條大腿上，同時注視著那個睡著的男人。你知不知道我已成功？他說的話我一句也聽不見。確實，我好像置身在一個與那兩個肉體全然不同的另一個空間裏。雖然我覺得自己很完整很眞實，但卻是另外一種形態。

呵，多麼可愛！這種境況十分接近我當吸血鬼時的那種自由，使我激動得差點又哭起來。我感到下面的這兩個孤零零的肉體十分可憐。我想穿過天花板升入夜空。

我慢慢上升，然後就出現在旅館的房頂上，最後我在白色的沙灘上空盤旋起來。

這就足夠了，對吧！我感到恐懼，我以前嘗試這個小把戲時就感到過這種恐懼。我豈能一直生活在這種境地裏!?我需要我的身體！於是我馬上不顧一切地下降，冷不防侵入那副身體。我醒來了，渾身刺癢，盯著我的大衛。

「我做到了。」我說。我十分吃驚地感到這些肌肉皮層還有骨骼又把我合上、裹住，並看到我的手指在我的驅使下又能活動，還感到我的腳趾頭在我的鞋裏又甦醒了。上帝，這是何等奇特的經歷！這是許許多多凡人都在尋找描述的體驗。更多凡夫俗子由於愚昧無知而不肯相信這種事能實現。

「記住掩蓋你的心理活動，」大衛突然說。「無論你多麼興奮都要如此。把你的心靈緊緊閉上！」

「是，先生。」

「現在把這一切再做一遍。」

兩小時後，午夜到了，此時我已學會了隨心所欲地脫離肉體。這種輕飄飄的感覺，這種了不起的「嗖嗖」上升正在讓我上癮！我又能輕鬆自如地穿牆破頂，並能出其不意地突然返回。在這過程中我體會到一種深深的快感，純粹而燦爛，儼如一種精神上的性快慰。

「大衛，人爲什麼不能以這種方式死？我是說：人爲什麼不能升入天空離開地球一死了之呢？」

「你見過敞開的通天之路嗎？黎斯特？」他反問。

「沒有，」我傷心地說。「我只看見這個世界。它如此清澈，如此美麗。但它畢竟只是這個世界。」

「好了，現在你得學會發起攻擊。」

「我還以爲由你來進攻就行，大衞。你來向他突襲，把他趕出我的身體，並且……」

「但萬一他在我靠近之前發現了我，並把我點燃成一團火怎麼辦？不行，你也得學會發起攻擊。」

學會這一手可就困難多了。它需要我掌握與我們剛利用並發展過的被動和放鬆正好相反的東西：主動和緊張。現在我得把全身力量都調動起來，集中作用在大衞身上，只爲達到一個目的：把他撞出他的身體，然後自己鑽進去取而代之。這是個我根本不指望見到的奇特現象。它要求我極度地集中精力，而且掌握時機非常關鍵。反覆努力的結果是，我筋疲力盡，大汗淋漓，極度緊張，頗像一個用右手寫字的人非要試著用左手寫出一筆好字那樣。

不止一次，我氣得和氣餒得想放聲大哭。但大衞要求我必須練習下去，說一定能成功。不行，喝一巡蘇格蘭威士忌也幫不了忙；不行，練成功了才能去吃飯；不行，現在不能停下來去海灘散步或下海夜游。

當我總算首次成功時，我嚇壞了。我朝大衞直衝過去，感到一股純粹精神上的強大衝擊力，其方式與我感到飛行時的自由相仿。傾刻間我就鑽進大衞的身體，並在刹那間透過大衞眼睛的朦朧目光看見了瞠目結舌的自己。

接著，我感到一陣令我膽戰心驚的暈頭轉向，並挨了無形的一擊，好像有人把一隻大手拍在我的胸膛上。我意識到這是他捲土重來並把我趕出他的身體。我又懸浮在空中，隨即鑽回我自己冷汗淋漓的身體，並由於激動和疲憊而狂笑起來。

「這才是你我需要的本領。」他說。「現在咱們可以完成使命了。來，再練一遍！必要的話咱們得練它二十遍，直到有十分把握爲止。」

在第五次成功地趕走他之後，我在他的體內待了足有三十秒鐘，盡情享受異體給我的不同感覺——四肢不那麼重，視力沒我的好，我的嗓音透過他的喉嚨發出聲音變得怪怪的。我低頭看他的雙手——細瘦，青筋暴露。我摸了摸那些長著黑毛的手背——它們現在是我的手！控制它們可眞難。怎麼，其中一隻手明顯顫抖，這是我以前從沒注意到的現象。

隨後他的反撲又來了，我又飄上天空，接著突然間回到那個二十六歲的身體。

我們反覆演習大概有十二次。這時，這位崁多布雷祭司的奴隸祭司說，現在他該眞正地抵抗一回我的進攻。

「現在，你要下定最大的決心朝我進攻。你的目的就是要收復你的身體！你得作好搏鬥的準備。」

我們倆搏鬥了一個小時。最後，我終於把他趕出去，讓他在體外待了十秒鐘。這時他才宣布，我的功夫到家了。

「關於你的細胞，他講得對。它們會認出你來。它們會接納你，並竭力留住你。任何成年人都遠比入侵者更知道如何使用他自己的身體。你當然也很清楚如何使用那些超自然威力，用得比他所能想像的要自如得多。我認爲我們能成功。我現在很有把握。」

「不過，在結束之前，」我說，「我想知道：你難道不想把我擠出這副身體然後自己鑽進去嗎？我是說，只是爲嘗嘗它的滋味？」

「不，」他平靜地說，「我不想。」

「你難道不好奇嗎？」我問。「你難道不想了解……」

看來我在折磨他的耐心。

「你看，現在咱們沒空體驗這個了。再說我也不想。我能淸淸楚楚地記得我的青年時代。記得太淸楚了。咱們在這兒沒功夫玩遊戲。現在你就衝我進攻。這才是有用的。」他看看手錶。「快三點了。我們先去吃晚飯，然後睡覺。前面還有一整天，可以了解那條船的情況，並且敲定計畫。一定要休息好，才能發揮好各項身體功能。來吧，看看能弄到什麼吃的喝的。」

我們走出屋門，沿著小路來到那間小廚房。這是個怪模怪樣、潮濕雜亂的屋子。好心的店老闆已經爲我們準備好了兩盤食物，連同一瓶白葡萄酒放在一個生了鏽、噪音很大的電冰箱裏。我們在桌子旁坐下，狼吞虎嚥地吃了米飯、山藥、醃肉，根本顧不上它們冷了。

「你還能讀透我的心思嗎？」我在喝了兩杯葡萄酒後問大衛。

「完全不行了，你已經掌握了遮掩術。」

「但我在睡著後還怎麼遮掩呢？『女王伊麗莎白二世號』現在離這裏不過一百英哩遠了。兩小時後它就要靠岸了。」

「同你醒著時的方法一樣。就是把心扉封閉，關上。因爲誰也不會完全睡著。即使昏迷的人也不會完全睡著。意志總在那兒起作用。意志在這裏起關鍵作用。」

我們坐在桌旁。我注視著他。他顯然疲乏了，但看上去並不憔悴或衰弱。他那頭濃密的黑髮使他顯得更有活力；兩隻黑色的大眼睛一如既往，目光銳利而睿智。

我很快吃完飯，把那些空盤子統統推進水池，然後連招呼也不打就出門來到海灘上。我知道他準會說現在該休息了，而我卻不想被剝奪我作爲人類站在星光下的最後一夜。

我向下走到海邊，脫去棉布衣褲，走進波濤。海水很涼，但很誘人。我伸出雙臂游起泳來。這當然不是很容易；但也不難，只要我退而求其次，承認人就是如此逐步地逆水游。我應該像人那樣，聽任海水讓笨重的身體漂浮起來，結果發現海水完全有這個能力。

我向大海深處游去很遠，然後翻身面朝上仰泳。天上仍掛滿朵朵白雲。雖然赤裸的肌膚感到很涼，但我卻享受到片刻的寧靜，還有周圍的黑暗。我一邊在漆黑、變化莫測的大海上漂浮，一邊體驗著渺小而脆弱的奇怪感覺。當我一想到就要收復我原來的身體，我就喜不自勝，並且再次承認，我的做人冒險以失敗告終。

我沒有當成我自己夢想中的英雄。我發現人的一生太辛苦了。

最後我游回淺水，然後走上海灘。我拾起衣服，抖掉身上的沙子，把衣服搭在肩上，踱回小屋。

梳妝枱上只有一盞燈在亮著。大衛坐在靠門的他的床上，身上只穿著一件白色的長睡衣，抽著一根小雪茄。我喜歡聞這菸的氣味，又香又濃。

他看上去還是像往常那樣威嚴，抱著手臂看著我從浴室裏拿來一條毛巾並擦乾頭髮和皮膚，眼裏仍舊充滿了好奇。

「我剛給倫敦打過電話，」他說。

「有什麼消息？」我用毛巾揩乾臉，然後把它扔在椅背上。我赤裸的皮膚現在乾了，晚風吹在上面很舒服。

「卡拉卡斯的山上發生了搶劫。很像在庫拉索島上發生的犯罪。一座擺滿珠寶手工藝品和繪畫的大別墅被搶。許多東西被砸爛；只有可攜帶的小東西被盜走；三個人被殺死。我們應該爲人類想像力的貧乏而感謝神——這傢伙的野心也太平庸了。我們也應慶幸制止他的時機這麼快就來了。否則不久他就會喚醒自己尙在沉睡的巨大潛力。事實進一步證明，他是個可以加以預見的傻瓜。」

「有沒有誰可以利用他的本事？」我問。「或許有幾個勇敢的天才了解它們的局限。而像我們這樣的人除了抱怨之外還能做什麼呢？」

「我也不知道，」他苦笑了一下說，然後搖搖頭把目光挪開。「等這一切都結束後，找個夜晚，你再跟我講講你對這一切的感想。你究竟爲何要鑽進這副年輕健美的身體，並且這麼仇恨這個世界。」

「我會告訴你的，但你永遠不會理解。你站在黑色玻璃窗的錯誤一端。只有死者才知道活著是多麼可怕。」

我從我的小手提箱裏拿出一件寬大的棉T恤衫，但沒穿上。我同他肩並肩坐在床上，然後低頭輕輕吻他的臉，像我在紐奧爾良吻他那樣，感受著他那刮得不太乾淨的落腮鬍子；以前我是眞正的黎斯特時，我就喜好這種事，況且再過不久，我就又會注滿那種強大的男性之血。

我向他湊得更近，他卻一把抓住我的手，把我輕輕推開。

「爲什麼不，大衛？」我問他。

他沒回答，而是抬起右手把遮住我眼睛的頭髮拂到一邊。

「我也不清楚，」他小聲說。「我不能這麼做。就是不能。」

他優雅地起身，走出門，消失在夜色中。

我又羞又惱，深感受挫，一時手足無措。過了一會兒，我也走出去，發現他孤零零地站在沙灘上，同我剛才一樣。

我來到他身後。

「請告訴我，爲什麼不行？」

「我也不知道，」他說。「我只知道我不能幹這事。我想做。相信我，我確實想做。但我不能。我的過去離我……離我太近了。」他長嘆了口氣，又沉默了。一會兒後，他才接著說：「我對過去的記憶太深刻了。我現在好像又到了印度，或里約熱內盧。對，是里約熱內盧。我好像又成了當年的那個小伙子。」

我知道這得怪我。我知道，而且現在說道歉的話也沒用。我也感覺到了別的什麼。我是個惡魔，即使我現在待在這副人體裏，大衛也能感覺到我的邪惡。他能感覺到我強烈的吸血鬼貪慾。這是種古老的罪惡，陰沉而可怕。葛麗卿並沒有感到我的貪婪。我用這個溫暖迷人的身體欺騙了她。可是當大衛觀察我時，就看出了那個他十分熟悉的金髮藍眼惡魔。

我什麼也沒說，只是遠眺大海。快把我的身體還我。讓我再當那個惡魔。帶我離開這種卑微的欲念和這種凡人的軟弱。帶我回到屬於我的陰間。我突然感到做這個試驗前，鑽進這脆弱的凡體前我經常感到的那種孤獨和痛苦。是的，讓我走出這錯誤的領域吧。讓我再次當個守夜者吧。我怎麼會這麼傻，上了那傢伙的當？

我聽見大衛在對我說話，但卻聽不清楚他說什麼。我慢慢抬起頭來，走出我的沉思，看見他已經轉過身來面對著我，接著意識到他已把手輕輕放在我的脖子上。我想說兩句氣話「把你的手拿開，別折磨我了」，但我沒說出。

「不，你不是惡魔，不是這麼回事，」他低聲道。「我才是呢，你難道不明白？是我太害怕了。你不懂這次冒險對我意味著什麼！我再次來到這大千世界的這個角落，而且和你在一起！我愛你。我瘋狂而無奈地愛著你，我愛你體內的靈魂，而它並不邪惡。它並不貪婪，而是很寬廣。它甚至比這年輕的身體都強大！只因爲它是你的靈魂，堅強，不可戰勝，超越時空，是那個眞正的黎斯特的靈魂。我不能委身給它。我不能……做那事。否則我就永遠失去了自我，就像……就像……」

他頓住了，激動得說不下去了。我一直討厭他這痛苦的腔調，這微微的顫抖破壞了他的堅定和深沉。我怎麼能饒恕自己呢？我一動不動地站著，目光越過他凝視著夜空。四周只有浪濤，拍岸的嘩嘩聲和風吹椰樹葉發出的簌簌聲。夜空多麼遼闊；黎明之前的這段時間多麼迷人、深沉而寧靜。

我看見葛麗卿的臉，聽見她的聲音。

今天早晨有一刻我還以爲我能把這一切都拋棄呢——只要能和你在一起。……我能感到這感覺十分強大，就像我以前對音樂的痴情那樣。只要你說一聲「跟我來」，哪怕是現在，我都會跟你走的……貞潔的含義就是不要愛上別

人……可是我卻能愛上你。我清楚我能的。

接著，越過這熱烈的情景，我又看見了路易斯的臉，雖然淡淡的，卻揮之不去。我還聽見了他的話音，聽見他說我很想忘掉的那些話。

大衛現在在哪兒？讓我從對往事的回憶中回到現實。我不想回憶。我抬起頭，又看見了他，見到了他熟悉的威嚴和矜持，還有不可動搖的力量。但也見到了他的痛苦。

「原諒我吧，」他耳語，聲音仍有點顫抖，雖然他竭力保持優雅的外表。「當年你喝梅格能的血時，你喝了青春之泉。眞的。你永遠不會明白它對我這個老頭意味著什麼。上帝助我，我憎惡『老』這個詞，但這畢竟是事實。我老了。」

「我懂了，」我說。「別擔心了。」我低頭又親吻了他。「我不打攪你了。走吧，咱們該休息了。我保證不打攪你。」

21

「我的天，大衛，你快看！」我剛邁出停在擁擠的碼頭上的計程車，就驚呼起來。這艘了不起的藍白兩色的豪華遊輪「女王伊麗莎白二世號」實在太大了，乃至根本無法開進這個小海港，只好拋錨停在港口外面一、兩英里外。這條船大得出奇，彷彿是從夢境裏開出來，並凝固在風平浪靜的海灣。只有它那一排排密密麻麻的小窗。才提示人們，它並非一條巨人乘坐的船。

我們這個怪模怪樣的小海島帶著它的綠色山坡和曲折的海岸，伸出手臂迎接它的到來，彷彿想把它縮攏並收回來，但沒有用。

我注視著它，激動得微微顫抖。我還從沒登上過一艘現代化的輪船。一定特別好玩。

一艘木製的小汽艇，上面塗著醒目的大字「女王伊麗莎白二世號」，並顯然也載著大船上的很小一部分遊客，在我們的注視下，朝鋼筋混凝土的碼頭開過來。

「傑克在小艇的船頭上，」大衛說。「來，咱們到咖啡館裏去。」

我倆頂著驕陽緩緩步行，穿著舒服的短袖襯衫和粗藍斜紋西裝褲，看上去像兩個遊客，穿過兩排皮膚黝黑的賣紀念品的小販，有貝殼、布娃娃、小鋼鼓等等。這小島看上去眞美。山坡上叢林密布，其間點綴著許多小房子。從碼頭出來一拐彎，在左手邊，可以遠遠地看見聖喬治鎮的一大片更結實的房屋密集在陡峭的山崖上。整個景色看上去有點義大利的韻味。牆壁都是暗紅色的、波紋馬口鐵的屋頂全部銹跡斑斑，在驕陽的照耀下看起來像是紅瓦屋頂。看來這裏是個值得深入探索的好地方，只是時機不對。

黑暗的咖啡館裏很涼爽，只有幾張顏色鮮艷的桌子和幾把直背椅子。大衛要來幾瓶冰啤酒。不久，傑克就閒逛著走進來。他穿著與昨晚一樣的卡其布短褲和白色馬球衫。他仔細挑選一個可以觀察門外動靜的座位。外面的世界好像全是波光粼粼的海水。啤酒的味道不錯，麥芽味很重。

「好了，萬事俱備，」傑克壓低聲音說。他緊繃著臉，顯得心不在焉，好像沒和我們在一起，而是獨自在沉思。他舉起棕色的啤酒瓶飲了一口，然後把一小串鑰匙順著桌面甩給大衛。「船上有一千多名旅客。誰也不會注意到埃里克・桑普森先生不會再登船。那個船艙很小，按你的要求很靠裏，緊挨走廊，在船中央，五號甲板。」

「好極了。你還弄到兩套鑰匙。這很好。」

「那箱子是打開的，裏面裝的一半東西都散放在床上。你們的手槍夾在兩本書裏，放在箱子裏。這兩本書都讓我掏空。鎖在那兒。你們應該能把那把大鎖很容易地安裝在門上，不過我不知道船員見到它以後會不會很介意。我再次祝你們運氣好。對了，你們聽說今天早上在那山上發生搶劫案嗎？看來在格林納達也鬧吸血鬼。大衛，你應該計畫待在這兒。這可是你的份內事呵。」

「今天早上嗎？」

「三點鐘。就在懸崖上。一名奧地利濶太太的大別墅。裏面的人都殺死了。一團糟。全島人都在議論紛紛。好啦，我走了。」

見到傑克走遠了，大衛才說話。

「這可糟了，黎斯特。今天凌晨三點鐘咱們正站在海灘上。哪怕他只看見咱們一眼，他就有可能不再上船。或是作好準備等太陽下山了對付咱們。」

「今天凌晨他正忙得不可開交呢。再說，就算他發現了我們，他也會放把火把我們的小屋燒了，除非他不知道怎樣下手，這我們就不清楚了。現在我們就登上那條血腥的船。我不想再等待了。瞧，天下雨了。」

我們收拾起行李，包括大衛從紐奧爾良帶來的那個笨重的大皮箱，匆匆朝那艘汽艇走去。一下子從許多地方冒出來許多虛弱的老年人——從計程車裏，從附近的涼棚和小店鋪裏。現在大雨眞的下起來了，我們費了不小勁才擠上那條搖搖晃晃的木船，並在濕漉漉的塑膠長椅上坐下。

汽艇剛一調轉船頭朝「女王伊麗莎白二世號」開去，我就感到一陣激動——乘坐這小船在溫暖的大海上行駛眞好玩。我喜歡加速的時刻。

大衛很緊張。他打開護照，第二十七次讀了上面的內容，再把它收好。今天早上吃完飯後我們再次熟悉了一遍我們的新身分，但希望永遠不要用上這些細節。

根據我們統一的口徑，斯托克醫生已經退休，正在加勒比海度假，但很關心他的一個好朋友賈森・哈密爾頓，哈密爾頓正在包租船上的「維多利亞女王套間」進行旅遊。他渴望見到哈密爾頓先生，並要把這情況告訴信號台甲板上的客艙服務生，但同時又提醒他們不要讓哈密爾頓先生知道斯托克醫生關心他的健康。

我只是個他昨天晚上在旅店裏剛認識的朋友。由於要同乘「女王伊麗莎白二世號」旅行而成爲熟人。此外我們再無別的瓜葛；這是考慮到交換實現後詹姆斯將回到這副身體裏，而大衛有可能因控制不住自己而臭罵他一頓。

我們還設想更多的情況，包括發生口角和騷動時我們受到盤問時如何回答等。但總地來說，我們認爲我們的計劃還不致於捅出這樣的亂子。

汽艇總算開到船邊，停靠在巨大的藍色船殼正中間的一個寬濶的開口處。從我這個角度看，這眞是一艘氣勢磅礡的巨輪！壯麗得讓我喘不過氣來。

我幾乎沒留意我們是怎樣把票遞給等在艙口的船員並登上船的。行李將有專人替我們照顧。有船員大致告訴我們去信號台甲板該怎麼走。接著我們就穿過了一條長長的天花板很低的走廊，兩旁是一個艙門緊挨著另一個艙門。不出幾分鐘，我們就迷失了方向。

我們走下去，突然來到了一大塊空地，有一片凹陷的地板和各種娛樂設施，其中有一架白色的大三角鋼琴，支在它的三條腿上，彷彿準備好要開音樂會。而這一切竟都在四周天窗的船的肚子裏！

「這裏是船中休息廳，」大衛指著牆上一個大鏡框裏的彩色遊船平面圖說。「現在我知道我們在那兒了。跟我來。」

「這一切眞荒唐。」我環視四周，見到處是色彩斑斕的地毯和鍍鉻及塑膠的物品。「人造與合成的意味太濃，醜陋不堪。」

「噓——英國人爲這條船深感自豪，你這樣說話要得罪人的。他們不敢再用木頭了——得防火。」他在一個電梯口停下，按下按鈕。「坐電梯能上到救生艇甲板。那人不是說過。咱們在那兒才能找到皇室餐廳休息室嗎？」

「我也不知道，」我回答。我像個傻瓜似地挪進電梯。「簡直無法想像！」

「黎斯特，這樣的巨輪，從本世紀初就開始出現了。你一直生活在過去。」

救生艇甲板也向我們展現了一連串的奇觀。這條船居然容得下一個大劇院，還有整整一個樓面的小店鋪，都很雅觀。在這層商店下面有一個舞池，帶著一個小奏樂台，還有一個寬濶的休息廳，內有許多小小的雞尾酒餐桌和方方的皮椅子。坐上去很舒服。由於船進港，這些商店都關門了，但透過間隔通風的鐵格柵，你可以很容易看見裏面賣的貨物，有昂貴的服裝，精美的珠寶首飾，瓷器，黑色的小禮服和與之成套的前胸上漿的白襯衫；還有各式各樣精美的禮品貝殼，在那些淺水小海灣周圍的售貨攤上也能買到。

船上到處都有旅客在閒逛，大多數是老年人，穿著輕薄的夏裝。許多人聚集在樓下的那間安靜而陽光明亮的休息廳。

「跟我去那排客艙，」大衛拉拉我說。

我們朝一排頂層套房走去。這些套房好像和大船體隔開。我們只好先鑽進皇宮餐廳休息室。這實際上是個細長而舒適的酒吧，只有住在頂層甲板上的旅客才能享用。在那兒，我們找到一個很隱蔽的電梯，能帶我們去那些豪華套房。這個酒吧的窗戶很大，透過它們能眺望浩淼的大海和明澈的藍天。

這裏就是這艘橫渡大西洋的豪華遊輪的頭等艙的享樂天地。但是在加勒比海裏，它沒有這種特殊規定。不過，這間餐廳休息室還是與這艘「海上漂浮小世界」的其餘部分隔離開來。

我們總算來到船的最高一層甲板，然後鑽進一條比下面的過道更華麗的走廊，裏面的塑膠燈都是精雕細琢的藝術品，艙門全都鑲著一層美麗的貼面裝飾。整個空間也更加明亮，使人感到愜意。一名六十多歲笑容可掬的客艙服務生從一個掛著窗簾的小廚房裏鑽出來，引導我們來到靠近走廊盡頭的套房。

「請問，維多利亞女王套房，在哪兒？」大衛問。

服務生馬上用類似的英國口音作了回答:，它就在兩個客艙過去的地方。他指了指那個艙門。

我看著它，感到脖子上的汗毛都豎起來。我很清楚，那個魔鬼就在裏頭。他怎麼沒找到更隱蔽更難找的藏身之處！用不著誰告訴我，我就知道。我們會在那套房裏靠牆的地方發現一個大箱子。我好像覺得大衛正在全力向那老頭施展他的功力，解釋說自己是個醫生，想盡早看到老朋友賈森・哈密爾頓，但又不想驚動哈密爾頓先生。

那服務生笑嘻嘻地說，這當然不行，因爲自己主動保證過，讓哈密爾頓先生好好睡一整天。是的，他現在正在裏面睡覺。您瞧，門柄手上掛著「請勿打擾」的牌子。二位跟我來，您們不是要在房間裏安頓下來嗎？您們的行李這就到。

我們住的客艙讓我吃驚。在門打開後，我住進我自己的客艙之前，我看見兩個客艙竟是相通的。

我又看到了許多合成材料，看上去塑膠製品太多，完全沒有木材的那種溫暖的感覺。不過房間倒還寬敞，而且豪華，兩個房間之間有一個大門可以打開，打開後就是一個大套房。那扇門現在是關上的。

兩個房間的擺設基本相同，只是基本色調有點差異，看上去很像流線型的旅館房間，有低矮的大號床，鋪蓋著柔軟的蠟藍色床罩。幾張窄窄的梳妝台與鑲嵌著鏡子的牆壁連接在一起。屋裏有一台大螢幕彩色電視機，有一台半隱蔽的冰箱，甚至還圍出一塊小客廳，內有淡色的小型長沙發、咖啡桌和轉椅，格調很高雅。

可是眞正讓我吃驚的還是陽台。一面玻璃牆壁上有幾扇滑門，打開後就是幾個私人小門廊，上有頂棚，寬敞得足夠容納一張桌子和幾把椅子。走出後憑欄眺望葱綠的小島和波光粼粼的海灣極其愜意。當然，維多利亞女王套房也有陽台。透過它屋裏定是陽光燦爛！

這使我不禁想起十九世紀我們那個時代的老船，窗孔都很小，想起來眞可笑。雖然我很不喜歡這些裝飾的淡色、毫無生氣的色彩，而且表面材料完全沒有古雅的韻味，但我還是開始理解了詹姆斯爲什麼如此迷戀這特殊小天地的原因。

與此同時，我能淸楚聽到大衞正與那客艙服務生交涉，兩人輕快跳躍的英國口音隨著你來我往而愈加尖銳，速度快得使我無法聽明白他們交談的全部內容。

好像全都和那位可憐的生病的哈密爾頓先生有關：斯托克醫生很想溜進去看一眼熟睡中的哈密爾頓先生，但那服務生很擔心自己因此而失職。事實上，斯托克先生很想拿到並保留一把那個套房的鑰匙，好隨時密切觀察他的病人的病情，以防出現不測……

我一邊從我的皮箱裏往外拿東西，一邊意識到，這場彬彬有禮的小爭執正在逐漸演變成一場賄賂。最後，大衞用十分親切、體貼的語氣說，他很理解對方的難處，所以願意自己掏錢在船一靠岸後就請好心的對方好好吃一頓。

假如事情眞辦糟了，哈密爾頓先生受到了打擾，也由他大衞承擔全部責任。他就說鑰匙是他從小廚房裏拿的，與那服務生毫無關係。

看來這場「戰爭」打贏了。大衞確實發揮了他催眠術一般的勸說能力。當然，他彬彬有禮但十分肯定地說的關於哈密爾頓先生病得很重的話，關於斯托克醫生是由他家裏專門派來照顧他的話，以及他無論如何也要檢查一下病人皮膚的話，全是胡謅。是的，是皮膚。無疑，那服務生以爲對方指的是一種有生命危險的病。最後他坦白說，別的服務生全都吃午飯去了，現在只有他一個人在信號燈甲板上。好吧，如果斯托克醫生堅持己見，並有絕對把握，那我就睜隻眼閉隻眼吧。……

「我的老伙伴，由我來負責吧。諾，拿著這個——給你添了那麼多麻煩。上岸後咱們去一家好餐廳吃頓晚飯。別，別，你別客氣。把這事交給我好了。」

幾分鐘後，這條明亮的狹長走廊就無人看管了。大衞勝利地微笑了一下，召喚我出來跟他一塊兒走。他舉起打開維多利亞女王套房的鑰匙讓我看。我倆穿過走廊，他把鑰匙插進那個套房的鎖孔。

裏面好大，分成高低兩間，中間由四、五級鋪著地毯的台階連接。床擺在較低的屋裏，上面相當凌亂，幾個枕頭塞在被單裏，看起來好像裏面有一個人正在蒙頭大睡。

較高的那個屋裏有客廳和通向陽台的兩扇玻璃門。上面掛著拉開的厚窗簾，幾乎把陽光完全擋住。我們溜進這個套房，擰亮頭頂上的燈，再把門關上。

幾個枕頭堆在床上，完全能給任何從走廊向裏窺視的人造成有人睡覺的錯覺。但走近一看就眞相大白，簡直不算作手腳，只是個亂糟糟的床鋪。

那麼，這個惡魔在哪兒呢？那個箱子在哪兒呢？

「啊，在那兒，」我小聲說。「在床那頭。」我剛才把它錯當成一張桌子，因爲它上面鋪了一塊大飾布，從頭鋪到腳。現在我才看清它是個又大又黑的金屬貯藏箱，邊上鑲著黃銅，很亮，大得足夠盛得下一個曲膝側臥的男人。一塊厚厚的裝飾布幔用一點膠正好黏在箱蓋上。在上個世紀，我自己也經常使用這一招睡覺。

其他東西都很整潔，只有衣櫃裏塞滿高級服裝。我迅速搜查了一下梳妝台的抽屜，沒發現裏頭有任何重要文件。顯然這傢伙隨身携帶要求的幾份證件，而他本人現在就藏在那個大櫃子裏。我們也沒有找出任何金銀首飾，但發現一疊貼著郵票的信封，是這傢伙用來脫手偷來的財寶的，又厚又大。

「有五個信箱號碼。」我邊檢查這些信封邊說。大衛把這些號碼全都記在他的皮革面小筆記本裏，然後把它塞回衣袋，並打量著這個大箱子。

我小聲提醒他要當心。這魔鬼即使睡著了也能感覺到危險，先別碰那道鎖。

大衛點點頭。他輕聲在箱子邊跪下，並把耳朵湊近箱蓋偷聽，然後迅速抬起頭來盯著它，臉上露出嚴厲而興奮的表情。

「他就在裏面。」他說，兩眼仍盯著大箱子。

「你聽見什麼了?」

「他的心跳。你過來聽聽。是你的心臟在跳。」

「我想見到他，」我說。「你站到一邊去，別擋路。」

「你別蠻幹。」他說。

「哼，我要蠻幹。再說我得試試這把鎖有多結實。」我湊近大箱子，馬上見到那把鎖根本就沒有鎖上。他要不就是不會用心靈驅動的方法把它鎖上，要不就是根本不鎖。於是我站到一邊，向下伸出右手，猛地把那包著黃銅鑲邊的箱蓋拉起來，然後把它「砰」地甩靠在牆上。

箱子打開了，我馬上看到一大團柔軟的黑布，縐巴巴的，完全遮住了底下的東西，黑布下面毫無動靜。沒有一隻強勁的白手突然伸出來扼住我的喉嚨！

我盡量向後站，伸出一隻手，抓住那塊黑綢布，猛地拖開。我的凡人心臟「怦怦」狂跳。由於距離箱子太遠，使勁太猛，我差點失去平衡。但我看到那具身體，躺在箱子裏，像我想像的那樣向上蜷曲著雙膝，雙臂摟住膝蓋，一動不動。

的確，那張被太陽曬黑的臉一動不動，像一具人體模型。雙眼閉合。它那熟悉的側面與鋪在它下面的那塊喪葬似的白色絲綢形成色調上的鮮明對比。這是我的側面。我的雙眼，只見我的身體穿著正式的黑色禮服——是那種吸血鬼的黑色，配以漿白挺括的襯衫假前胸，脖子上繫著閃亮的黑領。這頭髮也是我的，蓬鬆、濃密，在昏暗的光線裏閃著金光。

這分明就是我的身體！

我穿著這副凡人的身體，站在那兒微微顫抖，哆嗦的手裏攥著那塊鬆鬆的黑綢，像一條鬥牛士的披肩。

「趕快！」大衛小聲催促。

他的話剛說出口。我便看見箱子內的那條彎曲的手臂開始活動。手肘也開始繃緊。摟住曲膝的手也在慢慢鬆開。我馬上把綢布扔回到那個身體上面，看著它落成原來不規則的樣子，蓋住那個身體。接著我用左手的手指迅速一揮，把靠著牆的箱蓋「砰」地一聲又蓋回大箱子上。

謝天謝地，罩在箱子外面的那塊花稍的裝飾布沒有夾在箱蓋裏面，而是落回原位，又遮住了那個仍沒鎖上的鎖頭。我後退幾步，遠離大箱子，驚恐不已，同時感到大衛的手堅定地拍在我的手臂上，讓我鎮靜。

我們倆站在原地，沉默良久，直至確信，那具具有超凡威力的身體又睡著了為止。

最後，我總算鎮定下來，又環顧了一下四周。我仍在顫抖，但也強烈期待著下一步的行動。即使敷著厚厚的合成材料，這些房間用任何標準來評斷也都是豪華的。它們代表著只有極少數人才能享用的奢侈和特權。這傢伙住在裏面不知有多得意呢。瞧瞧他穿的這些晚禮服有多高級。有黑色天鵝絨的小禮服以及普通樣式的男子餐服，甚至還有一件晚禮服斗篷。他對這些玩意兒居然也著迷。在衣櫥的地板上還擺著許多磨亮的皮鞋。吧台上明擺著一排排昂貴的名酒。

他在小飲時是否也引誘那些女人來此共飲？

我又觀察那面大玻璃牆；由於光線透過窗簾頂部和底部的縫隙照射進來，所以它的輪廓很清晰。現在我才意識到，這間屋子是朝東南方向的。

大衛捏捏我的手。現在走不是很安全嗎？

我們馬上離開信號燈甲板，沒有再撞上那個服務生。大衛把那把鑰匙塞進自己的內衣口袋。

我們下到五號甲板，它是客艙甲板中的最末一個（還好，它不是全船中的最低一等）。我們在那兒找到了「埃里克・桑普森先生」——其實沒有此人——住的那小間靠船裏的特別房艙。這裏還有另一個箱子在等著我去占領呢：它要容納樓上的那個即將回歸我的身體。

這是間沒有窗子的漂亮艙室。它當然有一把常規的門鎖。可是傑克按照我們的要求帶上船的另外幾把鎖是幹什麼用的呢？

它們太笨重，不符合我們的要求。不過我看得出，只要我把那大箱子推過去頂住艙門，它就打不開了。這樣就能防止討厭的船員、服務生闖入，或阻止詹姆斯可能在交換身體後到處亂竄時闖入。他不可能推得動被大箱子頂住的艙門。眞的，假如我把箱子頂在艙門和固定在艙門內牆壁上的床鋪之間，那就任何人也不能推開艙門了。太棒了。這樣這部分的問題就解決了。

接下來要找好從維多利亞女王套房下到這層甲板的最佳路線。由於船裏到處貼著這條船的平面圖，這也一點不難。

我很快就發覺A樓梯是最佳內部路線。它大概是從我們下面的那層甲板一口氣直接下到五甲板的唯一的樓梯。我們剛一到達這段樓梯腳，我就看出，對我而言，從這段樓梯的頂上穿過盤旋上升的樓梯井直落在我站的這個地方毫不困難。現在我得順著它上到運動甲板上去，看看如何從上面我們住的甲板下到這層甲板上。

「啊，我親愛的年輕人，你能爬樓梯，」大衛說。「我只能坐電梯爬上這八段樓梯。」

等到我們再次在明亮安靜的皇家餐廳休息室裏碰頭時，我已經把每一步驟都籌畫好。我們要了兩杯杜松子酒——我覺得它的口感不錯——邊喝邊把整個計畫的每個細節都最後順了一遍。

我們將藏起來，等待夜的來臨，直到詹姆斯決定回來在白天睡覺爲止。如果他回來得早，我們就等到那個關鍵時刻的到來，然後溜進他的房間，打開他的箱蓋解決問題。

在我倆嘗試把他的靈魂趕出那副軀體時，大衛將用那把「史密斯／威森」牌手槍指著他的腦袋，我則趁機鑽進我原來的身體。掌握時機至關重要。他會感到陽光到來的危險，並清楚自己不可能再在吸血鬼身體裏待下去；但一定不能讓他有機會傷害我們中的任何一個。

假如第一次攻擊失敗，並隨之引發爭執，我們就向他直言相告他的處境很危險。如果他想毀滅我們倆，我們一定會呼救或嚎叫，馬上就能把船員喊來幫助我們。而任何一具死屍都會留在詹姆斯的房間裏。上午十一點鐘詹姆斯又能去哪兒呢？由於太陽正在上升，他很可能不清楚自己能保持清醒多久。我敢保證，他從沒把自己的能力推向過極限，不像我以前那樣，經常向自己的極限挑戰。

可以肯定的是，趁著他糊裏糊塗時，第二次的進攻總會成功。然後，趁著大衛用那支大左輪手槍指著詹姆斯的凡人身體，我就施展我的超自然神速衝下信號燈甲板的走廊，順著那段內部樓梯跑到下面一層甲板，然後從甲板這頭衝到甲板那頭，途中跑出一條狹窄的走廊，再跑進皇室大餐廳後面的那段較寬的走廊，在那裏我會跑到A樓梯的樓梯口，然後縱身跳下樓梯井，直落八層樓掉在五甲板上，然後再衝進一段走廊，跑進那個船內小艙，把艙門鎖上。然後我將把那大箱子推進鋪位和艙門之間的地方，頂住艙門。完了，我就鑽進大箱子，把箱蓋順手帶上。

即使我在途中遇上幾個懶洋洋的凡人旅客，我也能用不了幾秒鐘時間就完事。即使在這幾秒鐘之內，我由於在船內部也會很安全，陽光完全照不到我。

詹姆斯由於又回到他的凡體肯定會大發雷霆，但他卻完全沒有我去哪兒了的線索。就算他制服了大衛，他也休想找到我藏身的小艙；除非費盡九牛二虎之力到處尋找，但他偏偏又沒這個本事。而且大衛也會趁機喊人來抓住他，控告他犯下種種罪行。

再說大衛也不會輕易被他制服。他會一直用那支威力強大的手槍指著詹姆斯，直到船在巴巴多斯靠岸爲止。到那時他會「護送」詹姆斯走下艙船，並邀請他上岸。然後大衛會留意時間，以確保詹姆斯不會再回到船上。等太陽下山後，我就走出那個箱子與大衛碰頭，我倆將享受著迷人的夜景，航行到下一個港口。

大衛仰面坐進那張淡綠色的扶手椅，啜著喝剩下的杜松子酒，顯然在盤算這個計畫。

「你當然明白我不能處死這個混蛋，」他說。「有槍沒槍都不能。」

「唔，有一點可以肯定：你不能在船上幹，」我說。「槍聲會讓人聽見。」

「他要是明白這點怎麼辦？他要是奪槍怎麼辦？」

「那他也不能擺脫困境。他當然不會傻到蠻幹的程度。」

「迫不得已時我會斃了他。他用他那點讀心本領能明白我的打算。我被逼急了照樣開槍。然後我就隨意指控他。說他想搶你的豪華客艙；他闖進來時我正在等你什麼的。」

「假設咱們早在日出前就完成交換，我就能把他扔進大海。」

「不妥。船上到處是船員和遊客。肯定有人會看見，會大喊，有人落海，造成不必要的麻煩。」

「我當然想砸爛他的腦袋。」

「那我就得把屍體藏起來。這樣不妥。還是設想這惡棍明白他運氣好、高高興興上岸去就算了。我不想……我不想非得……不可。」

「我懂，我懂。但你把他塞進那個箱子不就完了嗎？沒人會找到他的。」

「黎斯特，我不想嚇唬你，但我確實有充分理由證明我們不能把他殺了！他本人已經親口告訴過你這些理由。你難道忘了？你威脅那個身體，他就會從中脫出，並實施另一次攻擊。事實上，我們將不給他選擇的餘地，而把他逼急。我們將在最不合時宜的時間和地點把這場戰爭無休止地打下去，因爲我們將與他的遊魂搏鬥。他不是不可能跟踪你來到五甲板，並且設法再次鑽進你的身體。他若是沒有藏身之地躲避白天，這樣做當然很愚蠢。但他搞不好另有個棲身之地也不一定。好好想想吧。」

「你也許說得有道理。」

「而且我們又不清楚他的精神念波到底有多大，」他接著說。「而且一定要記住，偷身和霸占正是他的特長！不行。別想把他淹死或砸爛。還是讓他鑽回那個凡人身體好了。我會一直用槍指著他，直到你有足夠時間完全從現場消失爲止。接著我就和他談判他的前途問題。」

「我明白你的意思了。」

「倘若不得已我非得開槍，那我也不會含糊。那樣的話，我就把他塞進大箱子，同時但願沒人聽見槍聲。誰知道呢？這種可能性也有。」

「天哪，我丟下你單獨對付這個怪物，明白嗎？大衛，咱倆何不等太陽一下山就動手呢？」

「不行。絕對不行。那樣就會引起一場大戰！他能把守住你的身體逃跑，而把我們留在這艘船上，我們只好在海上待整整一夜，束手無策。黎斯特，這些我都考慮過。每一步計畫都很關鍵，我們得在他最弱的時候——也就是天破曉前——攻擊他；這時船正好要靠岸，好讓他回到自己的凡人體後能慶幸自己正好可以脫身——天也亮了，船也靠岸了，我也給了他出路。皆大歡喜。現在你得相信我能對付得了這傢伙。你不了解我有多藐視這個惡魔！否則你就不會這麼擔心了。」

「我見到他一定要宰了他。」

「所以他更想上岸逃之夭夭。他會抱頭鼠竄，我會建議他快跑。」

「就像打大獵物。我很喜歡這樣。我會繼續找他，哪怕他躲進另一個身體，把他當獵物追打一定有意思。」

大衛沉默好一會兒。

「黎斯特，當然還有一種可能性……」

「什麼？我不明白。」

他避開我的目光，好像在找適當的辭彙表達。然後他直視著我說：「你知道，咱們能摧毀那東西。」

「大衛，你難道瘋了……？」

「黎斯特，咱們兩人能辦到。有辦法的。在日落前，咱倆能摧毀那個惡魔，這樣你就能……」

「別說了！」我生氣了。但當我看到他一臉的苦笑，和凡人的那種困惑和擔心的表情時，我嘆了口氣，朝後面仰坐，把口氣放緩和說：「大衛，我可是吸血鬼黎斯特。那是我的身體。咱倆要把它弄回來給我。」

好一陣他不回答，然後他才使勁點了點頭，放低聲音說：「你說得對。」

我倆相對無言，我再次默念這個計畫的每一個步驟。

當我再抬頭看他時，他好像也在想這個計畫，神情十分專注。

「我想計畫會順利實施，」他說。「尤其是我想起了你形容他穿著別人身體時的怪樣——笨手笨腳，怎麼都不舒服。當然，咱們也得記住他是怎樣一種人，比如說他的實際年齡、他的慣用技倆。唔，他不會奪我的槍。我想一切都會按計畫順利進行。」

「我也這樣想。」

「萬事俱備，」他補充說，「只等動手！」

22

在隨後的兩個小時裏，我們進一步探索了這條遊船。我們迫切需要在夜間藏在船上，以免詹姆斯出來到各個甲板活動時發現我們。爲此，我們要熟悉這條船，再說我自己對它也特別好奇。

我們蹓躂著走出安靜狹窄的皇室餐廳休息室，回到船的主體，經過一排排艙門，來到那層布滿花俏商店的圓形樓板，然後順著一個環形大樓梯下來，通過主休息廳，橫穿一大片裝飾華麗的舞池，再來到其他幾個黑暗的酒吧和小休息廳，它們全都舖著絢麗的大地毯，裏面響著歡快的電子樂。然後，我們又經過一個室內游泳池，池邊有幾百人坐在大圓桌旁吃午餐。我們走出去，又來到另一個露天游泳池，這兒有無數遊客躺在海灘椅上曬太陽，或打盹兒，或看報、讀平裝本小說。

最後，我們來到一個小圖書館，裏面坐滿安靜的讀者。旁邊還有一個沒開燈的賭場，船離港後才營業。這裏有一排排暗色的「吃角子老虎」（一種投硬幣的賭具），還有許多供玩二十一點牌戲和賭輪盤的桌子。

在一個地方，我們還看一眼那個黑暗的劇場，發現裏面大極了，但只有幾名觀衆正在看在超大銀幕上放映的電影。

接下來又是幾處休息廳，有的有窗戶，有的全黑。還有一個漂亮的餐廳，供中產階級的遊客用餐，要上一段彎曲的樓梯才能到達，此外，還有第三個餐廳，也很華麗，供住在最低等客艙的遊客就餐。我們接著往下走，路過我那隱蔽的小艙室。在這兒，我們發現兩處礦泉浴池，內有各種健身器材，還有用來美容按摩等的小隔間。

我們還找到一所小醫院，護士都穿著白制服，一間間小病房裏燈火通明。在另一個地方，有一個沒窗戶的大房間，裏面全是電腦，有幾個人正在安靜地工作。還有美容沙龍，以及一個類似的男士健身房。我們還見到有個旅遊代辦處。還有個地方有個銀行。

我們總在很難望到盡頭的狹長走廊裏走。單調的米黃色牆壁和天花板永遠壓迫著我們。討厭的地毯一條接著一條。現代圖案的花稍地毯在幾乎所有走廊裏都是那樣不協調、刺眼、俗不可耐，使我直想哈哈大笑。我數不清到底有多少段包著軟墊的樓梯和台階。那些電梯也讓我分不清哪架是哪架。到處所見都是有號碼的艙門。那些有鏡框的照片也難以區分東西南北。我只好不斷察看平面圖，以確定我的位置及我要去哪兒，或躲開那條我已原地繞了四、五圈的環形通道。

大衛卻覺得這樣特別好玩，尤其見到別的旅客也是丈二金剛摸不著頭腦。我們至少有六次幫助那些老頭老太太尋找去某個地點的路。然後我們自己也跟著迷路。

最後，我們總算奇蹟般地找到路，回到狹長的皇家餐廳休息室以及我們自己的套房。現在離太陽下山只有一個小時，船上巨大的發動機已經開始轟鳴。

我馬上換好晚上穿的服裝——白色的高領絨衣和淺色的綢條紋薄套裝——，然後來到陽台觀賞濃烟從頭頂上的大烟囪裏噴出。整條巨輪隨著發動機的啓動而顫抖，籠罩遠方群山的加勒比海的柔和陽光漸漸暗淡下來。

一陣翻腸攪肚的恐懼感攫住我的心，彷彿我的五臟六腑也隨著機器的震動而顫抖。但實際上並非如此。我只是在想，我再也見不到這美麗輝煌的自然光線。從現在起我只能再見到片刻黃昏的陽光。換回身體後，我再也見不到血紅的夕陽映在泱泱水波上的壯景，再也見不到金輝映照在遠方的窗櫺、滾滾白雲之上，碧空霞光萬丈的奇景。

我想依偎在這一時刻永不離去，細品每一分鐘光影的微妙變化。但我又沒這麼做。幾個世紀以前，我並沒有做過向白天永訣這樣的事情。即使隨著太陽在改變我命運的最後一天落下，我也從沒想過我再也不能見到它——直至這一次爲止。這樣的事我以前從沒想過啊！

我當然應該站在這裏，感覺它的最後一絲溫暖，享受這陽光普照的寶貴的最後一刻。

不過話說回來，我並非眞想這麼做；我其實才不在乎呢。我曾在遠比這更寶貴更奇異的時刻見過燦爛的陽光。已是過去的事了，對不？不久我就又會成爲吸血鬼黎斯特。

我慢慢退回客艙，站在一面大鏡子前端詳自己。哦，今夜將是我有生以來最漫長的一夜，甚至比我在喬治城捱過的那些寒冷患病的一夜都漫長，要是失敗了怎麼辦⁉

大衛正站在走廊裏等我，邊等邊欣賞自己穿著白色亞麻布套裝的樣子。他說我們必須在太陽沉下水面之前離開此地。我卻不以爲然；我覺得那愚蠢的懶蛋不會像我這樣從大箱子裏跳出來撲向燃燒的晚霞。相反，他很可能會害怕地再在漆黑的箱子裏躲一會兒才露面。

然後他會幹什麼呢？拉開面對陽台的厚窗簾，施展飛行術離船，去遙遠的海岸搶劫某個注定倒楣的家庭嗎？不過他已經搶過格林納達。也許他想休息罷。

我們不可能知道。

我們又溜到皇家餐廳休息室，然後出去登上了風很大的頂層甲板。許多遊客都出來觀看船駛離港口。船員全都作好準備。從大烟囪裏噴出濃濃的灰烟，鑽進漸漸消失的晚霞。

我把雙臂支撐在扶欄上，探頭張望遠方曲折的海岸線。變幻無窮的波濤捕捉著光的變化，形成無數暗影和層層千差萬別的色點。不過，等到明天晚上來臨，這景像在我眼裏就會更加變幻和朦朧！但眼下我在觀賞它時，卻沒有想未來的事。我完全沉醉在大海的波瀾壯濶和天空變化無窮、火一般燃燒的粉紅色晚霞，心曠神怡。

我周圍的凡人好像全都被這美景征服，很少有人說話。人們都聚集在風大的船首向這一時刻致敬。這裏的晚風柔和而略帶香味。桔紅色的夕陽像地平線上一隻正在窺視的巨眼，突然一下子就從視線裏消失了。水天交界處爆起一大片桔黃色的光暈，映紅了一座飄移的雲峰的下沿，一束霞光直衝無垠的碧空。透過這壯麗的彩幕，第一批星星朦朧地眨開眼睛。

海水變黑了，浪濤猛拍身下的船殼。我意識到這條大船正在移動。突然它發出一聲深沉而顫動的長鳴，使我內心既恐懼又激動。船開得既緩慢又平穩，使我能將目光一直盯在遠方的海岸上，像在目測距離。我們正在轉向西方，朝著漸熄的霞光駛去。

我看見大衛的眼裏閃著火光。他用右手握著欄杆，凝視遠方的地平線，凝視升起的雲層和雲那邊暗紅色的天空。我想對他說點什麼，說點美好、眞實的話，以表明我對這壯景深深的眷戀。我的心好像突然要碎了。我朝他慢慢轉過身來，把左手放在他握住欄杆的右手上。

「我明白了，」他小聲說。「相信我，我明白你的心意。但你現在必須理智。把情感深深埋在心裏吧。」哦，對了，快把心思遮掩起來。和這數百名遊客混在一起，閉嘴，保持沉默，好像獨自一人。就這樣，我作爲人類的最後一天結束了。

輪船高亢顫抖的汽笛聲再次響起。

這條船差不多調好頭了，正朝著大洋出發。天迅速黑了，現在該下到較低的甲板上去了，在某個熱鬧的休息室裏找個不引人注目的角落待著。

我最後望一眼天空，意識到現在已經沒有光線了，船外漆黑一片，我的心也涼下來了。一陣涼風吹過來。但我不能留戀失去這光明。我不能。我這顆魔鬼的心靈只要求收回我的身體，恢復我吸血鬼的威力。可是人間卻好像希冀更美好的事物，所以我同時也想爲我斷然放棄的東西而哭泣。

但我不能。我覺得傷心。這次冒險做人的失敗像一塊大石頭壓在我的心頭。我一動不動地站在欄杆邊，沉默，感受著加勒比海溫暖輕柔的晚風。

我感到大衛的手在輕輕拉我的胳膊。

「好，咱們進去吧。」我說完把後背轉向加勒比海溫暖的夜空。夜幕已降臨，我的心思又轉向了詹姆斯；我又只惦記著他了。

哦，我多想看一眼那傢伙是怎樣從他那豪華隱蔽所裏鑽出來的。但這樣太冒險。周圍沒有有利地形供我們安全地觀察他的動靜。現在我們只能藏起來。

隨著夜幕降臨，船也發生了變化。

我們路過那些珠光寶氣的小店鋪，見裏面擠滿了人，生意十分興隆。男男女女都穿著五光十色的晚禮服，已經在樓下的劇場裏就座。

賭場裏，四處閃光的賭博機器已經開動；賭輪盤的桌旁擠滿了人。老夫婦們和著樂隊奏出的慢拍子輕音樂，在半明不暗的皇室大舞廳裏起舞。

我們剛在昏暗的麗都俱樂部的一個小角落裏就座、並要了兩杯飲料之後，大衛就讓我一個人待在這兒；他要獨自冒險登上信號燈甲板。

「怎麼？你爲什麼讓我一人待在這兒？」我馬上就生氣了。

「他一見到你馬上就能認出來，」他不耐煩地說，就像對小孩說話似的。他把一副墨鏡戴在臉上。「但對我他可能就不會注意。」

「好吧，老闆。」我答應得不甘不願。我很生氣；他跑出去到處冒險，卻讓我一人坐在這兒乾等！

我頹然倒在椅子裏，又喝了一大口冰涼晶亮的杜松子酒，然後透過惱人的昏暗費勁地張望，見到幾對年輕情侶離開座位，步入燈光閃爍的舞池。電子音樂吵得讓人受不了，但遊船前進時的輕微顫動卻令人舒服。它已經駛入外海，正在破浪前進。我朝左邊的遠處望去，透過這片人造陰影，再透過許多大玻璃窗的其中一面，我看見在餘暉未盡的夜空裏，片片陰雲迅速掠過。

真是艘巨輪。我只能這樣形容它。儘管它燈光閃閃顯得小氣，地毯難看，天花板低得壓人，那麼多公共設施令人生厭，但它畢竟是一艘巨輪。

我思考著這個問題，努力克制自己的不耐煩，並試圖以詹姆斯的眼光來看待這條船。就在這時，一個人出現在遠遠的走廊盡頭，吸引了我的注意力。此人是個英俊非凡、金髮碧眼的年輕男子，身穿晚禮服，戴著一副不太協調的紫色墨鏡，舉止和我現在飲酒的樣子很像。我渾身一震，猛地意識到：我正在注視著我自己！

是詹姆斯！他穿著黑色的晚禮服，前胸上漿的白襯衫，眼睛藏在那副時髦的鏡片後面，正在注視著這個地方，並慢慢踱進這個休息廳。

我感到胸部憋得透不過氣來，全身每塊肌肉都緊張地痙攣起來。我慢慢抬起右手撐住前額，同時稍稍低頭，並再次向左方看。

他有我那雙銳利的超自然神眼，怎麼可能看不見我！這點昏暗對他來說根本算不上什麼。再說，我由於恐懼已經汗流不止，他一定能聞到我的汗味。

但這惡魔竟然沒有注意到我。他在吧台前坐下，背對著我，把頭轉向右邊。現在我只能看清他一側的面頰和下顎。他顯然鬆弛下來。他在找個舒服的姿勢，把左手的手肘靠在光滑的木頭枱面上，右膝蓋稍微彎曲一點，把鞋跟卡進自己坐的那把凳子的黃銅圍圈。

他的頭隨著緩慢醉醺醺的音樂節奏輕輕晃動，表情透出討人喜歡的自豪，爲自己的身份和所處的地方感到全然心滿意足。

我深深吸一口氣。越過他望去，在寬敞的大廳那端，我淸楚看到大衛在敞開的門口站了一會兒，然後走開了。感謝上帝，他看見了這個怪物；詹姆斯現在一定以爲天下太平，一切正常（當然他自己的非凡美貌除外，我眼裏的他除外）。

當我再次感到恐懼時，我趕緊轉移注意力想點美事，例如有了份工作，住進了一個從沒住過的城鎭，有了個叫芭芭拉的未婚妻，美若天仙，我們倆從來不吵架。我把腦子裏塞滿這些情景，又胡思亂想了無數其他瑣事，如哪天我要養一缸我喜歡的熱帶魚，如我是否應該去那劇場看表演，等等。

這傢伙沒有注意到我。我很快就明白他其實是目中無人。他坐在那兒的樣子顯得很深沉，很超然，略微昂著頭，顯然很喜歡這半明不暗、樣子普通甚至醜陋的地方。

他喜歡這條船。這些公共娛樂場所雖然塑膠製品和金屬飾物太多，但畢竟代表了某種大雅之堂，使他一待在裏面就暗暗激動。他甚至用不著引人注目，也毋須注意任何可能注意他的人。他可以自我封閉；這條船本身就是個封閉的小世界，正在熱帶海洋裏乘風破浪快速前進。

我甚至在恐懼中也感到突然的痛心和悲哀。我不明白：當初我在自己的身體裏時，是否在別人眼裏我也同樣是失敗的象徵？那時我不是同樣也感到悲哀嗎？

我渾身顫抖，忙拿起酒杯「咕嘟」喝一大口，彷彿裏面盛的是藥。然後再次躱進胡思亂想，以掩蓋我的恐懼，甚至輕聲哼起曲調，滿不在乎地欣賞起柔和的燈光變幻著顏色地灑在他那滿頭金髮的腦袋。

突然，他站起來，離開那凳子，向左拐，緩緩穿過黑暗的酒吧，從我身邊經過（但沒看到我），走進封閉舞池周圍的明亮燈光，他高昂著頭，步伐慢慢地拘謹得像是腳疼，邊走邊左右巡視。然後，他以同樣拘謹的方式（更顯得他虛弱而不是強大），推開通向外甲板的玻璃大門，消失在夜幕中。

我得跟著他！我清楚我不該這麼做，可是我忍不住還是站了起來，跟著他走了出去，滿腦子仍充斥著白日夢。走到門前我站住了。我能看見他已走到甲板遙遠的盡頭，雙肘憑欄，海風勁吹他蓬鬆的頭髮。他在仰望天空，似乎又陷入了自豪和心滿意足，也許在享受這海風和夜空，還輕輕晃動身體，就像盲樂師奏樂時那樣。他站在那裏似乎在享受駐進我身體內的每一秒鐘，沉浸在巨大的喜悅。

我的心再次被那種令我痛心的認同感所籠罩。對那些認識並譴責我的吸血鬼來說，我難道不同樣是個胸無大志、虛度年華的傻瓜嗎？唉，這傢伙實在、實在是可憐透頂，竟把他超自然的生命虛度在這個地方，虛度在這條人工痕跡極重、充滿老朽乘客、到處是花俏俗氣的艙室，與外面博大精深的浩瀚宇宙隔絕開來。

過了好一會兒，他才略低下頭，把右手手指向下慢慢移到晚禮服的翻領上。連一隻舔自己毛髮的貓看起來也不可能像他現在這樣放鬆和自我陶醉。他竟然愛憐地撫弄起自己這塊無足輕重的翻領來！這動作比他幹的任何一樁罪惡勾當都更能說明這整個陰謀的悲劇性。

隨後，他左右環顧，看到只有一對乘客在他右面很遠的地方，而且背對著他，他便突然升離甲板，傾刻之間就不見了！

當然，他並非眞的飛走。他只是升到空中消失了，把我丟在玻璃門內不寒而慄，臉上和背上冒出豆大的汗珠，瞪著他剛才站的地方發楞，並聽到大衛在我的耳邊小聲說：

「來吧，朋友，我們到皇室餐廳吃晚飯去。」

我扭頭，看到他在勉強地微笑。詹姆斯現在還沒飛遠，仍能聽見我們的交談！他毋須用心去聽就能覺察到任何不尋常之處。

「好，去皇室餐廳，」我說，竭力不去想傑克昨晚說過，這傢伙還從沒去那兒吃過一頓飯的話。「我其實不很餓，但在這兒泡了這麼久，倒是很疲勞了。」

大衛也在顫抖。但他也興奮異常。

「哦，我得告訴你。」他說話時的風度舉止也走了樣，此時我們正穿過休息廳朝附近的樓梯走去。「皇室餐廳裏的招待全是西服革履，但既然我們來了，他們也得接待。」

「他們全裸著我也不在乎。今晚可有好戲看了。」

那間著名的頭等艙餐廳比其他場所都更拘謹和文明一些，裏面的裝潢全是白色塗上黑色的眞漆，與其間明亮溫馨的氣氛很協調。但總體裝飾與船上的所有地方一樣，給人生硬易碎的感覺。不過這裏還不算醜陋，精心製作的佳餚尤其美味。

那隻「黑鳥」飛走大約二十五分鐘之後，我才斗膽迅速發表了點看法：「他連自己威力的十分之一都用不好！他很害怕自己的吸血鬼能力。」

「對，我也這麼看。他讓自己的身體嚇得行動起來像醉鬼。」

「沒錯，你也看出來了。剛才他離我還不到二十呎，居然一點都沒發現我在那兒。」

「我全看到了，黎斯特。天哪，我還有好多東西沒教會你呢。方才我站在那兒看著你們，生怕他使用什麼心靈遙感術之類發現你，但我都還沒教你怎樣干擾他呢。」

「大衛，他若是眞用上了威力，什麼都擋不住他。不過你也看到了，他不會用，就算他猛撲過來，我也會本能地做出反應，因爲你一直在教我做的就是這個。」

「是呵。這些其實都是你在原來身體裏時明白並且掌握的雕蟲小技。昨晚我就覺得，只要你忘掉你是個凡人，並行動起來就像你還是原來的你，你就能穩操勝算。」

「也許吧，」我說。「我哪裏知道。哼，一見他鑽在我的身體裏，我就……」

「噓——快吃你的飯，把聲音放低。」

「我的最後——最後一頓飯。」我苦笑一聲。「等最後抓住他，我要把他當飯吃。」緊接著我打住了，意識到說錯了——這不等於我吃自己的肉嗎？我低頭瞧著這隻正握著銀餐刀、曬黑的長手。我是否已對這副身體產生眷戀？不，沒有！我想要回自己的身體。我簡直受不了還要等八個小時才能收復我的失地。

一點鐘過了好一會兒，我們才又見到他。

我深知得避開那間小「麗都俱樂部」，因爲它是最高級的舞廳，他很愛去那兒，而且那裏又太奢華太黑暗。所以我便在那較大的休息廳一帶閒逛，戴好墨鏡，頭髮向後梳過，緊貼在頭兩側和後腦勺上——這全是一種黏稠的髮乳或髮膠弄的；一個年輕服務員應我的要求不解地把這玩意兒交給了我。我並不在乎自己看上去是否難看。反正現在更沒人認識我，我更安全了。

當我們再次發現他時，他又站在艙外的一條走廊裏，正要走進賭場。大衛跟著他走進去，既是爲了監視他，也爲了自己過一把賭癮。

我本想提醒他，我們用不著跟蹤這傢伙。我們只需抓住時機溜進維多利亞女王套房就行。船上發行的小報已經出版了翌日早晨的那版，上面刊登的日出時間是早晨六點二十一分。我看到它後笑了起來。不過目前要我預報日出時間也沒以前那麼容易了，對不，唔，等到明天六點二十一分，我就又成爲吸血鬼了。

大衛總算又回到我旁邊的座位上，並抓起那張小報湊近桌上的小枱燈讀起來；上船後他一直堅持讀這份小報。

「他在玩賭輪盤，並且一直在贏。這混蛋利用心靈遙感力取勝！眞是愚蠢。」

「對，你總是這麼說，」我說。「現在咱倆聊聊愛看的電影好不好？最近一直沒看到魯格・豪爾演的片子。我好想那傢伙。」

大衛「呵呵」一笑。「是呵，我也很喜歡這個荷蘭演員。」

直到三點二十五分，我倆還在悄悄地聊天。這時，我們碰巧看到英俊的賈森・哈密爾頓先生又從旁邊經過；緩緩地，陶醉的神情，注定要完蛋。大衛又要去跟，我用手按住他說：「老友，沒必要。還有三個多小時呢。給我講講那部老片子，《靈與肉》的情節。你還記得吧，講的是那拳擊手，裏頭是不是有句台詞，是關於什麼的來著？」

六點十分，東方已經露出了魚肚白。這時正是我以前尋找休息地點的時候，所以我不敢設想他怎麼會還沒有找到他的休息地點。此時我們應該能在他黑亮黑亮的大箱子裏找到他了。

從四點剛過到現在，我們還沒見到他的踪影。當時他正在冷冷清清的麗都俱樂部的小舞池，與一個穿著紅綢長袍的灰頭髮小老太太懶洋洋地跳舞。我們先遠遠地站在廳外，背對著牆，聽他說一會兒清脆悅耳的道地英國口音，然後我們就躲開了。

那一刻就要到了。想逃避他不幹也不行了。漫長的夜晚要結束。我有好幾次都想到自己可能在未來幾分鐘之內毀滅，但我一生中從沒有過這種念頭阻止我去行動。假如我想到大衛可能被傷害，我就會完全沒了勇氣。

大衛從沒像現在這麼堅定。他剛把那把銀色的大手槍從五甲板的小艙裏取來，並把它裝在外衣口袋裏。我們已把那裏的那口大箱子的蓋子敞開，好讓我隨時鑽進去；門上也已掛上「請勿打擾」的牌子，免得服務生闖入。我們還決定我不能隨身帶那支黑手槍，因為身體交換後槍就自然會在詹姆斯的手裏。小艙室的門不鎖上。鑰匙還放在裏面，因為我也不能冒險把它們帶在身上。倘若哪個好心的服務生把門鎖上，我也只好用心念動力把它打開。這對吸血鬼黎斯特來說毫不困難。

我現在帶在身上的只有那份偽造的「謝里頓・布萊克伍德」護照，和一筆錢一起裝在我的外衣口袋裏，足夠讓那傢伙離開巴巴多斯，並逃往他想去的世界上任何一個地方。船正朝巴巴多斯港開來，不久就會靠岸。

正如我們希望的那樣，信號燈甲板寬敞明亮的走廊已經空無一人了。我懷疑那個老服務生正躲在小廚房的窗簾後面偷偷睡覺呢。

我們悄悄來到維多利亞女王套房門前，大衛把鑰匙插進鎖孔。我們「嗖」地溜了進去。大箱子的蓋子開著，裏面是空的。屋裏燈都亮著。那惡魔還沒回來。

我一言不發，馬上把燈一盞盞擰滅，然後去陽台門那兒把厚窗簾拉開。天空裏的夜色還沒褪盡，但在很快地亮起來。屋裏灑滿朦朧柔和的光線，他見了會刺痛眼睛，也會使他暴露在外面的皮膚馬上覺得疼。

他肯定正在來這裏的路上，他只能如此，除非他眞有另一個我們還不知道的棲身之地。

我回到門前，站在左側。他進來時不會看見我，因為門會在他推開時把我遮住。

大衛已經邁上台階，走進高出一塊的起居室，然後轉身，背對玻璃牆，面對艙門，雙手緊握著那把大手槍。

忽然，我聽見急速的腳步聲越來越近。我不敢向大衛打手勢，但看見他也聽到有人接近的聲音。這傢伙幾乎跑起來。他的膽量讓我吃驚。傳來鑰匙在門鎖孔裏轉動的聲音，大衛舉起槍瞄準艙門。

門猛地被推開，撞在我身上。詹姆斯跌跌撞撞地跑進屋裏。他舉起手遮擋透過玻璃牆照射進來的光線，並扯著嗓子咒罵起來，顯然在罵服務生沒按他的囑咐把厚窗簾拉上。

他還是那樣笨拙地轉身朝台階走去，然後猛地站在。他看見大衛站在上面，舉著槍瞄準他。接著大衛大喊一聲：

「上！」

我使出渾身解數，向他發起攻擊，我無形的靈魂升起，脫出我的凡體，以排山倒海之力朝我原來的身體猛撲過去。但我馬上被擋了回來！又回到我的凡體裏，速度之快令我狠狠撞在牆壁上。

「再來！」大衛大喊；但我又被趕回去。我眼冒金星，拚命控制住我這沉重的凡人四肢，掙扎著想站起來。我看到我原來的吸血鬼面孔居高臨下地對著我，一對藍眼睛布滿血絲，隨著室內的光線越來越明亮而不斷眯縫著斜視。嘿，我可知道他這滋味不好受！我最淸楚他的困惑。太陽正在燒灼他那纖嫩的皮膚，這身皮還沒完全從戈壁灘陽光的灼傷中痊癒！由於白天到來，他的四肢很可能已經迅速變得麻木而無力。

「行了，詹姆斯，遊戲結束了。」大衛怒喝道。「還是把腦袋瓜放聰明點吧！」

那傢伙被大衛的聲音嚇一跳，猛地轉過身去，接著踉蹌後退，撞在床頭櫃上，撞壞了這個塑膠做的笨傢伙，發出難聽的聲響。他又倉惶伸手去擋眼睛，先看看毀壞了的傢俱，又試探著去瞧背對陽光站在高處的大衛。

「你想怎麼辦？」大衛問。「你能往哪兒跑？你能往哪兒藏？你想殺了我們嗎？人們一發現屍體就會徹底搜查船艙。朋友，遊戲結束了。還是放棄抵抗吧。」

詹姆斯發出一聲怪叫。他突然低下頭，像一頭準備發起攻擊的瞎眼公牛。我見他把雙手握成拳頭，不禁感到一陣絕望。

「放棄抵抗吧，詹姆斯。」大衛又大喊。

趁那傢伙連聲詛咒時，我又向他猛撲過去；恐懼伴隨我這凡人的勇氣和意志。此時頭一束陽光已經刺破海面！親愛的上帝，是時候了，機不可失，時不再來。我不能再失敗了。我與這傢伙撞滿懷，隨即穿透他的身體，同時感到像一股電流穿過全身似的痲酥。接著我兩眼一黑，只覺得一股巨大的眞空把我吸進去，使我跌至無盡的黑暗深淵。我一邊大喊著「鑽進他——鑽進我！鑽進我自己的身體！對！對！」一邊往下墜落。再後來我便直視著金色的陽光。

我的眼睛刺痛得受不了。溫度高得像在戈壁灘上。光線強烈得像即將下地獄之前。然而我成功了！我又回到我原來的身體！這光線，這灼熱正是太陽上升的結果。太陽正在灼痛我這可愛的、寶貴的、超自然的臉和雙手。

「大衞，我們成功了！」我歡呼，聲音特別洪亮。我從剛才倒下的地方一躍而起，以前的超凡力量和敏捷再次回到我的身上。我沒命地朝門口衝去，只瞥見一眼我剛才的凡人身體正在手腳並用地朝台階上爬。

我起跑時房間裏已是陽光燦爛。我不能在此再多待一秒鐘，儘管我聽到震耳欲聾的槍響。

「上帝保佑你，大衞，」我小聲說。一瞬間我便到了第一段樓梯口。謝天謝地，陽光無法透過這靠船裏的通道；但我這熟悉而強大的四肢卻已經給曬得疲軟。等到第二聲槍響剛過，我已經翻身越過A樓梯的欄杆，直落數層樓，「砰」地一聲掉在五甲板的地毯上。

我在跑到那小艙室之前又聽到一聲槍響，但聲音已很微弱。我這隻曬黑的手差點連門把手也轉不動了，只能拚足勁才把門打開。接著我感到一股徹骨的涼氣襲來，彷彿我又在喬治城的雪地中遊蕩。艙門猛地打開了，我跪倒在小屋裏。雖然摔得不輕，但總算脫離光線。

我憑著最後一點意志，把門猛地關上，把那打開蓋子的大箱子推好，然後撲進去，使出最後一點力氣伸手把蓋子蓋上。隨著箱蓋「砰」地蓋上，我便什麼都感覺不到了。我躺在裏面一動不動，長長吁了一口氣。

「上帝保佑你，大衞。」我囁嚅道。他爲什麼開槍？爲什麼呢？爲什麼用那支大威力手槍還打了這麼多槍？這麼響的槍聲，怎麼可能不讓別人聽見呢!?

但眼下任憑什麼也無法讓我幫他的忙。我的雙眼正在閉上，我又彷彿飄蕩在那絲絨般的無盡黑暗中，這是自從我在喬治城與詹姆斯會面改變命運以來，頭一次恢復這種感覺。結束了，一切都結束了。我又成爲吸血鬼黎斯特，這才是唯一重要的。其它都無關緊要。

從我嘴唇裏再次吐出「大衛」這個字，彷佛是一聲禱告。

23

我剛一醒來，就覺得大衛和詹姆斯不在船上。也不知我是怎麼知道的，但我的感覺明白無誤。

我站在鏡子前，整理一下衣服，沾沾自喜好一會兒，活動了一下我這神奇的手指和腳趾，然後走出艙門去確定一下這兩人是否眞不在船上，我並不指望找到詹姆斯。但是大衛，我要知道他的下落。大衛在開槍後出了什麼事？三顆子彈必然打死了詹姆斯！而這一切當然是發生在我的豪華套房——確實，我在衣袋裏找到我的護照，上面的名字是「賈森・哈密爾頓」。既然如此，我便小心翼翼地來到信號燈甲板。

幾名客艙服務生跑來跑去地給遊客送晚間雞尾酒，並打掃那些夜裏冒險出來的遊客的房間。我使用我的神技迅速穿過走廊，溜進維多利亞女王套房。沒有人看見我。

屋裏顯然已被收拾整齊。詹姆斯用來棲身的那個黑色眞漆的貯藏櫃已被關上，蓋子上鋪著那塊裝飾布。那個被撞壞的床頭櫃也被拿走，在牆壁上留下一塊疤。

地毯上沒有血跡。沒有絲毫這裏曾發生過可怕搏鬥的跡象。透過玻璃窗，我能看見陽台，知道遊艇正在紅霞滿天的黃昏駛出巴巴多斯港，駛向浩瀚的外海。

我走上陽台呆了片刻，只想看看無垠的夜空，並再感受一下我又恢復原來吸血鬼視力的喜悅。我在遠方發著微光的海灘上看到無數凡人根本看不到的細節。我又感受到原來身體上的輕盈，以及敏捷和瀟灑，使我激動得想翩然起舞。眞的，要是在船上哼著小調，打著手響，從船這頭到船那頭跳一曲踢踏舞，那該多美！

可是現在沒空搞這些。我得馬上查淸大衛出了什麼事。

我打開艙門，面對走廊，悄悄並迅速地打開斜對面大衛艙室上的門鎖。然後以神速潛入，那些在走廊裏穿梭的人根本看不見我。

一切都變樣了。這艙室已經給打掃過，準備住進新遊客。很顯然大衛已經被迫離船。現在他很可能在巴巴多斯！若是，我倒能很快發現他。

可是另一間艙室呢——原來屬於我凡人身體的那間？我用意念打開中間那道隔門，發現它也給騰空並打掃乾淨了。

下面怎麼辦？我再也不想待在這條船上，因爲我只要一給發現，馬上就會成爲船上人矚目的中心。因爲我的套房裏發生了災難。

有人走過來。我馬上聽出是那個曾幫了我們大忙的老服務生的腳步。於是我在他經過時打開了房門。他一見到我，立刻顯得十分迷惑和興奮。我招呼他進來一下。

「哦，先生，他們正在找您呢！他們以爲您已經在巴巴多斯下船！我得馬上告訴安全部門。」

「請你先告訴我發生了什麼，」我好像沒聽見他講的話，而是直視著他的眼睛說。我能看到我的魔力對他產生了作用，他明顯軟下來，並完全信任我。

他說，日出時在我的艙裏發生了可怕的事件。一名自稱是我的醫生的英國老紳士，朝一個年輕的襲擊者連開數槍。據老人說，此人企圖殺害他。但是沒有一槍擊中目標。此後再也沒人能找到這個年輕襲擊者。根據老紳士的描述，確定這個年輕人事先已經占據這個我們現在正站在裏頭的艙室，而且他是用一個假名登的船。

其實這位老人也是用化名登的船。冒名頂替在這整個事件中起著不小的作用。這個服務生並不了解這件事的詳情，只知道那個英國老紳士已經被拘留，直到最後被送上了岸。

老服務生不解地說：「我覺得他們把他趕下船後都鬆了一口氣。不過先生，我現在得去找警察。他們十分關心您的情況。奇怪：你在巴巴多斯再次登船時，他們竟然沒有阻止您。他們找了您一整天。」

我一點都沒把握自己是否受得了警官的詳細盤問，不過當兩名身穿白制服的船警出現在維多利亞女王套房門前時，事情也只能這樣了。

我謝過老服務生後，向那兩人走過去，請他們進來，並按我的習慣鑽進陰影深處，再請他們原諒我不能把電燈打開。我解釋道，考慮到我皮膚的狀況，透過陽台門照進來的光線已經足夠。

這兩人都很煩惱和疑慮，我只好再次盡全力向他們施展我的勸說魅力。

「亞歷山大・斯托克醫生出了什麼事？」我問。「他是我的私人醫生，我非常擔心他的狀況。」

兩人中年輕的那個是個大紅臉，操著愛爾蘭口音，顯然不相信我的供述，並能感覺到我的舉止和言語很不對頭。我只能希望把這傢伙徹底搞迷糊，讓他三緘其口。

可是另一個個頭高高的受過教育的英國人反倒很容易蒙騙，他毫無顧忌地把事情的來龍去脈向我和盤托出。那個斯托克醫生看來並不是眞正的斯托克醫生，而是個從英國來的人，叫大衛・泰柏特，不過他拒絕講明此人爲什麼使用假名。

「先生，您要知道，這個泰柏特先生帶著槍登上了這條船！」高個子警官說。另一名警官則繼續滿腹狐疑地盯著我。「當然，倫敦的那個組織，叫什麼『泰拉瑪斯卡』的，拚命向我們賠不是，並極想趕快息事寧人。這事最終與船長和居納爾公司總部裏的什麼人了結。泰柏特先生同意捲起行李走人，押解上岸後立即乘一架班機飛往美國，這樣我們就不起訴他了。」

「去美國的什麼地方？」

「邁阿密，先生。事實上是我親自護送他上飛機。他堅持要我轉告您，先生，要您在方便時去邁阿密與他見面。在中央公園飯店吧？他反覆叮囑過我。」

「我懂了，」我回答他。「那個襲擊他的人呢？那個他朝他開槍的人呢？」

「我們還沒有找到他，先生，雖然此人無疑在船上被許多人看見過，並且好像還由泰柏特先生陪著！事實上，這位年輕紳士的船艙就在附近，而且我認為您曾進去過那裏，並在我們趕到時正同那個服務員交談，對不對？」

「整個事件可真複雜，」我用我最親切可信的語氣說。「您認為這個棕色頭髮的年輕人已經不在船上了嗎？」

「我們肯定他已下船了，先生，雖然我們無法對這樣一條大船進行徹底搜查。這個年輕人的行李在我們打開這個房間時還都在。我們當然得打開它，因為泰柏特先生堅持說他受到了那小伙子的襲擊，而且那小伙子也用的是一個假名旅行！我們把他的行李妥善保存好了，先生，請您賞光跟我去一趟船長辦公室，我想您也許能給我們提供一些線索——」

我即聲明對此事一無所知。當時我不在船艙裏。昨天我在格林納達上岸了，根本不知道這兩個人上船的事。今天早晨我也在巴巴多斯下了船，玩了一天，所以不知道發生了這次槍擊事件。

但是我這樣冷靜地閃爍其辭的目的只有一個，就是繼續對他倆施加我的魅力，說服他們馬上離開我，好讓我換衣服休息。

當我關上艙門時，我知道他倆會去船長辦公室。在他們回來之前，我只有幾分鐘的時間。不過沒有關係，大衛安然無恙；他已離船去了邁阿密，我要在那兒和他會合。我想了解的就是這些。幸虧他馬上飛離了巴巴多斯，不然詹姆斯也許會找上門去；天曉得他現在躲在哪兒。

至於賈森・哈密爾頓先生（他的護照現在放在我的衣袋裏），他在這個套房裏仍有滿滿一櫃衣服。我打算立即換上其中幾件。我脫去那件縐巴巴的晚禮服和其它夜間穿戴的服飾，找出一條棉布襯衫，體面的亞麻布夾克衫和褲子。所有衣服都是如此合體，皆爲定做。連那雙帆布鞋都十分合適。

我隨身帶上那本護照和一大筆美元；錢是我在舊衣服裏找到的。

然後我來到陽台上，在溫柔的晚風裏靜靜站著，眼睛掃視著墨藍發光的海面，感到心曠神怡。

「女王伊麗莎白二世號」正在以它聞名的二十八節高速破浪前進，發著幽光的排浪撞碎在龐大的船殼。巴巴多斯島已經完全消失在視線裏。我仰視那條巨大的黑色煙柱，它巨大得宛如地獄裏的煙囪。濃濃的黑煙一股股從煙囪裏冒出，然後隨風沿著海面持續起伏飄蕩，這本身就是一道風景。

我又眺望遙遠的地平線。碧空如洗，水天同色。透過薄薄一層凡人肉眼看不出的煙霧，我看見滿天閃爍的恆星與緩緩移動、發出暗光的行星。我伸展手臂，感覺著它們，感到股股舒適的暖流順著雙肩漫延到腰背，心中充滿喜悅。我搖晃一會兒全身，感到頭髮輕拂著我的頸背的舒服感，然後我把肘部支撐在欄杆上。

「詹姆斯，我一定要追上你，」我小聲說著。「你等著瞧吧。我現在先做別的事。任憑你運籌謀劃，都將徒勞無益。」

然後，我慢慢往上走，走得盡可能慢，直到我高高盤踞在輪船上空爲止。我俯瞰著輪船，欣賞它一層疊一層的許多層甲板，其間閃耀著一排排串珠似的黃色電燈光。它看起來眞喜悅，無慮無憂，昂揚地在滾滾大海裏破浪前進，安靜地、強大地運載著它那歌舞昇平、觥籌交錯的小王國。船上，遊客喋喋不休，船警忙碌，服務生穿梭招待，數千歡樂的人們並不知道我們曾在那兒上演過一齣小小的悲喜劇，來去匆匆，只在極少數人中間引起一陣恐慌。祝快樂的「女王伊麗莎白二世號」遊輪一路平安。祝願完後，我再次明白了肉體竊賊爲什麼這麼喜歡它，不嫌它花稍俗氣，而蟄居其上的原因。

畢竟，我們這個大千世界、對天上的群星來說又算得什麼呢？我很奇怪，它們會怎麼看我們這顆小小的行星，這個充滿不合理的並存，飛來橫禍、無窮盡的你爭我奪勾心鬥角的星球？在這星球表面爬滿悠久但瘋狂的人類文明，它們並非靠意志、信念和共同理想聚在一起，而是憑這世界上的千百萬人有能力無視周圍的悲劇而整天及時行樂、醉生夢死，維持其延續性，就像這船上的旅客尋歡作樂一樣；彷彿歡樂、幸福，與饑餓、睏倦、喜歡溫暖、懼怕寒冷一樣，對所有人都一視同仁。

我越升越高，直到完全看不見這艘船爲止。白雲在我身下疾速拂過地球表面。在我頭頂上，群星冷漠而高傲地熠熠生輝。我竟然破天荒不仇恨它們；對，我不能仇恨它們，我不能仇恨什麼；我充滿了喜悅和成功的自豪，雖然這成功黑暗而辛酸。我又是黎斯特，正在天堂與地獄之間梭巡，並得意於如此形貌——**也許是生平第一次**。

24

南美洲的熱帶雨林。層層疊疊的樹木和叢林覆蓋著這塊大陸的大片地區，蔓延山坡，侵入深谷，綿延不斷，只有幾條玉帶般的大河橫亙其上，幾個珍珠般的湖泊點綴其間，從高亢的天空透過行雲的縫隙看下去，是那麼妖嬈多姿，鬱鬱葱葱，祥和太平。

當我降落在這片柔軟濕潤的大地上時，四周黑暗得一眼望不到光亮。樹木高得遮天蔽日。的確，天地萬物在這大片深邃潮濕的陰影裏，除了威脅恐嚇、弱肉強食之外，還能做什麼呢？這是蠻荒花園的最終勝利。人類文明中的科學家都無法把這裏大量繁衍的所有物種一一歸類清楚，無論是彩蝶、斑貓也好，還是食肉魚、巨蟒也罷。

濕漉漉的樹枝上跳躍著無數隻五彩斑斕的鳥兒。猴子尖叫著伸展靈巧的小爪子去抓粗如麻繩的爬藤。各種千奇百怪、濕滑陰險的動物或趴在盤根錯節的樹根和半入土的塊莖，或隱藏在沙沙作響的闊葉下，或盤踞於生長在腐臭暗處的樹苗上，殘酷地進行著生存鬥爭。這些歪七扭八、生長在大樹蔭裏的樹苗從陰濕腐臭的土壤吸吮著一點可憐的養料，已經半死不活了。

在這裏，饑餓與飽食、殘殺與死亡自然而無休止地循環下去。那些爬蟲發亮的眼睛瞪得像蛋白石，在堅脆而蠕動的昆蟲世界裏永恆地饕餮，從溫血動物還沒出世的遠古時代起，這種饕餮就一直在進行。而這些昆蟲——長著翅膀和利齒，貯滿致命的毒液，陰險狡猾，五顏六色，光怪陸離——則最終飽食一切。

熱帶雨林裏沒有仁慈，沒有公正，沒有對其壯美的宗教般讚賞，沒有對下雨發出的輕柔而喜悅的讚嘆。就連聰明有靈性的小猴子在道德和良知方面也是全然無知。

上述一切，在人到來之前皆不存在。

人來到原始森林裏究竟有多少年，誰也無法準確地測知。叢林呑噬著先人的遺骨，靜靜地侵蝕著神廟的堅硬基石，並把其神聖經典毀壞。無論是織錦，編織籃，漆罐，還是錘煉過的金銀飾品，最終都融化在它的大嘴裏。

但毫無疑問，這些身材矮小、皮膚黝黑的原始族群已經在此居住許多個世紀。他們逐漸建立鬆散的小村落，把許多用棕櫚葉搭成的小茅屋集中在一起，蓋起冒著炊煙的爐灶，用粗糙的長矛和尖端上塗著毒藥的標槍捕獵那些數量衆多的野獸。他們在有些地方還建立秩序井然的小農場，種植薯蕷類作物（如紅薯、山藥）或繁茂碧綠的鱷梨樹、紅色的胡椒和玉米。大片大片又甜又軟的金燦燦玉米。成群的母雞在這些精心構築的小房子外面啄食。圓滾滾的肥豬在豬圈裏拱著食槽吃飯，或擠成一團睡懶覺。

這些連年相互征戰的部族居民難道是這個蠻荒花園裏最優秀的造物嗎？還是他們只是其中並不特殊的一個部分，並不比那些爬行的蜈蚣、皮膚光滑鬼鬼祟祟的美洲虎，和安靜但帶斑點的後背暗藏能致人於死劇毒的大眼蛙更複雜呢？

難道高樓林立的大城市卡拉卡斯，與這個離它如此之近的蠻荒世界有什麼聯繫嗎？莫非這個煙霧瀰漫，貧民窟佈滿山沿的南美洲的大城市❶是從天而降？不過，美麗全在於發現。入夜，即使繁忙的高速公路兩旁陡峭的山坡上遍佈簡陋的棚屋，但這座城市還是很美的；雖然這些棚屋沒有水，沒有排污系統，擁擠得連健康和舒適都談不上，但它們畢竟還有明亮的電燈。

有時候，燈光似乎能改變一切！燈光似乎不容否認且不可或缺地成了優美的象徵。可是住在這些棚屋裏的人知道這點嗎？他們點燈是爲了美嗎？還是僅僅爲了給他們簡陋的小窩帶來點光明和舒適？

其實這都無所謂。

我們無法阻止自己創造美。我們無法阻止他人創造美。

我從樹梢上俯瞰那條流經聖洛朗邊緣的河流，它宛如一條發亮的玉帶，在樹梢之間時隱時現，蜿蜒流向森林深處，最終流到聖瑪格麗特·瑪麗傳教團的小小駐地。這是蓋在林中空地上的一小片住宅，叢林圍繞著它們在耐心等待。這一小片馬口鐵皮房頂的住宅區很美，牆壁粉刷得很白，豎立著支支樸拙的十字架，一個個小窗戶裏都點著燈，一架孤獨的收音機正在播送一首印第安人的抒情歌曲，和著歡快的鼓聲。

這些小平房的長長的遊廊眞漂亮，各有數架分散的塗漆木製鞦韆和一些桌椅板凳。紗窗蒙在窗戶上，給室內帶來一種柔和而令人昏昏欲睡的美感，因爲它們形成一架細密而線條優美的格柵，罩在屋裏五顏六色形狀各異的東西上，使之更加鮮明、凸出且周密，頗似愛德華·霍佩爾繪畫中的居室內部，或兒童彩色圖書中的室內格局。

當然，制止美的無節制蔓延也不是沒有辦法。這就是用嚴密地組織、協調一致、裝配線般的美學和實用功能爲主來規範它們的雜亂無序。

你在這兒找不到很多井然有序的東西。

這就是葛麗卿的命運。當今世界的所有瑣碎無關的奢侈就都給省略了：她的事業就像一座做著重複的道德實驗的實驗室，目的只有一個，就是行善。

籠罩著這片基地，夜色徒勞地吟唱著它那混亂、饑餓和毀滅的哀歌。在這裏，重要的是關照許多趕來打預防針、動手術和治病的窮人。正如葛麗卿所說：在此作不切實際的幻想無異於撒謊。

我一連幾個小時在這一帶徬徨、在茂密的叢林裏穿行，輕鬆而堅定地穿過密不透風的枝葉，跨過熱帶雨林那高聳而怪誕的根莖，不時停下來傾聽這原始森林裏夜的雜亂無章的大合唱。在那些更高更青翠的枝杈上開滿了潤澤柔嫩的花朵，仍在微明的晨曦中打盹。

我再次完全打消對這些濕滑、危險和醜陋的林間小徑的恐懼。林中沼澤散發出腐爛物的惡臭。黏滑的爬行動物到處都是。但它們傷害不到我，所以我也不討厭它們。呵，讓蟒蛇衝我來吧，我很想感受一下它那緊纏和快速移動的擁抱。我愉快地聆聽百鳥或深沉或尖銳的鳴唱，顯然它可以驅走一顆單純的心的恐懼。眞可惜：那些毛手毛腳的小猴子此時正在黎明前的黑暗中沉睡，不然我會逮住幾隻，親親它們皺縮的額頭或吵鬥不休的小嘴巴。

那些可憐的凡人正在這塊空地上的許多小屋子裏睡覺，靠近他們精心耕種的田地、學校、醫院和小教堂。這些人似乎無論從哪方面來講，都是造物主創造的神聖奇蹟。

唉，我想念莫約。爲什麼它不在這兒，與我一道徘徊在熱帶叢林？我得把它訓練成吸血鬼的狗。我想像過它在白天守衛我的棺材的情景，像個埃及風格的哨兵，只要哪個凡人闖入我的住所的台階，它就會按照我的命令撲上去撕開他的喉嚨。

不過我很快就會再見到它。全世界都在這些叢林外面等待我的復出。當我閉上眼睛、把我的身體變成精密的接收機時，我能聽到數英里外卡拉卡斯車流的噪音，聽見它放大的各種說話聲調，聽到從那些裝空調的黑暗匪窟和賊窩裏傳出震耳欲聾的音樂聲。我就是從這樣的地方揪出人渣來供我吸血，讓他們像飛蛾撲火那樣受我吸引而自投羅網。

而在這裏，在這萬籟俱寂、只有天地自然之聲的熱帶叢林裏，和平與安寧卻是主人。陰雲密佈的天空又響起「沙沙」的雨聲，雨水落在林中空地的尖土，玷污校舍擦得乾乾淨淨的台階，輕輕打在波紋鐵皮的房頂上。

燈光在那些小宿舍和外圍的房屋裏閃爍。在空地深處的那所黑暗的小教堂裏，只有一簇暗紅色的火光在一閃一閃，這教室有一座矮塔和一口閃亮安靜的大鐘。幾只發出黃光的小燈泡罩在圓形的金屬燈罩裏，把乾淨的小路和粉刷雪白的牆壁照亮了。

在那所小醫院的幾間房子，只有第一間還亮著昏暗的燈光，葛麗卿獨自在這裏工作。

我不時看見她的身影映在窗簾上，還窺見她剛走進走廊，坐在一張小書桌旁，長度僅夠她在紙上記筆記。她低著頭在認眞寫著，頭髮紮在脖子後面。

是所兒童醫院！裏面全是小病床。有兩排，粗糙而簡單。我是不是正在黑暗中視物？還是這些床確實用粗糙的木頭製成，接合處都用繩子捆綁，並且吊著網狀物？在那張沒有色彩的小桌子上，是不是有一小截蠟燭放在一個小碟子裏？

我突然覺得頭暈目眩，視線模糊起來。不是這所醫院！我直眨眼睛，試圖把那些超越時空的幻象與眼下的實際情況區分開來。我終於看清楚，在病床旁邊的鍍鉻擱架上吊著一袋袋閃亮的靜脈點滴葡萄糖水。一根根又輕又軟的尼龍管子閃著光降落下來，連接一個個小小的針頭，扎進一隻隻細瘦脆弱的小手臂裏！

這裏不是紐奧爾良。不是那座小醫院！可是你瞧那牆壁！它們難道不是石砌的嗎？我用手絹揩去額上那層薄薄發亮的血跡，然後盯著上面的污跡。在遠處的那張小床上躺著的難道不是一個金頭髮的孩子嗎？我的眼又花了。我覺得隱約聽到一陣淸脆的笑聲，歡快而又揶揄。但這顯然是從外面漆黑的夜裏傳來的鳥鳴。此外，這裏也沒有穿著長到腳踝的土布裙子、肩披方圍巾的老年女護士。她已連同那座小建築一起消失了好幾百年。

然而這孩子卻在呻吟，她那圓圓的小額頭亮亮地反射著燈光。我看見她胖嘟嘟的小手擱在毛毯上。我又眨眼睛以便看清。一塊漆黑的陰影罩在我旁邊的地板上。是的，瞧，這不是那只顯示夜光小數字的呼吸暫停報警儀嗎？還有那些玻璃門的藥櫃！不是那所醫院，而是這所。

所以您找我來了，是麼，爸爸？您說過您會再來找我的。

「不，我不會傷害她的！我不想傷害她。」我是在大聲耳語嗎？

在這個狹窄房間的遠遠盡頭，她坐在那張小椅子上，一隻小腳來回踢蹉。她的漂亮髮鬈觸到她泡泡紗的袖子。

哦，你找她來了。你知道你來找她！

「噓——別把孩子吵醒！快走。你別在這兒待著！」

誰都清楚你會獲勝。他們明白你會打敗那個肉體竊賊。現在你到這兒來了……來找她。

「不，不，不是來傷害她。而是來找她，讓她作決定。」

「先生？我能幫您什麼？」

我抬頭打量這個站在我面前的老頭子，這個長著髒兮兮的連鬢鬍子，戴著小眼鏡的醫生。不對，不是這個醫生！他是從哪兒來的？我細看他胸前別著的徽章。這裏是法屬奎亞那。所以他說法語。此外，在病房的盡頭也沒有小孩坐在椅子上。

「我來見葛麗卿，」我嘟噥著。「瑪格麗特修女。」我認爲她就在這所房子裏，剛才我還透過窗子見到過她的身影。我知道她就在這兒。

從病房的盡頭傳來沉悶的聲音。他聽不到，但我能聽見。她來了。我猛地聞到她的氣味，與孩子們和這老頭子的氣味攙雜在一起。

可是那邊太黑了，我用這雙眼睛也看不見。這地方的光線是從哪兒來的？她剛剛熄滅遠處那個門旁邊的小電燈，現在正從病房那頭朝這邊走來，走過一張張病床，低著頭，腳步敏捷而堅定。醫生作個懶洋洋的手勢，從我身邊走開了。

別盯著那兩撇骯髒的連鬢鬍子，也別瞧那副眼鏡和圓圓的駝背。你不是見到他衣袋上別著的那個塑膠胸章嗎？他不是幽靈！

那扇紗門在他身後輕輕關上，他蹣跚而去。

她站在朦朦朧朧的黑暗中。她的鬈髮眞美，順著光滑的前額和兩隻目光堅定的大眼睛向後梳過去。她先看見我的鞋，並突然意識到一個陌生人，一個蒼白而沉靜的人影（連呼吸都很輕），站在不屬於他的萬籟俱寂夜色中。

那個醫生已經消失，好像被陰影呑沒了，但他肯定站在暗中的什麼地方。

我背對著從辦公室方向射來的燈光站著。她身上的氣味令我陶醉，這是一個活生生的人身上的血味和香水味。上帝，帶著這種幻象看她的感覺眞好，看她美好而紅光滿面的雙頰。可是我把光線給擋住，因爲這扇門太小。她能看清我的五官嗎？她能看清我眼睛裏的這種怪異、不自然的目光嗎？

「你是誰？」她警惕地低聲問。她站在離我很遠的走廊裏，顯得束手無策，兩道皺起的濃眉下面，目光炯炯的眼睛仰視著我。

「葛麗卿，」我回答她，「我是黎斯特。我答應過會來看你，現在我來了。」

狹長的病房裏毫無動靜。那些病床罩在薄紗般的蚊帳裏像僵屍。不過，在那些透明的輸液袋裏仍有光線在閃動，就像許多銀光閃閃的小電燈掛在周圍混沌的夜色中。我能聽見那些熟睡的孩子微弱而均勻的呼吸聲。還有一種有節奏的聲響，很難聽，就像一個小孩用小腳後跟一下下敲擊椅子腿。

葛麗卿慢慢舉起右手，放在喉嚨根部的胸前，本能地護住它。她的心跳加快。我看見她把手指縮攏，好像在握住一個小飾物盒，然後又見到一條閃光的細金項鍊掛在她的頸項上。

「什麼東西繞在你的脖子上？」

「你是誰？」她又低聲問，聲音沙啞，嘴唇顫抖。我挪開身子，從辦公室發出的微弱光線照在她的眼睛裏。她盯著我的臉和手。

「是我呀，葛麗卿，我是黎斯特。我不會傷害你。我從內心裏不想傷害你。因為我答應過要來，所以我來了。」

「我……我不相信你。」她站在木頭地板上後退幾步，兩隻膠鞋的鞋跟蹭出「沙沙」的聲響。

「葛麗卿，別怕我。我想讓你知道，我告訴你的全是實話。」我的聲音十分輕柔。她能聽見嗎？

我能看到她在使勁揉自己的眼睛，想讓自己看得清楚，就像幾秒鐘前我做的那樣。她的心在狂跳，豐滿的胸脯在漿硬的白色棉布大褂裏優美地上下起伏，血也一下子湧上她的臉頰。

「是我呀，葛麗卿。我特地來感謝你。拿著，讓我把這些給你，作為對你事業的捐助。」

我笨拙地把手伸進口袋亂摸，掏出幾大把肉體竊賊留在裏面的鈔票，遞過去。我們倆的手指都在顫抖，這些錢看起來又油又髒，像是一堆垃圾。

「拿著吧，葛麗卿。對這些孩子會有幫助。」我扭頭又看見了那支蠟燭——那同一支蠟燭！為什麼總是蠟燭？我把錢放在它旁邊，同時聽見我走向那小桌子時地板在我的體重下發出「格吱格吱」的響聲。

我又轉過身來面對她，她朝我走過來，恐懼的眼睛睜得大大的。

「你是誰？」她第三遍小聲問這句話。她的眼睛眞大，瞳仁眞黑，它們上下打量著我，像手指伸向什麼滾燙的東西。「我再次請你對我講實話！」

「我是黎斯特，你在你家裏護理過我。葛麗卿，我恢復了原來的外形。我來這兒，是因為我答應過你我要來這兒。」

我簡直受不了；隨著她恐懼加劇、肩膀緊張、雙手緊摟在一起，一隻手攥緊脖子上的項鍊並開始發抖，我過去的那種火氣也點燃起來。

「我不信你說的，」她說，聲音低得像喘不過氣來。她的兩腿沒有邁步，但全身已縮成一團。

「別這樣，葛麗卿。別恐懼地瞪著我，或好像藐視我似的。我到底怎麼樣了，讓你這樣看著我？你熟悉我的聲音。你清楚你照顧過我。我來這兒是要感謝你——」

「撒謊！」

「不對。我來這兒，是因爲……因爲我想再見到你。」

天哪，我在哭嗎？現在我的感情像我的威力那麼反覆無常嗎？她會看見我臉上的一條條血痕，這會讓她更害怕。我受不了她恐懼的目光。

我又轉身凝視那支小蠟燭。我用意念撥動燭芯，讓火焰像一條小黃舌頭似的猛烈燃燒。**我的天，又是那影子晃動著映在牆上！**隨著四周變得明亮起來，她先看看那燭火，然後又看著我，激動得喘不過氣來；她第一次十分清楚無誤地看到我凝視著她的這雙眼睛，看到我端詳她的這張臉和裹住它的頭髮，看清我閃光的指甲和我半張嘴唇後面、若隱若現的雪白獠牙。

「葛麗卿，別怕我。看在眞理的份上，請你看看我吧。是你讓我答應來看你的。葛麗卿，我沒對你撒謊。你救了我的生命。我現在來看你了，這裏沒有上帝，葛麗卿，是你這麼對我說的。這話若從別人嘴裏說出來並不算什麼，但它卻是你親口說的。」

她一邊後退一邊用雙手捂住嘴，那條細細的金項鍊垂落下來，我借著燭光看見一支金製的十字架。謝天謝地，是十字架，而不是個小飾物盒？她又控制不住本能地向後退。

她猶猶豫豫地小聲說：「你這不潔的魔鬼，離我遠點！離開這上帝的住所！」

「我不會傷害你的！」

「離開這些孩子！」

「葛麗卿，我不會傷害孩子。」

「看在上帝份上，請你離開我……走吧！」她的右手又去摸那個十字架，並且把它舉起來對著我，她的臉脹得通紅，嘴唇濕潤鬆弛，歇斯底里般地顫抖，兩眼發直。我看出那是個耶穌受難的十字架，上面的耶穌扭曲著身體已經死去。

「從這裏出去。上帝保衛它的安全。他也守護著孩子們。快出去。」

「看在眞理的份上，葛麗卿，」我把聲音放得同她一樣低，充滿感情地說。「我曾與你躺在一起！我現在就在這裏。」

「說謊，」她喘息著說。「騙子！」她的全身劇烈顫抖，好像就要失去平衡摔倒似的。

「不，我說的是實話，就算別人說的全是謊言，我說的可全是實話。葛麗卿，我不會傷害孩子。我不會傷害你。」

很顯然，再過一會兒她就會完全喪失理智，她會絕望地尖叫起來，響徹夜空，讓這一帶所有可憐的凡人都聽見並跑出來關心她，還可能和她一道尖叫。

但這樣可怕的事沒有發生。她仍站在那裏，渾身哆嗦，從張開的嘴裏發出的只是沙啞的啜泣。

「葛麗卿，我要走了；如果你眞要我走，我這就離開你。但是我的確履行了對你的諾言！難道我眞的不能再做什麼了嗎？」

從她身後的一張病床上傳來孩子的哭聲，接著另一張床上也傳來呻吟，使她發瘋似地左顧右盼。

接著她朝我衝來，從我身邊跑過，穿過那間小辦公室，跑過辦公桌時帶起的風把上面的紙張吹落了一地，那扇紗窗門在她衝出房子後，「砰」地在她身後關上。

我感到暈眩，轉過身來聽見她的哭聲遠遠地傳過來。我還看見門外煙雨迷濛，細雨在無聲地下。她已經遠遠地跑過這片空地，正朝小教堂的大門跑去。

我就知道你會傷害她的，我自責。

我轉過身來，洞察狹長漆黑的病房。

「你不在這兒。我和你已經結束了！」我囁嚅道。

雖然她待在房間的盡頭，燭光還是把她照得很清楚。她仍在那兒搖晃穿著白色長襪的腿，黑色拖鞋的鞋跟不斷敲擊著椅子的腿。

「走吧，」我盡可能輕柔地說。「結束了。」

淚水順著我的面頰滾落，是帶血的淚。葛麗卿是否看到了？

「走吧，」我又說。「一切都結束了，我也要走了。」

她似在微笑，但其實沒有。她臉上露出清純無辜的神情，是我夢中那個小飾品盒中的那張臉。我站在寂靜中，呆呆地看著她，整體形像還在，但完全停止不動了，接著就消失了。

我只看到一張空空的椅子。

我慢慢轉身面對屋門，再次抹去臉上的淚水——我討厭淚水——，然後把手絹收起來。幾隻蒼蠅嗡嗡叫著撞擊門上的紗窗。清清的雨水下著，密集地拍打在土地上。隨著雨越下越大，傳來那種輕輕膨脹的聲音，彷彿天空慢慢張開了嘴嘆氣。我忘了什麼東西。是什麼來著？噢，是那根蠟燭，應該把它吹滅，省得著火燒傷那些病弱的孩子！

再瞧房間盡頭——那個金髮小孩仍待在輸氧用的氧氣罩裏，就是一張縐巴巴的塑料布，亮閃閃的彷彿用一塊塊光線做成。你怎麼能傻到在這個房間裏放火呢？

我用手指掐滅燭火，然後掏空所有衣袋，把幾百幾千油膩膩縐巴巴的美元鈔票，以及我能找到的幾枚硬幣統統放在桌子上。

然後我走出病房，慢慢經過那座大門敞開的小教堂。透過大雨，我聽見她在很快地低聲祈禱。再從打開的門中，我見她跪在聖壇前，面前有一支蠟燭閃著發紅的火光，她伸出手臂在胸前劃著大十字。

我想走開。在我受傷的心靈深處，我好像不再企望什麼了。然而又有什麼東西吸引了我的注意：我分明嗅到了鮮血的氣味。

它從小教堂裏傳來，而且不是她體內流動的血液。分明是從新鮮傷口上流出的血的氣味！

我向她逼近，注意不弄出一點聲響，直至我站在門內爲止。血的氣味更濃。我這才看出她伸出的雙手上正在流血。地板上也有血，從她的腳下分幾條細線流出來。

「哦，主哦，把我救出魔掌，讓我隨您而去，哦，神聖仁慈的耶穌，把我攬入您的懷抱吧——」

我一點點走近她。她沒聽見，也沒看見我。燭光及從她內心發出的聖光映在她臉上，使她看上去容光煥發。她現在沉浸在巨大的狂喜中，完全超然物外，包括她身邊這個黑暗的身影。

我向聖壇望去，見在它上方高掛著一支巨大的耶穌受難十字架，在它下面擺著一個小小的發亮聖體盤，還有那支燃燒的蠟燭，放在紅色的玻璃罩深處，表示聖餐就在裏面。一股涼風吹進敞開的教堂大門，吹在高掛在上的鐘上，使其發出極其微弱的聲響，幾乎蓋不過風的呼嘯。

我又低頭看她，看她仰著的臉上雙眼輕閉，嘴巴鬆垂，仍在小聲禱告：

「基督，親愛的基督，把我攬進您的懷抱。」

我透過朦朧的淚眼，看著那股紅的鮮血一股股從她張開的手掌流出。

從這個院子裏傳來嘈雜的聲音。房屋門開開關關。我聽見人們在堅硬的土地上跑來跑去的聲音。我轉過身，看見一群黑影已經聚集在門口，是一群焦急的女人。我聽見有人用法語小聲說出一個字——「一個陌生人」。接著又有人悶叫一聲：

「是魔鬼！」

我順著座位之間的通道朝她們走來，迫使她們散開，儘管我既沒碰著她們，也沒有正眼看她們。我迅速從她們中間穿過，來到大雨中。

然後我轉身往回看，見她仍跪在地上，那些女人圍著她。我聽見她們在虔誠地輕聲驚呼「奇景！」或「聖傷痕！」之類的話，在她周圍跪下，同時劃十字。她仍在那兒不斷禱告，聲音單調而痴迷。

「別了，葛麗卿。」我低語著。

隨後我便走了，孤獨而自由，投向荒蠻之夜的溫暖懷抱。

---

❶委內瑞拉的首都。

25

那天夜裏我原本應該直接去邁阿密。我知道大衛可能需要我。但我一點也不知道詹姆斯的下落。

我沒有心情考慮這個——我對葛麗卿的表現太震驚了。天還沒亮，我發現自己已經遠離法屬圭亞那這個小國，但仍在它東邊的大片熱帶叢林裏跋涉，又餓又渴，但別指望滿足這方面的需求。

離天破曉還有大約一個小時，我來到了一座古代神殿，其實只是一大堆呈現長方形的凸凸凹凹的石塊，長滿爬藤和其他討厭的植物，使這堆廢墟幾乎不曾被經過的任何凡人發現。由於沒有道路或小徑經過這一帶的叢林，所以我感到這裏已經荒無人跡數百年。這裏是我的秘密棲身之地。

也是那些隨著天破曉而醒來的猴子出沒的地方。它們成群結隊包圍這座坍塌的古建築，盤踞在它扁長的屋頂和四邊的坡面，或呼喊或尖叫。我懶洋洋地看著它們嘻戲玩耍！搔首弄姿，臉上露出微笑，確實，隨著天亮，整個叢林獲得再生。百鳥的合唱比在天漆黑時要歡樂響亮得多。我也漸漸看清周圍的鬱鬱葱葱。這時我才猛地意識到，我不能見到太陽。

我在這方面的遲鈍使我吃驚。畢竟我們是囿於習慣的造物。唉，這晨曦難道還不夠嗎？收復了我的身體足以令我欣喜若狂……除非我想起葛麗琴臉上的急劇反應……

濃霧從叢林深處升起並瀰漫開來，寶貴的晨光輝映在上面，並隨它擴散到顫巍巍的花朶和葉片下的細小暗處。

我環視四周，傷感加劇；更精確地說，我覺得刺痛，彷佛我被活剝了皮。「傷感」一詞用在這裏，實在過於溫和甜蜜。我一再想起葛麗卿，但只見到她無言的形像。而當我想起克勞蒂亞時，卻感到痲木，彷佛只能冷冰冰地記起我發燒時在夢中對她說過的話。

這一切像場惡夢：那個長著骯髒連鬢鬍子的老醫生，坐在椅子裏洋娃娃般的孩子。不對，不是那兒。不是那兒。不是在那兒。

就算是在那兒。那又怎麼樣？根本就無所謂。

其實在這些深刻而脆弱的傷感後面，我並非不開心，能夠意識到這點，眞正了解它，也許可以說是奇蹟。是呀，不管怎樣，我畢竟又成爲原來的我。

我得把在叢林中發生的這一切都告訴大衛！大衛在返回英國之前必定要去里約熱內盧。我也許會與他一道走。也許吧！

我在這破寺廟裏找到兩個門。第一個門用不規則的大石塊封住了。但另一扇門還敞開，只因那些石塊很久以前就已滾落成亂七八糟的一堆。我爬上這堆石頭，摸索著走下一段深深的石階，又穿過幾條通道，直至來到幾間陽光根本穿不透的墓穴。我走進其中一間，裏面陰冷潮濕，完全同上面熱帶叢林裏的聲音隔絕，我就在這裏躺下睡覺。

許多小小的爬蟲居住在這裏。當我趴下把臉貼在潮濕陰冷的地板上時，我覺得這些小生物在我的手指尖周圍爬來爬去。我聽見它們爬行時發出的聲音。接著，一條沉甸甸而滑溜的大蛇爬過我的腳踝。所有這些我都一笑置之。

若是穿著那副凡人身體，我說不定會嚇得毛骨悚然，渾身亂顫呢。不過話說回來，我的凡人肉眼也不可能發現這個如此隱蔽的地方。

我突然又想起葛麗卿，於是開始顫抖並輕聲哭泣。我知道自己不會再夢見克勞蒂亞了。

「你到底想要我幹嘛？」我小聲地自言自語。「你難道眞以爲我能拯救自己的靈魂嗎？」我又見到了她，與我以前在譫妄狀態中一樣，在那所紐奧爾良的老醫院裏，當我擁著她的肩膀時。還是我倆當時是在那旅館裏？「我跟你講過我會再次這麼做的。我跟你講過的。」

當時是有什麼東西獲得拯救。是罪孽深重的黎斯特獲得救贖，並且從此不會再受損。

「別了，我親愛的。」我又小聲說。

隨後我進入夢鄉。

26

邁阿密！

哦，我美麗的南方大城市。無論地圖怎麼說，它就是坐落在加勒比海地區明淨的晚空下！這裏的空氣似乎比海島上還要新鮮，溫柔地拂過海洋大道上川流不息的人群。

我匆忙穿過中央公園旅館那披紅掛彩的藝術飾廊，回到我在這兒保留的套房，剝去骯髒的叢林服，從衣櫃裏找出一件白色套頭衫，附腰帶的卡其布夾克和褲子，以及一雙柔軟的棕色皮靴。無論合適與否，穿著肉體竊賊買的衣服總是不舒服；現在穿上了自己買的衣服，感覺眞好。

嗣後，我立即給服務台打電話，得知大衛·泰柏特從昨天起就一直住在這旅館裏，現在正在貝利餐廳的入口處等我，沿街一直走就到。

我沒有心情光顧那些擁擠的公共場所。我曾勸他回到我的房間見面。顯然他仍被這整個煉獄搞得精疲力盡。還沒恢復過來，這裏擺在前廳窗前的桌椅是個更適合我們聊天的地方。我們原先也是安排就在這裏見面。

無奈，我只好出門，沿著熱鬧的人行道往北走，很快便看見了貝利餐廳的花稍的霓虹燈大招牌，高掛在它漂亮的白色遮篷之上。這家餐廳所有的小餐桌都鋪著粉紅色的亞麻桌布，擺著蠟燭，且已經坐滿晚間的第一批顧客。大衛熟悉的身影出現在離門口最遠的角落，仍穿著他在船上穿過的那身十分合身的白色亞麻布西裝。他在盼望我的出現，臉上仍帶著慣有的機敏和好奇的神情。

我儘管鬆一口氣，但還是想故意嚇他一跳，突然出現在他對面的座位上，使他吃了一驚。

「嘿，瞧你這傢伙，」他小聲驚呼。他的嘴顯得有點僵硬，好像眞的生氣了，我看了他一會兒，他才微笑起來，說：「謝天謝地，你總算平安無事。」

「你以爲這樣合適嗎？」我問他。

那個英俊的小白臉侍者又走過來，我告訴他我要一杯葡萄酒，省得他老是問我想喝點什麼。大衞已經在喝一杯顏色古怪的異國風情飲料。

「到底出了什麼事？」我把頭探過桌面問他，免得太受噪音干擾。

「唔，是故意傷害罪，」他回答。「他向我撲來，我只能開槍。他跳下陽台跑了，因爲我端不穩那把大手槍。我上歲數了，手發抖。」他嘆了一口氣，顯得疲倦和神經質。「他跑了之後，我就打電話給總部，讓他們把我保釋出來。給在利物浦的居納爾公司總部打了不少電話。」他作了個不想細談的手勢。「中午我就坐上了飛往邁阿密的飛機。我當然不想把你一個人丟在船上不管，但當時我眞是毫無辦法。」

「我什麼危險都沒有遇到，」我說。「我是爲你擔心。我告訴過你別爲我擔心。」

「唔，我也是這麼想的。當然，我要求他們去找詹姆斯，希望把他從船裏趕出來。他們顯然沒辦法對所有船艙挨門挨戶進行搜查。所以我只好把你丟下。我敢肯定詹姆斯在事發之後不久就下船，否則他們早該逮住他了。我當然向他們詳細描述他的樣子。」

他不說了，喝一小口古怪的飲料，把它放下。

「你不會喜歡喝這個吧？你怎麼不喝那討厭的蘇格蘭威士忌？」

「這是群島上產的飲料，」他說。「對，我是不愛喝它，不過也沒關係。你愛喝它嗎？」

我沒回答他。當然我正在用我的老眼光來看他。他的皮膚更顯得半透明，他身上所有的細小弱點我都看得很清楚，不過，在一個吸血鬼看來，他具有所有凡人都有的那種神奇氣味。

他好像很萎靡，神經質得厲害。他的兩眼周圍通紅，我又看見他的嘴很僵硬。我還注意到他的肩膀下垂。難道這場可怕的風波使他更老了嗎？見到他這樣我可受不了。但他現在注視我的目光裏充滿關懷。

「看來你受了很大的苦，」他溫和地說，還把手伸過來一隻放在我手上。它眞熱。「我能從你眼裏看得出。」

「我不想在這裏談，」我說，「去我的旅館房間談吧。」

「不，我們還是待在這兒好，」他十分溫柔地說。「經過這些事後，我變得很焦慮。對我這樣一個老人來說，這眞是一場磨難。我筋疲力盡。我原來希望你昨天晚上來。」

「很抱歉我沒來。我本該昨晚就到。我知道這對你來說是場可怕的考驗，雖然在這過程中你特別享受。」

「你眞的這麼以爲？」他緩緩地苦笑。「我想再喝點什麼。你剛才說什麼來著？蘇格蘭威士忌嗎？」

「怎麼是我說的呢？我一直以爲那是你最愛喝的飲料。」

「不時喝一點，」他說。他向那侍者作個手勢。「有時候它太烈了。」他問他們有沒有麥芽酒。沒有。那好，「帝王騎士」也行。

「謝謝你讓我盡情享受。我喜歡這兒的飲料。我喜歡這兒既熱鬧又安靜。我喜歡露天。」

連他的聲音聽起來也疲憊，缺乏某種跳躍的活力。顯然現在提出去里約熱內盧旅行不合適。這全是我不好。

「你請便。」我說。

「請告訴我出了什麼事，」他懇求地說。「我看得出你的心情沉重。」

這時我才意識到，自己很想把葛麗卿的事告訴他：這種心情和我急切想了解他是否平安一樣迫切。我雖很害羞，但仍忍不住很想告訴他。我把臉朝向海灘，把手肘支在餐桌上，眼睛感到迷濛起來，使這夜世界裏的五顏六色在我眼裏變得朦朧卻更明亮。於是我告訴他我去找過葛麗卿，因爲我答應過她，我在內心深處希望並祈求把她帶入我的世界，和我一同闖盪大千。接著我又進去那所醫院，講述它特別古怪的地方——那個醫生很像幾百年前的那個醫生，還有那間小病房，還有我瘋狂地覺得克勞蒂亞也在那兒的幻覺。

「我太喪氣了，」我小聲說。「從沒想到過葛麗卿竟然不理我。你猜我是怎麼想的？現在聽起來眞傻。我還以爲她一定會抵擋不住我的誘惑呢！我以爲她只能投入我的懷抱。我以爲只要她凝視我的眼睛——我現在的眼睛，不是那雙凡人的眼睛！——她就會窺見她所鍾愛的我這顆眞正的靈魂！我萬沒想到會在她那兒碰壁，而且碰得很慘，身心俱傷，而且就在她即將看出我是誰之際，她竟然徹底退縮，轉身跑掉。我不明白我怎麼會這麼傻，怎應會抱住我的幻覺不放！難道這是虛榮？還是我瘋了？大衛，你從沒覺得我令人反感，對不對？還是我在這方面也一直被矇騙？」

「你很英俊，」他囁嚅著，話裏帶著感情。「但是你不自然，那女人看出了這點。」他顯得十分沮喪。在他無數次同我耐心的談話中，他還從沒像現在這樣懇切。確實，他看起來像是完全感受到了我的痛苦。「你難道看不出，她不是你合適的伴侶呢？」他仁慈地說。

「是，是的，我看出來了。」我把額頭埋在手心裏。我希望我倆在我安靜的房間裏就好。但我也不拒絕在這裏談。他又成爲我的朋友，天下還沒有誰像他這樣對我好，我會照他的希望去做。「你知道你是我唯一的朋友，」我猛地說，我自己的聲音也疲倦、沙啞了。「是唯一見到我被打敗而又不會不理睬我的人。」

「此話怎講？」

「噢，所有其他人都肯定在譴責或咒罵我的性急、魯莽和固執！他們都看我的笑話。一旦我表現出弱點，他們就排斥我。」我想起了路易斯的拒絕，想到我不久就會再見到他，胸中頓時充滿一種恨恨的滿足感。哼，他一定會大吃一驚的。可是接著我又有點害怕。我怎麼原諒他呢？我怎麼才能按捺住怒火，而不會像一團凶惡的大火衝他爆發呢？

「我們可以讓這些『英雄』難堪，」他回答，話說得緩慢而悲哀。「可以讓他們外強中乾，正是他們提醒我們什麼才是眞正有力量。」

「是嗎？」我問。我轉過身，在桌面上抱住手臂，面對著他，盯著那個精緻的淡黃色玻璃酒杯。「我眞是很強大嗎？」

「哦，當然，你一向十分強大。所以他們才羨慕或嫉妒你，才看不起你、如此生你的氣。但是我不必對你講這些事。還是忘掉那個女人吧。這不過是個誤會，一場大誤會。」

「可是你呢，大衛？你可是不會鬧誤會。」我抬起頭，吃驚地看到他的眼裏竟然濕潤了，而且紅紅的，他嘴上的那種僵硬又回來了。

「你怎麼了，大衛？」我問。

「對，是不會搞錯，」他說。「現在我覺得根本鬧不出誤會。」

「你是說……？」

「把我帶入你的世界，黎斯特，」他小聲說，然後仰靠在椅背上，儼然一副正統英國紳士派頭，好像對自己的失態吃驚和不贊成，並把目光移向外面閒逛的人群和遠處的大海。

「你眞想這樣，大衛？你敢肯定嗎？」其實我不想問他這樣的問題。我不想再多說一個字。但我還是不明白！他爲什麼做出這種決定？我搞的這次瘋狂的越軌行爲難道妨礙到他？若不是爲了他，我現在也不會是吸血鬼黎斯特了。不過他一定付出很大的代價。

我又想起他在格林納達海灘上的情景，想起他直率拒絕和我做愛的經過。他那時和現在一樣，也很痛苦。不知爲什麼他突然轉變態度主動要求這樣。難道是我們這次共同冒險打敗肉體竊賊使他改變了？

「來吧，」我對他說。「現在該走了，遠離這一切，去只有咱倆的地方。」我在發抖。我曾多少次夢想過這一刻呀。

可是這轉變也來得太快，我還有好多問題沒有弄清楚呢。

我突然感到一陣強烈的害羞，不敢看他。我一想到很快就要與他有親密行爲，我就不敢和他的目光對視。天哪，我現在的舉止和他在紐奧爾良時的舉止一樣；當時我穿著那礙手礙腳的凡人身體，色迷迷地向他猛攻。

我的心因滿懷期待而劇烈跳動。大衛即將投入我的懷抱！大衛的血即將流進我的身體。我的血同時流進他的身體，之後我倆就一同站在海邊，成爲黑暗中超凡脫俗的吸血鬼伴侶。這期盼讓我興奮得說不出話，連想都不敢想。

我低著頭站起來，穿過門廊走下台階。我知道他在跟著我。我就像希臘神話中能歌善舞的奧菲斯，向後瞟一眼，他就會離我而去似的。或許是一輛汽車經過時耀眼的燈光突然照射在我的頭髮和眼睛上的緣故，他突然極度地恐懼起來。

我領頭走上人行道，穿過一群群身著海灘服閒逛的凡人，經過路邊咖啡館的涼篷桌椅，往回走。我直接走進中央公園旅館，再次穿過金碧輝煌的門廳，上樓來到我的房間。

他聽見他在我身後把門關上。

我站在窗前，向外眺望輝煌的夜空。我的心啊，請你平靜吧！別忙，慢慢來。這事太重大了，每一步都要走得愼重。

來自天堂的雲層正快速掠過夜空。群星像一片片光斑，在發幽光的夜空裏閃爍。

我得告訴他一些事，我得把它們解釋清楚。他將會永遠保持現在這個樣子，他是不是希望改變一下自己某處的形象？比如說把鬍子刮乾淨，把頭髮修齊一點。

「這些都無關緊要，」他用那溫柔有教養的英國口音說。「有什麼不妥嗎？」語氣親切，好像是我需要擔保。「是不是你要求這樣做？」

「哦，是的。不過你要確定你是不是想這麼做，」我說完這話才把身體轉過來面對他。

他站在暗處，穿著合身的白色亞麻布西裝顯得那麼莊重，淺色的絲綢領帶優雅地打在領口上。街上的燈光明亮地映照在他的眼裏，這讓他領帶上的一顆金製小飾鈕閃亮一下。

「我不明白，」我小聲說。「這事來得太快，太突然了，而且在我以爲不會發生的時候來。我很爲你擔心，擔心你是不是會犯一個可怕的錯誤。」

「我想做，」他說，但是聽聲音他很緊張，很陰沉，毫無那種明朗抒情的成份。「你不了解我是多麼渴望做這件事。現在咱們就來吧。別讓我乾著急。過來吧。我怎麼做才能把你請來？才能讓你放心？哦，你不知道我用了多久來考慮這個決定。你一定記得我早就清楚了你的秘密，你的所有秘密。」

他的表情看上去怪怪的，目光很冷峻，嘴巴僵硬刻板。

「大衞，出了點問題，」我說。「這我很清楚。聽我說。我們得把它談清楚。這也許是我們倆之間進行的最至關重要的一次談話。到底發生了什麼，使你想幹這種事？出了什麼事？是我們倆在那島上一起住過那件事嗎？講給我聽聽。我得搞清楚。」

「黎斯特，你在浪費時間。」

「不過這種事不能操之過急。關係到這種事情，三思而行非常重要。」

我走近他，有意讓他的氣味充滿我的鼻孔，有意讓他的血味朝我撲來，並喚醒我體內的欲望，好使我衝動到不管他是誰或我是誰而幹出此事，即對他飢渴得只想要他命的那種衝動。這種飢渴像一條大鞭子，在我體內扭動揮舞。

他後退幾步，我見到他眼裏充滿恐懼。

「你別害怕。你以爲我會傷害你嗎？要不是有你，我怎麼會打敗那個愚笨的肉體竊賊呢？」

他的臉繃得緊緊的，眼睛變得更小！嘴巴伸展成奸笑狀。嘿，他怎麼看上去這麼嚇人，這麼不像他自己？他心裏到底起了什麼變化？眼下他好像換了一個人，他的決定來得很奇怪！這裏沒有應有的快樂，沒有應有的親暱。這麼不對勁。

「跟我講實話！」我小聲喝道。

他搖搖頭，又瞇縫起眼睛並露出凶光。「流血時這事不就成了嗎？」他的聲音冷冷的！

「黎斯特，給我一個形像讓我記在心間。一個抗拒恐懼的意象。」

我迷惑不解。不知他這是什麼意思。

「我是不是應該想著你並想你有多俊美？」他和善地問。「並想我倆將在一起，永遠是伴侶？這樣我就將能通過嗎？」

「你想印度，」我小聲說。「想想那紅樹森林，想你那時有多麼快樂……」

我想再說點什麼，我想說不，不想那些，可是我不知道爲什麼！這種飢渴在我胸中湧動，極度的孤獨感攙在其中，我再次看見葛麗卿，看見她臉上的恐懼。我向他走得更近。大衛，終於又見到大衛……做吧！廢話少說，意象不意象的有什麼用？幹就是了！你這是怎麼了？怎麼連幹這種事都怕？

於是我把他緊緊摟在懷裏。

他又恐懼起來，一陣發抖，但並沒眞的抵抗我。我享受一會兒這種肉體接觸的奇妙感覺，這個威嚴高大的肉體攬在我的懷裏。我讓自己的嘴唇蹭過他一頭黑灰的頭髮，聞著他那熟悉的髮香。我用雙手摟住他的頭。我的牙齒不知不覺已經咬破他的表皮，他那帶鹹味的熱血淌滿我的舌面，充滿我的嘴裏。

大衛，我終於向大衛下手了。

那些幻象接踵而來——印度的大森林，笨重的灰色大象沉重地走過。笨拙地抬起膝蓋，碩大的腦袋。搖搖擺擺，耳朵像鬆鬆的闊葉不停地搧動。陽光照進森林。那頭老虎在哪兒？**哦，親愛的上帝，黎斯特，你就是那頭老虎！你已經和他幹下這事！所以你才不想讓他想起這事！**我猛地看見他正在陽光照耀下的林間空地盯著我，許多年前的大衛風華正茂，樂呵呵的。突然，在一剎那間，在這個形像上罩上、或像花朵綻開似地又蹦出另一個男人的形像。它消瘦憔悴，頭髮花白，目光狡黠。沒等它隱沒，再變成大衛那搖搖晃晃行屍走肉般的形像之前，我已經看清，這人原來是詹姆斯！

我摟在懷抱裏的這人原來是詹姆斯！

我猛地把他向後一推，用手背抹去嘴唇上欲滴的血液。

「你是詹姆斯！」我吼道。

他撞在床沿上摔倒，翻著白眼，鮮血淌在他的衣領上，伸出一隻手徒勞地抓我，「你先別著急！」他恢復了原來我熟悉的那種腔調嚷道，胸膛劇然起伏，臉上滲出汗水。

「你下地獄吧！」我又大吼一聲，怒視著長在大衛臉上那對閃著狂亂凶光的眼睛。

我朝他撲過去，聽見他從嗓子眼兒裏絕望而瘋狂地擠出一股獰笑，然後聽見他急促而含混不清地說：

「你這個傻瓜！這是泰柏特的身體！你不會傷害泰柏特——」

可是爲時已晚。不等我明白過來，我的一雙手已經扼住他的喉嚨，並把他扔出去撞在牆上！他被我驚恐地看著狠狠地摜在牆上。鮮血從他的後腦勺冒出來，並聽到牆壁被撞壞的響聲。我伸手又去抓他，他直接倒進我的懷抱。他兩眼睜得像牛眼一般大，盯著我，絕望地張開嘴巴，艱難地吐出幾句話：

「瞧你都幹了什麼，你這傻瓜，你這白痴。你瞧你……做了什麼……」

「待在這個身體裏吧，你這個怪物！」我咬牙切齒地說。「讓它保持活著！」

他在大口喘氣。一條細細的血流從他的鼻孔裏流出，流進他的嘴。他翻著白眼。我把他攙扶起來，但他的兩腳晃晃蕩蕩地彷彿癱瘓。「你……你這個傻瓜。……快叫媽媽……快叫她來……媽媽……媽媽……拉格朗想見你……別叫莎拉。別告訴莎拉。叫媽媽。」然後他就失去知覺，垮了下來。我攙扶住他，把他放倒在床上。

我簡直發瘋了。我該怎麼辦？難道用我的血治癒他的傷口嗎？不行，他傷在深處，在他的頭部，在腦子裏！天哪！這可是大衛的腦子！

我抓起電話，結結巴巴說了這個房間的號碼，說這裏出了緊急事故。一個男人嚴重受傷。他摔倒了。他得了中風！得馬上叫救護車來。

我放下電話回到他身邊。大衛的臉和身體無助地躺在床上。他的眼皮在急速開合，他的大手也在一開一合，一開一合。「媽媽，」他喃喃著。「叫媽來。告訴她，拉格朗需要她——媽。」

「她這就來，」我說，「你一定要等著她！」我輕輕地把他的頭轉到一側。但這又有什麼關係呢？假如他能，就讓他脫出這副身體飛走好了！這個身體看來又會復原了！它不會再適合大衛了！

但大衛究竟在哪兒呢!?

鮮血流了一床單。我咬破自己的手腕。讓我的血滴在他被我咬破的脖子的傷口上。也許幾滴血滴在嘴唇上會有所幫助。可是我拿他的大腦怎麼辦呢？哦，上帝，我怎麼幹出了這種事……

「愚蠢，」他輕聲說，「太愚蠢。媽媽！」

他的左手開始在床上來回跳動。接著我看到的他的整條左臂都在抽搐，他的左半邊嘴也在向上一下一下地抽搐，他的兩眼向上瞪著，眼球停止轉動。鮮血繼續從他鼻子裏流出，流進嘴裏，染紅白白的牙齒。

「噢，大衛，我可不是要傷害你，」我低語著。「唉，上帝啊，他要死了！」

我想他又叫了一聲「媽媽」。

現在我聽見了警笛聲。救護車尖叫著朝海洋大道開來。有人在砸門。趁它被猛打開之前我躲到了一邊。接著我無蹤影地從房間裏衝出去。另有一些凡人在衝上樓梯。我經過他們時，他們只能看見一個影子一閃而過。我在門廳裏站一下，茫然地瞧著那些服務生跑來跑去。救護車的尖叫聲越來越近。我轉身跌跌撞撞跑出大門來到大街上。

「哦，上帝呵，大衛，瞧我幹了什麼？」

一聲汽車喇叭嚇我一跳，又一聲把我從恍惚中徹底驚醒。我站在馬路正中央，堵塞了交通。我趕緊退後，站回到路邊沙灘上。

一輛方方正正的大型白色救護車響著警笛開過來，在旅館門前猛地停住。從前排座位上跳下一個笨重的年輕人，跑進門廳，另一個人跑去打開車的後門。樓裏有人在高喊。我看見樓上我的房間窗口那兒有個人影。

我又向後退幾步，雙腿顫抖得像個凡人。我用雙手愚蠢地抱住腦袋，透過茶色太陽眼鏡，看著眼前這可怕的場面，看著人群停下蹓躂的腳步聚集過來，看著他們從附近餐館的桌旁站起，並朝旅館大門走來。

現在我不再可能用凡人的眼光來看任何事物了，但眼前這個場面還是鮮明刺目；我可以利用凡人看到的景像。只見一張大型輪床被推過門廳，大衛無助的身體被固定在上面，保安人員擋開圍觀的群衆。

救護車的後門「砰」地關上。警笛又嚇人地響起來，車加快速度開走了。載著大衛的身體開向天曉得什麼地方！我得做點什麼！但我能做什麼呢？潛入那所醫院嗎？與那身體來個交換嗎？除此還有什麼辦法救回它？而它裏面裝的卻是詹姆斯！大衛在哪兒？上帝呵，幫幫我。但爲什麼我求助於你？

我終於行動了。我沿著街飛快地跑，輕易超過那些幾乎看不見我的凡人，找個玻璃牆壁的電話亭，閃身進去，把門「砰」地關上。

「我要接通倫敦，」我告訴接線員，同時告訴她地點、號碼：泰拉瑪斯卡，對方付費。怎麼這麼久，我煩躁地用右拳擊打玻璃，左手握住話筒緊貼耳朵。終於，一名和藹而耐心的泰拉瑪斯卡人員接了電話。

「聽我說，」我報出自己的全名作爲開始。「你可能覺得這很荒唐，但它很重要。大衛・泰柏特的身體剛剛被緊急送進邁阿密市的一所醫院。我甚至不知道是哪所醫院！但他的身體受傷嚴重。這個身體可能死亡。但你的朋友，大衛不在這個身體裏。你在聽嗎？大衛在別的……」

我頓住了。

一個黑影出現在電話亭玻璃牆的另一邊，我的對面。我的目光無意中落在它上面。我剛想把它忽略不管，——也許是那個凡人催我快點打吧？我管他幹嘛——就猛然意識到它竟然是我以前的凡人身體，是我剛丟棄不久的那個高大年輕、棕色頭髮的凡人身體，是我那個已經住慣、讓我了解它一切細節和優劣的凡人身體！我正在凝視著僅僅兩天前我還在鏡子裏見到的同一張臉！只不過它現在比我高兩英寸。我正在仰視那雙熟悉、而且幾天前還是我的褐色眼睛。

這個身體穿著我兩天前還穿著的這同一身綢條紋薄西服。此外，它還穿著我兩天前套上過的同一件白色高領衫。現在，它舉起一隻我熟悉的手，作了個讓我鎮靜的的手勢，和那臉上的表情一樣鎮定，同時明確示意我掛上電話。

我照辦了。

這身體安靜而敏捷地繞到電話亭的前面，打開了門。它的右手抓住我的手臂，我順從地被它拉出電話亭，並拉到柔風習習的人行道。

「大衛，」我說，「你知道我闖了什麼禍嗎？」

「我猜得出來，」他揚了揚眉頭說，那熟悉的英國口音堅定地逸出那張年輕的嘴。「我看到救護車在那旅館門前。」

「大衛，這是個錯誤，是個非常、非常可怕的錯誤！」

「走，我們離開這裏。」他說。這才是我記憶中大衛的聲音，眞正有種安慰人且令人服從的魅力。

「可是，大衛，你不明白，你的身體已經……」

「來吧，你可以把前後經過告訴我，」他說。

「它快要死了。」

「唔，反正現在我們也沒什麼辦法救它了，是吧？」

說完，他摟住我肩膀（令我大吃一驚），向前俯身，以他典型的權威方式，擁著我向前走去，走到街拐角，他舉起手叫來一輛計程車。

「我不知道是哪家醫院。」我坦白道。我仍在渾身哆嗦，控制不住雙手的顫抖。他這樣安詳鎮定地俯視著我，讓我震驚得受不了，尤其是他那熟悉的聲音竟出自詹姆斯那嚴峻、黝黑的胸膛，更讓我不是滋味。

「我們不去醫院，」他說，彷彿是在極力安慰一個歇斯底里的孩子。他一指那輛計程車，說：「請進吧。」

他坐進我身邊的皮座椅，給了司機一個地址：椰林區的大海灣旅館。

27

我和他走進那間旅館以大理石貼磚的寬敞前廳，仍像個凡人似的驚魂未定，心有餘悸。我糊裏糊塗地看著周圍豪華的裝飾和擺設，以及一大盆一大盆的花卉。穿著入時的遊客進進出出。這個前兩天還是我的高大棕色頭髮的男人耐心地領著我走進電梯，我們在輕柔的呼嘯聲中來到高高的樓上。

我無法把目光從他身上挪開，剛才出現的奇蹟仍使我心有餘悸。我仍能嘗到嘴裏有那受傷人體的血腥味。我倆走進的這個套房很寬敞，裏面色彩柔和，透過幾大扇落地玻璃窗，向夜空敞開胸懷。向外望去，可以看見沿著漆黑寧靜的比斯凱因海灣，坐落著許多燈火通明的高樓大廈。

「我這就向你講清事情的來龍去脈，你一定會聽明白的。」我說。我很高興終於又和他單獨在一起。我看著他在一張小圓木桌旁和我面對面坐下。「大衛，我打傷他，我一怒之下……把他摜在牆上。」

「黎斯特，你瞧你這火爆脾氣。」他的語氣又像是在安慰一個過度緊張的孩子。一次燦爛而溫暖的微笑漾起，在這張帥氣而稜角分明的臉上以及寬濶而鎮定的嘴邊——毫無疑問，這是大衛的微笑。

我不知怎樣回答他好。我慢慢把目光從這張英俊的臉龐向下移到穩靠在椅背上的強壯筆直身軀，最後，到他放鬆的全身。

「他誘使我相信他就是你！」我邊說，邊努力把注意力集中在話題上。「他謊稱是你。唉，我把所有煩惱都向他吐訴了。他坐在那兒一邊套我的話，一邊傾聽。接著他就要求我給他實施『黑色贈禮』。他告訴我他已經改變主意。

他把我引誘到房間裏與他幹那事！可怕極了；我一直想幹的就是那事。但我就是覺得有點不對勁！他身上怎麼總有股邪性？我覺得這裏面有鬼，可又看不出！我當時眞愚蠢。」

「複雜的靈魂與肉體關係。」這個坐在對面的皮膚光滑、鎮定自若的年輕男子說。然後他脫下那件輕薄起縐的外衣，搭在旁邊的椅背上，又坐下，把手臂抱在胸前。柔韌緊身的套頭衫顯示出他發達的肌肉輪廓，乾淨的白棉布襯出他的皮膚更有顏色，幾乎呈現發亮的古銅色。

「是的，我明白了，」他接著說，他那可愛的英國口音流暢自然。「確實令人吃驚，幾天前我在紐奧爾良也有同樣的經歷，當時我在這個世界上唯一的朋友就穿著這副身體出現在我面前！我完全同情你。用不著你強調，我很清楚我原來的身體很可能會死去。我只是不知道我們對此能做什麼。」

「唔，我們不能接近它，這可以肯定！假使你接近它，詹姆斯可能感覺出來，並集中意念發動脫逃。」

「你以爲詹姆斯還在那個身體裏嗎？」他又揚起眉頭問，這是他說話時典型的動作，同時把頭略微前傾，嘴角掛著微笑。

這張臉後面確實是大衛！說話的音韻和他一模一樣。

「啊……是……什麼？……噢，對了，詹姆斯。沒錯，詹姆斯還在那身體裏！大衛，我可是給了他的腦袋猛力一擊！你還記得我們討論過這個問題：我要想殺了他，就應該給他腦袋猛力一擊。他當時結結巴巴地喊他母親。他想見她。他不停地說拉格朗需要她。我離開時他還在那副身體裏。」

「我懂了。這就是說，雖然大腦受損嚴重，但還在發揮功能。」

「一定沒錯！你沒看見嗎？他以爲他穿的是你的身體，就能阻止我傷害他。他鑽進你的身體來避難！他打錯了算盤！想得美！還企圖引誘我給他實施『黑色贈禮』！眞是賊膽包天！他應該搞清楚了。他應該一見到我就老實交代他的小技倆。讓他見鬼去吧。大衛，我即使沒有殺了你的身體，也給它造成了致命傷。」

他又像他在談話中習慣的那樣陷入沉思，兩眼圓睜，目光柔和，透過落地窗和幽黑的海灣上空，向遠方凝望。

「看來我得去醫院找他了。」他喃喃道。

「看在上帝份上，別去。你想在那身體死去時鑽進去嗎⁉︎眞是開玩笑。」

他敏捷地站起來，走到窗前，站在那兒凝視夜空。我看到他典型的站姿，看到他不安時的典型表情從這張新面孔上映現出來。

看著這副年輕的形體表現出大衛全然的鎭定自若和聰明智慧，眞是妙不可言！他又低頭瞧我，從那雙澄澈的年輕眼睛裏透出他溫柔智慧的目光。

「我的死神在等著我，不是麼？」他小聲問。

「讓它等吧。這是個事故，大衛。不是不可避免的死亡。當然還有一個選擇。我們都知道是什麼。」

「是什麼？」他問。

「我們一起去那兒。把那些醫護人員迷醉後溜進病房。你把他弄出那身體，你自己鑽進去，然後我把『黑血』給你。我把你變成我的同類。沒有什麼外傷是不能以我給你全面輸血來治癒的。」

「不行，我的朋友。到現在你應該更清楚，我不會這麼幹。」

「我知道你會拒絕，」我說。「那你就別接近醫院。別把他從昏迷中驚醒。」

我倆都沉默了，互相看著。我的戒心在迅速消除。我已不再發抖。這時我才突然意識到，他根本就沒有對我起過戒心。

現在他也不懷疑我。他看上去無憂無慮。他正看著我，彷彿在無聲地請我明白他的意思。也許他根本就沒有在考慮我。

他是個七十四歲的老人！而且剛鑽出一個渾身疼痛、老眼昏花的身體，進入這個硬朗健美的身體。嘿，我完全可以不管他有什麼感覺的！反正我曾經用自己的鬼神之軀交換過這個身體！他也用自己的老年之軀換來這個年輕健美的身體。他的本體行將走向生命的終結，而青春對他來說只是一串折磨人的痛苦回憶，這些回憶如此可怕，使他心境的平和正在迅速而全面地崩潰，並可能使他的殘年充滿沮喪和辛酸。

而現在他卻被重新賦予青春！他可以再把整個人生重來一遍！對這個到手的年輕男體，他自己就曾經覺得十分誘人和美好——他自己就曾對它產生過肉慾。

而現在我卻在這兒為一個躺在醫院裏、受了重傷正在死去的垂垂老體大傷腦筋，何必呢！

「對！」他說，「我敢說你的心情正是這樣。但我知道我還是應該去找那個身體！我清楚那才是我這個靈魂的眞正歸宿。我知道每多等一分鐘，我就會多冒一分不堪設想的風險——它可能會斷氣，那我只好待在這個身體裏。可是既然我把你帶到這兒來，這裏也就是我打算待的地方。」

我渾身顫抖，盯著他眨著眼睛，彷彿要把自己從睡夢中叫醒，接著又發起抖來。最後我大笑起來，瘋狂而嘲諷的大笑。之後我說：

「你坐下，給自己倒點那可笑的蘇格蘭威士忌，然後告訴我這到底是怎麼回事。」

他可沒想笑，而是顯得迷惑不解，或被動地覺得莫名其妙，目光從那完美的軀體裏一會兒看看我，一會兒瞧瞧地面，一會兒環視四周。

他又在窗前站了一會兒，眼睛掃視遠方帶著無數小陽台的高樓大廈，看起來那麼潔白。然後又遠眺海天一色的地平線。

之後，他轉身走到角落裏的小吧台，步伐敏捷沒有絲毫笨拙，舉起那瓶蘇格蘭威士忌，又拿了一個玻璃杯，回到桌前。他給自己倒滿一杯這噁心的玩意，然後一口氣喝了半杯，用他緊繃的新臉皮扮一個可愛的鬼臉，扮得同他原來的鬆垂老臉一模一樣。然後，他又用那不可抗拒的目光盯住我。

「唔，你說過他用我的身體作掩護，」他說。「我本該預見到他會這麼做！可是我卻沒想到，可惡！當時我們正忙著應付交換身體。天曉得，我也沒想到他會引誘你與他幹那個。當那種血開始流動時，他怎麼會認爲他能騙得了你呢？」

我作個絕望的手勢。

「告訴我發生的一切，」我要求。「他居然把你趕出你的身體！」

「一點不錯。而且一時間我竟然不知道發生了什麼事情！你想像不出他的威力有多大！當然他也是全力以赴，像我們一樣！我自然是在明白過來後馬上向他反撲，要回我的身體，可是他擋住了我，接著就用那支手槍向你開火！」

「向我開火？他用那把槍傷不了我，大衛！」

「可是我並不太清楚這一點，黎斯特。萬一一顆子彈打中你的眼睛就很難說。我不知道，但他有可能打出漂亮的一槍擊中你的要害，並設法再鑽回你的身體也沒準！我可不敢說自己有當遊魂的經驗！這方面，我肯定無法與他相比。我當時只有害怕傷心。接著你就逃走了，而我還無法收復我自己的身體，於是他就把槍瞄準躺在地上的另一副身體。

「我甚至連能否占領這副身體也沒把握。我從未幹過這種事。連你請我幹這事時我都沒有試過——占據另一個身體，無法想像！這就如同故意殺人一樣在道德上令我憎惡。但眼看他就要把那身體的腦袋打開花了，假如他控制住那把槍的話。但我當時在哪兒呢？我接著會出什麼事呢？那副身體是我重新進入物質世界的唯一機會。

「於是我就按我教你進入自己身體的同樣辦法，鑽進這個身體。接著我讓它站起來，先推他一把然後拔腿就跑，差點撞掉他手中的槍。此時，外面的通道裏已擠滿慌亂的旅客和服務生！於是我翻身躍下陽台，掉在下面一層的甲板上，與此同時他又開了一槍。

「我直到落在下面的甲板上才眞正意識到出了什麼事。若是用我原來的老年身體跳下來，肯定會摔斷腳踝！搞不好還摔斷一條腿。當時我是準備好疼到心底，但突然我就意識到我根本沒有受傷，我毫不費力地站起來，迅速穿過整個甲板，跑進通向皇家餐廳休息室的大門。」

「顯然這麼走是很錯誤的。保安人員已經在穿過那個船艙，衝向信號燈甲板的樓梯。我相信他們將會把他逮捕。他們必須抓住他。而他使用起那支槍來還很笨手笨腳。正像你以前形容過他的那樣。他眞的不會使用偷來的這些身體，總是很笨拙，自己原來的痕跡很重！」

他停下了，又喝一口蘇格蘭威士忌，再把酒杯斟滿。我入迷地看著他，聽他講，聽他那充滿權威的嗓音，欣賞他結合著容光煥發和天眞無辜的舉止。確實，這個年輕的男人身體內才剛完全成熟，儘管我以前沒有想過這一點。從各方面來講才剛剛成熟，就像剛剛鑄造出來的硬幣那樣新鮮，沒有一絲玷汚和刮痕。

「你穿著這副身體不會喝得那麼醉吧！」我問。

「不會，」他說。「不會的。事實上一切都不同了。我來接著講。我並不想把你丟在船上不管的。我很擔心你的安全。可是我毫無辦法。」

「我說過不要擔心我，」我說。「哦，上帝，我差不多也對他說過同樣的話……當我以爲他是你的時候。你接著講，後來怎樣了？」

「嗯。後來我就撤出來，鑽進了皇家餐廳休息室後面的那個門廳。透過門上的玻璃窗我仍能看清裏面發生的事情。我猜想他們一定要經過那兒把他帶走。我不知道有任何其他的路。我還得了解他是不是給抓住了。一時間我不知如何是好。這時一大幫警官出現了，我——大衛‧泰柏特的身體——夾在他們中間。他們簇擁著他——也就是原來的我——匆忙而嚴肅地穿過皇家餐廳休息室，朝船頭走去。我看見他在掙扎著保持自己的尊嚴，一面飛快而詼諧地和他們講話，好像是個有錢有勢的紳士被牽連進一樁小麻煩的醜聞似的。」

「這我能想像。」

「不過我搞不清楚他在玩什麼把戲。我沒料到他想得這麼遠，想利用我的身體逃避你的攻擊。當時我只考慮他現在想幹嘛？接著我想到他可能會讓他們來搜抓我。他會把整個事情都栽贓在我頭上。

「於是我馬上翻我的衣袋，找出了『謝里頓‧布萊克伍德』的護照，還有你留下來幫他下船的那些錢，以及打開樓上你原來那間艙室的鑰匙。我在考慮該怎麼辦。假如我去那間艙室，他們一定會來抓我。他並不知道護照上的姓名。當然那間艙室的服務生會把這一切都連繫起來想。

「我正在茫然不知所措時，聽到廣播裏傳來他的名字。一個冷靜的聲音請拉格朗‧詹姆斯先生立即去找船上的任何一個官員報到。這就是說他已把我牽連進去，認爲我擁有他給你的那本護照。所以『謝里頓‧布萊克伍德』這個名字遲早要被他們與它扯在一起。他很可能現在正向他們描述我的特徵呢。

「我不敢下到五甲板去看你是不是已經安全地藏起來。否則我可能會把他們引到你那兒去。我只能做一件事，就是先躲起來，直到我確認他下了船爲止。

「我完全有理由相信他在巴巴多斯因爲私帶槍支而被拘捕。他很可能不知道他的護照上是什麼名字，而他們會在他把它掏出來之前先看它一眼。

「我下到『麗都』甲板，大多數旅客都正在這兒用早餐。我也在這兒要了一杯咖啡，偷偷躲在一個角落裏喝起來。但幾分鐘之後我就覺得這一招不靈。兩個警官冒出來，並且顯然在找什麼人。我正好逃過他們的目光。我開始和鄰座兩名好心腸的女人搭訕，所以多少算是加入她們這個小團體。

「這兩名警官剛走，廣播裏又傳來了一個通知。這次他們把名字搞對了。『請謝里頓・布萊克伍德先生馬上向船上的任何一名警官報到』。我想到了另一種可怕的可能性，我正穿著這個殺害了全家人、並從一所瘋人院裏逃走的倫敦機械師的身體！這個身體的指紋很可能已建在警察局的檔案中。詹姆斯在這方面沒有躲過當局的調查。而現在我們又要在英屬巴巴多斯靠岸！一旦我被捕，泰拉瑪斯卡也無法把這個身體保釋出去。所以儘管我很擔心離開你，也只能想辦法下船。」

「你應該知道我沒事的，但他們爲什麼沒有在舷梯那兒攔住你呢？」

「哦，他們差點抓住我，但當時的忙亂幫了我的忙。布里奇敦港很大，我們就在碼頭靠岸。沒必要用那條小船來回運送。海關工作人員花了很長時間做上岸前的淸船工作，致使有幾百名遊客在低層甲板的過道上等著下船。」

「那些警察全力以赴在各個上岸通路值勤。我又設法混進一批英國女士當中，大聲跟她們談論巴巴多斯的可愛天氣和美麗風光，就這樣混下了船。」

「下船，來到水泥碼頭後，我朝著海關大樓走去。現在我擔心的是，在那樓裏他們會檢查我的護照，完了才讓我通過。」

「你得記住，那時我鑽進這個身體還不到一個小時！每走一步我都覺得特別不習慣。我不住地朝下看，看這雙手，感到特別吃驚——我是誰呢？我刻意地盯著別人的臉看，好像從一堵白牆壁的兩個洞裏朝外看。我想像不出他們看到了什麼！」

「我非常了解。」

「不過這身體可眞棒，黎斯特。這你想像不出。我就好像喝了某種強烈的興奮劑，讓它浸透了每一條纖維！這一對青年人的眼睛也使我能看得很遠，很淸楚。」

我點點頭。

「唔，老實說，」他說，「當時我幾乎理不淸頭緒。海關大樓裏人滿爲患，港口裏還停著幾艘遊船，『風歌號』在那兒，『鹿特丹號』在那兒。我想『皇家海盜太陽號』也在那停泊，就在『女王伊麗莎白二世號』對面。這地方擠滿了遊客。不久我便弄淸楚，只有對那些返回船上的人才檢查護照。

「我走進一家小店舖——你知道，就是那種擺滿稀奇古玩商品的舖子——買了一副大大的太陽眼鏡，就是你皮膚特別蒼白時常戴的那種。還買了一條上面有隻鸚鵡的T恤。

「我把我的夾克和套頭衫脫下來，換上這條難看的T恤，戴上太陽眼鏡，找了個車站。從這兒，通過敞開的大門，我能把那座碼頭一眼望穿。除此之外，我不知道怎麼辦好。我很擔心他們會搜查船艙！他們要是發現五甲板上的那個小艙門打不開怎麼辦？或是發現你的身體躺在那個大箱子裏怎麼辦？但話又說回來，他們怎樣展開這種搜查？再說他們未必覺得有這種必要，反正帶槍的人已經抓到了。」

他又停下喝了一大口蘇格蘭威士忌。他講述這一切時顯得旣沮喪又無辜，甚至委曲，他在自己原來的體內不可能顯出這樣的表情。

「我氣瘋了，氣得七竅生烟。我試圖使用我原來的傳心術，結果沒多久就找到感覺，這副身體和我貼得這樣緊，這倒是出乎我意料之外。」

「這不奇怪。」我說。

「接著，我就從最靠近我的旅客心裏接收到各種念頭、想法和圖像。一點用也沒有。幸虧就在這時，我的氣惱突然結束了。

「他們把詹姆斯帶上岸來。他身邊仍圍繞著一大幫警察。他們一定認為他是西方世界最危險的罪犯。他還提著我的行李。他裝出有錢有勢的英國紳士派頭，無視那些帶他到海關官員面前、察看他護照的警官滿臉狐疑，還面帶笑容地與他們閒聊。

「我意識到他要被迫永遠離開這條船。他們甚至搜查他的行李，然後才把這幫人帶走。

「這段時間我一直躲在這座樓裏的牆角處，像個楞小子，把我的外衣和襯衫搭在手臂上，透過這副大太陽眼鏡，注視著我自己的身體在那兒擺著架子裝模作樣。我想，詹姆斯想幹嘛，他為什麼想要我的老朽之軀？我講過，當時我怎麼也沒想到他這招很聰明。

「我跟著這些人走出大樓，外面有輛警車在等候。他們把他的行李塞進去，他則站在那兒喋喋不休，並同那些留下的警官一一握手道別。

「我盡量靠近，聽見他連聲致謝和道歉，全是些委婉的客套和廢話，還熱情地連聲宣布，他十分享受這次短暫的航行。看來他對自己的演技十分得意。」

「對！」我憂愁地說，「這正是咱倆對付的那個人。」

「就在這時，最奇怪的事情發生了。在他們為他把住車門、讓他進去的時候，他突然停止了一切嘮叨，轉過身來，直盯著我，好像他知道我一直跟著他。只是他把這個姿態做得很隱蔽，兩眼來回掃視進出那幾扇大門的人群。最後他又迅速看我一眼，臉上露出微笑。

「等警車開走了，我才明白出了什麼事。他其實很願意穿著我的身體跟車開走，而把這副二十六歲的年輕軀體留給我。」

他又舉起酒杯啜一口，注視著我。

「也許在這樣的時刻交換身體是絕對辦不到的事情。我眞的不知道。但事實是，他需要我的身體。就這樣，我一個人站在海關大樓外面，而且又……又成了一個年輕人！」

他盯著那個玻璃杯，但顯然視而不見。沒多久，他又把目光挪向我的眼睛。

「這就像浮士德，黎斯特。我買來青春，但奇怪的是……我並沒出賣我的靈魂！」

我沒說話，看著他惶惑地坐在對面輕輕搖頭，並好像又想開口。我等著他。他終於又說道：

「你能原諒我當時離開你嗎？我無法再回到船上。當然，詹姆斯去了監獄，至少我當時這麼想。」

「我當然不會怪你。大衛，我們料到可能會出這種事，預見到你也有可能像他那樣給抓起來！這根本不算什麼，後來你做什麼了？你去哪兒了？」

「我去了布里奇敦。這其實不是我做的決定。一個年輕漂亮的黑人計程車司機找上門來，說我一定是遊船的乘客（我當然是），問我要不要去城裏轉轉，價錢很便宜。他說他在英國生活過好多年。他的嗓音很好聽。我可能根本沒有回答他，只是點了點頭，就鑽進了那輛小汽車的後座。他載著我繞著島轉了好幾個小時。他一定覺得我是個很古怪的人。

「我記得我們駛過幾片最美麗的甘蔗田。他說這條小路原來是爲馬拉大車而修。我認爲這些田地很可能兩百年前就是現在這個樣子。反正黎斯特知道，他會告訴我的。接著我又低頭看自己的這雙手。我得動動腳，伸伸手，作個手勢什麼的；我要感受一下這個年輕男體的健康和活力！我要回到剛才的驚詫狀態，徹底忽略這可憐司機的優美嗓音和我路過的景點。

「最後我們來到一個植物園。這個文雅的黑人司機把車停好，請我進去轉轉。進去看看又有何妨？我就用你留給肉體竊賊的錢（放在衣袋裏）買張門票，走進植物園，這才發現我來到世界上最美麗的地方之一。」

「黎斯特，這一切眞像夢裏的仙境！」

「我一定要帶你去參觀這個地方，你得看看它，既然你這麼喜歡海島。其實，我當時想到的……只有你！」

「我得向你講淸楚一點，自從你第一次找到我時起，只要我注視你的目光，聽到你的聲音，甚至一想到你，我就感到痛苦。沒有一次例外。這是一種和凡人的必死性有關的痛苦，因爲你能意識到你在變化，你有著生命的局限，逝去的就再也找不回來。你意識到這一切，所以你才痛苦。你明白我的意思嗎？」

「明白。這次你在植物園裏閒逛，也想到我，卻沒有感覺到那種痛苦，對吧？」

「對，」他小聲回答。「我沒有感到那種痛苦。」

我等他繼續講下去。他默默地坐著，又貪婪地喝一大口蘇格蘭威士忌，然後把酒杯推到一邊。他優雅的內涵氣質外加紳士的舉止風度，完全駕馭這個高大健壯的年輕身體。他那適度平穩的聲音又傳了過來。

「我們一定要去那兒看看，」他說。「站在山頂上俯瞰大海。你這還記得在格林納達的椰林聲響，它們在風中搖曳發出的『咔嗒咔嗒』聲？你在巴巴多斯的植物園裏還能聽到這樣美妙的音樂；在別處就難得聽到。噢，還有那些野花，狂亂生長的野花。那裏是屬於你的天然花圃，但又那麼溫順、柔和、安全！我見到一棵巨大的旅人棕櫚，它的枝杈好像是編織的髮辮，從主莖裏擰著長出來！還有蝦爪，一種稀奇古怪像蠟似的植物；還有薑百合……哦，你一定要去看看。它們在月光中也一定特別美，十分賞心悅目。」

「我眞想永遠待在那裏。這時開來一輛滿載的遊覽車，把我從心曠神怡中驚醒。知道嗎，他們是從我們船上來的。全是『女王伊麗莎白二世號』上的遊客。」他朗聲大笑起來，臉上表情很難捉摸，笑得渾身顫抖。「我只好迅速溜走了。

「我走出公園，找到我的司機，讓他帶我路過那些花稍的旅館，到島的西邊海岸看看。許多英國人都在那兒度假。那裏豪華奢侈，與世隔絕，有高爾夫球場。隨後我發現了一個特殊地點，是一處蓋在海邊的療養所，正是我想脫離倫敦、飛跨世界去找個溫暖可愛地方隱居的理想之地。

「我讓司機把車開上一條大道，好讓我仔細觀賞。這是座向四周擴展的別墅，粉紅色的牆壁，在遊廊的屋頂下面有個漂亮的露天餐廳，沿著白色的沙灘向大海敞開。我邊散步邊想著問題，但理不清頭緒，最後決定先在這裏下榻。

「我付了車費，住進一個漂亮的面對海灘的小房間。服務生領著我穿過花園到達那裏，然後帶我走進一座小樓，我住進這個小房間，見到它的門朝向一個有頂的小門廊，從那兒沿著一條小徑可直達沙灘。在我和藍色的加勒比海之間除了椰子樹和幾大片木槿叢之外，沒有任何阻隔。木槿上盛開著聖潔的紅花。

「黎斯特，此時我開始懷疑自己是不是已經死了，而眼前的這一切是否只是最終帷幕落下之前的幻影！」

我點點頭表示理解。

「後來我躺在床上，你知道我幹嘛了？我睡著了。我穿著這個身體躺在床上，居然睡著了！」

「這又算什麼，」我微笑著說。

「嘿，對我來說這可太神奇了。眞的。你一定會特別喜歡那個小房間的！它就像個安靜的小貝殼，朝著貿易風打開。等我在下午三、四點鐘醒來時，我第一眼見到的就是大海。

「然後我才震驚地意識到我仍待在這副身體裏！我意識到我一直在擔心詹姆斯可能會找到我，並把我轟出這個身體，讓我只好作個遊魂，四處漫遊，無形無影，無法找到肉體歸宿。我確定這樣的事會發生。我甚至想過我會變成一個無著落、軟綿綿的孤魂。

「但那只是幻想。畢竟我確確實實躺在床上，你的破錶告訴我時間是三點鐘剛過。我馬上打電話給倫敦。」他們自然相信先前給他們打過電話的詹姆斯是大衛・泰柏特。我只有在耐心聽完後才大概了解發生的情況：我們的律師立刻去居納爾公司的總部，並為他（詹姆斯）辦妥一切，他此到正在飛赴美國的途中。泰拉瑪斯卡還以為我正在從邁阿密海灘的中央公園旅館給他們打電話呢，要告訴他們我已安全到達，並已收到他們電匯的救急款——他們把我當成詹姆斯。」

「咱們早該預料到他會這麼幹。」

「唉，是呵，多大一筆錢呀！而且他們馬上就寄出，畢竟大衛・泰柏特是他們的會長。我把對方講的一切都耐心地聽完，然後請他們讓我可信賴的助理和我講話，並把實際發生的情況大致告訴他。我說我被一個外形和我一模一樣的男人冒名頂替，此人非常能模仿我的聲音。他就是拉格朗・詹姆斯這個惡魔。不過，如果他又打電話的話，千萬不要他讓他聽出你們已經識破，而是繼續假裝對他有求必應。」

「我不認為世界上會有第二個機構相信這樣一個故事會是真的，哪怕敍說者是他們的會長也罷。確實！我非得極力說服他們不可。但事實上並沒那麼困難，比我設想的簡單得多——他們相信我。畢竟我說出許多細節和只有我和我助手兩人才知道的事情。識別我的身分不成問題。當然，我沒有告訴他，我正被牢牢困在一個二十六歲男子的身體內。

「不過我告訴他，我需要馬上得到一本新護照。我不想帶著印了『謝里頓・布萊克伍德』這個名字的照片離開巴巴多斯。我指示我的助手打電話墨西哥城的老好人傑克，讓他把一個在布里奇敦的內線的名字告訴我，此人可在當天下午就把一切辦妥。最後我說我也急需一筆錢。

「我剛要掛上電話，我助手又說，那個冒名頂替者打電話給黎斯特・狄・賴柯特留了言，要他盡早與他在邁阿密的中央公園旅館碰頭。冒名頂替者說，黎斯特・狄・賴柯特一定會打電話要這個留言，一定要準確無誤地將留言轉達給他。」

他又停住，這次嘆一口氣。

「我知道我本該直接去邁阿密。我本該警告你肉體竊賊就在那兒。但我在獲悉這個消息時突然有個想法。我知道我可以直達中央公園旅館去會會那個肉體竊賊，如果馬上動身，或許能趕在你之前見到他。」

「可是你不想這麼做。」

「對，我不想。」

「大衛，這些我能理解。」

「是嗎？」他盯著我問。

「你在問像我這樣的一個小魔鬼嗎？」

他慘淡地笑了一下，又搖了搖頭，這才接著說：

「我在巴巴貝斯島上過了一夜，以及今天的上半天。新護照在昨天按時準備好，我可以用它乘坐飛往邁阿密的最後一班飛機。但我沒這麼做。而是待在那個美麗的海濱旅館裏。我在那兒吃了飯，又去布里奇敦這個小城市轉了一圈，直到今天中午才離開。」

「我說過，我很了解。」

「眞的嗎？要是那個惡魔再次襲擊你怎麼辦？」

「不可能！這你我都淸楚。他要是能成功，他早就成功了，用不著等到現在。別再擔心了，大衛。我昨天夜裏沒有來，雖然我想過你可能需要我。我去找葛麗卿。」我痛苦地聳聳肩。「別無事自擾了。你知道什麼事要緊，什麼事無關緊要。你原來的身體現在怎麼樣了才要緊。幸虧它沒有殃及你，我的朋友。我是給那個身體致命的一擊！我能看出你沒聽懂我的意思。你以爲你聽懂了，可你還是糊里糊塗沒醒過來。」

這幾句話肯定使他震驚。

看到他痛苦的目光，我很難過；他的眼睛黯淡下來，身上未損傷的嫩肉似乎也布滿憂鬱的皺紋。不過，他的聖潔靈魂與年輕肉體的結合是如此神奇動人，使我再次盯著他目不轉睛，並朦朧回想起他在紐奧爾良時盯著我看的奇怪目光，那種使我當時變得躁動不安起來的古怪目光。

「我一定要去那兒。黎斯特。去醫院，我得看看出了什麼事。」

「我也去。你跟我一塊兒去吧。可是只有我才能走進那個病房。電話在哪兒？我得給中央公園旅館打電話，他們把泰柏特先生送到哪兒去了。他們很可能又在找我，因爲事情發生在我的房間裏。也許我該直接給醫院打電話。」

「不行！」他伸出手按住我的手。「別打。我們應該去那兒。我們應該……親眼看看。我想親眼看看我自己。我有——我有一種不祥的預感。」

「我也是。」我說。這不只是凶兆。

畢竟，是我看著那個灰髮老頭躺在沾滿血跡的床上渾身抽搐，奄奄一息。

28

這是一所綜合性大醫院，接受所有類型的急診，深更半夜送來的也不例外。所以，即使這麼晚了，還有救護車往來於它的門前。那些穿白衣的醫生也在忙著搶救出交通事故的人、心臟病發的患者，受到刀傷或槍傷的人。但是大衛·泰柏特卻被送到一個遠離耀眼燈光和喧囂嘈雜的地方，那就是樓上一個安靜的病區，叫「加護病房」。

「你在這兒等著，」我堅定地對大衛說，同時把他領到一個消過毒的小休息室，內有難看的現代家具和一堆翻爛的雜誌。「別離開這個地方。」

寬敞的走廊寂靜無聲。我朝盡頭的幾個門走去。

才過一會兒我又回來了，大衛正坐在那兒發愣，翹著長長的二郎腿，雙臂抱在胸前。

他好像被從夢中驚醒似地抬起頭來。

我又開始渾身哆嗦，幾乎控制不住，他臉上平靜安詳的表情更加深我的恐懼、痛苦和懊悔。

「大衛·泰柏特已經死了，」我小聲說；費了好大勁才把這幾個字吐出來。「半個小時之前他死了。」

他聽了後不動聲色，彷彿我根本沒說似的。此時我只想說，我是爲了你才做這個決定！我辦到了。我把肉體竊賊帶進了你的世界，雖然你警告我別這麼做。把那個身體打倒的也是我！天曉得你在明白出了什麼事後會怎麼想。你其實並不知道。

他慢慢站起身來。

「噢，可是我知道，」他理智地小聲說，並走過來把雙手放在我的肩膀上。他的整個舉止眞像他原來的他，使我覺得好像正在注視兩個被揉在一起的人。「他是浮士德，親愛的朋友，」他說。「而你並非魔鬼梅菲斯特。你只是黎斯特，憤而出擊。現在，一切都結束了！」

他慢慢向後退一步，目光移向別處，表情茫然，臉上的沮喪神情卻蕩然無存。他陷入沉思，彷彿與世隔絕，似乎我也不存在了。我仍站在原地顫抖，竭力想控制住自己，告訴自己這是他希望的結局。

我再次從他的視線中證實這點。他怎麼會不想要這樣的結局呢？不過我也明白另外一點。我已永遠失去了他。他再也不會、再也不會同意跟我走。由於有了這個奇蹟，任何把他收編、歸我所有的機會都已徹底不復存在。怎麼不會是這樣收場呢？我已感到它在一點點地滲透，深刻而平靜。我又想起葛麗卿，想起她臉上的表情。一瞬間我快然地回到那個房間，我與那個冒牌的大衞在一起，他用那雙漂亮的黑眼睛看著我，說他想要我的「黑色禮物」。

我心裏感到一陣痛楚，接著這感覺越來越眞切和強烈，彷彿我的身體正在猛烈地上火，要把我燒焦。

我一言不發，先看著那些難看的日光燈嵌在有坡度的天花板；再看著那些沒意思的家具，上面不是有污跡就是開線；又看著一本翻爛的雜誌，封面上有個咧嘴笑的小孩。我凝視著他。漸漸地，這痛苦淡化成一點隱痛。我期盼著。此時我不可能講出一句合理的話。

經過長時間的沉思默想，他好像從符咒的魅力清醒。他那優雅、穩重而又敏捷的舉止一如既往再次迷住我。他囁嚅著說，他必須去看看那屍體。這應該不成問題。

我點點頭。

他把手伸進衣袋，抽出一小本英國護照。是他在巴巴多斯弄到的那本假護照。他凝視著它，彷彿要洞察一個雖小但很重要的秘密。然後他把它遞給我；爲什麼？我想像不出。我端詳著上面的照片，是張英俊年輕的臉，透出沉穩、智慧的氣質。我看它幹嘛？但他顯然很想讓我看，那我就看吧。於是，我在那張新面孔的下面看到那個老名字：

大衛・泰柏特。

原來，他已把自己的姓名用在這份假護照上，好像他……

「是的，」他說，「好像我知道自己再也不會、永遠不會是那個年邁的大衛・泰柏特。」

已經死亡的泰柏特先生的屍體還沒有給運到太平間去。這是因爲他的一位生前好友叫阿倫・萊特納先生的——正在從紐奧爾良飛往邁阿密的路上。他乘坐的包機不久就會到達。

遺體躺在一個潔淨的小屋裏，是個滿頭灰黑頭髮的老人，一動不動彷彿在沉睡，一顆大腦袋枕在樸素的枕頭上，兩臂平放在身體兩邊。他的兩頰已經略微凹陷，拉長了臉，鼻子在電燈的黃光照耀下顯得比平常更瘦長一點，而且堅硬得彷彿不是由軟骨而是由骨頭構成。

身上的亞麻布西裝已經脫去，經過清洗和修飾，穿上了一件樸素的棉布睡衣，還蓋上一條白色的毯子。另有一塊淺藍色的單子蓋住毯子的上沿，平整地蓋在死者的胸前。眉頭經過修整，顯得太靠近眼睛，好像皮膚已經在下陷，甚至溶解。在我這個吸血鬼的敏銳鼻子聞來，它已經散發出死亡的淡味。

可是大衛就看不出來，也聞不出那種氣味。

他站在床邊低頭看著這具屍體，看著他自己安靜的面容。它皮膚微黃，鬍子渣兒顯得有點骯髒和邋遢。他猶豫著伸出一隻手撫摸他自己的灰頭髮，幾個手指停留在死者右耳前的那幾縷鬈曲的頭髮上。接著他撤回手，低頭肅立，像在葬禮上瞻仰死者的遺容，表達哀悼之意。

「它死了，」他嘟嚷著，「眞的死了。」他長嘆一聲，眼睛掃過天花板和小屋的牆壁，掃過拉上窗簾的窗子和鋪著暗色漆布地磚的地板。「我感覺它體內和旁邊都沒有生命了，」他仍用壓抑的聲音說。

「是的。完全死掉了，」我附和。「已經開始腐爛了。」

「我原以爲他會出現在這兒！」他小聲說。「就像一縷烟霧在空屋裏漂浮。我原以爲我肯定能感覺到他在我旁邊，拚命想鑽回我現在的身體。」

「或許他還在這兒，」我說。「但他辦不到了。這場面即使對他來講也太可怕了。」

「不，」他說，「這裏沒有別人了。」說完又凝視他原來的身體，好像無法把目光挪開。

時間一分一秒過去。我觀察著他臉上表情的細微變化，那細嫩潤澤的臉皮上注滿難過的表情，接著又舒展開來。他現在釋然了嗎？他又靠我那麼近，而且似乎更緊密地和這副新身體結合在一起，儘管他的靈魂仍透過它放射出如此美麗的光芒。

他又嘆息，然後挺直身體，我倆一起走出小屋。

我們站在米黃色牆壁的昏暗走廊，頭頂上的日光燈發出慘淡的光線。遮著薄薄一層暗色窗簾的玻璃窗外，邁阿密在閃爍發光。從附近的高速公路上傳來嗡嗡的悶響，一排排車頭燈的光線在道路突然轉彎時危險地橫掃過來，轉瞬間又開上鋼筋混凝土的狹長高架橋，車燈的強光也隨之猛地射向另一個方向。

「你要知道，你已經失去泰柏特莊園，」我說。「它屬於躺在那小屋裏的那個男人。」

「是的，這我想過，」他漫不經心地回答。「我是那種天生破財的英國人。而且想想看吧，它要歸我一個沒出息的小表弟所有，此人只想立刻將它搬到市場上出賣。」

「我把它再買回來給你。」

「我的組織可能會這麼做。我在遺囑裏寫明他們將擁有我的大部分房地產。」

「別那麼肯定。即使泰拉瑪斯卡的人也未必對此有心理準備！再說，人在遇到錢事時也會變成十足的野獸。給我的巴黎代理人打電話。我要指示他絕對滿足你的任何需求。我要確保把你的財產歸還給你，一分錢都不少，尤其是要把那房子給你。我能給的所有東西你都可以擁有。」

他略顯吃驚。接著感動不已。

我也不禁感到吃驚。我曾像他這樣如此適應這副高大柔韌的身體嗎？顯然我那時的動作更衝動、生硬一些，甚至有點猛烈。的確，它的力量使我變得有點粗心大意、滿不在乎。可是現在大衛卻了解了這副身體的全部構造和功能。

我又在回憶中見到他。那個老大衛大踏步走過阿姆斯特丹狹窄的石板路，躲避著呼呼響的腳踏車。那時候他就像現在一樣泰然自若。

「黎斯特，你現在不要再爲我負責，」他說。「這一切又不是你造成的。」

我突然感到特別難過。但該說的話總得說出來，不是嗎？

「大衛，」我說，同時竭力掩飾痛苦。「因爲有了你，我才打敗那傢伙。在紐奧爾良我對你說過，只要你幫我從他那兒收復我的身體，我就永遠做你的奴僕。而你做到了。」我的聲音在顫抖，我不想這樣，但控制不住。何不趁著現在一吐爲快？省得總是痛苦。「大衛，我當然淸楚我已永遠失去了你。我知道你從現在起絕不會接受我的『黑色禮物』。」

「可是黎斯特，你怎麼能說你失去我了呢？」他低聲熱切地說。「我爲什麼非要死了才能愛你呢？」他緊抿嘴唇，竭力克制自己不要太動感情。「爲什麼要以這作爲代價，特別是現在我活得比以往任何時候都更有勁？上帝啊，你顯然是領會了過去所發生的那麼多事的根本含義，那就是：我獲得了新生。」

他把一隻手搭在我的肩膀上，手指想捏住我這強健到幾乎感不到他觸摸的身體，或者感到一種全新的他根本不知道的感受。「我愛你，我的朋友，」他還是熱烈地小聲說。「現在請你別離開我。這一切已把我們緊密地聯繫在一起。」

「不，大衛，沒有。在過去這幾天裏，我倆之所以緊密，是因爲我倆都成爲凡人。我們看的是同一個太陽，同樣的黃昏黎明，我倆感受到腳下同樣的地心引力。我倆一起吃喝。我倆或許還要一起做愛，假如你允許的話。可那是過去。現在一切都改變了。你重獲青春，以及伴隨這個奇蹟而來的所有奇妙的東西。而我卻是吸血鬼的老樣子，一見到你還是像見到了死亡。我見到一個走在陽光下的人，就同時見到死神正盤旋在他的肩頭上方。我現在知道我不能再當你的伙伴，你也不能再當我的同伴。不然我會付出太多痛苦的代價。」

他低下了頭，默默而勇敢地努力控制住情緒。「先別離開我，」他大聲說。「除了你，這世界上還有誰能了解呢？」

我突然想向他懇求。我想說：**考慮一下吧，大衛，你能在這年輕美麗的形體裏獲得永生**。我想告訴他我們可以去很多地方，我們兩個不死的吸血鬼一起去，還可以見到許多奇觀。我想向他描述那個我在熱帶雨林深處發現的黑色神廟，想告訴他帶著能洞察一切的千里眼勇敢地在叢林中漫遊是什麼滋味……哦，這些話傾刻間都會從我嘴裏奔湧而出，我也沒想遮掩我的想法和感情。哦，是的，你又年輕了，而且你可以永遠年輕下去。年輕是你駛入黑暗的最好器物，這種黑暗本該是任何人都能適應的。這就好像那些幽靈已經爲你作好進入黑暗的準備！智慧和美貌都會屬於你。我們的諸神已經念開魔咒。來吧，跟我一道走吧。

但我沒有說。我沒有懇求他。我只是默默地站在走廊裏，聞著從他體內散發出來的血味。這種氣味從所有凡人身上都冒出來，但冒出的方式因人而異，從不雷同。注意到他的這種新生命、更高的體溫和更健康舒緩的心跳使我倍感折磨。聽著這心臟的跳動，我感到這年輕的身體彷彿正在以一種獨特的方式對我說話，然而他並不以這種方式對他自己說話。

在紐奧爾良的那間咖啡館裏，我也曾從這個凡人體內嗅到濃烈的生命之味，但濃烈的程度不同。絕對不同。

把這個念頭斷掉很容易。我斷了這個念頭，撤回像普通人那樣的脆弱、孤獨而安靜的心態。我躲避他的目光。我不想再聽到任何道歉和推託的話。

「不久我再來看你，」我說。「我知道你會需要我。你會在你忍受不了一切的過度恐怖和神祕時，需要我這個唯一的見證者。我會來的。但要給我時間。還要記住，給我的巴黎代理人打電話。不要依賴泰拉瑪斯卡。你一定不願把這次生命也交給他們吧？」

我轉身剛要走，聽見遠處電梯門沉悶的開門聲。他的朋友到了，是個個頭矮小白頭髮的男人，穿著和大衛常穿的一樣，一身合身的老式西服，裏面是搭配的襯衣。他邁著輕快的腳步朝我們走過來，表情焦慮。接著我見他把目光停留在我身上，並放慢腳步。

我趕緊走掉，不管我已意識到此人認識我。他知道我是誰，是幹什麼的。眞氣人！不過這樣更好，我心想，因爲這樣一來，在大衛講述他奇怪的故事時，他一定會相信的。

夜色一如既往在等待我。我已經飢渴難耐。我仰頭閉目站了一會兒，張著嘴，感覺著這種飢渴，並想像頭飢餓的野獸那樣嚎叫。是的，當一切美食對我而言又不存在時，就只有飲血；當這個世界雖然美麗但對我來講似乎又恢復空虛無情、而我自己也徹底失落時，就只能重操舊業。把我的老朋友、死亡以及洶湧的血液給我。吸血鬼黎斯特又來了。他渴了，今夜就像以往所有的夜一樣，不可忽視他的存在。

可是我在搜尋那些骯髒的黑街、尋覓我特別喜歡的那些凶殘的罪犯解渴時，心裏就明白：我已經失去美麗的南方海濱城市邁阿密。至少是暫時失去。

我不斷在心裏想到那個在中央公園旅館裏的漂亮小房間，窗戶朝向大海，那個假大衛對我說他想要我的「黑色禮物」！我也想起葛麗卿。我會有那些把葛麗卿忘掉的時刻嗎？——那些我把葛麗卿的故事向我以爲是大衛的那個人和盤托出，然後我和他爬上樓梯走進那個小房間，我的心「怦怦」狂跳，並想：「總算要和他幹了！終於盼到這一天」的時刻。

痛苦，憤怒，空虛！我再也不要見到這些南方海灘的漂亮旅館。

卷二

一旦脫離自然

洋娃娃

威廉・巴特勒・葉慈

在玩具製造者的家
有個玩具洋娃娃
對著搖籃高聲罵：
「這小子在羞辱我們大家。」

另有個洋娃娃最年長
當範本被展出在櫥窗
歷經同類繁衍，見多識又廣
面對滿架同伴，數他嚷得響：

「沒人去報告這裏的罪惡，
這對男女便搞出個小的
放在這裡，吵鬧又齷齪

讓我們的臉面往哪兒擱。」
聽到他哼唧又伸懶腰
玩具藝人的老婆便知道
丈夫聽見了這些吵鬧
便蹲在椅子扶手旁把他叫。
將頭往他肩上倚
對著他耳朵輕聲細語：
「親愛的，親愛的，別生氣，
這是次偶然事故，不足爲奇。」

29

兩夜之後，我返回紐奧爾良。這兩天我一直在佛羅里達群島漫遊，穿過好幾個古怪的南方小城市，常常連續幾小時在南方的海灘上徜徉，甚至把光腳趾頭伸進白沙裏扭動。

我終於回來了，年復一年的暖風已經驅散寒冷。空氣又變得溫和起來。天空雲淡，風和日麗。哦，我的紐奧爾良。

我立即去找親愛的房客老太太，並大聲招呼莫約。這條狗正趴在後院裏睡覺，可能是覺得在屋裏睡太熱，我邁進院子時牠沒有吠叫。是我的嗓音使它認出我，我剛一叫牠的名字，牠就又屬於我。

牠馬上朝我跑過來，跳起來，把牠軟軟的厚爪子搭在我的雙肩，用牠火腿般粉紅色的大舌頭舔我的臉。我用鼻子拱牠，用嘴親吻牠，把臉埋在牠又厚又亮又香的灰毛裏。我想起我在喬治城的第一個夜晚剛認識牠時的情景，牠當時就那麼強壯，精力旺盛，而且非常溫柔。

獸類裏還有誰像牠這樣看上去這麼嚇人，實際上卻充滿理性和柔情呢？它把這兩者集於一身堪稱奇蹟。我跪在破舊的石板路上，和牠摔起跤來，同牠扭成一團打滾，把我的頭埋在牠胸前的大毛「翻領」裏。牠發出所有狗在喜歡你時都發出的各種小聲的嗥叫、尖叫和呻吟。反過來我也特別喜歡牠。

至於我那親愛的房客老太太，她一直站在廚房的過道裏觀看著這一切，眼裏充滿淚水：她捨不得那條狗走。我便很快和她達成協議。狗由她來養，我可以隨時邁進花園門來看牠。這樣安排太好了，因爲讓牠跟我睡在一個地窖或教堂墓穴裏顯然對牠不公平，而我也不需要牠來當衛士，雖然這威武的形像時時映在我的腦子裏。

我迅速在那老太太的額頭上輕吻一下，惟恐她在這麼近的距離內能感覺到我是個妖怪，然後我領著莫約出去，在法國區漂亮而狹窄的街道上散步，並暗自竊笑那些凡人盯著莫約看、躲避牠，而且好像很怕牠的樣子。他們也許在猜：該怕牠還是怕我？

我的下一站是皇家大街上的那座房樓。我、克勞蒂亞和路易斯曾在此樓裏一起度過凡人生命那輝煌燦爛的五十年。那是上個世紀上半葉的事情。這地方已經嚴重年久失修，對此我描述過。

我已約好一個小伙子來這裏與我會面。此人很精明能幹，在房屋裝修方面名氣很大，能把最破舊的房子改裝成寬敞明亮的豪宅。我領他走上樓梯，走進霉爛的居室。

「我要它和一百多年前一模一樣，」我對他說。「不過要注意，不能有一點美國風格、英國風格或維多利亞風格。必須是百分之百的法國風格。」接著，我領著他愉快地逛過所有的房間，他邊看邊在小筆記本上飛快地塗塗寫寫，雖然屋裏黑得幾乎看不清什麼。我則不停地指示他，這裏我想貼什麼壁紙，那裏我想鋪什麼顏色的瓷磚；這個角落他可以放哪種法式高背扶手椅，那邊的地面他必須鋪什麼風格的印度或波斯地毯……

我的記憶太深刻、太鮮明了。

我一再提醒他記下我說的每句話。「你一定要找來一個古希臘花瓶，複製品不行，必須是原件，必須這麼高，上面有舞蹈的人像。」對，就是由於濟慈寫了頌歌才啓發人家在很久以前買的那個花瓶。那個甕到哪裏去了？「還有那個壁爐，不是原來的那個爐架，上面有渦形裝飾，呈拱形蓋住爐柵。哦，還有這幾個壁爐，必須修理。一定要能燒煤。」

「你一修完我就要再住進來，」我對他說。「所以你得趕緊加工。還有一點，你在這些房子裏無論找到什麼——比如藏在舊灰泥牆後面的——你都必須交給我。」

站在這些高高的天花板下面真愉快。看到這些帶有花紋飾的殘破天花板即將被修復真是樁樂事。我感到十分輕鬆平靜，過去即將在此重現，而這裏又不等於過去。如果說過去這裏鬧過鬼的話，現在不會再有。

我接著慢慢描述我想要的枝形吊燈！當我記不起來具體商標時，我就連說帶比劃地告訴他曾在那兒裝著，甚至畫下它的模樣。我還要在這兒或那兒裝幾盞油燈，當然用電也絕不能成問題。我要把多台電視機藏在漂亮的櫃子裏，以免影響整體效果。那兒要有個東西裝我的錄影帶和雷射唱片，還得找到合適的東西裝它們——一個有畫的東方風格櫥櫃就行。把幾部電話機也藏起來。

「還要有一部傳眞機！我得享用那些小奇蹟！也給它找個地方藏起來。嘿，你可以利用那個房間當辦公室，只要把它修整得寬敞漂亮就行。凡是顯眼的東西都必須用亮黃銅、優質羊毛、光滑的木料、絲綢或棉布鑲邊包起來。我想在那間臥室裏擺一幅壁畫。我來指給你看，就在這兒。看見那張壁紙嗎？壁畫就擺在那兒。找一個攝影師來，把每一寸的布局都照下來，然後就動工。工作要勤奮，進度要很快。」

內部裝修總算弄完，原先陰暗潮濕的室內煥然一新。現在該商量修整那個有個破舊噴泉的後花園了，還有裝修那間舊廚房的問題。我想種一些九重葛屬植物和蘭花藤。我很喜歡蘭花藤和大木槿；我剛在加勒比海島上見過這種可愛的花，當然還有月光花。還要給我種幾棵香蕉樹。還有，那些老牆壁快塌了。支撐起來，修補一下。在後門廊上，我要種蕨類植物，各種美麗的蕨類植物。天氣又轉暖，它們會長得很好。

現在，再次穿過房子裏的那條長長的土洞上樓，來到前門廊。

我推開那兩扇法式落地門，出去，來到腐朽的木製地板。那幾條古老的鐵欄杆鏽得還不是太厲害。當然，屋頂一定要重蓋。不久之後，我就會像過去那樣時不時出來坐在上面，觀看街道那邊的過路行人。

當然，我的忠實熱情讀者將會發現，我不時坐在這兒。同時，路易斯回憶錄的讀者若是來尋找我們曾住過的套房，也必定會認出這所房子。

沒關係。他們景仰這所房子，但這和信仰還不同。他們會看到另一個金髮碧眼的青年男子，從一個高高的陽台上，兩肘擱在護欄上，居高臨下在衝他們微笑。我絕不會吸這些溫柔、無辜的人的血，即使他們對我敞開喉嚨說：「黎斯特，來吸吧，就在這兒！」我也不會。（親愛的讀者，這種事在傑克遜廣場發生過不止一次。）

「你得趕緊，」我對那仍在小本上塗塗寫寫的小伙子說。他不僅記錄，還拿尺測量，並且自言自語一些顏料和材料的事。他還不時猛地發現莫約出現在他身邊、面前或腳旁，從而嚇一跳。「我想在夏天來臨以前就裝修完畢。」等我把他打發走時，他相當緊張而興奮。我和莫約孤零零待在這座老樓房裏。

那間閣樓。以往我從沒去過那裏。但在後門廊附近有一座隱蔽的老樓梯，就在後客廳的那邊。當年克勞蒂亞就是在這個房間裏，用她那把亮閃閃的大匕首刺穿我那慘白的細皮嫩肉。現在我朝那裏走去，上樓走進這些傾斜房頂下的低矮房間。啊，足夠一個六英呎高的男人在裏面走動，從前面的屋頂窗外可以透進來街道上的燈光。

我應該把我的窩搭在這裏，搭在一個樸素堅硬的石棺裏，任何凡人休想揭開它的蓋或把它移走。在這人字屋頂下很容易搭起一間小室，安上厚厚的青銅門，由我親手設計。每當我起床後！我就下樓來到房子裏，發現它和過去神奇的年代一模一樣，只有一點不同，就是周圍到處都有我需要的電器。過去不可能再找回來。過去將完全被現代淹滅。

「對吧，克勞蒂亞？」我站在後客廳裏自言自語。沒有回答。沒有古鋼琴的琴聲或籠子裏金絲雀的歌唱。可是我得再養幾隻鳥，對，養許多，而且讓房子裏響徹海頓或莫札特的美妙音樂。

哦，我親愛的，眞希望你在這裏！

於是我陰鬱的心情又輕鬆起來，因爲它天生不會持續憂愁，因爲痛苦於我是一片幽黑的深海，假如我不努力撐起小船的風帆，穩穩地駛在它的表面，不斷駛向從未升起的太陽，我就會遭遇滅頂之災。

半夜已過，這座小城市在我四周低吟，是混聲合唱，由遠處火車的「咔嗒」、「咔嗒」行駛聲，大河裏行船的汽笛聲和埃斯普拉納德大街上「隆隆」的車輛行駛聲伴奏。

我走進那間老客廳，注視著透過門上窗格玻璃照進室內的一塊塊慘淡光斑。我躺在光禿禿的地板上，莫約走過來躺在我身邊，我們就這樣進入夢鄉。

我沒有夢見她。所以，當最終我得躲到安全洞穴的時候到來，我爲什麼在輕聲哭泣呢？我的路易斯又在哪裏？我那頑固而背棄我的路易斯到底在哪兒？痛苦。而且過早看見他我會更痛苦，是不是？

我突然意識到莫約正在從我的臉頰上舔去帶血的淚水。「不行。你千萬別這麼幹！」我邊說邊用手捂住它的嘴。「千萬別舔那血。那是罪惡的血。」我急得直顫抖。牠馬上服從了，以它特有的從容和威嚴方式離開我一點。牠盯著我的目光顯得多麼凶惡。眞是天大的假象！我又吻吻牠，吻在牠毛茸茸的長臉上、眼睛下面的那個最柔軟的部位上。

我又想到了路易斯，頓時痛苦不堪，彷彿被那些吸血鬼元老中的一位當胸狠狠揍一拳。

確實，我太痛苦了，痛苦得難以自制，甚至覺得恐慌，有一陣子腦子裏一片空白，感覺一片麻木——除了這痛苦。

我彷彿看到所有的同類。我就像恩朵的巫女站在一口大鍋前，用符咒呼喚死者的形像那樣，把他們的臉一一喚出。

瑪赫特和瑪凱這一對紅頭髮的孿生姊妹，我看見她們在一起。她倆是我們當中最年長的，甚至有可能連我的困境都不知道；她們的年紀和智慧都太大，而且自有她們自己不可迴避和永恆的心事。我又看見了艾力克、馬以爾和凱曼；他們對我幾乎沒有興趣，所以故意不來幫助我。他們從來不是我的同伴。我又何必想他們？我又看見我親愛的母親卡布瑞，她顯然不清楚我陷入極端的困境，一定正在某塊遙遠的大陸上漫遊；這位衣衫襤褸的女神，她只與那些死去的物種交流，她始終這樣。我不清楚她是否還靠吸人血爲生。我隱約回憶起她曾描述過，抱著某個黝黑的林中野獸吸血。我的母親，她難道瘋了？她到底去哪兒了？我不認爲她瘋了。她也還活著，這毫無疑問。不過我是再也找不到她。

下一個我想到的是潘朵拉。馬瑞斯的情人潘朵拉恐怕很久以前就已經毀滅，她是馬瑞斯在古羅馬時代的造物，我最後一次見到她時她已處在絕望的邊緣。許多年前她就已開始到處漫遊，不加警告就離開了夜之島上我們最後一次眞正的聚會。此次聚會開始了我們天海一方的流浪。

至於那個義大利吸血鬼桑提諾，我對他幾乎一無所知。我不指望他什麼。他太年輕，也許我的呼喊根本沒有傳到他那裏，就算傳到他那兒了，他憑什麼要聽從？

接著我想到阿曼德。我的老對頭和朋友阿曼德。我的老敵手和伴侶阿曼德。他營造我們最後的家園夜之島，那個天使般的孩子。

阿曼德在哪裏？難道他故意離開我、把我丟下不管嗎？他憑什麼要管我呢？

現在我又想到了馬瑞斯，這位偉大的古代大師，他以愛和溫情在幾百年前創造阿曼德。我尋找他已經找了好幾十年。他是兩千年前誕生的眞正的吸血鬼之子！他指引我進入我們這段毫無意義的歷史的最深處，並吩咐我對著那些必須保留下去的先祖神像頂禮膜拜。

那些必須被守護者的神像。他們像克勞蒂亞一樣死了，消亡了。因爲我們的國王和女王也能像稚嫩孩子般的初出道者一樣消亡。

可是我仍繼續存在。我就在這兒。我很強壯。

而馬瑞斯與路易斯一樣，很清楚我的困境！他明白，卻拒絕幫助我！

我越想越火，越想變得越凶惡。路易斯是不是就在附近的大街上？我緊握拳頭，努力克制住怒火，努力平息臉上無助而又難以避免的憤怒表情。

馬瑞斯，你拒絕幫助我。這毫不奇怪。你一直都是我的師長，是高僧。我不會爲此而看不起你。可是路易斯就不同了！我的路易斯，我從來對你都是有求必應，而你卻對我見死不救！

我清楚自己不能待在這兒。我沒有把握能否找到他。目前還不能。

離天破曉還有一個小時，我領著莫約回到牠的小花園，向牠吻別，把牠交給那女房客。然後我便火速來到老城區的區界，穿過佛布爾格・馬里涅地區，最後進入沼澤地。在這裏，我舉起雙臂騰空而起，飛向群星。我騰雲駕霧，扶搖直上。周圍風聲呼嘯，我隨著氣流上下起伏，爲施展自己的本領感到欣悅。這欣悅充溢我的心間。

30

我花了整整一個星期週遊世界，首先我去到大雪紛飛的喬治城，找到被我的凡體不可饒恕地強姦的那個纖弱可憐的年輕女子。她像一隻外國種的小鳥，現在比較留心我，在那古怪小餐館裏充滿菸草味的黑暗中竭力想把我看個明白，又不願承認自己曾和「我的那個法國朋友」邂逅過。當我把一串古色古香的綠寶石和鑽石念珠放在她手心時，她驚呆了。我對她說：「親愛的，你想把它賣了也可以。我的朋友說，你怎麼處置它都可以。不過你要告訴我：你懷孕了嗎？」

她搖搖頭，小聲說「沒有」。我想吻吻她。她在我眼裏又變得漂亮。但我不敢。不只是因爲這樣會嚇著她，還因爲我擔心這樣我會起殺機而殺了她。我體內的某種純粹的雄性動物本能很想結束她，只因爲我以前曾用另一種方式結束她。

幾個小時之內我就橫穿新大陸。夜復一夜，我在到處漫遊，在亞洲——曼谷，香港，新加坡——擁擠的貧民窟裏狩獵不良分子。然後來到冰天雪地、沉悶陰鬱的城市莫斯科，又逛逛迷人的古城維也納和布拉格。我又在巴黎逗留片刻。我沒去倫敦。我把自己的速度發揮到極限，在黑暗中忽而爬升，忽而俯衝，有時降落在一些我不知其名的城鎮。我不停地吮飲著那些絕望者和罪惡者的血，有時還拿那些我一眼看中的迷路者、瘋子和無辜者開飲。

我盡力不奪去他們的生命。我盡力不殺生。除非某個對象太誘人，像一流的罪犯，使我實在控制不住。每遇這種情況，死亡就會緩慢而殘忍地發生，且發生後我還會意猶未盡，會忙著在太陽升起之前尋覓另一個目標。

我對我的威力從沒像現在這樣運用自如。我從沒飛過這麼高，也沒飛過這麼快。

我在海德堡、里斯本和馬德里的狹窄的老街道上，混在凡人群裏一走就是數小時。我穿過雅典、開羅和馬拉喀什。我在波斯灣、地中海沿岸和亞得里亞海的海灘上散步。

我在做什麼？我在想什麼？還是那些老生常談說得對——**世界屬於我**。

每到一地，我都讓人知道我來過。我讓我的思緒燦然生光，讓它們宛如在琴弦上奏出的音符。吸血鬼黎斯特來了。吸血鬼黎斯特路過此地。最好躲避。

我不想見其他同類。我的確不想找他們，或對他們敞開我的心懷或耳目。我對他們沒話講。我只想讓他們知道我來過這裏。

每到一地，我都注意傾聽那些無名之輩的心聲。那些我們不知道的流浪漢，那些逃過我們最後一次大屠殺的夜間造物。有時候，我只是對某個強大造物稍加留意，他便馬上把自己遮掩起來。有時候，傳來某個怪物不加掩飾，既沒來頭也無去向，緩慢走過永恆的沉重腳步聲。也許這樣的造物將永遠存在！

現在，我也擁有永恆去會見這樣的造物；假如我執意這樣做的話，我就能做。掛在我嘴邊的唯一一個名字是路易斯。

是路易斯。

我一刻也不能忘記路易斯。就像有另外一個東西在我耳邊時刻吟唱他的名字。一旦我又找到他，我會做什麼？我怎樣才能克制自己不發脾氣？我會試著這麼做嗎？

最後，我終於疲倦了。我的衣服也成爲碎布條。我不再想漫遊下去了。我想回家。

31

我坐在黑暗的大教堂裏。數小時前它的大門就鎖上。我是通過一扇前門，先把警報系統弄壞，再神不知鬼不覺溜進來的，並把門閂也留著。

自從我返鄉後，已經過去了五個夜晚。皇家大街上我的那幢住宅的裝修工作進展順利，他顯然不會注意不到這個情況。我曾看見他站在對面門廊底下，抬頭看我家的窗戶，而我當時只是在上面的陽台上冒一下頭，短暫得連凡人之眼都注意不到。

我一直在和他玩躲貓貓。

今天晚上，我先讓他看見我出現在古老的法國市場附近。當時他大吃一驚，不僅見到我朝他眨了一下眼使他意識到我真是黎斯特，而且還見到莫約和我在一起。

在那一刻他是如何想的？難道是拉格朗・詹姆斯穿著我的身體前來毀掉他嗎？還是詹姆斯在皇家大街上爲自己營造家宅？不，不會，他一直明白這是黎斯特。

然後我便帶著莫約慢慢朝大教堂走去。是聰明的莫約把我留駐在美好的地球上。

我要牠跟隨我，但又用不著回頭去看牠是否跟著我，我不用擔這個心，牠一定心領神會。

今夜很暖和。剛才下過的一場雨使古老的法語區建築的那些花稍的粉紅色牆壁黯淡下來，使它們褐色的磚瓦的顏色加深，並在石板路和石子路上抹上一層漂亮可愛的光輝。像這樣的夜晚，在紐奧爾良散步特別愜意。潮濕芳香，花朵探過花園的牆壁對外開放。

但是與他見面，我需要教堂裏的黑暗和安靜。

我的雙手有點顫抖；自從我回到自己的身體裏後，它們就一直時不時地顫抖。這並非有身體方面的原因，只因爲我的憤怒時時湧上心頭，加之喜怒無常，常常狂喜之後又感到可怕的空虛。我的狂喜雖徹底，但很脆弱，似乎不過是一張薄薄的漂亮膠合板而已。若說我不淸楚自己的心理狀態，這不公平。但我一想到自己在盛怒之下打爛大衛・泰柏特的腦袋，我就顫抖不已。這難道還是恐懼嗎？

啊，瞧瞧這些曬黑的手指頭和它們閃亮的手指甲吧。當我把右手指尖壓在嘴唇上時，我感到它們在輕輕顫抖。

在黑暗中，我坐在靠背長椅上，距離聖壇前的欄杆有幾排座位之遙，掃視著那些黝黑的雕像、繪畫以及這空曠陰冷的大堂裏所有的鍍金裝飾。

午夜已過。從波本大街上傳來的嗓音還是那麼響。那兒的凡夫俗子太多了。我剛吸過血。我又要吸了。不過夜的聲音很令人安慰。它貫穿這一地區所有的狹街窄巷，充斥它的一幢幢小樓，以及那些氣氛濃烈的小酒店和華麗的雞尾酒廊及餐館。在這些地方，幸福的人們談笑風生，接吻擁抱。

我舒適地仰靠在長椅背上，伸展四肢，彷彿它是張公園裏的長椅。莫約蜷縮在我旁邊的走道上，已經睡著了，長鼻子擱在前爪上。

我的朋友，我很像你。看上去凶神惡煞，實際上充滿憨厚質樸的善良。是呵，當我擁住牠、把臉埋在牠的長毛裏時，我感到的是善良。

就在這時，他走進了教堂。

雖然我沒有收到他的思想和情感，連他的腳步也沒聽到，但我還是感知到他已到來。我並沒有聽到大門開關的聲音，但不知何故我知道他來了。隨後，我便見到一個影子走進我左眼角的餘光範圍。他走進我這排長座椅，坐在我旁邊不遠的地方。

我們就這樣坐著，好長時間一言不發。接著，他開口了。

「你是不是燒了我的小屋？」他聲音顫抖著，低聲問我。

「這能怪我嗎？」我笑了一下反問他，眼睛仍盯著聖壇。「再說，我放火的時候是個凡人。是凡人的弱點使然。你想搬來和我一起住嗎？」

「也就是說，你原諒我了？」

「沒有。這意味著我要整治你。我甚至可能殺了你，以報你對我的背叛之恥，我還沒有決定怎麼辦。你害怕嗎？」

「不。假如你打算除掉我的話，你早就辦到了。」

「別那麼肯定。我可不是以前的我了；我有時是，有時不是。」

長時間的沉默，只能聽見熟睡中的莫約在很響地打鼾。

「見到你我很高興，」他說。「我早知你會贏。可是我不清楚你是怎麼贏的。」

我沒回答他。我突然怒火中燒。我爲什麼內心矛盾衝突，善與惡爭鬥得厲害？可是控訴他、抓住他的衣領搖撼他、要他回答我……這些又有何用？也許還是裝糊塗的好。

「把經過告訴我。」他說。

「不，」我回答。「你憑什麼想知道？」

我們壓抑的聲音在教堂的中殿裏輕輕迴響。搖曳的燭光綽約映照在圓柱頂上的金色塗層和遠處雕像的臉上。噢，我喜歡這裏的燭光和肅穆莊嚴的氣氛。在我內心深處，我得承認，我特別高興見到他來。有時候，仇恨與愛情所服務的恰好是同一個目的。

我扭過頭去看他。他面對著我，一個膝蓋翹起在長椅上，一隻手臂搭在椅背上。他像以前那樣蒼白，在黑暗中發著精靈般的微光。

「你對我這次試驗的全部判斷都正確。」我說。我想我的聲音至少是平穩的。

「為什麼？」他的語調裏沒有卑鄙和挑戰的成份，只有想知道的欲望。而且看著他的臉，聞著他的破衣服上輕微的塵土味，以及從他黑頭髮上仍散發出的雨水味，我感到十分欣慰。

「你，我親愛的老朋友和情人，曾告訴過我，」我說，「說我並不是眞想當人，說我不過是在做夢，在做一個建築在荒謬、虛幻以及自傲之上的夢。」

「我不能說當時我了解你，」他說。「現在我也不了解這種荒唐事。」

「哦，不對，你了解的。你其實很明白。你一直很清楚。也許你已經活得太久；也許你一直是更強者。但是你當時是明白的。我其實並不想要弱點；我並不想要侷限；我並不想要那些作嘔的需要和無休止的不堪一擊性；我不想要那種臭汗和燒死人的流感。我不想要那種伸手不見五指的黑暗，和震耳欲聾的嗓音，和那種迅速而瘋狂的情慾爆發。我不想要那些人間瑣事；我不想要那些醜陋。我不想要那種孤立和隔絕；我不想要那種持續的疲勞。」

「你以前也跟我解釋過這些。不過，這裏面一定也有點……也有點好的成份，不管它多少！」

「你是怎麼想的？」我問。

「比如說陽光。」

「對了。陽光照在雪上；陽光照在水面上；陽光照在……你的手上和臉上。在陽光下，整個世界都像一朵花似地綻開它所有的祕密縫隙，彷彿我們都成了一個大組織中的一小部分，陽光照在雪地上……哦……」

我頓住了。我其實不想把這些告訴他的。我覺得我背叛了自己。

「還有別的特點，」我說。「有許多別的東西。只有傻瓜才不想親眼一見。等到哪個夜晚，等我倆又溫暖舒適地待在一起，好像這一切都不曾發生過的時候，我再告訴你。」

「但是這些還不夠。」

「對我來說夠了。目前夠了。」

沉默。

「也許這次經歷的最好部分就在於自我洞察，」我說。「還有，就是我不再抱有錯覺和偏見。有了這次經驗，我才知道自己確實想當我這個小魔鬼。」

我扭頭給他一個最迷人也最邪惡的微笑。

他這麼聰明，當然不會被它弄糊塗。他幾乎無聲地長嘆一口氣，垂下眼簾想一會兒，然後又抬頭看著我。

「只有你是既去得了那兒，」他說，「又能回來。」

我想說這話不對。除了我，誰還能傻到會輕信那肉體竊賊的話？還有誰會像我這樣不聽勸告，執迷不悟且不計後果去冒這樣的險呢？現在回首此事，我意識到其實並不複雜。其實，我事先已經知道其中有風險。我已看出這是要付出代價的事。那混蛋告訴過我他是個騙子；他說過這是場騙局。我沒有別的辦法不步入他的圈套。

路易斯說的話當然不代表他的眞實想法，但在某個方面他卻言中了。他說出深層的眞實。

「我不在的時候你受苦了嗎？」我問他，目光又挪回到前面的聖壇。

他十分冷靜地回答：「簡直是地獄。」

我沒回答。

「你每一次的冒險都傷害了我，」他說。「太讓我擔心和後悔。」

「你爲什麼還愛我？」我問。

「這你清楚，你從來都明白爲什麼。我眞希望我是你。我希望隨時分享你的快樂。」

「那痛苦呢，你也想分享嗎？」

「你的痛苦嗎？」他微笑著說。「當然我也想分享。正如他們所說，我隨時要分擔你的痛苦。」

「你這個自命不凡、憤世嫉俗滿口謊言的雜種，」我喃喃說著，一股怒火突然湧上心頭，臉也脹得通紅。「我需要你，你卻拒絕了我！你把我趕進那個凡間之夜。你拒不幫我。你拂袖而去！」

我激烈的言詞令他吃驚。也令我自己吃驚。可是我的火氣就是這麼大，我無法不讓它發洩。我的兩手又顫抖起來，這雙手曾迅速抽出斡掉了那個冒牌大衛，根本無需動用我其他致命的威力。

他一言不發，臉上呈現那些由震驚引起的細小變化——一側眼睫毛微微抖動，嘴角拉長又放鬆，神情像凝固了似的，又迅即消失，然後又凝固，再消失，如此迅速反覆。他的目光承受我那控訴的目光，然後才緩緩移開。

「是你的凡人朋友大衛・泰柏特幫助你，對吧？」他問。

我點點頭。

可是一提起這個名字，我的神經末梢就像被一根燒紅的金屬絲刺了一下，足夠讓我痛苦不堪。一如既往，我已不能再提到大衛。我也不想再談到葛麗卿。我突然覺得，我現在最想做的事就是轉向他，用雙臂摟住他並伏在他的肩頭上痛哭；我以前可從沒這樣做過。

我沒這麼做。

眞不害羞。不過完全可以預料！眞無聊。但又眞甜蜜。

我們靜靜地坐在教堂裏。城市的柔和嗓音在彩色玻璃的窗戶外面此起彼伏。外面街燈的微弱光輝透過窗子照進教堂。雨又下起來，是紐奧爾良溫暖的和風細雨。在這種雨中行走根本不礙事，就好像走在薄霧中。

「我要你饒恕我，」他說，「我要你了解這不是我怯懦，不是我軟弱。我當時對你說的都是眞理。我不能幫你的忙。我不能把別人牽扯進來！即使那人是個你在他身體裏的凡人也不行。當時我就是不能幫你。」

「這我全明白。」我說。

我想到此爲止，但又做不到。我的火氣消不下去，我這脾氣可是很有名的，就是這硬脾氣，讓我一拳把大衞・泰柏特的腦袋嵌進灰泥牆。

他又說話：「你怎麼說我都不過份。」

「還不止呢！」我說。「不過我想知道的就是這些。」我轉身面對他，咬牙切齒地說的：「你是不是原想拒絕我一輩子？假若他們摧毀了我的身體，比如說馬瑞斯或其他知道此事的同類，假若我陷在那個人體裏出不來，假若我一次次地來找你，哀求你幫忙，你會不會永遠把我拒之門外？你會不會固執己見？」

「我不知道。」

「別急著回答。找到了你內心的眞實想法再回答。你一定知道。用你那骯髒的想像力想像一下。你一定淸楚。你會不會還要拒絕我？」

「我不知道答案！」

「我瞧不起你！」我嚴厲地小聲說。「我應該揍死你，結束你這個叛徒。把你碾成粉，讓你的粉末順著我的手指縫流下去。你知道我做得到！舉手之勞，就像凡人彈個手指那樣容易。像我燒掉你的小房子那樣把你燒死。誰也救不了你，誰幫都沒用。」

我怒視著他，怒視著他那張沉著的臉上優美俊俏的肌肉。在教堂更深處的陰影的襯托下，他的臉發出微弱的磷光。他雙眼的形狀很美，黑色的眼睫毛很長很濃。他上嘴唇的柔軟凹痕完美無缺。

我怒火中燒，使我渾身灼痛，使我的超自然之血沸騰。

但我還是不能傷害他。我甚至無法設想去施行這可怕怯懦的報復。我從來沒有眞正傷害克勞蒂亞。是啊，你儘管可以無事生非，可以把他撕成一條條看著他一點點死去，但你要施行報復可就太可怕、廉價而無趣。對我來說又有何意義呢？

「你考慮一下，」他小聲說，「在把我結束之後，你能再造出一個來嗎？」他輕聲推理下去。「你能再實施一次『黑暗贈禮』嗎？呵，你考慮好再回答。像你剛才囑咐我的那樣，你也找到了感覺再回答。等你眞找到了，你也無需告訴我。」

接著，他向我探過身來，縮短我們之間的距離，再把他光滑柔軟的嘴唇貼在我的臉頰。我想躲開，但他緊緊拖住我不讓我動。我默許了，接受了這毫無激情的冰涼一吻。最後他終於撤回去，像一堆陰影散架似地頹然坐下，只把一隻手仍然擱在我的肩上。我則一動也不動地坐著，看著面前的聖壇。

最後我慢慢起立，走過他身邊，叫醒莫約，讓牠跟我走。

我走過長長的中殿，走向教堂的前門。我發現了那個陰影幢幢的凹處：這裏，守夜的蠟燭在聖母的雕像下燃燒。這是個充滿搖曳的美麗燭光的壁龕。

熱帶雨林的氣味和聲音又回到我這裏，我彷彿又置身那些參天古樹令人窒息的黑暗之間。隨後，眼前出現那個坐落在林中空地上的白灰小教堂敞開大門的景像。在漫無目的的微風中，它的鐘發出窒悶的怪聲。從葛麗卿手上傷口裏冒出的血味也鑽進我的鼻孔。

我拾起枱子上一根用來點燃蠟燭的長引子，把它蘸進一簇老火苗，再「蓬」地一聲點燃一根新蠟燭，搖曳的火苗火燙而金黃，黃黃的，最後穩定下來，發出刺鼻的燒蠟香味。

我剛想說「爲了葛麗卿」，就意識到我點燃這根蠟燭根本不是爲了她。我仰望聖母瑪麗亞的臉。我看見葛麗卿祭壇上方的那根基督受難十字架。我再次感到熱帶雨林中的寧靜籠罩在周圍，並看見那個小病房裏擺滿小病床。難道爲了我珍貴而美麗的克勞蒂亞嗎？不，也不爲她，雖然我很愛她……

我清楚這根蠟燭是爲我自己點燃的。

它是爲那個曾在喬治城愛過葛麗卿的褐髮男人點燃。是爲我成爲那男人之前的那個悲傷、失落的碧眼的吸血鬼點燃的。是爲數百年前懷裏揣著母親的珠寶、背搭幾件衣服去巴黎的那個凡人小男孩點燃的。是爲那個懷抱垂死的克勞蒂亞、邪惡而衝動的怪物點燃。

這蠟燭是爲所有那些同類點燃的，爲現在正站在這兒的這個魔鬼點燃，因爲他愛蠟燭，他喜歡用光亮製造新的光亮。因爲這裏沒有可讓他信仰的上帝，沒有聖徒、沒有聖母。

因爲他克制住了自己的火爆脾氣，沒有毀滅他的朋友。

因爲他很孤獨，無論那個朋友離他有多近。因爲幸福又回到他的身上，像個他從沒完全征服過的苦事。那頑皮的微笑已在他的嘴角綻開，那飢渴在他的胸中湧動，那欲望就要驅使他邁出教堂，再去那些滑溜閃亮的街上流浪。

是的。那根小蠟燭爲吸血鬼黎斯特點燃，那根神奇的小蠟燭就用這點火苗增強全宇宙的所有光亮！並在漫長今夜的一個空蕩蕩的教堂裏，置身在其他小火苗中燃燒。翌日，當忠誠的太陽光透過這些門窗照進教堂，它將仍在燃燒。

小蠟燭，守好你的夜吧，無論在黑暗中，還是在陽光下。

對，爲了我。

32

您以爲我的故事已經講完了嗎？您以爲「吸血鬼編年史」的第四卷已經寫畢了嗎？

唔，這本書應該結束了。當我點燃那根小蠟燭時，它就應該結束了。但它還沒完。第二天夜裏當我第一次睜開眼睛時，我才意識到這點。

請您繼續讀第三十三章吧，看看後來又發生了什麼。或者您到此爲止也可以，隨您的便。您也許已經在盼望它該結束了。

33

巴巴多斯。

當我追上他的時候，他仍住在這裏，在海邊的一座旅館裏。

已經過去好幾個星期。我也不知道自己爲什麼會虛度這麼多時間。不是好心腸使然，也不是膽小怕事。然而我還是等待著。我注視著皇家大街上的那座漂亮小樓一步步修復，直到至少佈置好幾間擺設優雅的房間爲止，好讓我住進去打發時光，考慮一下發生及有待發生的事情。路易斯已經搬回來和我同住，這時正忙著找一個寫字檯，要酷似一百多年前曾擺在客廳裏的那個。

大衛已與我的巴黎代理人聯繫過多次。他不久將去里約熱內盧參加狂歡節。他很想念我，希望我能去那兒與他會合。

他的房地產問題已經解決了。他也叫大衛·泰柏特，是那個死在邁阿密的老人的年輕表弟，也是這個祖先莊園的新主人。泰拉瑪斯卡已爲他辦妥這些事情，把老大衛留給他們的財產移交給小大衛，並交給他一大筆撫恤金。他已不再是他們的會長，雖然還保留著他在總部的住所。他將永遠處在他們的庇護之下。

他要給我一個小禮物，如果我要的話。就是那個內有克勞蒂亞微型肖像的小飾物盒。他找到這個盒子。十分精緻的肖像；上好的金項鏈。他隨身帶著它，如果我想要就交給我。我能不能去找他一趟，親自從他手裏接受這件禮物呢？

巴巴多斯。他感到自己被迫要回到那次罪行的所在地。天氣很好，他寫信告訴我；他又捧起《浮士德》來讀。

他有許多問題要問我。我什麼時候能去?

他**沒有**再見到上帝或魔王撒旦，雖然他在離開歐洲之前在巴黎的各個咖啡館裏消磨過許多時光。他不再把自己的畢生用來尋找上帝或撒旦。「只有你才能認出我現在是什麼人，」他寫道。「我想念你。我想和你說話。你難道不記得我幫助過你，因此原諒我的一切過失嗎?」

他向我描述那個海濱療養地，形容那些漂亮的粉色灰泥建築，那些向四周延伸的遊廊屋頂，那些幽香四溢的花園，那些一望無際的乾淨沙灘以及波光粼粼的大海。

我沒去那裏，但我來到山上的那些花園。我站在他也到過的那些懸崖上，眺望遠方森林覆蓋的群山，傾聽海風吹過、嘮啪亂響的椰子樹枝的聲音。

他對我講過這些山嗎?在這裏你能一眼望到深不可測的谷底，鄰近的山坡顯得離你特別近，好像一伸手就能摸到，儘管它們實際上離你很遠很遠。

我想他沒有講過。但他曾形容過那些花朵，那些開著小小花朵的蝦衣草，那些蘭花樹和薑百合花。對，就是那些鮮紅色的百合，長著嬌嫩纖細的花瓣。還有那些躺在深深的林間空地裏的蕨類植物，那些蠟似的極樂鳥和又高又挺的褪色柳，以及那些落滿北美的黃喉樹鶯、開著小花朵的凌霄花。

他說過，我們應該一起步行去那兒。

好，那就去吧。腳踏在砂礫小路上，發出輕輕的嘎吱嘎吱聲。唉呀，哪兒的椰子樹也沒有長在懸崖峭壁上的椰子樹看上去這麼美:高高的，隨風搖擺。

我等到午夜過後才降落在那座海星般的海濱旅館上。庭院裏像他說的那樣，種滿粉紅色的杜鵑花和蠟似的大象耳果樹，以及暗綠色有光澤的灌木。

我穿過那間空蕩蕩黑暗的餐廳及其敞開的長門廊，來到海灘上。我在淺海裏向前游很遠，以便從遠距離回頭看那些建有有頂陽台的遊廊平房。我馬上發現他。

通向那個室外小餐廳的大門敞開，黃色的燈光灑在這塊鋪設地磚並圈起來的小空地，照亮上面的彩色桌椅。在室內，好像在一張燈火通明的舞台上，他坐在一張小寫字檯上，面對黑夜和大海，正在一台筆記型電腦上打字，那「滴滴噠噠」細密的打字聲在寂靜中傳得很遠，甚至蓋過慵懶柔軟、堆著泡沫的浪花絮語。

他赤身露體，只穿著一條白色的沙灘短褲。他的皮膚曬成古銅色，好像整天躺在陽光下。黃色的光束照在深褐色的頭髮上。他赤裸的肩膀和光滑無毛的胸膛泛著油光。他腰部的肌肉很結實，大腿和小腿背上也泛著淡淡的金色光澤，他的手背上長著一層細密的茸毛。

我活的時候甚至沒有注意到這層茸毛，也許是我那時不喜歡。我也不知道。而現在我很欣賞它。他顯得比我穿這個身體時更苗條一些。對，那身上所有的骨骼都更明顯，符合現代健康的標準（所謂爲了時髦而節食）。他符合這標準；他的身體符合；我想兩者都符合這種標準。

他身後的那個房間很別緻，具有那個島上的鄉土風格，巨大樑柱的屋頂，玫瑰色地磚的地板。床上鋪著柔和淡色的床單，上面印著鋸齒狀的印第安人的幾何圖形，顯得很歡快。大立櫃和五斗櫥都是白色的，上面有鮮艷的花朵圖案。許多盞簡樸的檯燈放射出明亮的光輝。

見他坐在豪華舒適的環境中，打著字，黑色的眼睛裏閃著智慧的光芒，一副學者派頭，我不禁笑了。

我又靠近一點，見他的臉刮得很乾淨，手指甲修剪過，也許還是請指甲修剪師做的。他的頭髮還是又厚又長、鬈曲的一團，和我粗心大意穿這身體時一樣，但它也經過修剪，顯得很有型。他那本歌德寫的《浮士德》擱在他旁邊，打開著，上面橫放著一桿鋼筆，許多書頁都摺了角，或夾著作記號用的小銀紙條。

我仍不慌不忙觀察著他，又見到他身旁擺著一瓶蘇格蘭威士忌酒，一只厚底水晶玻璃酒杯，一盒精緻的雪茄煙。這時他抬起頭來，看見我。

我站在沙地上，就在那有水泥矮圍欄的小門廊外面，但在燈光下很顯眼。

「黎斯特。」他小聲驚呼，臉上頓時容光煥發。他馬上站起來，邁著我熟悉的優美步伐朝我大步走來。「感謝上帝你來了。」

「你眞這樣想？」我說。我想起在紐奧爾良的那一瞬間：我注視著那個肉體竊賊匆忙走出世界咖啡館，並想到那個身體可以像豹子一樣快速移動，而裏面卻住著另外一個人。

他想把我擁進他的懷裏，可當我繃起身體並閃開一點，他猛地站住，並把雙臂抱在胸前——這姿勢顯得和這副身體完全契合，我不記得我倆在邁阿密碰面之前我見過他做這個動作。這兩條手臂比他原來的粗壯，胸脯也更寬厚。

這身體看起來眞赤裸。那兩個乳頭粉得發紫。他的目光銳利清澈。

「我很想念你，」他說。

「眞的嗎？很顯然你在這兒並沒活得像個隱士，對不？」

「沒有。我見過太多人。在布里奇敦聚餐的人太多了。我的朋友阿倫已經來過這兒好幾次了。其他同仁也來過。」他停頓了一下。「我受不了和他們在一起，黎斯特。我受不了在泰柏特莊園被一幫僕人圍著，假裝是原來那個我的表弟。過去的經歷確實造成可怕的創傷。我有時一照鏡子就受不了。但我不想談往事中壞的一面。」

「爲什麼不想？」

「現在是我的過渡、調整時間。那些驚嚇終究會過去。我要做的事太多了。噢，我眞高興你來了。我就預感到你會來。今天早上我差點去里約熱內盧，但我淸楚預感到今晚會見到你。」

「是呀。」

「你怎麼啦？怎麼沉著臉？你爲什麼生氣？」

「我也不知道。這段時間我老是無緣無故地生悶氣。我本該高高興興才對。我很快就會好的。最近我總是這樣，但不管怎麼說，今夜很重要。」

他盯著我，努力想像我這番話是什麼意思，要不就是在想怎樣回答我才合適。

「進屋吧。」他最後說。

「坐在門廊的暗處不好嗎？我喜歡海風。」

「當然，照你說的辦。」

他進屋把那瓶蘇格蘭威士忌拿起來，給自己倒了一杯，然後回來和我一起坐在木桌旁。我剛剛在一張椅子上坐下，正遙望漆黑的大海。

「你最近在忙什麼？」我問。

「呵，怎麼說呢？」他說。「我一直在寫這事的全部過程，盡量把我的所有感受和發現都描述一番。」

「你是不是確實牢牢扎根在這個新身體內了？」

「確實。」他喝了一大口蘇格蘭威士忌。「而且好像沒有出現任何退化和衰敗。你知道我很擔心這個。甚至當你在這個身體裏時我就擔心了，但那時我不想明說。我們有理由擔心，對吧？」他轉過身來瞧著我，然後突然微笑，用驚異的低嗓門說：「你正在瞧著一個你從裏到外都徹底了解的男人。」

「沒有，並沒有眞正了解，」我說。「告訴我，你怎樣對待那陌生人的注視……那些不會猜忌你的人的注視？女人是不是邀請你進她們的臥室？年輕人呢？」

他向外眺望大海，臉上突然露出苦澀的表情。「你最清楚答案。對這些邂逅我都無法利用。它們對我來說毫無意義。我並沒說我沒有享受過幾次床第之歡。但是我有更重要的事要做，黎斯特，遠比做愛重要得多的事。

「有些地方我想去——我一直夢想去一些國家和城市。里約熱內盧只是個開頭。我得弄清許多眞相，揭開一些自然之謎，發現一些東西。」

「這我能想像得到。」

「我們最近一次在一起時，你對我說過一件很重要的事。你說過你當然不會把這次生命也獻給泰拉瑪斯卡。是呵，我不會把它交給他們。在我心中最重要的一點是我不能虛度這個新生命。我必須用它來做一些最重要的事。當然，我的目標不會馬上出現。必須要經過一段時間的旅行、學習、思索，然後才確定什麼是奮鬥方向。我要一邊學習，一邊寫作。我把一切都寫下來。有時候，紀錄本身好像就是目標了。」

「我明白。」

「有許多事情我都想向你請教。我有滿腹的疑問。」

「爲什麼？什麼問題？」

「關於你那段日子的體驗，以及對我們那麼快就結束了那次冒險，你是否有所後悔。」

「哪次冒險？你是說我當凡人的那段日子嗎？」

「對。」

「我不後悔。」

他又開始說話，然後又打住。然後又開始說話。「你的收穫是什麼？」他放低聲音熱烈地問。

我又轉頭看著他。是的，這張臉顯然更稜角分明。是他的個性使之稜角分明，並更具意義嗎？它近乎是完美了。

「對不起，大衛，我分神了。你剛才問什麼？」

「你從這段經歷裏得到的收穫是什麼？」他耐著性子問；我熟悉他的這種耐心。「教訓是什麼？」

「我不知道還有什麼教訓，」我說。「而且不管我學到什麼東西，我都要花時間慢慢理解、消化。」

「對，我明白，當然。」

「我可以告訴你，我覺得自己有著對冒險的渴望，對流浪、對你描述的那些東西加以探索的新衝動。我想回到雨林中去。我去看望葛麗卿時，對它們的認識太過短暫膚淺。那兒有座古寺。我想再去看看它。」

「你從沒告訴過我發生什麼事了。」

「是沒有。我告訴過你，但當時那不是你，而是拉格朗。那個肉體竊賊見證了我的那段小告白。他究竟爲什麼想要偷這麼個東西？你看我離了題。有許多地方我也想去看看。」

「是的。」

「我這是對時間、未來以及對自然界的秘密又發生強烈的渴望。在很久以前的那個夜晚，我在巴黎被迫成爲對這一切的觀察者。而現在我對當這樣的觀察者又產生熱望。我丟開幻覺。我丟開我最喜歡的謊言。你不妨說我重新造訪那一刻，並自願再生在黑暗中。出於堅定的決心，我重返黑暗！」

「哦，是的，這我明白，」他說。

「你明白嗎？若是就太好了。」

「你爲什麼這麼說話？」他放低聲音慢慢說。「你很需要我了解你，就像我需要你了解我那樣？」

「你從來沒有了解過我，」我說。「噢，我這可不是指責你。在你對我的了解裏有許多錯覺，所以你才可能來造訪我，和我交談，甚至留我住宿和幫助我。假如你眞的了解我，你就不會這麼做。我曾試著告訴你。當我談起我的夢時，我……」

「你錯了。你因爲虛榮才這麼說，」他反駁。「你喜歡把自己想像得比實際要壞。什麼夢？我不記得你曾對我談起過夢。」

我笑了。「你不記得嗎？好好想想，大衛。我夢見老虎的那個夢。我很爲你擔心。現在那個夢的威脅即將實現。」

「你這是什麼意思？」

「我要對你做那事了，大衛。我要把你帶入我的行列。」

「什麼？」他的聲音由高到低。「你說什麼？」他探過頭來，想看清我臉上的表情。可是我們都背著燈光，他的肉眼沒這麼大的神力。

「我剛說過，我要對你做那事，大衛。」

「爲什麼？你爲什麼對我說這個？」

「因爲這是事實。」我說完站起來，並用腿把椅子撥到一邊。

他瞪著我。只有這時他的身體才顯露出威脅。我看見他健美的兩臂肌肉緊張起來。他的眼睛緊盯著我。

「你怎麼對我說這個？你不能對我下手，」他說。

「我當然能。而且我要這麼做。現在就來。我一直告訴你我很邪惡。我說過我就是魔鬼。我就是你《浮士德》中的魔鬼，是你幻像中的那個魔鬼，是我夢中的那隻老虎！」

「不，你說的不對。」他嗖地站起來，把身後的椅子撞翻，還差點失去平衡。他向後退進房間。「你不是魔鬼，這你最淸楚。別對我這樣！我不准你這樣幹！」他咬緊牙關說出最後這句話。「你和我一樣長著人心。你不忍心這樣做。」

「我他媽的才不是呢，」我說完哈哈大笑，不能自已。「泰拉瑪斯卡會長大衛，」我說。坎多布雷教祭司大衛。他在鋪著地磚的地板上一逕地向後退，燈光把他的臉與手臂上緊繃的肌肉照得通亮。

「想抵抗我嗎？沒用。地球上沒有任何力量能阻止我這麼做。」

「那我就先死。」他窒息般地低聲說。他的臉脹得發紫。哦，這是大衛的血。

「我不會讓你死。你爲什麼不把你那些巴西精靈呼喚來？你大概忘了怎麼呼喚吧？你的心思不在那上面，你集中不起意念。哼，你要那樣做，對你一點好處也沒有。」

「你不能這樣做，」他說。他在竭力使自己冷靜下來。「你不能這樣報答我。」

「呃，不過魔鬼就是這樣報答幫助過他的人！」

「黎斯特，我幫你對付過拉格朗！我幫你收復了你的身體，你發過誓要忠於我！你那時怎麼說的？」

「那是我騙你呢，大衛。我自欺欺人。這是我從這次短暫做人的經歷中學會的東西，我撒謊了。你讓我很吃驚，大衛。你生氣了，很生氣，但你並不害怕。你很像我，大衛，你和克勞蒂亞是唯一眞正擁有我的力量的人。」

「克勞蒂亞，」他點點頭說。「啊，是的，克勞蒂亞。親愛的朋友，我要給你看樣東西。」他挪開一點，故意轉身把後背朝向我，讓我看清楚他這樣做並不是害怕我、想逃跑，然後慢慢走到床邊的衣櫥那兒。等他轉過身來，他手裏拿著一個小飾物盒。「這是從總部找來的。就是那個你向我描述過的小飾物盒。」

「呃，對，就是它。把它給我。」

這時我才看到他的雙手在顫抖，好像握著那個橢圓形的金製小盒很吃力。還有那些手指，他並不十分熟知他的手指，對吧？他好不容易才把它打開，並伸過來給我看。我看到了那幅微型畫像——她的臉，眼睛和金黃的髮鬈。一個小女孩透過純眞的面具在盯著我。或者這不是面具？

慢慢地，從我混沌一團的記憶漩渦裏，隱現出我頭一次見到這小飾物盒和這條金項鏈時的情景……我走在那條泥濘黑暗的街道上，無意中來到那個瘟疫流行的棚屋區，她母親就躺在其中的一間裏奄奄一息，這個凡人小女孩也已成爲吸血鬼的食物，蒼白的小身體無助地在路易斯的懷抱裏顫抖。

那時我用手指著他並使勁地嘲笑他，然後從氣味難聞的床上抄起那個女人——克勞蒂亞的母親——的屍體，在小屋裏一圈圈地與之共舞。這個小飾物盒和金項鏈當時就掛在她的脖子上閃閃發亮；幸虧當時連最大膽的小偷也不敢溜進這個小屋來偷東西，怕染上瘟疫。

我用左手把它們取下來，然後丟下這可憐的屍體。項鏈的小扣已經壞掉，我像揮舞一件戰利品似地用手舉著它在頭頂上揮舞，然後把它丟進衣袋，邁過奄奄一息的克勞蒂亞的身體，跑到街上去追趕路易斯。

幾個月之後，我才在無意中又從衣袋裏翻出了這件小飾物，並拿著它湊到光線下看。當初畫這幅小畫時她還是個活生生的小孩，但是「黑血」賦予她畫家討好她的美化成份。這就是我的克勞蒂亞。我把它藏在一個皮箱裏，但後來不知何故它落入了泰拉瑪斯卡的手裏。

我現在用雙手捧著它端詳，彷彿我又回到那間陋屋。一瞬間我又回到現實，正凝視著大衛。他正對我說話，但我剛才一直沒聽，現在我才聽清楚他的話：

「你眞要對我動手嗎？」他問，聲音像他的雙手那樣也在顫抖。「請你看看她吧。你怎能忍心對我下毒手？」

我看看她的小臉，又看著他。

「我要做，大衛，」我說。「我對她說過我還要這樣做。現在我要對你這樣做。」

我猛地把這小飾物盒扔出房間，讓它穿過門廊、越過沙灘，落入大海。那條金項鏈在夜空裏劃出一道金光，然後消失在海水的幽光裏。

他以讓我吃驚的速度向牆那邊後退。

「你別這樣，黎斯特。」

「老朋友，別反抗。一點用也沒用。在前頭還有漫漫長夜等著你發掘呢。」

「你別這樣！」他喊道，聲音低沉得像含在喉嚨裏的吼聲。他朝我撲過來，好像他以爲能撞翻我似的。他的雙手同時打在我的胸脯上。我凝然不動，他卻倒著退開，摔倒了，摔疼了不說，還氣得七竅生煙，兩眼含著哀怨的淚水盯著我。血又一下子衝上他的雙頰，臉頓時成了暗紅色。現在他才了解自己的抵抗無異於以卵擊石，便拔腿想跑。

他還沒跑到門廊，便被我從後面抓住脖子。我用手指按摩他脖子上的肉，他同時像野獸一樣拚命掙扎，想掙脫我跑掉。我把他慢慢舉起，用左手毫不費力地握住他的後腦勺，然後把牙齒咬進他年輕的脖頸上散發出香味的細皮嫩肉，並吮到第一口滋出來的鮮血。

哦，大衛，我親愛的大衛。我還從來沒有咬進過一個我如此熟悉的靈魂呢。一刹那間我被許多奇妙的景像所包圍，美麗和煦的陽光穿過紅樹大森林，高高的草在南非大草原上窸窣作響，大號獵槍發出轟鳴，大地在巨象行進的沉重腳步下顫抖。那兒就是全然的美：夏天的雨水不停地沖刷著熱帶叢林，洪水湧上木樁，漫過門廊的木板棚頂，天空雷鳴電閃——他的心臟也隨之狂跳，充滿譴責：是你背叛了我，你背叛了我，你讓我猶豫不決、自相矛盾——瀰漫著濃烈帶鹹味的血氣。

我把他向後一推；這飲血的第一口已經夠讓我受了。我看著他掙扎著跪下。他在這一刻看到了什麼？他現在清楚我的靈魂有多麼陰險、固執了吧？

「你還愛我嗎？」我問。「我還是你在這個世界上唯一的朋友嗎？」

我看著他在花磚地板上爬。他想抓住床腿使自己站起來，但眼一花又栽倒在地上。他又想掙扎著爬起來。

「哼，讓我幫你一把！」我說，我把他掀過去提起來，又把牙齒咬進剛才那幾個小傷口裏。

「看在上帝面上，住嘴吧，別再吸了。黎斯特，我求你了，住嘴吧。」

求也沒用！大衛，哦，這年輕的身體多麼美味，這雙推我的手即使在昏迷狀態中也是那麼堅定有力。我親愛的俊友，你的意志很堅強嘛。咱們現在是不是來到了熟悉的巴西？是不是在那個小房間裏，他正在呼喚那些坎多布雷神靈的名字？而那些神靈會來救他嗎？

我又把他放開。他又跪在地上，然後側身倒下，眼睛發直。這第二口也夠受的了。

屋裏傳來輕微的聲響。一陣微弱的敲擊聲。

「噢，咱們還有伙伴嗎？咱們還有看不見的小朋友嗎？是的，瞧，那面鏡子在搖晃。它要掉下來了！」話音未落，它就掉在地上，摔碎了，像從鏡框裏散落下無數道光。

他又掙扎著想爬起來。

「知道它們給我什麼感覺嗎，大衛？你在聽我說嗎？它們就像許多絲綢織錦在我周圍展開。那麼地脆弱。」

我看著他又跪起來。他又在地板上向前爬。接著他突然站起，向前衝去，從電腦旁抓起那本書，轉身向我扔過來。書落在我腳邊。他在蹒跚，幾乎站不住了，翻著白眼。

接著，他轉過身去，跌跌撞撞跑進門廊，翻下拉桿，朝海灘跑去。

我隨後跟去，跟著搖搖晃晃的他下到白沙的坡底。我的渴勁又上來了；我知道幾秒鐘前剛喝了一口血，現在我又得喝。他跑到海邊後，站在那裏，搖晃不止，完全靠鋼鐵般的意志支撐住自己不倒下去。

我抓住他的肩膀，輕輕把他攬入我的右臂。

「不，該死的，下地獄去吧。不。」他說。他使出最後一點力氣朝我打來，用他緊握的拳頭直搗我的臉，打在我堅硬的皮膚上，把他手腕上的皮肉劃破。

我把他轉過來，看著他踢我的腿，並用那雙已經軟弱無力的手打我。我再次把口鼻逼近他的脖子，嗅著它，舔著它，然後把牙齒第三次植入他的頸項。哦……味道好極了！他原來的身體老態龍鍾，怎麼可能供我這樣一頓美餐？我感到他的手根頂住我的臉。噢，眞有勁！好，抵抗我吧，如同我抵抗梅格能那樣。你抵抗我的樣子眞可愛。我喜歡你這樣。眞的。

猜我這次神魂顚倒時發生了什麼？——他發出了最誠懇眞切的祈求，但不是對著我們都不信仰的神祇，亦不對著十字架上的耶穌或者老聖母瑪麗亞，而是對著我——「黎斯特，我的朋友。別要了我的命。別讓我死。讓我走吧。」

哼。我用手臂把他的胸膛摟得更緊。然後把他摟過來，舔他的傷口。

「大衞，你選錯朋友。」我邊小聲說，邊舔去我嘴唇上的鮮血，邊注視著他的表情。他已經半死不活。他的牙齒眞白、眞結實、眞好看；他的嘴唇柔軟肉感。他一個勁兒地翻著白眼。他的心臟在垂死跳動；這顆年輕無瑕的凡人心臟，這顆將血液灌入我大腦的心臟，這顆當我恐懼並感到死神逼近時曾經活蹦亂跳且停止跳動過的心臟。

我把耳朵貼在他的胸膛上聽。我聽到了救護車在喬治城呼嘯而過。「別讓我死。」

我見到他在很久以前的那個夢中旅館房間裏，與路易斯和克勞蒂亞在一起。我們是不是在魔鬼的夢中全是無規則的怪物？

這顆心臟越跳越慢。這一刻即將來臨。只要我再飲一點血，朋友，你就……

我抱起他，把他扛上海灘，扛回房間。我親吻著那幾個小傷口，舔它們，用嘴唇吮它們，然後又把牙齒咬進去。

他渾身猛一抽搐，發出輕輕的一聲呼喊。

「我愛你，」他喃喃道。

「是的，我也愛你。」我回答，嘴巴仍貼著他的肉。他的血再次熱烈而不可阻擋地噴進我的嘴。

他的心跳更緩慢了。他正在腦子裏回憶往事，一直回溯到搖籃期，超越音節鏗鏘清晰的語言階段，彷彿正在自哼自唱一首老歌。

他那沉重而溫暖的身體緊貼著我，兩條手臂無力地搭拉著，頭歪在我的左手裏，雙眼閉上了。那輕輕的哼唱也越來越弱，心跳突然變得含混、顫慄起來。

我咬破自己的舌頭，直到疼得不能忍受爲止。我用自己的犬齒一下下咬破左右移動的舌頭，再把我的嘴扣在他的嘴上，迫使他張開嘴唇，讓我的血流進他的嘴裏。

時間彷彿停滯下來。毫無疑問，我自己的血味在滲進他嘴裏的同時也漏進我的嘴裏。突然，他的牙齒猛地拉住我的舌頭，咬得是那樣劇烈和有威脅，使出了他凡人下顎骨的所有力量，並貪婪地刮擦我這超自然的舌頭，吸吮我吐出的那股血，咬得是那樣狠，好像隨時能把我的舌頭咬斷。

他身上猛烈地抽搐。他的後背弓起頂著我的手臂。當我抽回舌頭，嘴裏疼得要命，舌頭火辣辣的時候，他卻貪婪地湊上來，仍閉著雙眼，主動尋求我的嘴。我咬破手腕。可愛的孩子，血來了。血來了，這次可不是幾滴，而是從我的動脈裏大量湧出。當他的嘴這次扣在我的傷口上時，疼痛一直延伸到我的體內深處，並灼痛著我的心。

爲了你自己，大衛。使勁喝吧。使勁。

不管他喝多久，我都不會死的。我知道這點；我以前也這麼幹過，當時很害怕。現在回想起來眞愚蠢可笑，剛想起來便模糊消退了，只剩下我和他靜靜地在一起。

我跪在地上，抱著他，任憑疼痛擴散到我的每一根靜脈和每一根動脈；我知道這不可避免。隨著我體內的燒灼感和疼痛愈來愈烈，我只好慢慢躺在地上，仍懷抱著他，手腕貼在他的嘴上，一隻手仍墊在他的頭下。我感到一陣頭暈眼花。我自己的心跳危險地慢下來。他一口口地吮吸著。我閉上雙眼，透過明亮的黑暗，我彷彿看見成千上萬根毛細血管被吸乾，並在收縮和枯萎，宛如一張被風吹破的蜘蛛網上無數根黑黑的細絲。

我們又回到舊時期紐奧爾良的那個旅館房間裏。克勞蒂亞靜靜地坐在椅子上。窗外，這座小城市閃爍著零星的燈光。頭上的天空罩著濃黑的夜幕，毫無大城市的曙光行將到來的跡象。

「我對你說過我還會這麼做的。」那時我對克勞蒂亞說。

「你何必對我解釋呢？」她問。「你很清楚我從未問過你這方面的問題。我已經死去好多好多年。」

我睜開了眼睛。

我躺在屋裏冰涼的地板磚上，他卻站著，俯視著我，電燈光照亮他的臉。現在他的眼睛不再是褐色的，而是充滿著既柔和又耀眼的金光。一層不自然的色澤侵入他那光滑黝黑的皮膚，使之略微變蒼白，成爲十足的金色，他的頭髮也染上了那種邪惡而華麗的色澤，所有邪性、不自然的光暈鬼氣都聚集在他周圍，並從他身上透射出來，好像發現他難以抗拒。這個高大健壯的男人現在像個天使，臉上的表情茫然而困惑。

他一言不發，我也讀不懂他的表情，我只知道他看見了這些奇蹟。他環顧四周，看著那盞電燈、地上的鏡子碎片和外面的夜空。我知道他看到這一切。

他又注視著我。

「你受傷了。」他嘟噥著。

我聽見他的聲音裏也有那種血味！

「你受傷嗎？」

「看在上帝面上，」我嗓音嘶啞著回答，「我受傷又關你什麼事？」

他從我身旁後退一步，睜大雙眼，彷彿每過一秒鐘他的視野都在擴大。然後他轉過身去，好像忘記了我的存在。他始終以那種受到魔法迷惑似的目光看著一切。接著，他咬牙切齒地忍著這變化帶來的劇痛，轉身向外走去，穿過小小的門廊走向大海。

我坐起來。整個房間都在閃爍。我已把他能接受的每一滴血都輸給他。飢渴使我全身癱軟，使我幾乎坐不住。我用手臂抱住膝蓋，努力支撐住虛弱的身子，坐在地板上，保持不摔倒。

我舉起左手，好在光線中看見它。手背上的小靜脈都突起來，但在我的注視下它們又都癟下去。

我能感到我的心臟在狂跳。雖然我飢渴難耐，但我清楚我還能再撐一陣。我並不比生病的凡人更清楚我為什麼能從病中康復。但我感到我體內的某項陰間的功能正在緊張工作，使我悄悄地恢復過來，彷彿我這優質的殺人機器必須得被清除一切故障，好繼續捕獵下去。

等我終於又站起來時，已完全恢復。我給他的黑血遠超過我創造別的吸血鬼時輸出的血量。大功告成。我做對了一件事。他會非常強壯！上帝呵，他會比別的吸血鬼都強壯。

可是我得找到他。不然他會死去。我得幫他一把，哪怕他拒絕也得幫。

我發現他站在齊腰深的海水裏，渾身哆嗦，疼得直咧嘴叫喚，雖然強忍也不行。他手裏攥著那個小飾物盒，那條金項鍊繞在他攥緊的手上。

我伸出手摟住他，讓他站穩。我告訴他這段適應期很快就會過去，而且一勞永逸。他點點頭。

過了一會兒，我感到他的肌肉放鬆了。我讓他跟著我走進淺水，這樣走路好輕鬆一些（雖然我們都很有勁）。我們一齊沿著海灘散步。

「你就要靠吸血為生了，」我說。「你覺得你能獨立吸血麼？」

他搖搖頭。

「那好，我來把你需要知道的都教會給你。不過先去那邊的瀑布洗澡。我聽見了它的聲音。你聽見了嗎？你得把身上洗乾淨。」

他點點頭，跟我走，低著頭。我仍摟著他的腰，他身上仍然不時地劇烈痙攣一下——是剛才他差點死亡的餘波。

我們來到瀑布前。他輕鬆地邁過那些巨大的岩石，脫掉長褲，赤裸裸地站在奔騰而下的洪流底下，讓水沖刷自己的臉和全身以及圓睜的眼睛，還不時抖動全身，並啐出偶然流進嘴裏的水。

我看著他沖洗。隨著時間一分分過去，我感覺自己越來越強壯。於是我向上竄入空中，俯視瀑布，再降落在懸崖邊上。我能看見他在下面，一丁點兒大，仰著頭，透過沖在臉上的水仰視著我。

「你能上來嗎？」我輕聲問他。

他點點頭。他聽見了，眞好。他仰身曲膝，向上一跳。竄出瀑布，降落在傾斜的懸崖坡面上，僅在我身下幾碼處，兩手很輕鬆地抓住又濕又滑的岩石。接著，他又仰著頭三下兩下爬上來，站在我身邊。

我對他的力量打從心裏感到吃驚。不僅僅是力量，還有他的勇敢無畏。而他自己卻好像已經把它忘記，目光又移向遠方，眺望翻捲的白雲和柔和、閃著微熹的夜空。他在注視群星，然後目光轉回陸地，掃視綿延在懸崖上下的叢林。

「你能感到饑渴嗎？」我問。他點點頭，只是順便瞧我一眼，便又扭頭去看大海。

「那好，現在咱倆回到你的房間去，你穿好衣服，準備探索凡間，然後咱們就進城。」

「去那麼遠嗎？」他問。他用手指著地平線。「那邊有一條小船。」

我順著他的手指望去，見船上站著一個男人。是個殘忍無趣的傢伙。船是條走私船。那人因被喝醉的同伙丟在甲板上單獨望風而顯得很不滿。

「好吧，」我說。「咱們一塊兒去。」

「不，」他說。「我想還是我單獨去好。」

他不等我答應就一轉身，迅速而瀟灑地降落在海灘上。他像一道閃電穿過淺海區，然後一頭鑽進大浪，開始有力而飛速地划起水來。

我順著懸崖的邊緣向下走，找到一條崎嶇的小道，慢慢地順著它一直走到小屋。我看著亂七八糟的屋裏——鏡子碎了，桌子打翻了，電腦躺在地上，那本書也扔在地上。那把椅子則躺在小門廊裏。

我轉身又走出來。

我來到花園。月亮高高地掛在天上，我沿著石子路向上走，來到最高處的邊上，站在那兒俯瞰一條細長如白綢帶似的海灘和滾滾無聲的大海。

最後我坐下，背靠一棵暗黑的大樹幹；它枝繁葉茂，像把巨傘似地蓋在我頭頂上。我把右臂擱在右腿上，又把頭埋在臂彎裏。

一個小時過去了。

我聽到他回來了，迅速走上石子路，步伐快得無凡人能比。我抬頭一看，見他已洗澡換好了衣服，連頭髮都梳得整整齊齊。他喝過的血味仍沒完全消散，大概是從嘴裏散發出來的。他可不像路易斯那樣嬌嫩柔弱，而是比他精明強幹得多。且這個過程還沒有完成。他的死亡後遺症已經消失，我眼看著他迅速強大起來，他皮膚上發出的那層柔和的金光能使觀看者心醉神迷。

「你爲什麼這麼做？」他問我。這張臉眞像張面具。他又問一遍：「你爲什麼這麼做？」臉上掠過一絲憤怒。

「我也不知道。」

「哼，別裝蒜。哭也沒用！你爲什麼這樣做？」

「我說實話：我也不清楚。我可以給你說出種種理由，但我還是不知道爲什麼。因爲我想這樣做，所以就做了。我想看看這樣做之後會發生什麼，所以就……因爲我想，所以就不可能不做。我回到紐奧爾良之後就確定了自己想做這事。我在等待……等待機會，但要我不做是不可能的。現在我總算做到。」

「你這個撒謊的可憐雜種！你是因爲殘忍和卑鄙才這麼做的！你這麼做，是因爲你和那個肉體竊賊做的那次小試驗出了差錯！其結果就是奇蹟發生在我的身上：這次返老還童、這次的新生使你大爲惱火，暗想：怎麼會發生這樣的事，我在那兒遭罪受難，你卻漁翁得利！」

「你也許說得對！」我說。

「本來就是這樣。還是承認了好。承認你這事做得太小人。承認你卑鄙：你無法容忍讓我穿著這個你沒有勇氣承受的身體進入未來！」

「也許是這樣。」

他逼進我，想用一隻手使勁而固執地拖住我的手把我拉起來。這當然毫無用處：他無法挪動我一絲一毫。

「你還沒有強大到玩這類遊戲，」我說。「你再不鬆手，我就一拳把你打翻。讓你夠受。讓你的自尊受不了。所以你還是把你那套可笑的凡人拳擊術收起來爲好。」

他氣得扭過身去，低著頭把雙手抱在胸前不理我。我能聽見他絕望的「咻咻」喘氣聲，還幾乎能觸摸到他的羞惱。他走開了，我又把頭埋進我的臂彎。

可是我聽見他又回來了。

「爲什麼？我要你回答我。我要你承認。」

「不。」我說。

他伸出手猛地抓住我的頭髮，用手指把它纏繞住，然後把我的頭猛拉起來，使我的頭皮一陣發疼。

「大衛，你眞的在逼我，」我衝他吼道，同時掙脫了他的手。「你再敢碰我一下，我就把你扔到懸崖底下去。」

但當我看到他臉上痛苦不堪的樣子時，我不作聲了。

他在我面前下跪。我倆幾乎四目相對。

「這到底是爲什麼，黎斯特？」他問，聲音沙啞而悲傷，使我聽了心碎。

我羞愧難當，痛苦不堪，又把頭埋在右臂彎裏並閉上雙眼，同時舉起左手捂住腦袋。從此，無論是他懇求我也好，大聲詛咒我也罷，還是最後悄悄離去也罷，都不能使我再抬起頭來。

天破曉前，我才起來去找他。那小屋已經收拾好了，他的手提箱擺在床上。那袖珍電腦也已合上了，那本《浮士德》躺在它那光滑的塑膠書匣裏。

但他卻不在屋裏。我找遍這家旅館也不見他的蹤影。我又搜遍四周的花園和樹林，也沒找到他。

最後我只好在山上找了一個小山洞，鑽進它的深處睡覺。

訴說我的苦難又有何用？描述我內心深處的隱痛又有何用？說我知道我特別邪惡、可恥和殘忍又有何用？我很清楚我對他做下可怕的錯事。

我太清楚我自己和我所幹的所有罪惡，所以我除了指望別人以同樣的罪惡回報我，不再指望這個世界會給我什麼好處。

太陽剛一下山我就醒來。我站在高高的懸崖上觀看霞光萬丈，然後下到城鎮的街道上捕獵。沒過多久就有一個賊對我下手，想搶我的錢。我把他拐進一條小巷子，在那兒津津有味地慢慢吸乾他的血，路過的遊客距離我們只有幾步之遙。完了，我把他的屍體藏在巷子的深處，然後接著走我的路。

可是我的路又在哪兒呢？

我回到那個海濱旅館。他的行李還在那兒放著，但他還是不在。我又到處尋找他，竭力排除一個可怕的念頭：他已自暴自棄。可我馬上意識到，他還沒強大到敢幹這樣複雜的事。即使他眞敢把自己暴露在毒日頭之下——對此我很懷疑——他也不會被完全摧毀。

不過我還是焦慮重重：也許他被灼傷得十分厲害，無法自救。也許他被凡人發現。也許別的吸血鬼來過，把他擄走了。也許他會再次出現並咒罵我；這也使我很害怕。

最後我只好返回布里奇敦；在弄清他的下落之前，我不能離開這個島。

天就要破曉了，我仍滯留在島上。

第二天夜裏我還是沒有找到他。第三天夜裏也沒有。

最後，我創傷累累，心力交瘁，只能怪自己做出這種好事，悻悻回家。

春天終於回到紐奧爾良，我見到她在清澈發紫的夜空下又是遊客如織。我先趕到我的老住宅去接莫約；那個精心照看它的老太太依依不捨地同牠道別。莫約顯然是想我想死啦。

隨後，我領著牠來到皇家大街。

我還沒爬到後門的頂上，就知道這住宅不是空的。我停下腳步，俯視修葺一新的庭院。只見石板小徑擦洗得乾乾淨淨。小噴泉情調浪漫，雕飾有胖嘟嘟的小天使；幾個大貝殼狀的噴水口上飾有象徵豐饒的羊角石雕，噴出傘狀的清水，落入下面的水池。

沿著老磚牆栽種了一排香氣四溢的暗色鮮花，角落裏的幾株香蕉樹已是枝繁葉茂，刀狀的長葉片迎風搖擺。此番景象使我邪惡自私的心靈得到淨化。

我走進屋內。後客廳總算裝修完，裏面佈局優雅，擺著我精心挑選的幾把古董椅子，鋪著淡紅色厚厚的波斯地毯。

我上下打量長長的走廊，目光移過金黃色和白色相間條紋的新壁紙，又移過長長的暗色地毯，最後落在站在前客廳門內的路易斯身上。

「別問我去哪兒了、幹了什麼，」我說。我朝他走過去，同他擦肩而過，走進前客廳。啊，漂亮得大大出乎我的意料。窗戶之間擺著一張和他以前用過的桌子一模一樣的寫字檯，還有駝峰似的銀色緞子面的大沙發和內嵌桃花心木的橢圓形餐桌。遠處的牆壁那兒還靠著一架古鋼琴。

「我知道你去哪兒，」他說，「我還知道你幹了什麼。」

「是嗎？那接著是什麼？是沒完沒了愚蠢可笑的說教嗎？你現在就說吧。完了我好去睡覺。」

我轉身面對他，好瞧瞧我這番尖刻的話有什麼效果。這時我才看見大衛站在他旁邊，穿著筆挺，是黑色天鵝絨的套裝。他把手臂抱在胸前，斜依在門框上。

兩人都看著我，兩張蒼白的臉上毫無表情。大衛膚色稍黑，個頭更高，但他倆卻顯得驚人地相似。我慢慢才領悟，路易斯是專門爲這一刻才打扮的，穿著好像並不是從頂樓衣箱裏翻出來的衣服。

是大衛先開口。

「狂歡節明天在里約熱內盧開幕，」他說，聲音顯然比他是凡人時更具誘惑力。「我覺得我們不妨去。」

我很不信任地盯著他。他的表情裏好像溶入一絲兇險，眼睛也露出兇光。但他的嘴卻很溫柔，沒有絲毫惡意或殘忍，一點也不咄咄逼人。

這時路易斯從夢想中回到現實，並悄悄走出去回到自己的房間。我多麼熟悉那地板發出的微弱「嘎吱」聲和他的腳步聲！

我十分茫然，還感到有點窒息。

我坐在長沙發上，招喚莫約過來。這狗在我面前趴下，把它的重量壓在我的腿上。

「你是說……」我問大衛，「你想讓我們一起去那兒嗎？」

「對，」他回答。「然後再去熱帶雨林。咱們去那兒好不好？深入那些原始叢林。」他放下抱著的手臂，低著頭，開始在屋裏來回慢慢地踱著大步。「你對我說過，我忘了是什麼時候了……也許是這一切發生之前，我從你腦子裏看到的一個景象吧，好像是一個凡人不知道的神廟，隱藏在叢林深處。啊，想想看，在那兒會有多少這樣的發現啊。」

他的感情多麼眞摯，聲音多麼洪亮！

「你爲什麼原諒我？」我問。

他停下了腳步，看著我。他體內血的存在以及它改變了他的膚色、髮色和眼色的事實強烈吸引著我，使我許久不能進行正常的思維。我舉起手請他別說下去。我爲什麼總也習慣不了他這種無意的誘惑？我放下手，允許他——不，是命令他——說下去。

「你早知道我會原諒你，」他說，聲調又恢復了以往的速度和沉穩。「你做這事時就清楚我會繼續愛你。我會繼續需要你。我會到處尋找你，繼續賴著你。」

「哦，不不。我發誓當時我並不清楚這一點。」我囁嚅著。

「我走開一段時間，這是爲了懲罰你。結果你就失去了耐心，眞的。你是個最該死的怪物，那些比我聰明的智者這麼說你一點都不錯。你早就淸楚我會回來找你。你知道我跑不掉。」

「不對，你說的我連做夢也沒夢見過。」

「別又哭了好不好。」

「我喜歡哭。我得哭。除此之外我還能怎麼辦？」

「好啦，打住吧！」

「哼，這事可眞好笑，不是嗎？你以爲你成了這個小團體的頭領，對不對？你以爲你要開始作我的老闆了。」

「又來了不是？」

「你甚至現在連看上去也不像是咱倆中的長老，過去你也從來不是。你任憑我這美麗、不可抗拒的面孔以最簡單最愚蠢的方式欺騙你。我才是頭領。這是我的家。由我來決定是不是去里約熱內盧。」

他開始大笑。先是慢慢地，然後笑得前俯後仰。如果說他還有什麼威脅的話，那它只是表現在他表情的豐富變化上，比如說他眼中偶露兇光。但既便這樣，我也說不上這是否就是威脅。

「難道你是老大嗎？」他蔑視地問我。這個當慣權威的大衛。

「對，我是老大。這就是說，你之所以溜走……是想向我表明，你沒有我也能活。你自己也能打獵，白天你自己也能找個藏身之處。你可以不需要我。但你卻又回來了！」

「你到底要不要和我們去里約熱內盧？」

「和『我們』去？你是說『我們』嗎？」

「對。」

他走到距離長沙發最近的一張椅子那兒坐下。我漸漸看出他顯然已經完全駕馭自己的新威力。而我現在顯然已無法僅憑目測測知他到底有多強大。他這黑色的膚色使他能藏而不露。他翹起二郎腿，顯得放鬆而隨便，但他典型的大衛式尊嚴一點也沒丟。

或許是他的後背始終緊貼椅背坐得筆直，或是他把手優雅地放在踝部，同時另一隻手臂瀟灑地搭在扶手上的方式，使他看上去仍是那麼尊嚴。

只有那頭鬈曲的棕色厚髮多少有些違背他的尊嚴，因為它老是掉下一綹蓋住他的額頭，使他最後不得不下意識地猛一甩頭，把它甩上去。

接著他的鎮定自若傾刻就瓦解了。他臉上露出惶惑不安的神情，隨即又顯得十分沮喪。

我受不了他這樣。但我強迫自己保持沉默。

「當時我眞想恨你，」他坦白道，話音落下的同時眼睛卻越睜越大。「但我無法那樣，就這麼簡單。」這時他的臉上又現出威脅的神情，那種可怕的超自然憤怒從他眼裏射出。隨後這張臉才顯出痛苦、哀傷的表情。

「爲什麼不呢？」

「別開我玩笑。」

「我從不跟你鬧著玩！我從不說玩笑話。你怎麼會不仇恨我呢？」

「假如我恨你，我就犯下了你所犯的同樣錯誤，」他揚起眉毛說。「你難道還看不見你做了什麼傻事嗎？你把這『黑色禮物』給我，但卻沒教會我投降。你把你所有的本領和威力都給我，但卻沒有要求我在道德上向你甘拜下風。你接受我的決定，並把我禁不住想要的東西給予我。」

我無話可說。這全是事實，可又是我所聽到的最該詛咒的謊言。「原來強暴和兇殺成爲我們通向榮光的途徑！我可不要信服。它太骯髒了。我們都遭天譴，現在你也不例外。這就是我對你幹的事。」我終於說道。

他忍受著，好像在挨一連串輕輕的耳光，只是稍微畏縮了一下，便又將目光盯住我。

「你用了兩百年時間來學會你想要掌握的東西，」他說。「而我剛從恍惚中清醒過來並見你躺在地板上，就掌握了一切。你當時在我看來就像是一個空殼。我知道你把這事做得太過火。我當時對你充滿了恐懼。而且我透過這雙新眼睛來看你。」

「我明白。」

「你知道我當時怎麼想嗎？我以為你已找到了一種死去的方法：你把你身上的每一滴血都給我，而現在你自己卻當著我的面慢慢死去。我知道我愛你。我清楚我已寬恕你。隨著我的每一次呼吸，以及用新眼光每一次看我面前的每一種新顏色或新形狀，我都清楚我很需要你剛賦予我的東西——新視覺，新生命，這些讓我們每一位都覺得妙不可言！可是當時我又不能承認它。所以我只好詛咒你，暫時地抵抗你。可是這些到底只是暫時的。」

「你比我聰明多了。」我輕聲說。

「嗯，當然啦，你還指望我怎樣？」

我微笑了，仰靠在沙發背上。

「啊，這就是所謂『黑色伎倆』，」我輕輕說。「那些老前輩給它取這麼個名字可眞恰當。我心想這個伎倆是否也用到我身上。因爲現在就有個吸血鬼和我坐在一起，一個威力極大的嗜血者，我的孩子，而那種老式的傷感對他又有什麼用呢？」

我看著他，再次感到淚水奪眶而出。它們總是伴著我。

他皺起了眉頭，嘴唇略微張開。現在看來我眞的給他當頭一棒。但他沒說什麼。他似乎很困惑，接著搖了搖頭，好像無法回答。

我看出他現在的表現與其說是脆弱，不如說是對我同情和明顯地關心我。

他突然離開椅子，在我面前跪下，把雙手搭在我的肩上，全然不顧正用冷漠目光盯著他的忠實伙伴莫約。他知不知道，我在昏迷時夢見克勞蒂亞，她就是像這樣接受我的跪拜？

「你還是那樣，」他搖著頭說。「一點沒變。」

「像哪樣？」

「哦，以前你每次來找我，你都使我感動，喚起我強烈的自衛本能。你令我感到愛慾。現在這點沒變，只是你顯得更加失落和需要我。我打算帶著你前進，這點我看得很清楚。我是你和未來溝通的途徑。你只有透過我才能看清未來。」

「你也一點沒變。絕對清純無邪。一個飲血的傻瓜。」我想把他搭在我肩上的手拂走，但沒成功。「之後你會遇到大麻煩，不信就等著瞧。」

「呵，這可眞刺激。來吧，咱們一定要去里約熱內盧。一定不能錯過這次狂歡節的任何活動。雖然以後可以再去，……每次都去……但這次也不能錯過。」

我靜靜地坐著，一直注視著他，直至他又顯得焦慮。他壓在我肩膀上的手指已經相當有勁。是呵，我把他的每一個步驟都創造得很好。

「你怎麼啦？」他怯生生地問。「你在爲我而傷心嗎？」

「也許有點吧。正如你說的那樣，我在了解自己的需要上不如你聰明。不過我想我正在試著把這一時刻牢記心間。我要把它永遠記住——記住在出現麻煩之前，你現在同我在一起的樣子和舉止。」

他站起來，毫不費力地猛地把我也拉起來。看我很吃驚，他臉上露出勝利的微笑。

「呃，這次小小的爭鬥要有重大意義了，」我說。

「是呵，等咱倆在里約熱內盧的街道上跳舞時，你可以和我打架。」

他招呼我隨他同去。我雖不知道下一步做什麼、我們如何去，但我還是很興奮；再說我眞的不在乎那些細節。當然也得勸路易斯去，但我們會聯合起來對付他；不管他多麼謹愼，也得引誘他同去。

我剛要跟著他走出房間，一樣東西吸引了我的注意，它放在路易斯的老書桌上。是克勞蒂亞的飾物盒，上面纏著那條金項鍊，細密的小金環反射著燈光，橢圓形的小盒打開著，併靠在墨水瓶上，裏面的小畫像似乎正在凝視著我。

我伸手拾起這個小飾物盒，把它湊到眼前細細看那張畫像。這才悲傷地意識到，她已不再是我回憶的眞正對象。她已成爲那些我在譫妄狀態下的夢幻。她成爲那所叢林醫院中的幻象，站在喬治城日頭下的一個身影，穿過巴黎聖母院教堂陰影的一個幽靈。她活著的時候就從來不是我的良和！我的良知不是克勞蒂亞，不是我那冷酷無情的克勞蒂亞。這眞是黃粱一夢！一場夢而已。

我看著她的畫像，嘴角不禁漾起一絲苦澀的慘笑，眼淚又差點流出來。只因爲我認識到我已經譴責過她；我對她的譴責絲毫沒有改變。**完全不變的東西才是眞實的**。曾經有過獲得拯救的機會，但被我拒絕了。

我捧著這個小盒，想對她說點什麼；我想對她曾經有過的存在說點什麼，對我自己的弱點說點什麼，對我自己曾一再獲得成功的貪婪邪惡本性說點什麼。只因爲我贏過。我又贏了。

是的，我太想說點什麼了！但願我說的充滿詩意、寓意深刻，並且能贖出我的邪惡和貪婪的心靈。只爲了我要去里約熱內盧（是吧？），和大衛和路易斯一起去，並迎接一個新時代的開端……

是的，說點什麼吧——為了對天堂的愛，為了對克勞蒂亞的愛而說點什麼，以便使天堂化為黑暗，並揭露我愛她的本質！親愛的上帝，讓我揭穿這種愛並暴露它恐怖的實質吧。

但我做不到。

眞的，現在還有什麼可說的呢？

這個故事已經講完了。

黎斯特・狄・賴柯特

一九九一年於紐奧爾良

藍小說㊹

肉體竊賊

著者——安・萊絲
譯者——冷　杉
董事長
發行人——孫思照
社　長——莊展信
出版者——時報文化出版企業股份有限公司
台北市108和平西路三段二四〇號四F
發行專線——(〇二)二三〇六—六八四二
讀者免費服務專線——〇八〇—二三一—七〇五
(如果您對本書品質與服務有任何不滿意的地方，請打這支電話。)
郵撥——〇一〇三八五四～〇時報出版公司
信箱——台北郵政七九～九九信箱
電子郵件信箱——liter@mail.chinatimes.com.tw
網址——http://publish.chinatimes.com.tw/
主編——鄭麗娥
編輯——邱淑鈴
校訂——洪　凌
校對——林麗娟
排版——凱立國際印刷股份有限公司
製版——成宏照相製版有限公司
印刷——協昇印刷有限公司
初版一刷——一九九九年三月一日
定價——新台幣三八〇元
◎行政院新聞局局版北市業字第八〇號

The Tale of the Body Thief

Printed in Taiwan
ISBN 957-13-2839-1

國家圖書館出版品預行編目資料

肉體竊賊 / 安・萊絲(Anne O'Brien Rice)著 ;
冷杉譯. -- 初版. -- 臺北市 : 時報文化,
1999[民88]
面 ; 公分. -- (藍小說 ; 44)
譯自 : The tale of the body thief
ISBN 957-13-2839-1(平裝)

874.57 88001564

編號：AI 44	書名：**肉體竊賊**
姓名：	性別：＿＿＿ 1.男　2.女
出生日期：　年　月　日	身份證字號：

＿＿＿ **學歷**：1.小學　2.國中　3.高中　4.大專　5.研究所（含以上）

＿＿＿ **職業**：1.學生　2.公務（含軍警）　3.家管　4.服務　5.金融　6.製造　7.資訊　8.大眾傳播　9.自由業　10.農漁牧　11.退休　12.其他

地址：＿＿＿縣（市）＿＿＿鄉鎮區＿＿＿村＿＿＿里

＿＿＿鄰＿＿＿路（街）＿＿＿段＿＿＿巷＿＿＿弄＿＿＿號＿＿＿樓

郵遞區號＿＿＿

（下列資料請以數字填在每題前之空格處）

＿＿＿ **您從哪裡得知本書 /**

1.書店　2.報紙廣告　3.報紙專欄　4.雜誌廣告　5.親友介紹
6.DM廣告傳單　7.其他＿＿＿

＿＿＿ **您希望我們爲您出版哪一類的作品 /**

1.長篇小說　2.中、短篇小說　3.詩　4.戲劇　5.其他＿＿＿

您對本書的意見 /

＿＿＿ 內　　容／1.滿意　2.尚可　3.應改進
＿＿＿ 編　　輯／1.滿意　2.尚可　3.應改進
＿＿＿ 封面設計／1.滿意　2.尚可　3.應改進
＿＿＿ 校　　對／1.滿意　2.尚可　3.應改進
＿＿＿ 翻　　譯／1.滿意　2.尚可　3.應改進
＿＿＿ 定　　價／1.偏低　2.適中　3.偏高

您的建議 /

請沿虛線撕下後對折裝訂寄回，謝謝！

請沿虛線摺下裝訂，謝謝！

時報出版
CHINA TIMES PUBLISHING COMPANY
尊重智慧與創意的文化事業

地址：台北市108和平西路三段240號4 F
電話：（080）231-705（讀者免費服務專線）
（02）2306-6842。2302-4075（讀者服務中心）
郵撥：0103854-0 時報出版公司

請寄回這張服務卡（免貼郵票），您可以——
●隨時收到最新消息。
●參加專為您設計的各項回饋優惠活動。

寄回本卡，掌握藍小說系列的最新訊息

揮發感性筆觸：捕捉流行語調—淺藍的、海藍的、灰藍的……

無限馳騁藍色想像空間——無國界的小說新地帶。